LOS CUATRO

LOS CUATRO

ELLIE KEEL

Traducción de Leire García-Pascual Cuartango

☾ UMBRIEL

Argentina • Chile • Colombia • España
Estados Unidos • México • Perú • Uruguay

Título original: *The Four*
Editor original: HQ, un sello de HarperCollins*Publishers* Ltd
Traducción: Leire García-Pascual Cuartango

1.ª edición: septiembre 2024

ISBN: 978-84-10085-17-6?
E-ISBN: 978-84-10159-90-7
Depósito legal: M-16.618-2024

Fotocomposición: Urano World Spain, S.A.U.
Impreso por: Romanyà Valls, S.A. – Verdaguer, 1 – 08786 Capellades (Barcelona)

Impreso en España – *Printed in Spain*

Para mis cuatro: M., M., P. y H.

PARTE I

1

Nuestras vidas habrían sido mucho más sencillas si Marta hubiese lanzado a Genevieve por la ventana de nuestro dormitorio nuestro tercer día en el Internado Realms. Por supuesto, habría sido un suceso trágico. El edificio central tenía seis plantas y nuestro dormitorio se encontraba en la última. Genevieve habría caído desde cientos de metros de altura, surcando el aire de Devon, habría aterrizado sobre el césped recién cortado, que terminaba justo a la altura del muro de piedra, junto al ala oeste del edificio. Habría muerto al instante.

Pero Marta no la lanzó por la ventana aquel día y, si creéis mi versión de los hechos, tampoco en ningún otro momento. Al final, las cosas nos salieron bastante mal a Lloyd, a Sami, a Marta y a mí, pero ya el tercer día tuve esa extraña sensación de que no íbamos a ser capaces de que las cosas nos saliesen bien en ese internado. Mi escepticismo se debía, sobre todo, a que Marta era incapaz de seguir las normas, incluso las más sencillas, lo que nos metía constantemente en problemas a los cuatro: a Marta y a mí ya nos habían puesto dos partes y nos habían retirado los privilegios en otra ocasión, y eso que las clases todavía no habían empezado. Ese primer martes, un día soleado de principios de septiembre de 1999, nos habían avisado de que la Patrulla superior realizaría una inspección de toda la residencia en algún momento entre los Juegos y la cena, y le había pedido a Marta que se asegurase de limpiar nuestro dormitorio, pero, cuando volví después de mi primer entrenamiento de hockey con el primer equipo de Hillary y abrí la puerta de nuestro dormitorio de un empujón, me encontré la habitación 1A peor que nunca.

Marta estaba de pie sobre su cama, colocando unos cuantos libros en los estantes que había encima.

—¡Hola! —me dijo, esbozando una sonrisa de oreja a oreja.

—¿Qué cojones...? —Me quedé mirando la estampa que se abría ante mí con los ojos como platos. Cuando me había ido al entrenamiento de hockey, mi cama había estado hecha y mi parte del escritorio bastante recogida, pero ahora las pertenencias de Marta estaban desparramadas por todas partes. Había prendas de su uniforme (y no todas limpias) tiradas sobre cada superficie disponible, incluido el suelo. Me dirigí hacia mi cama y fui recogiendo toda la ropa que me encontraba por el camino, e incluso las zapatillas de Marta, que había dejado sobre mi almohada—. Tenemos que recoger este desastre —le dije.

—*Estoy* en ello. —Marta señaló hacia los estantes, tratando de mantener el equilibrio como podía sobre el colchón, con su cabello oscuro totalmente despeinado—. Estoy colocando estos libros por orden alfabético. También voy a colocar los tuyos.

—Vale, pero... —Tragué con fuerza, observando el desastre que había montado—. Solo nos quedan veinte minutos hasta que llegue Genevieve. Vamos a recoger un poco todo lo que has dejado por el suelo al menos. —Pero antes de que pudiese añadir nada más, llamaron a la puerta—. *Mierda.*

Marta se bajó de la cama de un salto y se acercó corriendo a la puerta y la abrió de un tirón, demasiado entusiasmada para la que se nos venía encima.

—¡Hola!

—Inspección de la Patrulla superior. —Tal y como me temía, esa voz le pertenecía a Genevieve Lock. Su habitación, la 1B, estaba al lado de la nuestra, y ella formaba parte de la Patrulla superior (el grupo integrado por los prefectos del Internado Realms) y era la representante de la Casa Hillary. También, al igual que yo, formaba parte del primer equipo de hockey. Las primeras veces que habíamos jugado, nos había tratado a Marta y a mí con prepotencia, pero aquella tarde, además, le había metido dos goles, y en ese momento, al entrar en la habitación 1A, pude ver cómo la ira caldeaba su rostro, sonrojando levemente sus altos pómulos—. Oh, cielos —murmuró—. ¿Es que llego demasiado pronto?

Marta y yo observamos cómo Genevieve se abría paso hacia nuestras camas, sorteando los objetos que había tirados por el suelo al acercarse a las dos ventanas de guillotina que había en la pared de enfrente. Ya se había quitado la equipación de hockey y se había puesto su túnica reglamentaria sobre un vestido de tartán, y lo había combinado todo con unos tacones altos. Las túnicas estaban hechas de crepé negro, con mangas vaporosas y el dobladillo llegaba hasta el suelo, haciendo que los miembros de la Patrulla superior resultasen intimidantes cuando iban todos juntos. La primera vez que había visto a los doce juntos me habían parecido un grupo absurdo, pero cambié por completo de parecer bastante rápido en cuanto me di cuenta del poder que ese uniforme les otorgaba. Aquella misma mañana había visto a Genevieve y al capitán general de la escuela, Jolyon Astor, aterrorizando a un grupo de alumnos de primer curso que se habían equivocado y habían ido a desayunar al comedor en el primer turno de la mañana. «Hay mil malditos estudiantes en este internado, ¿y os pensabais que justo vosotros teníais derecho a desayunar los primeros?».

Con un solo barrido, Genevieve tiró al suelo todo lo que había sobre el escritorio, se subió encima y abrió la ventana, deslizando la mitad inferior hasta que quedó por arriba de su cabeza. Se sentó sobre la madera, cruzando sus piernas delgadas, una sobre la otra, se dejó caer despreocupadamente contra la pared y se encendió un cigarrillo con un ornamentado mechero de plata.

—Bueno —comentó, soltando una nube de humo por la comisura de sus labios—, creo que esto confirma nuestras sospechas.

—¿Qué quieres decir? —Marta frunció el ceño con fuerza.

—Todos teníamos la impresión de que erais unas ratitas descuidadas —respondió Genevieve—. Pero les dije a Sylvia y a Bella que tendríamos que esperar al menos hasta la primera inspección para estar seguras. Y aquí estamos. Aquí tenemos las pruebas que buscábamos. —Su mirada se endureció al observar el estado en el que se encontraba la habitación 1A—. Tendréis que perderos la cena de esta noche y limpiar esta leonera de una vez. Malditas gorronas —añadió con calma.

Nos quedamos las tres en completo silencio, yo me dejé caer en el borde de mi cama al mismo tiempo que Genevieve fumaba con tranquilidad sobre el escritorio, exhalando el humo por la ventana, y Marta la observaba fijamente. Aparte de la humillación de recibir un castigo más, ver a Genevieve fumando en nuestra habitación me estaba poniendo de los nervios. El olor del tabaco impregnaba la estancia aunque la ventana estuviese abierta. Sin duda, esto nos traería incluso más problemas con el director de nuestra Casa, el señor Gregory, que esta misma mañana ya nos había hecho ir a su despacho a Marta y a mí para decirnos que *nadie*, en los doce años que llevaba trabajando en el Internado Realms, había tenido un peor inicio del año escolar que el nuestro, y que teníamos que saber que a partir de ese momento estábamos en periodo de prueba. Tampoco pareció importarle demasiado que todas «nuestras» fechorías fuesen cosa de Marta porque, como yo era su compañera de habitación, estaba condenada a sufrir su mismo destino. Por eso, cuando Genevieve apagó el cigarrillo sacando la mano por la ventana y aplastándolo contra la fachada de ladrillo de la residencia, sentí cómo me invadía un alivio inmenso. Tenía la esperanza de que se marchase ahora que ya había terminado de fumar pero, en cambio, se recostó para ponerse más cómoda sobre el escritorio y observó a Marta con contemplación.

—Esto es por vuestro bien —comentó.

—¿Qué quieres decir? —Marta la fulminó con la mirada, con las manos apretadas en puños contra su regazo.

—No os vendría nada mal recordar que los internados son espacios *comunes.* Se supone que debéis tener en cuenta a vuestros compañeros antes de hacer nada, por un mínimo de cortesía. —La mirada de Genevieve pasó de Marta hacia mí, pero yo era plenamente consciente de que su enfado no tenía nada que ver con el estado en el que se encontraba mi espacio personal, sino con los goles que le había metido hacía tan solo una hora—. Aunque quizás eso ya lo supieseis. Tal vez ya hubieseis estado antes en otro internado. ¿No? —Fulminó a Marta con la mirada.

—Antes de venir aquí, nunca había estado siquiera en un *colegio* —espetó Marta y Genevieve abrió los ojos como platos por la sorpresa. Se volvió a mirarme, para ver si aquello me había sorprendido tanto como a ella, pero lo primero que Marta nos había contado a Sami, a Lloyd y a mí cuando nos conocimos fue justamente eso, que llevaba toda su vida estudiando en casa. «No sé cómo se supone que tengo que comportarme en público», nos había comentado animada, y nos habíamos dado cuenta bastante rápido de que aquello era cierto, pero también de que su comportamiento era incluso peor de lo que ella misma podría haber pensado en un primer momento.

Genevieve entrecerró los ojos.

—Eso explica muchas cosas —le dijo a Marta—. Eres una maldita salvaje, ¿verdad? Una pequeña asocial… ¿Qué cojones estás haciendo? —Marta se había acercado a Genevieve a toda velocidad, tensa y furiosa—. Siéntate ahora mismo.

—Marta —la llamé, me sentía impotente ante esta situación, pero ella ya había empezado a retroceder. Se dejó caer con lentitud en el borde de su cama sin hacer, con el rostro tenso. Mi compañera de habitación era pequeña, mucho más bajita que Genevieve o que yo, y muy delgada, casi esquelética. La falda plisada del uniforme del internado le llegaba hasta las rodillas, que en esos momentos estaba apretando con fuerza, y las mangas de la camisa le quedaban tan holgadas que le escondían los puños, que yo sabía perfectamente que seguía teniendo apretados.

—¿Y qué hay de ti, Rose Lawson? —preguntó Genevieve, pronunciando mi nombre como si le supiese amargo en la boca. Se sacó otro cigarrillo del bolsillo de la túnica—. No hablas mucho. ¿Tú también estudiabas en casa?

—No —respondí, aliviada de que hubiese pasado a prestarme atención a mí, y como una tonta empecé a hablarle a Genevieve del ambicioso y estricto colegio de Hackney donde había estudiado, relatándole toda mi historia para que dejase de fijarse en Marta, que había empezado a recoger lentamente toda la ropa que estaba desperdigada por el suelo alrededor de su cama. Pero la mirada gélida de Genevieve no paraba de volverse de vez en cuando hacia ella, y fue entonces cuando me di cuenta (así como en las otras tantas ocasiones en las que nos habíamos metido en problemas en el Internado Realms) de que no nos íbamos a salir con la nuestra, y de que se avecinaban más problemas. A Genevieve no podía importarle menos cómo había sido mi anterior instituto. Estaba demasiado centrada en su objetivo. Encendió su mechero plateado.

—Tu nombre —me interrumpió de repente, alzando la voz. Le estaba hablando a Marta, que estaba arrodillada en el suelo, escondiendo un puñado de calcetines en el cajón que había debajo de su cama—. Es extranjero. —Genevieve señaló un cuaderno de actividades que había sobre el escritorio, junto a su pie, en el que Marta había escrito su nombre completo en la portada: «Marta De Luca».

Lentamente, Marta se volvió hacia ella.

—Sí.

—¿De dónde viene?

—Es italiano.

—¿Tus padres son italianos?

—La familia de mi madre lo es —respondió Marta. Entonces se puso de pie y clavó la mirada en la ventana que había detrás de Genevieve, en las altas colinas cubiertas de brezo.

Genevieve arrugó la nariz.

—¿De tu madre? Pero entonces...

—Mi padre adoptó el apellido de mi madre cuando se casaron —espetó Marta. Dio un paso apenas perceptible hacia Genevieve. Esta asintió y pude entrever un brillo aprobatorio en su fría mirada.

—Así que tu madre es feminista —repuso.

—Lo era. Está muerta.

Ahora me tocaba a mí quedarme mirándola fijamente, sorprendida. Marta no me había contado que su madre había fallecido, ni siquiera cuando yo le había hablado sobre la muerte de mi madre (la leucemia se la había llevado hacía tres años) durante la cena, en nuestro segundo día en el internado. Pero antes de que pudiese decirle nada, Genevieve se me adelantó.

—Así que por eso eres tan rara —afirmó con languidez—. Por Dios, tu padre también debe ser de lo más raro. Solo hay que ver en lo que te ha convertido. Eres una pequeña *gremlin* loca, salvaje y sin madre.

Y ahí estaba: el primer punto de inflexión en nuestra difícil y peligrosa historia. Me resulta tan sencillo identificarlo como tal porque si Marta hubiese actuado por lo que le dictaba su corazón en ese momento, si hubiese empujado a Genevieve por la ventana, para que cayese, cigarrillo encendido en mano, a través del marco, precipitándose hacia el césped y hacia una muerte segura, todo lo que ocurrió después de aquel día no habría sucedido, *podría* no haber sucedido, y quizás habríamos podido ser felices, incluso aunque estuviésemos en ese internado, uno de los más exclusivos del país, gracias a una beca. Y si aun así no hubiésemos podido ser completamente felices, al menos podríamos haber tenido una vida lo bastante tranquila y soportable. Habríamos perdido a Marta, claro está. Si me hubiese visto en esa encrucijada, creo que no habría tenido que mentir, ni a la dirección del internado, ni a la policía, y no habría siquiera intentado convencerlos de que Genevieve se había caído ella sola por la ventana. Yo no habría tenido por qué meterme en este asunto; mi «amistad» con Marta por aquel entonces estaba basada únicamente en el par de noches que nos habíamos visto obligadas a dormir en la misma habitación, y dudaba seriamente de que fuésemos amigas de verdad.

Marta se acercó rápidamente a Genevieve con solo dos zancadas, y Genevieve se echó hacia atrás por instinto, abriendo los ojos de par en par, por miedo en vez de por soberbia, y se agarró al marco de la ventana, como si aferrarse a él fuese a salvarla. Vi cómo Marta alzaba los brazos hacia ella y me puse en pie de un salto, sin saber muy bien qué se suponía que podía hacer yo. Pero, en ese mismo instante, alguien llamó a nuestra puerta, y tres personas entraron en tropel en la habitación 1A, riéndose sin parar. El novio de Genevieve, Max, y nuestros compañeros de la beca Millennium, Lloyd y Sami, que llevaban puestos unos fracs elegantes que les quedaban demasiado grandes. Lloyd llevaba su cámara colgada del cuello y tenía las mejillas sonrojadas a causa (supuse) del vino que habrían estado bebiendo, a juzgar por la botella que Max llevaba en la mano, a la que le faltaban tres cuartos de su contenido.

El hechizo se rompió. Max se adentró en la habitación, rodeó a Genevieve con los brazos y le dio un sonoro beso en los labios mientras le decía: «¡Te he echado de menos!»; y después empezó a hablarnos a Marta y a mí de la visita alrededor de la finca (nunca se referían a ello solo como «el campus» o «los terrenos» del internado) que les había hecho a Lloyd y a Sami. Comentó que habían estado paseando junto al arroyo Donny durante un buen rato, hasta que perdieron de vista el edificio central. Lloyd había conseguido sacarle una fotografía a un ciervo con el que se habían cruzado; se habían sentado a la orilla del arroyo y se habían bebido la botella de vino de comunión que Max había birlado de la antecapilla; en realidad, habían bebido mucho más de lo que pretendían, pero no pasaba nada, porque allí estaban, listos para bajar a cenar, y entonces preguntaron por qué Marta y yo no nos habíamos cambiado todavía. Fue Sami, regordete y rubio como era, el que se dio cuenta de que algo iba mal, el que se percató del ambiente tan extraño que reinaba en la sala, de que cuando entraron por esa puerta algo había estado *a punto* de ocurrir, y me dirigió una mirada nerviosa e inquisitiva, una que ahora conozco demasiado bien. No dijo nada, pero le puso la mano en el hombro a Marta, que permanecía de pie en medio de la estancia, en completo silencio, rodeada de todo ese barullo, con la mirada todavía clavada en la ventana.

Marta y yo no volvimos a hablar de lo que casi sucedió ese día; tampoco les hablamos a los chicos de ello, ni reconocimos lo que había estado a punto de ocurrir en voz alta. Pero hay algo de lo que no me cabe ninguna duda: fue justo lo que ocurrió ese día lo que despertó el odio de Genevieve hacia nosotros. Antes de que Marta se hubiese acercado a ella hecha una furia aquel día, con los brazos estirados, a Genevieve no le habíamos caído bien por el mero hecho de estar estudiando allí gracias a una beca. Pero, después de aquella tarde, ese resentimiento se transformó en algo mucho más profundo. En ese momento no fui capaz de ver lo que era en realidad, pero ahora lo sé: era miedo.

—Sylvia está haciendo el control de uniformes de los alumnos de primero en el atrio —estaba diciendo Max—. ¿Te apetece bajar pronto para ver cuántos se echan a llorar? —Genevieve se carcajeó, aceptó la mano que Max le tendía y toda la tensión que hasta ese momento había llenado el aire de la habitación 1A desapareció de un plumazo. Lloyd, Sami, Genevieve y Max bajaron al comedor principal. Esa era la esencia del Internado Realms: odiaban que sus alumnos fuesen unos holgazanes, por lo que siempre había algún lugar en el que estar, algo que tenías que hacer, otro partido que jugar u otra reunión a la que asistir, o algo que acabar. Pasase lo que pasase, tenías que seguir en movimiento y, si no lo hacías, eras débil. Marta y yo nos quedamos atrás para terminar de recoger, doblando en silencio las interminables prendas que formaban parte de nuestros uniformes del Internado Realms y guardándolas en nuestros respectivos cajones. También apilamos nuestros libros y cuadernos sobre el escritorio y metimos nuestros baúles bajo las camas. Marta no siguió con su tarea de ordenar los libros por orden alfabético. Durante una media hora, más o menos, la habitación 1A se llenó de la cálida luz de la tarde. Entonces el sol se empezó a ocultar tras las colinas y el atardecer bañó con su luz el edificio central. Para cualquier otro estudiante del Internado Realms solo fue un día cualquiera más, pero, para nosotros, los estudiantes con la beca Millennium, fue el comienzo de un camino que definiría el resto de nuestras vidas.

2

El día siguiente era un miércoles y nuestro último día libre antes de que empezasen las clases, y Marta y yo éramos las únicas alumnas de primero de bachillerato que no estábamos de resaca. De camino al comedor para desayunar aquella mañana, un Sami con cara de sueño nos dijo que todos habían bebido demasiado durante y después de la cena (se habían escondido unas cuantas latas y botellas en el interior de los bolsillos de sus chaquetas de traje y debajo de la mesa), y que, en vez de reprenderlos por ello, los miembros de la Patrulla superior habían sido justamente quienes lo habían iniciado todo.

Otra cosa no, pero sexo tampoco faltaba en el Internado Realms. El día que llegamos, las conversaciones que cruzaban a gritos los pasillos de la residencia giraban en torno a las fiestas que habían tenido lugar durante el verano y en torno a quién se había acostado con quién, qué relaciones habían sobrevivido a las vacaciones, quién había puesto los cuernos a quién (y con quién), y si al final terminarían volviendo o no. Aquí parecía haber mucho más en juego que en mi anterior instituto, donde la gente solo cotilleaba de vez en cuando y después seguían con sus vidas. Tenía la impresión de que, en el Internado Realms, con quién salías era un factor incluso más importante para determinar tu estatus social que la cantidad de dinero que tenías o quiénes eran tus padres. Max Masters y Genevieve Lock eran la pareja de moda de nuestro curso, porque llevaban juntos desde cuarto, y eran tan elegantes como inexpugnables: ella formaba parte de la Patrulla superior, era la hija del líder de la oposición; y él estaba estudiando en este internado gracias a una beca para tocar el órgano que otorgaba el Programa Brune, así que sí, también era un alumno becado pero, al parecer, su beca no estaba tan mal vista como la nuestra. Después también estaba la compañera de habitación de Genevieve, Shana Hussain, que era hija de un jeque árabe, según Max, y quien no solía dar nunca un palo al agua, pero tampoco la castigaban nunca por ello. El novio de Shana era Jolyon Astor, el líder de la Patrulla superior y el capitán estudiantil del internado. Aunque Genevieve no era tan amiga de Shana como de Sylvia Maudsley, que era la segunda capitana estudiantil y miembro de la Patrulla superior, así como representante de la Casa Raleigh. Todavía no habíamos tenido el placer de cruzarnos con Sylvia.

Una sensación febril surcaba el aire cuando bajamos por las escaleras a las diez en punto para la reunión informativa para los alumnos de primero de bachillerato. La sala común de la Casa Hillary era una estancia diáfana, con paneles de madera recubriendo las paredes, y unos techos lo bastante altos como para que hubiesen construido una especie de galería que recorría las cuatro paredes y a la que se podía acceder gracias a una escalera de caracol. No era lo bastante grande como para que cupiesen los alumnos de las cuatro Casas del internado, y aquella mañana hubo unos cuantos alumnos deshidratados que no paraban de discutir al buscar un asiento donde sentarse. Lloyd, Marta, Sami y yo terminamos los cuatro apiñados en un pequeño sofá que había pegado a una de las paredes de la abarrotada sala. Apretujada entre Sami y Marta, eché un vistazo a mi alrededor, observando a mis alborotadores compañeros de clase, con sus uniformes inmaculados y sus perfectas dentaduras. *Este es también tu hogar ahora*, pensé. *Tú has querido que fuera así. Tienes que asegurarte de que esto salga bien.* A mi lado, Marta había sacado un libro de poesía del bolsillo de su chaqueta del uniforme y se había puesto a leerlo, completamente absorta entre sus páginas.

—Silencio —pidió el director de nuestra Casa, que estaba de pie junto a la chimenea. El señor Gregory era un hombre no muy alto que se estaba quedando calvo, de unos cincuenta y muchos años, que estudió en el Internado Realms cuando era joven y que luego había vuelto como juez maestro, así como fundador y director de la Casa Hillary, después de lo que el folleto describía como «una distinguida carrera militar, truncada por una grave lesión». Era un hombre pedante e irascible, y me seguía pareciendo igual de intimidante esta mañana que cuando nos recogió a Lloyd, a Sami, a Marta y a mí en el atrio hace tres días. Marta le había caído mal al instante, la reprendió por haber pedido el uniforme en la talla equivocada, y por haber llegado al Internado Realms sola. Ignoró a mi padre, que estaba a un lado con las llaves del taxi que conducía en la mano, pero les estrechó la mano a los padres de Sami y se dirigió a ambos como los doctores Lynch.

Se hizo el silencio en la sala.

—Antes de que comencemos con el orden del día —empezó a decir el señor Gregory con su voz entrecortada—. Estoy muy decepcionado con vosotros por lo que he oído que sucedió ayer después de la cena. Aquellos que estuvieron involucrados, ya sabéis quiénes sois, tendrán que presentarse en mi despacho inmediatamente en cuanto termine esta reunión.

Intriga y diversión a partes iguales llenaban la sala común. El señor Gregory pidió que guardásemos silencio, pero yo ya había oído los nombres de Genevieve y Max susurrados entre todo el revuelo. Estaban sentados en un sofá que había junto a la chimenea, uno al lado del otro, Genevieve con las piernas extendidas sobre las rodillas de Max, examinándose las uñas, distraída, con una sonrisa pícara dibujada en su rostro.

—Los han sorprendido teniendo sexo encima del órgano a las dos de la mañana —me comentó Sami en un susurro—. Max se lo contó a Lloyd durante el desayuno. —Con dificultad, por lo apretados que estábamos los cuatro, me volví a mirar a Sami, pero entonces otra voz se abrió paso por encima del murmullo general.

—Buenos días. —Quien había roto el barullo era una mujer de unos cuarenta años, alta y delgada, de rostro astuto y erudito, y con el cabello oscuro y ondulado. Supuse que sería una mag (era como se llamaba a los «profesores» en el Internado Realms, algo que, cuando lo escuchamos por primera vez, Marta pensó que probablemente sería una abreviatura de la palabra latina «magister»), aunque llevaba puestos unos vaqueros y un jersey, en vez de la túnica del uniforme—. Para aquellos que no me conozcan, me llamo Isobel Reza, y soy la médica titular de la escuela. Para aquellos que sí me conocéis: bienvenidos de vuelta. Me alegro mucho de volver a veros.

Se escucharon unos cuantos aplausos perezosos. Por lo que me di cuenta tiempo después, esa reacción era bastante atípica en el Internado Realms, donde la actitud por defecto de los alumnos hacia el personal solía oscilar entre la indiferencia y el desprecio absoluto.

La doctora Reza siguió hablando, con un tono de voz calmado y firme.

—A la mayoría de vosotros os conozco bastante bien y he tenido el honor de cuidaros durante todos estos últimos años que lleváis estudiando en el Internado Realms. Ahora todos tenéis al menos dieciséis años. Podéis acercaros a la enfermería cuando queráis, y alguna de las enfermeras o yo misma os atenderemos en cuanto podamos. Quizá también queráis hablarnos de cualquier tema que os preocupe y me gustaría recordaros que podéis comentarnos cualquier cosa, estad seguros de que lo que nos contéis se quedará entre nosotros.

Un revuelo de risitas nerviosas se extendió por la sala. A mi lado, Marta se había quedado tensa como un arco a punto de disparar una flecha. El libro de poesía que había estado leyendo reposaba abierto sobre su regazo, aunque ya no le estaba prestando atención a sus páginas. Seguí su mirada hacia la doctora Reza, que estaba ignorando deliberadamente la mirada asesina que le estaba lanzando el señor Gregory. Este abrió la boca para comentar algo pero una voz fría que provenía desde la galería se le adelantó.

—Creo que todos estamos bastante seguros de que Gerald Foster no tiene absolutamente *nada* de lo que hablar con usted, doctora Reza.

Todas las miradas se alzaron hacia la galería. Una chica morena a la que había visto intercambiando un par de sonrisas cómplices con Genevieve de vez en cuando era quien había roto el revuelo. Llevaba puesta una túnica con el emblema de la Patrulla superior bordado, con su característico trenzado plateado en los puños de las mangas y en el reborde del cuello. Era tan alta y delgada como Genevieve, e incluso más impresionante, con su piel pálida y brillante, y sus rasgos afilados. La manera en la que nos estaba observando a todos desde la galería la hacía parecer una especie de capitana de un barco.

—Buenos días, Sylvia —la saludó la doctora Reza, alzando la voz para hacerse oír por encima de los murmullos—. ¿No crees que deberíamos empezar este nuevo curso con mejor pie?

—Oh, déjese de tonterías conmigo. Lo único de lo que tengo que *hablarle* es de que Gerald Foster es un chivato patético que vive resentido porque nadie quiere acostarse con él, ni el año pasado, ni ahora. —Sylvia Maudsley no estaba mirando a la doctora Reza, sino que tenía la mirada clavada en una esquina de la sala común, donde un chico pelirrojo y de hombros anchos con las mejillas llenas de marcas de acné estaba sentado en el suelo. Era el único que llevaba puestos unos pantalones de montar a caballo y una chaqueta sucia y encerada en vez del uniforme reglamentario del internado. Se sonrojó con violencia y un revuelo de risas burlonas se extendió por toda la sala.

—Ya basta, Sylvia. —Esa voz le pertenecía a la directora de la Casa Raleigh, una mujer de lo más severa, aunque todavía no sabía cómo se llamaba. Sylvia se encogió de hombros y se dio la vuelta, desapareciendo entre las sombras de la galería. Me sentía mareada y nerviosa por la descripción que Sylvia había hecho de Gerald Foster, pero también por la manera en la que todos los demás alumnos se habían reído tan alegremente de su cruel comentario. Y además, había oído que Sylvia jugaba en el equipo de hockey sub-18 del internado, para el que se iban a convocar pruebas dentro de un par de días. Estaba segura de que, con un palo de hockey en la mano, sería letal.

Para cuando nos dejaron marcharnos ya era casi mediodía. Lloyd, Marta, Sami y yo nos levantamos de nuestro sofá y acabábamos de unirnos a la marea de estudiantes que se dirigían hacia la puerta cuando el señor Gregory nos llamó. Tuvimos que abrirnos paso entre los alumnos hasta la chimenea. A pocos metros de distancia, la doctora Reza estaba hablando con la mujer que había mandado callar a Sylvia.

—Me gustaría hablar un momento con vosotros —dijo el señor Gregory—. Las clases empiezan mañana. Como beneficiarios de las becas Millennium, espero que los cuatro seáis los mejores alumnos de vuestras clases. —Los cuatro asentimos, nos habían dejado claro en las cartas que nos habían enviado ofreciéndonos una beca completa para estudiar en este internado que esa era la condición principal para poder mantenerlas—. Normalmente no aceptaría así como así a cuatro alumnos becados en la Casa Hillary, y mucho menos al mismo tiempo, pero, en vista de vuestros resultados en los exámenes de acceso… Señorita De Luca, los suyos fueron especialmente impresionantes. —Recorrió a Marta de arriba abajo con la mirada—. Que es más de lo que se puede decir de su uniforme.

—Ya creceré para que me quede bien. —Marta apretó los dientes con fuerza. El dinero de la beca no cubría el precio de nuestros uniformes ni el equipo que pudiésemos necesitar, y supuse que ella (como yo) había decidido optar por comprarse un uniforme que pudiese valerle los dos años que nos quedaban por estudiar allí. Justo en ese instante, la doctora Reza se volvió hacia nosotros.

—Hola —nos saludó, sonriendo de oreja a oreja—. Me alegro mucho de conoceros.

Los cuatro le dimos la mano bajo la gélida mirada del señor Gregory. La doctora Reza se volvió a mirarlo.

—¿Has dicho que hay un problema con el uniforme de Marta?

—Está claro que lo hay.

—Eso tiene fácil solución, tenemos un montón de prendas en los objetos perdidos de la enfermería que nadie ha reclamado. Estoy segura de que encontraremos algo de tu talla cuando vayas para la revisión de principio de curso, Marta.

Marta parecía aterrorizada.

—No quiero… —empezó a decir, pero no pudo continuar, porque el señor Gregory se llevó a la doctora Reza a rastras, apartándola del grupo, y comenzó a discutir con ella.

—Vamos —dijo Lloyd, mirando a Marta, que parecía cabreada—. Vamos a comer algo.

Cuando pasamos junto al despacho del señor Gregory, vi a Genevieve y a Max esperando fuera, hablando con Sylvia y con Bella Ford, la presidenta de actividades, a quien conocía de haber hablado con ella en un par de ocasiones mientras jugábamos al hockey. El musculoso brazo de Bella rodeaba los hombros de Sylvia, y trazaba círculos distraída sobre su clavícula. Los cuatro dejaron de hablar en cuanto nos vieron acercarnos.

—¿Vosotros sois los de las becas Millennium? —preguntó Sylvia, mirándonos de arriba abajo. Los cuatro asentimos.

Elevó levemente una de las comisuras de sus labios.

—Joder. —Nos examinó detenidamente, de uno en uno, terminando conmigo—. ¿De dónde cojones os han sacado? —Max, Genevieve y Bella se carcajearon ante su comentario, pero la mirada de Sylvia permaneció clavada en mi rostro, fulminante y hostil—. No vais a durar ni cinco minutos aquí —repuso con frialdad, y después se volvió, dándonos la espalda, para retomar la conversación con sus amigos.

Recuerdo ese día, ese miércoles, fue el día en el que por fin fui consciente por primera vez de todas las escaleras que había en el Instituto Realms. Teníamos que bajar seis plantas para llegar al atrio para picar algo, por la empinada escalera principal a la que se conocía comúnmente como «el Eiger», cuyos doscientos escalones eran casi el doble de grandes que los normales, y estaban tan pulidos que vi a unos cuantos alumnos de primero resbalándose al bajar. Después volvimos a la Casa Hillary para asistir a una breve ceremonia a la que se conocía como «la distribución de tareas», en la que a Marta y a mí se nos ordenó que nos presentásemos en los establos a las dos y media de la tarde y, después de aquello, a las siete menos cuarto todas las mañanas. Fuimos corriendo hacia el gran comedor de la planta baja para almorzar, y después volvimos a nuestras habitaciones para ponernos los monos y las botas de trabajo que habíamos tenido que comprar para trabajar al aire libre. Tardé un rato en convencer a Marta de que se cambiase el uniforme y me acompañase a los establos, pero conseguí engatusarla tanto por su propio bien como por el mío, no quería tener que ir a la iniciación yo sola.

¿En algún momento pensamos Lloyd, Sami o yo que el comportamiento de Marta era demasiado extraño o que se podía deber a que, quizás, era una chica más problemática que rebelde? La respuesta sencilla sería que no. Esos primeros días en el internado todos estábamos demasiado ocupados, todo nos sobrepasaba. Cada uno tenía sus propios problemas, que tenían que ver con encajar en esta nueva realidad y con el hecho de que era justamente Marta quien nos estaba reteniendo para que no encajásemos del todo. Aunque teníamos distintos motivos, todos compartíamos un denominador común por el que habíamos aceptado la beca para estudiar en el Internado Realms. A todos nos había seducido su fama (*todo el mundo* había oído hablar aunque solo fuese una vez de este internado), sus deslumbrantes folletos que se mandaban de vez en cuando a los colegios públicos de alto rendimiento como el mío y, especialmente en mi caso, por la lista de «destinos de los egresados» y todos los perfiles de antiguos alumnos que había en la parte trasera del folleto. Esos panfletos dejaban claro que los egresados del Internado Realms dominaban el mundo. Todos habían terminado estudiando en Oxford, Cambridge y en otras de las mejores universidades del mundo y, por ello, habían llegado a formar parte de los primeros mandos del gobierno o del ejército, o incluso a dirigir compañías que habían crecido exponencialmente a un ritmo vertiginoso. Pero había empezado a correr el rumor de que los exámenes de acceso del Internado Realms se habían vuelto mucho más fáciles que antes, y que el estatus benéfico de la institución no se sostenía: necesitaban nuevos alumnos con talento que proviniesen de los barrios pobres. Por eso Lloyd, Sami, Marta y yo nos presentamos a los terribles y difíciles exámenes de acceso para obtener una beca. A esos exámenes se presentaron más de mil aspirantes, pero fuimos nosotros los que ganamos las plazas. Habíamos entrado.

Yo había tenido la esperanza de que estudiar en el Internado Realms sería divertido. En mi opinión, todos los internados tenían ese aire como de cuento de hadas, una fascinación que se debía sobre todo a los cuentos que había leído de pequeña. Después de recibir mi carta de aceptación, había releído todas esas historias: *Torres de Malory, Trebizon, The Chalet School*; y esas tramas, que me resultaban tan familiares como respirar, habían conseguido mitigar mis nervios. Esas historias de inadaptados que se convertían en líderes, de condenados al ostracismo a quienes se aceptaba poco a poco y en las que nunca ocurría nada demasiado horrible. Había estado tan centrada en mis estudios que tampoco había hecho muchos amigos en mi instituto de Hackney, por lo que la idea de tener que hacer amigos sí o sí, aunque fuese un poco a la fuerza, en el internado me parecía de lo más atractiva. Unos cuantos meses más tarde, cuando mi padre y yo vislumbramos por primera vez el Internado Realms en el horizonte a través del parabrisas de su taxi, cuando nos adentramos en ese ancho camino de ingreso rodeado de enormes plataneros majestuosos, fue como si todo lo que había imaginado hasta ese momento cobrase vida y color, una vivacidad y grandeza que sobrepasaban todas mis expectativas. Estaba emocionada. Pero en cuanto entramos en el atrio, con sus decenas de retratos y su enorme escalera, esa emoción había desaparecido poco a poco. Recuerdo que eché un vistazo a mi alrededor; había visto cientos de estudiantes que exudaban confianza y belleza por todos los poros de su cuerpo, incluso más que influencia, y entonces me sentí muy pequeña. Sentí como si no supiese nada, como si nunca hubiese vivido nada memorable, como si nunca me *fuese* a ocurrir nada memorable porque era insignificante, indigna de ello. Recuerdo que tenía la esperanza de poder convertirme en una mejor versión de mí misma al cruzar esa puerta, pero, en comparación con todas las criaturas elegantes y coloridas que me rodeaban, me sentía monocromática, indigna y sin gracia.

Ya era el cuarto día, y Lloyd, Sami, Marta y yo nos habíamos unido, forjando una frágil y crucial camaradería. No habíamos tenido tampoco mucho tiempo para hablar, por lo que solo habíamos ido recopilando algún que otro pequeño detalle aquí y allá los unos de los otros. E incluso lo que habíamos ido descubriendo tan solo era información imprecisa y, en algunos casos, confusa. El primer día, cuando nos conocimos en el atrio, Lloyd nos presentó a sus padres de acogida, que se habían despedido de él con un abrazo cariñoso, pero después él nos había confesado que no creía que fuese a volver a verlos. «Eso no puede ser», me había comentado Sami un rato después, pero la realidad era que ninguno de los dos teníamos ni idea de cómo funcionaban esa clase de cosas. A Sami lo habían traído sus padres, que tenían un acento de Yorkshire incluso más marcado que el suyo. Fueron ellos también quienes ayudaron a Marta a descargar los baúles y maletas del maletero del taxi en el que había llegado y después se pusieron a hablar un rato con mi padre, como si fuesen viejos amigos, mientras Sami se despedía de sus tres hermanas. La más pequeña de todas se había aferrado al torso de Sami hasta que él la había tomado en brazos, y ella le había rodeado el cuello con sus pequeños bracitos y se había echado a llorar. Recuerdo que en ese momento me volví a mirar a Lloyd y a Marta, para ver cómo reaccionaban ante aquella estampa, porque tenía la sensación de que, al igual que yo, ellos también eran hijos únicos. Lloyd los había observado atentamente, lanzándoles una mirada fría y cínica, pero Marta había echado la cabeza hacia atrás y clavado la vista en el alto techo del atrio, con una pequeña sonrisa dibujada en su pálido rostro.

Aunque no sabíamos muchas cosas los unos de los otros, sabíamos incluso menos del resto de nuestros compañeros, porque la mayoría todavía no se habían acercado siquiera a hablar con nosotros. Lloyd sí que había estado quedando de vez en cuando con Max, pero solo porque Max estaba obligado a dar clases de órgano a cualquier alumno que se lo pidiera como parte del Programa Brune, y Lloyd, que resultó ser un pianista excepcional, había decidido probar a ver qué tal se le daba tocar el órgano. Por lo demás, vivíamos una vida de lo más solitaria en medio del ambiente propio de una secta del Internado Realms, donde, como ya habíamos empezado a comprender, los alumnos bailaban una danza llena de lealtad, honor y venganza cuyos pasos todavía no nos habían enseñado.

Quizá nos habría ido mucho mejor si nos hubiésemos quedado apartados del resto. No teníamos por qué habernos involucrado en lo que sucedió aquella tarde, esa no era nuestra lucha, al contrario que todas las demás que le siguieron. Recuerdo haber bajado corriendo el Eiger con Marta a mi lado, perdiendo el equilibrio por un segundo al resbalarme en los escalones por mis botas de suela gruesa, y haber atravesado los parches de polvorienta luz solar que se filtraban por las ventanas e iluminaban el atrio. Cruzamos la puerta principal a la carrera y salimos al camino de la entrada, que estaba también completamente desierto, y allí nos quedamos, de pie frente a los escalones de piedra, parpadeando bajo los brillantes rayos del sol. Echamos un vistazo a nuestra derecha, a través del césped ondulante, hacia el edificio Klein-Portman y la biblioteca Straker. A nuestra izquierda, la inmensa fachada de la capilla quedaba bañada por el sol y su campana repicaba lentamente, dando las tres de la tarde.

—La torre del reloj —comentó Marta de repente.

—¿Qué?

—Se puede ver desde la ventana de nuestra habitación. Está por donde los establos, lo ponía en el folleto. —Marta señaló hacia un pasaje que había entre el edificio central y la capilla—. Es por aquí.

La seguí a través del laberinto de edificios de ladrillo rojizo llenos de clases y residencias, que se arremolinaban alrededor de pequeños parches rectangulares de césped verdoso. Y entonces, de repente, nos encontramos ante un arco enorme que daba acceso a un patio hexagonal con una fuente en medio. Marta se paró a leer el cartel que había junto al arco bajo el que acabábamos de pasar. Mientras examinábamos todas las flechas y direcciones a las que apuntaban, escuchamos unas voces que provenían de algún lugar a la distancia; era una especie de cántico.

—¿Qué es eso? —La intensidad de las voces estaba haciendo que se me pusiesen los pelos de punta.

Marta se encogió de hombros y apoyó el dedo en la última palabra que había escrita en el cartel: «establos».

—Por aquí —dijo, y salimos corriendo a través del césped, hacia un segundo arco. Los cánticos fueron cobrando fuerza cuanto más nos acercábamos, volviéndose mucho más agresivos a cada paso que dábamos.

Vimos los establos, eran un par de edificios de ladrillo de dos plantas cuadrangulares y estaban mucho más maltrechos que el resto de los edificios del Internado Realms, y justo a su lado estaba la torre del reloj que Marta había visto desde nuestra habitación. Pasamos por debajo de otro arco y vimos el patio de los establos, que estaba lleno de estudiantes vestidos con monos de trabajo. Habían estado hablando alegremente entre ellos, pero en cuanto nos vieron aparecer se quedaron completamente en silencio, dándonos la espalda, con la vista clavada en algo que no podíamos ver.

Marta y yo nos quedamos heladas donde estábamos, bajo el arco, a unos cuantos metros de distancia de la multitud, y compartimos una mirada cómplice. Estaba claro que algo malo estaba ocurriendo, estaba casi segura de que era otro de esos extraños rituales del Internado Realms. *No tienes por qué ver esto,* murmuró una voz en mi cabeza. *Vuelve al Hexágono y espera a que todo acabe.* Estiré la mano hacia el brazo de Marta, para pedirle que nos marchásemos de allí en silencio, pero entonces oímos una serie de pasos en la grava, y un enorme caballo negro apareció junto a la multitud. La jinete se abrió paso entre el grupo de estudiantes, obligándolos a abrirle camino, y entonces vimos qué era lo que habían estado observando tan ensimismados.

El chico pelirrojo que había estado sentado bajo la ventana de la sala común de Hillary estaba atado a una estatua sobre un bebedero, en el centro del patio. Estaba desnudo de cintura para arriba, y alguien lo había colocado de tal forma que quedase pegado por completo a la estatua, con el cuello girado hacia un lado. La estatua representaba a un caballo embravecido, con la cabeza echada hacia atrás y las patas delanteras elevándose hacia el cielo. Gerald Foster estaba atado a la cabeza y el flanco del animal de piedra, sostenido únicamente por una serie de correas de cuero que le rodeaban el torso, los muslos y los brazos. Tenía los pies colgando en el vacío, justo a la altura de donde empezaban las patas traseras del caballo. Mientras lo observábamos, él se sacudió con violencia. Salpicó agua por todas partes, y la multitud retrocedió.

—Deja de resistirte. —Quien había hablado era Genevieve, que era también la jinete del caballo negro. Al otro lado del patio vi a Sylvia, patrullando el perímetro y rodeando a la concurrencia allí reunida, montada a lomos de un segundo caballo—. No te servirá de nada y, de todos modos, creíamos que te gustaban los caballos.

—¡Suéltame, zorra! —Gerald luchó contra las correas, con los brazos inmovilizados a sus lados. Era extremadamente alto y, a pesar de ello, su enorme cuerpo y su fuerza no le servirían de nada en esta ocasión—. ¡Vas a pagar por esto!

—No. —La voz de Genevieve sonaba alta y gélida—. Eres *tú* quien va a pagar, Gerald. Vas a pagar por haber sido un traidor y un individuo virgen triste y celoso. —Gerald soltó un gruñido, pero ella habló por encima del ruido, deteniendo a su caballo justo frente a él—. Ya sabes cómo funcionan las cosas en el Internado Realms. Llevas aquí tanto tiempo como cualquiera de nosotros. —Su expresión se endureció cuanto más lo miraba—. Ya conoces las normas.

—¡Tú misma las rompiste! —gritó Gerald, luchando contra sus ataduras, y entonces me di cuenta de que no eran cuerdas, sino riendas—. ¡No podemos estar fuera de nuestras habitaciones por la noche! Crees que puedes hacer lo que te dé la maldita gana, pero ahora que formo parte de la Patrulla superior… —No llegó a terminar lo que iba a decir, porque entonces una de las riendas cedió levemente y su cuerpo descendió unos centímetros, adentrándolo un poco más en el bebedero.

—No estoy hablando de las normas de la *escuela,* pero eso ya lo sabes —repuso Genevieve. Llevaba una fusta en la mano derecha—. Que te permitiesen entrar a formar parte de la Patrulla superior no cambia nada, Gerald. No volverás a delatarme. —Alzó la fusta y yo sentí cómo me invadía el miedo, pero entonces se volvió y señaló a la muchedumbre, que empezó a corear como si fuesen una sola persona. Ahora sí que podíamos entender lo que estaban diciendo. «Virgen chivato. Virgen chivato. Virgen chivato».

Mientras la multitud coreaba esas palabras una y otra vez, me volví hacia Sylvia. Estaba subida a lomos de su caballo, vestida con una chaqueta de montar azul de la Casa Raleigh. Tenía el ceño fruncido y observaba alternativamente a Gerald y a Genevieve, antes de clavar la mirada en su amiga. Su caballo sacudió la cabeza, inquieto. Sylvia estiró la mano y lo acarició entre las orejas, sin apartar la mirada de Genevieve en ningún momento. Aunque parecía que Genevieve era quien estaba al mando, tuve la impresión de que Sylvia estaba actuando como una especie de árbitro, asegurándose de que a su amiga le saliese el plan tal y como pretendía.

Con la facilidad de una experta, Genevieve dirigió a su caballo, abriéndose paso entre el gentío, hasta que llegó al lado de Sylvia y juntas observaron cómo Gerald luchaba desesperado para liberarse de las riendas que lo mantenían atrapado, salpicando agua por todas partes cuando intentaba usar las piernas para aflojar los nudos. Horrorizada, observé cómo su cuerpo se deslizaba poco a poco, cada vez más abajo, a medida que las riendas que mantenían atrapadas sus piernas empezaban a soltarse. La rienda que habían atado más alto estaba a la altura del cuello de la estatua del caballo, y rodeaba a Gerald a nivel del torso y los brazos. Sin las riendas inferiores atadas alrededor de sus piernas, supe que la superior terminaría deslizándose hacia arriba, hasta rodearle el cuello. Sylvia entrecerró los ojos.

—No nos chivamos de lo que están haciendo otras personas solo porque estén haciendo algo que nos gustaría hacer a nosotros mismos —le dijo Genevieve a Gerald casi en un siseo. Gerald estaba sonrojado, rojo como un tomate, mientras luchaba contra sus ataduras, nervioso por liberarse. Parecía estar al borde de un ataque de pánico, además de sufriendo físicamente. Me quedé helada, observando la escena horrorizada, cuando le entraron las primeras arcadas y vomitó con ganas sobre su pecho desnudo. Todos se echaron a reír.

Oí el sonido de unos cascos de caballo resonando sobre la gravilla, acercándose a nosotras, y el caballo gris de Sylvia apareció en medio del arco, obstaculizándonos la visión de la escena que se estaba desarrollando ante nuestros ojos. Marta y yo nos internamos un poco más entre las sombras, y observamos cómo Sylvia se deslizaba sobre su silla de montar, inclinándose hacia el suelo. Usó la punta de su fusta para pinchar con ella a uno de los estudiantes más jóvenes que había en la parte de atrás de la multitud. Este pegó un salto y la miró aterrorizado mientras ella le murmuraba algo que no pude llegar a escuchar. El chico parpadeó, sorprendido, y después asintió. Sylvia se enderezó sobre su asiento y animó a su caballo a que siguiese caminando, dándole un leve golpe en el costado con los talones de sus botas de montar, antes de dirigirse de vuelta junto a Genevieve, que nos seguía dando la espalda.

En ese momento ocurrieron unas cuantas cosas casi a la vez. Se escuchó un grito agudo y tembloroso desde el fondo —«¡Mag! ¡Mag!»—, y entonces el público se dispersó, los estudiantes salieron corriendo hacia los establos, tomando rastrillos, cubos y carretas a la carrera. Genevieve y Sylvia azuzaron a sus monturas, se acercaron a una esquina del patio y allí se detuvieron. Gerald pataleó aún más desesperado, logró liberar sus piernas y fue entonces cuando su cuerpo se deslizó más abajo y la rienda que antes había rodeado sus brazos y su torso se cernió sobre su cuello. Se iba a ahogar.

—¡No! —Marta salió corriendo hacia la estatua. Se alzó sobre el borde del bebedero de los caballos e intentó desatar las riendas que mantenían atrapado a Gerald. El chico tenía el rostro contorsionado de dolor, y salpicaba agua por todas partes al seguir pataleando. El pánico se estaba apoderando de Marta poco a poco al intentar ayudarle; no lograba alcanzar las riendas que rodeaban el cuello del caballo y del chico. De repente, se dejó caer de rodillas en el borde del bebedero de piedra y rodeó las piernas de Gerard con sus brazos, y lo sostuvo con fuerza para que no siguiese deslizándose hacia abajo—. ¡Rose! —me llamó a gritos.

Salí de mi ensimismamiento de inmediato y corrí hacia la estatua, encaramándome al borde del bebedero como había hecho Marta. Ignoré los nudos de las riendas y me centré en soltar una de las hebillas, intentando que la tira de cuero se liberase de su carcelero metálico. En cuanto logré abrirla, Gerard dio una última patada con fuerza, y Marta y él se desplomaron, con el cuerpo de

Marta amortiguando la caída de Gerald. Y los dos salieron rodando por el suelo polvoriento.

—*Joder.* —Me bajé del bebedero de un salto y me arrodillé junto a Marta, que estaba tirada en el suelo con la mejilla aplastada contra la grava. Le coloqué la mano en el hombro para ayudarla a incorporarse—. ¿Estás bien?

—Eso creo. —Le estaba sangrando una herida que se había hecho en el labio al caer, y tenía el mono de trabajo cubierto de polvo y de vómito de Gerald. Se volvió a mirar al chico—. ¿Estás bien? —le preguntó.

Este estaba arrodillado, apoyándose en sus manos para recobrar el aliento; tosía con violencia y tenía las mejillas sonrojadas con fuerza, avergonzado.

—Idos a la mierda —logró decir. Se levantó y cruzó el patio cojeando, yendo hacia el otro arco, con su espalda pálida llena de sangre.

Marta y yo nos quedamos de pie en medio del patio, mirándonos fijamente, sorprendidas. A nuestro alrededor, los establos eran un hervidero de actividad. El sol refulgía sobre las manecillas del reloj. No había ni rastro de ningún profesor.

—Los perdedores siempre ayudan a otros perdedores. Encantador. —Nos dimos la vuelta y vimos cómo Genevieve y Sylvia se acercaban caminando. Las dos eran mucho más altas que nosotras, y mucho más duras—. ¿Cuál de las dos ha arruinado la fiesta? —exigió saber Genevieve.

—Nosotras no hemos... —empezó a decir Marta, pero Sylvia la fulminó con la mirada, entrecerrando los ojos, y entonces supe lo que le había pedido que hiciese a ese estudiante joven. Interrumpí a Marta, aunque no sé exactamente por qué lo hice.

—Fui yo. —Tragué con fuerza cuando las miradas de Genevieve y de Sylvia se volvieron hacia mí—. No podéis tratar a la gente así.

Genevieve me observó con un desprecio implacable.

—No te creo —me dijo. Fulminó a Marta con la mirada—. Fuiste *tú* quien dio la alarma, pequeña *gremlin* asquerosa. Tienes muchas cosas que aprender si no quieres terminar como él. —Señaló con un movimiento de cabeza hacia Gerald, que se había medio escondido dentro de uno de los establos y tenía la frente apoyada en el cuello de uno de los caballos. Le temblaban los anchos hombros con violencia—. Lárgate de aquí —ordenó de repente Genevieve. Señaló a Marta y después hacia el edificio central—. Vamos, lárgate. Ya te tengo fichada, *gremlin.*

Marta vaciló y por un momento temí que fuese a desobedecer la orden directa de Genevieve. Entonces soltó un sonoro suspiro y se dio la vuelta, arrastrando los pies por la gravilla al dirigirse justo donde Genevieve le había ordenado que fuese, sin echar la vista atrás. Genevieve soltó una risa seca, contenta, y se dirigió hacia uno de los establos cercanos, dejándonos a Sylvia y a mí a solas en medio del patio.

Sylvia me escrutó con la mirada, sus rasgos gélidos teñidos con una chispa de curiosidad.

—No os vi entre la multitud —comentó.

Me encogí de hombros. Mi mentira ya no tenía ningún sentido, era una estupidez, pero intentar retirarla ahora solo empeoraría las cosas. Sylvia abrió la boca como si fuese a decir algo, pero justo en ese momento Genevieve la llamó a gritos. Nuestras miradas se encontraron durante unos segundos, pero después se dio media vuelta.

Sabía que debería haberme marchado con Marta, pero una oleada de náuseas me invadió. Me dejé caer sobre el borde del bebedero desde el que se alzaba el enorme caballo de piedra embravecido. Estaba horrorizada por la crueldad de lo que acababa de presenciar, pero no se trataba solo de eso. A pesar de la silenciosa piedad de Sylvia, que había hecho que ahora culpasen a Marta de todo, lo que de verdad me hacía estremecer era la seguridad con la que Genevieve y ella se habían comportado. Se habían autodenominado árbitros morales en esta situación dentro de un mundo sin moral alguna, con un sistema que solo favorecía a los más fuertes. En ese mismo instante fui plenamente consciente de que nunca seríamos quienes tuviésemos el control allí dentro, y eso hizo que el miedo me invadiese, porque yo misma había decidido que ese lugar sería mi hogar durante los próximos dos años; un mundo que tenía una percepción del bien y del mal que era completamente suya y de nadie más.

3

—¿*Ni siquiera* ha aparecido?

Negué con la cabeza, y Sami y Lloyd me miraron incrédulos. Estábamos desayunando en el comedor, era la mañana siguiente del día en el que Marta y yo habíamos presenciado el ataque a Gerald. Las clases empezarían en media hora, pero ninguno de nosotros había visto a Marta esa mañana. Su cama estaba vacía cuando me desperté a las seis y cuarto para nuestras tareas del turno de mañana, y tampoco había ido a los establos. Un arisco Gerald me había asignado el bloque C, pero no había conseguido terminar de barrer, ni de limpiar, ni de hacer el resto de las tareas que tenía asignadas antes de que sonase el timbre del desayuno.

—¿Normalmente se despierta temprano? —me preguntó Sami.

—Sí —respondí, pero al decirlo me di cuenta de que nunca había visto a Marta despertarse o meterse en la cama, a pesar de que compartíamos habitación. Como si pretendiese rebelarse contra las normas, cada noche se quedaba sentada frente a nuestro escritorio después de que sonase el timbre que indicaba que debíamos apagar las luces, reclinada sobre algún libro, y cuando me despertaba siempre me la encontraba trabajando en algo, sentada ante nuestro escritorio, en el mismo sitio donde la había visto antes de quedarme dormida.

—Buenos días, campistas. —Me sorprendí cuando Max dejó caer su bandeja junto a la mía, salpicando algo de leche de su tazón de cereales sobre la mesa—. ¡El primer día! ¿Qué tal estáis de los nervios?

—Bastante bien —respondió Lloyd de inmediato. Max esbozó una sonrisa de oreja a oreja.

—Incluso las clases avanzadas van a ser pan comido para vosotros —comentó, metiendo la cuchara en su tazón de cereales—. Intenté que Keps me pusiese en las clases normales de inglés, porque me apetecía tener un año relajadito, pero insistió en que Sylvia y yo fuésemos a clase con vosotros. —Nos sonrió con picardía, y yo no pude evitar fijarme en lo encantador que era, con su cabello ondulado y su piel olivácea—. Oye, ¿dónde se ha metido Marta?

—Ni idea —respondió Sami por los tres, preocupado—. Rose dice que no la ha visto esta mañana.

—Tal vez se ha escapado —comentó Max alegremente.

—¿Qué? —Sam parecía horrorizado ante la idea. Max se carcajeó.

—¡Estoy de broma! —dijo, con la boca llena de cereales—. Pero ahora en serio, tampoco parece que le guste demasiado estudiar aquí, ¿no?

—¿Qué quieres decir?

—Bueno, no es que parezca que quiera encajar aquí. Con ese uniforme tan enorme que lleva… —Max le dio un sorbo a su café—. Y con todos los partes y castigos que le han puesto. Sé que Gin fue quien se encargó de que le pusiesen la mayoría —añadió, al fijarse en la cara que le había puesto—, pero lo hizo porque quiere asegurarse de que Marta comprenda cómo funcionan las cosas por aquí, por su propio bien. Gin me contó lo que pasó con Gerald. Marta se estará haciendo un flaco favor si sigue poniéndose de parte de gente como él de ahora en adelante.

Lloyd, Sami y yo compartimos una mirada inquieta.

—Max —dijo Sami de repente—, eso no es justo. Al parecer, Genevieve y Sylvia podrían haberle hecho mucho daño a Gerald. Creo que en este caso Marta sí que hizo lo correcto.

Max le lanzó una mirada divertida, aunque también había cierto brillo de lástima en sus ojos.

—No lo entendéis. Gerald se vale por sí mismo. El chivarse de lo que hicimos Gin y yo al señor G es lo *mínimo* de lo que es capaz de hacer. Lleva años detrás de nosotros.

—¿Por qué? —Lloyd estaba observando a Max con atención.

—Cuando éramos más jóvenes, se pasó mucho tiempo pidiéndole salir a Sylvia. Ella siempre le decía que no.

Esperamos, pero Max no añadió nada más. Se dedicó a untar mantequilla en su tostada, echando un vistazo de vez en cuando alrededor del comedor, completamente imperturbable.

—A veces me gustaría que Gin bajase a desayunar —empezó a decir, pero Sami lo interrumpió.

—¿Eso es *todo*? ¿Porque Sylvia le dijo que no... hace años?

Por un momento me pareció que a Max le había molestado aquella pregunta.

—Aquí la gente es rencorosa —respondió después, con calma—. Pasamos demasiado tiempo juntos como para poder olvidar las cosas. Supongo que... compartimos cierta historia. —Le dio vueltas a su café, como si estuviese perdido en sus pensamientos, pero entonces esbozó una sonrisa enorme—. Lo que me recuerda una cosa: vosotros estáis empezando a conocernos, pero nosotros no sabemos nada sobre vosotros dos. —Nos estaba mirando a Sami y a mí—. Sí que sé algo más de Lloyd, pero ¿de dónde venís vosotros dos? ¿De qué trabajan vuestros padres?

Bajé la mirada hacia mi tazón de cereales medio vacío. Max había hecho la pregunta demasiado despreocupado; con un tono demasiado estudiado, como si fuese un detective intentando reunir todas las pruebas posibles al interrogar a un sospechoso sin que este se diese cuenta de lo que estaba haciendo.

—Yo vivo en Hackney —respondí, porque el no hacerlo me parecía demasiado maleducado—. Mi padre es taxista.

—¿Y tu madre?

—Está muerta —dije, intentando no sonar demasiado cortante. Max abrió los ojos como platos, antes de estirar la mano hacia la mía y darle un leve apretón. Ese era el primer contacto físico que tenía con otro alumno del Internado Realms desde que había llegado y, por un momento, me dieron ganas de aferrarme a su mano todo el día.

—Lo siento mucho —me dijo Max—. Debe de ser *horrible*. —Me dio otro suave apretón y después se volvió hacia Sami—. ¿Qué hay de ti, chico? —le preguntó, intentando poner acento de Yorkshire al decirlo, pero consiguiendo una imitación pésima.

—Soy de Leeds, y mis padres son médicos —respondió Sami alegremente—. Mi padre es psiquiatra y mi madre ginecóloga.

—¿Y tú pretendes seguir sus pasos?

—¿Cómo sabías que...? —empezó a decir Sami, pero Max siguió hablando antes de que pudiese terminar la pregunta.

—Esa caja que te trajiste —comentó—. El baúl de madera. ¿Tienes algo divertido?

—¿Divertido?

—¿Alcohol, cigarros? ¿Algo que pudiese interesarnos?

—Oh —dijo Sami, soltando una suave carcajada—. No, me temo que no tengo nada. Es solo mi «caja de contrabando». —Max enarcó las cejas, como si no comprendiese lo que estaba queriendo decir con eso, por lo que Sami siguió hablando—. Mis padres me dijeron que todo el mundo traía cajas de contrabando a los internados. En realidad, dentro solo hay chocolatinas. También alguna que otra galleta, golosinas...

—¡Vale! —Max se carcajeó—. Es una pena, pero no importa. Aunque, si fuera tú, yo no lo mencionaría ante el resto de los estudiantes. Todos dejamos de traer nuestras cajas de contrabando en tercero. —Le guiñó un ojo de nuevo. Justo en ese momento, sonó el timbre y Max se terminó su café de un trago—. Será mejor que nos vayamos, Keps se pondrá hecha una fiera si llegamos tarde.

—¡Rose! —A mitad del Eiger, nos dimos la vuelta y nos encontramos con Marta unos cuantos escalones por debajo, abriéndose camino entre empujones para alcanzarnos. No llevaba ninguna mochila, pero cargaba con unos cuantos libros en brazos.

—¿Dónde estabas? —le pregunté, intentando que no se me notase en la voz el alivio que sentía porque hubiese aparecido.

—¡En la biblioteca! —Nos enseñó uno de los libros que cargaba: la antología poética que teníamos que leer para una de nuestras clases avanzadas—. No había terminado de leer todos los poemas, así que me desperté temprano para hacerlo. —Estaba sin aliento y se subía constantemente la falda, que no paraba de caérsele de lo grande que le estaba. Se le había formado una costra enorme en la comisura de los labios.

—Pero… —Me quedé mirándola fijamente, sin saber qué recriminarle primero. «¿Se suponía que tenías que ayudarme en los establos?». «¿He tenido que cubrirte cuando han pasado lista?». «¿Nuestra habitación vuelve a estar en periodo de prueba?».

—No tenemos por qué leerlos todos antes de clase —le dijo Lloyd—. Las clases no funcionan así, Marta.

—Me *gusta* leer…

—Muy bien, pero dejaste a Rose plantada. —Lloyd parecía como si estuviese intentando mantener la calma—. Tuvo que hacer todas las tareas del turno de mañana ella sola.

—Lo siento. —Marta esbozó una sonrisa que era tanto sincera como arrepentida y yo sentí cómo el enfado que antes tenía iba desapareciendo—. Es que me he emocionado de más. Es mi primer día de clase propiamente dicho. —Parecía tan feliz que no pude abrir la boca para regañarla por nada.

El aula de inglés se encontraba en la cuarta planta del edificio principal. Max nos llevó a través de un pasillo hasta una puerta entreabierta.

—Esta es el aula de Keps —dijo, sin volverse hacia nosotros y empujando la puerta a la vez para abrirla del todo. Dentro, la sala tenía las paredes revestidas con paneles de madera, y los rayos del sol que se filtraban por las ventanas la bañaban con su luz. Al mirar por las ventanas me di cuenta de que estábamos justo debajo de la habitación 1A. La sala estaba orientada hacia el este, y desde las ventanas se podía observar el tejado verdoso de la capilla, el Hexágono y los establos. Sabía que era eso lo que se veía solo por la torre del reloj.

—Buenos días, clase avanzada. —La mujer seria que había reprendido a Sylvia ayer durante la reunión de inicio de curso se adentró en la sala con los brazos llenos de libros, como Marta. Llevaba puesto un traje negro debajo de la túnica, y el cabello oscuro repeinado hacia atrás—. Tomad asiento. —Nos observó con los ojos entrecerrados mientras nos sentábamos en nuestros pupitres, y una oleada de determinación logró atenuar el miedo que sentía. Siempre había sido de las mejores alumnas, con las mejores notas, desde la escuela primaria, porque complementaba mis capacidades con horas y horas de duro trabajo, lo que siempre había logrado granjearme la admiración por parte de mis profesores, pero no por parte de mis compañeros de clase. Y, aunque adaptarme al Internado Realms me estaba resultando bastante difícil en varios aspectos, las clases en sí serían, sin duda alguna, mi mejor oportunidad para brillar.

—Empecemos con las presentaciones —dijo la profesora con brío—. Soy la señora Kepple. Directora de la Casa Raleigh y mag titular del Departamento de Inglés.

Nos fuimos presentando uno a uno, en círculo. Marta acababa de decir su nombre cuando la puerta del aula se abrió de golpe y Sylvia entró dando grandes zancadas; la túnica de la Patrulla superior ondeaba a su alrededor, dentro del marco de la puerta, como si fuese una especie de capa. Se dejó caer en una silla libre que había cerca de la señora Kepple, que esbozó una sonrisa tensa al mirarla.

—Buenos días, Sylvia.

—Hola. —Sylvia apoyó la cabeza sobre su mano, paseando la mirada con altivez alrededor del círculo de pupitres. *Ay, lo que daría por tener esa clase de poder,* pensé.

—Ahora —dijo la señora Kepple, rompiendo el silencio que se había formado—, en nuestro primer trimestre trabajaremos la poesía, como ya sabéis. ¿Tenéis todos la antología?

Se escuchó el crujido de los papeles cuando todos nos agachamos a buscar el libro de poesía en nuestras mochilas, pero antes de que pudiésemos sacarlo, la señora Kepple alzó la mano para detenernos.

—Para empezar, me gustaría que todos le echaseis un vistazo a esto. —Nos repartió unas cuantas fichas y bajé la mirada para ver lo que nos había entregado.

ya que sentir está primero
quien alguna atención preste
a la sintaxis de las cosas
no te besará nunca por completo;

por completo ser un loco
mientras la primavera está en el mundo

es algo que aprueba mi sangre
y que mejor destino son los besos
que la sabiduría
lo juro, señora, por todas las flores. No llores,
el más perfecto gesto de mi mente es menos que
el temblor de tus párpados, que dice:

somos el uno para el otro; entonces
ríe, entre mis brazos recostada
porque la vida no es un párrafo

Y la muerte, pienso, no es un paréntesis

Alcé la vista y me encontré con la mirada de Marta, que me observaba desde el otro lado de la sala. Esbozó una sonrisa. A dos asientos de distancia, Lloyd estaba subrayando algo del poema y, a su lado, Sami también estaba estudiándolo, frunciendo levemente el ceño. Al lado de Sami, Max tenía la mirada perdida en la ventana, observando algo tras el cristal completamente ensimismado.

—Veamos de qué pasta estáis hechos, ¿os parece? —La mirada de la señora Kepple se volvió hacia mí—. Señorita Lawson. Quizá podrías decirnos qué opinas del poema.

Estaba esperando que me hiciese una pregunta mucho más específica y, por un momento, no se me ocurrió nada que responderle. Bajé la mirada hacia el poema y tragué con fuerza.

—Creo que habla de la espontaneidad —dije finalmente—. Y de la verdad.

Se hizo el silencio en el aula durante unos minutos en los que la profesora me observó con frialdad. Delante de mí, Sylvia esbozó una sonrisa de suficiencia.

—Ya veo —dijo la señora Kepple—. ¿Te importaría explicar tu razonamiento?

Noté cómo se me sonrojaban las mejillas y agarré el bolígrafo con fuerza antes de clavar la mirada de nuevo en el poema. De reojo pude ver cómo Marta abría la boca pero Lloyd se le adelantó.

—Creo que el poema habla de lo ilógico que puede ser el amor —comentó—. Es un instinto, más que algo que se puede decidir de manera racional.

La señora Kepple lo miró sin emoción alguna y no dijo nada. Marta golpeó el pupitre con su bolígrafo, emocionada. Entonces Max le dijo a toda la sala:

—Estoy de acuerdo con su planteamiento. El amor *no es* lógico.

—Estamos estudiando poesía, señor Masters, no sus opiniones que, por cierto, nadie le ha pedido.

Max esbozó una sonrisa amable.

—Bueno, el poema dice que los besos son mejores que la sabiduría, así que pensé que...

—Un mejor *destino* que la sabiduría —lo corrigió la señora Kepple—. Sé preciso. Señor Lynch, ¿qué tiene que añadir a esto?

Sami se mesó el cabello, nervioso.

—No estoy seguro de que el poema esté diciendo que el amor sea «irracional» —comentó. Al escuchar su acento, la señora Kepple hizo una mueca—. O, al menos, no del todo —dudó Sami, examinando el poema.

A su derecha, Sylvia soltó una carcajada profunda y burlona.

—«No del todo» —repitió—. Ilumínanos.

Sami se volvió hacia ella, observándola con la cabeza ladeada.

—Me he fijado en la palabra «sintaxis» —dijo, con cautela. Apoyó la punta de su bolígrafo sobre la palabra—. Creo que el poeta podría estar hablando de que el sentido común, o las normas, o lo que sea que quiera decir realmente al hablar de «sintaxis», hacen que sientas las cosas de otra manera, así como que las expreses de otro modo. Quizá con menos intensidad.

—Sí —añadió Lloyd de inmediato—, y también dice «por completo ser un loco» por lo que intenta menospreciar el papel de la razón dentro de la emoción, está diciendo que la emoción es mucho más pura cuando no tiene estructuras convencionales que la retengan, o lo que sea; de ahí que los saltos de línea sean tan extraños…

—Dice que la razón no puede «gobernar» a la emoción…

—Estáis asumiendo que el poeta es un hombre —los interrumpió la señora Kepple.

—Pero es que es un hombre —dijo Marta, hablando por primera vez en lo que llevábamos de clase—. Es de Cummings, ¿no?

La señora Kepple le lanzó una mirada de reproche.

—Señor Masters. ¿Qué tiene que añadir?

Max observó distraído su poema. Antes de que la señora Kepple pudiese hacerle otra pregunta, Sylvia volvió a interrumpirla, con voz firme.

—El poeta está degradando la destreza intelectual en favor de verdades mucho más simples, físicas y naturales —comentó—. Por eso no utiliza la gramática adecuada.

Se hizo el silencio en el aula y todos bajamos la mirada de vuelta hacia el poema. Me sentía inquieta, helada. Allí estábamos nosotros, los alumnos con la beca Millennium, que se suponía que deberíamos ser los mejores de la clase, pero nos habían dejado en ridículo un grupo de alumnos del Internado Realms en los diez primeros minutos de clase.

—Gracias, Sylvia —dijo la señora Kepple pasado un rato—. Creo que podríamos estar llegando a alguna parte con este debate. El poeta sugiere que la sintaxis, que aquí es una metáfora de la estructura, o las normas, o las restricciones, puede ofuscar e incluso disminuir la verdadera naturaleza del sentimiento.

Sylvia nos miró triunfante. Repasé mentalmente lo que la señora Kepple nos acababa de explicar. Había algo que no me encajaba del todo, pero no lograba saber exactamente el qué.

Entonces la voz de Marta se abrió paso en el aula, alta y clara.

—No estoy completamente de acuerdo.

Todos nos volvimos a mirarla y nos quedamos observándola fijamente, incluyendo a la señora Kepple.

—¿Disculpa? —dijo la profesora después de un momento de silencio.

—No creo que Cummings *esté* menospreciando el valor del intelecto —comentó Marta—. Creo que el poema habla de una contradicción.

La señora Kepple bajó la mirada hacia el poema y me fijé en cómo entrecerraba los ojos al observarlo. No sabía si estaba impresionada o molesta de que una alumna la estuviese retando. Entonces alzó de nuevo la mirada y la clavó en Marta.

—Explícate.

Marta golpeó el folio de nuevo con la punta de su bolígrafo.

—Se esconde cierta tensión dentro de las líneas de este poema —dijo lentamente—. Está claro que el poeta presenta una postura cínica con respecto a la sintaxis, de eso no cabe ninguna duda. —Asintió, observando a Sylvia, que la fulminó con la mirada—. Parece querer decir que la preocupación por los detalles, o el exceso de intelectualidad, desvían, de alguna manera, la atención hacia los verdaderos sentimientos... Y yo estoy de acuerdo con ese planteamiento.

—¿Qué quieres decir con eso? —espetó Sylvia.

—Ha dicho antes que es importante que seamos precisos —siguió diciendo Marta, dirigiéndose directamente a la señora Kepple—. Bueno, el poema es *muy* preciso. Como dijo Lloyd... cada línea está escrita de manera deliberada; el poeta no ha dejado ningún cabo suelto. Y eso solo es posible gracias a la sintaxis. Ese punto y coma que hay justo al final de la primera estrofa lo deja claro. Lo que ocurre es que el poeta *sí que tuvo* que usar la sintaxis para expresar lo que de verdad sentía y plasmarlo en un poema, un detalle que puede parecer irrelevante si pensamos solo en lo que dice sobre los sentimientos verdaderos. Así que creo que lo que quiere decir es que, en la vida real, en situaciones «reales», podemos dejar de lado los detalles, porque la verdadera belleza se encuentra en lo real y en lo espontáneo... pero en cuanto al arte, a poder capturar e inmortalizar una emoción, bueno, necesitamos *alguna clase* de estructura, aunque sea poco convencional, ya que esta es fundamental para la belleza.

Un silencio incómodo se extendió por el aula. Me volví hacia Sylvia, que observaba a Marta con resentimiento. Entonces la señora Kepple, con calma, midiendo sus palabras, rompió de nuevo el silencio.

—Y, entonces, ¿qué crees que quiere decir esa última línea?

Marta se encogió de hombros.

—La muerte es permanente —repuso—. No es un punto y aparte o un interludio. Lo único que permanecerá cuando muramos son nuestras palabras, que para el poeta son «su más perfecto gesto». —Pero entonces dudó—. Aunque tampoco estoy muy segura de mi planteamiento para ese final.

Todos nos quedamos mirando fijamente a Marta. Los rayos del sol se filtraban por la ventana que había a su espalda, proyectando sombras sobre su rostro, pero me fijé en que no había ni rastro de satisfacción en su expresión. Tan solo cierto brillo esperanzado y contenido; una emoción palpable, como si se muriese de ganas de que le hiciesen otra pregunta más. Por primera vez desde el día en el que la conocí, parecía feliz, en casa, tan confiada en sí misma como cualquiera de los otros alumnos del Internado Realms que había conocido hasta ahora.

Entonces Max rompió el silencio que se había formado en el aula, tamborileando breve y alegremente sobre su pupitre.

—Vaya —dijo—. *Menuda* actuación, menudo triu...

—Suficiente, Max. —La voz de la señora Kepple era cortante. Se volvió de nuevo hacia Marta; parecía nerviosa, al igual que Sylvia—. Señorita De Luca, tengo que revisar tu análisis del poema. Quizá lleves algo de razón. —Marta se encogió de hombros y estiró la mano hacia su bolígrafo—. Ahora, alumnos, empecemos con el temario propiamente dicho. Sacad vuestras antologías.

A esa primera clase le siguió un descanso para almorzar. Marta, Lloyd, Sami y yo bajamos por las escaleras hasta el atrio, siguiendo a Max, que iba justo al lado de Sylvia, los dos inmersos en su propia conversación. Marta no paraba de hablar, pero los chicos y yo estábamos en completo silencio.

En medio de la multitud que se reunía a esa hora en el atrio, los cuatro nos hicimos con nuestras tazas de té y un puñado de galletas de una de las mesas plegables que habían abierto justo a los pies del Eiger. Nos refugiamos en un rincón, tratando de escuchar a Marta parlotear sobre lo ilusionada que estaba por empezar con el resto de las asignaturas. Lloyd y ella habían elegido los mismos itinerarios: literatura inglesa, latín, historia y filosofía; pero Marta había logrado persuadir a la dirección del Internado Realms para que la dejasen cursar también una quinta asignatura: física.

—Así que quieres estudiar de todo —comentó Sami con admiración—. Ojalá fuese un poco más como tú. A mí el inglés se me da de pena, solo lo he elegido porque mis padres dicen que es importante saber comunicarte correctamente si quieres ser médico. —Hizo una pausa, parecía preocupado—. También me ayudaron mucho cuando me estuve preparando para el examen de acceso a la beca. No se me dan mal la biología o la química, pero las matemáticas me van a costar lo suyo...

—A mí se me dan bien las mates —comentó Marta, metiéndose una galleta entera en la boca—. Te puedo echar una mano. Y Rose va a matemáticas contigo, así que creo que entre las dos te podremos ayudar. —Esbozó una sonrisa enorme y se volvió a mirarme, con las comisuras de los labios llenas de migajas de las galletas—. Me parece tan extraño eso de estar en un *aula*...

—¿Sois los de las becas Millennium? —Fue Bella Ford quien nos interrumpió, que parecía mucho más dura de lo que recordaba. Llevaba el cabello rubio recogido en una trenza francesa y Sylvia y Genevieve estaban apostadas a sus lados—. Me gustaría hablar con vosotros sobre vuestros compromisos deportivos —dijo, sin preámbulos—. Tú... —Me señaló—: Te has apuntado al equipo de hockey. Vosotros dos... —Señaló a Lloyd y a Sami—: Podéis ir a hablar con Rory F-S sobre uniros al equipo de rugby. —Señaló a un chico musculoso que formaba parte de la Patrulla superior y que estaba a mitad del Eiger, lanzando un balón de rugby contra la barandilla para que rebotase, y pasándoselo después a Max y a Jolyon Astor. Entonces se volvió hacia Marta y la recorrió de arriba abajo con la mirada—. No tengo ni idea de qué hacer contigo. Eres demasiado pequeña como para ser útil en ningún equipo.

—No me importa —respondió Marta al momento—. Odio el deporte. Paso de formar parte de ningún equipo.

—De ninguna manera. —Bella la fulminó con la mirada. Sami empezó a decir algo para intentar sembrar la paz, pero Bella lo interrumpió—. Os he dicho que vayáis a hablar con Rory antes de que suene el puto timbre.

Sami y Lloyd la obedecieron a regañadientes. Bella agarró a Marta del brazo y la alejó de mí para hostigarla acerca de los Juegos. Sylvia las siguió de cerca, de brazos cruzados. Yo me quedé a solas con Genevieve, que me observó con malevolencia.

—¿Con cuál de los dos te estás acostando?

—¿Qué?

—¿El gordito o el huérfano? —Genevieve señaló con un movimiento de cabeza hacia Lloyd y Sami. Estaban a los pies del Eiger, hablando con Rory Fritz-Straker, que aferraba un balón de rugby entre sus manazas. Lloyd era casi tan alto como Rory, pero los dos le sacaban a Sami una cabeza, y este último no paraba de juguetear con sus dedos, nervioso. En ese momento, mientras los observábamos, Rory le estampó el balón a Sami contra el estómago, como si pretendiese darle cuerda con él—. ¿Con cuál de los dos? —repitió Genevieve.

—Con ninguno —respondí, un tanto confusa. Me pregunté si Genevieve creía que los cuatro veníamos del mismo instituto o algo así, en vez de lo que ocurría en realidad; que nos habíamos conocido hacía tan solo cinco días.

—Vale. ¿Entonces te estás tirando a la *gremlin*? —Genevieve señaló a Marta, que estaba discutiendo acaloradamente con Bella. Negué de nuevo con la cabeza—. Entonces tienes a alguien esperándote en casa —comentó Genevieve con desdén al tiempo que se sacaba un cigarrillo del bolsillo interno de la túnica.

—No. —Ya me había hartado de esta conversación—. Nunca me he acostado con nadie. ¿Vale?

Ella enarcó las cejas.

—Qué bonito —comentó y yo me arrepentí inmediatamente de habérselo confesado. Mi instinto me gritaba que contarlo me protegería, porque así le parecería alguien insignificante, sin nada que pudiese intentar sonsacarme, o mandar a Max a que me lo sonsacase, pero me di cuenta de que me había equivocado con ese planteamiento—. ¿Qué demonios crees que le pasa? —preguntó Genevieve, volviendo a señalar a Marta.

—¿Qué quieres decir?

Genevieve me observaba con una expresión cerrada y difícil de leer.

—Tiene algo raro. —Eso fue lo único que dijo antes de que Sylvia y Bella volviesen junto a nosotras. Ni rastro de Marta.

—Le he dicho que va a tener que unirse al equipo de *lacrosse* —le contó Bella a Genevieve, ignorándome por completo—. A lo mejor se le da bien jugar de lateral. Tenías razón, es una ratita insolente.

—Max dice que también está dando problemas en clase —comentó Genevieve, volviéndose hacia Sylvia—. Haciéndose la listilla. Presumiendo sin parar.

Sylvia se encogió de hombros.

—Siempre solemos decir que Keps no debería ponernos tareas que ni ella misma entiende del todo —repuso. Me volví a mirarla, sorprendida, y Genevieve frunció el ceño ante su comentario.

—Va a tener que aprender a mantener la boca cerrada o nos tendremos que encargar nosotras de cerrársela a la fuerza —espetó—. No pienso...

—¿A dónde ha ido Marta? —pregunté.

Sylvia me fulminó con la mirada.

—No nos interrumpas —me reprochó con frialdad. Agarró a Bella del brazo y las tres se dirigieron hacia la entrada, con Genevieve soltando improperios sin parar mientras tanto.

Me sentía nerviosa. Eché un vistazo a mi alrededor, todos los estudiantes habían empezado a marcharse del atrio, dirigiéndose de nuevo hacia las clases que les tocaban a esa segunda hora. Localicé a Marta medio escondida entre las sombras del Eiger. En la pared del fondo del atrio había casi un millar de palmareses, uno para cada uno de los alumnos del internado, y a las filas superiores tan solo se podía llegar si subías por unas escaleras de madera. Marta estaba de pie junto a una de estas escaleras, con un papel en la mano. Lo estaba leyendo totalmente concentrada, agarrándolo con una mano con fuerza y, con la otra, aferrando una de las patas de madera de la escalera. La parte de su rostro que no quedaba oculta por su cabello enmarañado estaba completamente pálida.

Lo primero que pensé fue que Bella y Sylvia habían hecho algo para molestarla. Hasta hacía tan solo unos minutos parecía la persona más alegre del mundo. Me encaminé hacia ella, pero entonces oí que alguien me llamaba. Era la doctora Reza.

—¿Qué tal ha ido tu primera clase? —Esbozó una enorme sonrisa que me hizo sentir un tanto desorientada.

—Bien, gracias... —Eché un vistazo a su espalda, intentando no perder de vista a Marta, pero un enorme grupo de alumnos estaba en esos momentos cruzando el atrio de camino hacia el Eiger, ocultándola tras de sí.

—He encontrado un uniforme más pequeño para Marta —comentó la doctora Reza. Llevaba en la mano un portatrajes—. ¿Sabes dónde está?

—Está allí mismo —dije, señalando hacia donde Marta había estado hacía un segundo, pero acababa de desaparecer de nuevo. La doctora Reza me observó desconcertada.

—¿Va todo bien? —Mi rostro debió de haberme delatado—. ¿Por qué no se lo llevas tú por mí? —Me tendió la bolsa y señaló hacia la galería inferior, donde se podía entrever la silueta pequeña de Marta, abriéndose paso entre el resto de los estudiantes para llegar a tiempo a su segunda clase del día.

—Gracias —repuse, y tomé la bolsa que me tendía antes de salir corriendo hacia el Eiger, tras Marta, que había vuelto a desaparecer entre la multitud.

Se movía muy rápido, pero tenía cierta idea de a dónde podría estar yendo. Había muy poca privacidad en el Internado Realms y, aunque nuestra habitación no tenía pestillo, era el único sitio en todo este edificio que podíamos considerar solo nuestro.

Dudé qué hacer frente a la puerta de la habitación 1A, valorando si llamar o no. Entonces me decidí y llamé a la puerta, antes de empujarla para abrirla. Marta estaba sentada en el escritorio frente a la ventana, bañada por los rayos del sol que se filtraban a través de los cristales y que trazaban su silueta con su luz, con la falda subida por un costado, hasta el muslo. Tenía una cerilla encendida entre los dedos.

Cuando me oyó entrar, se volvió como un resorte en mi dirección, bajándose la falda de inmediato. Nos quedamos mirándonos en silencio durante un momento, asumiendo lo que ambas acabábamos de descubrir de la otra. Y después, por sorprendente que pueda parecer, Marta esbozó una sonrisa.

—Supongo que era inevitable —dijo—. Mejor que te enteres ahora. Así todo será mucho más fácil.

Crucé la habitación en un par de zancadas y me dejé caer lentamente sobre mi cama.

—¿Por qué? —le pregunté.

—¿Por qué creo que así será más fácil o por qué lo hago? —respondió Marta con calma.

—Ambas cosas.

Marta me observó, pensativa.

—Es una solución. En cierto modo. O, al menos, a veces lo es. A veces es solo… un alivio.

Me quedé mirándola fijamente, atónita por lo que acababa de confesar, como si no tuviese importancia, lo que contrastaba enormemente con la cruda brutalidad de lo que la acababa de sorprender haciendo.

—Marta —empecé a decir, pero no sabía cómo continuar.

—Y el que tú te hayas enterado —dijo Marta con contundencia, ignorándome—, soluciona lo incómoda que me sentiría si *no* lo supieras porque, sinceramente, logísticamente hablando, sería una pesadilla tener que hacerlo sin que te enterases. —Rompió la cerilla calcinada encima de un folio y lo tiró a la papelera que había a su lado—. Pero, por favor, no se lo cuentes a nadie —añadió. Al ver mi expresión, su tono cambió por completo—. *Prométemelo.*

—Vale. No se lo contaré a nadie. —*Al fin y al cabo, todo esto es cosa suya,* pensé. Marta soltó un suspiro y clavó la mirada al otro

lado de la ventana. Después se volvió y señaló el portatrajes—.
¿Eso es de la doctora Reza?

—Sí.

Soltó un suspiro y murmuró algo sobre un interrogatorio.
Tomó el portatrajes y se lo llevó hasta su cama, donde empezó a
cambiarse su uniforme por el que le había buscado la doctora, de
una talla más pequeña. Yo me quedé observándola en silencio
mientras se quitaba la chaquetilla y la camisa, sin tener que des-
abotonar ninguna de las prendas, así de grandes le quedaban; y
luego estaban sus brazos, delgaduchos y esqueléticos, y sus omoplatos y sus vértebras, que se marcaban bajo su piel como una
especie de mapa del relieve de un terreno; y justo debajo, sus
caderas, dolorosamente estrechas, y la piel de sus muslos, llena
de cicatrices y rojeces por las quemaduras que se acababa de au-
toinfligir, que ya no trataba de ocultarme.

Sabía que debía dejarlo estar, pero no pude contenerme. Había algo en el hecho de tener que presenciar cómo alguien se
autoinfligía un dolor tan atroz que mi cerebro no llegaba a comprender. Para mí, el dolor era algo que había que evitar o mini-
mizar a toda costa. Había conocido el dolor de primera mano,
tanto físico como emocional. Lo había tenido que sufrir, el dolor
más punzante y atroz, justo después de la muerte de mi madre,
y también un tiempo más tarde cuando empecé a jugar al hockey para intentar exorcizarlo. Era la *ausencia* de dolor lo que
había logrado aliviarme, pero en la fracción de segundo entre
que abrí la puerta de nuestro dormitorio y Marta apartaba la
cerilla prendida de su piel, me había fijado en que parecía tan en
calma y feliz como lo había estado durante la clase de la señora
Kepple.

—¿Qué te ha pasado durante el almuerzo? —le pregunté.

—No importa.

—¿Ha sido Bella?

Marta asintió pero, cuando lo hizo, me fijé en que había un
trozo de papel sobre la mesa, justo al lado de donde había estado

sentada ella hacía tan solo un segundo. Estaba repleto de una caligrafía brusca e inclinada.

—¿Qué es eso?

Ella soltó un suspiro.

—Es una carta.

—¿De quién? —Era plenamente consciente de que no quería hablar de ello, pero había algo en su expresión que me obligó a seguir haciéndole preguntas, una especie de vergüenza aterrada y reprimida.

—Rose…

—¿De quién es? —Me acerqué a ella e intenté leer la carta para ver quién la había firmado, pero Marta la tomó y la aplastó, cerrando la mano en un puño.

—No es nada, Rose. Déjame sola.

A veces, en mis momentos más cobardes y egoístas, desearía haberlo hecho. Pero algo dentro de mí cambió por completo cuando vi cómo Marta se lanzaba a ayudar a Gerald, y volvió a cambiar cuando subió el Eiger corriendo detrás de nosotros esa misma mañana, ilusionada y radiante. Me di cuenta de que en su interior se escondía algo más que una alborotadora. Ahora sentía que la comprendía un poco mejor, y solo quería ayudarla.

—Si no fuese nada no te habrías estado haciendo daño. —Hablé con más franqueza de la que pretendía, pero funcionó. Marta se volvió a mirarme, desafiante.

—La carta es de mi padre —repuso, cortante—. Quiere que deje el Internado Realms.

—¿Por qué?

Marta se encogió de dolor, como si mi pregunta le hubiese hecho daño.

—Es complicado. Está solo.

—Mi padre también está solo. Pero…

—No es lo mismo. Mi padre puede ser una persona un tanto compleja. Y no se encuentra bien. —Suspiró de nuevo, con el rostro contraído por el dolor—. Si mi madre siguiese aquí, con nosotros, las cosas serían muy distintas.

—¿Cuándo...?

—En febrero —repuso Marta, reprimiéndose, y me sorprendió lo reciente que era todo. Se me formó un nudo en la garganta. Mi madre también estaba muerta y, desde el primer día en el Internado Realms, me había resultado muy sencillo olvidarlo; me imaginaba, aunque fuese sin querer, que estaba en casa; que cuando volviese a Londres por Navidad, allí estaría ella, esperándome. El recuerdo de su ausencia era más de lo que podía soportar. Observé a Marta y vi que tenía sus ojos verdes anegados de lágrimas—. Solo tengo hasta Navidad —me dijo.

Alguien llamó a la puerta. Supuse que sería el señor Gregory y me moría de ganas por gritarle que se marchase. Sentía que estaba muy cerca de que Marta empezase a confiar de verdad en mí; cierta comprensión que se debía al hecho de que ambas habíamos tenido que pasar por la misma situación. Recordé lo débil y destrozada que estaba incluso seis meses después de la muerte de mi madre. Yo no habría estado en condiciones como para estudiar, pero ahí estaba Marta, intentando sacar lo mejor de sí misma con la mano que le había dado el destino. Quería ayudarla, pero también sabía que intentar evitar al señor Gregory habría sido un error garrafal por mi parte. Le dije que entrase, pero fue la doctora Reza quien se adentró en nuestro dormitorio.

—Perdonadme por presentarme sin avisar —dijo. Marta y yo nos quedamos mirándola fijamente, anonadadas por su amabilidad—. Acabo de hablar con Bella Ford.

—Siento mucho haber sido tan borde con ella —repuso Marta de inmediato—. Me apuntaré al equipo de *lacrosse*.

—Le he dicho a Bella que he sido yo quien te ha pedido que no participases en los Juegos de momento —siguió diciendo la doctora Reza, como si Marta no hubiese dicho nada.

—¿Por qué? —le preguntó Marta. Parecía un tanto recelosa.

—Podemos hablar de ello cuando vengas a verme para tu siguiente cita médica —respondió la doctora Reza, y entonces supe dónde había estado Marta en realidad a primera hora de aquella mañana. La doctora esbozó una pequeña sonrisa sin dejar de mirarla—. ¿Habíamos quedado el lunes a mediodía?

Lentamente, con una mueca entre molesta y resignada, Marta asintió.

—Bien —repuso la doctora Reza, asintiendo también—. ¿Te importaría dejarme un momento a solas con Rose, por favor? —Marta y yo nos quedamos mirándola fijamente, sorprendidas—. No me llevará mucho tiempo.

Marta salió de nuestra habitación. Desde la puerta, me dirigió una mirada de advertencia, sabía perfectamente lo que quería decir con ese gesto. Y entonces la doctora Reza y yo nos quedamos a solas, cada una en una esquina de la habitación 1A.

Cuando por fin volvió a hablar, lo hizo con calma.

—Quería preguntarte qué tal lo estás llevando todo, Rose.

Mi primer instinto fue ponerme a la defensiva. ¿Es que me había mostrado intimidada o sobrepasada en algún momento? Me había esforzado tanto por parecer alegre y relajada, centrada tan solo en lo siguiente que tenía que hacer, como cualquier otro alumno del Internado Realms.

—Bien —repuse, cortante.

Bajé la mirada hacia mis pies, encerrados en mis nuevos zapatos de cuero rígido.

—¿Ya habías vivido fuera de casa antes?

—No.

—Cuesta acostumbrarse a vivir en el Internado Realms —comentó, y me fijé en que su tono había ido cambiando a medida que hablaba. Alcé la mirada y vi cómo su vista se clavaba en nuestro escritorio. Allí, en medio de un charco de luz que se filtraba por la ventana, había una docena de cerillas consumidas, y la jodida carta del padre de Marta.

Nunca llegué a descubrir por qué la doctora Reza fue a la habitación 1A aquel día. Mirándolo ahora, con perspectiva, supongo que aquella mañana debió de adivinar que Marta no estaba del todo bien, y que aquel interrogatorio sobre mi bienestar tan solo era un preludio del que le haría después a mi compañera de cuarto. De lo que no me cabe ninguna duda es de que aquel día le fallé a Marta; y también a Lloyd, y a Sami, y a mí misma por primera vez, con la respuesta que le di a la doctora Reza. También hubo otros puntos de inflexión, cometí otros errores graves, pero cuando la doctora Reza me preguntó, en apenas un susurro, si me había fijado en algo que pudiese parecerme extraño o preocupante en el comportamiento de Marta, no debí mentirle; no debí de responderle cortante (o de cualquier otra forma) que no, que estaba bien; que solo había vuelto a nuestro dormitorio para buscar un libro que se había olvidado. No debería haber hecho caso a la mirada de advertencia que me lanzó Marta al salir de nuestra habitación. Pero, sobre todo, no debería haberle prometido a Marta que no le hablaría a nadie de lo que se estaba haciendo o de las exigencias de su padre. Ahora me arrepiento de mi propia ingenuidad, por haber pensado que estaba haciendo lo correcto en ese entonces. Si echo la mirada atrás, supongo que en ese momento ya había empezado a regirme por las mismas normas que el resto de los alumnos del Internado Realms y, para nosotros, nunca había que pedir ayuda.

4

Septiembre estuvo lleno de una mezcla extraña entre miedo e ilusión. Mis recuerdos de aquel entonces se han visto eclipsados por lo que ocurrió después, pero sí que me acuerdo de que Marta, Lloyd, Sami y yo intentamos descubrir cómo superar las hostilidades a las que tuvimos que hacer frente en el Internado Realms, aunque no todos lo conseguimos con el mismo éxito. Genevieve, Sylvia y los otros diez miembros de la Patrulla superior parecían haberse tomado como algo personal el hacer que nuestras vidas en el internado fuesen un auténtico infierno, pero lo que no habían tenido en cuenta fue lo que nos había traído hasta aquí en primer lugar: nuestra obstinación por triunfar. Seguíamos sintiéndonos todos unos afortunados por el simple hecho de estar estudiando aquí, y nos resistíamos a rendirnos ahora, incluso bajo presión, por muy insistentes que fueran.

Que Lloyd se hiciese amigo de Max también ayudó a que nuestros compañeros nos aceptasen como sus iguales, aunque solo fuese en parte. Max era muy popular, una presencia dominante, a pesar de que él también estaba estudiando aquí gracias a una beca, y que fuese evidente que Genevieve nos odiaba tampoco lo disuadía a quedar de vez en cuando con Lloyd y con el resto de nosotros. Le daba unas cuantas clases de órgano a Lloyd todas las semanas, de las que Lloyd siempre salía peor parado. El alcohol se colaba en el Internado Realms gracias a dos de los jardineros, a los que los alumnos habían logrado sobornar con los recursos de la

Patrulla superior, y Max se encargaba de esconder todas las botellas que entraban en la galería del órgano hasta la siguiente fiesta. La drogas eran un poco más escasas, y parecía que estaban reservadas para un pequeño grupo de los estudiantes más ricos del internado, que solían guardar sus alijos a buen recaudo, para ellos y sus parejas.

Sami y yo también logramos encontrar nuestros nichos. Yo conseguí entrar en el primer equipo de hockey, lo que me granjeó el respeto, aunque fuese a regañadientes, de mis compañeras de equipo; salvo el de Sylvia y Genevieve. Resultó que refugiarme en el deporte fue una buena elección, porque la lealtad de las jugadoras hacia su equipo era mucho mayor que la apatía que pudiesen sentir hacia mí. Durante al menos una hora cada mañana, y tres horas los sábados por la tarde, podía permitirme hablar libremente con gente que me ignoraba el resto de la semana. Sami se unió a la Sociedad Médica, que dirigía la doctora Reza, y rápidamente se convirtió en el alumno estrella del grupo. Lo que fue todo un alivio, porque tanto a él como a Lloyd se les daba fatal el rugby, ya que ninguno de los dos había jugado antes. Con el paso de las semanas, me acostumbré a verlos constantemente (sobre todo a Sami) con varias lesiones leves por los entrenamientos y los partidos.

Marta se negó a participar en ninguna actividad extracurricular, y el acoso por parte del resto de los alumnos y, sobre todo, por parte de Bella, fue a peor cuando descubrieron que le habían permitido librarse de participar en los Juegos. Normalmente se acercaban a ella cuando estaba en el baño que había al final del pasillo de las chicas, porque el señor Gregory nunca se pasaba por allí. Uno de los horrores a los que sometieron a Marta fue a lo que llamaban «la sauna». Un sábado por la tarde cerraron todas las ventanas, abrieron las seis duchas a la vez, poniendo la temperatura del agua al máximo, y ataron a Marta a un radiador, amordazándola con un par de medias. La dejaron allí encerrada durante dos horas y se plantaron en la puerta por turnos para hacer guardia. En cuanto me enteré de lo que estaba ocurriendo, salí corriendo a buscar a Lloyd y a Sami y, los tres juntos, les suplicamos a Bella y a Genevieve que la dejasen salir mientras escuchábamos los gemidos ahogados de Marta que provenían del interior del baño. Se negaron en rotundo, aunque al final terminaron soltándola para que no llegase tarde al último pase de lista del día. Nunca olvidaré la imagen de Marta saliendo de entre unas densas nubes de vapor, tosiendo sin parar, con el cabello pegado al rostro y con el uniforme empapado en sudor, temblando sin parar. La tuvimos que llevar casi a rastras hasta nuestra habitación, y nos quedamos sentados con ella en su cama varias horas, hablando sobre las clases y haciendo crucigramas para intentar distraerla y que se olvidase de por lo que acababa de pasar.

Intentamos convencer a Marta de que tratase de pasar un poco más desapercibida, pero parecía incapaz de hacerlo. El hecho de que nunca hubiese ido al colegio o al instituto también significaba, en la mayoría de los casos, que no sabía cómo comportarse cuando estaba rodeada de más gente. Y, en demasiadas ocasiones, esto se traducía en que los alumnos que llevaban la batuta en el Internado Realms nos despreciasen, y los cuatro sufríamos las consecuencias de sus actos. La frecuencia con la que ocurría era deprimente, y recuerdo con claridad algunos de esos incidentes. Una o dos tardes a la semana, Max se colaba en la Casa Hillary, y recuerdo especialmente una noche a mediados de septiembre, cuando no me conseguía quedar dormida porque Genevieve y él no paraban de reírse a carcajadas en el dormitorio de al lado, en el 1B. Al otro lado de nuestra habitación, Marta estaba acurrucada bajo sus mantas, leyendo. Y entonces Genevieve empezó a gemir en voz baja. Me quedé allí tumbada unos minutos, cohibida por lo excitada que me sentía al escuchar aquello, lo que solo hacía que me sintiese todavía más avergonzada. Genevieve empezó a gemir mucho más alto. Me di la vuelta sobre el colchón, girándome hacia Marta para poner los ojos en blanco, pero me fijé en que ella tenía la mirada clavada en el techo y el cuerpo tenso como la cuerda de un arco. Entonces, de repente, Genevieve soltó un grito ahogado de placer y, sin previo aviso, Marta se bajó de un salto de su cama y salió corriendo hacia la pared que daba a su habitación y la golpeó con fuerza, dándole puñetazos durante unos cuantos minutos. En represalia, Genevieve ordenó al resto de la Patrulla superior que nos negasen el acceso al comedor durante tres días. Éramos plenamente conscientes de que quejarnos al señor Gregory o a cualquier otra persona no serviría de nada, así que tuvimos que sobrevivir esos días con el contenido de la caja de contrabando que había traído Sami y alguna que otra limosna que nos diese Max.

Muchas noches tuve que ver cómo Marta se quemaba. Nunca intentó ocultármelo. Tal y como se había dado cuenta en el primer día de clases, habría sido prácticamente imposible. Nos pasábamos casi todas las horas juntas, todos los días de las semana. Además de tener que compartir habitación, también teníamos casi las mismas clases, las únicas asignaturas en las que no coincidíamos eran matemáticas (a la que solo iba yo), filosofía y física (a las que solo iba Marta); y también coincidíamos durante el turno de mañana y de tarde en los establos. El que nos viésemos obligadas a estar constantemente juntas hizo que llegásemos a descubrir muchas cosas la una de la otra. La timidez que habíamos sentido las dos durante nuestros primeros días y noches compartiendo la habitación 1A desapareció por completo con rapidez, y el cuerpo de Marta pasó a parecerme casi tan familiar como el mío propio. Me acostumbré a sus cicatrices y a su fragilidad, que contrastaba enormemente con su agilidad mental y con mi propia forma física, que a cada día que pasaba iba mejorando. De vez en cuando le hablaba de la muerte de mi madre, con la esperanza de que ella me contase lo que sentía en realidad, pero nunca lo hizo; en cambio, siempre terminaba encerrándose aún más en sí misma, lo que me hizo saber que era mejor que me limitase a hablar solo de las clases y las tareas.

No luché contra Marta y sus ganas de autolesionarse, lo veía como una especie de mecanismo de defensa para lidiar con su propio duelo, y a mí nadie me había dado vela en ese entierro. Las mañanas en las que oía cómo prendía una cerilla antes de que saliese el sol por el horizonte, seguido del sonido de la llama al entrar en contacto con su piel blanda, me encargaba de hacerme con unas cuantas bolsas de hielo del congelador del pabellón al terminar el entrenamiento de hockey, y después observaba cómo Marta las presionaba contra el interior de sus muslos, totalmente inexpresiva y esquivando mi mirada. Fue en ese entonces cuando empecé a preguntarme si estaría enfadada conmigo por saber cuánto daño se estaba haciendo. Y entonces, una noche, me bajó la regla antes de tiempo y de manera completamente inesperada, por lo que empapé las sábanas de sangre cuando todavía quedaba casi una semana para que llegase el día de la colada. Por la mañana, Marta bajó hasta el estudio del señor Gregory y le exigió un juego de sábanas limpias, y se negó a marcharse hasta que se las dio. Después me ayudó a hacer la cama y se encogió de hombros cuando le di las gracias.

—Tú siempre estás ayudándome —repuso, y la pequeña sonrisa que esbozó al mirarme fue más que suficiente.

Le siguieron llegando dos cartas a la semana y Marta tampoco intentó ocultármelas. Las leía todas con lentitud, sentada junto a la ventana, y después las hacía una bola. A veces, con cuidado, le preguntaba qué ponía en la carta. Estaba segura de que el padre de Marta terminaría cambiando de opinión con respecto a permitir que se quedase en el internado, que solo le estaba costando adaptarse a su vida sin ella. Pero Marta siempre se negaba a hablar de ello, decepcionada. Luego se sentaba ante nuestro escritorio y le escribía una respuesta a su padre; una carta de tres o cuatro páginas que escribía con tinta roja, sin dirigirme ni una sola palabra mientras tanto.

Aparte de lo que nos contó en nuestros primeros días en el Internado Realms, Lloyd era un libro cerrado. Con el tiempo, nos terminó confesando que había estado hasta los once años viviendo en un orfanato, antes de pasar de familia de acogida en familia de acogida.

—La última pareja no estaba mal —nos dijo, tirado y estirado todo lo largo que era sobre la cama de Marta, con la equipación de rugby todavía puesta—. Eran músicos. Me enseñaron a cantar y a tocar el piano, eso estuvo guay. Pero no soy tan tonto como para hacerme ilusiones, solo me acogieron porque ese es su trabajo. *Yo* era su trabajo. —Se volvió a mirar a Sami, que nos había enseñado esa misma mañana una carta larguísima que le había escrito su familia y unas cuantas fotografías que le habían enviado—. En este sitio hay que esforzarse, pero es solo una etapa más del camino hacia lo que quiero conseguir —nos dijo.

Sí que había que esforzarse, pero no me importaba tener que pasarme horas estudiando para los exámenes o en clase; lo que en realidad me molestaba era que las únicas personas que hablaban conmigo eran Lloyd, Sami, Marta y Max, lo que significaba que, a veces, me sentía muy sola. Cuando vivía en Londres, mi padre solo trabajaba como taxista el tiempo que yo estaba en clase. Y sabía que, si lo necesitaba, estaría allí para mí; ya fuese en la habitación de al lado mientras yo hacía mis deberes, o al otro lado de la mesa mientras cenábamos (siempre a las cinco y media, por eso nunca me acostumbré a que la «cena» fuese a las ocho), o en la línea de banda, envuelto en su forro polar mientras yo jugaba al hockey. El motivo principal por el que me apoyó desde el principio cuando dije que quería solicitar la beca para estudiar en el Internado Realms fue porque creía que la muerte de mi madre había ocurrido durante una época crucial de mi adolescencia, y que eso me había privado de disfrutar por completo de la experiencia de hacer amigos nuevos. Para él, un nuevo comienzo, completamente de cero, en un entorno nuevo, y la posibilidad de tener una «vida social hecha y derecha», como solía decir, era justo lo que necesitaba en este momento. A mí me interesaban mucho más las perspectivas de futuro de los antiguos alumnos pero, aun así, durante esas primeras semanas en el Internado Realms, me solía sentir culpable por no haber logrado hacer más amigos. La compañía que tenías era una poderosa moneda de cambio dentro de aquel duro gobierno; una protección que ninguna otra clase de fuerza podía igualar. Las veces en las que me tocaba comer sola en el comedor, algo que tenía que hacer si los demás estaban ocupados, sentía cómo me invadía una extraña oleada de vergüenza que siempre terminaba quitándome el apetito.

Los fines de semana eran especialmente complicados, y recuerdo con claridad un sábado en concreto de principios de octubre —el sábado en el que, de hecho, todo cambió—, porque tuve que comer sola después de clase. Marta se había largado a la biblioteca para comprobar si era cierto algo que el señor Gregory nos había contado en clase de historia, y Sami y Lloyd tenían partido de rugby. Me quedé sentada en una mesa en la esquina, comiendo sola, rodeada del alegre alboroto del resto de los alumnos del Internado Realms, que estaban celebrando que por fin había llegado el fin de semana, mientras yo intentaba consolarme al recordarme que esa misma tarde tenía que jugar un partido de hockey.

Estaba recogiendo mi bandeja cuando alguien me dio un suave golpe en el hombro. Me di la vuelta y me encontré a Max, con el cabello echado hacia atrás con una diadema de tela.

—¡Felicidades!

—¿Por qué?

—Ven conmigo. —Enredó su brazo con el mío y me arrastró hasta el atrio—. Estás la tercera en las clasificaciones —me dijo, mientras empujaba a unos cuantos alumnos más jóvenes para que se hiciesen a un lado. Habían clasificado a los alumnos de primero de bachillerato según su rendimiento, puntuándolos en cada una de las asignaturas que cursaban y después sacando una media sobre cien para determinar nuestras posiciones en la clasificación.

Summma Cum Laude
M. De Luca: 99
Magna Cum Laude
L. Williams: 95
R. Lawson: 93
S. Maudsley: 93

Cum Laude

S. Lynch: 87

Después había otros cuantos nombres y luego estaba el de
Max. Sentí cómo me invadía una oleada de alivio, entremezclada
con lo preocupada que estaba por Sami. No me cabía ninguna
duda de que le preocuparía su puntuación y el hecho de que
Sylvia lo hubiese superado. El señor Gregory no paraba de recor-
darnos casi a diario que se esperaba que fuésemos los mejores
alumnos de nuestro curso por las becas que nos habían concedi-
do, siempre insistiendo en que nos las podían quitar en cualquier
momento. A pesar de lo preocupante que aquello me resultaba,
en ese momento me parecía más que factible la posibilidad de
poder llegar a ser la mejor de nuestro curso; la mayoría de nuestros compañeros de clase eran mediocres, como mucho, en los
estudios, y tampoco se esforzaban demasiado.

—Bueno esa es la *primera* parte de las buenas noticias —comentó Max, con su brazo todavía enredado con el mío mientras
tiraba de mí para llevarme hacia la puerta principal y fuera del
edificio, hacia el camino de la entrada. Aquel día gris, con el frío
característico del otoño impregnando el aire, agradecí el calor que
me daba el cuerpo de Max, pegado al mío, cuando cruzamos el
césped.

—¿A dónde vamos?

—A buscar a Marta, por supuesto —dijo, volviéndose a mirarme, sorprendido—. Pensé que te gustaría decirle que se ha quedado ella con la posición SCL. Normalmente se la lleva Sylvia.

—Claro. —Aunque en realidad dudaba que a Marta le impor-
tase en absoluto. Le encantaba estudiar, se dedicaba a ello en cuerpo y alma, pero al parecer lo hacía porque lo disfrutaba de verdad,
no porque quisiese ser la mejor. Al contrario que a Lloyd, Sami o
a mí, a ella no parecían importarle en absoluto sus notas, aunque
había conseguido comprender el innecesariamente complejo sistema de puntuaciones del Internado Realms mucho antes que yo.

No le dije nada de esto a Max, pero sí que dejé que me arrastrase con él a la biblioteca Straker—. ¿De verdad importan tanto las clasificaciones? —le pregunté.

—Síp. Si estás de los últimos de la clasificación, los mags se ceban contigo —respondió escuetamente—. Lo peor que te puede pasar es que te pongan bajo arresto domiciliario. No puedes salir de tu dormitorio hasta que mejores tus notas y subas en la clasificación.

—¿*Qué*?

Max asintió.

—Es muy raro que ocurra algo así. A mí me pasó una vez. Fue *horrible*. Te vuelves loco estando encerrado. Y encima te duplican el número de horas de estudio obligatorio.

—Pero si no te dejan ir a las clases, cómo se supone que debes...

—Bueno, eso mismo opina la doctora Reza. Siempre se opone a los arrestos domiciliarios. —Max soltó una carcajada sin convicción—. Siempre intenta convencer al cuerpo directivo de que permitan a los alumnos librarse del castigo cuanto antes, pero nunca lo consigue, lo único que logra con ello es antagonizar al profesor que te impuso ese castigo. Y te voy a dar otro consejo —comentó, dándome un suave apretón en el brazo—, no le cuentes a la doctora Reza más de lo que tenga que saber. Sobre *nada*. Según mi experiencia, cuando interfiere, las cosas empeoran.

Asimilé lo que acababa de contarme, recordando el recelo de Marta hacia la doctora.

—No parece mala persona —dije, al final.

—Oye, ¿quién lleva más tiempo aquí? *No* es mala persona pero, sinceramente, nos ha dado unos cuantos problemas en el pasado. Mantente alejada de ella todo lo que puedas, eso es lo único que puedo decirte. —Max esbozó una sonrisa amable, pero yo no pude evitar fijarme en lo rígido que se había puesto—. Mira —dijo, soltándome el brazo—, allí está Marta.

Seguí la mirada de Max hasta los escalones de acceso a la biblioteca, por los que estaba bajando Marta a la carrera, con los brazos llenos de libros. Y justo en ese momento, bajo nuestra atenta mirada, Jolyon Astor subió corriendo y la hizo a un lado de un empujón. Ella se tropezó y se le cayeron todos los libros que llevaba en brazos.

—¡Oye! —No pude contenerme. Él se volvió a mirarme desde la entrada de la biblioteca.

—¿Puedo ayudarte en algo?

—Lo has hecho a propósito —contesté, su mirada arrogante me hizo sentir una imbécil. Marta estaba recogiendo los libros y limpiando las cubiertas con cuidado. Entonces Max se metió en la conversación, hablando con un tono relajado.

—Es muy fácil tropezarse con ellas, ¿verdad? —comentó, señalando con un gesto de la cabeza la túnica de capitán general de Jolyon, con su ribete dorado y trenzado, y después bajando la mirada hacia la suya, mucho menos ornamentada—. No pretendías hacerle daño a nadie, colega.

La mirada de Jolyon tenía un brillo desagradable.

—Supongo que no —repuso—. Pero yo que *tú* tendría mucho más cuidado de que no me pasase nada, ¿vale, *colega*? —Y dicho eso desapareció en el interior de la biblioteca.

Yo me acerqué a Marta y la ayudé a recoger los libros. Había al menos una docena, y la mayoría no estaban relacionados en absoluto con las asignaturas que estábamos cursando.

—Gracias —me dijo—. Hola, Max.

—¿Qué hay? —Él se agachó para recoger el último libro y después se lo tendió. Esbozó una sonrisa al mirarla, pero me fijé en que había cierta tensión tras su mirada—. ¡Eres la primera de la clasificación! —le contó.

Por un momento, Marta parecía confusa.

—Ah —dijo. Max la observaba expectante, pero ella se volvió hacia mí y me dijo—. Lo *sabía*. El señor Gregory no es tan imparcial en cuanto a lo que sucedió en Irlanda del Norte como nos quiere hacer creer. Este libro dice que...

—Marta —la interrumpí, fijándome en la expresión de Max—, ¿es que no te alegras? —Me quedé mirándola fijamente, con la esperanza de que se diese cuenta de que había sido un tanto insensible con este tema, pero ella solo me observó desconcertada. Y por fin, después de unos cuantos minutos un poco tensos, se volvió de nuevo hacia él.

—Gracias por venir a decírmelo —le agradeció con rigidez.

Él se encogió de hombros.

—Pensaba que te alegrarías por, ya sabes, *conseguir* algo. —Marta parecía más desconcertada que nunca—. El conseguir un noventa y nueve en la clasificación es bastante excepcional. Todo el colegio sabrá cómo te llamas. Te otorgarán un premio, quizás incluso una bonificación. *Tiempo libre* —aclaró, exasperado.

—Ah —repitió Marta. Bajó la mirada hacia los libros que llevaba en brazos, y supe que lo único que quería en ese momento era marcharse y ponerse a leerlos en nuestra habitación—. Lo siento —repuso—. Es que esto todavía me resulta demasiado nuevo.

—Claro —respondió Max, relajado—. Será mejor que me marche. Tengo que darle clase a Lloyd en un rato.

Me dio una palmadita en el hombro y se empezó a alejar a toda prisa, pero de repente me acordé de algo.

—¡Max!

Él se volvió de nuevo hacia nosotras, todavía esbozando una sonrisa.

—Lloyd tenía partido de rugby. ¿Es que no te lo ha dicho?

—Oh. —Max se mesó el cabello—. Se me había olvidado.

—Y también me habías dicho antes que tenías más buenas noticias que darme.

—Sí, claro… —Max volvió a mesarse el cabello, nervioso—. No sé si…

—Vamos, dínoslo —le pedí; incluso Marta parecía intrigada. Max apretó los labios con fuerza unos segundos, como si se estuviese debatiendo internamente. Después esbozó una sonrisa cansada y se acercó de nuevo a nosotras. Nos pasó un brazo por los hombros a cada una y nos arrastró lejos de la biblioteca.

—Esta noche hay una fiesta —nos contó en un susurro—. Junto al arroyo Donny, lejos del edificio central. Llevamos yendo allí a hacer nuestras fiestas desde cuarto. Solemos birlar unas cuantas tablas de madera de los establos y construimos un puentecillo sobre el agua para poder cruzar hasta el bosque. Para... ya sabéis, tener algo de *intimidad*. —Nos guiñó un ojo y después nos observó fijamente, esperando a ver cómo reaccionábamos—. La Noche del Puente es algo muy importante. Solo se puede asistir si te invitan. Así que yo os estoy invitando a vosotras, y a Lloyd y a Sami, claro está.

—*¿De verdad?* —No pude evitar preguntar.

—Síp. —Max esbozó una sonrisa de oreja a oreja pero entonces Marta, de repente, soltó una maldición—. ¿Qué pasa? —le preguntó.

—Esta tarde tengo que cumplir otro castigo. De Genevieve —dijo, sonrojándose, frustrada—. Se me había olvidado. Voy a llegar tarde. —Bajó la mirada hacia los libros que llevaba en brazos.

—No te preocupes —repuso Max, pero supe por la forma en la que lo dijo que estaba molesto—. Le diré a Gin que estabas aquí conmigo.

—Quizá podrías decirle también que dejase de ser tan hija de puta con nosotras —comentó Marta, con dureza. Se hizo el silencio durante unos minutos en los que Max se quedó mirándola fijamente.

—Tranquilízate un poco —dijo un rato después, rompiendo el silencio—. Gin forma parte de la Patrulla superior.

—Me ha castigado más veces que a todo nuestro curso junto —replicó Marta. Se volvió a mirarme, como si estuviese buscando algo de apoyo, pero yo no dije nada—. Tiene un serio problema de ira. No sé cómo la aguantas, Max.

Ahí se había pasado. El rostro apuesto de Max se contrajo por un momento, y yo intenté pensar en algo que pudiese apaciguarlos para intervenir en su conversación, pero antes de que pudiese decir nada, él se me adelantó.

—No conocéis a Gin como yo —le reprochó a Marta, con un tono defensivo y de advertencia—. Ha sufrido mucho.

—Sí. Vale. —Marta se dio la vuelta para marcharse, pero Max la agarró del brazo, tirando de ella no con demasiada suavidad para que se volviese a mirarlo de frente.

—En serio, Gin ha pasado por una época muy mala —le dijo, mirándonos a las dos fijamente—. Su hermana pequeña murió hace dos años, aquí, en el internado. Si está enfadada con el mundo, está en su derecho.

Marta y yo nos quedamos mirándolo, sorprendidas. Nuestra reacción pareció calmarlo porque, cuando volvió a hablar, sonaba mucho más tranquilo.

—No le gusta hablar del tema y tampoco le gusta que nadie hable de ello. Persie era su mejor amiga. Y también era una chica increíble. —Se mordió el labio inferior—. Solo porque no se hable de ello, no significa que Gin no esté sufriendo. Supongo que tampoco importará mucho que os lo haya contado, casi mejor así. Yo soy el único que habla con vosotras, aparte de Lloyd y Sami, así que si no os lo decía yo tampoco lo habríais sabido nunca.

Marta y yo nos quedamos contemplándolo fijamente, en silencio. Se me puso la piel de gallina por la vergüenza que sentía. A juzgar por las mejillas sonrosadas de Marta, incluso ella se sentía avergonzada. Max suavizó aún más su expresión.

—Se suponía que no deberíais haberlo sabido. Seguís estando invitadas a la fiesta de esta noche, ¿vale? Y no te preocupes por llegar tarde al castigo. Da la casualidad de que sé que Gin tenía cita con la doctora Reza. —Le guiñó un ojo y se alejó, cruzando por el césped, con la túnica ondeando a su espalda.

Genevieve le había asignado a Marta la tarea de limpiar el estiércol del patio de los establos. Marta se marchó hacia allí de mala gana al mismo tiempo que yo salía corriendo hacia la pista de hockey para jugar un partido. Genevieve y Sylvia no aparecieron por allí, lo que me pareció de lo más extraño.

Perdimos contra Roedean aquella tarde y, aunque me daba miedo el momento en el que Genevieve y Sylvia lo descubrieran, también estaba emocionada por la fiesta de esa noche. Creía que la Noche del Puente sería mi mejor oportunidad para conocer a gente nueva en un ambiente mucho más relajado al que solía encontrar en el Internado Realms. Lloyd y Sami a veces se pasaban por la habitación 1A después de la cena, pero si Genevieve nos oía desde su dormitorio, irrumpía en nuestro cuarto y los echaba de allí a patadas, alegando que no estaba permitido que hubiese chicos en las habitaciones de las chicas, una norma a la que nadie hacía ni caso, y mucho menos Genevieve. Después de que los chicos se marchasen, yo solía meterme en silencio en la cama a leer o a dormir temprano mientras Marta trabajaba. Al estar sola y sin tener nada que hacer, el hundirme en mi propio dolor, en ese duelo que había tardado tanto tiempo en dejar atrás, me resultaba mucho más sencillo, y la nostalgia que poco a poco se había ido instalando en mi pecho a medida que pasaban los días allí, en el Internado Realms, tampoco me estaba poniendo las cosas más fáciles. Al final terminé decidiendo ir a ayudar a Marta con su castigo, para asegurarme de que terminara a tiempo para la fiesta.

Mientras atravesaba el Hexágono de camino hacia los establos, reflexioné sobre lo que Max nos había contado acerca de Genevieve. Me horrorizaba la idea de que la hermana hubiese muerto justo aquí, en el Internado Realms, pero cuantas más vueltas le daba, menos me sorprendía. La ira de Genevieve solía parecerme demasiado desproporcionada, a veces incluso irracional. Los años después de la muerte de mi madre, yo misma había sentido esa misma rabia, irreprimible y ardiente; una rabia que amenazaba con consumir toda mi vida a menos que la descargase en contra de algo o en alguien. Lo que no lograba comprender del todo era por qué Marta solía ser ese alguien en el que Genevieve descargaba toda su rabia. Marta podía ser algo insensible y obstinada, y su éxito académico era algo por lo que muchos la envidiarían si estuviésemos en otro colegio o instituto, pero ninguna de estas razones era suficiente como para justificar el odio que le profesaba Genevieve.

Marta estaba arrastrando los pies por la grava y llevando una carretilla llena de estiércol hacia la torre del reloj cuando la encontré. La llamé y ella esbozó una sonrisa cansada, apartándose unos mechones rebeldes de los ojos. La doctora Reza no había logrado encontrar un mono de trabajo más pequeño junto con el uniforme nuevo que le había dado, por lo que el que llevaba puesto le quedaba demasiado grande.

—Te voy a echar una mano con eso.

—No te preocupes. Ya casi he terminado. —Marta era obstinadamente independiente, incluso a veces masoquista, en cuanto a sus castigos.

—Pero me apetece ayudarte —respondí, tomando una pala—. ¿Por qué te ha castigado esta vez?

—Por no saber comportarme a la mesa. Me dijo que si quería comer como un animal, que podría limpiar su mierda también después. Menuda zorra. —Marta esbozó una sonrisa, pero después se fijó en mi expresión—. Sí, sí... pobre Genevieve. Todavía no sé si me lo creo, ¿sabes?

—Max no mentiría sobre algo así.

—Si lo piensas bien, él tampoco es un santo. —Marta me lanzó una mirada socarrona—¿Es que te gusta, Rose?

—¿Que si me gusta? —Me quedé mirándola fijamente, desconcertada porque había sido capaz de leerme tan bien como para saber lo que sentía en realidad por Max, algo que todavía ni yo misma lograba llegar a comprender del todo—. Yo no... Quiero decir, sí, me gusta, pero solo como amigo. No creo que sea un mentiroso —dije, intentando distraerla. Marta tenía la mirada clavada en un punto a mi espalda.

—Vamos a comprobarlo —comentó—. ¡Oye, Sylvia!

Me di la vuelta como un resorte. Sylvia estaba sacando a su yegua, una enorme pura sangre llamada Cleopatra, del establo de la Patrulla superior. Se volvió a mirarnos, con una expresión fría e inquisitiva dibujada en su rostro.

—¡Hola! —Marta se acercó a ella, animada, y yo la seguí de cerca, incómoda. Mucha gente pensaba que Sylvia era una persona de lo más intimidante y nunca se atreverían a acercarse a hablar con ella a menos que ella les hablase primero—. ¿Podemos preguntarte algo?

Cleopatra resopló, y Sylvia le acarició el morro. Ignoró la pregunta de Marta y clavó su mirada en mi rostro.

—¿Cómo hemos quedado?

Tragué con fuerza.

—Cuatro, tres.

—¿Hemos ganado?

—Han ganado ellas.

Apretó los labios con fuerza.

—Me voy *una sola* tarde y…

—¿Has estado fuera? —La sorpresa de Marta estaba justificada. Era muy poco común que la dirección permitiese que los alumnos saliesen de los terrenos del internado a menos que fuese un día de visita, e incluso mucho menos común que les concediesen permiso para pasar la noche fuera, lo que llamaban una «excedencia».

—Sí. —Me fijé en que Sylvia estaba mucho más nerviosa por la derrota contra Roedean de lo que debería. Se volvió a mirar a Marta—. ¿Qué querías preguntarme?

—Es sobre la hermana de Genevieve —empezó a decir Marta, y Sylvia palideció y enarcó las cejas, con asombro más que con desdén, pero justo en ese momento Gerald entró en el patio de los establos a galope, montado a lomos de su caballo, Whistler. Rodeó la estatua, su cuerpo rebotaba sobre su montura, relajado, y se detuvo de manera abrupta a nuestro lado.

—No vas a sacarla ahora —le dijo a Sylvia, sin preámbulos, señalando a su yegua—. Es demasiado tarde.

Ella alzó la mirada hacia él, su expresión fue enfriándose cada vez más a cada segundo que pasaba.

—¿Qué te hace pensar que puedes decirme lo que puedo o no puedo hacer?

Gerald se bajó de su montura de un salto.

—Me han ascendido —comentó, acercando su rostro lleno de marcas de acné al de Sylvia—. Briggs me ha dado un puesto especial. Wardlaw ha firmado el acta esta misma mañana, por lo que a partir de hoy soy el director de caballerizas.

Sylvia dio un paso atrás, mirándolo con desprecio.

—Necesitas algo más que un nuevo puesto para tener el derecho a decirme lo que puedo o no hacer. Es una pena que Briggs no pueda ascenderte para que tengas amigos. Estoy segura de que nos acordaremos de ti esta noche, Gerald…

—*Zorra*. —Gerald se le acercó peligrosamente de sopetón—. Eres una zorra frígida.

—No. —replicó Sylvia, sin dejarse amedrentar y observándolo con dureza—. Lo que pasa es que yo sí que sé lo que quiero. Y no es a un sucio mozo de cuadra pelirrojo, aunque pensaba que eso ya lo había dejado claro. —Introdujo el pie en el estribo y se subió a su yegua—. Y vosotras dos —añadió bruscamente—, no os metáis en lo que no os incumbe. —Golpeó con los talones de sus botas el costado de su montura—. Mantente alejado del arroyo esta noche, Gerald —gritó sin volverse hacia nosotros mientras se alejaba al galope.

Por un segundo, el rostro de Gerald se contrajo, confuso. Después soltó un gruñido mortificado y volvió a montarse en su caballo antes de salir al galope tras Sylvia, cruzando el patio. Marta y yo nos miramos.

—Así que es cierto —murmuró Marta—. Por la cara que ha puesto... es como si ella misma lo hubiese presenciado y todo.

—A lo mejor sí que lo presenció. —Recordé cómo Sylvia había dejado caer su máscara por completo tras la pregunta de Marta—. Lo que está claro es que seguro que la conocía.

—Sí. —Me di cuenta de que Marta ya no me estaba prestando atención—. Será mejor que siga con mi trabajo. No te preocupes por mí, Ro. Vuelve a la residencia.

Yo negué con la cabeza. Podía escuchar la discusión a gritos que estaban manteniendo Sylvia y Gerald bajo el arco de la torre del reloj, y no quería dejar a Marta sola tan cerca de esos dos y su discusión, por si se volvía en su contra. Tampoco quería regresar a nuestra habitación para estar sola.

—Me quedo y te ayudo —repuse.

Tardamos media hora en terminar de limpiar todo el estiércol. Estábamos llevando la carretilla de vuelta al bloque A cuando escuchamos unas pisadas acercándose a nosotras, resonando sobre la gravilla. Era Gerald, esta vez a pie; su fanfarronería había disminuido notablemente.

—La fiesta de esta noche —dijo, dirigiéndose a Marta.

Ella lo observó sorprendida.

—¿Qué pasa con ella?

—¿Te han invitado?

Marta se encogió de hombros.

—Sí.

Gerald carraspeó para aclararse la garganta, como si de repente estuviese incómodo.

—¿Te apetece ir conmigo?

Su pregunta no podría haberme sorprendido más y me hizo dudar de inmediato de los motivos que podría tener para estar haciéndole esa pregunta a Marta. Gerald nunca la había tratado más que con desprecio. Además, Sylvia lo había dejado bastante claro antes de irse: no le querían en la Noche del Puente. Marta estaba jugueteando con la manga de su mono de trabajo, nerviosa.

—Gracias —dijo, después de unos minutos de silencio—, pero no puedo.

—¿Por qué no?

—Porque... —Bajó la mirada hacia sus botas de agua y se quedó en silencio unos segundos—. Porque no voy a ir —soltó.

—Ah. —Por un segundo Gerald parecía incluso aliviado por su respuesta, pero después frunció el ceño, molesto—. Solo lo dices para librarte de mí.

—No —lo interrumpió Marta—. Es que no pienso ir. —Miró a Gerald fijamente a los ojos—. Lo siento —añadió en apenas un susurro.

Él la fulminó con la mirada.

—Que te jodan, *gremlin* —escupió, y se marchó hecho una furia.

Marta estaba removiendo la grava con la punta de su bota, con una mueca disgustada dibujada en su rostro. Me sentí de lo más frustrada por no lograr entender su comportamiento. Estaba segura de que el que no fuese terminaría haciendo enfadar a Max y a todo aquel que hubiese accedido a invitarnos a la Noche del Puente. Me acerqué a ella.

—¿Por qué? —le pregunté.

Ella alzó la mirada hacia mí.

—Rose —soltó, observándome desesperada—, fíjate en mí. ¿De verdad crees que podría ser la cita de alguien?

Yo estaba preguntándole por qué había decidido no ir a la fiesta pero, incluso hoy, me alegro de que Marta no entendiese mi pregunta. Si la hubiese entendido, estoy segura de que aquella tarde estaba lo bastante enfadada con ella como para haber sido amable. Ahora, tal y como están las cosas, también sé que no hice lo suficiente para ayudarla. Debería haber sido mucho más considerada con ella; podría haberle preguntado qué quería decir con eso o simplemente podría haber dicho algo para tranquilizarla, pero me temo que no dije nada. Estaba tan centrada en mí misma que me enfadé con ella; porque incluso a Marta, tan rarita, marginada y desaliñada como era, le habían pedido una cita, mientras que a mí, que me sentía tan sola que dolía y que me importaba tanto encajar aquí, nadie me había pedido salir.

5

L loyd y Sami se pasaron por la habitación 1A cuando yo todavía estaba preparándome para la Noche del Puente, secándome el pelo con una toalla. Marta estaba tumbada boca abajo en su cama, murmurando para sí misma algo que no lográbamos entender mientras hacía sus deberes de física. Cuando los chicos descubrieron que no quería ir a la fiesta, se sintieron mucho más decepcionados que yo.

—*Vamos*, Marta —dijo Lloyd—. No puedes pasarte todo el tiempo estudiando. —Ella lo ignoró, y siguió escribiendo lentamente la respuesta de un ejercicio. Él alzó un poco más la voz—. *Marta*.

Ella alzó la mirada hacia él, sorprendida por su tono.

—¿Qué?

—Deberías venir con nosotros a la fiesta esta noche. —Lloyd se cernió sobre ella, de pie al lado de su cama—. Tenemos que empezar a integrarnos. Nos lo pasaremos bien.

Marta dejó a un lado el bolígrafo y rodó sobre la cama, hasta quedar boca arriba, y clavó la mirada en sus cálidos ojos verdes.

—Ya me lo estoy pasando bien.

Él soltó un suspiro y se dejó caer en el borde de la cama, a su lado.

—Mar —le dijo—, he tenido que insistir mucho para conseguir que nos invitasen.

Desde la ventana, Sami se volvió a mirarme con las cejas enarcadas.

—¿Te preocupa lo que puedan hacer los demás? —le preguntó a Marta. Supuse que estaba hablando de Genevieve, Sylvia y el resto de los integrantes de la pandilla de abusones de Marta.

—No más que de costumbre.

—No creo que Genevieve te preste atención esta noche —le comentó Lloyd—. Tiene sus propios problemas de los que ocuparse.

—¿Como el qué? —pregunté, recordando lo que Max nos había dicho antes.

Sami le lanzó una mirada de advertencia a Lloyd, pero este siguió hablando.

—Se quedó embarazada.

Marta y yo nos quedamos mirándolo fijamente, sorprendidas.

—Max me ha dicho que ya se ha ocupado de ese asunto esta misma tarde —añadió Lloyd, restándole importancia. No pude evitar pensar que había sido muy indiscreto por parte de Max el haberle contado a Lloyd que su novia había abortado esa misma tarde, pero antes de que pudiese recriminarle nada, oímos una serie de gritos burlones que provenían del pasillo. Entonces alguien llamó a la puerta, el ruido sordo que producía un puño al chocar con la madera, y Sami se levantó de un salto para abrirla, para servir de una especie de escudo entre nosotros y nuestros visitantes.

—¿Dónde está la feliz pareja? —Era la voz de Sylvia. Había ladeado la cabeza, intentando vernos por encima del hombro de Sami.

—¿Qué quieres decir?

—Gerald y la *gremlin*. —Sylvia lo hizo a un lado de un empujón y se adentró en nuestro dormitorio, seguida de cerca por Genevieve, que parecía apagada para lo que era ella. Sylvia se detuvo junto a la cama de Marta y la observó fijamente—. ¿Qué estás haciendo ahí? Deberías estar con tu novio.

Marta apartó los libros que tenía esparcidos sobre el colchón. Parecía estar harta de que la estuviesen acosando constantemente, y tampoco la culpaba por ello.

—¿De qué demonios estás hablando?

—Estoy hablando de tu cita con el nuevo «director de caballerizas».

—¿*Qué?* —soltó Sami, escandalizado, al mismo tiempo que Marta le decía a Sylvia, cortante:

—Le he dicho que no. Aunque tampoco es que sea asunto tuyo.

Por un segundo, a Sylvia aquello pareció tomarla desprevenida. Se volvió hacia Genevieve, que estaba fumando en silencio junto a nuestra ventana, sentada sobre nuestro escritorio, con una botella de vino de jerez a un lado, sin prestarle ninguna atención a lo que estaba ocurriendo a su alrededor. Lentamente, Sylvia se volvió de nuevo hacia Marta.

—Sí que *es* asunto nuestro —le dijo, arrastrando las palabras—. Nosotras somos las celestinas de esta pareja. O deberíamos haberlo sido.

—¿Las celestinas?

Sylvia se levantó de un salto de los pies de la cama de Marta, donde se había sentado hacía tan solo unos minutos.

—Le dije a Gerald que podría ir a la Noche del Puente si conseguía que tú fueses su cita —explicó—. Acabamos de estar hablando con él y nos dejó entender que le habías dicho que sí. Maldito mentiroso. Vamos, *Gin* —ordenó—. Tendremos que encargarnos de él. —Genevieve no parecía haberla escuchado—. Gin. —Entonces asintió enérgicamente y se levantó de un salto, apagando su cigarrillo en el alféizar.

—Esperad un momento. —Lloyd las llamó cuando llegaron a la puerta de nuestro dormitorio. Y las observó perplejo—. ¿Por qué lo habéis hecho?

Fue Genevieve quien se volvió a mirarlo, con un brillo malévolo en sus ojos.

—Gerald y tú podríais haberos echado una mano el uno al otro —le dijo a Marta—. Dos vírgenes solitarios, juntos. No es como si alguien más fuese a querer tocarte. —Sylvia y ella se marcharon por donde habían venido, cerrando de un portazo a su espalda.

—No le hagas caso —le dijo Sami a Marta. Ella estaba sentada con las piernas cruzadas sobre su cama, con la mirada clavada en la pared. Sami se quedó mirándola durante un momento, y después se volvió hacia nosotros, enfadado—. ¿Por qué demonios están tan obsesionadas con que la gente sea virgen o no? —preguntó, irritado.

Lloyd se volvió a mirarlo, ladeando la cabeza.

—Algunos dirían que el sexo es poder.

Noté cómo se me sonrojaban las mejillas con violencia y aparté la mirada. Me puse a rebuscar en mi neceser, haciendo todo el ruido posible, al mismo tiempo que Sami espetaba:

—Supongo que ya sé quién te ha metido esa idea estúpida en la cabeza.

—No es estúpida. Es cierto.

—Solo porque *él* consiguió ascender en la turbia pirámide tirándose a Genevieve, y ahora vas tú y...

—Cállate —le ordenó Lloyd con repentina dureza—. No sabes de qué estás hablando, Sami. Genevieve *necesitaba* a Max. Él se encargó de cuidar de Gin después de que su hermana murió; si no hubiese sido por él, Gin estaría perdida. —*Así que Lloyd ya sabía lo de Persie*, pensé, *pero no nos había hablado de ello ni a Marta ni a mí.*

—Si eso es lo que te ha contado y tú te lo quieres creer, allá tú. Pero yo sigo pensando que esa retorcida idea tuya de que «el sexo es poder» es una estupidez.

Eché un vistazo a mi alrededor y me fijé en cómo Sami se subía el cuello de la camisa, con las mejillas sonrojadas con violencia por la rabia que sentía.

—¿Sabes? —espetó Lloyd con tono impertinente, todavía tumbado a los pies de la cama de Marta—, cualquiera diría que he tocado una fibra sensible.

Sami se sonrojó todavía más, pero no se dejó amedrentar.

—El sexo es *amor* —dijo, con la voz temblorosa e impotente—, y el *amor* es poder.

—¿Eso es lo que siempre te dice tu mami? —se burló Lloyd, al mismo tiempo que Marta decía:

—Solo lo segundo es cierto. —Su voz era apenas un susurro en comparación con la de Lloyd, prácticamente inaudible, pero los tres la oímos.

Lentamente, me volví para observar a mis amigos. Marta tenía la vista clavada en su libro de física, y pasaba el dedo sobre la página como si lo estuviese leyendo, pero le brillaban los ojos y estaba tensa.

—Mar —le dijo Sami, toda la rabia que antes sentía había desaparecido por completo—, ¿qué ocurre?

—Nada. —Alzó la vista con brusquedad—. ¿Puedes dejarme algo para ponerme, Rose?

—¿Para ponerte?

—Para la fiesta. No me he traído ropa elegante. ¿Me puedes prestar algo?

—Sí —respondí, confusa—, pero creía que...

—He cambiado de opinión. —Marta se levantó de la cama y dejó caer el libro de física al suelo—. Los cuatro tenemos que mantenernos unidos. Pero primero —señaló a Lloyd y después a Sami—, tenéis que iros, para que Rose y yo terminemos de prepararnos. Siempre estáis aquí metidos haciendo el vago.

—¡Bien! Te va a encantar —respondió Lloyd, esbozando una sonrisa de oreja a oreja. Se dejó caer en la silla de mi escritorio, estirándose y cruzando los brazos por detrás de su cabeza, al mismo tiempo que Sami pasaba la mirada de Marta a él alternativamente, nervioso—. Podéis cambiaros con nosotros aquí, Marta, no vamos a mirar...

—No —respondió Marta, obstinada—, largaos. Os veremos cuando pasen lista. —Sami se puso de pie y Lloyd lo siguió con reticencia. Marta los echó de nuestro dormitorio, ignorando los refunfuños de Lloyd—. ¡Adiós! —se despidió, cerrando la puerta tras ellos. Después se volvió hacia mí y sonrió, aunque la sonrisa no le llegaba a los ojos—. ¿Te alegras de que vaya a ir, Rose?

—Sí —respondí, y entonces me di cuenta de que era cierto—. Sí que me alegro. —Sin pensarlo dos veces, alargué los brazos hacia Marta y tiré de ella para darle un abrazo torpe. Noté cómo apoyaba su frente en mi hombro, cómo su pelo enmarañado me rozaba la barbilla, pero su cuerpo permaneció tenso como la cuerda de un arco—. Seguro que será divertido —le dije.

—Eso espero. —Marta se alejó de mí—. Y dime —añadió, con firmeza—, ¿qué debería ponerme?

Recuerdo que me sorprendió la forma en la que empezó la Noche del Puente. Después de que pasasen lista, todos bajamos al comedor a cenar como si fuese un día cualquiera. La mayoría de los alumnos de primero de bachillerato estaban vestidos de punta en blanco y me preocupaba lo que pudiesen pensar los mags al vernos, pero Max se encargó de tranquilizarnos.

—Es el primer sábado del mes, lo que significa que la mayoría se irán con la doctora Reza a un bar que hay en Lynmouth —comentó, llenándose el plato de lasaña—. No volverán hasta pasada la medianoche.

Así que cenamos tranquilamente; como las horas de las comidas eran los únicos momentos del día en el que podíamos comer algo, los alumnos del Internado Realms pocas veces se las saltaban; y después de cenar, Lloyd, Sami, Marta y yo nos adentramos en el frío atrio, sin saber muy bien qué se suponía que teníamos que hacer a continuación. Marta estaba tensa, tirando del dobladillo del vestido que le había prestado, y que le quedaba demasiado grande. El no tener un plan claro y establecido también me estaba poniendo nerviosa a mí. Empecé a prepararme mentalmente para afrontar la posibilidad de que en realidad no nos hubiesen invitado a la fiesta y todo hubiese sido un engaño, como la broma que le habían gastado Sylvia y Genevieve a Gerald.

A mi lado, Lloyd estaba dándole golpecitos al suelo con el pie, nervioso, mientras oteaba sin parar el atrio vacío.

—¿Qué te pasa? —le pregunté.

—Max me dijo que se encargaría de llevarnos.

—Rose —me llamó Marta, de repente—, ¿crees que debería haberme lavado el pelo?

Lloyd, Sami y yo nos volvimos a mirarla. Tenía todo el cabello enredado, formando nudos frente a su pálido rostro, y una mancha de tinta enorme le cruzaba la mejilla.

—Tampoco habría estado de más que te hubieses peinado —comentó Lloyd.

Marta se volvió a mirarlo con los ojos como platos, sorprendida.

—Tal vez debería volver arriba para peinarme —dijo.

Sami fulminó a Lloyd con la mirada mientras ella se encaminaba hacia el Eiger, pero Marta se detuvo al toparse con el señor Gregory, que estaba en ese mismo momento bajando por las escaleras, con un traje de color caqui y una bufanda de la Casa Hillary. Recorrió a Marta con la mirada, observándola con menos desprecio que de costumbre.

—He oído decir por ahí que debería felicitarte.

Marta parpadeó, perpleja, y él señaló el tablón de anuncios, donde estaban colgadas las clasificaciones.

—*Summa cum laude*, señorita De Luca. Está claro que te estás esforzando por compensar todas las áreas en las que eres más que deficiente. Además, tus notas son bastante buenas —añadió, y después se volvió para señalarnos a Lloyd y a mí con la cabeza, mientras Sami arrastraba los pies por el suelo, incómodo—. La Casa Hillary puede estar orgullosa de vosotros.

—¿*Usted* está orgulloso de nosotros, señor? —le preguntó Marta. Lloyd le guiñó un ojo y ella esbozó una sonrisa como respuesta.

El señor Gregory no parecía haber esperado esa pregunta.

—Estoy satisfecho —respondió pasado un momento. Carraspeó para aclararse la garganta y entonces se fijó en los trajes que llevaban Sami y Lloyd—. No sabía que había un evento esta tarde.

—¡Señor! —Max bajaba corriendo el Eiger, descendiendo los escalones de tres en tres—. Señor, se me había olvidado contárselo. Vamos a celebrar un recital en la antecapilla, en memoria de Persie.

Fue como si aquellas palabras le hubiesen asestado un puñetazo en el estómago al señor Gregory, porque su expresión mudó por completo.

—Ah —repuso pasado un momento—. Ya veo. Ya veo. —Clavó la mirada en la puerta principal, a nuestra espalda.

—Tocaremos a *Nimrod*, señor. A ella le encantaba.

—Lo sé —espetó el señor Gregory—. El último pase de lista será a las diez, como siempre.

—*Por supuesto*, señor. —Max esbozó una sonrisa empalagosa—. Estoy seguro de que estará deseando irse al minibús —comentó, y el señor Gregory asintió, antes de alejarse caminando con paso rígido por el atrio.

»*Pfff*. —Max esbozó una sonrisa de oreja a oreja y se volvió a mirarnos—. Sabía que no ibais a saber qué decirle a ese viejo cabrón. Pero el mencionar a Persie siempre consigue hacer que se calle. —Nos guio hacia el Eiger, haciéndole señas a más gente para que nos siguieran.

—¿Por qué? —le pregunté, apresurándome para seguir sus largas zancadas.

—Le gustaba. Solía decir que era un orgullo para Hillary. Y después se murió bajo su cuidado —añadió, sin ningún tacto—. Ya sabéis cómo es; Hillary por encima de todo, y esas cosas. Siguió recorriendo la galería inferior y solo se detuvo cuando se fijó en el rostro de Sami—. ¡Oh, venga, no os pongáis así! Tuvo que pelearse con uñas y dientes para hacerse con vosotros cuatro. Aunque solo fuese para asegurarse de que Hillary subiera un poco en la clasificación de las Casas. —Nos observó con una expresión socarrona.

—¿Qué pasó...? —empecé a preguntar, pero entonces Sami me interrumpió, nervioso.

—Espero que no sospeche nada de lo que estamos tramando. No me puedo permitir meterme en ningún...

—No te preocupes. No es muy listo que digamos. Y para cuando vuelva estará tan borracho después de haberse pasado toda la noche bebiendo y hablando sin parar con Briggs sobre las legiones romanas que no se molestará siquiera en revisar las habitaciones. —Max se carcajeó, volviéndose a mirar a Lloyd.

—¿Y qué pasa con el último pase de lista?

—Venga ya, a ver si te pones al día de una vez, Sami. La *Patrulla superior* es la que se encarga los sábados del último pase de lista.

Seguimos a Max hacia lo más profundo del internado, pasando por delante de aulas en las que yo nunca había estado, donde todas las luces estaban apagadas y las puertas cerradas a cal y canto al ser fin de semana. En la entrada de la Casa Raleigh se nos unieron Sylvia y Bella, que iban vestidas de negro de la cabeza a los pies. Después, Max abrió la puerta de lo que parecía un armario y que llevaba hacia una estrecha escalera que bajaba hacia las profundidades del internado. Bella y él no paraban de hablar entusiasmados de la última Noche del Puente que, al parecer, había durado hasta bien entrada la mañana siguiente. Estaba emocionada por poder participar en esta, y mi entusiasmo no hizo más que aumentar cuando atravesamos una puerta que había al fondo del pasillo y nos encontramos bajo el oscuro cielo nocturno. Estábamos en medio de un pequeño patio pavimentado, cercado por un alto muro de ladrillo. Eché un vistazo a mi espalda y me di cuenta de que la puerta por la que habíamos salido quedaba casi completamente oculta gracias a una espesa capa de hiedra.

El patio estaba lleno de contenedores, y Max y Bella se subieron a uno con una agilidad que denotaba que ya habían hecho eso mismo unas cuantas veces antes, antes de ayudarnos al resto a subir para poder saltar el muro de ladrillo. Me coloqué de cuclillas sobre el muro, me sudaban las palmas de las manos con violencia y, cuando bajé la mirada hacia el suelo, me di cuenta de lo grande que sería la caída desde allí. Me quedé helada, escuchando el alegre parloteo de mis compañeros, y deseando poder aferrarme a ese instante un poco más. Y entonces escuché a alguien hablando a mi lado.

—No estamos tan altas como parece —me dijo Sylvia, y después saltó, con la bufanda de seda ondeando a su espalda al aterrizar sobre el suelo arenoso.

Cruzamos a la carrera los campos de rugby, rodeando el Hexágono para ir por la arboleda de los tilos, y después atravesamos la pista de cróquet que había detrás de la cabaña Drake, que daba a los establos. Y entonces por fin llegamos a la alta y empinada orilla del arroyo Donny y seguimos su cauce, con las largas briznas de hierba húmeda empapándonos los tobillos, e iluminando el camino con la luz de las antorchas. Había docenas de estudiantes allí reunidos en el claro, cada grupo llegaba a través de una ruta distinta. Volví la vista atrás, hacia la orilla, y vi cómo otros tantos estudiantes bajaban por el camino que habíamos seguido nosotros, ataviados de punta en blanco, con trajes y vestidos de fiesta, con la torre del reloj enmarcada entre las sombras del cielo nocturno. A mi alrededor se distinguía el resplandor de los cigarrillos encendidos, se oía el repiqueteo de las botellas al chocar entre sí y el chasquido de las latas al abrirse. Todos los alumnos de primero de bachillerato del Internado Realms alzaron sus copas bajo la tenue luz de la luna y brindaron los unos por los otros.

Max, Bella, Rory y Alice Fitz-Straker salieron corriendo hacia los graneros y volvieron unos minutos más tarde con los brazos

llenos de tablones de madera. Los colocaron con cuidado sobre el
arroyo Donny, supervisados bien de cerca por Sylvia, que se subió
el vestido hasta la cintura y se abrió paso a través del profundo
cauce para asegurar el puente improvisado en la orilla fangosa de
enfrente. Por un instante, desapareció entre las sombras del bosque al otro lado. Pero entonces saltó sobre los tablones y cruzó el
puente bailando, con sus piernas húmedas refulgiendo bajo la luz
de las antorchas.

—¡Es la Noche del Puente! —gritó y, por una vez, su rostro no
estaba impregnado de condescendencia ni de hostilidad; en su expresión solo había felicidad.

Marta, Lloyd, Sami y yo nos quedamos alejados del resto, observando cómo la Noche del Puente se desarrollaba a nuestro alrededor, con una mezcla de emoción y miedo. El camino hasta el arroyo
Donny había sido emocionante, pero ahora que estábamos allí, la
gélida brisa de la noche y el desenfreno de nuestros compañeros
hacían que la aventura pareciese más arriesgada que nunca. A ninguno parecía preocuparle en absoluto que nos pescasen. Construye-
ron una hoguera en la otra orilla y más pronto que tarde las llamas
se alzaron por el aire. Max se alejó de Genevieve y se acercó a nosotros, con su pajarita suelta.

—Chicos —dijo, pasándoles un brazo por los hombros a Lloyd
y a Marta—, tenéis que beber algo. Vamos.

Nos llevó hasta las cajas y los cajones de madera que había escondidos entre la hierba.

—¡Champán! —dijo, sacando una botella con una etiqueta dorada de una de las cajas—. Rory lo roba de la bodega de sus padres —comentó, descorchándola—. Aunque tampoco es que ellos
noten que falta. Y su hermano mayor siempre nos consigue algo
incluso mejor. —Guiñó un ojo y después se dio golpecitos en la
punta de la nariz—. Vamos —nos animó—, os lo pasaréis *mejor*.

Lloyd, Sami y yo nos fuimos pasando la botella, bebiendo un
trago por turnos. La acidez de la bebida me dio ganas de vomitar,
pero tragué con fuerza, y cuando el alcohol me bajó por la garganta

y se abrió paso por mi pecho, dejó tras de sí una sensación de que-
mazón que me hizo sentir una oleada de emoción y confianza. Le
tendí la botella a Marta, pero ella negó con la cabeza.

—Ah, no —dijo Max, tomando la botella—. *Tienes* que beber
un poco de Taittinger. Es champán del bueno. Estos —señaló al
resto de nuestros compañeros—, prácticamente se han criado ma-
mando de esta botella. ¡Abre bien la boca! —ordenó, y sorprendió
tanto a Marta que hizo lo que le pedía y le permitió verter un poco
de champán en su boca. La bebida hizo que tosiera con fuerza,
pero después esbozó una enorme sonrisa.

—Tienes razón —le dijo a Max—. Está bueno.

Max le dio un sonoro beso en la mejilla.

—Te ayudará a relajarte —comentó—. El Internado Realms no
tiene por qué ser una lucha constante, ¿sabes, Marta? Hazme caso.
—Volvió a guiñarle un ojo e inclinó de nuevo la botella sobre sus
labios para obligarla a beber otro trago. Parte del líquido amarillento se deslizó por su barbilla—. Estas tampoco están nada mal
—comentó y abrió su mano para mostrarnos unas pequeñas pastillas blancas—. ¿Queréis una?

Sami, Marta y yo negamos con la cabeza, pero Lloyd se encogió de hombros y se tomó una de las pastillas como si solo fuese
un analgésico.

—Eres un buen tipo —le dijo a Max.

Max asintió.

—¿Qué haríais vosotros sin mí? Bueno —dijo con firmeza—,
ahora vamos a pasárnoslo bien. ¡Vamos allá!

Nos bebimos el resto de la botella de champán y bailamos a la
luz de la luna creciente, bajo la luz danzante de la hoguera. Alguien trajo un equipo de música del granero. Cualquier rastro de
duda que hubiese podido tener con respecto a esa noche desapareció por completo cuando Max nos guio a través de los pasos de un
extraño baile que tenía cierto aire tribal a la luz de la luna; era una
especie de mezcla entre un baile de salón, con sus pasos definidos,
y un baile completamente libre, en el que todos cambiábamos de

pareja constantemente al ritmo de la música. Entonces tomó a Lloyd de la mano y se pusieron a bailar un vals alrededor de la hoguera, marcando cada paso y totalmente sincronizados. Cuando llegó a mi lado, me tendió ambas manos. Se las tomé y bailamos juntos, nuestros cuerpos entrechocando sin poder evitarlo y sus brazos enredados alrededor de mi cintura. La sensación de estar tan cerca de Max era tan embriagadora como el champán. Me hizo girar y después me pegó a su cuerpo de nuevo, y yo enredé mis brazos alrededor de su cuello y noté cómo me inundaba un calor que nunca había sentido antes: un deseo fuerte y emocionante por estar más cerca de él que era muy distinto a todo lo que había sentido hasta ahora. Me incliné un poco más hacia él, percibiendo la acidez de su aliento contra mi mejilla. Alcé la mirada hacia su rostro al mismo tiempo que él la bajaba hacia el mío. Sus ojos oscuros me contemplaron tentativamente, y entonces inclinó su cabeza hacia la mía. Sentí sus labios rozándome la mejilla en un beso, como si fuesen en busca de mis labios.

Pero antes de que eso ocurriese, alguien me agarró de la mano, y Marta tiró de mí para apartarme de Max, arrastrándome hasta el otro lado de la hoguera. Me pasó los brazos por el cuello, fingiendo estar mucho más borracha de lo que estaba en realidad, y me habló al oído, para hacerse oír por encima de la música.

—No merece la pena, Ro. Tan solo imagina lo que pasaría si Genevieve os hubiese visto. —Volvió su rostro hacia el mío y me dio un beso rápido en la mejilla, justo donde habían estado los labios de Max hace un segundo—. Que no te dé vergüenza —me dijo—. No pienso contárselo a nadie. Será nuestro secreto.

Justo en ese momento Lloyd y Sami se acercaron a nosotras, con otra botella de champán en la mano, y los cuatro empezamos a bailar desenfrenados. Marta se puso a bailar una giga ella sola, meciendo su pequeño cuerpo. Al pasar a mi lado, me agarró de las muñecas y volvió a tirar de mí hacia su pecho, y juntas bailamos al son de la música; torpes, libres y llenas de alegría repentina. Marta se chocó con Genevieve, pero a esta no le dio tiempo a soltar ni un gruñido, porque Max se adelantó, la tomó entre sus brazos y la besó apasionadamente, y Genevieve le pasó los brazos alrededor del cuello y le acarició la nuca con suavidad. Aparté la mirada y me topé con Sylvia y Bella, que estaban sentadas en la orilla cubierta de hierba, y Bella tenía los labios pegados al cuello de Sylvia. De repente, Sylvia alzó la vista. Y nuestras miradas se encontraron.

Unos minutos más tarde, aparté la mirada. Marta y Lloyd estaban sentados, uno al lado del otro, cerca del arroyo, abrazándose con fuerza. La cabeza de Marta reposaba sobre el pecho de Lloyd, y Sami estaba de pie a su lado, con la mano sobre el hombro de Marta. Me acerqué a ellos. Marta estaba llorando, y las lágrimas le caían descontroladas por las mejillas. Al verme preocupada, esbozó una pequeña sonrisa.

—No estoy triste —dijo, con la voz mucho más grave que de normal—. Es más bien lo contrario. Soy tan feliz aquí, con vosotros tres a mi lado. No quiero que esto acabe nunca. —Tiré de la manga de mi vestido para taparme la mano y le sequé las lágrimas con ella—. Eres mi mejor amiga —me dijo Marta, y sentí cómo me invadía una oleada de afecto que nada tenía que ver con todo el champán que había bebido. *Y tú la mía*, quería decirle, pero las palabras se me quedaban atoradas en la garganta. Marta se alejó de Lloyd, como si estuviese intentando recomponerse—. Vamos a bailar un poco más —sugirió.

Los cuatro permanecimos juntos un rato más; nos quedamos cerca de la hoguera, para intentar mantener el frío de la noche a raya. Max se acercó a nosotros y le tendió a Lloyd otra botella de champán. Los cuatro nos la bebimos a sorbos y fue entonces cuando la cabeza empezó a darme vueltas. Era la primera vez que bebía tanto alcohol. Necesitaba que alguien me sostuviese, como Lloyd había hecho hacía unos minutos con Marta, pero cuando lo busqué con la mirada, me lo encontré abrazado a Marta. Salvo que, esta vez, se estaban besando. Me quedé mirándolos con los ojos como platos, con la sensación de estar viendo a una pareja de completos desconocidos, incapaz de entender cómo era posible que las cosas hubiesen cambiado tan rápido. Las manos de Marta se deslizaron por debajo de la chaqueta de Lloyd. Aparté la mirada con la esperanza de poder encontrar a Sami, pero no había ni rastro de él.

El número de bailarines en nuestro lado del arroyo había empezado a decaer a medida que las parejas se iban formando. Vi cómo se acercaban al puente improvisado y lo cruzaban, internándose después en el oscuro bosque. Al ir hacia el puente todos pasaban junto a Sylvia y a Bella, que seguían sentadas en la orilla. Vi a Max y a Genevieve darle un beso a Sylvia en la mejilla antes de desaparecer entre las sombras del otro lado. Al verlos, sentí una punzada de dolor por el hecho de que Max se hubiese marchado. Quería seguirlo, pero no tenía a nadie dispuesto a acompañarme al otro lado del arroyo. Entrecerré los ojos, tratando de discernir a Sami en medio de toda aquella oscuridad, y lo encontré abrazado a una chica pelirroja no muy lejos de donde había visto a Lloyd y a Marta besándose hace un momento. Aunque en ese instante ellos también estuviesen cruzando el puente de la mano.

Le di otro sorbo a la botella de champán, deleitándome en el efecto adormecedor del alcohol. Estaba helada y mis amigos se habían largado, así que no tenía nada que me retuviese en la Noche del Puente. *Ha sido un error venir*, pensé; había cometido un grave error al pensar que salir de fiesta con el resto de los alumnos del Internado Realms podría servir para que alguien como yo hiciese nuevos amigos. Me marché y avancé con pasos inseguros, siguiendo el cauce del arroyo, encaminándome hacia el granero. A mitad de camino, me resbalé y caí como un peso muerto sobre el terreno, tratando de amortiguar el golpe con las manos y las rodillas. Dejé caer la frente sobre la hierba húmeda.

—¡Rose! —Sami se acercó a mí a la carrera, con el cuello de su camisa desabrochado. Me ayudó a ponerme en pie—. ¿A dónde vas?

—A la cama.

—¿Dónde están Marta y Lloyd? —Señalé en silencio hacia la otra orilla del arroyo, y Sami se quedó blanco como una sábana—. *¿Juntos?*

Yo me encogí de hombros.

—Se estaban besando.

La expresión que se dibujó en el rostro de Sami era en parte de terror y en parte de tristeza.

—Por Dios —murmuró—. Mierda.

—¿Qué pasa? *Tú mismo* te estabas enrollando con...

—Ingrid y yo solo estábamos tonteando. Lo de Lloyd y Marta... es distinto.

—*¿Por qué?*

Sami se mordió el labio inferior con fuerza y clavó la mirada en el agua. El arroyo Donny terminaba en una zona escarpada y muy boscosa, y todo sonido que provenía de esa dirección quedaba extrañamente amortiguado. Me sentía tan frustrada por su silencio que estuve a punto de explotar contra él, pero entonces lo rompió con un murmullo.

—Max le ha dado a Lloyd esas drogas.

—¿Y eso qué más da?

De nuevo, Sami permaneció en silencio, y su reticencia a hablar me estaba enfadando cada vez más. El venir a la Noche del Puente no había resultado como yo quería, que era hacer nuevos amigos, sino conmigo sintiéndome incluso más sola que nunca. Me sentía excluida, y me daba miedo que mi inmadurez y mi soledad fuesen obvias también para el resto. Pensé en todos aquellos que estarían abrazados, dándose calor, entre las sombras del bosque, en que ellos sí que estarían sintiendo la cercanía de otra persona que yo tanto anhelaba, y esa sensación me hizo darle la espalda a Sami; solo quería regresar a la residencia de una vez.

—Rose, espera. Lo siento. Yo solo... es que no sé cómo decirte esto, pero...

—¿Pero *qué?*

Sus ojos redondos refulgían bajo la luz de la luna.

—Al compartir habitación con Lloyd —dijo por fin, rompiendo el silencio—, me fijo en ciertas cosas... Sé cosas sobre él que nadie más sabe. Cosas que no todo el mundo ve. A ti te debe de ocurrir algo parecido con Marta, ¿no?

—¿Qué quieres decir?

—Debes de haberte dado cuenta. Hay algo... hay algo de Marta que no está bien. Tenemos que cuidar de ella, Rose. No creo que Lloyd lo entienda como nosotros. No creo que sepa que ella es... vulnerable.

Vacilé. Estaba helada, cansada y borracha, pero tampoco estaba preparada en ese momento para confesarle a Sami lo que sabía de Marta.

—Está pasando por un periodo de duelo —le conté.

Él negó con la cabeza y volvió a hablar, esta vez mucho más firme.

—No creo que sea solo eso. *Tú* estás pasando por un periodo de duelo, Rose. Es evidente. Pero Marta...

—Cállate. —De repente, me sentía furiosa con él—. No tienes ni idea. De nada en absoluto. No sabes *nada* sobre mí, Sami.

—No es nada de lo que avergonzarse...

—Sí que lo es. Lo es. —Ya lo había dicho antes de saber lo que estaba haciendo; antes incluso de que yo misma me creyese de verdad lo que decía—. Pensaba que venir al Internado Realms me ayudaría. Pensaba que me haría sentirme mejor conmigo misma, pero solo ha hecho que me sintiera peor todavía. —Una oleada de tristeza me inundó y me hizo darle la espalda a Sami y llevarme el dorso de la mano a los labios para contener un sollozo.

Pasaron los minutos en silencio a nuestro alrededor, pero entonces sentí la mano de Sami posándose sobre mi hombro.

—Rose —me llamó con dulzura—. Rose, lo siento mucho. No debería haber dicho nada. —Se interrumpió un momento—. No estás sola. Todos tenemos nuestras propias mierdas de las que preocuparnos, pero eso no significa que no podamos echarnos una mano, ¿no? Todo sería muy distinto si alguno estuviese pasándoselo bien de verdad aquí, pero... —soltó una carcajada temblorosa—, no es así. Al menos, todavía no. Y mucho menos yo. A veces pienso que no soy lo bastante inteligente como para haberme ganado una de las becas Millennium. —Me compadecí de él, aunque la sensación quedó eclipsada por el alivio que sentí al darme cuenta de que todos estábamos teniendo problemas para adaptarnos a la vida en el Internado Realms—. Pero eso no es lo peor. Le pedí a Lloyd que no se lo contase a nadie, pero aun así hubo gente que se enteró.

—¿Quién?

—Los chicos del equipo de rugby. Rory y Jolyon y el resto. —Respiró profundamente—. Dicen que se me da de pena jugar al rugby porque estoy demasiado gordo. Si te soy sincero, creo que probablemente tengan razón. Les prometí que perdería algo de peso, pero lo único que dijeron fue que me hacía falta algo que me animase a adelgazar de verdad. Destrozaron mi caja de contrabando con un martillo. Después me hicieron vaciar mi baúl y meterme dentro e intentaron cerrarlo, pero no... no cerraba del todo. Así que se fueron a buscar una cuerda y ataron la tapa del baúl, me dejaron metido ahí dentro durante horas. Lloyd intentó sacarme, pero no lo dejaron. —Se le rompió la voz—. Van a hacer eso mismo todas las semanas hasta que el baúl cierre sin ayuda de la cuerda.

—Joder, *Sami* —solté, alargando la mano hacia él, pero él negó con la cabeza.

—No pasa nada. Estoy *bien*. Lloyd y yo nos estamos encargando de ese asunto. Salimos a correr todos los días, seis kilómetros todas las mañanas, antes de desayunar. Y he dejado de comer natillas...

—Sami, eso no está bien. Tienes que contárselo a alguien, a tus padres...

—Rose, *ya lo he hecho.* —Sami esbozó una pequeña sonrisa—. Lo único que dijeron fue que vendrían a buscarme. Me dijeron que no tenía por qué quedarme aquí ni un solo día más si no quería. Pero eran ellos mismos los que querían que viniese a estudiar al Internado Realms. No paraban de decirme lo muchísimo que disfrutaría el estudiar aquí. El rendirme después de solo un mes me parece demasiado... injusto para ellos, de alguna manera. Quiero que se sientan orgullosos de mí; de las cosas que he logrado. —Hizo una pausa—. Tú, Lloyd, Marta y yo somos un equipo, ¿verdad? Yo haría cualquier cosa por vosotros.

No sabía qué decir. Me sentía dividida entre la admiración por el estoicismo de Sami, la culpa por no haberme dado cuenta de lo que estaba sufriendo, y la sorpresa por su feroz lealtad hacia nosotros. Me pregunté si, después de todo lo que me acababa de confesar, yo podría hablarle de lo de Marta, pero entonces un grito ahogado rompió el silencio, provenía del bosque. Sami y yo nos miramos fijamente.

—¿Qué ha sido eso? —Sami se mesó el cabello con nerviosismo. Éramos los únicos que quedaban en ese lado del arroyo. De la hoguera se habían empezado a alzar columnas de humo con lentitud. Las botellas vacías refulgían a la luz de las brasas entre la alta hierba.

—No lo sé. —Me había parecido más un grito de furia que de dolor, pero no estaba segura.

—Voy a echar un vistazo. —Sami clavó la mirada en el bosque, al otro lado del arroyo—. Alguien podría estar herido...

—Iré contigo.

—No, espera aquí. Si no he vuelto dentro de quince minutos, ve a buscar ayuda. —Se quitó la chaqueta y me la tendió antes de bajar la pendiente a la carrera y cruzar el puente; una figura fornida y decidida que terminó desapareciendo entre la oscuridad.

Estuvo fuera diez minutos, durante los que mi ansiedad no hizo más que aumentar, y el frío de la noche me caló cada vez más hondo en los huesos. Pero entonces, por fin, oí unos pasos acercándose por la orilla. Me incliné hacia delante, tratando de entrever quién era.

—Soy yo —me dijo Marta, acercándose a mí dando tumbos por la orilla.

—¿Qué está pasando? ¿Has visto a Sami?

—Sí —repuso. Le castañeaban los dientes—. Está bien. Todo el mundo está bien —añadió.

—¿De verdad? ¿Lloyd también?

—Sí. —Bajó la mirada hacia mí—. Quiero irme a dormir —me dijo. Le temblaba levemente la voz y no creía que tuviese nada que ver con el frío de la noche.

—Vale —repuse pasado un momento, y me puse de pie rápidamente—. Pero, Mar, ¿estás segura de que Sami y Lloyd están...?

—Estoy segura —dijo—. Creo que deberíamos irnos ya.

Caminamos por la orilla del arroyo temblando de frío. Me sentía inquieta. Quería preguntarle a Marta qué había pasado entre Lloyd y ella, y qué estaban haciendo Lloyd y Sami, pero me preocupaba que, al hacerlo, Marta me preguntase sobre Max, y no me apetecía en absoluto hablar de él. Marta caminaba por delante de mí, hacia la arboleda de los tilos. Pero entonces se detuvo de repente y se volvió hacia los establos.

—¿Qué hora es?

—La una y media de la mañana.

—Por Dios —soltó—. Ni de broma voy a poder despertarme dentro de cinco horas para limpiar la mierda de esos malditos caballos. —Dejando a un lado que no había clases, porque los fines de semana tocaba ir a la capilla y estudiar para los exámenes, en lo que respectaba a las tareas diarias los domingos solo eran un día más de la semana en el Internado Realms.

Los ojos de Marta refulgían con obstinación en medio de la oscuridad. Yo estaba enfadada, pero también demasiado cansada como para ponerme a discutir con ella.

—Ya me encargo yo de hacerlo, entonces —repuse—. Vamos a dormir.

—Hagámoslo ahora —dijo Marta de repente—. Solo tardaremos media hora, y después podremos dormir hasta tarde. Gerald nunca se enterará...

—Vale —accedí después de un minuto de silencio. No me apetecía nada meterme en esos húmedos establos a aquellas horas de la noche, y mucho menos ponerme a limpiarlos, pero al menos así podría oír a Lloyd y a Sami cuando saliesen del bosque y me quedaría mucho más tranquila al saber que estaban bien.

Rodeamos los establos hasta la entrada y cruzamos el patio hasta el bloque C, con la torre del reloj cerniéndose sobre nuestras cabezas. Abrimos la puerta y entramos, prestando atención al ruido que hacían los caballos al removerse en sueños en sus cuadras. Las hebillas metálicas de las riendas que estaban colgadas en la pared del fondo refulgían bajo la pálida luz de la luna. Marta encendió la luz y las dos tuvimos que parpadear para acostumbrarnos al brillo de los halógenos.

Nos pusimos manos a la obra, a rastrillar la paja sucia de los establos y a amontonarla en el interior de la carretilla, y también rellenamos el barril con agua limpia y echamos pienso en los comederos. En solo unos minutos ya teníamos las manos y la ropa hechas un asco. Me sentía un poco mareada por el alcohol y el cansancio, y notaba la boca seca. Era plenamente consciente de que necesitaba dormir, pero todavía nos quedaba por fregar el suelo de cemento. Marta fue a buscar la manguera a presión y acababa de conectarla al grifo cuando oímos unos gritos que provenían de detrás de los establos. Las dos nos quedamos heladas.

—¿Qué ha sido eso? —dijo Marta.

—No lo sé. —Los gritos fueron cobrando intensidad; eran una mezcla de voces masculinas y femeninas. Intenté adivinar a quiénes podrían pertenecer. Los caballos empezaron a resoplar, como si esta nueva interrupción nocturna fuese ya demasiado, y George meneó la cabeza, frustrado. Soltó un relincho. Los gritos llegaron a su punto más álgido cuando el grupo alcanzó la parte trasera del bloque C, y entonces se fueron apagando cuando las voces se alejaron, dirigiéndose hacia el Hexágono. Me volví a mirar a Marta. Se estaba mordiendo el labio inferior con fuerza, estaba claro que algo le preocupaba.

George no paraba de pasearse por su cuadra, golpeándose el costado contra las paredes de madera y aporreando el suelo. Su comportamiento estaba empezando a molestar a los otros dos caballos, que comenzaron a mover sus cabezas sin orden ni concierto y a mecer sus colas. Desde los bloques circundantes oímos un coro de relinchos en respuesta. Marta y yo compartimos una mirada nerviosa. Los establos no estaban muy lejos del Hexágono, donde dormían unos cuantos miembros de la Patrulla superior, incluyendo a Gerald.

Marta se acercó a la cuadra de George y le habló desde una distancia prudencial.

—Tienes que callarte —le ordenó con firmeza—. Rose y yo no vamos a hacerte daño. —George volvió a resoplar, y Margot y Polly respondieron con un relincho similar. George golpeó con fuerza la puerta de su cuadra, y Marta dio un salto hacia atrás, alarmada—. Por el amor de Dios —dijo, elevando la voz, airada—. Las bestias sois iguales que la gente de aquí, ¿verdad? Es como si fueseis hermanos, cualquier cosa os pone de los nervios y sois tan *jodidamente arrogantes* todos...

—El sentimiento es mutuo —respondió una voz suave y clara.

Marta y yo nos volvimos como un resorte. Genevieve y Sylvia estaban de pie en la entrada del bloque C, con sus rostros iluminados bajo la dura luz del halógeno y sus cuerpos semiocultos tras la media puerta.

—Joder —murmuró Marta. Genevieve corrió el cerrojo, y Sylvia y ella salieron a la luz. Las dos tenían un aspecto desaliñado, con sus vestidos llenos de manchas de barro y hojas enredadas entre sus mechones. Me fijé en que Genevieve estaba tan pálida como un muerto. Sus ojos brillaban con su rencor característico, pero también había algo más escondido tras su mirada: una vulnerabilidad nueva y agresiva. Sylvia, en cambio, parecía estar en calma. Y sus brazos se balanceaban con suavidad a sus costados.

—¿Sabéis? —dijo Genevieve en un murmullo, pasando la mirada de Marta a mí—, os hemos dado muchas oportunidades.

—¡*Y una mierda!* —espetó Marta—. Nos habéis odiado desde el principio, está claro que no nos queréis aquí, y qué demonios os hemos *hecho* para...

—Oh, yo que tú no haría esa pregunta ahora mismo —dijo Genevieve, y ahora su rostro ardía de furia—. No lo preguntaría. —Se volvió a mirar a Sylvia, respirando con dificultad, y vi cómo las lágrimas que anegaban sus ojos se precipitaban de repente, cayendo por sus mejillas. Después se volvió de nuevo hacia nosotras—. Dejé que Max os invitase esta noche —dijo, con un sollozo rompiéndole la voz.

—Sylvia —dije, hablándole directamente a ella—, es muy tarde. Marta y yo ya hemos terminado con esto. Sabemos que se supone que no deberíamos estar aquí. —Estaba desesperada porque usase la influencia que tenía sobre Genevieve, tanto que casi le estaba suplicando.

Sylvia se encogió de hombros.

—Tú puedes irte si quieres —repuso. Señaló con la cabeza a Marta—. Deja a la *gremlin*.

—No, yo... —Me había sorprendido su respuesta, pero no podía ni siquiera pensar en dejar a Marta atrás—. Vamos. Vayámonos todas a dormir. —Pasé la mirada de Sylvia a Genevieve alternativamente. Hubo un momento en el que Genevieve dejó caer los hombros, y pensé que se había cansado de pelear, pero entonces su cuerpo volvió a ponerse tenso.

—No —dijo lentamente—. No lo creo. Verás, no creo que todavía hayáis acabado con lo que tenías que hacer aquí.

—¿Qué?

—¿Estabas limpiando la mierda de los establos, no? —expuso—. Estabas limpiando toda la suciedad.

—Sí, pero...

—Bueno, pues ahí te has dejado un poco. —Ahora Genevieve estaba mirando directamente a Marta, y a mí me invadió el miedo—. De hecho, te has dejado lo más sucio de todo.

Marta estaba de pie junto a la pared del fondo, una especie de figura encogida que iba vestida con la ropa que le había prestado. Sus brazos y rodillas descubiertos y cubiertos de barro.

—Te hace falta un buen baño, Marta —comentó Genevieve. Hizo una pausa, como si estuviese deliberando algo. Su mirada pasó de la manguera a Marta y finalmente se posó en Sylvia, que abrió los ojos como platos. Genevieve salió corriendo hacia el grifo y lo abrió de un tirón.

El chorro de agua salió disparado por el extremo de la manguera que yacía en el suelo y, con la fuerza de la presión, se movió hasta golpear la pared opuesta, llenando el establo de una fina neblina de agua. Genevieve agarró la boquilla y la giró para aumentar la presión del chorro, y esta cobró tanta fuerza que casi se le escapó de las manos. Luchó por controlarla y apuntó a Marta directamente.

Lo que siguió a aquel momento me pareció una escena sacada de una película de miedo, salvo que en este caso no había sangre. Marta se llevó los brazos a la cabeza y soltó un grito aterrado que se me clavó como una daga en el pecho. El chorro le golpeó primero en el estómago y después bajó hasta sus muslos. Ella se dobló de dolor y se dejó de caer de rodillas al suelo. El agua le empapaba todo el cuerpo, y el chorro se le clavaba en la piel de los brazos con una horrible intensidad. Tenía el rostro escondido entre las rodillas, y el chorro de agua le golpeaba la nuca, las manos y cualquier parte de su cuerpo que quedase al descubierto. Congelada, vi cómo las ronchas rojizas por la presión iban apareciendo en la piel de sus brazos y rodillas, pero nadie cerraba el grifo. Marta se tumbó de costado, se llevó las rodillas al pecho y entonces Genevieve decidió acercarse a ella, en su rostro no había ni rastro de piedad. Marta volvió a gritar y vi cómo Sylvia salía corriendo hacia el grifo. Genevieve se acercó un paso más a Marta, sosteniendo la manguera sobre su figura tendida y dirigiéndola hacia su cuello. Sabía que más pronto que tarde terminaría golpeándole en la cara, y no podía permitirlo. Me lancé contra Genevieve, haciéndole perder el equilibrio, al mismo tiempo que Sylvia cerraba la mano alrededor de la espita. Genevieve tropezó, dejó caer la manguera y el chorro de agua salió disparado lejos de Marta, impactando contra la pared del fondo, haciendo que las riendas se desparramasen por la fuerza de la presión y empapando las mantas que había allí colgadas, que quedaron manchadas por el barro que el agua levantaba al empapar el suelo arenoso del establo. Sylvia cerró el grifo y el chorro se detuvo.

Me levanté de donde había caído al empujar a Genevieve para que soltase la manguera. Salí corriendo hacia Marta y me agaché a su lado. Estaba en medio de un enorme charco, tosiendo con violencia, con el rostro escondido entre sus rodillas, que seguían pegadas a su pecho. Tenía la piel en carne viva. Alargué la mano hacia su muñeca y ella profirió otro grito de dolor. El sonido me pareció tan terrible y repentino que me hizo retroceder.

Se hizo el silencio en los establos, no sé ni cuánto tiempo duró, y entonces oímos unos pasos acercándose a nosotras, resonando sobre la gravilla. Cuando me di la vuelta me topé con la mirada de la doctora Reza y de Gerald, que corrieron como dos polillas hacia la luz que se proyectaba desde la entrada del bloque C. Sami los seguía de cerca. La doctora Reza llevaba puesto un abrigo largo encima del pijama, pero Gerald estaba vestido de la cabeza a los pies con su mono de trabajo y sus botas de montar, como si se hubiese estado preparando para ponerse a trabajar en los establos. Para cuando llegaron, Genevieve y Sylvia ya habían desaparecido.

—¿Qué demonios está ocurriendo aquí? —La voz de la doctora Reza era apenas un susurro, pero la sorpresa estaba escrita en su rostro. Se arrodilló junto a Marta y le colocó una mano en el hombro. Marta gritó y se apartó de su contacto como si le hubiese quemado.

Gerald ni siquiera miró a Marta, sino que se fue hacia las cuadras y les murmuró algo a los caballos para tranquilizarlos. La doctora se volvió hacia él.

—Ve a buscar unas cuantas mantas secas, por favor. —Gerald no se alejó de los caballos—. *Ahora* —ordenó la doctora Reza, y había cierto deje de urgencia tiñendo su voz, por lo que a él no le quedó más que hacerle caso. Salió del establo y se adentró en el patio oscuro.

Marta no paraba de toser y su cuerpo había empezado a sacudirse con violencia. La doctora Reza se quitó el abrigo y se lo colocó encima. Marta gimoteó de dolor.

—Rose. —La oí llamarme.

Me acerqué de nuevo a ella y me arrodillé sobre el charco de agua gélida en el que estaba tumbada. Alargué la mano hacia ella y le aparté algunos mechones empapados del rostro. Sus ojos verdes estaban llenos de vergüenza.

—Las has parado —me dijo, en una voz que apenas era un sollozo.

—Sí. —*Pero no he actuado lo bastante rápido*, pensé, observando la piel enrojecida de Marta. Me volví a mirar a Sami, que estaba de pie en la puerta del establo, con el rostro medio oculto entre las sombras. Parecía haberse quedado congelado en esa posición—. Genevieve —murmuré—. Genevieve y Sylvia.

La doctora Reza estaba examinando las ronchas de los brazos de Marta cuando Gerald regresó con un montón de mantas. Las dejó caer todas en el suelo junto a la doctora y se volvió para acariciar a los caballos. Al pasar junto a Marta, bajó la mirada con asco hacia su cuerpo tendido.

La doctora Reza ayudó a Marta a sentarse y la envolvió con unas cuantas toallas y dos de las mantas. Casi había dejado de temblar, aunque todavía estaba encogida sobre sí misma, como si estuviese intentando protegerse de un dolor aún mayor. Le colocamos el abrigo de la doctora sobre las mantas, alrededor de los hombros. Marta echó un vistazo a su alrededor, como si se acabase de dar cuenta de dónde estaba.

—Voy a llevarte a la enfermería —le dijo la doctora Reza. Marta negó con la cabeza e intentó apartarse de ella, pero la doctora se limitó a añadir—: No voy a examinarte si no quieres. Pero está mucho más cerca que tu dormitorio y así podrás entrar antes en calor.

Marta parpadeó. Se volvió a mirarme.

—¿Tú también vienes?

—Rose y Sami tienen que irse a dormir —repuso la doctora Reza con dulzura—. Podrán ir a verte por la mañana.

Ayudó a Marta a ponerse de pie y la dirigió fuera de los establos, dejándonos a Sami y a mí a solas con Gerald. Sami y yo nos quedamos mirándonos fijamente durante unos minutos. Entonces Gerald rompió el silencio con dureza.

—Ya os podéis ir a donde os dé la puta gana —dijo—. Pero mañana por la mañana os quiero aquí para limpiar este desastre, o me aseguraré personalmente de meteros en un problema aún mayor del que estáis metidas. —Señaló el suelo encharcado, las riendas que el chorro de la manguera había derribado y las mantas empapadas.

Sami y yo nos alejamos del bloque C. La noche se había vuelto incluso más fría y había empezado a caer una leve llovizna. Frente a nosotros podía distinguir la figura de la doctora Reza ayudando a Marta a caminar y atravesando el arco sur de camino hacia el Hexágono. Cuando llegamos a la estatua, Sami se detuvo y alargó el brazo hacia mí.

—¿Lo entiendes ahora? Lo que te he dicho antes sobre Marta, sobre lo vulnerable que es en realidad. Aquí no está a salvo. La próxima vez, Genevieve y Sylvia podrían hacerle daño de verdad.

Me volví a mirarlo, y me fijé en su rostro preocupado.

—Sylvia me ayudó a detener a Genevieve —comenté por fin—. No creo que ella le hubiese permitido que llegase demasiado lejos.

—¿*Demasiado lejos*? Rose… ¿es que no has *visto* las heridas de Marta? No está a salvo en el Internado Realms —repitió—, es demasiado duro. Es implacable. Quizás estaría mejor en su casa…

—Se quema —lo interrumpí. Sami se quedó mirándome fijamente y, después de unos segundos, continué hablando, intentando mantener la calma—. Marta se autolesiona, se quema los muslos usando cerillas, todas las noches. Su padre le manda tres cartas a la semana en las que solo le dice que después de Navidad no podrá volver al Internado Realms —vacilé—. No creo que... no creo que deba volver a casa, Sami.

Sami cerró los ojos con fuerza por un momento. Cuando volvió a abrirlos fue como si todo el miedo y la confusión que había sentido yo antes se le hubiesen transferido, enredándose con su propio enfado por lo que Genevieve y Sylvia le habían hecho a Marta. Recordaré ese momento para siempre: el momento en el que desvelé los secretos de Marta, el momento en el que avivé el miedo que Sami sentía por que estuviese sufriendo, el momento en el que tomé la decisión egoísta de desahogarme en lugar de preguntarle a Sami qué había pasado en el bosque y qué había provocado que Genevieve y Sylvia atacasen a Marta. Recuerdo ese momento porque también fue la primera vez que vi a Sami enfadado de verdad. Recuerdo que esa ira catalizó nuestra silenciosa e inquebrantable complicidad. Pero, sobre todo, lo recuerdo porque fue cuando empezamos a cambiar de verdad, cuando terminó de verdad nuestra inocencia, esa que el Internado Realms, con su implacable y seductor poder, ya había empezado a corroer.

6

A la mañana siguiente me desperté temprano y, por un momento, no supe dónde estaba. Me quedé tumbada en la cama, los acontecimientos de la noche anterior se arremolinaban en mi cabeza como una especie de película reproduciéndose a cámara rápida, con cada una de las piezas del puzle que formaban mis recuerdos colocándose a toda velocidad, con la misma inexorabilidad aplastante con la que habían sucedido. Las sienes me palpitaban con fuerza.

Las sábanas de la cama de Marta estaban revueltas allí donde ella y Lloyd se habían tumbado antes de la Noche del Puente. Me volví hacia nuestro escritorio, con la esperanza de encontrarme a Marta reclinada sobre alguno de sus libros, haciendo algún ejercicio extra que ella misma se hubiese puesto, o soltándome de vez en cuando algún dato aleatorio que acabase de descubrir pero, por supuesto, no estaba allí. Y yo era la única culpable de ello, pensé con desgana. Salí de la cama y me puse mi uniforme, aunque a mis dedos cansados les costó abotonar la camisa.

Me encontré con Sami y con Lloyd en los establos. Estaban secando y colgando con cuidado todas las riendas que la manguera había derribado. También habían retirado todas las mantas embarradas de sus raíles y las habían apilado en un rincón, dejando al descubierto la pared del fondo, que estaba tapiada con madera contrachapada.

—Hola —los saludé.

—Hola. —Lloyd tenía el rostro hinchado por el cansancio. Llevaba puesto el mismo traje de la noche anterior, aunque ahora estaba arrugado y lleno de barro. Se mordió el labio inferior—. ¿Estás bien?

—Sí —repuse, y después me di cuenta de que no sabía por qué estaba mintiendo—. En realidad, no, no lo estoy. —Lo fulminé con la mirada y qué bien me sentí al ser yo quien fulminaba a alguien con la mirada, al sentir esa satisfacción de ser yo quien estuviese dejando claro con mis ojos lo ofendida que estaba en vez de ser el objetivo de dicha mirada.

—Ro —dijo Lloyd con aprensión—, Sami me ha contado lo que le ocurrió a Marta. Siento mucho no haber estado ahí, pero...

—Ocurrió *porque* no estabas —lo interrumpí con dureza—. Ocurrió porque te escabulliste al puto bosque, porque *tú* te llevaste a Marta e hicisteis Dios sabe qué, porque *tú* no volviste...

—Vale. Vale. —Lloyd alzó las manos, rindiéndose—. Lo siento mucho, de verdad, Rose. Puedo explicártelo.

—Ahórratelo. —De repente me invadió un cansancio aplastante—. Solo quiero ir a ver cómo está Marta, y quiero enfrentarme a lo que nos espera cuanto antes. La doctora Reza nos encontró en los establos, borrachas, a las dos de la mañana. No me sorprendería en absoluto que nos expulsasen.

Se hizo el silencio, y Lloyd y Sami se quedaron mirándome fijamente.

—¿Qué quieres decir? —preguntó Lloyd—. No van a expulsarnos por ir a una fiesta con otros cuarenta alumnos.

—Ah, ¿no? —ironicé, mi enfado iba en aumento—. ¿Supongo que crees que es porque eso no sería *justo*?

—Rose, no te preocupes —intercedió Sami, desconcertado—. De verdad que creo que no nos van a expulsar por esto.

—¡Entonces los dos sois unos malditos ilusos! —Lo complaciente que estaba siendo Lloyd y lo obstinado que estaba siendo Sami al pensar lo mejor de todo el mundo me enfureció, y entonces me eché a gritar, de un modo en el que nunca había gritado—.

¿Creéis que a alguien de aquí le importa una mierda lo que es justo y lo que no? ¿Que nos darán las mismas oportunidades que al resto? Si de verdad piensas eso, Sami, estás equivocado, *estás tan equivocado...*

—Rose —me cortó Lloyd, sorprendido—. Cálmate, todo va a ir bien....

—*¡No me digas que me calme!* —Su intento por aplacar mi ira había conseguido enfurecerme todavía más. La única manera de desahogarme era gritando. Me sentía como si hubiese estado conteniendo cientos de emociones durante muchos años en lugar de tan solo unas semanas.

—¿Qué pasa aquí? —preguntó una voz que provenía de detrás de nosotros—. Rose, ¿por qué estás gritando?

Respiré hondo y me di la vuelta para encontrarme con Marta de pie en la puerta del bloque C. Todavía llevaba puesto el vestido que le había prestado, aunque ahora estaba arrugado y no del todo seco. Tenía la piel enrojecida y llena de ronchas.

—Se te podía oír gritar desde el Hexágono —añadió.

—Lo siento —dije después de un momento—. Es que... me he enfadado.

Marta asintió con la cabeza.

—Ah. —Una pausa—. Hola, Lloyd. Hola, Sami.

—Mar. —Lloyd fue directo hacia ella y la envolvió entre sus brazos. Al ver cómo la mano del chico se deslizaba hacia la nuca de Marta y cómo el cuerpo de ella se relajaba por completo al entrar en contacto con el de él, deduje que Sami ya se había encargado de contarle lo que le había confesado la noche anterior—. Siento mucho lo de anoche —dijo Lloyd—. Todo. —*¿Que lo siente por qué?*, pensé, pero él no añadió nada más.

Marta se encogió de hombros y se adentró en el establo. Sus ojos verdes recorrieron la estancia, asimilándolo todo: el suelo de cemento húmedo, las riendas recién limpias, las mantas que había que lavar.

—Gracias por haber hecho todo esto —dijo—. Estaba todo hecho un desastre, ¿verdad?

—Sí —respondió Sami. Se produjo un corto silencio—. ¿Cómo te encuentras? —le preguntó.

—Ah, estoy bien —repuso Marta. Estaba de pie junto a la pared del fondo, evitando nuestras miradas mientras observaba el contrachapado de madera. Pasó un buen rato hasta que se volvió de nuevo hacia nosotros—. Ya casi es la hora de ir a la capilla —comentó.

Los tres nos quedamos mirándola fijamente. No se me había pasado por la cabeza la idea de seguir la rutina de todos los domingos después de lo que habíamos vivido la noche anterior y, a juzgar por los rostros de Sami y de Lloyd, a ellos tampoco.

—Marta —dije—. Tienes que ir a buscar al señor Gregory y contarle lo que ha hecho Genevieve. Te acompañaremos...

Marta negó con la cabeza.

—No —negó—. No quiero hacerlo.

—¿Qué?

—No quiero hablarle a nadie de lo que ocurrió anoche. —Casi distraída, recorrió el contrachapado con la mano.

—¿Por qué? —No pude evitar que la incredulidad impregnase mi voz. Me frustraban las pocas ganas que tenía de luchar, y más en esa ocasión—. Marta, te atacó. Si Sylvia y yo no la hubiésemos detenido podría haberte *matado*. Y se va a marchar de rositas. —Marta se encogió de hombros, restándole importancia, y me vi obligada a usar sus propias palabras en su contra—. Nos han odiado desde el principio. ¿Por qué las proteges?

—No las estoy protegiendo. —Marta alzó la mirada hacia mí. Su tono era firme, lo que me dejaba entender que ya había pensado en todo esto; lo más probable es que no hubiese dormido en toda la noche para poder llegar a la conclusión a la que había llegado—. Te lo aseguro, no me interesa en absoluto proteger a Genevieve de lo que se merece. Pero no es tan sencillo.

—¿Qué quieres decir? —Esta vez fue Lloyd el que habló. La observaba con desconcertante comprensión.

Marta nos recorrió con la mirada.

—Supongo que me gustaría asegurarme de que, si le cuento al señor Gregory lo que ocurrió anoche, me creerá —comentó lentamente—. Me gustaría creer que castigarían a Genevieve por ello. Pero todos sabemos que las cosas no funcionan así. Lo más probable es que *no* me creyese, o que Genevieve y Sylvia hallasen el modo de tergiversarlo todo para que sea yo la mala de la historia. Y entonces me metería en problemas, y volverían a por mí por haberme chivado. Ya sabéis cómo funcionan estas cosas —siguió diciendo, extrañamente tranquila—. Sylvia es la segunda capitana estudiantil, y Genevieve forma parte de la Patrulla superior. Nosotros no somos nadie. Y ya he decidido que es demasiado arriesgado. —Por un momento, vaciló, clavando la mirada directamente en Lloyd y en Sami—. Mi padre quiere que abandone el Internado Realms en Navidad —expuso en un murmullo, e hizo una pausa para ver cómo reaccionaban, aunque la sorpresa que había estado esperando jamás llegó—. No sé si voy a ser capaz de convencerlo de que cambie de opinión. Así que pretendo aprovechar al máximo todo el tiempo que me queda aquí. Eso me parece más importante que vengarme.

—No se trata de venganza —repuse de inmediato—. Se trata de justicia.

Por increíble que parezca, Marta esbozó una sonrisa ante mi comentario.

—Lo siento, Rose —dijo—. Ya lo he decidido. —En su tono se podía notar una pizca de su habitual desafío. Intenté pensar en darle otro enfoque a todo aquello, pero me resultaba muy complicado cuando ella misma acababa de desestimar la injusticia de todo lo sucedido, y yo había acusado a Sami y a Lloyd hacía tan solo unos minutos de estar ciegos al pensar que aquí podría haber justicia.

—¿Y qué hay de la doctora Reza? —le preguntó Sami—. ¿No te preguntó acerca de lo que había pasado? Le caes bien... seguro que le gustaría ayudarte...

Marta negó con la cabeza con impaciencia.

—No le he contado nada. No confío en ella, lleva acosándome desde el primer día. Indagando e investigando, preguntándome de todo... no lo soporto. —Frunció el ceño antes de seguir hablando—. Ah, y no *le caigo bien*. Lo que pasa es que le doy pena.

Los cuatro nos quedamos callados. Marta bajó la mirada hacia los dorsos de sus manos, que estaban enrojecidos por el cruel ataque de Genevieve. Después alzó la mirada.

—Necesito que me prometáis que no se lo vais a contar a nadie —dijo con firmeza. Se volvió a mirarme fijamente, dejando claro que sabía que la había traicionado—. En parte porque creo que sabéis que tengo razón y que, si lo contase, seríamos nosotros quienes saldríamos perdiendo, pero sobre todo porque fue a mí a quien le ocurrió y yo decido lo que hacer.

Ya no había nada más que discutir. Los tres asentimos en silencio.

—Bien —repuso—, ahora vamos a la capilla. Y esta tarde a lo mejor podríamos salir a dar un paseo.

Colocamos el resto de las riendas en su sitio y nos llevamos las mantas a uno de los talleres para limpiarlas. Después cruzamos el arco y nos dirigimos hacia el Hexágono. Dejé que Lloyd y Sami se adelantasen unos pasos antes de agarrar a Marta del brazo y obligarla a detenerse un momento.

—¿Por qué se ha disculpado Lloyd contigo? —le pregunté sin más rodeos.

Marta se mordió el labio inferior y bajó la mirada hacia su vestido arrugado.

—Yo... —se interrumpió—. Pasó algo entre nosotros —respondió por fin.

—Os vi besándoos.

—Sí. —Parecía molesta—. Fue después de eso. Preferiría no hablar del tema, Rose. Es... privado.

—Pero...

—No —dijo con voz firme, incluso con dureza—. No te va a servir de nada saberlo, Rose. Así que no voy a contártelo. ¿Podrías...

podrías pasar del tema, por favor? A veces hay cosas que no queremos que los demás sepan. —Su mirada se clavó en la mía, firme y decidida—. Estoy segura de que lo entiendes —repuso.

Asentí. Me sentía humillada, pero entendía lo que quería decir Marta. Sí que *había* cosas que yo no quería que nadie más supiese e, incluso aunque fuésemos amigas desde hacía poco tiempo, también sabía que, si se lo contase, Marta nunca se lo revelaría a nadie, así como tampoco me obligaría a contárselo si yo no quisiese. No era su estilo. Solo porque fuésemos compañeras de cuarto y nuestras madres estuviesen muertas no tenía ningún derecho a exigir que me contase absolutamente todo, así como ella tampoco tenía ningún derecho a saberlo todo sobre mí, era consciente de ello; por lo que tampoco me iba a rebajar de nuevo volviéndoselo a preguntar, ni me arriesgaría a hacerle más daño. Oí cómo la campana del claustro repicaba con insistencia, llamando a misa.

—Venga, vamos —dijo Marta, ahorrándome el tener que responderle, y después retomamos nuestro camino hacia la capilla.

Lloyd, Sami y yo cumplimos lo que le habíamos prometido a Marta y nunca le contamos a nadie lo que había sucedido en realidad en los establos en la Noche del Puente. Esa decisión marcó un antes y un después en mi relación con la sinceridad y la verdad. Antes de entrar en el Internado Realms, antes de conocer a Marta, creía que era una persona de lo más sincera; o al menos era alguien que creía que la verdad era importante, aunque no siempre supiésemos como ser sinceros con la otra persona. Después del octubre de 1999, hubo una serie de relatos cruciales y falsos que pasaron a formar parte de la verdad en mi mente, y mi brújula moral giró de tal manera que decir la verdad dejó de ser algo imperativo o incluso una prioridad.

Al parecer, como recompensa por nuestro silencio, la Patrulla superior decretó un alto el fuego en sus campañas en nuestra contra. Tampoco se mostraron más amables con nosotros, pero todas sus agresiones se detuvieron. No estábamos del todo seguros de si la doctora Reza le había hablado a alguien de la noche en la que nos encontró en los establos, pero, si lo había hecho, nosotros no sufrimos las consecuencias. En todo caso, recuerdo que la hostilidad del señor Gregory hacia nosotros fue disminuyendo gracias a que conseguimos mantener nuestras buenas notas y a que el comportamiento de Marta se estabilizó, y los cuatro fuimos capaces de disfrutar de las ventajas de vivir en el Internado Realms. Recuerdo cuando jugué mi cuarto partido de hockey de la temporada, justo en el momento en el que las hojas de los árboles que rodeaban el campo estaban cambiando de color, adquiriendo un tono dorado. Cuando metí la pelota hasta el fondo de la portería para marcar mi tercer gol, Marta, Lloyd y Sami estallaron en vítores, sentados en las gradas del pabellón. Más o menos una semana más tarde, cumplí diecisiete años.

—Demos una fiesta —sugirió Marta, así que nos reunimos los cuatro en la habitación 1A después de la cena, ya que sabíamos que Genevieve nos dejaría hacer lo que quisiéramos. Compartimos una tarta que mi padre me había mandado junto con una de sus habituales cartas («Espero que sea lo bastante grande para vosotros cuatro», había escrito, como respuesta a todas las anécdotas que le había contado sobre mis nuevos amigos), y un par de botellas de vino que Lloyd había birlado del alijo del órgano de Max.

—Me ha pedido que te felicitase por tu cumpleaños —me dijo Lloyd. Yo asentí, evitando la mirada de Marta, y me di cuenta de que en realidad no me importaba que Max no hubiese querido venir a felicitarme en persona.

Esa tarde, y el resto de las tardes por aquel entonces, fui plenamente consciente de que me sentía más segura cuanta más información conseguía recabar sobre un tema en concreto. Sí que había pasado algo malo en la Noche del Puente, algo que esperaba que, con el tiempo, fuese perdiendo peso y se convirtiese tan solo en una anécdota en nuestra historia, la que hablaba sobre cómo habíamos conseguido asentarnos y tener éxito en nuestra época como estudiantes del Internado Realms. Estaba tan obcecada en que así fuera que ignoré todas las señales de alarma de lo contrario: las miradas que intercambiaban Lloyd y Marta de vez en cuando, o las que intercambiaban Sami y Lloyd o (y quizá lo más preocupante de todo) la forma en la que a veces Sami se quedaba mirando a Marta con tristeza, como si temiese algo que todavía no estaba resuelto y que lo estaba carcomiendo por dentro. Pero también se daba el caso de que, en general, Marta parecía estar mejor que antes. El número de cerillas que había en la papelera de la habitación 1A había ido disminuyendo con el tiempo. Parecía que estaba recibiendo menos cartas de su padre, o quizás es que no les estaba dando tanta importancia, porque confiaba en que, al final, cambiase de parecer y no la obligase a abandonar el Internado Realms. De vez en cuando sí que seguía encerrándose en sí misma, y nunca mencionaba a su madre, a pesar de que, con el paso de los días, fuésemos confiando un poco más la una en la otra.

—Depende de ti —me susurró Sami un día, mientras observábamos cómo Marta revolvía todo nuestro cuarto en busca de un libro que no sabía dónde había dejado, deteniéndose de vez en cuando para hacerme alguna pregunta sobre la clase de inglés o contándome algo que le había pasado en su clase de física.

En cierto modo, Sami tenía razón, pero sabía que también era cierto lo contrario, y que era yo la que necesitaba a Marta. Fue eso, su discreción sobre lo que yo había estado a punto de hacer con Max, y el hecho de que parecía estar adaptándose por fin a la vida allí, lo que hizo que dejase de preguntarles a Lloyd y a Sami acerca de lo que había ocurrido en realidad en la Noche del Puente. No quería arriesgarme a que Marta descubriese que les había preguntado y a perder su amistad, porque era una de las pocas cosas que me hacía feliz por aquella época.

Para mediados de octubre todavía no había habido consecuencias por lo ocurrido en la Noche del Puente, y me atreví a pensar que todo nos iría bien. En todas las historias sobre internados que había leído, los marginados siempre lograban prosperar, incluso tras los comienzos más difíciles, y esperaba que eso también nos ocurriese a nosotros. Cuando compartí mi teoría con Marta, ella se rio, y me dijo que ella también había leído esos libros con su madre. Nos pusimos a comparar a los personajes de esas historias con los alumnos del Internado Realms, y conseguimos encontrar los equivalentes para casi todos. La única a la que no logramos categorizar fue a Sylvia. Habíamos empezado a entender que Sylvia era muy distinta al resto de sus compañeros de la Patrulla superior. Todo el mundo le tenía miedo a su mal genio, pero la realidad era que ella era la menos propensa a ser cruel sin una excusa razonable, algo que el resto de los alumnos del Internado Realms hacía sin rechistar. Solía usar su poder como segunda capitana estudiantil para ayudar a Genevieve y a Bella, o para asegurarse de que Gerald se mantuviese en su sitio, pero el resto del tiempo parecía no importarle en absoluto tener esa clase de poder. Era altiva e inteligente; con una elegancia oscura y escurridiza, algo que se podía apreciar si la veías bajando el Eiger, dándole la mano a Bella; o cuando salía a montar a Cleopatra, incluso desde la distancia; o cuando estaba en el lado opuesto del campo de hockey, cuando pasaba corriendo junto a mí por el campo, en ese momento en el que estábamos obligadas a confiar la una en la otra. Poco a poco, me di cuenta de que le tenía envidia. No por la posición que tenía en la cima de la cadena alimenticia del internado, sino por sus amigos íntimos y la lealtad inquebrantable que les profesaba; por su dignidad; por lo segura que estaba de sí misma, algo que nada ni nadie parecía capaz de romper.

Recuerdo nuestra primera y única bonificación, que nos la concedió a regañadientes el señor Gregory después de que nuestras notas fuesen las que llevasen a la Casa Hillary hasta la cima de las clasificaciones de ese año. Los cuatro pedimos botellas de zumo y bollos de la cafetería, los guardamos a buen recaudo en nuestras mochilas y nos marchamos justo después de misa. Los acordes jubilosos que tocaba Max se fueron perdiendo cuanto más nos acercábamos al arroyo Donny; no adonde había tenido lugar la Noche del Puente, porque era un sitio que intentábamos evitar a toda costa, sino pasada la cabaña Drake y lejos de los graneros, donde el arroyo se volvía mucho más ancho y profundo. Caminamos sin parar, hasta perder de vista el edificio principal. Recuerdo que Lloyd iba dirigiendo la marcha, con la chaqueta colgada por encima del hombro, y Marta iba caminando a toda prisa para alcanzarlo. Sami y yo íbamos detrás, lo bastante lejos como para no poder escuchar de qué estaban hablando. Marta gesticulaba sin parar. Y pudimos captar el tono cínico de Lloyd al responderle, traído por la brisa.

La frontera de los territorios del internado la establecía una valla de madera decrépita que se extendía a ambos lados del arroyo.

—Vamos —dijo Lloyd al saltarla—. He echado de menos el mundo real. —Aquella tarde, nuestro mundo estaba basado en la exuberante hierba verde, salpicada con las primeras hojas que se habían caído de las ramas de los árboles con la llegada del otoño, y las suaves rocas que moteaban el arroyo. Nos tumbamos en la orilla. Lloyd, Marta y yo nos quedamos medio dormidos y después nos pusimos a leer, pero Sami se había traído sus libros para estudiar y se sentó sobre la arena con todos abiertos a su alrededor. Nadie lo mencionó nunca, pero todos éramos conscientes de que él era el menos inteligente de los cuatro; el que tenía que esforzarse más y durante más tiempo para poder conseguir aunque fuese la más mínima recompensa, incluso aunque, en general, en el Internado Realms siguiese siendo uno de los alumnos más brillantes. Aquella tarde recuerdo que la mirada de Marta recorría las páginas de su ejemplar de *Marco Antonio y Cleopatra*, aunque también le echaba un vistazo de vez en cuando a los libros de Sami que tenía abiertos a su lado, mientras el chico hacía sus tareas de matemáticas. Recuerdo los ojos verdosos de Marta entrecerrándose al observar el libro de texto, como si estuviese perdida en sus pensamientos, y la forma calmada y amable con la que solía corregir a Sami.

—Estás usando la fórmula incorrecta —le dijo—. Tienes todas las respuestas mal.

De nuevo, algo flotaba en el aire entre nosotros. Esa vez fue el momento en el que cualquiera de nosotros podría haber estallado contra Marta, no porque tuviese razón, sino por la *forma* en la que tenía razón; la forma en la que siempre tenía razón, incluso con asignaturas que ni ella misma cursaba. Pero Sami nunca estalló contra Marta. Con la misma calma con la que ella lo había corregido, él destapó de nuevo su bolígrafo y se puso a tachar los tres folios que había llenado de ecuaciones.

—¿Puedes echarme una mano? —le preguntó a Marta, que asintió como respuesta, y yo me quedé mirándolos fijamente mientras los dos se ponían a hacer juntos los ejercicios de nuevo; una cabeza con el pelo rubio pegada a otra con el cabello oscuro. El pelo de Sami le llegaba para ese entonces casi hasta el cuello de la camisa, lo llevaba un poco más largo que el resto de los alumnos del Internado Realms, y los rizos enredados de Marta refulgían por la grasa que los impregnaba y por el sol del otoño.

Poco después, Marta se levantó de donde estaba sentada. Se acercó al borde del arroyo y se metió en las aguas poco profundas sin quitarse los zapatos ni los calcetines, y se adentró hasta que el agua le llegaba hasta los gemelos. Lloyd, Sami y yo nos quedamos mirándonos los unos a los otros, los tres pensando de nuevo en lo extraña que era; cómo a veces parecía abstraerse por completo de la realidad, como si esta ya no le interesase en absoluto. La observamos agacharse y llenarse las manos de agua; la observamos mientras se la echaba después por las rodillas y por los muslos. El arroyo fluía con calma a su alrededor. Marta se adentró dos pasos más en la corriente. El agua le llegaba hasta el borde de la falda, y entonces se volvió a mirarnos, esbozando una enorme sonrisa, justo al mismo tiempo en el que se resbalaba. Soltó un grito de sorpresa, cayéndose hacia un lado. Por un segundo, sus manos y los dedos de sus pies, brillando por el agua, sobresalieron por encima de la superficie del arroyo, y entonces se puso a luchar contra la corriente, intentando ponerse de nuevo en pie. Sami y Lloyd se metieron corriendo al arroyo sin pensarlo ni un segundo, agarraron a Marta por los brazos y tiraron de ella para ayudarla a ponerse en pie, sosteniéndola entre los dos.

Esa fue la tercera vez (y la última que yo recuerde) en la que vi a Marta empapada, completamente vestida. Durante meses, ese recuerdo tan solo formó parte del tapiz de mi memoria; un acontecimiento que recordaba porque aquella tarde había sido divertida, y por su pequeño toque de dramatismo («Parecías Ofelia en medio de ese arroyo, pero sin las flores», le dijo Lloyd a Marta), pero que no era en absoluto relevante. Un tiempo después recordaría ese momento por lo rápido que había soltado Marta el brazo de Sami. Recordaría lo dispuesta que había estado por apoyarse en el cuerpo de Lloyd cuando la ayudó a regresar a mi lado. Recordaría cómo Sami se había arrodillado a su lado y la había animado a que se quitase la chaqueta empapada de su uniforme para que pudiese ponerse la suya, que estaba seca, y cómo Marta no había podido dejar de mirar a Lloyd. Para aquel entonces, Marta y yo ya éramos lo bastante buenas amigas como para que me hubiese dado cuenta de lo que sentía por él, pero no lo hice; al menos, no en ese momento.

El sol se había empezado a poner por el horizonte. Teníamos que volver al internado para cenar y los cuatro nos encaminamos hacia allí, alegres y en silencio. Caminamos junto al arroyo Donny, sabiendo que habíamos disfrutado de nuestro pequeño premio, de esas cortas aunque maravillosas horas de libertad, aunque todo había llegado a su fin y ahora nos tocaba volver a la realidad del Internado Realms.

7

La primera helada cayó en los terrenos del internado un viernes a finales de octubre, para cuando estábamos acabando nuestra octava semana en el Internado Realms. Las hojas caídas crujían bajo nuestros pies mientras Marta y yo corríamos hacia el edificio principal para desayunar después de haber estado limpiando los establos. Las mañanas de los viernes eran especiales, porque no tenía entrenamiento de hockey y porque siempre había algo frito para desayunar, como si fuese una especie de soborno para que no pensásemos en que todavía nos quedaba medio día más de clases.

Marta me estaba hablando muy rápido sobre *Jane Eyre,* uno de los libros que teníamos que leer para clase.

—Lo que quiero decir, Rose —jadeó, mientras subíamos a la carrera las escaleras hacia el atrio—, es que ¿de verdad *conocían* a gente que tenía a sus esposas encerradas en el ático? ¿Era algo que *solía* hacer la gente de aquel entonces o...?

—Es ficción, Mar —repuse cuando llegamos al umbral de la entrada y mientras nos limpiábamos la suciedad que se nos había quedado pegada a la suela de las botas de agua después de haber pasado la mañana limpiando los establos. Por muy inteligente que fuese Marta, era propensa a tomarse todo demasiado en serio—. Pero ahora que lo comentas... —No llegué a terminar de decir lo que quería explicar, porque entonces vi a la doctora Reza, que estaba en ese mismo instante bajando por el Eiger. Marta estaba arrodillada sobre el enorme y punzante felpudo, aporreando una de las botas contra la otra para intentar quitar el barro seco que se había quedado pegado, y no se dio cuenta de que se estaba acercando a nosotras.

—Hola —dijo la doctora Reza. Marta alzó la mirada hacia ella, sorprendida, con las mejillas sonrojadas del cansancio—. ¿Cómo estás?

—Estoy genial. —Marta se puso de pie de un salto—. ¡Mira, tengo las manos mucho mejor! La crema ha funcionado. —Extendió las manos frente a ella, con los dedos hacia abajo.

La doctora Reza alargó su propia mano.

—¿Puedo? —Marta asintió y la doctora tomó una de sus manos y la examinó con cuidado—. Muy bien —dijo después de un momento.

—Genial —repuso Marta y se volvió hacia mí—. ¿Vamos a comer beicon?

—En realidad, me preguntaba si podría hablar contigo un momento —dijo la doctora Reza y Marta la observó desconcertada—. No tardaremos mucho tiempo.

Marta se quedó mirándola fijamente.

—Vale —accedió un momento después. Se volvió a poner las botas y siguió a la doctora hacia el Eiger.

Me hice con dos platos llenos de comida durante el desayuno, uno para mí y otro para Marta, y me los llevé hasta una mesa vacía. Me senté y devoré mi plato. Al contrario que los primeros días, cuando mi propia soledad me había robado el apetito, por aquel entonces siempre tenía hambre, y devoraba todo lo que me ponían enfrente como cualquier alumna del Internado Realms. Un rato después, llegaron Sami y Lloyd, con los rostros sonrojados y sudorosos tras haber salido a correr, como todas las mañanas.

—¿Dónde está Marta? —preguntó Sami mientras se servía una taza de café.

—Ha ido a hablar con la doctora Reza —respondí—. No creo que tarde mucho en volver.

—Bien —comentó—. Nos hemos encontrado con el señor G, él también la estaba buscando.

—¿Para qué?

—Lo más probable es que se haya vuelto a olvidar del día de la colada —especuló Lloyd—. Ah, no, esperad. Creo que dijo que tenía una llamada. Al parecer, quien quiera que sea ha dicho que iba a volver a llamar después del desayuno.

Me quedé mirándolo fijamente.

—¿Quién la llama por teléfono tan temprano? —pregunté, pero aquello no me dio buena espina.

—Ni idea —respondió Lloyd encogiéndose de hombros, y después se volvió de nuevo hacia su desayuno.

Marta apareció unos minutos más tarde.

—Ahora resulta que sí que tengo que participar en los malditos Juegos —dijo sin preámbulos. Se dejó caer en su asiento, con el ceño fruncido—. Esto es una puta pesadilla. Sabía que tenía razón al no confiar en ella.

—Vamos, Marta —la animó Lloyd con impaciencia—, no es como si creyeses que ibas a poder librarte de ello eternamente, ¿no?

—Eso me hicieron creer —respondió Marta entre dientes. Tenía la mirada clavada en su plato y el rostro rojo como un tomate por la rabia—. La doctora Reza me prometió que me libraría de los Juegos *como muy pronto* hasta Navidad.

—Y entonces, ¿por qué...? —empezó a preguntar Sami, pero no llegó a terminar su pregunta, porque clavó la mirada en un punto a mi espalda. Me di la vuelta y me fijé en que Jolyon Astor se estaba acercando a nuestra mesa, con su uniforme de capitán estudiantil y una expresión de asco dibujada en su rostro.

—Así que aquí estáis, comiendo gratis otra vez, por lo que veo —comentó Jolyon. Entonces posó la mirada sobre Sami—. Algo que el señor Gordinflón de Bradford aquí presente no es que necesite.

—Eso es muy *grosero*... —soltó Marta, pero Sami no apartó la mirada de Jolyon, ni tampoco le temblaron las manos con las que sostenía el cuchillo y el tenedor. Le sonreí, tratando de animarlo, pero Jolyon siguió hablando.

—La doctora Wardlaw quiere verte en su despacho en el descanso del mediodía —le dijo a Marta.

Marta palideció.

—¿Qué he hecho ahora?

—Bueno, existir —Jolyon la observó asqueado—, pero parece que además también debes de estar haciendo algo bien. Quieren que este año te lleves tú el premio conmemorativo Persephone Lock.

—¿Qué es eso?

—Es un premio a la excelencia académica —respondió Jolyon con desprecio—, lo da todos los años el señor Jacob Lock, el padre de Genevieve, en el que habría sido el cumpleaños de Persephone. No hace falta que diga que la decisión de que este año te lo quieran dar a ti es un tanto... *polémica*.

—Pero alguien la propuso para llévaselo —soltó Lloyd—. Se lo ha ganado limpiamente.

—Se lo ha ganado porque el juez maestro del internado, que no es que sea muy objetivo que digamos, ha insistido en que debería ser ella la premiada —espetó Jolyon. Su dura mirada nos recorrió a los cuatro—. Supongo que está tratando de asegurarse de que le salga bien la apuesta que hizo al aceptaros a vosotros cuatro en su Casa.

Los cuatro nos quedamos mirando fijamente a Jolyon mientras se alejaba.

—Bien hecho, Mar —le dijo Sami con cariño, pero Marta no lo estaba escuchando. Tenía la cabeza oculta entre las manos y la mirada clavada en el beicon que hacía tiempo que se había enfriado en su plato.

—¿Por qué? —murmuró—. ¿Por qué todavía nos odian tanto?

—¿Qué quieres decir con «todavía»? —le preguntó Lloyd, tomando la cafetera.

—¡Creía que esto ya estaba superado! ¿Es que no se dan cuenta de que no somos distintos a ellos? ¿Por qué están todos tan *arraigados* a su forma de pensar, joder?

—Oh, venga ya, Marta —soltó Lloyd con tranquilidad mientras nos servía más café—. Creo que es justo admitir que, entre los cuatro, tenemos todos los aspectos que hacen falta para que los alumnos de este sitio nos odien. —Esbozó una sonrisa—. En primer lugar, somos inteligentes.

—Sylvia también es inteligente y ellos no la…

—Sí, pero ella tiene *poder*, ¿no? Así que eso la exime. —Lloyd ensanchó un poco más su sonrisa—. Ahora vamos con Sami. Tiene acento, estaba un poco gordito a principios de curso… —Le guiñó un ojo a Sami— y tampoco se le dan muy bien los deportes, aunque está mejorando. Ro: bueno, saben que su padre es taxista, así que ese es su punto *negativo*. Se le da mejor el hockey que a ellos. Y es una persona bastante callada, por lo que ellos malinterpretan su silencio con frialdad…

—¿Qué? —pregunté, pero nadie me estaba prestando atención. Marta se había quedado mirando fijamente a Lloyd.

—¿Y qué pasa conmigo, entonces? —dijo—. ¿Por qué me odian?

—Por los mismos motivos por los que nosotros te queremos —respondió Lloyd sin perder la sonrisa—. Eres la alumna más inteligente de nuestro curso, pero no te importan las clasificaciones. No te importa tu aspecto. Odias a los caballos. Odias los Juegos incluso más que a esas bestias, preferirías pasarte el día metida en la biblioteca y, aun así, siempre vienes a nuestros partidos a apoyarnos. Siempre respondes a la defensiva, pero los perdonas cuando te atacan… te tendrían más respeto si los odiases por ello. Te ríes demasiado alto en la capilla, y no cantas el himno nacional. No te da vergüenza *nada*. No te fijas en la jerarquía de este sitio y, cuando esta te da de lleno en las narices, te ríes de ella. —Lloyd clavó su mirada en la de Marta—. Saben que no necesitas su dinero ni su estatus. Saben que podrías hacer cualquier cosa, ser lo que tú quisieras… Saben que terminarás en la mejor universidad del país y que eso solo será el principio de todas las cosas que lograrás, de todas las formas en las que podrías cambiar el mundo.

Marta observó a Lloyd de brazos cruzados. Por primera vez desde que la conocía, parecía haberse quedado sin palabras.

—¿Y tú? —preguntó al final.

—¿Yo?

—No sé por qué te odian a ti. —Marta seguía mirando a Lloyd, con las mejillas sonrosadas—. No hay nada que puedan odiar de ti. Excepto... —vaciló—: Que no sabes quiénes son tus padres. Y eso es lo que no les gusta, ¿verdad? Quieren saber de dónde viene todo el mundo, quién es quién.

El ambiente se enfrió de golpe y Lloyd y Marta no apartaron la mirada el uno del otro, como si se estuviesen viendo de verdad en ese momento por primera vez. Sami se removió nervioso en su asiento. Después de un momento un poco tenso, Lloyd le dijo a Marta de repente:

—Alguien te ha llamado por teléfono esta mañana.

Marta abrió los ojos como platos.

—¿Qué?

—Estabas en los establos, así que han dicho que te volverían a llamar después de desayunar. El señor Gregory me pidió que te dijese que tenías que ir a la central telefónica. —«La central telefónica» era el nombre con el que los alumnos se referían a una sala llena de pequeñas cabinas que había en la tercera planta, donde se pasaban las llamadas desde una centralita que había en la dirección del internado.

Marta se quedó blanca como un fantasma.

—Joder —murmuró. Bajó la mirada hacia su bandeja y se mordió el labio inferior—. ¿Es que tengo que ir ahora? —preguntó, alzando la mirada hacia mí.

—Después de desayunar —dijo Sami. Él también se volvió a mirarme y me di cuenta de que los dos temíamos de quién podía ser aquella llamada.

—¿Quieres que te acompañe, Mar? —le pregunté.

Ella negó con la cabeza, aturdida.

—No —respondió rápidamente—. No, gracias. Estaré bien. —Se levantó de un salto, sin haber probado ni un solo bocado de su desayuno—. Voy a ir ya —repuso.

—Pero...

—No quiero llegar tarde a la clase de inglés —comentó y, dicho eso, se marchó; cruzó el comedor vestida con su mono de trabajo y los hombros hundidos.

—¿Qué podemos hacer? —preguntó Sami. Lloyd se quedó mirando fijamente su taza de café, enfadado, y Sami volvió a hablar, esta vez con más urgencia—. Tenemos que ayudar a Marta, esa llamada podría ser un problema...

—Estará bien.

—*Lloyd*. Sabes que hay algo que no va bien con...

—Eso decís vosotros. —Lloyd se bebió su taza de café de un trago, observándonos con dureza—. Los dos habéis tenido unas vidas fáciles —escupió, mientras Sami y yo nos mirábamos sin comprender—. Habéis tenido siempre unas vidas muy tranquilas. He visto gente en peor estado que Marta, eso os lo puedo asegurar. He conocido a gente con problemas *de verdad*. —Se puso de pie y se marchó, alejándose de nosotros y del comedor. Sami se volvió a mirarme, suplicante.

—Creo que no hay mucho que podamos hacer en este caso —repuse. Cuánto desearía ahora mismo habérmelo pensado mejor en ese momento, haber tenido la mente lo bastante clara y haber estado lo suficientemente centrada como para sugerir alguna solución, en vez de haber estado tan distraída como estaba con tantísimos temas intrascendentes relacionados con el día que me esperaba, y con las clases, y con el partido de hockey que tenía que jugar al día siguiente contra otro colegio de renombre. Más que nada, desearía haberme levantado de un salto y haber ido detrás de Marta, haberla ido a buscar a la central telefónica. En cambio, Sami y yo terminamos de desayunar, dejamos nuestras bandejas en su sitio y salimos del comedor para subir al Eiger y volver a la Casa Hillary.

Sami y yo llegamos a la clase de inglés media hora tarde. Habíamos estado buscando a Marta por Hillary pero no habíamos conseguido encontrarla. Tampoco había ni rastro del señor Gregory, lo que era de lo más inusual, porque normalmente solía pasar el rato antes de las clases dando vueltas por la planta superior, dejando bien claro su descontento con su santa trinidad de aversiones: la dejadez, la impuntualidad y el ruido.

Lloyd ya estaba allí. Sami tomó asiento y sacó nuestras antologías poéticas, pero no las abrió. La señora Kepple seguía empezando cada una de sus clases con algún poema o fragmento que no apareciese en el libro y se empeñaba en llamarlo «nuestro entrante de las diez». A esas alturas del curso ya no siempre era Marta quien tenía la última palabra sobre la interpretación del texto en cuestión. A menudo, ella, Sami, Lloyd, Sylvia y yo nos quedábamos debatiendo al final sobre nuestras respectivas interpretaciones, mientras que la señora Kepple se frustraba un poco más a cada día que pasaba. Había descubierto que a la señora Kepple, como a muchos de los mags, la habían contratado por su prestigiosa formación académica (en su caso, fue estudiante del propio Internado Realms) en vez de por sus dotes reales para la enseñanza o, como Marta había recalcado en cierto momento con un comentario mordaz, por su apreciación por la literatura.

Aquella mañana, Sylvia estaba sentada en su sitio habitual, frente al mío. Parecía estar demasiado alerta, con la camisa arremangada debajo de su túnica. No había ni rastro de Marta y tampoco de Max. Los chicos y yo tomamos asiento, Sami me lanzó una mirada nerviosa, pero antes de que pudiese decirle nada la señora Kepple entró en la clase.

—Sentaos —ordenó, cortante, y empezó a repartir las fotocopias con el fragmento de ese día. Bajé la mirada hacia el poema.

Tras el gran dolor, llega la sensación formal —
Y los Nervios se asientan ceremoniosos, como Tumbas —
El tenso Corazón pregunta, ¿Fue Él quien lo aguantó
Ayer, o hace ya Siglos?

Los Pies, mecánicos, dan vueltas —
En el Suelo, en el Aire, en el Vacío —
Camino de Madera
Crecido sin cuidado,
Un contento de Cuarzo, como piedra —

Es la Hora de Plomo —
Que se recuerda si se sobrevive,
Como los que se Hielan se acuerdan de la Nieve —
Primero — Frío — luego Estupor — luego el abandonarse —

Me recorrió un escalofrío de arriba abajo. Aquel poema me hacía enfadar; de hecho, lo odiaba. Como por acto reflejo, me volví hacia el sitio donde Marta solía sentarse, con la esperanza de poder compartir una sonrisa de camaradería, pero todavía no había llegado. Para ese momento ya había empezado a preocuparme. Empujé el poema hasta el borde de mi escritorio y alcé la mirada para encontrarme con Sylvia observándome fijamente.

—Opiniones, por favor —dijo la señora Kepple. Echó un vistazo a su alrededor, pero nadie dijo nada—. Venga —soltó.

—Habla del duelo —comentó Sylvia, aburrida—. Sobre el entumecimiento de estar pasando por un duelo. —Se recostó en su asiento, colocando sus brazos delgados completamente relajados sobre la mesa y con su pluma estilográfica entre los dedos. En ese momento, la odiaba más a ella que al propio poema.

—Explícate —le pidió la señora Kepple, con el mismo tono aburrido que había usado Sylvia.

Sylvia enarcó las cejas.

—Habla de estar congelado emocionalmente —repuso lacónicamente—. Del negarte a aceptar lo que acaba de ocurrir. De no poder sentir nada, como si estuvieses hecho de piedra. Habla de la resiliencia.

—No exactamente —dijo la señora Kepple y Sylvia, como era de suponer, se volvió hacia ella molesta—. Sin embargo, sí que me interesa saber por qué has interpretado la parte de «el gran dolor» como «el duelo».

De repente, Sylvia parecía nerviosa. Vaciló por un instante y sentí una cruel satisfacción al verla intentar encontrar las palabras.

—Bueno —respondió—, supongo que el mayor dolor que conozco es el duelo.

La señora Kepple se removió inquieta.

—Entiendo —dijo—. ¿Y qué entiendes por...?

—No porque lo haya sufrido en mis carnes —la interrumpió Sylvia, cortante—. Con lo de que es el mayor dolor que «conozco» quería decir que es el mayor dolor que he *visto*. El mayor dolor que *sé*, el mayor dolor que he visto es el del duelo. Cuando Persephone murió —añadió con la voz mucho más firme—, Gin dejó de hablar durante semanas. Seguro que se acuerda de ello. Era nuestra tutora.

—Pues claro que me acuerdo —espetó la señora Kepple—. Sin embargo, me gustaría que valorásemos la posibilidad de que la idea de ese «gran dolor» signifique algo que no tenga nada que ver con el duelo; de hecho, podría hacer referencia a *cualquier* tipo de dolor emocional —comentó la profesora—. ¿Alguno podría decirme...? ¡Ah!, ya estás aquí. —Tenía la mirada clavada en un punto a nuestra espalda, al fondo de la clase—. Qué bien que nos hayas decidido honrar con tu presencia, señorita De Luca. ¿Ya has ido a hablar con el señor Masters?

Marta negó con la cabeza y se dejó caer en su asiento. Tenía más o menos el mismo aspecto de siempre, con la única diferencia de que, quizá, su uniforme estaba un poco más adecentado que de costumbre y su rostro un poco más pálido. No se volvió a mirarnos, a pesar de lo mucho que intenté llamar su atención. Tomó su copia del poema.

—Acababa de plantear una pregunta sobre el poema —siguió diciendo la señora Kepple, su voz ahora se acercaba peligrosamente al tono tranquilo que usaba siempre que sentía que la clase no estaba avanzando de la manera en la que ella quería—, ¿trata de las dificultades de la vida o de la falta de sentimiento, como ha comentado la señorita Maudsley?

Marta soltó un suspiro. No era un suspiro frustrado o enfadado, sino uno lleno de agotamiento, como si le acabasen de pedir que explicase algo que, en sí, no había forma de comunicar con claridad, algo que nadie lograría jamás comprender, incluso aunque lo intentase.

—No —repuso, y Sylvia se volvió hacia ella como un resorte—. En el poema se habla de la satisfacción como un «cuarzo».

—Sí, y el cuarzo es *duro...*

—Lo es —dijo Marta—. Pero también es quebradizo. Es mucho más frágil de lo que parece. Y si se fija en la segunda mitad de la frase también dice que es «*como* piedra». No que sea «una piedra».

Todos bajamos la mirada hacia nuestros poemas. Marta retomó su argumento.

—Eso no quiere decir que la satisfacción no exista —repuso—. Sí que existe. Pero cuando leo lo de «un contento de cuarzo» pienso en una satisfacción que se rompe con facilidad. Pienso en palabras como «cuarto» o «cuasi»... El poema dice que la satisfacción o el contento son *similares* a esa piedra insensible, aunque también diferentes en cierto sentido.

Sylvia se quedó mirando a Marta fijamente.

—Estás interpretando el poema desde un punto de vista demasiado negativo —dijo, y pude percibir una leve insinuación en su voz—. También hay esperanza, solo hay que fijarse en el «luego el abandonarse» del final...

Marta volvió a negar con la cabeza. Me di cuenta de que ni siquiera se había parado a leer el poema durante mucho tiempo.

—Eso no es lo que quiere decir.

—Ah, bueno, pues dinos *qué* quiere decir. Ayuda a estos pobres mortales. —Sylvia empezó a alzar la voz, humillada y enfadada, y sentí cómo me recorría una fugaz y cruel sensación de deleite al ver cómo el cerebro superior de Marta había conseguido dejarla atrapada en una encrucijada. Pero entonces me fijé en que a Marta no parecía hacerle ninguna gracia aquel debate. Estaba sentada en medio de un haz de luz que se filtraba por la ventana, completamente hundida en su asiento. Su rostro irradiaba una tristeza feroz.

—Puede que esté hablando de su forma de desprenderse del dolor, si te refieres a eso —comentó, cansada—. Pero no con sentido esperanzador. Hay una falacia en la parte de «como los que se Hielan se acuerdan de la Nieve». Si estás helado, estás muerto, no puedes acordarte de nada. El «abandonarse» hace referencia a la muerte, que supongo que en cierto sentido sí que nos libera del dolor pero... —Alzó la mirada hacia el fondo, totalmente perdida, antes de seguir hablando con un tono que no admitía lugar a réplica—. Después de un gran dolor no existe ninguna clase de recuperación. Solo una especie de no progresión, de la madera al cuarzo, de la piedra al plomo. Ninguno de esos materiales es mejor que el anterior... son solo el siguiente paso en el camino de esa «sensación formal». Nunca he llegado a comprender esa parte —admitió de repente, se volvió a mirarme y me fijé en que tenía los ojos anegados en lágrimas—. Antes habría estado de acuerdo con tu argumento, Sylvia... Solía pensar que la parte que hablaba de que los pies seguían moviéndose, de que «sobrevivían», hablaba de una especie de convalecencia. De que el túnel tendría otra salida, quizás una incluso mejor que la anterior. Pero eso es imposible —dijo con la voz rota—. Solo existe una insensibilidad helada. Una erradicación. La muerte.

Se hizo el silencio en la clase durante unos cuantos minutos. Esa ausencia de ruido parecía crecer en medio de la sala, resonando dentro de mi propia mente, mientras yo entraba en una especie de ajuste de cuentas furioso con la insensibilidad de la que Marta había hablado y con el terrible hecho de su propia falta de esperanza. Me moría de ganas de ponerme en pie, rodear las mesas, tomarle la mano y decirle que yo me encargaría de arreglarlo; que esta vez no iba a hacer oídos sordos ante lo que estaba ocurriendo, que no saldría corriendo a jugar al hockey o para ir a clase, o que sería feliz a pesar de ver que ella estuviese sufriendo. Quería decirle que su supervivencia era primordial. Los rostros de Sami y de Lloyd estaban en tensión.

Me atreví a volverme hacia Sylvia. Toda la anterior agresividad había desaparecido por completo de su expresión y no paraba de mirarnos a Marta y a mí alternativamente con una curiosidad que se transformó rápidamente en inquietud. Nunca había visto a Sylvia mirar así a nadie. Todas las veces que habíamos hablado tampoco habíamos conversado de verdad, porque su posición dentro de la sociedad del Internado Realms la convertía en alguien completamente fuera de mi alcance. Nuestras miradas se encontraron por primera vez desde la Noche del Puente, y sentí como si estuviese descubriendo cada uno de los secretos que yo mantenía ocultos, todo lo que me hacía sentirme avergonzada y que se escondía bajo mi piel, todas mis penas y alegrías. En ese momento, el poder que poseía no me asustó. Caí en la cuenta de que me vendría bien su poder, que podría ayudarnos, a Marta y a mí, como nadie más podría hacerlo. «Acompáñame», quería pedirle, «acompáñame y prometo contártelo todo».

—Es una interpretación interesante —repuso la señora Kepple, y todos nos volvimos a mirarla—. No la más optimista del mundo, pero sí que es válida. —Ella tenía la mirada clavada en Marta, que estaba reclinada sobre su escritorio, aferrando el bolígrafo con fuerza. Su voz estaba teñida con una inusual preocupación cuando volvió a hablar—. Volvamos ahora al temario. Vamos a echarle un vistazo a *Jane Eyre*. —Se giró de nuevo hacia Marta, supongo que con la esperanza de ver aunque solo fuese un ápice de su emoción habitual, pero esta ni siquiera alzó la vista.

Las dos primeras clases se me hicieron eternas. Me moría de ganas de que terminasen para poder hablar con Marta sobre la llamada. Al fin, sonó el timbre que marcaba el final de la segunda clase. Antes de que la mayoría nos hubiésemos levantado siquiera de nuestros asientos, Marta ya había metido sus libros en la mochila, se la había colgado del hombro y se había marchado. Lloyd se volvió a mirarnos a Sami y a mí preocupadísimo y señaló la puerta con un gesto de la cabeza. Asentimos y él se marchó a la carrera, dejando sus libros desperdigados y abiertos sobre el pupitre.

Sami y yo nos las apañamos para meter a presión todas las cosas de Lloyd en nuestras mochilas antes de seguirlo fuera del aula, pero el pasillo estaba lleno de alumnos que iban de camino hacia el atrio. Intentamos abrirnos paso entre la multitud, poniéndonos de puntillas y estirándonos para intentar encontrar a Lloyd o a Marta entre la marabunta, pero no había ni rastro de ninguno de los dos.

Estábamos en la galería superior. Era la parte más antigua del edificio central y el rellano con la pared cubierta de paneles de madera era muy estrecho, tanto que apenas había espacio suficiente para que cupiesen tres personas caminando lado a lado. La marabunta de estudiantes atascados hizo que fuésemos cada vez más lentos, mientras a nuestro alrededor podíamos oír el parloteo de los alumnos que se dirigían hacia las escaleras para bajar a la planta inferior. El ruido era ensordecedor. Eché un vistazo por encima de la balaustrada de madera y vi a los alumnos de primero saliendo de sus clases a los pies del Eiger, dirigiéndose hacia el atrio y sentándose a almorzar en las cuatro mesas que había en las esquinas del comedor. No logré ver si Marta o Lloyd estaban entre ellos. Me volví hacia Sami y me lo encontré abriéndose paso a través de un hueco que habían dejado un par de alumnos de primero que caminaban justo delante de nosotros.

Me dispuse a seguirlo pero, justo en ese mismo instante, un grito hendió el aire. Provenía de la planta de abajo y era un sonido tan cargado de pánico y de miedo que me hizo pensar que estaba a punto de escuchar una explosión, o de oler el humo, o de encontrarme de frente con una figura encapuchada, vestida de negro y con una pistola en la mano. Pero la realidad fue mucho peor. El cuerpo de una chica yacía tendido sobre el suelo enlosado a los pies del Eiger, con el cabello rubio esparcido alrededor de su cabeza. Tenía los brazos y las piernas doblados en unos ángulos que resultaban casi cómicos, y el cuello torcido grotescamente hacia un lado. Un charco de sangre se extendía alrededor de su cabeza. Incluso con ese estado tan deforme y maltrecho era imposible confundir aquellas elegantes extremidades. Era Genevieve.

El tiempo pareció detenerse por un momento, o quizá se paró por completo. La cabeza me daba vueltas. Mi primer instinto me gritó que saltase por encima de la balaustrada y que cayese en el suelo del atrio como si fuese un gato, aterrizando con suavidad sobre mis piernas y mis manos, pero, por supuesto, no lo hice. Por eso solo me quedaba la enrevesada e indigna realidad de tener que abrirme paso a empujones entre la multitud, cuyos gritos de pánico habían empezado a mezclarse con los de indignación mientras yo me abría paso por donde podía por la galería superior. Sabía que tenía que llegar a la planta baja cuanto antes; tenía que ser de las primeras en llegar a la escena. Me abrí paso a codazos por los primeros escalones del Eiger y la multitud frente a mí fue disminuyendo poco a poco. A mitad de camino de la escalera, pude ver el atrio con mayor claridad. Había dos personas arrodilladas junto a Genevieve. Seguí bajando y entonces los gritos cambiaron por completo, la gente dejó de gritarme indignada por los empujones.

—¿Dónde se ha metido? —estaba gritando alguien.

Me abrí paso una última vez y me quedé completamente helada en el rellano, en lo alto de las escaleras. Alguien me agarró de la muñeca. Era Sami, tenía los ojos vidriosos por el miedo. Seguí su mirada hasta las losas y me fijé en que las dos figuras que estaban arrodilladas junto al cuerpo de Genevieve eran Sylvia y Lloyd. Ni rastro de Marta.

Desde donde estaba, arrodillado sobre las losas, Lloyd se volvió hacia las escaleras. Tenía las manos ensangrentadas con la sangre que manaba sin parar del cráneo de Genevieve.

—¡Sami! —lo llamó a gritos—. Baja aquí, te necesitamos...

Sami parecía haberse quedado completamente helado. Sacudí el brazo que me tenía aferrado y eso logró despertarlo del trance, el vívido horror de lo que estaba teniendo que presenciar quedó reflejado en su rostro. Bajó el tramo de escaleras que le quedaba a trompicones y yo lo seguí, colocándole la mano bajo el codo con suavidad para sostenerlo.

Llegamos a los pies del Eiger. No había ni rastro de los mags. Sami se dejó caer de rodillas junto a Genevieve. Me fijé en que su cuerpo estaba de lado por la fuerza de la caída. Tenía la cabeza ladeada, con una mejilla contra las losas, y los ojos completamente cerrados. Su rostro parecía estar extrañamente en paz.

—¿Alguien ha pedido una ambulancia? —preguntó Sami.

Lloyd asintió. Sylvia y él estaban cada uno arrodillado a un lado de la cabeza de Genevieve, con la tela de la falda de Sylvia y de los pantalones de Lloyd empapándose de la sangre que manaba sin parar del cráneo de Genevieve. Sus manos se cernían indefensas sobre su cuerpo inerte.

—No la toquéis. —A Sami le temblaba la voz pero las manos no, por lo que las alargó hacia el cuerpo de Genevieve y tomó con cuidado su brazo flácido. Presionó el pulgar sobre su muñeca y lo mantuvo ahí por un momento—. Tiene pulso —dijo.

Se oyó un sonido ahogado y Sylvia se meció sobre sus talones, llevándose las manos ensangrentadas a las mejillas. Me fijé en cómo las lágrimas empezaban a brotar descontroladas de sus ojos, mezclándose con la sangre que teñía sus dedos al deslizarse sobre el dorso de sus manos. Alargó una de las manos hacia la mejilla de su mejor amiga, pero yo se la tomé antes de que pudiese rozarla y la aparté del cuerpo maltrecho de Genevieve.

—Sylvia —la llamé, al mismo tiempo que otro sollozo feroz se escapaba de entre sus labios. Se zafó de mi agarre y se volvió como un resorte para mirarme.

—¡*Tú!* —gritó, con la voz a medio camino entre un gemido y un gruñido—. ¡Tú y tu maldita amiga *la rarita*! Ella le ha hecho esto, la ha empujado, es una maldita psicópata, todos lo sabíamos desde el principio, ¡que alguien llame a la policía!

—¡Ella no la ha empujado! —gritó Lloyd. Se puso de pie, con la sangre de Genevieve goteando desde las rodillas de sus pantalones—. Ella no ha... ¡eres una mentirosa! —Se quedó callado cuando vio a la doctora Wardlaw y al señor Gregory, que bajaban el Eiger a la carrera, directos hacia nosotros, con los rostros pálidos por la sorpresa. La doctora Wardlaw se llevó una mano a los labios, como si estuviese imitando a Sylvia antes, y soltó un gemido grave.

A nuestro alrededor, el atrio se había empezado a llenar de figuras de autoridad. Docenas de mags, vestidos con sus túnicas, llenaron la primera planta y se colocaron en círculo alrededor de Genevieve. Otros empezaron a intentar alejar a las hordas de estudiantes para sacarlos a todos del atrio y de las galerías superiores, liderados por el señor Gregory, a quien, por primera vez, obedecieron todos sin rechistar. Después, cuando solo quedábamos nosotros y los mags, se acercó a nosotros, con la mandíbula apretada con fuerza, y por un momento pensé que nos diría que dejásemos de intentar ayudar a Genevieve; que no se nos necesitaba y que deberíamos salir del atrio como el resto de los alumnos. Casi me sentía incluso aliviada por ello. Pero, cuanto más se acercaba a Genevieve, más palidecía, y entonces me di cuenta de que estaba aterrado. Se tambaleó hacia atrás y tuvo que agarrarse a la barandilla del Eiger para mantenerse en pie.

—Tenemos que hacer algo —le susurré a Sami, que se limitó a asentir. Tenía los labios blanquecinos. Se quitó el jersey, lo hizo una bola y lo acercó al costado ensangrentado de la cabeza de Genevieve, de donde no paraba de manar sangre.

—¿Dónde cojones está esa ambulancia? —me susurró, echando un vistazo alrededor del atrio y hacia las puertas de entrada, que estaban abiertas de par en par, permitiendo que la luz de la mañana se filtrase en el interior del edificio, y dejando al descubierto el camino de la entrada, completamente vacío.

—No lo sé. —Recordé las interminables carreteras secundarias por las que habíamos tenido que conducir mi padre y yo para llegar al Internado Realms. Estábamos muy lejos del pueblo más cercano, y mucho más lejos todavía de una ciudad con un hospital. Bajé la mirada hacia el rostro pétreo de Genevieve y hacia el jersey de Sami, que en unos minutos había quedado completamente ensangrentado. Me quité mi chaquetilla y se la tendí, y él se encargó de intercambiar su jersey lleno de sangre por mi chaquetilla limpia tan rápido como pudo.

—Necesitamos a la doctora Reza —comentó Sami de repente, sin moverse ni un ápice. La sangre de Genevieve había empezado a empapar la manga de su camisa blanca—. ¿Ha ido alguien a buscarla? Lo más probable es que esté en la enfermería, no habrá oído el...

—Ya hemos intentado llamarla —repuso una voz cortante y, cuando alcé la mirada, me encontré con Jolyon Astor y con Rory Fitz-Straker detrás de la doctora Wardlaw—. No responde al teléfono, su contestador decía que estará haciendo revisiones a los alumnos de tercero toda la mañana.

—¡Entonces id corriendo a buscarla a la enfermería y traedla! —gritó Sami, con el rostro sonrojado por la frustración, pero justo en ese mismo instante la doctora Reza apareció bajo el marco de la puerta del atrio, con su silueta perfilada por la perversa luz del sol que se filtraba desde el exterior. Me fijé en cómo el horror teñía su expresión por un momento, pero después salió corriendo hacia nosotros y se arrodilló junto a la cabeza de Genevieve.

—¿Pulso? —dijo. Sami asintió y ella le colocó dos dedos a Genevieve en el cuello y los apretó contra su piel durante unos segundos. Tenía los labios blanquecinos cuando volvió a hablar—: ¿Cuánto tiempo lleva así?

—Unos quince minutos —dijo Sami, nervioso, pero yo negué con la cabeza, porque sabía que no había pasado tanto tiempo. Me encontré con la mirada oscura de la doctora Reza sobre el cuerpo de Genevieve y ya no pude seguir ocultando el miedo que había estado conteniendo desde el mismo instante en el que había oído aquel grito. Bajé la mirada de nuevo hacia el cuerpo de Genevieve, hacia la vida que se le escapaba de entre los dedos, y tuve la terrible certeza de que nuestras vidas en el Internado Realms tal y como las conocíamos se habían acabado para siempre; que ya no habría vuelta atrás, que no podríamos recuperar ni siquiera el mínimo resquicio de felicidad al que nos habíamos estado aferrando hasta ese momento.

Alguien dejó caer un botiquín de primeros auxilios sobre las losas, junto a Sami, y él extrajo de su interior unas cuantas gasas. Con muchísimo cuidado, la doctora Reza apartó unos mechones de Genevieve de un costado, dejando al descubierto la herida que no paraba de sangrar. Sami le pasó las gasas y ella las colocó sobre la herida, haciendo presión. Observé cómo, al momento, dejaban ese blanco impoluto atrás, tiñéndose de rojo. La doctora Reza se inclinó sobre Genevieve, con el rostro en tensión. Después echó un vistazo a su espalda.

—¿Podría ir alguien a ver cuánto le queda a la ambulancia, por favor? —pidió con urgencia.

Lloyd se puso de pie de un salto y salió corriendo hacia el mostrador de recepción que había en una esquina del atrio. Se hizo el silencio por un momento mientras él se llevaba el teléfono fijo a la oreja y todos nos quedamos congelados como si fuésemos piezas de un grotesco tablero: la doctora Reza presionando las gasas contra la cabeza ensangrentada de Genevieve; Sami tendiéndole más vendas; Sylvia aferrándose a la mano inerte de Genevieve, con el rostro lleno de sangre y lágrimas. La doctora Wardlaw y los miembros de la Patrulla superior estaban de pie a nuestro alrededor como si fuesen centinelas. Y entonces, al mismo tiempo que Lloyd empezaba a hablar con quien quiera que hubiese descolgado el teléfono al otro lado, ocurrieron dos cosas de manera simultánea: escuchamos el pitido lejano de una sirena y Max se adentró en el atrio.

Por un instante se quedó helado bajo el marco de la puerta, observando la escena como si fuese el director de una orquesta mirando a sus músicos antes de alzar la batuta. Había cierta elegancia en su rostro: esa pasión y esa fuerza de espíritu que me resultaban tan atractivas. Pero entonces su expresión se transformó en una de completo terror y salió corriendo hacia nosotros. Clavó la mirada en el cuerpo inerte de Genevieve.

—¿Qué...? —dijo, con la voz rota. Se volvió hacia Lloyd, que estaba hablando sin parar por teléfono. Él también se volvió hacia Max, y las miradas que compartieron estaban igual de asustadas.

Max se dejó caer de rodillas junto a Genevieve. La sirena de la ambulancia cada vez se oía más fuerte.

—Gin —dijo Max, alargando una mano hacia su cabello—. Gin, Gin, Gin. Despierta, por favor, despierta...

—Max —la doctora Reza lo llamó con delicadeza. Él alzó la mirada hacia ella en cuanto escuchó su nombre, con sus ojos oscuros anegados en lágrimas. Por primera vez, vi cómo a la doctora Reza le temblaba ligeramente el brazo con el que sostenía la gasa. Sus miradas se encontraron hasta que Max la terminó apartando, dejándose caer con suavidad sobre el cuerpo de Genevieve.

—Lo siento —jadeó casi en un susurro—. Lo siento mucho. —Su rostro estaba a tan solo unos centímetros del de la joven, y las lágrimas que se escaparon de entre sus párpados cayeron sobre su pálida mejilla.

La sirena de la ambulancia resonaba en el interior del atrio. Escuché cómo un vehículo subía a toda prisa por el camino de la entrada del internado. Y entonces, sin motivo alguno, me acordé de Marta cuando había llegado aquel primer día, con su uniforme enorme, y mi mente se alejó hasta una realidad paralela en la que estábamos en el atrio paseando como de costumbre. Pero esa vida había desaparecido para siempre y no había ni rastro de Marta.

Tres paramédicos se acercaron a nosotros corriendo sobre el suelo enlosado, vestidos con sus uniformes verdes característicos y aferrando sus bolsos reflectantes. Presencié la escena con mis propios ojos: la sala señorial, con sus retratos y sus tablones de honor, todos esos estudiantes vestidos con sus chaquetas de tweed, los mags indefensos y la Patrulla superior con sus túnicas, y el resto que estábamos alrededor de Genevieve, empapados con su sangre. En alguna parte, muy lejos, en otro mundo, sonó el timbre que indicaba a los alumnos que había llegado la hora de su siguiente clase.

La doctora Reza hablaba sin parar con el paramédico jefe, dándole la poca información que tenía, con el rostro contraído por la ansiedad. Él se limitaba a asentir sin cesar mientras sus compañeros descargaban las botellas de oxígeno y los distintos equipos que necesitaban.

—Vamos a tener que despejar el acceso. —Escuché cómo le decía, señalando a Max y a Sylvia, que seguían inclinados sobre Genevieve. Se volvió incrédulo hacia el señor Gregory—. Si pudiese pedirles a los alumnos que se apartasen... puede que no sea prudente que...

—Ayúdela. Por favor, ayúdela. —A Sylvia le temblaba tanto la voz que casi no se le entendía. Soltó la mano de Genevieve y se apartó de su amiga tambaleándose, pero Max se quedó donde estaba, inclinado sobre el cuerpo de Genevieve, como si de ese modo pudiese protegerla. Le temblaban los hombros mientras le mesaba el cabello. Uno de los paramédicos le tocó la muñeca para indicarle que tenía que apartarse, pero él se negó a alejarse. La doctora Reza se acercó a él y lo agarró de los antebrazos, apartándolo a la fuerza del cuerpo de Genevieve. Después nos indicó a Lloyd, a Sami, a Sylvia y a mí que la siguiésemos hasta el fondo del atrio.

Los paramédicos se pusieron manos a la obra. Sylvia estaba temblando con tanta violencia que no se tenía en pie. Se agarró con fuerza al borde de la mesa y se dejó caer sobre una silla. Bajé la mirada hacia ella y me fijé en que tenía el rostro pétreo debajo de las manchas de la sangre de Genevieve. Antes de poder evitarlo, me agaché frente a ella y le coloqué las manos sobre sus temblorosas rodillas. Tenía la cabeza agachada y media docena de lágrimas salpicaron mis nudillos antes de que sus temblores disminuyesen. Entonces alzó la mirada y se encontró con mis ojos por segunda vez aquel día. Pasaron unos segundos antes de que su gesto se endureciese y se retorciese para zafarse de mi contacto.

Tuvimos que esperar otros diez minutos mientras los paramédicos trabajaban sin parar para salvar a Genevieve, bombeando oxígeno y fluidos en su cuerpo tendido, conteniendo a la vez el flujo de sangre de la herida de su cabeza, y hablando entre ellos en voz baja y con urgencia. Todos los demás estábamos en completo silencio. Éramos los centinelas indefensos de aquella escena, desperdigados por el atrio, como si nuestra presencia vigilante pudiese, de alguna manera, insuflarle vida a Genevieve, como el goteo que los paramédicos le habían colocado. Me invadió una extraña y doble agonía. Quería desesperadamente que Genevieve viviese. Lo mal que me caía y lo mal que nos trataba siempre no eran motivos suficientes como para querer que muriese. Pero, ahí de pie, con su cuerpo medio oculto por los paramédicos y su equipo, el miedo de que no sobreviviese quedó casi eclipsado por el terror de lo que Sylvia me había gritado antes. «Ella le ha hecho esto, la ha empujado». Deseaba con todas mis fuerzas que alguien me explicase por qué había hecho tal acusación o de que la rebatiesen diciéndome algo que Sylvia se había olvidado de mencionar, o de que simplemente no fuese cierta, de que Marta no lo hubiese hecho, de que estuviese en otra parte, incapaz de hacer algo así; pero ese miedo se entremezclaba con el terror de que Genevieve muriese. Era un miedo cuya enormidad me asustaba.

Por fin los paramédicos deslizaron el cuerpo inerte de Genevieve sobre una camilla y se la llevaron a través del atrio hasta la ambulancia. Todos los seguimos hasta la puerta principal y pudimos ver de nuevo a Genevieve mientras bajaban con cuidado la camilla sobre la que estaba postrada por los escalones de piedra de la entrada. Una de las puertas traseras de la ambulancia se había cerrado con la prisa y Sami y yo salimos corriendo hacia ella para abrírsela de nuevo a los paramédicos. Ellos asintieron rápidamente con la cabeza para darnos las gracias mientras se preparaban para subir a Genevieve. Vislumbré la pálida serenidad que había invadido su rostro bajo la mascarilla de oxígeno, su frente alta y su nariz delgada, su cuello de cisne que emergía por debajo del collarín ensangrentado. Incluso inerte parecía una estatua, dura. Elevaron la camilla un poco más en el aire para introducirla en la ambulancia.

Los dos dimos un paso atrás para dejar que los paramédicos cerrasen la puerta, pero justo en ese mismo instante una figura trajeada pasó como una exhalación junto a nosotros e intentó subirse a la ambulancia. Era Max, que sollozaba con fuerza. Tenía el rostro desencajado por el dolor y el miedo, y su cuerpo se sacudía con fuerza cuando el paramédico jefe intentó apartarlo. Vi cómo la doctora Reza se acercaba corriendo para ayudar, pero Lloyd y Sylvia llegaron antes. Juntos, consiguieron contener a Max, agarrándolo por los brazos y apartándolo al mismo tiempo que los paramédicos se subían de un salto a la ambulancia y cerraban todas las puertas de un golpe. Aun así, Max siguió luchando, intentando zafarse de los brazos de Sylvia y de Lloyd, pataleando con fuerza la grava y retorciendo su cuerpo enjuto entre el abrazo de Lloyd.

Entonces la ambulancia se alejó rugiendo por el camino de la entrada y, cuando llegó a la verja, oímos el lamento de la sirena al desaparecer por la carretera. Solo entonces Max dejó de luchar y se dejó caer sin fuerzas entre los brazos de Lloyd y de Sylvia. Todos nos quedamos allí quietos como estatuas bajo el despejado cielo azul, y rodeados de plataneros llenos de color y que parecían alzarse por encima de todo y de todos, como si flotasen en medio del aire otoñal y hubiesen bajado la mirada hacia las sombrías figuras que había en el camino. Yo me volví hacia Lloyd, Sami, Sylvia, la doctora Reza y Max, y entonces, después de haberlos visto a todos una última vez, fue como si me alejase de allí volando, por encima de las colinas de Devon y de los pueblos colindantes, sobre el camino de la costa y sobre la autovía, de vuelta a Londres, a la vida que había dejado atrás.

8

—A dentro. Ahora. —El señor Gregory estaba en lo alto de los escalones de la entrada. Su rostro quedaba oculto por las sombras que proyectaba el edificio, pero la angustia, tan poco característica de él, inundaba su rostro, y le temblaba la mano al señalar hacia el interior.

Todos le obedecimos sin rechistar y subimos los escalones hasta el atrio. Había un charco enorme de sangre a los pies del Eiger, y el botiquín de primeros auxilios estaba abierto y con sus contenidos desperdigados sobre las losas. La doctora Wardlaw y otros cuantos mags estaban apiñados, hablando en susurros. La Patrulla superior no paraba de dar vueltas por la sala, nerviosos e inquietos. También podíamos oír desde nuestra izquierda el ruido de los platos del comedor y los murmullos de las clases que se estaban impartiendo en los pasillos de la planta superior. El mundo había seguido adelante. La jornada escolar en el Internado Realms no se había detenido.

La doctora Reza cruzó el atrio para unirse a los mags. Pasó junto al señor Gregory y se dirigió a sus compañeros en un susurro urgente. Mientras hablaba, la expresión de la doctora Wardlaw se transformó por completo, pasando de la tensión al descontento. Se volvió para fulminar con la mirada al señor Gregory, que le devolvió la misma mirada acusatoria.

Lloyd, Sami, Max, Sylvia y yo nos quedamos esperando en la puerta, sin tener ni idea de a dónde deberíamos ir o de qué hacer.

Bajé la mirada hacia mis manos, que estaban pegajosas y empapadas con la sangre de Genevieve, y después me volví hacia Sami y Lloyd, que tenían el mismo aspecto ceniciento y desaliñado. Cuando se percataron de que los estaba observando, se volvieron hacia mí, y supe que los tres estábamos pensando justo lo mismo. *¿Dónde está?*

Sylvia lloraba sin parar. Nos estaba dando la espalda a los tres, tenía la mirada clavada en el tablero de honor con su nombre escrito en letras doradas y le temblaban los hombros. Max se había sentado en el suelo y tenía los codos apoyados sobre las rodillas y la cabeza entre las manos. Todo su cuerpo estaba demasiado quieto y tenía la mirada clavada en el suelo. Vi cómo Lloyd bajaba la mirada hacia él y se mordía el labio. Y entonces el señor Gregory y la doctora Reza se apartaron del corrillo de mags y se acercaron a nosotros. Nunca había visto al señor Gregory tan enfadado como en ese momento, pero la doctora Reza parecía estar en calma, aunque tenía el rostro tenso.

—Tenemos que hablar con vosotros —dijo tajantemente el señor Gregory. Aguardó un momento y Sylvia se dio la vuelta, con el rostro lleno de riachuelos de lágrimas y sangre. El señor Gregory clavó la mirada en Max y se aclaró la garganta. Max se puso en pie lentamente.

»Tengo muchas preguntas sobre lo que acaba de ocurrir. —El señor Gregory nos recorrió con la mirada, sus ojos grises tenían un brillo peligroso—. La doctora Reza va a ir tras la ambulancia hasta el hospital. Me gustaría que todos vosotros os limpiaseis y adecentaseis y fueseis a buscar a la señorita De Luca. Después, id directamente a mi oficina. La directora de tu Casa —señaló con un gesto de la cabeza a Sylvia— se reunirá con nosotros allí.

—Quiero ir al hospital —dijo Max, que se había vuelto a mirar a la doctora Reza con los ojos anegados en lágrimas—. Por favor. Tengo que...

El señor Gregory lo interrumpió antes de que pudiese terminar la frase.

—Eso no será posible.

De repente, Max soltó un pequeño gemido ahogado.

—Podría morir —dijo—. Va a morir, lo sé, *va a morir.* —Se tuvo que apoyar en la pared del atrio para no caerse.

La doctora Reza le tomó la otra mano.

—Max —lo llamó—, intenta calmarte. Espérame en la enfermería. Prometo que te llamaré en cuanto sepa algo...

—Por favor —jadeó Max. Se volvió a mirarla suplicante, como si fuese un niño pequeño pidiendo algo dulce—. *Por favor.* Tengo que verla. Tengo que decirle que la...

—Ya basta. —Nunca había oído al señor Gregory hablar con tanta dureza y me fijé que en su expresión no había ni rastro de compasión—. Id a limpiaros, inmediatamente. Encontrad a la señorita De Luca y después os quiero a todos dentro de quince minutos en mi despacho. —Ninguno se movió—. ¡*Ya!* —gritó.

No me quedó otra opción más que obedecerle. Me volví a mirar al resto. Max acababa de zafarse del agarre de la doctora Reza. Sylvia, Lloyd, Sami y yo nos encaminamos hacia el Eiger y subimos hasta la primera galería, donde Sylvia giró a la derecha sin mediar palabra, yendo directa hacia la Casa Raleigh. El resto continuamos hacia la Casa Hillary, escuchando de camino el sonido amortiguado y terriblemente ordinario de las clases que se estaban impartiendo en ese mismo instante en las aulas. Subimos una escalera tras otra, entumecidos, y, cuando por fin llegamos a la zona de nuestra residencia, nos la encontramos completamente desierta. Las motas de polvo formaban remolinos en el interior de los haces de luz que se filtraban por las ventanas del pasillo de las habitaciones de las chicas. Abrí la puerta de la habitación 1A y todos nos quedamos mirando fijamente el interior. Allí no había ni un alma a la vista.

—Joder —murmuró Sami.

Lloyd negó con la cabeza.

—No nos la íbamos a encontrar aquí ni en un millón de años.

Sami se volvió hacia él, enfadado.

—¿Qué ha pasado con Genevieve? ¿La ha empujado Marta?

Esa era la pregunta que yo no me había atrevido a formular. Lloyd nos miró fijamente, con el ceño fruncido.

—No —respondió por fin—. No ha sido ella.

—Entonces Genevieve se ha caído sola —repuso Sami, con el alivio tiñendo su voz.

Lloyd volvió a negar con la cabeza.

—No exactamente. —Tenía la voz tensa, como si le costase que las palabras pasasen más allá del fondo de su garganta—. Bueno... sí, se cayó sola, pero...

—Pero ¿*qué*?

—Marta la abofeteó —respondió Lloyd con pesar. No podía mirarnos a los ojos y tenía la vista clavada en el suelo, y entonces me di cuenta de que era muy poco propio de él no mirarnos a los ojos al hablar—. Mar estaba bajando las escaleras a la carrera hacia el atrio cuando Genevieve se acercó corriendo a ella. Yo estaba bajando de la galería superior pero no pude llegar hasta ellas a tiempo. Genevieve le dijo algo a Marta, Marta le respondió algo y entonces Genevieve la estampó contra la pared... Fue entonces cuando llegué hasta ellas. Aparté a Genevieve de Marta —dijo Lloyd, mirándonos por fin, con sus ojos oscuros llenos de una vacilación que me resultaba demasiado desconocida y que dejaba al descubierto su propio miedo—. Estaba enfadada. Dijo algo sobre mí y entonces fue cuando Marta la abofeteó. No le pegó con fuerza... ya sabéis cómo es Mar, no es una persona malvada, lo que pasa es que estaba disgustada... pero Genevieve perdió el equilibrio y se cayó de costado por las escaleras. Aunque más bien pareció que las sobrevolaba, porque apenas las rozó. —A Lloyd se le rompió la voz—. Lo siento.

—No fue culpa tuya —repuse—. Estabas intentando proteger a Marta, Genevieve lleva tomándola con ella desde el principio...

—No —dijo Lloyd, esta vez con más firmeza que nunca—. No, no es tan sencillo.

—¡Entonces, cuéntanoslo!

Por un momento, pude ver cómo la desesperación surcaba el semblante de Lloyd.

—Veréis... —empezó a decir, pero entonces oímos que la puerta del despacho del señor Gregory se cerraba de un golpe en la planta de abajo, y Sami y Lloyd se volvieron hacia mí horrorizados antes de salir corriendo hacia el pasillo donde estaban las habitaciones de los chicos. Yo me adentré en la habitación 1A.

Las camas estaban deshechas, tal y como las habíamos dejado esa misma mañana al salir corriendo hacia los establos. La cama de Marta era una especie de nido desordenado formado a base de pijamas amontonados, libros de texto con las esquinas dobladas, folios de papel llenos de ecuaciones garabateadas y un bolígrafo cuya tinta se había salido y estaba manchando las sábanas. Sobre mi almohada había un trozo de papel doblado con mi nombre escrito por fuera.

«Ro», ponía en la nota, con la caligrafía apresurada de Marta. «Te estoy escribiendo esta nota por si no tengo tiempo de explicártelo en persona. Me ha dicho que va a venir a por mí hoy, ya está de camino. Quiere que vuelva a casa y no puede esperar hasta Navidad. Probablemente piense que voy a escaparme antes de volver, pero jamás huiría del Internado Realms. He intentado explicárselo todo al señor G, le he intentado contar lo que me hizo. Pero no quiere escucharme, me ha dicho que va a mandarme de vuelta, así que voy a ir a hablar con la doctora Wardlaw durante la hora del almuerzo y pienso contárselo todo. No pienso volver con mi padre, y si ella me cree, no permitirá que me lleve con él. Pero también cabe la posibilidad de que ella tampoco me crea, y en ese caso, la que saldrá perdiendo seré yo. Me ha encantado haberte podido conocer a ti y a los chicos».

Me quedé mirando la nota fijamente y sentí cómo poco a poco me inundaba un miedo terrible. Esto era mucho peor de lo que había esperado. Sabía que para que Marta hubiese ido a buscar a una figura de autoridad que la apoyase, y mucho más al señor Gregory, debía de estar muy desesperada. El pánico me aprisionó el pecho y supe que no podía mantener esa nota en secreto.

Me acerqué al lavabo que había en una esquina y me limpié la sangre de Genevieve de las manos. A pesar de no tener mucho tiempo, me negaba a presentarme en el despacho del señor Gregory con un aspecto que no fuese de lo más inmaculado posible. Rebusqué en mi armario unas cuantas prendas limpias; me puse la camisa, la chaquetilla, la falda, unos calcetines altos y la corbata tan rápido como pude. Los puños de mi americana estaban manchados con sangre seca. Me metí la nota de Marta en el bolsillo y salí de la habitación.

La puerta del despacho del señor Gregory estaba cerrada. No había ni rastro de los chicos ni de Sylvia. Escuché un leve murmullo que provenía del interior del despacho y la voz grave de Lloyd. El pánico me invadió, pero me obligué a llamar a la puerta.

—Adelante.

El pequeño despacho estaba lleno de gente. Lloyd, Sami y Sylvia estaban sentados en fila frente al escritorio del señor Gregory, que estaba sentado en su silla de oficina, de espaldas a la ventana. La señora Kepple estaba junto a él, vestida con su traje oscuro. El señor Gregory frunció el ceño.

—¿Dónde está la señorita De Luca?

La has fallado, pensé. *Todos la hemos fallado.*

—No estaba en nuestro cuarto.

—¿La has buscado?

—No he tenido tiempo.

Crispó los labios, irritado.

—Entonces supongo que solo nos queda esperar que aparezca pronto —repuso—. Esta es una situación muy grave. Espero que podamos solucionarlo internamente antes de que vaya a más.

Se hizo en el silencio en el despacho, tan tenso y denso que lo único que se podía escuchar era el soplar del viento en el exterior y unos cuantos chillidos leves que provenían de los alumnos que correteaban por el jardín y que se filtraban a través de la ventana abierta. El señor Gregory estaba obsesionado con que todas las estancias estuviesen siempre ventiladas si él estaba dentro, para no tener que respirar el aire viciado.

—Ahora —dijo casi en un susurro—. Me gustaría que alguien me explicase qué fue lo que ocurrió para que la señorita De Luca empujase a Genevieve Lock por las escaleras.

De inmediato, Lloyd, Sami y yo alzamos la voz para protestar. El tener que escuchar al señor Gregory exponer de ese modo que Marta había sido la responsable de la caída de Genevieve sin prueba alguna era inaceptable, pero el director de nuestra Casa alzó la mano para acallar las protestas.

—La señorita Maudsley ya me ha contado que vio que Genevieve Lock se cayó por las escaleras después de que la señorita De Luca la abofetease, y hay varios testigos más que han confirmado ese mismo testimonio. Quiero saber qué fue lo que ocurrió *antes* de que la señorita De Luca abofetease a Genevieve. Quiero saber por qué lo hizo.

—Señor —dijo Sylvia con elegancia. Me volví hacia ella y me fijé que había recuperado parte de su aplomo: su piel había recuperado su tono original y tenía algo de color en sus mejillas elegantes y de pómulos altos. Solamente sus ojos rojos y el temblor de su voz denotaban el dolor que estaba sintiendo—. Señor, no estoy segura de que me haya entendido. No vi qué fue lo que ocurrió antes de que Marta golpease a Genevieve. Lloyd Williams sí que estaba allí, pero nosotros tres... —Nos señaló a Sami, a ella y a mí—: Estábamos bajando de la galería superior, y estábamos demasiado lejos como para ver nada. No sé lo que ocurrió. —*Eso es, Sylvia,* pensé cabizbaja. *Aléjate de lo ocurrido. Deja que seamos nosotros los que asumamos toda la culpa.*

Para mi sorpresa, el señor Gregory fulminó a Sylvia con la mirada.

—Señorita Maudsley, no te estoy pidiendo que me expliques lo que ocurrió antes del ataque. Os estoy pidiendo a los cuatro, que soléis pasar la mayoría del tiempo con la señorita De Luca o con la señorita Lock, que me intentéis dar una *explicación* de por qué creéis que ocurrió ese altercado en las escaleras. —Los cuatro permanecimos en silencio, por lo que el señor Gregory siguió hablando—. Genevieve Lock está, como poco, gravemente herida en estos momentos. Lo más probable es que la policía tenga que intervenir en este asunto. Esta clase de incidentes no *ocurren* así como así. Me falta información en este caso y, hasta que alguien venga a contármela, todos estáis en graves problemas. Señorita Maudsley, tú eres la mejor amiga de Genevieve Lock y también la segunda capitana estudiantil del internado. Si quieres seguir conservando ese puesto, te sugiero que hables y que dejes de mantener en secreto cualquier información que sepas y que tenga que ver con lo que ha ocurrido hoy. *De inmediato.* —Sylvia cerró la boca de golpe.

Se examinó las manos, que tenía apoyadas sobre las rodillas. Uno de sus dedos delgados tenía una mancha larga de sangre seca. La amenaza del señor Gregory había hecho que pusiese la misma cara que le había visto poner de vez en cuando en las clases de inglés, cuando estaba valorando todas sus opciones antes de responder a una pregunta difícil. Estaba acostumbrada a reflexionar largo y tendido antes de aventurarse a decir nada de lo que no estaba del todo segura, porque se negaba a arriesgarse a que la humillasen públicamente por estar equivocada por algo, pero también porque le encantaba la sensación de victoria al saber que tenía razón.

—Me temo que no sé *todo* lo que ocurrió, señor —dijo por fin—. Pero sí que hay alguien en este despacho que lo sabe. —Se volvió hacia Lloyd, con un brillo inquisitivo en la mirada—. Tú sí que puedes resolver las dudas del señor Gregory, ¿verdad? —dijo.

Lloyd alzó la mirada. Me fijé en cómo los músculos de su cuello se tensaban al levantar la vista y al tragar con fuerza.

—No... no estoy seguro de qué estás hablando —repuso.

Me atreví a volverme hacia Sami, preguntándome si él también se habría fijado en cómo le temblaba la voz a Lloyd, pero me di cuenta de que tenía la mirada clavada en las rodillas, con una expresión amarga dibujada en su rostro. Y entonces supe que todo esto tenía que ver con lo que había ocurrido en la Noche del Puente, y deseé desesperadamente haber insistido en descubrir la verdad en vez de haberme fiado de la palabra y de los deseos de Marta.

—¿Y bien? —exigió saber el señor Gregory—. Hable, señor Williams.

Se hizo un silencio tenso en la sala. Lloyd volvió a tragar con fuerza, en sus ojos brillaba una emoción que me pareció reconocer. Se trataba de la vergüenza; la misma vergüenza que había visto brillando en los ojos de Marta la noche en la que Genevieve le había disparado con la manguera. Entonces Sylvia rompió el silencio.

—Si tú no se lo cuentas, Lloyd, se lo pienso contar yo —expuso.

Lloyd se volvió hacia ella, preocupado.

—Muy bien —repuso—. Vale. —Tenía las mejillas húmedas por el sudor—. Lo que ocurre es que Genevieve estaba muy enfadada esta mañana —dijo—. Acababa de descubrir que... quiero decir, creo que *debió* de descubrir que... —se volvió hacia Sylvia, que asintió con frialdad—: que Max... su novio, ya sabe... que Max sentía algo por otra persona. Quizás incluso que... que pensaba romper con ella...

—Entiendo —repuso el señor Gregory unos minutos después. Aquel testimonio parecía haberlo desconcertado. Yo también estaba confusa; la idea de que Max fuese a dejar a Genevieve me parecía de lo más extraña. Pensé que tal vez Lloyd se lo estuviese inventando todo. A lo mejor estaba intentando que el señor Gregory no descubriese la verdad sobre por qué Marta había hecho aquello.

La señora Kepple carraspeó.

—¿Y supongo que la persona por la que sentía algo era Marta?

Sylvia soltó una carcajada, extraña y amarga. Aquella risa y su burla despertaron la furia que había mantenido a raya hasta ese momento, así como una nueva oleada de desprecio hacia ella, porque su única preocupación parecía ser el poder preservar su reputación y su lugar en la jerarquía del internado. Nadie estaba de nuestra parte; nadie estaba dispuesto a ayudarnos. Solo nosotros podíamos luchar por nosotros mismos.

—Genevieve no era la única que estaba molesta esta mañana —repuse, con la voz tan firme como pude—. Marta también estaba muy disgustada. Usted sabe por qué. —Ese último comentario se lo dije directamente al señor Gregory, que se quedó mirándome fijamente.

—¿Qué quieres decir con eso? —me preguntó, con la voz tensa, y entonces me di cuenta de que ahora sí que estaba asustado; no había querido que nadie se enterase de esto, por eso, que hubiese habido un altercado entre Genevieve y Marta le venía de perlas, porque entonces nadie hablaría del problema de Marta.

—Estoy hablando de la llamada de su padre —dije—. Usted ya lo sabe, señor. Fue usted mismo el que la hizo llamar.

—¿Y qué pasa con eso? —espetó. Odiaba su cobardía; odiaba que esa obsesión suya por la verdad y la justicia no tuviese cabida cuando se trataba de que él estaba mintiendo o siendo injusto.

—Ya sabe por qué estaba disgustada Marta esta mañana —solté—. Lo sabe porque ella misma intentó contárselo. Y usted la echó.

—Yo no hice nada de eso.

No había esperado que decidiese mentir tan flagrantemente. La furia bulló en mi interior.

—Sé que sí que lo intentó —repuse con firmeza, y entonces el señor Gregory abrió los ojos como platos. Abrí la boca, dispuesta a continuar con mi argumento, pero antes de que pudiese decir nada más, alguien llamó a la puerta y Bella Ford entró en el despacho.

Sami, Lloyd y yo nos quedamos mirándola aterrorizados. Antes de que nadie pudiese decir nada, Sylvia habló.

—¿Alguna noticia sobre Genevieve?

La mirada de Bella se suavizó cuando se volvió hacia Sylvia.

—No —respondió—, no, Sylv, lo siento...

—Gracias, señorita Ford —la interrumpió el señor Gregory—. ¿Supongo que no hay ni rastro de la señorita De Luca?

—No, señor.

—Entonces vete a reunir a tus compañeros y empezad a buscarla —le ordenó el señor Gregory con dureza—. Id a buscar a los jardineros y pedidles que os echen una mano. Quiero que registréis todos los terrenos al milímetro.

—Quiero ayudar —dijo Sylvia—. Yo también formo parte de la Patrulla superior, deje que vaya a buscarla con...

—Puede que formes parte de la Patrulla superior, señorita Maudsley, pero dada tu cercanía con lo que ha sucedido hoy, te quedarás aquí. Tú, mejor que nadie, deberías ser consciente de la gravedad de esta situación —espetó el señor Gregory, y Sylvia se removió en su asiento como si la hubiesen golpeado—. Os quedaréis todos aquí con la señora Kepple mientras yo estoy fuera. Nadie tiene permitido salir de aquí hasta que regrese. —Se puso de pie—. Ven conmigo, señorita Ford. —La puerta se cerró a su espalda con un clic.

Las horas después de aquello fueron las más largas que he vivido. Lloyd, Sami, Sylvia y yo nos quedamos en el despacho del señor Gregory, sentados en esas sillas de madera duras, mientras la señora Kepple, que decretó silencio absoluto desde el momento en el que él se marchó, nos vigilaba atentamente. Los chicos y yo éramos incapaces de hablar; incapaces de discutir lo que sabía cada uno de

todo esto, lo que sospechábamos o temíamos; incapaces de conso-
larnos, o de trazar alguna clase de plan. No sabíamos nada de lo
que estaba ocurriendo fuera de las cuatro paredes de ese despacho.
Solo podíamos ver el cielo, que se fue oscureciendo a medida que
progresaba el día, y las ráfagas de viento y lluvia que azotaban la
ventana con parteluz, y lo único que oíamos era el coro de voces
que provenían de la sala común. Pude oír cómo pronunciaban el
nombre de Genevieve unas cuantas veces, en varios tonos, desde
aquellos que sonaban mucho más sombríos hasta los más escanda-
lizados. Arrugué la nota de Marta. No tuve ninguna oportunidad
de pasársela a Sami o a Lloyd, porque la señora Kepple nos vigilaba de cerca, como un halcón, con los ojos entrecerrados, como si
creyese que fuésemos a huir de un momento a otro. Sylvia se recostó contra la estantería, con la mirada perdida al otro lado de la
ventana. En un par de ocasiones la sorprendí mirando a Lloyd de
reojo, con una expresión inescrutable.

A medida que las manecillas del pequeño reloj que había sobre
el escritorio del señor Gregory fueron avanzando, dejando atrás
las dos de la tarde, las dos y media y después las tres, no pude
parar de recordar lo que había sucedido el día anterior, cuando
Lloyd, Marta y yo estábamos en clase de latín con el señor Briggs.
Marta había estado inquieta y traviesa; aburrida porque la tarea
que nos habían puesto le resultaba demasiado sencilla, aunque no
quisiese admitirlo en voz alta. Las dos habíamos compartido el
pupitre que había en medio del aula, el que quedaba justo enfrente del de Lloyd, a quien Briggs le había pedido que se sentase con
Rory Fritz-Straker. Briggs había pronunciado un monólogo sobre
el uso de la retórica de Cicerón mientras Marta se balanceaba sobre las patas traseras de su asiento, con una mano apoyada en mi
hombro para no perder el equilibrio, todo al mismo tiempo que
mordisqueaba la punta de su bolígrafo, que no paraba de soltar
cada vez más tinta. Durante toda la clase, Marta había alternado
el mirar por la ventana y el inclinarse hacia mí para susurrarme
cualquier cosa que se le ocurriese; lo que creía que habría para

cenar esa noche, cuántos minutos de clase quedaban, lo que opinaba de que Briggs no usase él mismo esas lecciones sobre retórica de Cicerón. De vez en cuando, se volvía mientras se balanceaba con una sonrisa traviesa dibujada en su rostro para observar a Lloyd. La cuarta o la quinta vez que lo hizo perdió el equilibrio y se cayó de espaldas hacia el pupitre de Lloyd y de Rory. Durante el revuelo posterior, en el que Rory no paraba de gruñir, Lloyd intentaba hacerlo callar y Briggs no paraba de echarle la bronca a Marta, ella se había limitado a carcajearse sin parar mientras se ponía de pie, con la barbilla manchada de tinta y el cabello lleno de polvo. En ese momento, sentada en el frío y silencioso despacho del señor Gregory veinticuatro horas más tarde, la risa de Marta seguía reverberando en el interior de mi cabeza, tan lejana como si la hubiese oído reírse por última vez hacía años, y deseaba poder sentir la presión de su mano sobre mi hombro, aunque solo fuese por un instante.

Por fin, para las seis de la tarde, más o menos, alguien llamó suavemente a la puerta. Lloyd, Sami, Sylvia y yo nos volvimos hacia allí como un resorte, con nuestros cuerpos doloridos por la falta de movimiento durante tantas horas. Entonces la doctora Reza abrió a puerta. Tenía la ropa manchada con la sangre de Genevieve.

—¿Cómo está? —preguntó Sylvia de inmediato, con la voz rota.

Los ojos oscuros de la doctora Reza recorrieron la escena que tenía ante ella, fijándose en la señora Kepple sentada detrás del escritorio y en nosotros cuatro, sentados en aquellas sillas de madera.

—¿Estáis todos bien? —nos preguntó.

—Estamos bien —respondió Sylvia con brusquedad—. ¿Cómo está Gin?

La doctora Reza tomó una silla y se sentó junto al escritorio, lo más cerca de Sylvia que pudo. Abrió la boca como si fuese a decir algo y sentí cómo me invadía una oleada de miedo desenfrenado al pensar en la posibilidad de que Genevieve hubiese muerto, pero la señora Kepple carraspeó antes de que pudiese decir nada.

—Creo que lo mejor sería que esperásemos a que regrese el señor Gregory antes de decir nada —comentó.

La doctora Reza se volvió hacia ella con el rostro impasible.

—Acabo de verlo —respondió—. Iba a tomar el té con el resto de mags y me pidió que te dijese que lo acompañases si querías, Anna.

Supe que eso era mentira de inmediato, pero la señora Kepple se lo tragó sin rechistar. Rodeó el escritorio con torpeza y salió del despacho con toda la dignidad que pudo reunir. La puerta se cerró a su espalda y, por un momento, se hizo el silencio, que solo lo rompía el silbido del viento que soplaba al otro lado de la ventana.

—Dígamelo, *por favor* —le suplicó Sylvia. Tenía la mirada clavada en la doctora Reza, que se volvió a observarla con firmeza.

—Genevieve está viva —dijo en un murmullo—. La han tenido que operar de urgencia por la herida que tenía en la cabeza, porque era demasiado grave. Ha perdido muchísima sangre. Ha tenido suerte de que Sami y Rose actuasen tan rápido como lo hicieron. —La doctora Reza hizo una pausa, sin dejar de mirar a Sylvia en ningún momento—. Genevieve sufrió una parada cardíaca en la ambulancia y han tenido que reanimarla un par de veces de camino al hospital. Tiene un tobillo y una muñeca rota y varias costillas fracturadas. La tienen en la unidad de cuidados intensivos. Las próximas veinticuatro horas van a ser cruciales.

Sylvia se llevó la mano a la boca. Ahogó un gemido y se echó hacia delante para apoyarse en el escritorio.

—Dios mío —dijo casi en un gemido. Se meció hacia delante y hacia atrás en su asiento, como si le diese miedo todo lo que estaba sintiendo. La doctora Reza le tomó la mano con delicadeza y, para mi sorpresa, Sylvia no se apartó.

—No pasa nada —intentó tranquilizarla la doctora Reza después de más o menos un minuto—. Lo mejor va a ser que bajes a cenar, Sylvia, o si no te apetece, puedes volver a Raleigh y yo me encargaré de pedir que te suban algo de cenar. También voy a solicitar que no tengas que ir a hacer el turno de tarde...

—No —dijo Sylvia de repente, con la voz rota—. Quiero ir... quiero enterarme de lo que está pasando. ¿Han encontrado ya a Marta?

—No, todavía no —respondió la doctora Reza, y una llamarada de miedo me ardió en el pecho al escuchar esa negativa—. Vuelve a la Casa Raleigh, por favor, Sylvia. Iré a buscarte cuando me llamen para actualizarme sobre el estado de Genevieve. Te prometo que iré directamente a buscarte. —Sylvia le sostuvo la mirada a la doctora Reza y asintió a regañadientes, aceptando el trato, antes de marcharse.

Estaba empezando a anochecer y la única luz que iluminaba el despacho provenía de la pequeña lámpara que había sobre el escritorio del señor Gregory. La doctora Reza se volvió a observarnos, sus ojos marrones llenos de una profunda inquietud. Al final, fue Lloyd quien rompió el silencio, carraspeando.

—¿Así que no hay ni rastro de Marta? —preguntó.

—No —repuso la doctora Reza en un murmullo. Aguardamos a ver si añadía algo más, pero no dijo nada.

—¿Y... del padre de Marta?

—Está con la doctora Wardlaw —dijo la doctora—. Pretende quedarse en el Internado Realms esta noche.

Se volvió a hacer el silencio. No pude parar de darle vueltas a lo que acababa de decir la doctora Reza para encontrarle algo más de sentido, pero antes de que pudiese hacerlo, volvió a hablar.

—¿Cuánto tiempo lleváis aquí?

—Desde antes de la hora de la comida —respondió Sami. La doctora frunció el ceño y abrió la boca como si fuese a decir algo, pero Sami siguió hablando, con la voz tensa—. Doctora Reza, ¿sabe lo que le va a pasar a Marta?

—Muy buena pregunta —repuso con pesar. Nos observó con una expresión tensa y cauta dibujada en su rostro—. Creo que, en parte, depende de si la encuentran o si regresa al internado por voluntad propia. Lleva desaparecida ya unas cuantas horas y me temo que esto no... no tiene buena pinta que haya desaparecido de este modo, tanto si lo que ha ocurrido ha sido culpa suya como si no. —Hizo una pausa—. El hospital ha llamado a la policía —dijo, y los chicos intercambiaron una mirada asustada—. Van a venir al Internado Realms mañana a primera hora. Por supuesto, espero que Marta ya haya regresado para ese entonces. Comprendo que necesita tiempo para... tranquilizarse, pero necesitamos oír su versión de los hechos, algunos más que otros. —Nos barrió con la mirada—. ¿Se os ocurre dónde puede estar?

Los tres negamos con la cabeza. Me di cuenta de que, si la Patrulla superior no había logrado localizarla, no tenía ni idea de dónde podría estar. Todos los lugares donde podría haber ido (la biblioteca Straker, las salas de estudio, los establos, las clases, el comedor, la Casa Hillary) eran demasiado obvios y a esas alturas seguro que ya los habrían registrado.

La doctora Reza me observó atentamente. Me estremecí bajo su mirada; en el despacho del señor Gregory se respiraba el aire fresco y crepuscular que se filtraba por la ventana. La doctora Reza se puso de pie frunciendo el ceño y se acercó a cerrar la ventana.

—¿Qué ocurre, Rose? —preguntó.

Vacilé. Repasé mentalmente todo lo que había dicho: sobre el estado crítico de Genevieve, sobre que el padre de Marta pasaría la noche en el Internado Realms, sobre la policía y sobre la posibilidad de que expulsasen a Marta, ya fuese para siempre o durante una temporada. En ambos casos, tendría que abandonar el internado y marcharse con su padre. Era ahora o nunca. No había tiempo para esperar a hablar con la doctora Wardlaw o para comentarlo antes con Lloyd y Sami. Pero, sobre todo, no había tiempo para esperar a que apareciese Marta para pedirle que me contase toda la verdad, o para que aceptase que hablase de sus asuntos más privados con alguien más. Tenía que confesarlo ahora, a alguien a quien, al menos, estaba segura de que lo entendería y que nos ayudaría a asegurarse de que no expulsasen a Marta para siempre del Internado Realms, de que se quedase aquí con nosotros, en un lugar donde el riesgo que corría era mínimo y donde podíamos protegerla.

—Doctora Reza —dije—. Tengo que contarle algo sobre Marta.

—Muy bien —respondió en apenas un susurro.

Liberé la nota de Marta de mi agarre y valoré si sería mejor explicar su contenido con mis propias palabras o leerle a la doctora Reza directamente lo que Marta había escrito. La doctora bajó la mirada hacia el trozo de papel, como si pensase que, en vez de estar dudando sobre cómo hablarle de aquello, en realidad lo estuviese haciendo a regañadientes.

—¿Quieres que vayamos a hablar en privado, Rose?

—No hace falta —repuse—. Sami y Lloyd ya saben casi todo. Creo que...

—Rose —me interrumpió Lloyd de repente—. Espera. Deja que sea yo quien se lo cuente.

Me volví hacia él, sorprendida. Aunque Lloyd solía ser franco, aquella reacción no era muy propia de él, y estaba segura de que no sabía todos los detalles de lo que había estado a punto de contarle a la doctora Reza. Me lanzó una mirada de advertencia.

—Vale —acepté, desconcertada. Lloyd se inclinó hacia delante en su asiento y abrió la boca para hablar, pero justo en ese momento se abrió la puerta del despacho y el señor Gregory entró en la sala, con el rostro oscurecido por la ira.

La doctora Reza se volvió hacia él.

—¿Te importaría darnos un minuto a solas?

—De ninguna manera. —El señor Gregory se adentró en el despacho enfurecido, fulminando con la mirada a la doctora Reza—. ¿Dónde está la señora Kepple?

—Creo que está tomando el té con el resto de los mags —respondió la doctora Reza con tranquilidad. A pesar de todo, vi cómo Sami tuvo que contener una sonrisa.

—¿Y Sylvia Maudsley?

—Le he pedido que bajase a cenar.

—Sin mi permiso.

—Sí —repuso la doctora Reza, cuya mirada ahora relucía, desafiante—. Tengo entendido que estos alumnos llevan retenidos en tu despacho toda la tarde, Nicholas. ¿De verdad era necesario?

—Era absolutamente necesario —escupió el señor Gregory—. *Estos alumnos* son los amigos más cercanos de alguien que ha cometido un delito muy grave. Esa misma persona se ha fugado de la escuela y no logramos encontrarla—. Paseó a nuestro alrededor—. ¿Alguno de vosotros sabe dónde está Marta De Luca?

Los tres negamos con la cabeza y me fijé en cómo se le henchía el pecho por la rabia ante nuestra negativa.

—Si la señorita De Luca no se presenta esta misma noche, las consecuencias de sus actos serán incluso más severas que la expulsión a la que, por cierto, ya se enfrenta. Será...

—Espere un momento —lo interrumpió Lloyd—. No sabe lo que ha ocurrido en realidad. Está dando por sen...

—¡*Ya basta!* —explotó el señor Gregory, y todos dimos un salto, asustados, en nuestros asientos. Golpeó su escritorio con fuerza—. La policía quiere interrogar a la señorita De Luca mañana a primera hora. La última persona que la vio fue un alumno de segundo, justo después del incidente, y estaba corriendo a lo largo del muro sur del Hexágono en dirección al arroyo Donny. La Patrulla superior y todos los jardineros han peinado el bosque y los terrenos en su busca, e incluso han salido fuera de los muros del internado. Tenemos muchos motivos para creer que la señorita De Luca ha huido. —Hizo una pausa y se mordió el labio inferior con fuerza—. Quiero que me digáis todo lo que sepáis, o sospechéis, sobre dónde puede haber ido.

—No tenemos ni idea —repuso Sami con rotundidad. El señor Gregory lo fulminó con la mirada.

—En ese caso —dijo, y el ojo le temblaba por la rabia contenida—, os iréis ahora mismo a cumplir con vuestros turnos de las tareas de la tarde. Y cumpliréis con lo que tenéis que hacer *de manera impecable.* Después volveréis directos aquí para contarme cualquier idea que se os haya podido ocurrir sobre dónde podría encontrarse Marta De Luca. Nos pasaremos *toda la noche* aquí sentados si hace...

—Nicholas —lo llamó la doctora Reza con voz grave—, ya te han dicho que no lo saben. Voy a llevármelos al comedor para que cenen y después...

—No harás nada de eso. —El señor Gregory la miró fijamente—. Esto se trata de un asunto de mi Casa, doctora Reza, y, sobre todo, de un asunto del internado, uno que tengo que tratar yo personalmente como juez maestro del internado. No es de tu incumbencia.

—Es de mi incumbencia si creo que podrías estar poniendo en peligro su salud y su bienestar —respondió la doctora Reza con calma. No parecía darle el menor miedo la actitud del señor Gregory—. Si insistes en que tienen que ir a hacer sus tareas del turno de tarde, no lo impediré, pero después de eso se irán a cenar y después a la cama, sin que los interrogues otra vez. Y no pienso admitir réplica.

El señor Gregory sopesó durante un largo rato alguna objeción. No sabría decir si su mirada de odio se debía a que habían cuestionado directamente su autoridad, o a que simplemente no tenía en alta estima a la doctora Reza, o quizás era por una combinación de ambas. Pero entonces, por fin, señaló la puerta con un gesto de la cabeza.

—Podéis iros —nos dijo—. Si yo fuese vosotros, tendría mucho cuidado con lo que hago o digo, porque lo que está en riesgo son vuestras plazas en este internado. Estáis aquí solo porque el equipo directivo así lo ha querido, con una beca extremadamente generosa. Una beca que se os puede retirar en cualquier momento. —Nos fulminó con la mirada—. Ahora, id a hacer vuestras tareas.

Cuando llegamos junto a la puerta, eché un vistazo a mi espalda. El señor Gregory estaba abriendo la ventana de nuevo, observando el crepúsculo con el ceño fruncido. La doctora Reza tenía la mirada clavada en nosotros. Sus ojos se deslizaron hacia la nota que tenía en la mano y movió la cabeza ligeramente a la izquierda, para señalar hacia el Hexágono, que casi podía verse a través de la ventana del despacho.

Nos dirigimos de nuevo a la planta baja. Ya eran casi las siete de la tarde, y el cielo se había teñido de un gris oscuro y profundo. La lluvia azotaba con fuerza las ventanas. En los pasillos reinaba un silencio sepulcral, incluso aunque fuese justo la hora en la que los alumnos solían estar regresando de jugar algún partido o yendo a cenar. Los pocos alumnos con los que nos cruzamos nos apartaron la mirada, como si les diésemos miedo. No nos atrevimos a decir nada hasta que la puerta se cerró a nuestra espalda y salimos corriendo sobre el césped húmedo de los jardines. A nuestra izquierda, los focos que iluminaban el campo de césped artificial estaban encendidos. Podía oír los gritos agudos e intermitentes que procedían del partido de hockey.

—Rose —me llamó Lloyd antes de que pudiese decir nada—. Siento mucho no haberte contado nada de todo eso antes, pero...

Me detuve en mis pasos y me volví hacia él como un resorte.

—¿Por qué no me has dejado que le contase a la doctora Reza lo del padre de Marta?

El rostro de Lloyd estaba sombrío, pero sus ojos oscuros se clavaron en los míos.

—Creía que eso no le serviría de nada a Marta —repuso.

—¿Qué cojones quieres decir con eso?

—Piénsalo bien. —El tono de Lloyd era exasperantemente tranquilo—. Si se descubre que Marta es... inestable, o lo que sea, lo que la dirección del internado o la policía decidan cambiará por completo. Ya están determinados a pensar que lo que ha ocurrido ha sido culpa suya. Y yo creo que la doctora Reza ya se huele que a Marta le pasa algo grave. Lo más probable es que tenga buenas intenciones pero, según mi experiencia, las buenas intenciones no bastan... Si descubrieran que Marta no está del todo en sus cabales, podrían usarlo como munición en su contra. Dirán que abofeteó a Genevieve sin motivo; que está loca...

—Sí —lo interrumpí. Estaba preocupada, aunque también reacia, porque Lloyd tenía razón, pero eso no hacía más que aumentar mi enfado—. Y sabemos que no es así, ¿verdad? Yo nunca le habría dicho a la doctora Reza que Marta «no está del todo en sus cabales». Marta está tan cuerda como cualquiera de nosotros. Es justo como lo que has dicho tú antes, Lloyd, abofeteó a Genevieve por algo que Genevieve dijo *sobre ti,* por algo que *tú* habías hecho. Algo que nadie se digna a contarme de una maldita vez.

Nos quedamos ahí de pie, en medio del frío crepúsculo, con la lluvia cayendo con fuerza a nuestro alrededor, fulminándonos el uno al otro con la mirada en medio de la casi oscuridad. Nadie dijo nada. Oí cómo a Sami le rugía el estómago y el mío respondió ante el sonido con un dolor punzante.

—Por el amor de Dios —suspiré, sin hablarle a nadie en particular.

Lloyd negó con la cabeza.

—No quería que ocurriese nada de esto. No quería que Genevieve culpase a Marta por lo que yo... por mí y por Max. —Tragó con fuerza y me lanzó una mirada casi suplicante.

—¿Por ti y por *Max*? —No pude evitar quedarme mirándolo en medio de la oscuridad—. Pero... pero tú...

—Rose, puedo explicártelo. No es lo que estás pensando.

—¡Entonces cuéntame la verdad de una vez! —ladré, todo este secretismo estaba haciendo que me hirviese la sangre—. No me puedo creer que... Marta haya huido y todo porque *tú*...

—No creo que haya huido —me interrumpió Sami. Lloyd y yo nos volvimos hacia él sorprendidos. Tenía el cabello rubio cubierto con una fina capa de lluvia y las mejillas empapadas, que le brillaban bajo la luz del crepúsculo y las farolas. Nos miró fijamente—. No creo que haya huido —repitió—. Le gusta demasiado este sitio.

En cuanto lo dijo en voz alta, se hizo el silencio, y Lloyd y yo no pudimos apartar la mirada de él. Pero un rato después Lloyd lo rompió.

—Han dicho que la vieron corriendo hacia el arroyo Donny —comentó, pero yo no podía parar de pensar en la nota que Marta me había dejado.

La saqué del bolsillo y volví a leerla. «Jamás huiría del Internado Realms». Lloyd y Sami se inclinaron hacia mí, sus miradas pasaron de un lado a otro del papel mientras leían lo que Marta me había escrito sobre aquella arrugada hoja que, con el paso de los minutos, se iba empapando cada vez más. Y, cuando terminaron de leer, los dos alzaron la mirada hacia mi rostro.

—Sigue aquí —repuso Lloyd, pronunciando cada sílaba.

Sami asintió y frunció el ceño con fuerza, preocupado.

—Pero ¿dónde?

No paré de darles vueltas a todos los sitios adonde podría haber ido, tratando de reconstruir lo poco que sabíamos. La última vez que alguien había visto a Marta estaba corriendo hacia aquí, hacia el arroyo Donny. El bosque se extendía al otro lado del arroyo, pero ya lo habían registrado a fondo. Si lo que creíamos era cierto, no habría ido mucho más allá. Eso solo nos dejaba con la opción de que se hubiese escondido en alguna parte entre aquí y el arroyo.

—Está en los establos —dije.

—¿Cómo puede estar en los establos? Lo más probable es que ya los hayan registrado.

—Está en la torre del reloj —caí, y en cuanto lo dije en voz alta supe que era cierto.

—¿Cómo demonios…?

—Tenemos que encontrarla —dije, y después me eché a correr a través del campo, sintiendo mi cuerpo demasiado ligero.

Los chicos salieron corriendo detrás de mí. No cruzamos el Hexágono, sino que corrimos alrededor de los edificios que llenaban el perímetro sur del internado y bajamos por la arboleda de los tilos, tal y como estaba segura de que había hecho la propia Marta hacía ocho horas. Dimos la vuelta por detrás de los establos y nos acercamos al patio a través del arco de la torre del reloj, respirando con dificultad. El propio patio estaba a oscuras, pero sí que estaba en parte iluminado por unas cuantas luces que había encendidas en los establos, donde varios estudiantes más jóvenes que nosotros estaban limpiando las cuadras. No había ni rastro de Gerald, por lo que supuse que estaría registrando la finca con el resto de la Patrulla superior.

—Ve más despacio —me susurró Lloyd cuando pasamos por debajo del arco—. No queremos que parezca que estamos haciendo algo sospechoso.

Lo miré de reojo, molesta por que me estuviese dando órdenes, y abrí la puerta que daba al bloque C. Los tres caballos que residían allí relincharon contentos cuando nos vieron entrar. Me acerqué a la pared del fondo y Lloyd me siguió de cerca.

—Quédate vigilando —le pedí a Sami sin volverme, echándole un vistazo por encima de mi hombro, y él asintió antes de cerrar casi del todo la mitad superior de la puerta del establo.

Lloyd y yo examinamos la pared del fondo. Una parte estaba cubierta de riendas, que colgaban de unos ganchos metálicos, y la otra de estanterías, llenas de todo tipo de parafernalia: cubos, herramientas, sacos de pienso, cajas de manzanas y la temida manguera a presión. Detrás de las riendas y las estanterías, la pared del establo estaba hecha de madera contrachapada. Eché un vistazo a mi alrededor y me di cuenta por primera vez de que el resto de las paredes estaban cubiertas de yeso en vez de madera.

Sin mediar palabra, Lloyd y yo empezamos a apartar todas las mantas y las riendas de la pared y las apilamos en el suelo para dejar al descubierto una pared lisa de madera contrachapada, pero ni rastro de ninguna puerta. Me quedé mirando fijamente la pared, sintiendo cómo algo pesado se asentaba en mi estómago, pero entonces Lloyd se mordió el labio inferior y les echó un vistazo a las cuadras.

—Tiene que estar ahí detrás —dijo.

—¿Qué?

—La manera de subir. —Lloyd alargó la mano y golpeó suavemente el contrachapado de madera. El ruido que surgió fue mucho más grave de lo que esperaba y dejaba claro que la pared estaba hueca detrás. Recorrí la pared con la vista y me fijé en que el contrachapado terminaba justo después de cruzar la parte trasera de la primera cuadra.

Abrimos la puerta de la cuadra de George de un tirón y nos adentramos en su interior, pasando junto a su enorme cuerpo, y yendo directos hacia el fondo. El caballo se removió inquieto, pero no hizo ningún ruido de protesta. Había una red llena de heno atada a un gancho en la pared revestida de cemento, y justo al lado terminaba la enorme tabla de contrachapado. Pero la madera no estaba pegada del todo a la pared.

—Échame una mano —me pidió Lloyd, agarrando con fuerza el borde de la madera y tirando hacia él. Rodeé con mis dedos el borde rugoso y los dos volvimos a tirar, esta vez juntos. El contrachapado cedió unos centímetros más.

Echamos un vistazo tras la madera. Había espacio más que suficiente para que un cuerpo pequeño cupiese en su interior. Vi el hueco que había un poco más allá y el estrecho tramo de escalones de hormigón que se retorcían hasta formar una escalera de caracol que se alzaba sobre nuestras cabezas. Incluso había luz: solo una bombilla desnuda, pero era una luz al fin y al cabo, que iluminaba a duras penas la densa oscuridad y nuestro camino cuando nos pusimos a subir por las escaleras. Oí el ruido sordo de la puerta del establo al cerrarse por completo, el ruido de alguien forcejeando y el relincho indignado de George y, cuando me volví, vi que Sami estaba justo detrás de nosotros, subiendo los escalones de dos en dos con sus largas piernas para alcanzarnos. Nos apresuramos a subir por la escalera. Teníamos ganas de vomitar, miedo y estábamos emocionados al subir y, en cuestión de minutos, ya habíamos llegado hasta arriba y nos encontrábamos frente a una puerta de madera cerrada a cal y canto. Lloyd llamó a la puerta. No oímos ningún ruido que proviniese de su interior. La abrió y entonces nos topamos con la sala principal de la torre del reloj. Era mucho más grande de lo que había esperado, y más oscura, porque la única iluminación provenía de la poca luz que se filtraba a través de la esfera traslúcida del reloj, tiñéndolo todo de un blanco lechoso. El espacio estaba completamente vacío salvo por un colchón desnudo y, acurrucada sobre ese colchón, estaba Marta, empapada y protegiéndose con los brazos la cabeza como si creyese que alguien estaba a punto de fusilarla.

Al ver que no decíamos nada porque, incluso aunque nos lo hubiésemos esperado, la escena nos había sorprendido, nuestra amiga apartó la cabeza de sus rodillas y observó atentamente. Su rostro, empapado en lágrimas, estaba lleno de miedo. Al darse cuenta de quién había entrado, abrió los ojos de par en par. Y, casi de inmediato, nos habló con la voz temblorosa y esperanzada.

—Por favor —suplicó—. Por favor, no les digáis que estoy aquí.

PARTE II

9

Algo que recuerdo muy bien de aquella época anterior al incidente del Eiger es una de las clases de inglés de la señora Kepple. Estábamos estudiando *Jane Eyre* y la señora Kepple no paraba de hablar de lo que ella llamaba «los puntos de inflexión» de la novela. Todo mientras daba ligeros golpecitos con el dedo índice sobre su mesa y mencionaba unos cuantos ejemplos: cuando Jane conoce a Rochester en el bosque, cuando Jane se entera de lo de Bertha, cuando Jane decide no casarse con John Rivers. La señora Kepple nos dijo que esos eran «los puntos de no retorno». Los acontecimientos que ayudaron a labrar el carácter de Jane y que la convirtieron en el personaje que es al final de la historia: la mujer que puede casarse con Rochester sin perderse a sí misma en el proceso.

Normalmente, Marta no estaba de acuerdo con las lecciones de la señora Kepple. Y tampoco era inusual que se pusiese a explicar el porqué de su desacuerdo, pero recuerdo esa clase en particular porque, cuando la señora Kepple y Marta se pusieron a debatir, Sylvia estuvo de acuerdo con Marta. Ambas expusieron que la evolución del carácter de Jane no dependía exclusivamente de esos eventos. Según Marta, el personaje de Jane estaba moldeado, sobre todo, por su historia y sus circunstancias y creía que esos eventos, aunque fuesen de lo más traumáticos, la habían convertido en una mujer fuerte e independiente. Lo que quiera que le hubiese ocurrido después, como lo que sentía por

Rochester, su engaño o la relación que mantuvo con John Rivers, era mucho menos importante que lo que había vivido antes de conocer a Rochester. Recuerdo especialmente cómo Sylvia y Marta compartieron un asentimiento al darse cuenta de que estaban de acuerdo mientras explicaban su teoría al resto de la clase. Según ellas, el carácter de Jane se desarrolló en ese periodo gris *entre* los diversos puntos de inflexión de su historia: con todo el esfuerzo emocional que tuvo que hacer para seguir adelante por todos los abusos que había sufrido de niña, con la hipocresía de Rochester, etc.; y lo mucho que había podido descubrirse a sí misma cuando se alejó de Thornfield durante una temporada, cuando estuvo trabajando, conoció a gente nueva y tuvo tiempo para reflexionar.

En ese momento recuerdo que no me convencían del todo las ideas de Marta y Sylvia. En cierto modo, sigo sin estar del todo convencida. Si echo la vista atrás a lo que tuvimos que pasar en el Internado Realms, recuerdo con claridad un par de ocasiones que, en nuestra historia, y usando las palabras de la señora Kepple, fueron puntos de no retorno. Está claro que fueron instantes significativos en nuestra historia y que la mayor parte del tiempo eran claramente (a veces incluso dolorosamente) dramáticos. Pero también soy consciente de que fueron instantes a los que, por aquel entonces, les di demasiada importancia, aunque no eran tan importantes; decisiones que en ese momento me parecían irrevocables, aunque en realidad no lo eran; y planes que parecían estar destinados a cumplirse a cualquier precio y que, quizá, no eran tan necesarios como podrían haberlo sido. También hubo ocasiones en las que parecía que el mundo se iba a acabar de un momento a otro, y mañanas en las que sentía que todo había cambiado para siempre. Pero, en realidad, no fue en ese entonces cuando nosotros cambiamos. Usando las palabras de Marta, todo ocurrió durante ese periodo gris; en el tiempo que transcurrió entre los eventos más importantes, cuando estábamos demasiado centrados en remendar, coser y arreglar nuestras vidas.

Aquella noche, la noche en la que encontramos a Marta en la torre del reloj, pálida como una estatua, empapada y con el tobillo torcido, fue uno de esos instantes. En aquel momento nos pareció algo fundamental, pero al final lo que de verdad importó fueron las decisiones que tomamos después. Aquella noche no pudimos pasar demasiado tiempo con Marta. Éramos plenamente conscientes de que alguien podía venir a buscarnos al establo en cualquier momento; que el último pase de lista del día estaba a punto de empezar y que la Patrulla superior seguía registrando los terrenos del internado. Intentamos convencer a Marta de que regresase con nosotros, le prometimos que no dejaríamos que se enfrentase a todo esto sola, pero no sirvió de nada. En cuanto descubrió que su padre estaba en el Internado Realms, se negó a volver a la Casa Hillary con nosotros esa noche.

Los tres regresamos al edificio central, empapados por la lluvia y con el frío calando nuestros huesos, porque le habíamos dado nuestros jerséis a Marta para que pudiese calentarse con algo aquella noche en la torre del reloj. Con la voz rota, en casi un gemido, nos había contado cómo había vadeado por el arroyo Donny y se había escondido en el bosque durante horas hasta que la Patrulla superior había empezado a registrar esa zona. No le habíamos ocultado el hecho de que Genevieve estaba luchando en esos momentos por su vida, lo que había hecho que Marta sufriese un ataque de pánico. Los tres éramos conscientes de que nunca había pretendido hacerle daño, y mucho menos dejarla en este estado, pero, de nuevo, siempre habíamos sabido que Marta nunca quería hacerle daño a nadie.

Al cruzar el Hexágono, lo único que sentí fue miedo. Me parecía que, al haber huido, Marta acababa de sellar su destino. Había perdido cualquier rastro de credibilidad que pudiese tener, cualquier oportunidad que hubiese tenido para dar una explicación razonable de por qué había golpeado a Genevieve y, por lo tanto, también cualquier posibilidad de evitar que la expulsasen. En ese momento sentía muchas cosas pero, por encima de todo, se imponía una enorme tristeza por saber que estaba a punto de perder a mi mejor amiga del Internado Realms. No veía ninguna salida. Sin embargo, más fuerte que esa tristeza que me invadía, era la certeza de que Marta no iría a parar a un entorno seguro sino que, en realidad, iba a correr un peligro aún mayor si la expulsaban.

El edificio central se alzaba frente a nosotros, con sus numerosas ventanas iluminadas desde el interior. Eché un vistazo a mi espalda, hacia el arco que daba acceso a la enfermería, donde había varias luces prendidas también. Sabía que la doctora Reza pretendía que fuese a buscarla después de mi turno de tarde, para que pudiese contarle lo que había intentado explicarle antes sobre Marta. Una parte de mí todavía quería hacerlo; ir corriendo a la acogedora y tranquila enfermería, el lugar más seguro de todo el Internado Realms, y contárselo todo a la doctora. En mi cabeza, ella me escuchaba atentamente mientras yo lo soltaba todo, sin juzgarme o criticarme por ello, y después las dos trabajábamos juntas para solucionar este problema. Pero otra parte de mí se rebelaba contra esa primera desde que habíamos encontrado a Marta en la torre del reloj y había clavado la mirada en sus ojos atormentados y aterrados. Esa era la misma parte que recordaba lo que Marta me había contado durante el desayuno sobre la doctora Reza: «Sabía que tenía razón al no confiar en ella». Recuerdo lo que Marta me había contado sobre sus interrogatorios, sobre su reticencia a acudir a las citas con la doctora Reza, algo que nunca había llegado a entender y que tampoco me había molestado por investigar. «Las buenas intenciones no bastan», nos había dicho Lloyd; y eso suponiendo que la doctora Reza tuviese buena intención, de lo que no tenía pruebas, solo lo que mi propio y falible instinto me gritaba.

Así que aquella noche no acudí a la doctora Reza. Cruzamos la puerta principal y nos internamos en el atrio, donde ya habían limpiado toda la sangre de Genevieve del suelo, antes de encaminarnos hacia el comedor, que estaba prácticamente vacío. Empezamos a devorar nuestra cena pero terminé perdiendo el apetito rápidamente al acordarme de Marta, sola y hambrienta en la torre del reloj. Se me formó un nudo en la garganta y dejé el tenedor y el cuchillo con cuidado sobre la mesa. Sami se volvió a mirarme y supe que me había entendido perfectamente. En silencio, deslizó un pañuelo sobre la mesa hacia mí, y después, sacó otro para él y lo desdobló con cuidado antes de empezar a apilar con disimulo la comida que quedaba en su plato en su interior. Lloyd, sin embargo, siguió comiendo como un animal, con la cabeza inclinada y la mirada perdida en su plato.

Cuando regresamos a la Casa Hillary, nos encontramos con algo mucho peor que el barullo habitual de antes de que sonase el timbre que marcaba el final del día. Al adentrarme en el pasillo de las chicas, de camino hacia la habitación 1A, se fueron abriendo todas las puertas, una tras otra, y las estudiantes de la Casa Hillary de primero de bachillerato salieron al pasillo para gritarme a mi paso. «Tu amiga es una psicópata». «Es una cobarde». «Es una delincuente». No había ni rastro del señor Gregory.

Cerré la puerta de nuestro dormitorio a mi espalda y aparté la estantería de enfrente de la puerta, algo que Marta y yo habíamos aprendido a hacer para evitar que Genevieve se colase en nuestro cuarto a fumar. Fui directa a mi cama, me dejé caer sobre el colchón, y enterré el rostro entre mis manos. Noté algo húmedo y frío bajo mi cuerpo. Bajé la mano hacia el colchón y me di cuenta de que estaba empapado.

Habían abierto la ventana y el viento se colaba en nuestra habitación con fuerza. No la cerré de inmediato, sino que me dejé caer en el escritorio frente a ella, como Genevieve había hecho cientos de veces, con un cigarrillo entre sus dedos. Clavé la mirada en la oscura noche y ladeé la cabeza; por primera vez, desde aquella posición, pude vislumbrar la silueta de la torre del reloj, alta y oscura, con la esfera reluciendo débilmente a la luz de la luna. Lo único en lo que podía pensar era en cómo Lloyd, Sami y yo podríamos sacar a Marta de allí antes de que la encontrase la policía.

10

—No puedo ir con vosotros. No pienso ir.

Acababa de empezar a amanecer. Lloyd, Sami y yo habíamos bajado hasta los establos al abrigo de la noche, cuando el sol todavía no había comenzado a proyectar sus primeros rayos. Nos habíamos escapado del edificio central por la puerta de la hiedra, y en ese momento estábamos en la habitación de la torre del reloj. Marta estaba de pie junto a la esfera, dejando caer todo su peso sobre un costado, entre las sombras que proyectaba el cristal del reloj. Su cabello oscuro estaba enredado y su rostro tenía el mismo brillo pálido que la esfera del reloj. No había tocado la comida que le habíamos traído y dejado sobre el colchón.

—No puedo —repitió—. No puedo irme de aquí, no con él.

—Quizá no tengas por qué hacerlo —respondió Lloyd.

Ella negó con la cabeza, con fuerza, poniendo una mueca de dolor cuando, con el gesto, movió también su tobillo torcido.

—Sí que tendré que hacerlo —repuso—. Habéis dicho que la policía viene a por mí.

Los tres nos quedamos callados. En nuestro camino hasta los establos habíamos acordado rápidamente que le contaríamos todo a Marta sobre la investigación policial y la que estaba llevando a cabo la dirección del internado. Teníamos la esperanza de poder convencerla de que todo iría a mejor y su declaración se vería reforzada si salía de su escondite y cooperaba. Como respuesta, ella se había hecho un ovillo sobre el colchón, con los ojos vidriosos, y no había dicho nada durante diez minutos.

Ahora estaba de pie, apoyándose sobre la pared de ladrillo de la torre del reloj. La habitación estaba helada, y llevaba puesto el jersey de Lloyd y mi chaquetilla sobre su uniforme, con su propia chaqueta encima. Se estremeció, envolviéndose con ella un poco más.

—¿Se sabe algo más sobre Genevieve? —preguntó. Los tres negamos con la cabeza—. Y... ¿habéis visto a mi padre?

—No —respondió Sami. Aguardó un momento antes de añadir—: Marta —dijo, con dulzura. Ella alzó la mirada, con el rostro contraído por el miedo—. Creemos que deberías hablarle a la dirección del colegio de él.

—¿Y de qué serviría eso? —espetó—. Eso no cambia el hecho de que golpeé a Genevieve. No cambia el hecho de que se cayó.

—No —repuso Sami—. Pero sí que podría afectar a su decisión final. No podrían mandarte de vuelta a casa con él.

Ella negó con la cabeza, con obstinación, con la mirada perdida en la pared.

—De ninguna manera. No pienso contarles nada. Ayer ya intenté hablar con el señor Gregory sobre el tema... y no me hizo caso. Así que hablar con el resto del equipo directivo no cambiará nada.

—Pero, Mar —dijo Lloyd, con un toque de impaciencia tiñendo su voz—, hemos leído la nota que le dejaste a Rose. Fuiste a hablar con el señor Gregory... ayer mismo estabas incluso dispuesta a contárselo a la doctora Wardlaw. ¿Qué ha cambiado desde entonces? Esta es tu oportunidad para...

—Lloyd —le interrumpió Marta, cansada. Sus ojos refulgían bajo la luz de la mañana, apenados—. *Todo* ha cambiado desde ayer.

Los cuatro permanecimos en silencio, enfrentándonos a la intensidad de su desesperanza. Marta tragó con fuerza.

—Todo ha cambiado —repitió—. Mi padre está aquí. Estoy segura de que, en el tiempo que lleva aquí, habrá hablado largo y tendido con la doctora Wardlaw... y con el señor Gregory, así como con el resto del equipo directivo.

—Sí, pero ¿qué tiene eso que...?

—No conocéis a mi padre —dijo con dureza—. No tenéis ni idea de cómo es en realidad, de lo que es capaz de hacer. Y yo no puedo explicároslo.

—Bien —repuso Lloyd, volviéndose a mirarme—. Pero creo que, aun así, deberías *intentarlo*. ¿Qué alternativa tienes, Mar? No puedes quedarte aquí arriba para siempre. Tienes que luchar. Tienes que contarles lo que te ha pasado.

—¿Ah, sí? —comentó Marta, alzando la voz. Era la primera vez que la había visto enfadada de verdad con él—. ¿Y qué se supone que es lo que tengo que contarles, Lloyd? ¿Qué me ha *pasado*?

—No tengo ni puta idea —soltó Lloyd, que la observaba desconcertado y cada vez más enfadado—. No tengo forma de saberlo, ¿verdad? Nunca te he preguntado sobre ello y, desde luego, tú nunca has querido contárnoslo, pero podemos ver que estás...

—¿Que estoy qué, Lloyd?

—Bueno, que estás... estás... *triste*, ¿no? —Lloyd escupió las palabras, con la voz temblorosa—. Estás molesta... eres inestable... tu comportamiento no es nor...

—*Lloyd* —lo interrumpí, pero ya era demasiado tarde; el daño ya estaba hecho. Marta tenía los ojos vidriosos por las lágrimas contenidas. Estiró una mano hacia la pared, tratando de estabilizarse, aunque le temblase todo el cuerpo. Por un momento pensé que estaba a punto de caerse, que dejaría de luchar, que me rodearía el cuello con sus brazos y me dejaría ayudarla a volver al internado. Pero entonces se acercó a Lloyd.

—¿Cómo te atreves a decirme esas cosas? —soltó, con la voz entrecortada—. ¿Cómo te atreves a hablar de mi comportamiento, de mis decisiones, *de mi vida*, después de las cosas que has hecho, Lloyd, después de todos los problemas que has causado, de la gente a la que has hecho daño? Nunca te he pedido nada —siguió diciendo, con la voz temblándole descontroladamente—, después de la Noche del Puente. Nunca te he preguntado sobre lo que vi y nunca le he hablado de ello a nadie. Ni siquiera cuando Genevieve vino a por mí, dejé que todo el mundo creyese que lo había hecho porque me *odiaba*. Nunca te he preguntado por qué lo hiciste, Lloyd. Y jamás lo haré. —Lo fulminó con la mirada, con las lágrimas deslizándose rápidamente por sus mejillas—. Tenemos que respetarnos los unos a los otros. Respetar que hay cosas que no son... que no se pueden contar. Que serían mucho peores si se dijesen en voz alta.

Lloyd y ella se sostuvieron la mirada el uno al otro durante un rato. Pero entonces los hombros delgados de Marta se hundieron, agotados, y se dejó caer contra la pared, justo debajo de la esfera del reloj. Lloyd la observó por un momento, pero después se dio media vuelta y se marchó. Oímos sus pisadas sobre los escalones de cemento y, unos minutos después, la puerta del establo se cerró con un estruendo.

Marta alzó la mirada hacia Sami y hacia mí.

—Ha ido a contarles que estoy aquí, ¿verdad? —comentó, desganada.

—No... no lo sé —dije. Ya no sabía qué hacer. Me volví hacia Sami y me fijé en que tenía mis mismas dudas dibujadas en su expresión.

—Ve tras él —le pedí, de repente. Él asintió y se marchó a la carrera.

Eso nos dejó a Marta y a mí en el interior de la habitación de la torre del reloj, a solas por primera vez desde hacía más de veinticuatro horas. Me quedé mirando fijamente a mi amiga, que estaba apoyada contra la pared, preocupada por ella. Las dos habíamos perdido a nuestras madres pero, mientras que yo todavía tenía a un padre a mi lado en el que podía confiar plenamente, un padre que me amaba por encima de todo, Marta no tenía a nadie, o peor, sí que tenía a alguien, pero era peor que no tener a nadie. La compasión me invadía en esos momentos, pero estaba demasiado cansada y asustada como para decir nada.

Al final, terminé volviendo a lo práctico y tangible. Señalé la comida que había dejado sobre el colchón.

—¿Quieres comer algo, Mar?

Sorprendentemente, ella asintió, desolada, y se acercó cojeando hasta el colchón. Nos sentamos juntas y desayunamos una patata asada fría, unas cuantas salchichas heladas y unos cachos de brócoli. En cuanto empecé a comer, me di cuenta de que me moría de hambre, y a Marta tampoco parecía faltarle el apetito. Sami incluso se había hecho con un par de sobres de kétchup que echamos sobre la comida. No mediamos palabra hasta que terminamos con la última migaja.

Le eché un vistazo a mi reloj y vi que eran las siete y veinte de la mañana. Tenía un montón de preguntas que quería hacerle, pero no había tiempo. Los establos estaban a punto de empezar a llenarse de alumnos para hacer sus tareas matutinas.

—Tengo que irme —comenté.

—Vale. —Marta se limpió la boca con la manga de su chaqueta—. ¿Podrías hacer algo por mí, Rose? —Yo asentí—. ¿Podrías traerme mis cerillas?

La poca comida que había ingerido se revolvió en mi estómago.

—¿Por qué? —pregunté, incrédula.

—Las necesito. —Su rostro ceniciento estaba teñido de miseria.

—No puedes pedirme que haga eso. —De repente, estaba enfadada con ella; mucho más cabreada de lo que había estado en mucho tiempo, y mi ira me hizo bajar la guardia—. No es justo. ¿Cómo puedes pretender que te ayude a hacerte daño?

Marta apartó la mirada y se llevó las rodillas al pecho. Dejó caer la frente sobre sus rodillas y cerró los ojos. Solo entonces, cuando algo se rompió para siempre entre nosotras, me di cuenta de lo amigas que nos habíamos vuelto esos últimos días. Pero, de repente, dudé de los cimientos de nuestra amistad. Yo había guardado todos los secretos de Marta; le había demostrado cientos de veces que podía confiar en mí y, aun así, Marta había decidido no contarme lo que había ocurrido de verdad en la Noche del Puente, así como también había decidido ocultarme a saber cuántos secretos más. Sentía que me había estado manipulando.

—Me voy —le dije, pero ella no respondió nada—. Nos vemos —me despedí con desgana, pero no tenía ni idea de cuándo, ni de dónde, ni en qué contexto volvería a ver a Marta.

Las pocas horas de normalidad que siguieron a ese momento me resultaron más tensas que reconfortantes. Fui al comedor a desayunar, no porque tuviese hambre, sino para buscar a Lloyd y a Sami. A cada minuto que pasaba esperaba escuchar a alguien llamándome, o sentir una mano helada apoyándose en mi hombro, pero no ocurrió nada de eso.

Me quedé por el comedor todo el tiempo que pude, pero no había ni rastro de los chicos. Empecé a preocuparme de que Lloyd hubiese ido de verdad al despacho de la doctora Wardlaw para contarle dónde estaba escondida Marta. Otra parte de mí pensó que aquello era de lo más improbable. Por muy enfadado que estuviese con ella, sabía que Lloyd no era una persona impulsiva. Solía pensarlo todo al milímetro, valorando todo lo que sabía y sus opciones con su mente analítica. Sabría lo crucial que era para el futuro de Marta que su paradero se supiese (o se descubriese) en el momento oportuno y de la forma adecuada.

El timbre que daba inicio a la primera clase del día resonó por los pasillos. Cuando salí al atrio, me topé de frente con Max y Sylvia. Max tenía aspecto de no haber pegado ojo en toda la noche. Con el cabello revuelto y enredado, la ropa arrugada y unas profundas y oscuras ojeras bajo su mirada. Sylvia tenía tan buen aspecto como siempre, pero debajo de esa postura brillante y elegante se escondía una persona terriblemente cansada.

—Hola, Rose —me saludó Max.

—Hola —respondí. Por un momento no supe qué decir—. ¿Cómo estás?

—He... estado mejor —dijo—. Acaban de informarnos del estado de Gin. Sigue viva, creen que va a poder salir de esta, pero ella... creen que... —Se le rompió la voz.

Sylvia terminó por él.

—Dicen que podría tener secuelas cerebrales —repuso, sin expresión alguna.

Me quedé mirándola fijamente.

—¿Qué?

—Ya me has oído. —De repente, Sylvia me observaba con un brillo malvado en sus ojos—. Así que dinos, ¿hay alguna noticia de tu amiguita cobarde y despiadada?

La rabia bulló en mi interior como si fuese aceite caliente.

—No, nada —dije—. Y tú no eres quién para hablar de cobardía, Sylvia, sobre todo después de que intentases librarte de tus problemas aireando los trapos sucios de Max y Lloyd. Me das asco. —Me alejé de ellos, pero no sin antes ver cómo el rostro de Max se nublaba, horrorizado, y cómo Sylvia se sonrojaba, furiosa y humillada.

Fui a clase de latín, pero Lloyd tampoco apareció por allí. Me sentía avergonzada por haberle hecho más daño a Max, pero el haber podido exponer la hipocresía de Sylvia y haberla insultado, de alguna manera, había conseguido mitigar en parte mi propio miedo. El señor Briggs nos puso a traducir un fragmento y yo, de inmediato, me deleité al poder sumergirme por completo en la rigidez del idioma, y al poder descansar, aunque solo fuese por un momento, de mis propios pensamientos inconexos. Llevaba trabajando en mi traducción quince minutos cuando llamaron a la puerta del aula.

—Adelante —dijo el señor Briggs. Jolyon Astor apareció en el umbral. Su dura mirada me encontró casi de inmediato.

—He venido a buscar a Rose Lawson —anunció. El señor Briggs asintió con pesar.

—Ve, Rose —me pidió, y no me quedó otra opción más que guardar todos mis libros en la mochila y salir del aula.

Jolyon me acompañó por las escaleras, con rostro impasible. No me dirigió la palabra, ni yo a él tampoco, porque sabía que sería inútil preguntarle a dónde íbamos o lo que me esperaba. Me fui poniendo más y más tensa cuanto más nos acercábamos a la galería inferior, donde Jolyon se detuvo abruptamente y llamó a la puerta de la antigua biblioteca. Una voz, al otro lado de la madera, respondió a su llamada.

Era la primera vez que entraba en la antigua biblioteca. Eché un vistazo a mi alrededor y sentí un pinchazo agridulce y familiar en el pecho: una mezcla de admiración y miedo. Había tenido esa misma sensación muchas veces desde que había llegado al Internado Realms, entre todos esos antiguos edificios y los terrenos amplios e infinitos. Podía estar paseando por un pasillo, o jugando al hockey, o sentada en la capilla, y entonces me fijaba en algo en concreto —un rayo de luz incidiendo directamente sobre una roca color miel, un acorde del órgano—, y esa sensación volvía a invadirme, esa sorpresa de poder apreciar la belleza de este lugar: su austera elegancia, esa antigüedad de la que no se avergonzaba nunca, la orgullosa sensación de pertenencia. Siempre me asaltaba la misma sensación de incredulidad ante la posibilidad de presenciar esa belleza, no solo durante un minuto o un día, sino durante dos años más. La otra cara de esa sensación maravillosa era un miedo abrumador. Semejante majestuosidad siempre me hacía temer que fuese irreal, que todo fuese una especie de truco que no era apto para gente como nosotros, que se estaban burlando de nosotros porque sí. Me daba miedo que, al bendecirnos con la oportunidad de observar esta belleza, el mundo también tuviese que arrebatarnos algo.

Tuve esa misma sensación cuando me adentré aquella mañana en la antigua biblioteca y vi a Lloyd y a Sami sentados uno al lado del otro frente a una enorme mesa de madera, con la doctora Wardlaw, el señor Gregory y un tercer mag frente a ellos. Desde las ventanas geminadas se podían ver las pistas deportivas y los prados verdes y la corriente serpenteante del arroyo Donny, y muchísimos árboles, cada uno teñido de un color otoñal distinto al anterior: rojos, ocres y marrones oscuros. El cielo estaba despejado y el sol brillaba con fuerza en lo alto. Por un momento me invadió la esperanza de que íbamos a poder solucionarlo todo. Podríamos ser razonables y estratégicos; podríamos encontrar un término medio entre proteger la privacidad de Marta y defenderla. Y, al mismo tiempo, estaba aterrada. La belleza de esta sala era una amenaza. Me decía: «Ten cuidado, mira lo que puedes perder si te equivocas».

—Siéntate —me pidió la doctora Wardlaw, y yo me senté en el asiento disponible entre Lloyd y Sami. Nos observó durante un momento—. Gracias por acompañarnos —dijo, con la voz tensa. Era lo primero que me decía desde que había llegado a este internado.

Asentí, me di cuenta de que no sabía cuánto tiempo llevaban Sami y Lloyd aquí, y que tampoco sabía lo que podrían o no haber dicho ya. Iba a ciegas, y eso me daba miedo. Me aterrorizaba el meter la pata y decir algo que no debía, una sensación que no hizo más que aumentar cuando la doctora Wardlaw señaló al hombre que estaba sentado a su derecha.

—Este es el profesor De Luca —dijo.

Me volví hacia él, no pude evitarlo. Me había imaginado al padre de Marta muy distinto al hombre que estaba sentado frente a mí. Debía de tener unos sesenta años, con el cabello canoso y el rostro demacrado y lleno de arrugas. Una de las comisuras de sus labios le caía, indefensa, por debajo de la otra. Llevaba una chaqueta de pana marrón y, debajo, un holgado jersey de punto y una camisa sin cuello.

—¿Eres Rose? —me preguntó.

—Sí —respondí. Podía sentir la tensión que emanaba de los cuerpos de Lloyd y de Sami a mi lado.

—¿Eres la compañera de habitación de Marta?

—Soy su mejor amiga. —Aquellas palabras me sorprendieron incluso a mí, pero sabía que eran ciertas.

El profesor De Luca asintió, su mirada grisácea nos recorrió a Lloyd, a Sami y a mí.

—Marta nunca había tenido muchos amigos —dijo en apenas un susurro. Bajó la mirada hacia sus manos y fue entonces cuando me fijé en la alianza que llevaba puesta—. Estoy muy preocupado por mi hija.

Me quedé mirándolo fijamente. Y entonces Lloyd carraspeó.

—Nos habían dicho que iba a venir la policía —comentó. Se estaba dirigiendo al señor Gregory, que no se dignaba a mirarlo a los ojos.

—La policía está hablando con Sylvia Maudsley y con el resto de la Patrulla superior en estos momentos —respondió la doctora Wardlaw, cortante—. Están reuniendo toda la información que puedan sobre lo que ocurrió en el incidente de ayer, para determinar dónde han de empezar a buscar a Marta.

Se hizo el silencio en la sala. Alcé la vista, por encima de las cabezas de la doctora Wardlaw, el señor Gregory y el profesor De Luca, y me fijé en una bandada de pájaros que sobrevolaba las colinas que se vislumbraban al otro lado de las ventanas. De repente, el miedo me invadió, revolviéndome el estómago.

—Sin embargo —añadió la doctora Wardlaw rompiendo el silencio, con la voz firme—, esperamos que no tengan que ponerse a buscarla.

Se volvió a hacer el silencio y, esta vez, fue Lloyd quien lo rompió.

—¿Y qué les hace pensar eso? —preguntó.

El rostro de la doctora Wardlaw estaba tenso. Se aferraba con fuerza a una pluma estilográfica, y me fijé en que tenía los nudillos blancos de tanto apretar.

—Esperábamos que vosotros fueseis capaces de ayudarnos a descubrir dónde podría estar escondiéndose Marta —dijo—. Si la encontramos, podríamos llevarla ante la policía antes de que tengan que ponerse a buscarla, y puede que eso haga que sean un poco más indulgentes con ella. Al igual que con vosotros tres —añadió.

De nuevo, volvió a hacerse el silencio. Bajé la mirada hacia la tela áspera y plegada de mi falda y me di cuenta de que no me quedaba más remedio que cooperar. Estaba a punto de responder cuando el profesor De Luca rompió el silencio.

—Por favor —suplicó, observándonos desesperado y con la voz rota—. Decidme lo que sabéis. Decidme dónde está mi hija.

Lo observé sorprendida, clavando la mirada en esos ojos claros que se escondían tras sus gafas gruesas, y entonces no me cupo la menor duda de que lo sabía; sabía que Marta se estaba escondiendo por él, que nosotros sabíamos exactamente dónde estaba, que quizás incluso también supiésemos por qué se estaba escondiendo. Se le desencajó el rostro y me invadió una oleada de compasión.

Pero Lloyd se me adelantó, y sus palabras cayeron sobre nosotros como piedras en medio de un estanque cristalino.

—Me temo que no sabemos dónde está —dijo.

Yo no aparté la mirada de mis rodillas, estaba decidida a que nadie se fijase en lo mucho que me habían sorprendido sus palabras.

—Debéis de tener alguna idea —oí que decía el profesor De Luca. Su voz sonaba lejana, como si estuviese hablándonos a kilómetros de distancia.

—No —repuso Lloyd con firmeza—. No tenemos ni idea. ¿Cómo íbamos a saber dónde podría estar? Salió corriendo antes de que ninguno de nosotros pudiese siquiera hablar con ella.

El rostro del profesor De Luca estaba contraído, por el dolor y la tristeza.

—Erais sus mejores amigos —comentó—. Seguro que habló con vosotros. Que os contó algo.

—No lo hizo —respondió Lloyd, cortante—. No tenemos ni idea de a dónde podría haber ido.

Al profesor De Luca le empezaron a temblar los hombros y las lágrimas comenzaron a caer sin cesar. Se llevó las manos a la cara y las presionó contra las mejillas. Soltó un gemido, como si le doliese respirar.

—Por favor —suplicó—. Por favor, *pensad*. Tengo que encontrarla... necesito que vuelva conmigo...

La doctora Wardlaw observaba toda la escena asqueada. No hizo ningún amago de consolarlo; para ella, ese hombre solo era un padre desesperado por encontrar a su hija perdida, a su única hija. No sabía, o no *quería* saber, nada sobre el comportamiento agresivo e intimidatorio de ese hombre hacia su hija. Al darme cuenta de ello, supe que estábamos haciendo lo correcto al no contarles dónde estaba Marta en esos momentos. Ni la doctora Wardlaw ni el señor Gregory tenían piedad alguna. Solo les importaba su reputación. Ayer mismo, Marta había sido la alumna estrella de la doctora Wardlaw, pero hoy no le interesaba en absoluto que la policía fuese indulgente con ella. Quería encontrar a Marta para no tener a una alumna desaparecida entre sus manos, así como a la supuesta responsable de un accidente casi mortal. Quería encontrarla porque, cuanto antes lo hiciese, antes se convertiría Marta en el centro de todas las investigaciones policiales, y antes dejarían al Internado Realms en paz.

—Podéis iros —nos dijo, volviéndose a mirar de reojo al padre de Marta.

Los tres nos pusimos en pie y cruzamos la sala con el suelo de parqué oscuro hacia la puerta, pero cuando Lloyd la abrió, oí que una voz, apenas un gemido suave, me llamaba.

—Rose.

Me di la vuelta. El profesor De Luca también se había puesto de pie, estaba apoyado en la mesa con una mano y tenía la otra extendida hacia mí. Por primera vez, me fijé en que tenía alguna clase de lesión o de enfermedad. No se tenía en pie sin ayuda, y su hombro izquierdo estaba levemente inclinado en un ángulo extraño.

—Lo pensarás, ¿verdad, Rose? —me preguntó, con la voz ras-
posa—. ¿Pensarás dónde podría estar?

—Sí —dije, porque no se me ocurría qué otra respuesta darle
y porque, aunque fuese absurdo, no quería hacerlo sentir peor de
lo que ya se sentía—. Sí, lo pensaré, lo prometo...

—Es todo lo que tengo —añadió el profesor De Luca—, todo
lo que me queda... Sabía que no debería haberla dejado venir, lo
sabía. —Se le volvió a romper la voz y no pudo decir nada más.

Pensaba que iba a poder volver a clase como si no hubiese pasado
nada, pero entonces Lloyd nos pidió que lo siguiésemos de vuelta
a la Casa Hillary con un gesto de la mano. Nos adentramos en el
dormitorio que Sami y él compartían, y entonces cerró la puerta
con llave y empujó el escritorio hasta que quedó frente a ella. Sami
se acercó directamente hacia la ventana.

—Ya han empezado a buscarla —murmuró.

Me acerqué a él, con el corazón latiéndome acelerado en el
pecho. Sami señaló algo al otro lado de la ventana y vi a tres policías que atravesaban el campo de césped artificial de camino hacia
el pabellón. Iban acompañados por Alice Fitz-Straker y su novio,
los dos formaban parte de la Patrulla superior. *Ella jamás se escon-
dería en el pabellón, idiotas,* pensé, pero mi satisfacción desapareció
por completo cuando seguí la mirada de Sami, que estaba observando la cabaña Drake, la residencia que había más cerca de los
establos. Media docena de policías estaban reunidos frente a ella.
Horrorizada, me di la vuelta y vi cómo Lloyd estaba sacando una
mochila de senderismo de debajo de su cama.

—Aquí tengo algunas cosas que nos van a hacer falta —dijo,
sacando también un saco de dormir, un botiquín, un pequeño hornillo de campamento y una botella de gas propano.

—¿Dónde has conseguido todo eso? —le preguntó Sami, mirándolo fijamente.

—Del almacén del premio Duque de Edimburgo —respondió—. Está abarrotado de esta clase de objetos, por lo que no lo echarán en falta. También tendremos que conseguirle algo de ropa, aunque...

—Lloyd —lo interrumpí—. Creía que querías que Marta se entregase.

Lloyd vaciló antes de responder, jugueteando con los botones del hornillo.

—Sí —repuso, sin mirarme a los ojos—. Pero he cambiado de opinión.

—¿Por qué? —pregunté.

—Por dos motivos —respondió con pesar; por fin, alzó la mirada hacia mí desde donde estaba sentado, al borde de la cama—. Creo que llevabas razón en algo, Rose.

—¿En qué?

—En que todo esto es culpa mía. —La voz de Lloyd estaba más en calma que nunca, pero sí que pude percibir cierta tensión en sus palabras—. Si yo no hubiese... ya sabes, si Max y yo... —Respiró hondo—. Si Max y yo no nos hubiésemos enrollado en la Noche del Puente, si Genevieve no se hubiese enfadado tanto por ello, si no le hubiésemos hecho tanto daño, entonces no tendríamos este problema. Genevieve jamás la habría tomado con Marta después. Marta no tendría por qué haberme defendido en las escaleras. No tendría por qué haber pegado a Genevieve.

Lo que había dicho tenía lógica y no pude negar que era cierto. También lo conocía lo suficiente como para no tratarlo de manera condescendiente ni ofrecerle algún tipo de consuelo por ello.

—¿Y el segundo motivo? —le preguntó Sami con frialdad.

Lloyd se encogió de hombros.

—Es difícil de explicar si no os cuento un montón de cosas que no os interesan pero... —soltó un breve suspiro y echó un vistazo a su alrededor—. Durante mucho tiempo, otros tomaron decisiones sobre cómo habría de ser mi vida —comentó, con la voz entrecortada—, y yo no tenía ningún control sobre ella. Me mudaba constantemente... me hicieron cambiar de colegio tres veces antes de cumplir los nueve. Me hicieron repetir porque me había perdido tantas clases que creyeron que era estúpido. Apenas pude hacer amigos o siquiera hablar con alguien y, cuando podía hacerlo, me obligaban a dejarlos atrás. No era justo. —Tragó con fuerza, tironeando de las mangas de su jersey—. No puedo hacerle eso a Marta. Es como tú dijiste, Sami, le encanta estar aquí, y no quiere irse. Quiero ayudarla a quedarse.

Los tres nos quedamos allí, sentados en el interior de ese dormitorio, en completo silencio. Recordé todo lo que Marta le había dicho a Lloyd esa misma mañana; la forma en la que Lloyd había salido hecho una furia de la torre del reloj. Pensé en la policía, registrando todos los terrenos del internado al milímetro, y lo asustada que estaba Marta.

—¿Qué crees que tenemos que hacer? —le pregunté, rompiendo el silencio de una vez por todas y observando todos los objetos que Lloyd había desperdigado sobre su cama—. No puede seguir escondiéndose en la torre del reloj. La policía terminará encontrándola.

Lloyd volvió a encogerse de hombros.

—Yo no estoy tan seguro —aceptó—. La Patrulla superior y los jardineros no han logrado dar con ella hasta ahora, ¿no? No creo que haya mucha gente en este internado que sepa de la existencia de la habitación que se oculta en lo alto de la torre del reloj. Con un poco de suerte, creo que podríamos seguir escondiendo allí a Marta unos cuantos días más, quizás incluso podamos distraer a la policía con alguna pista falsa... podríamos comprarle algo de tiempo, tanto a ella como a nosotros, para decidir qué haremos con su padre.

Los tres guardamos silencio durante unos minutos, pero Sami dijo:

—Es muy distinto a como me lo había imaginado.

Lloyd asintió.

—Sí. —Hizo una pausa—. Mirad, no tengo un plan infalible. Pero quiero darle a Marta la oportunidad de elegir. Creo que se merece ser capaz de tomar sus propias decisiones.

Clavé la mirada en el estante que había colgado sobre la cama de Lloyd. Al contrario que el de Sami, que estaba lleno de fotografías con sus padres y sus hermanas, el de Lloyd solo tenía libros sobre música y un documento enmarcado, con el escudo el Internado Realms. Lo reconocí, era la carta que el internado nos había enviado para ofrecernos las becas Millennium. El marco estaba tan limpio que relucía. Pasé la mirada del marco hacia todos los objetos que Lloyd había conseguido. Quería encajar en el Internado Realms incluso más que yo y, aun así, estaba dispuesto a arriesgarlo todo por Marta.

—¿Qué te parece, Rose? —Lloyd se volvió hacia la ventana y supe que se nos acababa el tiempo.

Tragué con fuerza.

—Está bien. Hagámoslo.

—¿Sí?

—Sí —dije.

Juntos, Lloyd y yo dividimos todos los objetos que había sacado del almacén en tres pilas y los metimos a presión en nuestras mochilas. Después, Lloyd se volvió hacia Sami.

—¿Puedo meter este montón en tu mochila?

Sami alzó la mirada hacia él.

—Sí, vale —aceptó. En voz más baja de lo habitual.

Lloyd frunció el ceño.

—¿Te parece bien el plan?

—Sí —repuso Sami—. Supongo que sí. —Se mordió el labio inferior con fuerza—. Pero, Lloyd. ¿Max y tú estáis...?

—¿Que si estamos qué?

—Bueno, ya sabes...

—No, no lo sé. Deja de ser tan jodidamente cobarde.

—Bueno, ¿estáis *saliendo juntos*? O solo... os estáis enrollando de vez en cuando.

—Ah. —Lloyd lo miró fijamente, como si hubiese estado esperando que le hiciese una pregunta completamente distinta—. No estoy seguro —respondió—. Es un poco complicado. —Aquello me pareció el eufemismo del siglo, pero Sami se limitó a asentir. Lloyd se volvió hacia mí—. Me importa, mucho —dijo en un susurro—. No me lo esperaba.

Sami volvió a asentir.

—¿Sí?

—Pero... —añadió Lloyd, colgándose la pesada mochila a la espalda—: ¿No te importa? —Clavó sus profundos ojos marrones en Sami—. Porque si te importa, colega, ahora es el momento de decirlo.

—Me parece bien —repuso Sami después de un momento de silencio. Se metió el tercer montón de objetos a presión en su mochila—. Vamos —dijo, y los tres salimos de su dormitorio.

11

Las veinticuatro horas después de aquella conversación con Lloyd y Sami transcurrieron sin pena ni gloria. No nos llamaron para que nos interrogase la policía, ni para hablar con nadie. No había ni rastro del padre de Marta, del señor Gregory o de la doctora Wardlaw. La policía registró todos los terrenos del internado en busca de Marta hasta que cayó la noche, y solo entonces detuvieron la búsqueda. Una tormenta se desató sobre el Internado Realms justo al acabar las clases de preparatoria para la universidad y, al amparo del viento y del granizo, Sami y yo fuimos corriendo hasta la torre del reloj para llevarle los objetos que habíamos reunido a Marta. Habíamos decidido que era demasiado arriesgado que fuésemos los tres a la vez y, después de la discusión que habían tenido Marta y Lloyd esa misma mañana, él había accedido a ser quien se quedase montando guardia. No sabíamos en qué estado nos la encontraríamos.

Estaba muy mal. Sami y yo no nos pudimos quedar mucho tiempo con ella, porque sabíamos que Gerald no tardaría en venir a ver a los caballos. Encontramos a nuestra amiga pálida y temblorosa, con el tobillo que se había torcido hinchado y un corte horrible en la espinilla. Decía que se había hecho el corte cuando se torció el tobillo, que había tropezado y se había caído después de haber saltado por la escalera del colegio. Eché un vistazo a mi alrededor, en busca de cualquier objeto que hubiese podido usar para hacerse daño, pero Marta se dio cuenta y supuso lo que estaba buscando, lo que hizo que se volviese hacia mí enrabietada. Alzó la voz todo lo que pudo y más, y Sami y yo tuvimos que marcharnos de allí antes de que alguien pudiese oírla.

El resto de la tarde y, en mi caso, también toda aquella interminable noche que pasé en vela, transcurrió como cualquier día. A la mañana siguiente estaba tan agotada que no fui a hacer el turno matutino y me quedé metida en la cama, donde conseguí recuperar tres horas de sueño entre las seis y las nueve, cuando me despertó el insistente repiqueteo de la campana del claustro. Me puse mi uniforme y bajé corriendo a la capilla. Llegué tarde, al son del primer himno, y me sorprendió ver a Max y a Lloyd sentados frente al órgano. El rostro de Max, aunque pálido, conservaba parte de su energía habitual mientras aporreaba las teclas. Apenas pude mantenerme despierta durante la misa, en la que todos rezamos largo y tendido por Genevieve, pero nadie informó acerca de su estado.

Después de misa, me acerqué al edificio central, con la intención de volver a la Casa Hillary y encerrarme en mi cuarto para ver si podía dormir un par de horas más. Después tenía pensado ir a la torre del reloj para hablar con Marta mientras el resto de los alumnos comían. Al subir los escalones de camino al atrio, sin embargo, oí a alguien llamándome a gritos. Me di la vuelta y me encontré a Bella en el camino de la entrada. Llevaba puesto el uniforme de hockey, con la túnica de la Patrulla superior encima, probablemente porque acababa de salir de misa.

—¿A dónde crees que vas? —me gritó.

—A Hillary —respondí, también a gritos.

—Y una mierda —repuso, acercándose un poco más a mí—. Tenemos que jugar contra Shrewsbury en quince minutos. Ve a cambiarte.

Solté un leve gruñido. Me había olvidado por completo del partido. Antes del incidente del Eiger, Bella no había parado de decirme durante días que esperaba que marcase muchos goles en ese mismo encuentro, para darnos cierta ventaja sobre el otro equipo. Cuando volvió a dirigirme la palabra, lo hizo con dureza, con su rostro sonrojado peligrosamente cerca del mío.

—Si pudiese evitarlo, no jugarías este partido —dijo—. Pero el equipo te necesita para ganar, así que asegúrate de dar lo mejor de ti. Nuestra pequeña *salvavidas*.

Se alejó a la carrera hacia el campo de césped artificial. Yo la observé marcharse, incapaz de comprender por qué le molestaba tanto que Sami y yo hubiésemos ayudado a Genevieve. Hasta ese momento, Bella se había mostrado ligeramente menos hostil hacia mí que el resto de la Patrulla superior; al parecer, todo se debía a que jugaba bien al hockey. En general, también parecía que no le interesaban tanto las lealtades, los rencores y las venganzas que regían todo en el Internado Realms, y en cambio estaba completamente obsesionada con los Juegos.

Me uní al primer equipo de Hillary sobre el campo de césped artificial justo después de haberme puesto mi equipación a toda prisa en un vestuario completamente vacío, y vi que Sylvia estaba alejada del equipo, hundida. Parecía agotada. Bella se volvió a mirarla de reojo unas cuantas veces mientras daba el discurso para dar ánimo al equipo antes del partido, y también se volvió unas cuantas veces hacia mí, con la ira iluminando su mirada.

El equipo de Shrewsbury estaba en esos momentos entrando en el campo. Sus entrenadores echaron un vistazo a su alrededor, buscando con la mirada a algún responsable de nuestro internado, pero no encontrarían a ninguno; todas las actividades extracurriculares relacionadas con los Juegos en el Internado Realms estaban presididas por Bella y los capitanes del resto de los equipos, pero no había ningún mag involucrado. Observé cómo nuestras contrincantes empezaban a calentar, y me fijé en que más de una nos echaba una mirada recelosa y poco amistosa. Me volví hacia el pabellón y vi cómo Sami tomaba asiento en un banco que había justo a la sombra de un toldo, con la chaqueta y la corbata de su uniforme todavía puestas. Al verme, me saludó.

Cuando empezó el partido supe que no había sobrestimado la fuerza del equipo de Shrewsbury. No rompían ninguna norma, pero sí que hacían que pareciese que nosotras estábamos jugando con mucho más cuidado, lo que ya era decir mucho, porque nuestro equipo era conocido por ser especialmente brutal. Lo peor fue que me di cuenta de cuánto dependía de mis ataques para placar y marcar goles. Su entrenadora era también la árbitra del partido, y nos pitó faltas una y otra vez, concediéndoles pase tras pase y varios penaltis seguidos, lo que contrarrestaba con los gritos de protesta que profería Bella una vez tras otra, citando el reglamento.

Estaba agotada y carecía por completo de la emoción que normalmente me producía jugar al hockey. A mis placajes les faltaba fuerza, fallé más de un tiro regalado y sentí la mirada de Bella clavada en mi nuca cada vez que sonaba el silbato. Sabía que iban a castigarme por estar jugando tan mal, y una sensación de miedo que me era extrañamente familiar comenzó a asentarse en mi estómago.

Sylvia también estaba jugando mal y la árbitra le había pitado más faltas que a ninguna de nosotras. Me volví hacia Sami, en cuyo rostro redondo estaba dibujada una expresión sombría y nerviosa. Sorprendida, me di cuenta de que el profesor De Luca se había sentado a su lado, que también estaba viendo el partido, con su bastón apoyado en el brazo del banco.

Mi ira no tenía límites en ese momento. El hecho de que el padre de Marta estuviese ahí sentado, con total impunidad, después de haberle hecho todo el daño que le había hecho a su hija, me revolvió el estómago. Perseguí a una centrocampista de Shrewsbury y la plaqué, haciéndome con la pelota antes de salir corriendo hacia su portería. Corrí con todas mis fuerzas, con la ira fluyendo por mis venas, y cuando la defensa se puso frente a mí, no bajé el ritmo, sino que corrí hacia ella a toda velocidad. Pero eso no hizo que se achantase, porque ella también salió corriendo directa hacia mí y me placó, la fuerza del impacto me hizo tambalear. Le devolví el empujón y ella contratacó metiéndome su palo de hockey entre las piernas. Tropecé y me caí, golpeándome la mejilla contra el campo y arrastrando la cara sobre el césped artificial. Entonces sonó el silbato.

Traté de volver a sentarme, pero una aguda punzada de dolor me recorrió el hombro y me obligó a volver a dejarme caer. Noté cómo la sangre caliente me corría por un costado de la cara y un fuerte escozor en la mejilla. Tumbada de lado, vi un par de piernas marrones y fuertes que se acercaban a mí a la carrera. El rostro de Sylvia apareció frente a mí y noté su cálida caricia en mi brazo ileso.

—¿Estás bien? —murmuró.

Asentí, mareada por el dolor. Sylvia llamó a Bella, que se acercó a nosotras corriendo desde el otro lado del campo.

—Está sangrando. Vas a tener que sustituirla. —Se volvió de nuevo hacia mí, protegiéndome con su cuerpo para que el resto de las jugadoras no me viesen—. Tengo que contarte lo que ocurrió de verdad en la Noche del Puente —me dijo en un susurro. Después, Bella la hizo a un lado y se agachó frente a mí, para evaluar mis heridas y mi lesión.

—Joder —soltó. Alzó la mirada hacia Sylvia y yo imité el gesto, y las dos nos fijamos en que su expresión estaba llena de preocupación, casi me parecía hasta adorable. Bella volvió a bajar la mirada hacia mí.

»Se acabó el partido —estableció, y después se puso de pie. Al hacerlo, me clavó la rodilla en el estómago.

El dolor era sobrecogedor. Me doblé sobre mí misma y vomité, haciéndome un ovillo en el suelo. La árbitra nos alcanzó y me observó, anonadada.

—¿Qué demonios...? —empezó a decir, pero Bella ya estaba alejándose por el campo. Cuando abrió la valla, se chocó con Sami, que venía corriendo hacia mí.

—Vamos —murmuró, ayudándome a levantarme. Eché un vistazo a mi alrededor, a mis compañeras, a Sylvia, que me observaba impasible, mientras que la árbitra nos miraba desconcertada.

—Un comportamiento maravilloso —repuso, negando con la cabeza. Debía de rondar la treintena, era una mujer musculosa, con un rostro agradable, y que llevaba puesto el chándal de Shrewsbury—. Nunca había visto nada parecido. Se acabó el partido. Vámonos, Shrewsbury.

Sami me pasó la mano bajo el brazo y me ayudó a caminar hasta la valla. Cuando la atravesamos, alcé la cabeza y vi al profesor De Luca observándome desde debajo del toldo. Me sostuvo la mirada durante un buen rato, antes de que me alejase del campo cojeando y apoyando todo mi peso en el costado de Sami.

Sami me llevó a la enfermería. No quería ir, pero me estaba sangrando demasiado la herida del rostro y nos habíamos llevado el botiquín de primeros auxilios a la torre del reloj. En algún momento me dejé caer contra la pared trasera del aulario de ciencias, apoyándome en el muro de ladrillo para sostenerme mientras vomitaba.

Me di la vuelta y me encontré con Sami, observándome, antes de tenderme un pañuelo.

—Cuando la doctora Reza te cure —dijo—, mira a ver si puedes hacerte con alguna toallita antiséptica o algo así.

—¿Para qué?

—Para el corte que tiene Marta en la pierna —respondió—. Me preocupa que se le infecte. La habitación de la torre del reloj está demasiado sucia y descuidada.

Lo observé atentamente mientras nos alejábamos y me fijé en lo preocupado que estaba. *Sabe lo que ha ocurrido en realidad*, pensé, y estaba a punto de preguntarle cuando él se me adelantó.

—El padre de Marta me ha estado preguntando qué tal le iba en el internado, antes de lo que pasó con Genevieve. Le he dicho que era más inteligente que todos nosotros juntos.

Llegamos al Hexágono. Era la hora de comer y había docenas de estudiantes cruzando los arcos que rodeaban el patio vestidos con sus mejores galas de domingo: chaquetas de deporte combinadas con corbatas de cachemira; faldas y zapatos de cuero brillantes. Charlaban bajo el sol otoñal, sin volverse a mirarnos siquiera, a pesar de que llevaba el rostro ensangrentado. Ya no pude seguir conteniéndome.

—Cuéntame lo que pasó en realidad la Noche del Puente —exigí—. Tú sí que te sabes toda la historia, ¿no?

Los firmes ojos marrones de Sami se volvieron hacia mí.

—Yo quería contártelo, pero Marta me pidió que no lo hiciera.

—Cuéntamelo, Sami.

Respiró hondo.

—Fui al bosque porque estaba preocupado por Marta, de veras que sí. La encontré bastante rápido. Estaba sentada en el suelo, sola. —Hizo una pausa—. Me contó que había estado con Lloyd y que él había oído un ruido extraño y había ido a investigar. Y que todavía no había regresado. Así que le pedí que nos marchásemos de allí. Pero ella se negó.

—¿Por qué?

—Quería esperar a Lloyd —respondió Sami con pesar—. Él le había pedido que lo esperase allí. Así que me senté a su lado, en medio de un pequeño claro. Mar estaba tiritando, congelada… al fin y al cabo, bueno, ya sabes, solo llevaba puesto un vestido, el que le habías dejado tú. —Asentí, porque recordaba cómo había salido del bosque y se había acercado a mí a trompicones—. Lloyd todavía no había vuelto, así que conseguí convencerla de que regresase conmigo. Le dije que te había tenido que dejar sola para ir a buscarla y que estarías preocupada. Eso logró persuadirla, así que nos fuimos. Y entonces vimos a Lloyd y a Max, escondidos detrás del tronco de un árbol.

—Se estaban besando —declaré.

—No solo se estaban besando. —El tono de Sami se había tornado amargo—. Oí a Lloyd reírse sobre algo e intenté alejar a Marta de allí, pero ya era demasiado tarde; los había visto. Tiré de su brazo para que se moviese, pero se quedó allí plantada, como una estatua. Entonces eché un vistazo a mi alrededor, nervioso —continuó explicándome, con la voz tensa—, y vi a Genevieve. Estaba de pie a pocos metros de distancia de nosotros, observando a Lloyd y Max con los ojos como platos. —Parpadeó y aguardó, como si estuviese esperando a ver cómo reaccionaba—. Creí que estaba enfadada, pero no era eso. Ni siquiera parecía... triste. Estaba asustada.

Tragué con fuerza.

—¿Qué ocurrió después?

—Max se percató de que estábamos allí —dijo Sami—. Salió corriendo y Genevieve lo siguió. Intenté convencer a Marta de que nos marchásemos de allí también, pero entonces Lloyd salió de detrás del árbol. Empezó a decirle un montón de cosas a Mar; que había tenido la intención de volver con ella, que le gustaba de verdad, que no era algo *personal*. —El tono de voz de Sami era mucho más amargo de lo que lo había oído jamás—. Marta estaba llorando. Yo quería... consolarla, pero ella... me apartó. Me dijo que estaba bien, que con lo único con lo que podía ayudarla era no contándoselo a nadie, ni siquiera a ti. Le dijo lo mismo a Lloyd. Y después salió corriendo. Yo me quedé atrás, con Lloyd. Le dije lo que pensaba de lo que había hecho.

No comenté nada. *¿Por qué no lo había preguntado antes?*, me cuestioné, pero Sami negó enérgicamente con la cabeza, como si me hubiese leído el pensamiento.

—Tampoco te lo habría contado —repuso—. Probablemente sea un imbécil, pero no quería traicionar la confianza de Marta. Sé lo que se siente cuando te prometen que van a guardar tu secreto y después te traicionan por la espalda. Y nunca pensé que Max y Lloyd fuesen a seguir enrollándose después de aquello, no mientras Genevieve estuviese involucrada. Pero a veces me despierto en mitad de la noche y Lloyd no está... —No llegó a terminar la frase.

No sabía qué decir. Había una parte de toda esta historia que me resultaba de lo más confusa, la misma parte que llevaba sin comprender desde que me había enterado de lo de Lloyd y Max en el despacho del señor Gregory el día anterior.

—¿Por qué culpaba Genevieve a Marta de todo esto? ¿Por qué no a Max? Él fue quien la traicionó.

Sami soltó un suspiro con pesar.

—Lloyd me contó parte de la historia de Genevieve y Max —comentó—. Max le comió la cabeza a Lloyd con la historia de lo dura que fue su vida cuando llegó al Internado Realms... Al parecer, todo el mundo pensaba que su beca para tocar el órgano era patética. Lo torturaron —añadió con calma—. Lloyd me contó que las cosas empezaron a cambiar cuando murió la hermana de Genevieve. Genevieve se derrumbó. No hablaba con nadie, no comía. Sus padres se negaron a dejarla volver a casa. Sylvia permaneció a su lado, pero los demás se impacientaron y la abandonaron después de un tiempo... Fue en ese entonces cuando Max se aprovechó de la oportunidad que se presentaba ante él y empezó a acercarse un poco más a ella. Tocó el órgano en el funeral de Persie. Genevieve comenzó a... confiar en él, supongo. Consiguió atraerla con su amabilidad y se terminaron enamorando. O bueno, más bien, *ella* se terminó *enamorando*.

—¿Y por qué no culpa a Lloyd?

—*Sí* que lo culpa, Rose. Lo odia. —Hizo una pausa y me observó, con la tristeza tiñendo su rostro—. No sé qué fue exactamente lo que sucedió aquel día en lo alto del Eiger —dijo—, pero creo que Max debió de intentar romper con Genevieve. Estoy seguro de que Genevieve debía de tener el corazón roto, tal vez estaba buscando a Lloyd y se cruzó primero con Marta. Debió de decirle algo a Marta sobre Lloyd y Marta lo defendió. Vio en ella un objetivo contra el que desatar su ira, pero Marta no quería oír nada en contra de Lloyd, ni siquiera después de lo que le hizo. —Tenía los ojos anegados en lágrimas.

—¿Rose? —Me di la vuelta y me topé con la doctora Reza, que se acercaba a paso rápido hacia nosotros. Clavó la mirada en mi rostro ensangrentado—. ¿Qué te ha pasado?

—Solo... solo ha sido un accidente, jugando al hockey —dije, un poco mareada por toda la información nueva que acababa de descubrir, pero la doctora Reza bajó la mirada hacia mi mano, que tenía presionada con fuerza contra mi estómago.

—Ven conmigo —me pidió—. Sami, tú vete a comer.

Con cierta reticencia, la seguí hasta el otro lado del Hexágono, tratando de no dejar ver lo mucho que estaba sufriendo en realidad. La torre del reloj se alzaba por encima del resto de los edificios, con sus paredes de ladrillo rojizo contrastando con fuerza con el azul cerúleo del cielo. Quería salir de la enfermería tan rápido como fuese posible, para poder ir a ver a Marta antes de que terminase la hora de la comida. El que Sami me hubiese confesado lo que había ocurrido en realidad aquella noche en el bosque solo había hecho que necesitase verla con mayor urgencia.

La doctora Reza abrió la puerta de cristal de la enfermería de un empujón. El edificio era cálido y todo estaba en completo silencio. Las enfermeras del internado iban y venían de sus distintos cubículos asignados. La doctora Reza insistía en que los alumnos se quedasen a dormir en la enfermería cuando estaba enfermos, ya que creía (con motivos) que no los cuidarían como era debido en sus respectivas Casas. Cerró la puerta de su consulta a nuestra espalda y me hizo un gesto para que me sentase en la camilla.

—Déjame echarle un vistazo a esa herida —dijo, volviéndome el rostro hacia la luz. Intenté quedarme lo más quieta posible, pero el vómito que había estado conteniendo después de lo ocurrido en el Eiger no paraba de subir una y otra vez por mi garganta. Esta nueva oleada de náuseas se debía a lo que acababa de descubrir; que de mi grupo, la única de los cuatro que no había sabido lo que había en realidad entre Max y Lloyd era yo; pero también se debía al hecho de que Marta había querido quedarse en el bosque con Lloyd, y que Sami lo único que había querido era encontrar a

Marta. Compartían una relación de la que yo no sabía nada, y me sentía una imbécil por no haberme dado cuenta antes; era ingenua, confiada e inmadura. Se me revolvió el estómago. Me llevé la mano a la boca, pero ya era demasiado tarde. Terminé vomitando sobre la alfombra.

La doctora Reza me acarició la espalda, justo entre los omoplatos, y cuando conseguí contener las náuseas de nuevo, fue a buscarme un vaso de agua y unos cuantos pañuelos de papel.

—Ven conmigo —me pidió después, llevándome hasta el sofá que había bajo la ventana—. Voy a limpiarte esas heridas. Me temo que esto te va a doler. —Me limpió las heridas con una toallita antiséptica—. Es como si hubieses estado en la guerra —comentó en un susurro.

No me volví a mirarla. Tenía miedo, no solo por Marta, sino también por mí misma. Me daba miedo lo que Bella pudiese hacerme y, de repente, me di cuenta de lo poco que conocía a mis amigos. No era la primera vez que pensaba en cómo podría ser mi vida si me marchase del Internado Realms para siempre, si volviese a Londres, a ese cálido piso en Hackney y a mi instituto normal y perfectamente corriente, donde las clases terminaban siempre a las tres y media, y adonde no tenía que ir los fines de semana.

Lo que fuera que la doctora Reza pudo discernir en ese momento en mi expresión, no me preguntó sobre ello. Tampoco me hizo más preguntas sobre cómo me había hecho esas heridas o por qué no había acudido a ella el día anterior para terminar de contarle lo que había empezado a decirle sobre Marta. Siguió curándome las heridas de la cara y, mientras lo hacía, también me limpió todas las lágrimas rebeldes que no pude contener, sin decir nada. El silencio se extendió entre nosotras y, en ese momento, sentí que podría haberle contado cualquier cosa, haberle pedido ayuda, pero cada vez que intentaba hablar se me formaba un nudo en la garganta, por el miedo y otros cientos de emociones. Al final, lo único que conseguí fue preguntarle:

—¿Cómo está Genevieve?

La doctora Reza me extendió una pomada sobre la herida más profunda de la mejilla.

—Está consciente.

—¿Y está...? —No logré terminar de pronunciar mi pregunta.

—Todavía es demasiado pronto para saber si tendrá algún daño permanente —respondió la doctora Reza. Hizo una pausa—. Al haber ralentizado el sangrado de la herida de su cabeza tan rápido —dijo—, puede que Sami y tú le hayáis salvado la vida.

Me quedé mirándola fijamente, sorprendida.

—¿De verdad?

La doctora Reza asintió. Bajó la mirada hacia mi brazo, con el que seguía rodeándome el torso para tratar de mitigar el dolor.

—Esta mañana fui a la reunión matutina de la Patrulla superior para actualizarlos sobre el estado de salud de Genevieve. Les dije lo mismo que te acabo de contar a ti. Así que espero que eso ayude con cualquier tipo de problemas o dificultades a los que te puedas estar enfrentando en este momento. —Hizo otra pausa—. Siento mucho... —dijo en un susurro— si malinterpreté la situación.

No supe qué responder a aquello. La doctora Reza se puso en pie y se acercó al lavabo para lavarse las manos. Se me volvió a revolver el estómago y, por un momento, me dieron ganas de levantarme de un salto de ese sofá y gritarle por haber interferido. Después recordé la mano cálida de Sylvia apoyándose en mi hombro; esa mirada de preocupación que me dedicó.

Alguien llamó a la puerta.

—Adelante —respondió la doctora Reza, y una de las enfermeras abrió la puerta una rendija, lo suficiente como para introducir la cabeza.

—Perdonad que os interrumpa —se disculpó—. Ha venido la policía. Dice que tienen que hablar con Rose de inmediato.

Se me volvió a revolver el estómago, y el vómito subió de nuevo por mi garganta, me lo tragué con fuerza y me giré hacia la doctora Reza. Ella también estaba mirándome. Ahora me pregunto si, en ese momento, vio algún destello de miedo, de culpa, en mis ojos y supuso (si es que no lo había sabido ya desde el principio) que sí que sabía dónde estaba Marta. Si lo adivinó, no dio muestras de ello. Ni tampoco intentó protegerme de la policía. Se limitó a asentir, se secó las manos con una toalla de papel y me hizo un gesto para que la siguiese fuera de la consulta.

12

La policía había montado una especie de campamento improvisado en el aulario de música, al otro lado del Hexágono. Me preocupaba que estuviesen tan cerca de la torre del reloj, pero no tenía tiempo para darle vueltas a ese tema. Un oficial de policía bastante joven me acompañó por el Hexágono y hasta el edificio, donde en el vestíbulo había un piano de cola Steinway y una escalera que llevaba hasta una pequeña salita en la primera planta. La mayor parte de los alumnos del internado estaban en esos momentos todavía en el comedor, pero pude oír la suave melodía de un clarinete que alguien estaba tocando en alguna de las aulas que había repartidas por el pasillo, y a otra persona practicando unas cuantas escalas con un violín.

—Bueno, bueno —dijo una voz alegre en cuanto entré en el aula 1—. ¡Otra soldado herida!

Esbocé una pequeña sonrisa. El comentario lo había hecho un hombre corpulento que debía de rondar los cincuenta, de aspecto amable, que llevaba el uniforme del departamento de policía de Devon y Cornwall. Iba acompañado por otra oficial de policía mucho más joven, de rostro agradable pero mucho más astuto.

—Siéntate —me pidió el hombre, señalándome una silla. El único mobiliario que había en la sala era un piano de pared, un par de atriles y dos sillas que me pareció que las habían traído del pasillo—. Soy el sargento Barnes —se presentó, balanceándose sobre sus talones—. Esta es mi compañera, la agente Werrill.

—Hola —los saludé tras decidir que lo mejor sería ser amable con ellos desde el principio. Más allá de eso, no tenía ningún plan. Tomé asiento y traté de esbozar una sonrisa—. Soy Rose Lawson. De la Casa Hillary —dije, de manera automática.

—Sí, sí —repuso el sargento Barnes alegremente, tomando asiento en la banqueta del piano. Señaló mi equipación de hockey con un gesto de la cabeza y paseó la mirada por mi rostro—. ¡Ya veo que has estado ocupada!

Asentí mientras trataba de adivinar si estaba insinuando que no debería seguir con mi vida como si nada hubiese ocurrido en estas circunstancias. Después recordé que estos mismos oficiales de policía no estaban intentando incriminarme de nada y que debería ser capaz de seguir un paso por delante de ellos.

—Sí —dije—. Teníamos partido de hockey esta mañana, pero me he caído.

—Qué mal —soltó el sargento Barnes—. Aunque supongo que te habrá ayudado a evadirte aunque sea solo por un rato de lo que está ocurriendo a tu alrededor. Supongo que lo estás teniendo que pasar mal con todo esto, ¿no?

—Sí —respondí con sinceridad.

—Por eso estamos aquí, Rose —dijo el sargento Barnes, observándome con amabilidad—. Queremos averiguar qué fue lo que pasó en realidad, tranquilizaros a todos. Y para hacerlo tendríamos que poder hablar con tu amiga Marta, pero, al parecer, ha desaparecido. ¡Y sin dejar rastro, además! ¡Nadie la ha visto!

—Eh... ya —repuse.

—Así que —siguió el sargento Barnes—, creímos que nuestra mejor opción era hablar contigo y con tus amigos... ¿Sami y Lloyd se llaman, verdad?, sobre lo que ocurrió el viernes, para ver si vosotros nos podíais guiar hacia donde podría haber huido Marta. Supongo que no tendrás ni idea de dónde podría estar, ¿no?

—No —respondí con firmeza—. No tengo ni idea. Llevamos unos cuantos días pensando en a dónde podría haber ido, pero no se nos ocurre nada. —El pronunciar la mentira en voz alta era muy distinto al escucharla de los labios de Lloyd. Parecía menos mentira. La agente Werrill sacó su cuaderno.

—Bueno, pues me alegro de que llevéis unos cuantos días pensándolo —dijo el sargento Barnes, llevándose las manos al estómago—. ¿Y de veras a ninguno se os ha ocurrido a dónde podría haber ido Marta?

—No.

—¿No os habló de ningún lugar seguro al que podría haberse marchado? —El sargento Barnes me hablaba como si estuviese tratando de convencerme de algo.

—No —repuse, con más firmeza que antes. La agente Werrill escribió algo en su cuaderno.

El sargento Barnes me observó intrigado.

—¿Viste lo que ocurrió el viernes, Rose?

—Estaba allí —respondí después de unos minutos—. Pero no vi lo que ocurrió.

—Ya veo —comentó el sargento Barnes. Me sostuvo la mirada durante unos minutos y, de repente, vislumbré un atisbo perspicaz en sus ojos, detrás de toda esa alegría—. Pero lo más probable es que ya supieses que Genevieve y Marta estaban enfadadas, ¿no es así?

Estaba tratando de descubrir algo partiendo de la misma premisa que todo el profesorado del Internado Realms y eso me hizo desconfiar de él, por lo que decidí que lo mejor sería restarle importancia a todo en la medida de lo posible.

—En realidad, no —respondí, tratando de sonar despreocupada.

—¿De veras? —preguntó el sargento Barnes. Frunció el ceño y me observó con curiosidad, aunque esta se transformó en algo mucho más duro rápidamente—. ¿Estás segura, Rose? El director de tu Casa nos ha contado que eras la mejor amiga de Marta.

—Bueno —comenté, sintiéndome un tanto perdida—. Supongo que lo soy. Pero no... no es... —Me volví hacia la agente Werrill, que no paraba de escribir en su cuaderno y me di cuenta, con una oleada gélida de miedo recorriéndome la columna, de que acababa de atraparme. Mis mentiras habían sido convincentes, pero no lo suficiente.

Cuando el sargento Barnes volvió a hablar, ya había tenido tiempo para adivinar la esencia de lo que iba a decir.

—Hemos estado hablando antes con tu amigo Lloyd —comentó—. Él nos comentó que Marta podría haberse ido hacia Oxford o hacia Cambridge. También nos dijo que ella os había hablado numerosas veces con fascinación de esos lugares. ¿Es cierto?

«Quizás incluso podamos distraer a la policía con alguna pista falsa...».

—Sí —dije, tratando de fingir que me acababa de acordar de eso—. Sí, es cierto. Sí que nos habló más de una vez de esos sitios.

—Ah —repuso el sargento Barnes—. Muy bien. —Él y la agente Werrill compartieron una mirada y después se volvieron hacia mí, observándome con seriedad, con los brazos cruzados—. Bueno —dijo, sosteniéndome la mirada—, ¿crees que debería ponerme en contacto con el departamento de policía de esas dos ciudades, Rose? ¿Debería pedirles que vigilasen por si tu amiga está por ahí, o pedirles que mandasen a unos cuantos oficiales a las estaciones de autobuses o de trenes para ver si aparece? Son muchos recursos que destinar, pero estoy seguro de que querrás que la encuentren, ¿verdad? Estoy seguro de que comprendes que necesitamos hablar con ella.

Estaba empapada en sudor de la cabeza a los pies. Fue entonces cuando supe que había subestimado a la policía. Había sido demasiado soberbia al pensar que les llevaba ventaja y eso había hecho que contradijese las pruebas de Lloyd con mis testimonios. Tendríamos suerte si no nos detenían a los dos antes de que se pusiese el sol.

—Sí —dije, tratando de mirar al sargento Barnes a los ojos mientras pronunciaba mi siguiente mentira—. Sí, quiero que la encontréis.

Poco después de eso me dejaron marchar, con una mirada que me dejó claro que no había logrado engañarlos y que nos tendrían vigilados. Sabía que tenía que poner a Sami sobre aviso cuanto antes, lo más seguro era que la policía fuese a buscarlo para interrogarlo el siguiente y, si seguía habiendo inconsistencias entre su testimonio y el mío, estaríamos metidos en un problema aún mayor. Me marché de vuelta a la residencia, con el estómago y el hombro todavía doloridos, y me topé con una oleada de alumnos alegres y con las panzas llenas de todos los grupos de edad que salían en tropel del comedor. Subí el Eiger a la carrera y bajé la mirada hacia la galería inferior, pero no había ni rastro de Sami. Supuse que debía de haber ido a la torre del reloj justo después de salir de comer, para llevarle la comida a Marta.

Era demasiado arriesgado que fuese yo también, pero si quería interceptarlo antes que la policía, no me quedaba otra opción. Regresé hacia allí a través del departamento de lenguas clásicas y cruzando la puerta de la hiedra, la misma ruta que habíamos seguido en la Noche del Puente y, de algún modo, logré saltar sin ayuda sobre el muro, apoyándome en los cubos de basura. Después salí corriendo bien pegada al muro hacia el Hexágono, bajé por la arboleda de los tilos y me fui directa hacia los establos. Me deslicé por debajo del arco de la torre del reloj y me topé con el patio lleno de estudiantes, todos vestidos con pantalones de montar color crema y cascos rojos, asiendo los ronzales de sus caballos y hablando animados sobre el paseo a caballo del domingo. Nadie se fijó en mí. Me colé en el interior del bloque C, en la cuadra vacía de George, y subí las escaleras de la torre del reloj de dos en dos.

Mis amigos estaban todos reunidos alrededor del colchón desvencijado, sobre el que Marta estaba sentada. Lloyd estaba sentado en el borde del colchón, con los codos apoyados en las rodillas, y Sami estaba de cuclillas a su lado, frente al hornillo que habíamos

encontrado. Estaba calentando los restos de un asado en una pequeña olla. A pesar de la situación tensa que estábamos viviendo, al
verlos a los tres juntos me invadió una sensación cálida y afectuosa
que consiguió alejar las náuseas y el resentimiento que había sentido hasta ese momento.

—Hola, Rose —me saludó Marta, que estaba sujetando un plato de hojalata sobre su regazo. Tenía un aspecto horrible. Con la
piel grisácea y el cabello lacio, grasoso y enredado—. ¿Qué te ha
pasado en la cara?

—Hockey. Bella.

Ella puso una mueca de dolor.

—Perdón por haber sido tan borde anoche —se disculpó, soltando las palabras a la carrera—. No pretendía…

—Ha pasado algo —la interrumpí.

—Lo suponía —repuso Lloyd. Tenía cierto deje tenso en su
voz—. Fui a buscarte después de que la policía me interrogase,
pero no te encontré. Sí que pude encontrar a Sami a tiempo. Estábamos hablando de qué hacer ahora.

—Y me han traído algo de comida —añadió Marta, con la mirada clavada en la olla.

—Sí —dijo Lloyd. Entonces se volvió hacia mí—. ¿Qué le has
dicho a la policía?

Me volví a sentir como si fuese varios pasos por detrás, como
si solo pudiese tropezarme, y me molestó el tono con el que hizo la
pregunta, como si estuviese dando por sentado que había metido
la pata. No me parecía apropiado, sobre todo teniendo en cuenta el
papel que jugaba él en todo lo que estaba ocurriendo, porque justo
era culpa suya que estuviésemos ahora los cuatro escondidos en
una torre húmeda en vez de estar disfrutando del sol de la tarde.

—Me dijeron que les habías dicho que Marta podría estar yendo hacia Oxford o Cambridge —comenté—. Yo no sabía nada de
eso, porque te lo acababas de inventar, así que ya les había dicho
que no teníamos ni idea de a dónde podría haber ido Mar y que
tampoco teníamos ninguna pista.

—¿Y qué te dijeron?

—No mucho, pero creo que sospecharon de mí. ¿Por qué demonios les dijiste eso antes de que hubiésemos podido hablarlo los tres e idear un plan?

Lloyd observó atentamente cómo Sami llenaba el plato de Marta con los restos de carne asada, patatas, zanahorias y guisantes, y después le echaba un poco de salsa a todo por encima. Me distraje por un momento y yo también me quedé observando la comida, preguntándome cómo había conseguido traer la salsa. Marta empezó a devorarlo todo al momento.

—¿Lloyd? —lo llamé, cuando la sala se quedó en completo silencio.

Alzó la mirada hacia mí.

—Porque me presionaron —dijo con reticencia—. Me dijeron que iban a traer perros policía pare registrar los terrenos.

Marta se volvió hacia nosotros como un resorte.

—¿*Perros?*

—Sí —respondió Lloyd—. No te preocupes —se apresuró a añadir—. No creo que vayan a usarlos de verdad. Creo que están bastante convencidos de que has huido del internado, Mar. Pero sentí que tenía que… ya sabéis… *animarlos* a mirar lejos de aquí.

—Gracias, Lloyd —dijo Marta, metiéndose una patata asada en la boca—. Me *encantaría* poder ir a Oxford, en realidad —añadió, con las mejillas hinchadas como las de una ardilla.

No me gustó nada que no estuviese preocupada por el riesgo que estábamos corriendo por ella.

—¿Qué les hizo pensar que Marta seguía en el Internado Realms? —pregunté.

Lloyd se mordió el labio inferior con fuerza. Supe que sabía la respuesta y, por la mirada que me echó Sami, supe que él también lo había adivinado. Lloyd se volvió hacia Marta.

—Tu padre habló con ellos —dijo—. Les ha dicho que está convencido de que no has podido huir. Les ha hablado de las ganas que tenías de venir aquí. —Soltó un suspiro y pude ver

LOS CUATRO **217**

cómo el arrepentimiento surcaba su expresión—. Los está presionando para que te encuentren, Marta. Incluso ha subido el listón, les ha dicho que eres alguien vulnerable. Creo... creo que nos va a costar seguir escondiéndote aquí durante más tiempo.

Cualquier rastro de color abandonó el rostro de Marta. Bajó la mirada con tristeza hacia la patata asada que acababa de pinchar con el tenedor y volvió a dejarla en el plato. Pude ver el dolor que tiñó la expresión de Sami o la tensión que cambió el de Lloyd mientras los tres esperábamos a que dijese algo.

—Bueno —dijo por fin, esbozando una sonrisa débil—, me alegra saber que no lo había subestimado.

Sami se volvió hacia Lloyd.

—Mar —la llamó a tientas—, ¿cuándo comenzó?

—¿El qué en concreto? —respondió Marta con calma.

Sami tragó con fuerza.

—Todo lo que tiene que ver con el Internado Realms —dijo después de un momento. Me pregunté si había querido hacerle una pregunta distinta pero al final había perdido las fuerzas para hacerla—. ¿Siempre se comportó de este modo porque quisieses venir aquí?

Ella se encogió de hombros.

—Mi padre cree que los internados son antros del pecado —dijo—. Según él hay demasiada libertad. Para ser justa, no había conocido al señor Gregory. —Ninguno sonrió y ella soltó un suspiro—. Beber, consumir drogas, tener sexo... y la lista sigue y sigue. ¿Es que vuestros padres no estaban preocupados? —Sami y yo negamos con la cabeza y ella guardó silencio, como si estuviese midiendo sus siguientes palabras con sumo cuidado—. Mi madre era distinta. Pidió el panfleto sobre el internado hace años, y lo solíamos leer juntas. Ella creía que me vendría bien pasar algo de tiempo lejos de casa, con gente de mi edad. Le dijo a mi padre que, sobre todo, me enriquecería académicamente. *Él* dijo que solo estaba intentando protegerme, para que no tuviese que crecer demasiado rápido. Pero después ella lo convenció de que, si no salía de casa ahora, no sería capaz de afrontar la universidad. A él siempre le ha importado que fuese a la universidad, porque él mismo es académico de una.

—¿Así que lo convenció? —preguntó Lloyd. Los tres nos quedamos mirando fijamente a Marta, que estaba sentada justo debajo de un haz de luz que se filtraba por la esfera del reloj y que iluminaba su rostro lleno de suciedad.

—Sí —respondió Marta en un murmullo—. Sí, lo convenció. Pero cuando la perdimos en febrero él... bueno, cambió de opinión. Empezó a depender mucho más de mí —dijo, sin tono alguno.

Nos quedamos ahí sentados, en silencio, durante unos minutos. De alguna manera, pude ver que Marta nos acababa de hacer un breve resumen de una serie de eventos vitales terribles, que a pesar de que ahora tuviésemos demasiada información que asumir, toda información nueva, todavía había muchos horrores que no nos había contado; horrores mucho peores que el otro secreto que Marta me había ocultado y del que no había podido preguntarle a Sami. De momento, sin embargo, me servía con que se hubiese abierto aunque solo fuese un poco más. Eso me bastaba para saber qué tenía que hacer a continuación.

—Dinos qué podemos hacer para ayudarte —le pedí a Marta.

Ella se volvió hacia mí y esbozó una sonrisa; una sonrisa cansada y triste que me llegó al alma. Echó un vistazo a su alrededor, a lo vacía y sórdida que estaba aquella habitación, y después bajó la mirada hacia sus manos, que volvía a tener inflamadas, como después del ataque de Genevieve.

—Solo hay una cosa con la que podéis ayudarme —dijo en un susurro.

—Cualquier cosa.

—Escondedme aquí. —No estaba mirando a los chicos, solo a mí, pero sus ojos brillaban, claros y centrados—. Podéis esconderme aquí durante seis meses más, hasta que cumpla oficialmente dieciocho, y entonces seré libre. No tendré por qué volver jamás a su casa. No tendré que verlo más.

Nos quedamos boquiabiertos. Ella nos devolvió la mirada con firmeza y determinación. En mi mente se agolparon docenas de pensamientos. La idea de Marta me parecía tan extraordinaria como aterradora. Intenté, desesperada, pensar en cualquier otra alternativa; alguna manera de convencerla de que esconderla en esta habitación durante tanto tiempo era una locura, algo peligroso e imposible, de que nos estaba pidiendo demasiado. Pero antes de que pudiese decir nada, ella se me adelantó.

—Salvadme la vida —dijo, simple y llanamente.

Se volvió a hacer el silencio, tenso y prolongado, pero entonces Sami lo rompió, en apenas un murmullo.

—¿Cumples dieciocho en seis meses?

—Mentí en mi inscripción. —Marta bajó la mirada hacia sus manos—. Debería ir un curso por delante, pero... estaba desesperada por conseguir una de las becas Millennium. —Esbozó una pequeña sonrisa y los cuatro nos quedamos ahí, sentados y en silencio, unos cuantos minutos más.

Fue Sami quien volvió a romperlo.

—Vale.

Lloyd se volvió hacia él, anonadado.

—¿Qué has dicho?

—Lo haremos —repuso Sami—. Al menos, yo lo haré. Te ayudaré. —Le dedicó a Marta una pequeña sonrisa. Ella esbozó una igual, y la esperanza y el alivio que surcaron su rostro combatieron mi propia incertidumbre.

—Yo también te ayudaré —le dije.

Marta se volvió entonces hacia Lloyd.

—¿Y tú qué piensas? —le preguntó, como si estuviésemos manteniendo una conversación completamente normal.

Lloyd nos miró de hito en hito, con una expresión a medio camino entre la incredulidad y la admiración. Casi podía ver los engranajes de su cabeza en funcionamiento, valorando y evaluando todas las posibilidades, los riesgos y las recompensas. Al final, se volvió y miró a Marta directamente a los ojos. Ella lo observaba con calma, sin rastro de desesperación o súplica. Tenía la cabeza ladeada y los ojos le brillaban como si estuviese desafiándolo.

—Muy bien —dijo Lloyd por fin—. Yo también. Intentémoslo.

13

La policía abrió una investigación oficial sobre la desaparición de Marta una semana más tarde. Mientras tanto, el sargento Barnes nos interrogó a Lloyd, a Sami y a mí tres veces más, pero su táctica no mejoró en absoluto y no consiguió sonsacarnos nada. Dedujimos que la dirección del Internado Realms y los padres de Genevieve estaban sometiendo a Barnes a una enorme presión. Unos días después de que hubiésemos accedido a esconder a Marta, Sir Jacob Lock se presentó en el Internado Realms junto con la madre de Genevieve para una reunión con la doctora Wardlaw. Incluso aunque no lo hubiese reconocido por todas las fotografías de los periódicos o las entrevistas de televisión, habría sabido al momento que era el padre de Genevieve. Tenían los mismos rasgos angulosos y altivos, y se tironeaba de la corbata azul del mismo modo nervioso en el que Genevieve se tironeaba de la túnica. Aunque todavía estábamos a finales de octubre, ya tenía una amapola prendida a la solapa de su chaqueta. La madre de Genevieve le daba dócilmente la mano al cruzar el atrio y tenía la mirada clavada en lo alto del Eiger, como si estuviese intentando medir la distancia que había recorrido su hija al caer. No pude compadecerme de ellos.

El hecho de que no pudiese compadecerme de una pareja que ya había perdido a una hija y que tenía a la otra con la vida pendiendo de un hilo debería haber sido una señal de alarma. Ya había empezado a perder la capacidad de sentir o, más bien, había empezado a canalizar toda mi energía en otra dirección: hacia Marta. Habíamos accedido a ocultarla sin haberlo pensado antes o sin habernos preparado para lo complicada que sería esa tarea, sin saber que era extremadamente agotador y difícil el tener que esconder a alguien a plena vista. El hecho de que, después de unos días, la policía y la Patrulla superior dejasen de registrar los terrenos del Internado Realms en busca de Marta tampoco nos ayudó en nada. Todavía sospechaban de nosotros, los mejores amigos de Marta; éramos conscientes de ello, aunque no lo demostrásemos, y por eso el señor Gregory y los otros miembros del personal del internado nos vigilaban de cerca, así como Bella Ford, Jolyon Astor y sus secuaces. El hecho de que Sami y yo le hubiésemos salvado la vida a Genevieve pareció enfadarlos aún más en lugar de apaciguarlos.

Nos dedicamos en cuerpo y alma a esconder a Marta y a asegurarnos de que estuviera lo más cómoda posible. Normalmente no hablábamos de lo que estábamos haciendo, sino que dábamos por sentado que los otros nos entendían sin palabras. Hubo dos hechos que jugaron a nuestro favor: el primero, todo el mundo en el Internado Realms nos odiaba; y el segundo, nuestros días estaban siempre llenos de cientos de tareas por hacer. El primer hecho hizo mucho más sencilla la tarea de poder robar comida para Marta, porque comíamos siempre solos. También ayudó a que no nos echasen de menos en las reuniones por la tarde o a que nadie se diese cuenta de que no estábamos pasando el rato en la sala común, porque, de todos modos, casi siempre nos excluían de esos mismos espacios. El segundo hecho nos permitió pasar algo de tiempo todos los días en la torre del reloj, porque era muy difícil tener a todos los alumnos del Internado Realms vigilados constantemente con esos horarios de locos. Había tantas actividades, tantos procedimientos y protocolos y tareas, que esos horarios jugaban a nuestro favor porque, si nos preguntaban dónde estaba alguno de los otros o a dónde íbamos, solo teníamos que inventarnos algo que encajase con la locura de horarios del Internado Realms y, normalmente, siempre nos creían a pies juntillas. A medida que fueron pasando los días, me volví una mentirosa experta con cada mentira que decía. Mentir me resultaba reconfortante. Sacaba mi lado creativo, cada mentira tenía un propósito y siempre tenía éxito. Incluso yo misma empecé a creerme mis mejores mentiras.

Quizá no debería haberme sorprendido que nuestro mayor problema en todo este plan fuese justamente el señor Gregory. La doctora Wardlaw y la dirección del internado lo tenían bajo presión, sobre todo porque, bajo su cuidado, dos chicas de la misma familia habían sufrido situaciones trágicas y terribles, y creo que me podría haber dado pena si no se hubiese dedicado en cuerpo y alma a hacernos la vida imposible. Aparecía en nuestras habitaciones a horas intempestivas, se aseguró de que el resto de los mags le informasen directamente de cualquiera de nuestras ausencias y, lo que más molesto me resultaba, nos puso innumerables castigos que conllevaban el tener que pasar horas y horas en su despacho haciendo las tareas más inútiles que se le pudiesen ocurrir. Tuvimos que pasar cientos de interminables tardes puliendo los zapatos de objetos perdidos, recitando los nombres de los alumnos que habían formado parte de las distintas Patrullas superiores desde 1910 y memorizando hasta el más nimio detalle de la época oscura de la historia militar del internado que tanto le interesaba al señor Gregory en ese momento. Pero peor que el tedio era el hecho de que esos castigos nos impedían ir a ver a Marta a la torre del reloj en muchas ocasiones, aunque ahora dependiese por completo de nosotros para sobrevivir.

Si alguien estaba destinado a descubrirnos, no me cabía ninguna duda de que sería el señor Gregory, no por su astucia, sino por su determinación. Estaba obsesionado con los pequeños detalles y eso jugaba a su favor, porque le interesaban mucho más los controles rutinarios de nuestros uniformes y las inspecciones de nuestros dormitorios que el bienestar de los alumnos de la Casa Hillary, pero era implacablemente perspicaz, y creo que nos habrían pescado en más de una ocasión de no haber sido por Lloyd. Quizá por haber pasado tanto tiempo en distintas familias de acogida, Lloyd era el más ingenioso de los tres. Siempre era él quien asaltaba las cocinas del internado para poder robar alguna lata de comida cuando no conseguíamos sacar los restos de nuestros platos; era él quien robaba estratégicamente ciertos objetos que pudiésemos necesitar de las distintas aulas de la escuela, para que nadie los echase en falta en ningún momento, y también era él quien se conocía las rutas más secretas para llegar desde la Casa Hillary hasta la torre del reloj, para que nadie nos viese. Cuando Sami o yo cometíamos algún error, nos trataba con paciencia aunque con firmeza, nos explicaba lo que habíamos hecho mal y cómo evitar cometer algún error parecido en el futuro. Pronto nos dimos cuenta de que una parte de Lloyd se deleitaba en tener que enfrentarse a un reto así. Nos fijamos en que estaba tratando esta situación como una especie de juego de estrategia; una aventura con un propósito noble y necesario, y que la perspectiva de ser más inteligente e ingenioso que el señor Gregory era algo que daba por sentado.

Hasta donde yo sabía, Max y Lloyd no volvieron a quedar más veces después del incidente del Eiger. Dejaron las clases de órgano. Max se aseguró de pasar mucho más desapercibido que de costumbre, y no nos hablaba en el atrio o durante las comidas como solía hacer antes. Aparte de Sylvia, parecía que la Patrulla superior había empezado a dejarlo de lado. Sylvia y él visitaban a Genevieve un par de veces por semana, siempre los llevaba la doctora Reza en coche, en alguno de los Land Rover del internado. Las noticias que nos llegaban sobre el estado de Genevieve eran esperanzadoras, pero muy confusas. Con su novia fuera del mapa, Max ya no tenía ninguna excusa para colarse en la Casa Hillary; ya no tenía ninguna excusa para venir a nuestra sala común a tocar el piano con Lloyd por las tardes, aunque tampoco habríamos estado allí si hubiese decidido venir. Cuando no estábamos encerrados en el despacho del señor Gregory, estábamos en la torre del reloj (siempre subía uno y los otros dos se quedaban montando guardia) o metidos en la cama temprano, preparándonos para despertarnos a las cinco y media de la mañana, que era la única hora a la que podíamos escabullirnos hasta los establos sin arriesgarnos a cruzarnos con nadie.

O eso creíamos. Yo me tuve que encargar de una de esas excursiones antes del amanecer a mediados de noviembre, unas tres semanas después del incidente del Eiger. Me sonó la alarma a las cinco menos diez de la mañana, y me quedé un rato ahí, tumbada en mi cama, observando la oscuridad que reinaba en mi dormitorio, intentando no volver a quedarme dormida. *¿Qué necesita?*, me pregunté, tratando de recordar lo que Marta había comido la noche anterior. Salí de la cama y me puse mi mono de trabajo y las botas, y me metí el paquete con sobras de la cena que habíamos preparado en el bolsillo. Le eché un vistazo rápido a mi escritorio, que estaba lleno de tareas por terminar, incluyendo una redacción que la señora Kepple me había puesto como castigo por no haber acabado las tareas de la clase de preparación para la universidad de la semana anterior. Si no la entregaba a tiempo, me pondría otro castigo, pero Marta no podía permitirse que no le llevase esa comida.

Salí de la Casa Hillary a hurtadillas y bajé hasta la puerta de la hiedra, que daba al patio con los cubos de basura. Me impulsé por encima del muro, tratando de no aplastar el paquete lleno de comida, y salí corriendo hacia los establos. El aire olía a tierra, a rocío y a fresco. No había movimiento en ninguna de las otras residencias ni en la enfermería; ningún mag con cara de sueño, o ningún miembro de la Patrulla superior o jardinero rondando por los terrenos. El trabajo en los establos, que antes había sido una pesadilla, así como el hecho de que el señor Gregory se negase a asignarme algún compañero de trabajo que reemplazase a Marta, se había convertido rápidamente en algo vital para la supervivencia de mi amiga. Sentí cómo parte de la tensión que hasta ese momento me había inundado abandonaba mi cuerpo cuanto más me acercaba a los establos y cuando me deslicé por debajo del arco de la torre del reloj, en dirección al bloque C.

Estaba apartando la tabla de madera contrachapada del muro de cemento cuando oí un ruido a mi espalda. Me di la vuelta y me escondí detrás de Polly cuando vi un destello pelirrojo. Gerald se estaba acercando a los establos, calmando a los caballos con murmullos. Me agaché, sudorosa. Mi instinto me gritaba que me mantuviese oculta pero, si decidía entrar en esa cuadra, me encontraría al momento. Salí de mi escondite de detrás de Polly.

—Buenos días —lo saludé, tan despreocupada como pude, intentando empujar con el pie la pared de contrachapado de vuelta a su sitio.

Él se volvió a mirarme, con la sorpresa surcando su expresión.

—¿Qué estás haciendo aquí?

—Tengo trabajo que hacer. —Era verdad, pero era demasiado temprano para estar en los establos. Todas las jornadas matutinas empezaban a las siete menos cuarto. Decidí que la mejor distracción sería incordiarlo un poco—. ¿Qué estás haciendo *tú* aquí?

—Soy el director de caballerizas. Puedo ir y venir cuando me apetezca. —El tono de Gerald era mucho menos hostil de lo que esperaba.

Acarició el morro de Polly y su mirada pálida pasó de la yegua a mí.

—¿Vas a salir de ahí de una vez? No creo que te dé una coz, pero mejor prevenir que curar.

Si me movía, la pared de madera contrachapada quedaría al descubierto, pero no tenía alternativa. Me deslicé hacia la parte central del establo. Sorprendentemente, Gerald llevaba puesto el uniforme del internado y la túnica de la Patrulla superior, prendas que no casaban demasiado con el interior sucio del bloque C. Nunca lo había visto con algo aparte de su mono y sus botas de trabajo, ni siquiera las veces que lo había visto de reojo en el comedor. Me vio mirándolo y se encogió de hombros, molesto.

—Clases de repaso —soltó.

—Ah. —Las clases de repaso se impartían antes del desayuno, y los alumnos que acudían era porque iban retrasados o como castigo, o por ambos motivos. Genevieve y Sylvia las llamaban «las clases de preescolar».

—Voy como *supervisor* —espetó—. No soy imbécil.

—Lo sé. —Estaba mirando a mi espalda, con el ceño fruncido. Desesperada por distraerlo, insistí un poco más—. ¿De qué curso?

—Les estoy echando una mano a los alumnos de cuarto de secundaria para que terminen sus porfolios para la clase de arte. Se me da muy bien dibujar —se jactó, con el pecho henchido bajo la túnica—. ¿Has estado alguna vez en la sala común de la Casa Columbus? —Negué con la cabeza—. Tienen colgados dos de mis dibujos. Briggs los enmarcó. Si no me convierto en jinete profesional, seré artista.

—Creía que los jinetes solían ser bajitos. Tú eres muy alto, tienes suerte. —Sabía que estaba jugando con fuego al ensalzarlo, pero era mejor que hacerlo enfadar. Se agachó para tomar un cubo lleno de pienso, con las mejillas sonrojadas, tratando de no dejar ver lo mucho que le había halagado mi comentario—. ¿Qué otras asignaturas cursas? —le pregunté.

—Economía y física. —Alzó la mano y apartó un mechón de la crin de Polly—. Estoy en la misma clase en la que estaba tu amiga —comentó, mirándome de reojo—. Era toda una empollona.

—Es inteligente.

—Tal vez. Pero también es una cobarde. Yo no habría huido —dijo de repente—. Me habría quedado para enfrentarme a las consecuencias de mis actos. Pero claro —añadió—: Tampoco habría dejado el trabajo a medio hacer. Habría matado de una vez por todas a Genevieve Lock.

Se formó un silencio tenso entre nosotros. *No lo dices en serio,* pensé, pero entonces me fijé en la dureza de su expresión mientras echaba el pienso en el comedero de Polly, y supe que hablaba totalmente en serio. Al principio, me sentí asqueada, pero esa sensación me abandonó rápidamente. Recordé mi viejo dolor, mi antigua rabia. Quería decirle a Gerald: *Cuéntame qué te ha pasado. Te ayudará decirlo en voz alta.* Pero algo me detuvo.

—Tengo que irme —comentó Gerald. Me observó vacilante, como si estuviese a punto de añadir algo, pero entendió mi silencio como una especie de crítica más que como una duda. Antes de que pudiese decir nada, se dio la vuelta y se marchó.

Me encontré a Marta hecha un ovillo sobre su colchón, leyendo *Cumbres borrascosas* a la luz de una linterna. Me di cuenta de que proyectaba poca luz, por lo que añadí robar unas cuantas pilas a mi lista mental de objetos que tendría que traerle la próxima vez que viniese a visitarla.

—Buenos días —la saludé, sacando el paquete lleno de comida de mi bolsillo.

—Hola —bostezó, sentándose sobre el colchón—. ¿Qué me cuentas?

—Gerald estaba pululando por los establos. —Observé cómo abría la servilleta pegajosa, tomaba un puñado de pasta congelada y se lo llevaba a la boca—. Te hemos traído cubiertos —le recordé, tendiéndole un cuchillo y un tenedor que había en una caja junto al colchón. Después me agaché para encender el hornillo.

—Luego tengo que limpiar el colchón —comentó Marta después de un momento, chupándose los dedos—. No huele muy bien.

Me volví hacia ella. El colchón mugriento y hundido era un misterio sobre el que Sami, Lloyd y yo habíamos hablado varias veces con inquietud, así como de la presencia de un pequeño retrete y un lavabo justo debajo de la habitación de la torre del reloj, lo que parecía indicar que esta no había estado siempre tapiada. Lloyd dijo que creía que podría haber sido la residencia de los ayudantes de los establos que había habido hacía años en el internado. Aquella mañana, Marta y yo habíamos previsto hervir agua en el pequeño hornillo para lavarle el pelo, que estaba en peor estado que nunca.

Marta pareció leerme la mente.

—Voy a cortármelo —comentó como quien no quiere la cosa—. Así podré mantenerlo limpio más tiempo. ¿Puedes traerme unas tijeras la próxima vez que vengas?

—Me parece una medida demasiado drástica —comenté, echando mano a la pequeña lata de chocolate caliente. No quería traerle unas tijeras si podía evitarlo.

—¡Para nada! Siempre he querido cortármelo, pero nunca me han dejado —insistió, negando con la cabeza, lo que hizo que sus mechones grasientos se meciesen de un lado a otro.

—Lo que pasa es que estás aburrida —le dije—. Te traeré más libros en cuanto pueda.

—Gracias. —Con tristeza, Marta bajó la mirada hacia sus manos, que estaban manchadas de salsa—. Me resulta muy raro estar aquí encerrada. Nunca había dormido tanto como estos días. Nunca había tenido tanto tiempo para *pensar*. Me cuesta mucho no tener nada que hacer. —Entonces se dio cuenta de cómo la observaba, frustrada por sus palabras, y me miró con culpa—. ¿Por qué no me dejas que te haga algunas de las tareas que tengas para clase? —sugirió—. Para que puedas tener algo de tiempo libre.

—No tienes los libros.

Ella sacudió la mano, desestimándome.

—No los necesito. Dime el tema y me pondré con ello ahora mismo.

Vacilé, pero entonces accedí.

—Tengo que hacer un comentario sobre uno de los sonetos de Shakespeare —comenté—. Empieza con: «Mi amor es una fiebre que incesante ansía…».

—¡Ah! —Marta se puso de rodillas, apartando de un manotazo su saco de dormir—. Lo conozco. —Esbozó una enorme sonrisa—. Puedo hacerte el comentario, Rose, no me va a costar nada. —Entonces bajó la mirada al suelo—. Mi padre odia ese soneto.

La observé atentamente, insegura.

—Que él lo odie no quiere decir que *a ti* no pueda gustarte.

—¿Sigue aquí? ¿En el Internado Realms?

—Llevo sin verlo desde hace unos cuantos días —respondí con sinceridad, decidiendo no mencionar que habíamos estado vigilando al profesor De Luca de cerca todo este tiempo y que nos había puesto nerviosos verlo todos los días en el atrio, en el comedor o, peor aún, esa vez que lo vimos saliendo del despacho del señor Gregory.

Marta y yo pasamos unos veinte minutos más juntas. Preparé chocolate caliente y la convencí de que se pusiese una camisa limpia (la única prenda que había podido traer), y le recordé que se lavase los dientes. Ella, con reticencia, hizo lo que le pedía, mientras me hablaba sobre la discusión que había mantenido con Lloyd hacía poco tiempo acerca de la trama de *Cumbres borrascosas*.

—El problema de Lloyd es que siempre pretende que los personajes de los libros sigan su propia lógica —murmuró, abriendo su cuaderno—. Pero las cosas no funcionan así. ¿Cómo se supone que podríamos saber qué hacer en ciertas situaciones…?

—Lo que le pasa es que es pragmático —respondí—. No deja que sus emociones lo dominen. —En cuanto lo dije en voz alta supe que eso no siempre era cierto.

—Supongo. —De repente, Marta parecía triste—. Ojalá pudiese ser un poco más como él, pero no puedo. Y voy y me enamoro de él, Rose, me está volviendo loca. —Lo dijo como si fuese un hecho, sin vergüenza alguna, y alzó la mirada hacia mí, observándome con una expresión esperanzada y confiada dibujada en su rostro, lo que me hizo darme cuenta de que llevaba mucho tiempo queriendo contármelo—. Oh, lo sé —añadió, como respuesta a mi expresión sorprendida—. Debería habértelo contado antes, pero no pude, no sabía cómo. En realidad, todavía no sé muy bien cómo contártelo. Siento algo enorme, aquí… —Se señaló el pecho— y no le encuentro sentido *aquí*. —Se señaló la cabeza—. Es lo único que no logro comprender —murmuró.

Me mordí el labio inferior con fuerza, tratando de encontrar las palabras adecuadas para responderle. Sabía que a Marta le gustaba Lloyd, pero no había comprendido lo mucho que le gustaba hasta ese momento. Ahí, en medio de esa habitación de la torre del reloj, sentí cómo la compasión que sentía por ella me oprimía el pecho, una emoción que sobrepasaba todo lo demás que pudiese sentir por ella. Pero entonces me di cuenta de que también le tenía envidia; envidiaba su capacidad para ser sincera, tanto consigo misma como conmigo. Había logrado expresar su verdad en voz alta, aunque fuese de manera imperfecta, pero supe, por la forma en la que se le hundieron los hombros poco después, que se acababa de quitar un enorme peso de encima al confesármelo, aunque yo no pudiese hacer nada para solucionar su problema.

Oí voces que provenían del patio.

—Tengo que irme —dije, de manera automática.

—Vale —repuso Marta, alzando la mirada hacia mí—. ¿Cuándo volverás?

—En cuanto pueda. La próxima vez podemos volver a hacer chocolate caliente —comenté, como si estuviese intentando animarla.

—Me encantaría. Te echo de menos, Rose. Echo de menos pasar el rato contigo…

—Yo también te echo de menos.

—¿Incluso mis desastres?

—Incluso tus desastres. —Sonreí. Quería decirle a Marta que no había sacado ninguna de sus pertenencias de nuestra habitación y que todo seguía tal y como ella lo había dejado, aparte de lo poco que había tenido que recoger para poder pasar la inspección rutinaria, pero entonces escuché a Gerald pegando gritos en el patio y supe que había llegado la hora de irme—. Te veo luego, Mar.

Lloyd, Sami y yo no coincidíamos en la primeras clases, por lo que tenía que esperar hasta la hora del almuerzo para contarles lo que había pasado esa mañana con Gerald. De camino al atrio, examiné a la multitud de alumnos que se reunían en las galerías superior e inferior, pero no había ni rastro de mis amigos. Sabía que, si permanecía sola mucho tiempo más, sería un objetivo fácil, por lo que me abrí paso hasta la entrada todo lo rápido que pude, frustrada porque me fuese tan rápido el corazón y porque me sudasen las manos cuando la gente se detenía a mirarme más de un segundo.

Cuando salí al camino de la entrada me encontré con una docena de estudiantes que se deleitaban con los pocos rayos de sol de aquel día. Vi a Max sentado en las altas escaleras que llevaban a la puerta abierta de la capilla, con los codos apoyados sobre sus piernas extendidas. Había una pila de partituras a su lado. Al verme, alzó la mano para saludarme.

—Hola. —Me acerqué a él—. ¿Cómo estás?

—Ah, estoy bien —dijo, pero no lo parecía en absoluto. Su cabello, que siempre solía llevar reluciente, estaba lacio, tenía unas profundas ojeras bajo su mirada, y le olía un poco el aliento. Rebuscó algo en el bolsillo de su túnica y sacó un paquete de tabaco. Me lo tendió.

Yo negué con la cabeza.

—No sabía que fumabas.

Él soltó una carcajada, pero no tenía nada que ver con las carcajadas alegres que le había oído hasta ese momento.

—Me hace sentirme un poco más cerca de Gin. —Prendió una cerilla a tientas.

—¿Qué tal está?

—No muy bien. —Exhaló una nube de humo—. Está despierta, pero no tiene aspecto de saber qué está pasando. Tampoco sabe quién soy. —Le temblaba la mano al llevarse el cigarrillo a los labios.

No sabía qué decirle. Si Sami tenía razón y Max había querido romper con Gin antes de lo que ocurrió en el Eiger, su comportamiento no tenía sentido; pero Genevieve y él llevaban saliendo juntos mucho tiempo, así que tenía que sentir algo por ella.

—Estoy segura de que mejorará —comenté, un tanto incómoda.

—Puede ser —repuso—. Pero sus padres están furiosos. Yo también lo estaría en su lugar. Ya han perdido a una hija, y Gin es lo único que les queda. Jacob me mandó ayer un mensaje. Quiere denunciar a Marta.

Me tragué con fuerza la tensión que se había apoderado de mi cuerpo. *¿Es que esto puede ir a peor?*, pensé, con el estómago revuelto. Aguardé a ver si Max se mostraba incómodo o arrepentido con el tema, pero él se dedicó a seguir fumando en silencio, con la mirada perdida en el camino de la entrada.

—Sylvia está enfadadísima conmigo —añadió de repente, con la voz temblorosa—. Me dijo… —Pero no llegó a terminar la frase. Seguí su mirada y me topé con Lloyd y Sami, que paseaban junto al edificio central. Estaban hablando con la doctora Reza, que caminaba justo entre los dos.

Max le dio una larga calada a su cigarrillo, con una expresión inescrutable dibujada en su rostro, mientras los chicos y la doctora Reza se acercaban a nosotros. La doctora observó a Max con frialdad durante unos minutos, antes de volverse directamente hacia mí.

—Hola, Rose.

—Hola. —Le dirigí una mirada nerviosa a Max, y después otra a Lloyd y a Sami. Me di cuenta de que parecían mucho más tensos de lo que deberían solo porque Max hubiese estado fumando—. ¿Qué ocurre?

El timbre que marcaba el inicio de la siguiente clase sonó en el edificio central justo cuando la doctora se acercó un poco más a mí.

—La policía está aquí. Les gustaría hablar con vosotros.

Max tosió, un sonido gutural y asustado.

—¿De qué?

—Más allá de lo obvio, no lo sé —repuso la doctora Reza. Bajó la mirada hacia el cigarrillo, que seguía prendido y temblaba entre los dedos delgados de Max—. No tienen que hablar contigo, Max, de momento solo han pedido hablar con el resto. Tú puedes irte a clase.

Aliviado, Max apagó el cigarrillo contra el suelo y se puso de pie. Lanzó la colilla a un lado de un aspaviento y se agachó para recoger sus partituras.

—Recoge eso. —La doctora Reza hablaba con mucha más dureza que nunca. Max la observó con desprecio y me pareció percibir cierto rencor entre ellos. Después, muy despacio, se inclinó para levantar el cigarrillo aplastado, antes de marcharse de camino al edificio central.

La doctora Reza se volvió de nuevo hacia nosotros.

—En cuanto a la policía —empezó a decir pidiéndonos que la acompañásemos al interior de la capilla, pero antes de que pudiésemos ingresar oímos un grito agudo.

—¡Max!

Los cuatro nos volvimos hacia allí y nos encontramos con Jolyon y Rory, surgiendo de entre las sombras del pasaje de la capilla y recorriendo la distancia que los separaba de Max a zancadas. Ellos no nos vieron a nosotros, medio escondidos en el umbral y, por lo demás, el camino de la entrada estaba prácticamente desierto.

Rory tenía un balón de rugby en las manos, como siempre, y, bajo nuestra atenta mirada, le dio una patada, lanzándolo directo hacia Max, que tuvo que colocarse las partituras bajo el brazo para poder atraparlo. Unas cuantas se le cayeron al suelo.

—Hola, chicos —los saludó, esbozando una sonrisa afable.

—¡Matey! —Rory corrió hacia él y le rodeó el cuello con el brazo, antes de revolverle el cabello. La cabeza de Max estaba apretada contra el pecho de Rory, y entonces el abrazo se transformó rápidamente en una especie de llave, y Max empezó a revolverse entre sus brazos, arrastrando los pies sobre la gravilla mientras Rory lo empujaba por el camino de la entrada, sin dejar de proferir gritos como si estuviesen de broma. Jolyon los siguió de cerca. No parecía haber nada extraño en ese comportamiento, pero algo en sus tonos de voz aquel día me hizo salir corriendo hacia ellos, bajando los escalones de la capilla y rodeando el edificio central. Estaban en el césped, medio ocultos por una serie de arbustos.

Rory y Jolyon habían conseguido derribar a Max, que estaba tumbado sobre la hierba de espaldas, mientras Rory lo agarraba de los brazos y Jolyon de las piernas. Inmovilizado contra el suelo, Max soltó una carcajada débil, como si todo fuese una broma; al fin y al cabo y, hasta ese momento, hasta oír esa risa, quizá me lo habría creído. Lloyd y la doctora Reza corrían por el camino de entrada hacia ellos cuando vi cómo Rory saltaba sobre el brazo derecho de Max, aplastándole la muñeca y la mano bajo sus zapatos de traje negros y pulidos. Entonces un crujido repugnante rompió el ambiente.

Max soltó un grito horrible. Por un segundo, Rory y Jolyon intercambiaron una mirada de sorpresa, como si no hubiesen previsto hacerle daño de verdad; y entonces salieron huyendo, adentrándose en el edificio central por la entrada principal, soltando un único grito victorioso. La doctora Reza y Lloyd se arrodillaron junto a Max e intentaron que no se incorporase. Le temblaban los hombros al apretarse el brazo derecho contra el pecho, pero se apartó de las manos de Lloyd como un rayo, con el rostro pálido como una estatua y sudando profusamente al dejarse caer contra la doctora Reza. Mientras lo observaba, el dolor agudo de su expresión se entremezcló con un horrible miedo.

La doctora Reza se alejó con Max. Lloyd se dejó caer sobre la hierba, con la cabeza escondida entre las manos. Sami lo llamó y él se irguió lentamente al oírlo.

—Ayudadme a encontrarla —nos pidió.

—¿A quién?

—A la maldita Sylvia Maudsley. —Le temblaba la voz y me di cuenta de que estaba mucho más enfadado que la doctora Reza, si es que eso era posible—. Ha conseguido convencer a los miembros de la Patrulla superior de que se vuelvan contra Max, ha tenido que ser *ella* quien ha mandado a Rory y a Jolyon a atacarlo. No pienso dejar que se salga con la suya. —Se alejó de nosotros, marchándose a zancadas hacia el atrio. Sami y yo salimos corriendo tras él.

—¿Y qué pasa con la policía? Quieren hablar con nosotros...

—No me importa una mierda la policía. —Lloyd se detuvo a los pies del Eiger. Eché un vistazo a mi alrededor, al atrio completamente desierto, desesperada por asegurarme de que nadie nos oyese—. Nunca pensé que podrían volverse contra Max —repuso, con la voz teñida de tristeza—. Creía que estaba a salvo. —Se dio la vuelta y subió las escaleras a la carrera, desapareciendo entre las sombras de la galería inferior.

No teníamos nada que hacer más allá de ir a clase. Sabía que no era muy sensato el intentar eludir a la policía, pero tampoco me moría de ganas por volver a verlos. En todos los interrogatorios que nos habían hecho la semana anterior, habíamos ido adornando la historia sobre Oxford y Cambridge, todo tras haber acordado los detalles que íbamos a contar previamente entre nosotros, en una de nuestras visitas nocturnas a Marta. Ella había disfrutado de esas visitas, y también había contribuido con unas cuantas ideas que dijo que volverían nuestro relato mucho más factible si la policía decidía comentárselo todo a su padre. Nuestra historia pareció mantener a la policía ocupada, pero era una especie de bomba de relojería, porque terminarían descubriendo tarde o temprano que Marta no se había marchado a Oxford ni a Cambridge. Además, como siempre nos interrogaban por separado, nos costaba mucho ceñirnos al mismo relato, y hubo unos cuantos momentos en los que, al reunirnos después de los interrogatorios, nos dimos cuenta de que alguno había desvelado algún dato importante demasiado pronto o se había puesto nervioso y se había inventado algo nuevo que no habíamos acordado. Una parte de mí se creía la mentira que estábamos contando, que Marta sí que había huido a una de esas dos ciudades, y que ahora estaba por ahí, paseando alegremente entre los edificios de Oxford, adentrándose en las librerías polvorientas de Cambridge, haciendo tiempo hasta que cumpliese la mayoría de edad para quedarse a estudiar allí.

Pero eso era una fantasía, lo sabía, y la posibilidad de dejarme llevar por ese sueño, aunque solo fuese de manera temporal, estaban a punto de arrebatármela. Me sacaron de clase y me llevaron a la fría antigua biblioteca, donde estaban esperándome la doctora Wardlaw, el sargento Barnes y la agente Werrill, junto con un hombre de aspecto sombrío vestido con un traje elegante y gris. Más o menos un minuto después, trajeron a Sami también, y poco más tarde llegó Lloyd, acompañado del señor Gregory. El hombre del traje gris se presentó como el inspector Vane, y enseguida nos dimos cuenta de que no tenía nada que ver con sus compañeros más jóvenes. Nos informó con frialdad de que habían abierto una investigación oficial sobre la desaparición de Marta, junto con otra investigación con respecto al incidente del Eiger. Y esa misma mañana teníamos que acompañarlo a comisaría para responder a algunas preguntas.

Era la primera vez que salíamos de entre aquellos muros desde que habíamos llegado al Internado Realms hacía poco más de dos meses y, si no hubiese tenido que hacerlo en los asientos traseros de un coche de policía, me habría encantado disfrutar de aquel viaje, rodeada de árboles cuyas hojas brillaban con los colores característicos del otoño. Por los pintorescos pueblos por los que pasamos, vimos a gente paseando a sus perros, haciendo la compra y parándose a hablar con sus vecinos en la acera; y esos pequeños destellos de la gente viviendo sus vidas con total normalidad, fuera de nuestra hermética burbuja, hicieron que me invadiesen las dudas. Dentro de los confines del Internado Realms, el esconder a Marta nos había parecido tanto racional como necesario, pero ahí fuera, en el mundo real, fue como si acabasen de arrojar una clase de luz muy distinta a nuestra situación.

Nos llevaron hasta la comisaría y nos separaron en distintas salas de interrogatorio. Me dejaron sola durante diez minutos, en los que me puse cada vez más nerviosa, y entonces el inspector Vane entró en la sala, seguido de una mujer que debía de tener unos diez años menos que él, vestida con un traje oscuro.

—Hola, Rose —me saludó, esbozando una enorme sonrisa amable mientras Vane y ella se sentaban frente a mí—. Soy la subinspectora Davies.

—Hola —la saludé, nerviosa.

Frente a mí, la subinspectora Davies sacó un bolígrafo y un cuaderno, y encendió una grabadora. Sus movimientos y ruidos me recordaron a los del inicio de una clase, y me dio tiempo suficiente para decidir que, con ellos, no pensaba cometer el mismo error que había cometido con el sargento Barnes.

La subinspectora Davies volvió a alzar la mirada hacia mí, sonriente.

—Bueno, Rose —dijo. Tenía cierto acento de los condados del oeste—. Estás muy lejos de casa.

Ya me había acostumbrado a que sus interrogatorios siempre comenzasen con esa desconcertante frase. Esbocé una sonrisa como respuesta.

—A estas alturas el Internado Realms ya me parece mi casa.

—¿De veras? —preguntó con dulzura, mientras Vane trazaba una inexplicable línea horizontal en una hoja en blanco de su cuaderno—. La vida allí tiene que ser muy distinta a tu vida en Londres. En Hackney —añadió.

Así que me habían estado investigando. Me pregunté por un momento si el señor Gregory les habría hablado de mí y de mi pasado, pero después me di cuenta de que no me importaba demasiado si lo había hecho.

—Sí, lo es. Pero el Internado Realms es genial —respondí con indiferencia.

Ella asintió y me observó con perspicacia.

—Sin duda es un internado interesante —repuso—. Hemos tenido que hacerle más de una visita a lo largo de estos años. Por diversos asuntos.

Aguardé unos minutos más antes de morder el anzuelo.

—¿Qué... clase de asuntos?

—Bueno, supongo que habrás oído hablar del incidente que ocurrió hace un par de años, por ejemplo.

—No. —No pensaba ponerle las cosas fáciles.

—Persephone Lock. Un caso de lo más triste. —Me encogí de hombros, y mi indiferencia pareció molestarle—. Suicidio —añadió abruptamente.

Tuve que esforzarme para no reaccionar como Davies quería, que era justo lo que me moría por hacer en esos momentos. Había supuesto ingenuamente que la muerte de la hermana de Genevieve había sido una especie de accidente, y lo que Davies acababa de revelar me sorprendió, lo que supongo que había sido justo su intención. Mientras trataba de retomar el control de mis emociones, Vane se volvió hacia Davies y le lanzó una mirada desaprobatoria.

—Eso nos ha permitido saber cómo movernos por ese lugar —comentó, como si estuviese agarrándose a un clavo ardiendo—. Así como a los perros.

—¿Los perros? —Intenté que no se me notase lo que sentía en la voz.

—Ah, sí —dijo—. Tenemos dos. Son perros rastreadores, ¿sabes? —añadió, aunque nadie le hubiese preguntado, y su voz se dulcificó un poco al fijarse en mi reacción—. Queremos *asegurarnos* de que tu amiga Marta no siga en el internado.

Estaba sudando por todas partes. *Mantén la calma,* me recordé. *Lo más probable es que solo lo haya dicho para que muerdas el anzuelo.* Pero mientras buscaba a tientas una respuesta, me di cuenta de que no importaba si me estaba diciendo o no la verdad. Lo único que pretendía era asustarme, porque ya habían descubierto que sabía mucho más de lo que les había contado, y mi reacción tan solo se lo había confirmado. Pero, mientras observaba cómo Vane escribía algo en su cuaderno, me di cuenta de que no podía, *no debía*, rendirme, por si habían usado alguna táctica distinta con Lloyd y Sami. Nuestra única estrategia dependía de que los tres fingiésemos que no sabíamos dónde podría estar Marta. Me incliné hacia delante sobre la mesa.

—De veras que espero que la encuentren —dije—. Nos tiene muy preocupados.

Davies asintió lentamente.

—Erais muy amigas —repuso. No era una pregunta.

—Sí.

—Teníais muchas cosas en común.

—En cierto modo, sí. Las dos obtuvimos la beca Millennium. Y nuestras madres murieron —añadí, asiendo mi oportunidad.

Tanto Davies como Vane fruncieron el ceño. Vane volvió a escribir algo en su cuaderno, y por sus movimientos deduje que lo último que había escrito era un signo de interrogación.

—Y... eh... ¿se te ocurre por qué podría haber huido Marta? —me preguntó Davies.

Su pregunta me sorprendió por un momento. Hasta ahora solo nos habían preguntado *a dónde* había ido Marta.

—Creo que tenía mucho miedo.

—¿De qué?

—De Genevieve Lock —respondí—. Genevieve llevaba acosando a Marta desde nuestro primer día en el Internado Realms. —Los chicos y yo habíamos decidido que no tenía sentido seguir escondiéndoles esa información, incluso aunque pudiese hacer que Marta pareciese aún más culpable. Sabíamos que, si no se lo confesábamos nosotros, cualquier otra persona o algún miembro de la Patrulla superior se encargaría de tergiversar la historia. También teníamos la esperanza de que la policía se distrajese, aunque solo fuese un poco, al investigar a fondo esa historia. Aquella vez, no sirvió de nada, y la siguiente pregunta de la subinspectora Davies me resultó todavía más sorprendente.

—¿Había algo más de lo que Marta pudiese tener miedo? —me preguntó.

—No —respondí, tal vez con demasiada premura.

Se hizo el silencio durante unos minutos. Davies escribió algo en su cuaderno, como si estuviese esperando el momento adecuado. Vane rompió el silencio después de un buen rato al carraspear.

—Seguramente ya sabrás que el padre de Marta De Luca se está quedando estos días en tu internado —dijo.

Asentí, aunque en realidad creía que el profesor De Luca ya se había marchado del Internado Realms. Tal y como le había dicho a Marta esa misma mañana, lo había visto por última vez hacía dos o tres días. Iba cojeando por el camino de la entrada hacia la portería, donde el internado lo había alojado; una especie de muestra de hospitalidad, pero llevada a cabo con la indiferencia característica del Internado Realms, porque nunca tenían en cuenta la fragilidad o las discapacidades de nadie, y el camino de ida y vuelta desde la portería hasta el edificio central era bastante largo. Cuanto más tiempo pasaba Marta desaparecida, menos sentido parecía tener que siguiese allí, así que no me sorprendió en absoluto haber dejado de verlo y por eso pensé que se habría marchado. Lo que me dijeron aquellos inspectores de policía sí que me sorprendió, pero traté de que no se me notase.

—Sí, lo sabía —repuse.

—¿Has hablado con él alguna vez? —me preguntó Vane, observándome con escrutinio.

—Solo una. El día en el que desapareció Marta.

—¿Qué opinas de él?

La cabeza me daba vueltas.

—A mí... me pareció que estaba... muy preocupado por su hija —respondí, diciendo la verdad y confiando en que a los chicos les hubiesen hecho la misma pregunta, esa única impresión era lo único cierto en lo que estábamos los tres de acuerdo.

Vane asintió, pensativo.

—¿Marta se llevaba bien con su padre? —preguntó.

No sabía cómo responder a aquello. Estaba corriendo muchos riesgos, sobre todo si los perros policía sí que estaban en estos momentos rastreando los terrenos del internado en busca de Marta. Si le confesaba a la policía que Marta y su padre no tenían una buena relación, podrían empezar a interrogar al profesor De Luca, por lo que Marta correría aún más peligro si no detenían a su padre después y, además, le habíamos prometido en innumerables ocasiones que no le contaríamos su secreto a nadie.

—No lo sé —dije—. Marta nunca hablaba mucho de su padre. —Lo último, al menos, era más o menos cierto.

Vane me observó atentamente, su mirada azul llena de recelo. Me di cuenta de que estaba obcecado en descubrir algo con este interrogatorio y que creía que sería yo quien le daría las pistas que necesitaba para unir todas las piezas del rompecabezas.

—¿Estás segura de que Marta no te contó nada que te pudiese parecer extraño con respecto a la relación que tenía con su padre? —insistió.

Aquella era la pregunta más complicada que me habían hecho hasta el momento. Observé el rostro del inspector Vane y, cuanto más lo miraba, más segura estaba de que era lo bastante inteligente como para haber percibido algún comportamiento extraño por parte del profesor De Luca, algo que el resto de los oficiales de policía habían pasado por alto. Había adivinado que había algo extraño en la relación que tenían el profesor De Luca y Marta, y que probablemente aquello tenía algo que ver con la desaparición de Marta. Cuanto más tiempo me quedaba callada, más pensaría que estaba en lo cierto; pero necesitaba algo de tiempo para pensar bien en lo que iba a responder.

No sé lo que habría respondido si la subinspectora Davies no me hubiese distraído con sus siguientes palabras, o si habría supuesto alguna diferencia en cómo acabó todo. Supe, incluso en esa época, lo importante que fue ese momento para el destino de Marta, quizá para su vida en general.

—Hablando de padres —comentó Davies—, esta mañana hemos hablado un rato con el tuyo.

—¿Qué? —dije, confusa.

—Sí —repuso, lanzándole una mirada desconcertada a Vane, que la observaba furioso. Entonces se dio cuenta de que había intervenido en el momento equivocado y que había dicho lo que no debía, pero de perdidos al río—. Tuvimos que llamarlo para decirle que te teníamos que traer aquí para interrogarte.

—Un hombre de lo más amable —añadió Vane, que seguía fulminando con la mirada a su compañera, claramente molesto pero resignado a seguir el nuevo rumbo que Davies le había dado a ese interrogatorio—. Nos comentó que tuviste que esforzarte mucho para entrar en el Internado Realms. Está muy orgulloso de ti.

—Y, obviamente, también está muy preocupado por las consecuencias que toda esta situación puede tener en tu educación —intervino Davies.

La subinspectora estaba empezando a resultarme de lo más irritante. Me remordía la conciencia al observar a Davies y a Vane. Justo en ese momento, alguien llamó a la puerta, y un joven agente asomó la cabeza.

—Tiene una llamada, señor.

Vane se puso de pie de un salto, incapaz de ocultar lo emocionado que estaba por largarse de allí. Supuse que la llamada tendría algo que ver con Marta, y me daba mucho miedo que los perros hubiesen podido rastrearla hasta la torre del reloj.

Me quedé ahí sentada, en silencio, mientras la subinspectora Davies me observaba atentamente. Estaba sudando por todas partes. No me atreví a quitarme mi chaquetilla, porque no hacía calor en aquella sala y me daba miedo que, si lo hacía, quedase claro lo culpable que me sentía. Y, aun así, me pregunté por qué me sentía culpable. Al esconder a Marta, solo pretendíamos protegerla. Pero cuanto más esperaba a que regresase el inspector Vane, más estúpida me sentía. Si descubrían el escondite de

Marta en lo alto de la torre del reloj, quedaría claro de inmediato que no había logrado sobrevivir sola y, aunque ella tampoco
nos delataría, sí que sería muy sencillo que la dirección del internado y la policía atasen cabos. Nos expulsarían a los cuatro
y yo tendría que volver a casa y enfrentarme a la decepción de
mi padre.

Vane regresó por fin. Le pasó una nota a Davies, que la leyó y
asintió.

—Bien —dijo Vane. Me observó con el ceño fruncido—. Casi
hemos terminado —dijo, y el miedo me invadió, estaba segura de
que eso significaba que la habían encontrado—. En breve te llevaremos de vuelta al internado. Supongo que llegarás a tiempo para
las clases de la tarde.

—Vale.

—Estoy seguro de que no quieres perderte más clases. Eres
una chica muy trabajadora.

—No —respondí, preguntándome a dónde quería llegar con
todo esto.

—Ha sido de lo más interesante hablar con tus profesores y
con tu padre —comentó Vane, cruzándose de brazos y mirándome fijamente—. Todos estaban de acuerdo en algo, que eres inteligente. *Extremadamente* inteligente. Que siempre vas un paso por
delante. —No se me ocurría qué responder a aquello, pero Vane
siguió hablando antes de que pudiese decir nada—. Es gracioso
—comentó—. Mis agentes más inteligentes a veces sacan las con-
clusiones más precipitadas y, por lo tanto, también son los que
primero se equivocan. Tienen tantas ideas, están pensando en
tantos posibles escenarios a la vez que, antes de que te des cuenta, han sumado dos más dos y les ha dado nueve. —Me quedé
mirándolo fijamente—. No los culpo —añadió Vane con calma—.
A veces, el ir tan deprisa puede ser un efecto secundario de ser
alguien brillante. Los mejores también son aquellos capaces de
darse cuenta de que se han equivocado y, de entre ellos, los mejores de los *mejores* son aquellos que se enfrentan a sus errores.

Suelen acudir a mí para pedirme ayuda. Y después, juntos, buscamos una solución.

Me quedé ahí sentada, quieta como una estatua, sin mirarlo, sino que había clavado la vista en la mesa. Notaba las mejillas acaloradas.

—Verás —dijo Vane con dulzura—. A veces cometemos errores. Tomamos decisiones apresuradas, sobre todo cuando estamos bajo mucha presión. Eso no es nada de lo que avergonzarse si lo hacemos con buena intención. A veces, nuestras emociones pueden nublarnos el juicio pero, si nos damos cuenta de nuestro error a tiempo y actuamos rápido para ponerle solución, podemos evitar seguir metiendo la pata y que todo vaya a peor.

Lo sabe, pensé, hundida. *Me está dando la oportunidad de confesar.* Y me resultaba de lo más tentador el confesárselo todo, confirmar sus sospechas y ver si podría hacer algo para salvarnos. Pero algo en su discurso mojigato me detuvo. En cierto sentido, se parecía demasiado a los mags; confiaba demasiado en sí mismo por ser una figura de autoridad. Y, por encima de todas mis dudas, por encima de mi culpa y de mi miedo, podía oír la voz de Marta gritándome en el fondo de mi mente. *Fue a mí a quien le ocurrió y yo decido lo que hacer.*

El inspector Vane deslizó una tarjeta rectangular sobre la mesa, y la detuvo justo entre mis dedos pulgar e índice. Lo miré fijamente a los ojos y seguí avanzando por un camino por el que no podría volver atrás.

—No tengo ni idea de dónde está Marta —dije—. Espero que puedan encontrarla.

14

La agente Werrill fue la encargada de llevarme de vuelta al internado. Le pregunté dónde estaban Lloyd y Sami pero, o no tenía ni idea, o no quería decírmelo. Tomó la carretera de la costa y, desde el asiento trasero, observé la lisa y extensa superficie grisácea del mar. Todo mi cuerpo estaba en tensión.

Cuando cruzamos las verjas y avanzamos por el camino de la entrada, otro coche de policía pasó junto a nosotros, y el conductor alzó una mano junto a la ventanilla para saludar a Werrill. Estiré el cuello para ver quién más iba en el coche, pero la agente aceleró. Aparcó junto a la escalinata principal y me sorprendió encontrarme a Sylvia en lo alto de los escalones, observando el camino desierto. Cuando salí del coche, se dio la vuelta y se adentró en el atrio.

—¡Sylvia! —Mi voz debió de tener un deje autoritario, o tal vez desesperado, porque se dio la vuelta y me observó con expresión gélida—. ¿Quién iba en el coche?

Ella enarcó las cejas ante mi pregunta.

—¿Por qué quieres saberlo?

No sabía qué responder para no quedar en evidencia. Sylvia me observó atentamente mientras yo intentaba hallar una respuesta, pero decidí que lo mejor era encogerme de hombros y restarle importancia.

—Gerald.

—¿Por qué iba...?

—¿Sabes? —me interrumpió Sylvia, cortante—, nadie os culparía a ti o a tus amiguitos si decidieseis seguir los pasos de Marta De Luca.

—¿Qué?

—Si huyeseis. Como ella. Si os largaseis del Internado Realms. Marchaos antes de que las cosas vayan a peor. ¿Por qué no lo hacéis y ya? —Hizo una pausa, con los ojos entrecerrados y observándome con una expresión indescifrable al tiempo que su mirada recorría mi rostro y bajaba por todo mi cuerpo—. Sería lo mejor para todos, pero parece que todavía no os habéis dado cuenta de que lo mejor para *vosotros* sería...

—Eres una zorra.

—¿Qué has dicho?

—He dicho que eres una zorra. —El miedo se apoderó de mí, entremezclándose con toda la tensión que había ido acumulando a lo largo del día, al ver a Gerald en el coche de policía, al ver que no sabía casi nada... y frente a mí tenía a alguien con quien dejar salir toda esa tensión—. Como si fuésemos *nosotros* los que se están comportando como unos imbéciles. Después de lo que tus amigos le han hecho a Max. Te odio, Sylvia —dije, y hasta yo misma me sorprendí con mis palabras, aunque fuesen ciertas.

Ella me observó sin comprender nada, ignorando por completo mi acusación.

—¿Max?

—No podrá volver a tocar el órgano hasta dentro de unas cuantas semanas. No me puedo creer que les pidieses...

—¿De qué cojones estás hablando?

Había algo en su voz, un leve temblor al pronunciar las vocales altivas y quebradizas, que me hizo dudar antes de contárselo.

—Rory le aplastó la muñeca a Max mientras Jolyon lo sujetaba.

Al enterarse, el rosto de Sylvia empalideció, y supe de inmediato que de ninguna manera había estado ella detrás de ese ataque. Se quedó en silencio durante unos cuantos minutos.

—¿Está muy herido? —preguntó un rato después.

—No tenía buena pinta. —Observé su expresión atentamente mientras cientos de emociones la surcaban: consternación, miedo y arrepentimiento. Por tan solo un segundo me pareció entrever lo que se escondía detrás de toda esa hostilidad y antes de que pudiese contenerme dije:

—Lo siento, pensaba que...

—Sé lo que pensabas. Hay muchas cosas que no vas a entender jamás, pero dejemos dos cosas claras. —Su mirada oscura volvió a observarme con dureza—. En primer lugar, yo jamás le haría daño a Max Masters.

—Pero...

—En segundo lugar —me interrumpió—, puede que Rory y Jolyon formen parte de la Patrulla superior, pero si piensas que *alguna vez* dejaría que esos dos bufones me hiciesen el trabajo sucio, es que no me conoces en absoluto. —Pasó a mi lado hecha una furia, bajó la escalinata y se encaminó hacia el Hexágono, dejándome completamente sola en la entrada del edificio central.

Lo que siguió a aquel momento fue una de las peores y más largas tardes que pasé en el Internado Realms. No me quedó otra opción más que ir a clase, pero no podía concentrarme y mis profesores me regañaron una y otra vez por no prestar atención. Estaba preocupada por Sami y por Lloyd, preguntándome por qué todavía no habían vuelto de comisaría, pero estaba mucho más preocupada por no saber por qué la policía se había llevado a Gerald.

Estaba inquieta por el miedo acumulado de los últimos días. Me había dado un respiro aquellas últimas semanas, porque había estado demasiado ocupada ayudando a Marta, pero en ese momento regresó con todas sus fuerzas. Me salté las clases de preparación para la universidad y regresé a la Casa Hillary a la carrera para ver si el señor Gregory estaba allí. Quería preguntarle qué estaba pasando con Lloyd y Sami. No había ni rastro de él, así que me fui a mi habitación. Al entrar, me la encontré totalmente desordenada, alguien la había saqueado, probablemente la policía, y se habían llevado casi todas las pertenencias de Marta. Me tumbé en mi cama y escondí el rostro entre las manos.

De alguna manera, a pesar de mis pensamientos caóticos y de que solo fuesen las cinco y media de la tarde, me quedé dormida. Todas esas mañanas teniendo que despertarme antes de que saliese el sol me estaban pasando factura, y me quedé completamente dormida sobre las sábanas y soñé muchas cosas. En mi primer sueño no habíamos escondido a Marta. Habíamos encontrado otra manera de ayudarla, pero no sabía cuál era. El segundo sueño era mucho más cruel. La esfera del reloj se volvía transparente y Marta podía observar los terrenos del internado a través de ella como si fuese Rapunzel, oteando el horizonte desde su torre. Podía ver a través de cada ventana del internado y también a través de nuestras almas. Al ver nuestro sufrimiento, bajaba tranquilamente las escaleras de la torre del reloj, atravesaba el establo y se adentraba en el patio. Se metía en el bebedero de la estatua del caballo y se hundía lentamente en el suelo, y su cuerpo se desvanecía centímetro a centímetro. Yo la observaba desaparecer y, en mi sueño, mi cuerpo se sacudía con sollozos implacables, sollozos que hacían que me doliesen todos los músculos del cuerpo, sollozos como los que no había soltado desde hacía cuatro años.

—*Rose.* —Me desperté con un susurro urgente en mi oído—. Despierta. —Me senté sobre el colchón, con todo el cuerpo impregnado en sudor. Toda la habitación estaba a oscuras. Me volví hacia la cama de Marta, preguntándome qué querría.

»*Ro.* —Una mano me sacudió el tobillo. Vi a Lloyd y a Sami a los pies de mi cama, con los chubasqueros echados por encima de sus chaquetas de uniforme—. Despierta, por el amor de Dios.

—Estoy despierta. —Me limpié el rostro sudoroso con la manga—. ¿Qué hora es? ¿Dónde estabais?

—Son las doce y media de la noche. —Lloyd hizo mis piernas a un lado y se sentó sobre el cochón. Sami continuó de pie, aferrándose con sus manos enguantadas al somier—. Hemos vuelto para las siete.

—¿Por qué no me habéis despertado? La policía se ha llevado a Gerald...

—Lo sabemos —dijo Lloyd con pesar y, por lo que pude entrever en su rostro, incluso con toda esa oscuridad, parecía exhausto—. Queríamos haberte despertado antes, pero la doctora Reza no nos dejó. Fuimos a la enfermería a ver a Max y después ella se acercó aquí con nosotros para asegurarse de que el señor G no te lo estuviera poniendo difícil.

—¿Qué tal está Max? —Tenía tantas cosas en las que pensar que no lograba centrarme. Se me trabó la mandíbula por todo el miedo acumulado y tragué con fuerza, intentando deshacer el nudo que se me había formado en la garganta. Sami fue quien respondió a mi pregunta.

—Tiene la muñeca bien rota —comentó—. Y dos dedos rotos también. No va a poder usar la mano derecha en unos cuantos meses.

Nos quedamos allí sentados, en silencio. Cuando mis ojos se acostumbraron a la oscuridad, me fijé en que el rostro de Lloyd estaba mucho más en tensión de lo que me había parecido en un principio.

—¿Sabes por qué se han llevado a Gerald? —me preguntó.

—No, yo...

—Es por los perros. —La voz de Lloyd sonaba grave por el cansancio—. Al principio pensaba que Vane se lo estaba inventando todo, pero después la doctora Reza nos ha contado que trajeron tres perros policía al internado hoy a mediodía. Les dieron un montón de cosas de Marta para que las oliesen y los soltaron para que registrasen los terrenos.

—*Mierda.*

—Bueno, no la han *encontrado*. Tal vez la mezcla de olores que hay en los establos los confundiese demasiado. Pero, al parecer, los perros se centraron *demasiado* en Gerald. Empezaron a ladrar los tres a la vez cuando se le acercaron.

—¿Quién os ha contado todo eso?

—Vane. —Lloyd se volvió de nuevo hacia Sami y me di cuenta de que la tensión que llenaba el espacio que había entre ellos no tenía nada que ver con la que yo conocía de antes, esa especie de tensión cargada de complicidad, de llevar una carga compartida, sino que estaba cargada de resentimiento mutuo—. Al menos —siguió Lloyd con amargura—, a *mí*. Nos interrogó por separado.

—¿Qué os preguntó?

—Sabe dónde está —repuso Sami rotundamente antes de que Lloyd pudiese responder—. Es obvio. *Somos* demasiado obvios. Creíamos que estábamos siendo de lo más inteligentes… —Miró a Lloyd de reojo con amargura—: Pero solo es cuestión de tiempo antes de que ate todos los cabos. El señor Gregory le ha contado lo amigos que éramos, que *somos*, de ella. El padre de Genevieve también lo tiene bajo presión. Vane nos tiene a los tres vigilados… ha cometido un error con Gerald, pero eso solo va a hacer que se obceque aún más con dar con ella cuanto antes. La próxima vez que venga, la encontrará, lo sé.

Me quedé mirando a Sami fijamente; sus palabras se asentaron sobre mi pecho como una pesada manta, densa y aplastante con todas sus implicaciones.

—Crees que deberíamos contárselo a Vane.

Sami asintió, se desabrochó el bolsillo y sacó la misma tarjeta que Vane me había dado, con su nombre y su número de teléfono junto con el logotipo de la policía de Devon y Cornwall.

—Tiene sentido —dijo en apenas un murmullo, dejando la tarjeta sobre mi edredón—. Vamos a perder a Marta de todas formas, tarde o temprano. Y lo mejor sería que nos enfrentásemos a eso ahora —añadió con cara de dolor.

—Te ha comido bien la cabeza, ¿eh?

—¿Qué?

—Vane. —La voz de Lloyd estaba cargada de dureza—. Has dicho que nos tiene vigilados *a los tres*. ¿Cómo lo sabes? Nos ha interrogado por separado. —Había un deje burlón tiñendo su voz—. ¿Te ha dado algo de comer?

—¿Qué?

—¿Te lo ha dado *o no*?

—Una taza de té y un par de galletas...

—Lo sabía. —Lloyd se volvió como un resorte hacia mí—. ¿A ti te dieron algo de comer? —Negué con la cabeza, y Lloyd soltó una carcajada amarga—. Ay, amigo... ¿Es que te empezaste a agobiar? ¿Vane te preguntó qué pensarían tus padres si...?

—Cállate. —La expresión de Sami estaba sumida en una rabia incontenible, que nada tenía que ver con la humillación que había esperado que sintiese—. Mis padres no tienen nada que ver con esto. Tú no eres quién para hablar de nada, Lloyd, después de que por tu culpa estamos metidos en esto...

—No, no te atrevas. No te atrevas a volver a sacar ese tema, ahora no. —Lloyd tenía los puños apretados y de repente me temí que fuese a atacar a Sami—. Desde lo del Eiger he sido completamente sincero con vosotros dos. No os he intentado ocultar nada, y asumí la culpa que tenía en todo esto. Y después todos decidimos que íbamos a hacer esto *juntos*. Se lo prometimos a Marta *juntos*. ¿Y quién fue el primero en subirse al barco? —Fulminó a Sami con la mirada—. Rose y yo nos sumamos después, a pesar de que sabíamos a qué nos estábamos arriesgando. Y seguimos corriendo *los mismos riesgos* que al principio, salvo que ahora las consecuencias de que nos descubran podrían ser mucho peores.

—Vane dijo...

—Ay, ¿es que te ha prometido que todo iría bien si, de repente, recuerdas dónde está Marta? ¿Te ha dicho que la policía te estaría *muy agradecida* por tu ayuda? —Sami abrió la boca como si fuese a decir algo, le temblaba la voz al hablar, pero Lloyd se le adelantó—. Es posible, amigo. *Quizá* no nos expulsen, *quizá* no nos arresten. Pero, al contrario que tú, yo no estoy listo para arriesgarme a descubrirlo. No me puedo permitir el lujo de ser tan crédulo.

—Estoy siendo *sensato* —replicó Sami, con la voz aún más temblorosa.

—Otro lujo que no me puedo permitir. ¿Es que no lo entiendes? El Internado Realms es mi oportunidad, mi *única* oportunidad para labrarme la vida que quiero, para hacerlo bien por una vez, para entrar en una universidad decente. Esa es *mi* versión de lo sensato, ¿vale, Sami? Yo no tengo el respaldo que tienes tú. A ti te irá bien sin el Internado Realms, tus padres se asegurarán de que así sea. Trabajan en lo que tú quieres trabajar, por el amor de Dios, podrán echarte una mano con lo que necesites. Y tienen más dinero del que nos quieres hacer creer, ¿verdad?

—Ellos... eso no... ¿qué cojones tiene todo eso que ver con esto, Lloyd?

—El hecho de que tengas siquiera que *preguntarlo* demuestra lo fácil que ha sido tu vida hasta ahora. —Por un instante Lloyd sonaba mucho más triste que enfadado—. Vosotros siempre tendréis una casa a la que volver, pase lo que pase. Siempre tendréis a alguien que os quiera, que os perdone, que os dé la bienvenida de vuelta a casa...

—Tú también tienes una casa a la que volver —lo interrumpió Sami.

—Pero no una familia que me quiera y me perdone incondicionalmente. —Lloyd nos observó con mucha más dureza que nunca—. Estás siendo ingenuo. No te culpo. No existe ningún motivo por el que debas saber lo que yo sé... o por el que debas sentir lo que yo siento. Pero déjame decirte algo: si nos expulsan, si nos abren un expediente policial, eso me afectará mucho más a mí que a cualquiera de vosotros dos.

Se levantó y se acercó a la ventana, observando ensimismado el cielo nocturno, mientras Sami y yo intercambiábamos una mirada de incomodidad. Entonces recordé lo que Sylvia me había dicho aquella tarde. «Marchaos antes de que las cosas vayan a peor». Recordé lo que había hecho Marta en mi sueño, al meterse en la fuente. Pensé en la llamada de Vane a mi padre, y lo nervioso que estaba Lloyd por lo de Max, mientras que Max solo se preocupaba por sí mismo.

—No estamos siendo ingenuos, Lloyd —dije, sin pensarlo—. Estamos tratando de andarnos con tiento. De cuidar a Marta, pero también de cuidarnos a nosotros mismos. No vamos a llegar a ningún lado si empezamos a ser unos bordes los unos con los otros.

—Lo siento. —Lloyd no se dio la vuelta, pero su tono era sincero—. Es Vane, él... ha conseguido ponerme de los nervios al preguntarme por mi casa de acogida. —Hizo una pausa—. No puedo evitar sentirme como me siento. Yo... preferiría que encontrasen a Marta por sí solos. Al menos, de ese modo, no la traicionaríamos, así como tampoco nos traicionaríamos a nosotros mismos. Habríamos hecho todo lo que está en nuestras manos, y ella lo sabría. *Nosotros* siempre lo sabríamos.

Por unos momentos nos quedamos allí sentados, envueltos en un tenso silencio. Pero entonces Sami lo rompió, con más dulzura y calma que antes gracias a la disculpa de Lloyd.

—No pienso traicionar a nadie —repuso—. Pero hay algo que tengo que decir, Lloyd.

—Vale.

—Existe un escenario en el que... ganamos, conseguimos mantener oculta a Marta hasta que cumpla los dieciocho, pero también... moralmente hablando, perdemos.

—«Moralmente hablando» —se burló Lloyd, pero ahora le tocaba a Sami interrumpirlo.

—No me refiero a tener que mentirle a Vane o a cualquier otro. Me refiero a que... quizá... mantenerla oculta no sea lo mejor para ella. Eso no la ayuda en nada, incluso aunque ella crea que sí. Quiero decir que... *moralmente hablando*, fallamos a Marta. Nos fallamos a nosotros mismos.

Lloyd se quedó callado durante un buen rato. Después se dio la vuelta y le sostuvo la mirada a Sami. Tenía la mano izquierda apoyada en el borde de mi escritorio y pasaba el pulgar, ensimismado, por el lomo del libro de Marta.

—Tengo que ir a verla —dijo por fin—. Tengo que ir a ver a Marta, hablar con ella. Hoy. Con todo lo de Max, Vane y Gerald... ha sido un día intenso. Tengo que aclararme las ideas.

—Entonces vamos a la torre del reloj. —La voz de Sami sonaba calmada. Tomó los guantes de Lloyd de encima de mi cama y se los tendió—. Vamos a verla ahora mismo.

Marta estaba despierta, sentada sobre el colchón y con su ejemplar de *Cumbres borrascosas* abierto sobre el regazo cuando llegamos. Tenía la linterna en la mano, aunque no le estaba dando casi nada de luz. También había unos cuantos folios extendidos junto al colchón, llenos de su cuidada caligrafía. Nos quedamos helados. El cabello oscuro y largo de Marta había desaparecido casi por completo.

—Hola —nos saludó—. ¿Os gusta?

—Es... joder... —Me volví hacia Sami. Parecía afligido y se había quedado mirando el corte de pelo de Marta como si lo hubiese insultado.

—¿Qué pasa? —preguntó, entrecerrando los ojos para ver algo con la tenue luz de la linterna.

Sami se mordió el labio inferior.

—Pareces un chico —soltó de repente.

—No seas ridículo —espetó ella—. Estoy igual, solo que con pelo corto.

Guardamos silencio durante un momento, y después Lloyd se acercó hasta Marta. Se arrodilló frente a ella, aplastando bajo sus rodillas el comentario que Marta había hecho por mí.

—Marta —dijo, con la voz temblorosa, como si estuviese obligándose a mantener la calma—, ¿qué has usado para cortarte el pelo?

De repente, apartó la mirada, avergonzada.

—Tijeras.

Lloyd se volvió a mirarnos a Sami y a mí.

—¿Alguno de los dos le ha traído tijeras? —Negamos con la cabeza y él se volvió de nuevo hacia Marta, sin molestarse siquiera en preguntarle cómo las había conseguido.

—Yo... he bajado antes —dijo, le temblaba la voz—. Al establo. Hay un par de tijeras que usan para abrir las bolsas de pienso para los caballos y que siempre están ahí... las usé y después las devolví a su sitio. No me ha visto nadie, os lo prometo.

Lloyd se dejó caer sobre sus talones y se quedó mirando a Marta fijamente. Después se volvió de nuevo hacia Sami y hacia mí.

—Bueno, misterio resuelto. Gerald siempre está por el bloque C. Debe de haber usado esas mismas tijeras para hacer algo y el olor de Marta se le habrá quedado impregnado en las manos. Puede que incluso algún pelo tuyo se le haya enganchado en la ropa... y por eso los perros *te han olido* en él.

—¿Los perros?

—Sí, Marta. La policía ha estado hoy por aquí, intentando encontrarte con una manada de perros a su mando.

Marta abrió los ojos como platos.

—No he oído nada.

—Bueno, no me extraña. —Lloyd había empezado a elevar la voz, frustrado—. Tú siempre estás aquí arriba, fuera de peligro, mientras que somos *nosotros* los que nos arriesgamos por ti, y tu... —No terminó la frase, respiró hondo y entonces me fijé en lo enfadado que estaba en realidad, en lo humillado que se sentía—. Haces que me sienta como un auténtico idiota —le dijo.

—Siento mucho que sea así —respondió rápidamente, sin apartar la mirada—. Porque nada más lejos de la realidad.

Él la ignoró.

—Estamos arriesgándolo *todo* por ti, todos los días. Y así es como nos lo pagas, siendo un maldito lastre.

Por un momento, pensé que Marta se pondría a suplicar su perdón. Pero entonces se sentó mucho más erguida sobre el colchón e hizo el libro a un lado.

—Así que soy un lastre, ¿eh?

—Sí. —Lloyd la observaba con más dureza que nunca—. Nos dijiste que no saldrías, que *no podías salir*, de esta habitación.

—¡Es cierto!

—¿Pues explícame cómo es posible que ahora, de repente, puedas bajar a los establos como si nada, sin tener ningún miedo, solo para satisfacer uno de tus caprichitos egoístas...

—¿Qué *yo* estoy siendo egoísta, Lloyd? ¿De verdad quieres que hablemos de esto?

Una parte de mí quería animarla, pero sabía que no era el momento adecuado.

—Estoy harto —repuso Lloyd y se puso en pie. Se volvió hacia Sami—. ¿Sabes qué, amigo? Lo siento. Tenías razón. —Dicho eso se encaminó hacia la puerta.

—¿Que tenía razón sobre qué? —El miedo teñía la voz de Marta—. Lloyd, ¿a dónde vas?

—Ya me he hartado. —Lloyd tenía la mano en el pomo—. Me he hartado de tener que asumir riesgos estúpidos por alguien que ni siquiera me ha dicho el motivo real por el que los estoy asumiendo.

Un silencio, tenso y largo, se extendió entre nosotros.

—¿Qué motivo quieres que te dé? —murmuró Marta, con la voz ahogada.

Hubo un momento, tan solo un segundo, en el que la mirada de Lloyd se volvió hacia Sami.

—Quiero que nos cuentes por qué no puedes volver a casa con tu padre.

En esta ocasión, el silencio se volvió denso y extraño.

—¿Te sirve que te lo diga y ya o lo quieres por escrito? —Marta nunca había hablado de nada sarcásticamente. No le pegaba en absoluto.

—Tan solo... cuéntanos *algo*. ¿Tan malo es?

Marta se estremeció con violencia.

—Yo que tú no haría esa pregunta —dijo, y sus palabras me recordaron a las de Genevieve en la Noche del Puente—. O, si la haces, más te vale estar preparado para hacerle frente a la respuesta que te espera.

Las dudas surcaron el rostro de Lloyd y Marta se levantó la falda, dejando al descubierto el interior de sus muslos. Se me revolvió el estómago a medida que el haz de luz de la linterna iluminaba su piel quemada; las llagas en carne viva, las costras lustrosas y las cicatrices más antiguas, levantadas, moteadas y violáceas. Pero mientras Lloyd, Sami y yo la observábamos con vergonzosa fascinación, me fijé en que tenía muchas menos heridas recientes que la primera vez que la sorprendí llevándose una cerilla contra la piel. Marta estaba mejorando.

Volvió a bajarse la falda más allá de sus escuálidas rodillas.

—Ahí lo tienes —le dijo a Lloyd cortante—. Y antes de que me lo digas, sé que no soy normal. Es una de las pocas cosas de las que estoy segura.

—Marta —dijo Lloyd. Arrugó el rostro, repugnado, y supe que se estaba arrepintiendo de su estratagema—. No pasa nada. No tienes por qué...

—No. —Marta se volvió hacia él como un resorte—. Has dicho que querías saberlo. Y lo entiendo, Lloyd. Entiendo que la gente anómala hace peticiones anómalas, y que tenéis que protegeros. —Lo miró directamente a los ojos, y él no apartó la mirada, su expresión estaba llena de curiosidad.

»En el pasado solía ser una persona brillantemente normal —dijo Marta, su voz era apenas era un susurro—, y quiero recuperar esa normalidad. De veras que pensaba que podría recuperarla si me quedaba en el Internado Realms el tiempo suficiente, con vosotros tres. Mataría por volver a ser tan normal como vosotros. —Nos observó con cariño mientras los tres tomábamos asiento alrededor de su colchón—. Todavía creo que puedo serlo otra vez, si no vuelvo a ver a mi padre. Así que te lo voy a contar, Lloyd, si eso significa que seguirás ayudándome a ocultarme de él. Si os lo cuento todo me temo que, cuando me veáis, eso será en lo único en lo que penséis, me temo que no volveremos a comportarnos como hasta ahora, pero me voy a arriesgar, por vosotros, Lloyd. Ya me he arriesgado en más de una ocasión. —Tragó con fuerza y se llevó los puños a las rodillas—. La primera vez que me arriesgué fue al solicitar una plaza en el Internado Realms, y después al esforzarme para conseguir una beca. Mi madre se había ido, y sabía que mi padre no lo aprobaba. Me había dicho una y otra vez que mi educación era su responsabilidad, su *honor*. Cuando me enseñó poesía me dijo que me estaba mostrando cómo funcionaba el mundo, los secretos que la mayoría tan solo podía soñar con vislumbrar. Pero se le quedaron muchas cosas por enseñarme en el tintero —continuó, su mirada pasó sobre cada uno de nosotros—: matemáticas, ciencias y geografía. No le interesaban... y le venía bien que nadie me las hubiese enseñado.

—Pero aprobaste el examen de la beca. —La mirada de Lloyd estaba clavada en ella.

—Sí. —Por increíble que parezca, Marta esbozó una sonrisa. Ya no sonaba desafiante—. Aprendí yo sola todo lo que pude de física para responder correctamente a las preguntas, y *me gustó*. Me gustaba que no hubiese nada que debatir. Ningún secreto, solo ciencia. —Bajó la mirada hacia sus manos—. Entonces llegó la carta del Internado Realms y supe al momento que era un «sí» porque el sobre pesaba demasiado, supongo que os acordáis de que pusieron todas las listas de objetos y prendas para el uniforme que íbamos a necesitar. —Asentimos, ensimismados con su historia—. Supe que no podía seguir ocultándoselo. Incluso llegué a pensar que se sentiría orgulloso. Así que se lo conté. Esa fue la tercera vez que me arriesgué. —Pestañeó y supe a dónde se había ido en su mente, a ese momento en el que las decisiones que tomó lo cambiaron todo—. Él no dijo nada al respecto durante unos cuantos meses y creí que se estaba haciendo a la idea. Después empezó a insistir en que estudiásemos día y noche, como si nos fuésemos a quedar sin tiempo. La mesa siempre estaba llena de libros y apenas teníamos un hueco donde ponernos a escribir. No me importaba —repuso, esbozando una sonrisa—. Creía que me sería útil y, de todos modos, si lo pensaba bien, era lo mínimo que podía hacer, porque iba a abandonarlo. Entonces llegó mi uniforme. —Marta tragó saliva con fuerza, haciendo una pausa. Recordé el día en el que me llegó mi uniforme, aproximadamente un mes antes de irme al Internado Realms, y cómo se le habían anegado los ojos en lágrimas a mi padre cuando se lo enseñé—. Mi padre vino a mi cuarto de repente cuando me lo estaba probando. Ya sabía que iba a irme, no tenía que decirlo en voz alta. Y lo que me dijo fue que no iba a detenerme. Que tenía su bendición.

»La última vez que me arriesgué fue cuando acepté esa bendición —repuso—. Un par de días más tarde mi padre me dijo que esa sería nuestra última mañana de clases. Estaba emocionada, pensaba que por fin había aceptado que iba a irme a estudiar al internado, que quería que me fuese lo más preparada que pudiera. Bajé al comedor como todas las mañanas. Él estaba sentado a la cabeza de la mesa. Todos los libros habían desaparecido. Colocó las manos sobre la superficie de madera —dijo Marta, extendiendo los dedos sobre las rodillas—. Y me dijo: «Te he enseñado todo lo que necesitas saber sobre literatura. Ahora solo tienes que seguir leyendo todos los días y te irá bien. Pero hay algo más que te tengo que enseñar y que no puedo confiar en nadie más para ello. Puedo aceptar que otras personas te enseñen cosas que no importen en realidad. Pero esto tengo que enseñártelo *yo*. Voy a ser yo quien te enseñe lo que es el amor».

Al oírla decir aquello sentí cómo me recorría un escalofrío de los pies a la cabeza, a pesar de que intenté contenerlo. Marta agachó la cabeza un momento y después volvió a alzar la vista, mirándonos como si se estuviese armando de valor para seguir.

—Lo hizo. No pude detenerlo. Ahí, sobre la mesa, un mes antes de que empezasen las clases, me enseñó su versión sobre lo que era en realidad el amor.

Supe que el silencio que siguió a aquellas palabras fue la peor pesadilla de Marta. Ella solo podía interpretarlo como asco, porque había habido muy pocos silencios a lo largo de nuestra amistad. Pero yo no podía hablar. No podía mover la lengua. Era como si me estuviese ahogando. Me volví a mirar a Lloyd y a Sami, desesperada por que fuesen ellos quienes dijesen algo, cualquier cosa, pero llegamos demasiado tarde. Marta se llevó las manos al vientre y lo presionó con fuerza, echándose hacia delante sobre el colchón, perdiendo todo rastro de compostura.

—El dolor —dijo, su voz sonaba casi como un gemido—. Daba igual lo que hiciese, no se iba. No es ni siquiera un recuerdo. Sigue ahí, en mi interior. *Él* sigue ahí.

—Marta. *Para. Para.* Por favor, para. —Fue Sami quien se lo pidió, llevándose las manos a los oídos—. Por favor —repitió, con el rostro desencajado—. No puedo oírlo. No puedo soportarlo. No digas nada más.

Marta apartó las manos de su vientre. Observó a Sami con desdén. El chico tenía los ojos anegados en lágrimas, pero los de Marta estaban totalmente secos cuando se volvieron hacia Lloyd. Él estaba sentado en el suelo, con los antebrazos apoyados en las rodillas, observando a Marta atentamente. En su rostro no había ni rastro de ninguna emoción: nada de asco, ni tristeza, ni compasión.

—No espero que lo entiendas —le dijo en un murmullo—. Casi preferiría que ni intentases entenderlo. Casi preferiría que no volvieses a pensar en este tema. Sé que tomarás la decisión adecuada, Lloyd. Incluso si no es la que yo quiero que tomes. —Cuando dijo eso, el primer rastro de confusión surcó la expresión de Lloyd—. Confío en ti —dijo Marta—. Si no quieres seguir escondiéndome, entonces aceptaré que es lo correcto. Y sé lo que tendré que hacer. —Echó un vistazo a su alrededor de nuevo, observando la esfera del reloj, a través de la que se filtraba la luz de la luna, las telarañas que colgaban del techo. Echó la cabeza hacia atrás y me fijé en lo escuálidos que eran su rostro y su cuello. Me di cuenta de que se parecía tan poco a nosotros—. Por favor, marchaos —nos pidió de repente.

Nos resultó muy sencillo hacer lo que nos había pedido. Era tal y como ella había temido: no queríamos quedarnos allí. Nos pusimos de pie, rígidos, por el frío, la sorpresa y la tensión, y nos marchamos hacia la puerta. Yo me volví a echarle un último vistazo. Estaba sentada sobre el colchón en la misma posición que antes, pero tenía un aspecto distinto. En todo el tiempo que había pasado desde que nos conocimos, siempre había sido alguien presente, tan viva y decidida. Ahora esa fachada acababa de quedar irrevocablemente alterada, como si, en vez de haberle quitado un peso de encima, el habernos confesado lo que había ocurrido en realidad hubiese intensificado su trauma. Era como si estuviese perdida en un mundo completamente distinto al nuestro y, sin importar lo que hiciésemos por ayudarla a volver, me temía que jamás seríamos capaces de recuperarla.

15

¿Cambió algo el saber la verdad sobre lo que le había ocurrido a Marta? Debió de hacerlo. Debió de hacer que el tener que esconderla mereciese más la pena y pareciese menos una especie de juego que se nos estaba yendo de las manos. Debió de haber hecho que todo nos pareciese más importante, que nos obcecásemos más en protegerla y fuésemos más implacables con aquellos que, a sabiendas o no, se intentaron interponer en nuestro camino. Digo «debió» porque la conmoción que nos produjo lo que descubrimos aquella noche ha afectado a mis recuerdos de los días y las semanas posteriores. Recuerdo lo que ocurrió, pero me cuesta mucho más precisar lo que sentí.

Años más tarde, alguien me preguntó si habría elegido seguir escondiendo a Marta si ella no nos hubiese contado lo que su padre le había hecho. Odié esa pregunta. Incluso en ese momento era plenamente consciente de que Lloyd creía que Sami y yo estábamos valorando seriamente la idea de entregar a Marta, si no no habría hecho que nos confesase aquello, porque él no necesitaba oír esa confesión. No sé si Lloyd tenía razón o no, pero lo más importante en ese momento era que reaccionásemos a lo que Marta nos había confesado de la manera correcta. Después de aquella noche, los tres aceptamos que todo lo que decíamos y hacíamos con Marta presente teníamos que pensarlo dos veces antes de hacer nada. Dejamos de mantener conversaciones banales. Nos costaba hablar de nuestras familias, de nuestras relaciones, de sexo, incluso nos costaba hablar de literatura con ella o delante de ella, porque nos daba miedo que nuestras palabras pudiesen hacerle daño, aunque no fuese esa nuestra intención. Dejamos de quejarnos por todo; dejamos de contarle a Marta nuestros problemas y tristezas del día a día, porque eran demasiado triviales comparados con lo que había tenido que pasar ella.

Marta no había querido nada de esto. Desde que se escondió en la torre del reloj, lo único que quería era mantener conversaciones profundas, enterarse de los cotilleos del internado, o que volcásemos en ella todo lo que nos preocupaba o nuestras tensiones para poder darnos algún consejo. Le encantaba discutir, una pasión que solo se acrecentaba con el exceso de energía que acumulaba al estar ahí sentada sin tener nada que hacer. Quería ser uno de nosotros, una igual. Nos había contado lo que había sucedido con su padre bajo coacción, y ahora que ya lo había dicho en voz alta, dejó bien claro que no era un tema del que quisiese seguir hablando. Era lo que ella había decidido, lo que llevó a que, durante mucho tiempo, ninguno hablase del tema, ni con ella, ni entre nosotros. Si teníamos que mencionarlo por cualquier motivo lo hacíamos utilizando algún eufemismo.

No me volví a sentir sola nunca más. Me deleité en mi soledad mientras trataba de aceptar lo que le había ocurrido a Marta. Algunos días se me hacía más sencillo y me dedicaba simplemente a asumir lo injusto que era, su brutalidad y su crueldad. Otros días no podía parar de imaginarme cómo habría sido la violación. E imaginármelo me parecía totalmente inapropiado, como si estuviese invadiendo la privacidad de Marta, pero las imágenes no paraban de surcar mi mente, abriéndose paso a la fuerza y solidificándose con todo lujo de detalles y colores cuando cerraba los ojos al ir a dormir, o cuando intentaba leer o mantener una conversación con alguien. La mayoría de las veces era testigo de lo que el padre de Marta hacía, como una especie de sombra impotente que revoloteaba junto a los libros tirados por todas partes. Eso ya era malo de por sí pero, en las peores noches, cuando mi imaginación estaba en su punto más atroz y escandaloso, me convertía en la propia Marta. Estaba inmovilizada, dos manos me agarraban con fuerza de los hombros y me obligaban a mantener relaciones sexuales. Me había imaginado cómo sería tener sexo con alguien muchas veces, a veces incluso lo había deseado y, aunque lo que sentiría físicamente me costaba imaginármelo, en todos esos escenarios había estado preparada, dispuesta y apasionada. Nunca había contemplado la versión que en esos momentos se había apoderado de mi cabeza, que me llenaba la mente con su violencia y su indeleble vergüenza. Me daba ganas de no querer acercarme a nadie, ni en ese momento ni nunca.

Pero mis amigos me seguían necesitando, y no podía abandonarlos. A veces, a altas horas de la noche, Sami venía a mi cuarto y se metía en la cama conmigo, suspiraba con pesar y se quedaba dormido casi de inmediato. Yo me quedaba allí tumbada, completamente despierta, escuchando su respiración profunda y lenta, absorbiendo su calma, que era tan distinta a la respiración intranquila y a los ruidos que hacía Marta al dar vueltas sin parar sobre la cama al dormir. Yo me solía tumbar de lado, con cuidado de no tocarlo, y me quedaba mirando los ángulos de su rostro; las sombras oscuras bajo sus ojos. Esos días Sami solía no probar bocado, y cuando se tumbaba a mi lado en mi cama me fijaba en todo el peso que había perdido de golpe, que le había afilado la mandíbula y hundido las mejillas. Al final, terminó pasando más noches durmiendo en mi cama que en la suya, pero nunca me dijo lo que sentía de verdad y yo tampoco le pregunté.

Incluso cuando no estábamos con Marta o planeando nuestra próxima escapada a la torre del reloj, me costaba dejar de pensar en ella. La investigación sobre su desaparición se fue haciendo más notoria con cada día que pasaba, y su fama se veía alimentada por las apariciones del profesor De Luca en entrevistas de la televisión o de la radio en las que no paraba de pedirle una y otra vez a su hija que volviese. La fotografía de Marta que les entregó a los medios la habían sacado cuando ella solo tenía diez años, solo era una niña pequeña y flacucha que le sonreía a la cámara, con sus ojos verdes relucientes de alegría bajo un flequillo mal cortado. Sorprendentemente, la prensa se puso firmemente del lado de Marta, y publicaron titulares que rezaban «Niña con una beca, acosada» y «La han defraudado». La manera en la que los periódicos de izquierdas se cebaban con el Internado Realms era de lo más graciosa, y empezaron a regodearse todavía más en sus artículos cuando descubrieron que la desaparición de Marta había sido tan precipitada porque había tenido lugar justo después de que ella se pelease con la hija del líder de la oposición. No tardaron tampoco en enterarse de que Genevieve seguía grave y hospitalizada, y entonces tuvieron que cambiar de táctica. Esperaba que los periódicos pasasen a centrarse en los dos eventos traumáticos que habían tenido que vivir Sir Jacob y Eliza Lock, pero los artículos nunca mencionaron siquiera a la hermana de Genevieve.

Mientras tanto, a Lloyd, a Sami y a mí nos interrogaron el inspector Vane y sus compañeros unas cuantas veces más. En cada uno de los interrogatorios, Vane no paraba de insinuar cada vez más insistentemente que Marta se enfrentaría a graves problemas si la encontraban. Por suerte, la policía no descubrió nada al interrogar a Gerald. Él negó saber nada sobre dónde podría estar Marta y la policía terminó aceptando sus palabras y suponiendo que los perros se habrían equivocado. El internado tampoco emitió ningún comunicado al respecto, lo que terminó siendo un grave error por su parte. Todo el mundo sabía que se habían llevado a Gerald para interrogarlo y, las semanas después de que regresase, fue objeto de burlas implacables y despiadadas en las que decían que había secuestrado a Marta y que la mantenía prisionera. Tuve la sensación de que Max fue quien comenzó esos rumores, porque eran exactamente la clase de comentarios y situaciones que a él le parecían graciosos, pero no estaba del todo segura, y tampoco tenía manera de comprobarlo, porque casi todos los alumnos no hablaban de otra cosa. Y debido a ello, Gerald tenía peor aspecto con cada día que pasaba.

Para finales de noviembre, Vane estaba frustrado por no haber conseguido absolutamente nada, y estaba claro que la presión por parte de la dirección del internado, de los padres de Genevieve y del profesor De Luca le estaba pasando factura. Se desfogó con nosotros, pero no nos dejamos amedrentar por ello. Ahora que sabíamos exactamente por qué se estaba escondiendo Marta, estábamos mucho más decididos a que no se nos escapase nada que pudiese desvelar su paradero, pero también estuvimos de acuerdo en no inventarnos ninguna pista falsa más. Por ello, solíamos pasarnos la mayor parte de los interrogatorios en completo silencio, mientras que Vane se frustraba cada vez más al intentar sonsacarnos algo de información. Su insistencia también significó que tuvimos que perdernos innumerables horas de clases, pero de alguna manera nos las apañamos para seguir a la cabeza de la clasificación, donde Lloyd y Sylvia se iban turnando para ver quién se quedaba con el puesto de *summa cum laude* en ausencia de Marta.

A Marta le preocupaba mucho que Genevieve todavía no hubiese salido del hospital. Siempre era lo primero que nos preguntaba en cuanto cruzábamos la puerta de la torre del reloj y, a medida que pasaban los días, nos quedó claro que era poco probable que Genevieve volviese a ser la de siempre, lo que hacía que Marta estuviese todavía más inquieta.

—¿Cómo hemos llegado a esto? —nos preguntaba, una y otra vez. También le daba miedo lo que le esperaba cuando saliese de su escondite de la torre del reloj. El cumplir los dieciocho le permitiría cortar de raíz cualquier contacto con su padre, pero no la protegería de la policía. Si acaso, el destino que le aguardaba sería mucho peor cuando fuese adulta.

Lloyd también intentó consolar a Marta junto con Sami y conmigo, pero estaba claro que él también estaba preocupado por Genevieve, aunque por un motivo completamente distinto. Cuanto más tiempo pasaba hospitalizada, más crueles eran Jolyon y Rory con Max. También fueron a por nosotros; una noche nos sacaron a rastras de la cama y nos obligaron a tomarnos un cartón de leche caducado desde hacía tres semanas, que nos tuvo vomitando durante varios días; pero era a Max a quien de verdad querían castigar. Él era quien había conseguido subir de posiciones en su jerarquía, quien se había ganado su confianza, y quien había traicionado a uno de los suyos. Creíamos que Sylvia también estaría igual de enfadada que ellos, y quizás en secreto sí que lo estaba, pero, sintiera lo que sintiere al respecto, pronto nos dimos cuenta de que lo único que quería en realidad era proteger a Max. En una ocasión la vimos interponiéndose para evitar una situación terrible que estaba teniendo lugar en la galería superior. Rory y Jolyon estaban tratando de tirar a Max por encima de la barandilla, bramando acusaciones mientras tanto. Justo cuando Rory agarraba a Max por las piernas para acelerar las cosas, Sylvia se le acercó por la espalda y le colocó la mano en el hombro. Se echó hacia delante y le susurró algo a Rory al oído. Él se quedó blanco de inmediato y soltó las piernas de Max, antes de marcharse a toda prisa de allí sin mediar palabra.

—Creo que pretende que sea Genevieve quien decida qué hacer con él cuando se recupere —supuso Sami cuando le pregunté por qué creía que Sylvia se estaba molestando tanto en proteger a Max—. No quiere que la justicia popular acabe con él antes. —Probablemente tenía razón pero, aun así, me extrañaba el comportamiento de Sylvia. Para alguien que siempre había estado tan decidida a aferrarse al poder que tenía, en ese momento no parecía importarle en absoluto el hecho de que el tener que defender constantemente a Max pudiese afectar su posición en la jerarquía. Se dejaba ver bastante menos por el internado y, en las clases en las que coincidíamos, siempre se mostraba taciturna, casi indiferente. En un par de ocasiones mis ojos se acabaron posando inevitablemente sobre ella mientras trabajaba, pero ella no se volvió a mirarme en ningún momento, ni tampoco hizo ningún gesto que dejase pensar que había ocurrido nada extraño entre nosotras. Así que me volví a centrar en mi trabajo, que se había convertido en mi refugio contra la tensión casi insoportable que tenía que sufrir día tras día; una especie de lugar seguro donde solo había problemas de lo más banales, enigmas fáciles de resolver, y donde las respuestas a todas mis preguntas podía encontrarlas entre las páginas de un libro, si es que sabía dónde buscar.

A lo largo de noviembre la temperatura del valle cayó en picado. Asumimos un nuevo riesgo al subir un alargador que estaba conectado en el establo hasta la torre del reloj para enchufar un calefactor eléctrico, pero solo podíamos usarlo por las noches, cuando podíamos estar más o menos seguros de que nadie iría al bloque C para nada. Por eso la torre del reloj solía estar casi siempre helada. Probamos todas las soluciones que se nos ocurrieron para mantener a Marta caliente: le llevamos toda la ropa que pudimos conseguir, mantas, botellas de agua caliente, otro hornillo de campamento; pero nada conseguía alejar del todo el gélido frío de la habitación y, para finales de noviembre, Marta contrajo un horrible y persistente constipado. Pero incluso antes de que eso ocurriese, el eccema que tenía en las manos había ido empeorando por culpa del frío y su ansiedad. No se quejó ni una sola vez, pero todos sabíamos que era doloroso.

Empezamos a pensar en qué haríamos en Navidad. Las vacaciones empezaban para mediados de diciembre y duraban un mes entero, y no sabíamos qué íbamos a hacer con Marta todo ese tiempo. Dejarla allí, encerrada en la torre del reloj, nos parecía tan cruel como poco práctico. El problema más obvio era la comida, pero también estaba el tema de la compañía; no podíamos dejarla totalmente sola durante cuatro semanas. Incluso empezamos a preguntarnos si podríamos moverla aunque solo fuese temporalmente a alguna parte cerca de alguna de nuestras casas, pero terminamos descartando esa idea más pronto que tarde. La policía seguía buscándola y, si se montaba en un autobús o se presentaba en una estación de tren, corríamos el riesgo de que alguien la reconociese. Marta nunca dijo nada al respecto, pero sabíamos que ella también estaba preocupada por eso, y entonces noviembre dio paso a diciembre, las temperaturas siguieron bajando, su constipado no mitigaba sino que iba a peor, y empezamos a pensar que de verdad iba a quedarse encerrada en la torre del reloj para siempre.

En el interior del Internado Realms el ambiente era muy distinto. Las clases empezaron a aflojar a principios de diciembre. La Patrulla superior se estaba encargando de organizar el baile de Navidad de primero de bachillerato; una tradición de suma importancia que tenía lugar siempre en alguna de las salas que había por la galería inferior. Habría baile, comida y bebida; alguna que otra copa de champán, de vino o una cerveza aquí y allá a la que los mags hacían la vista gorda; y luego estaban todas esas botellas de alcohol mucho más fuerte que los alumnos colaban al interior de los muros del internado gracias a los jardineros o que hacían importar desde sus casas. A Lloyd le pidieron que tocase el piano y que se encargase de sacar las fotos. A pesar de todo, me moría de ganas por que llegase el día de la fiesta.

Después, el segundo sábado de diciembre, de repente me di cuenta de que había pasado más de una semana desde la última vez que Vane nos había interrogado. Me atreví a creer que eso significaba que la investigación se estaba estancando. Jugué al hockey como una alumna más, bajo el cielo azul y despejado, el partido fue incluso más divertido porque Sylvia no jugó ese día, porque había ido a visitar a Genevieve al hospital, y me sentía mucho más feliz y fuerte que en mucho tiempo. Después del partido, regresé a la Casa Hillary para terminar las tareas que nos habían mandado para antes de Navidad. Desde lo del Eiger me había refugiado en la habitación 1A todos los días para hacer mis tareas y estudiar, en vez de ir a la biblioteca Straker o sentarme en alguna de las mesas del aula donde se impartía la clase de preparación para la universidad, lugares que siempre estaban supervisados por la Patrulla superior.

Estaba totalmente inmersa haciendo una redacción cuando llamaron a la puerta con suavidad. Fruncí el ceño, con la esperanza de que no fuese Sylvia para hacer la inspección rutinaria de la

Patrulla superior. Me acerqué a abrir. Para mi sorpresa, sí que era Sylvia quien estaba de pie en el pasillo. Retrocedí un paso involuntariamente.

—Hola.

—Hola. —Llevaba puesto el abrigo del uniforme del Internado Realms, una bufanda azul de la Casa Raleigh y un gorro de fieltro negro que no formaba parte del uniforme.

—¿Qué pasa? —pregunté, tratando de sonar despreocupada. Ella enarcó una ceja.

—¿Puedo entrar?

En contra de mi buen juicio, me hice a un lado y la dejé pasar. Eran las cuatro de la tarde, y el atardecer del invierno se colaba a través de la ventana. Encendí las dos lámparas que había sobre el escritorio mientras Sylvia aguardaba con tranquilidad. Tenía la mirada clavada en la cama de Marta, a la que le habían quitado las sábanas y las mantas de encima, y después subió la mirada hacia los estantes vacíos que había encima.

—Puedes sentarte, si quieres —dije, señalando una silla vacía, pero ella se dejó caer a los pies de mi cama. Tenía las mejillas ligeramente sonrosadas.

—He ido a ver a Genevieve, hoy a mediodía —expuso después de unos segundos.

Asentí. Ya lo sabía. Todo mi cuerpo estaba en tensión, como si estuviese esperando alguna especie de castigo o reprimenda.

—Parece que está mejor —dijo después.

—Oh. —No pude evitar que la sorpresa tiñese mi voz—. Eso es… es genial.

—Sí. —Sylvia asintió, y me di cuenta de que estaba intentando que no se le notase lo encantada que estaba con ello—. Hoy me ha reconocido al momento. Creen que para Navidades ya le habrán dado el alta.

—Genial.

Volvió a asentir y apoyó las manos en las rodillas, que llevaba cubiertas con unos leotardos de lana. Llevar leotardos debajo de los calcetines era un privilegio que solo tenían los miembros de la Patrulla superior.

—También hemos estado hablando —dijo—. Genevieve se acuerda más o menos de lo que ocurrió en el Eiger, y quería que te diese un mensaje.

—Vale. —No pude evitar que se me notase en la voz que aquello me había tomado por sorpresa—. ¿El qué?

Dicho eso, Sylvia se levantó, cruzó la habitación hasta la ventana y observó las nubes que habían empezado a oscurecerse con la luz del atardecer. La observé con impaciencia mientras ella oteaba el horizonte, desde donde podía ver perfectamente el escondite de Marta, si sabía lo que estaba buscando. Después se volvió hacia mí.

—Shana dice que tu amigo pasa las noches aquí.

—¿Ah, sí?

—Sí. —Se quedó callada durante unos segundos, como si estuviese pensando si decirme algo o no—. Yo que tú tendría cuidado de que no os descubriesen.

No pude dejar pasar ese comentario tan hipócrita.

—Bella se pasa casi todas las noches en tu dormitorio.

—En realidad, ya no. —Sylvia me observó y después siguió hablando como si en ningún momento hubiese cambiado de tema—. Genevieve no va a presentar cargos contra Marta por lo que pasó en el Eiger. Le va a contar a la policía la verdad en cuanto pueda. También quiere hablar con la doctora Wardlaw para... eh... arreglar las cosas.

Me quedé mirándola fijamente, incapaz de asimilar lo que me acababa de contar.

—¿Qué quieres decir con eso de arreglar las cosas?

—Le va a contar a la doctora Wardlaw que lo que ocurrió es un tema privado entre Marta y ella, y le va a decir que no quiere que castiguen a Marta por ello.

Me quedé callada. Entonces me di cuenta de algo.

—¿Genevieve sabe que Marta ha desaparecido?

—Sí.

—¿Y por qué te ha pedido que me dieras ese mensaje?

—Supongo que para que se lo digas a Marta si es que se pone en contacto contigo —repuso Sylvia con calma.

Me volví a quedar callada. Había muchas cosas que no me encajaban del todo y me costaba confiar en la mensajera. Observé a Sylvia tomar asiento bajo la ventana y cruzarse de piernas. Ella me devolvió la mirada con una expresión paciente.

—¿Por qué está haciendo esto Genevieve? —le pregunté.

Sylvia se quedó pensando su respuesta un segundo.

—Siente que tiene cosas que arreglar.

—¿Que arreglar?

—Sí. Hubo un par de ocasiones en las que Genevieve y Marta chocaron, por distintos malentendidos. —Observé a Sylvia con incredulidad, pero ella siguió hablando con el mismo tono—. Gin reconoce que Marta se comportó como una persona decente al no chivarse de uno de los incidentes en concreto. Le gustaría honrar su silencio con su propia… discreción.

—Claro. —No me creía nada, y tampoco ayudaba que Sylvia hubiese decidido omitir deliberadamente que ella también había participado en esos ataques a Marta—. ¿Y esperas que yo me lo crea?

Sylvia me observó sorprendida.

—¿Por qué no habrías de creerlo?

—Porque Genevieve *torturó* a Marta. Hizo que su vida fuese una completa miseria. Y tú *lo sabes* —exclamé ante su expresión pétrea—. Y tú eres igual de cruel que ella, tú misma le pusiste los cebos, hiciste que Gerald le pidiese salir…

—Ah, eso —repuso Sylvia despreocupada—. Eso en realidad no tenía nada que ver con Marta. Solo era mi pequeña bromita personal para animar a Genevieve. Estaba teniendo un mal día.

Me quedé mirándola fijamente.

—¿Le gastaste una broma tan cruel solo para animar a Genevieve? Eso es estar *muy mal de la cabeza*, Sylvia. Este sitio

—dije, exasperada—, todos en este maldito sitio estáis fatal de la cabeza.

Por un momento Sylvia me observó sorprendida, incluso confundida, y me di cuenta de que probablemente jamás había pensado en cuestionar ni una sola vez los valores sobre los que se cimentaba el régimen del Internado Realms, así como tampoco se había planteado nunca si el comportamiento de los alumnos era normal o no. Le habían lavado tanto el cerebro con el prestigio del internado que no se había cuestionado nunca su funcionamiento o por qué le era tan leal a Genevieve. Me daba pena. Su propia moral deformada acababa de poner en relieve lo poco que sabía sobre el mundo real, porque la habían dañado y forzado para que encajase con la vida en el internado, donde solo los más aptos podrían prosperar. Nunca seríamos capaces de entendernos.

—Mira, Rose. —Aquella fue la primera vez que la oí llamarme por mi nombre—. No me importa si me crees o no. Le he prometido a Gin que te transmitiría su mensaje para Marta, y eso es justo lo que he hecho. —Se levantó del asiento, alisó las arrugas de su falda, era elegante incluso con el desaliñado uniforme del Internado Realms. Se quedó quieta y yo la observé desde donde estaba, sentada a los pies de la cama de Marta—. Dile a tu amigo que deje de venir aquí por la noche —dijo—. Te tienen vigilada.

«Te tienen vigilada». Ya sabíamos que debíamos de tener mucho cuidado con a dónde íbamos y cuándo, pero el aviso de Sylvia me inquietaba. Me pregunté si debía retrasar el ir a ver a Marta hasta que hubiese hablado con los chicos, pero la mejoría temporal de Genevieve me parecía demasiado importante como para no contárselo, incluso aunque supiese que Marta iba a ser tan cínica como yo al respecto. Aguardé en la habitación 1A hasta que oí al señor Gregory gritándole a la gente al marcharse hacia la planta baja, para tomar el té con el resto de los mags. Después salí de la

Casa Hillary por la parte de atrás, con mi mono de trabajo puesto para que, si me veía alguien, creyese que iba a hacer el turno de noche.

Al bajar las escaleras, albergué cierta esperanza de que Sylvia me hubiese dicho la verdad. Si era cierto que Genevieve no pensaba presentar cargos, la policía no podría seguir persiguiendo a Marta por su papel en lo que sucedió en el Eiger y, cuando por fin pudiese salir de la torre del reloj, tendría mucho menos que temer. El tema con la doctora Wardlaw era muy distinto pero, al cruzar los campos de rugby a la carrera bajo la tenue luz del crepúsculo, tenía la pequeña esperanza de que no expulsarían a Marta. La mera idea de que algún día pudiese volver al internado como una alumna más, a nuestra habitación, que pudiésemos volver a tener clases juntas, me llenaba de una alegría que no había sentido desde octubre.

Atravesé el laberinto a la carrera y me adentré en el Hexágono. El patio estaba lleno de estudiantes que volvían a sus residencias corriendo justo después de sus partidos, con las mejillas sonrojadas por el esfuerzo y manchados de barro, hablando animados sobre la misa de adviento, que empezaría dentro de media hora. Se suponía que esa sería la primera vez que Lloyd tocaría el órgano en la capilla, para sustituir a Max. Me deslicé entre los alumnos, mezclándome con la multitud, y fue la primera vez que sentí que podía compartir su alegría de verdad. *Todo va a salir bien*, pensé. *Conseguiremos salvarla y todo esto habrá servido para algo. Su vida irá a mejor.* La torre del reloj se alzaba imponente sobre los edificios. Marta estaba ahí arriba, esperando a que le llevásemos la cena. No le llevaba comida, pero tenía algo mucho mejor: la perspectiva de su libertad.

Iba tan rápido y estaba tan centrada en las ganas que tenía de darle las buenas noticias a Marta que, al principio, no vi al profesor De Luca de pie bajo el arco norte del Hexágono, aguardando.

—Rose —me llamó desde entre las sombras.

—¿Qué está haciendo usted aquí? —No pude ocultar la sorpresa que sentía. Era la primera vez que lo veía desde que Marta nos contó lo que había hecho. Según lo que sabía, llevaba semanas viajando por todo el país en busca de su hija.

El profesor De Luca se me acercó cojeando, apoyando casi todo su peso sobre el bastón. Quería salir corriendo, pero me obligué a quedarme donde estaba. A medida que se acercaba, me fijé en que tenía los ojos enrojecidos y llorosos, y en que estaba más demacrado que nunca.

—Tenemos que hablar —dijo.

Su tono, demasiado familiar, me asqueó todavía más.

—No debería estar aquí —dije, retrocediendo un paso.

—Necesitaba hablar contigo —repitió—. ¿Te importaría si damos un paseo?

—¿Quiere que demos un *paseo*?

Enseguida me di cuenta de que había malinterpretado mi pregunta.

—Sé que no puedo correr, saltar o galopar como tú —dijo, en tono grave y molesto—, pero sigo pudiendo recorrer ciertas distancias, aunque sea cojeando. Supongo que no tienes ni idea de lo extraño que es que aquellos que han sufrido un ictus grave puedan seguir caminando.

Me encogí de hombros.

—Está bien, demos un paseo —acepté con reticencia. Sentía que no tenía elección, sería demasiado sospechoso si me negaba—. Pero no tengo mucho tiempo.

Él asintió y señaló el bosque. Ya casi era noche cerrada. Los alumnos pasaban a la carrera junto a nosotros, con sus monos de trabajo y sus pantalones de montar. A la distancia, oí la campana del claustro llamando a misa. Nos adentramos en el patio, que estaba iluminado con la luz tenue y anaranjada que proyectaban los apliques que había en las paredes de los establos, y empezamos a pasear a su alrededor. Me llegó el olor a estiércol que normalmente aborrecía. Ese día casi me resultaba reconfortante.

—¿Sabías que Marta aprendió a leer y a escribir correctamente cuando tenía tres años? —dijo el profesor De Luca de repente cuando pasamos frente al edificio de la Patrulla superior.

—No.

Él asintió.

—Aprendió muy rápido —comentó—. Su madre y yo apenas tuvimos que enseñarle nada. Nos veía trabajar y, bueno, quería copiar lo que nosotros hacíamos. Le compramos libros infantiles, pero siempre nos decía que no los quería. Un día, cuando solo tenía seis años, me la encontré leyendo mi ejemplar de la revista *London Review of Books*.

No me extrañaba en absoluto que Marta hubiese hecho esas cosas.

—¿Por qué me lo cuenta?

—En cuanto supo cómo articular frases coherentes, empezó a escribir historias ficticias —dijo, ignorando mi pregunta—. Pequeñas historietas de aventuras, cuentos sobre animales… historias de fantasía, vaya. Escribió cientos de historias. Ni su madre ni yo le pedimos que dejase de escribirlas nunca. Eran historias preciosas. Un poco descabelladas, pero así es como funciona la imaginación infantil. Se solía sentar en mi regazo y me las leía… esos eran los mejores momentos de mi día.

No dije nada. Nos estábamos acercando a la torre del reloj y lo único que quería era que el profesor De Luca la dejase atrás antes de que Marta pudiese oírlo siquiera. Decidí que iba a bajar por el sendero que llevaba hasta el arroyo Donny y después a dar la vuelta por los graneros de regreso al Hexágono, donde intentaría que me dejase en paz de una vez. Me preguntaba si alguien más sabría que estaba aquí.

—Siempre le ha gustado escribir de todo —dijo el profesor De Luca, cojeando un poco más deprisa para tratar de seguirme el ritmo—. Historias. Diarios. Cartas.

Intenté girar a la izquierda al pasar bajo el arco de la torre del reloj y me choqué con él, porque no giró conmigo. Negó con la cabeza.

—Prefiero quedarme donde haya luz.

Me quedé helada.

—Vale.

Seguimos paseando junto al bloque C, la campana de la capilla resonaba a la distancia. La mitad superior de la puerta del establo estaba abierta, eché un vistazo a su interior y vi a Gerald dándole manzanas a Polly, a Margot y a George. Al oír nuestros pasos, alzó la mirada y frunció el ceño al vernos.

—Y, por supuesto, también me escribió más de una carta desde el Internado Realms. —El profesor De Luca siguió hablando, como si la conversación no se hubiese interrumpido en ningún momento. Estaba resollando. Lo observé de reojo y me fijé en que tenía los labios azules. Aquella tarde, aunque ya se había empezado a poner el sol y hacía viento, no hacía tanto frío.

—¿Qué le contó en sus cartas? —le pregunté, en parte porque sabía que esa era justo la pregunta que había estado esperando que le hiciese. Ya casi habíamos llegado a la segunda mitad del patio cuadrangular. Decidí dar una vuelta sin que se enterase para volver al Hexágono. Estábamos demasiado cerca del escondite de Marta para mi gusto.

—Es gracioso que me lo preguntes —respondió el profesor De Luca—. Hay una carta en particular que te quería enseñar. —Sacó un folio arrugado de su abrigo andrajoso. Me sobresalté al identificar la pulcra letra de Marta y la tinta roja con la que solía escribir siempre. Recordaba haberla visto inclinada sobre nuestro escritorio, en nuestra habitación, escribiéndole a su padre todos los motivos por los que debía quedarse en el Internado Realms.

—«He hecho buenos amigos» —leyó el profesor De Luca—. «Mi mejor amiga se llama Rose. Es mi compañera de habitación. Me dijiste que lo más probable es que tuviese que compartir habitación con mucha gente, pero solo estamos las dos. Le he contado cosas. Confío en ella».

Dejó de leer y me observó atentamente. Me encogí de hombros. No sabía qué comentar al respecto. Al darse cuenta de que no iba a reaccionar, el profesor De Luca sacudió la carta frente a mi rostro, la volvió a abrir y repitió:

—«Le he contado cosas. Confío en ella».

Habíamos llegado al final del patio cuadrangular, pero yo ya no estaba centrada en la tarea de llevar al profesor De Luca de vuelta al Hexágono. Creía que lo mejor sería dejarlo que dijese lo que quería decir para que se lo quitase de una vez de encima y afrontar lo que fuera que tuviese que afrontar, allí y en ese momento.

—¿Qué quiere? —le pregunté sin rodeos.

Él se detuvo y se volvió hacia mí para enfrentarme. Horrorizada, observé cómo sus ojos se anegaban en lágrimas al tiempo que se dejaba caer sobre su bastón y su cuerpo se inclinaba hacia un lado. Llevaba la chaqueta abierta, por lo que su frágil figura quedaba al descubierto, a pesar de que intentase ocultarla al taparla con un jersey raído. La clavícula se le marcaba por debajo de la piel llena de lunares de su cuello.

—Quiero que mi hija vuelva —dijo.

—La policía está buscándola…

—Se han rendido. Nadie la ha visto desde hace semanas… no tienen ninguna pista. Han decidido parar la búsqueda. —Me quedé mirándolo fijamente. No sabía qué decir—. Solo yo seguiré buscándola —dijo—. Y sé que tú puedes ayudarme.

Negué con la cabeza, alejándome de él, pero entonces él estiró la mano libre hacia mí, como si quisiese agarrarme de la muñeca.

—No puedo ayudarlo. No sé dónde está.

Él me observó atentamente y, por debajo de todas esas lágrimas, vi que sus ojos grises estaban llenos de escepticismo y de desdén.

—«Confío en ella» —repitió—. Mi hija confiaba en ti. Sabes cosas que no deberías saber, Rose.

Me estaba provocando, lo sabía, y por eso me negaba a morder el anzuelo, no pensaba responderle que sí, que sabía cosas que no debería saber, que odiaba saberlas; eran cosas que no debería saber porque no deberían haber ocurrido desde un principio. Volví a intentar alejarme, pero él me siguió con una velocidad sorprendente, con su bastón arrastrándose sobre la gravilla.

—Te ha contado algunas de sus historias —gritó, su voz se alzó por el patio, ahora completamente desierto—. Te las has tragado y ahora me la estás ocultando. —Bajó la voz, porque sabía que lo estaba escuchando—. Eres una ilusa, Rose.

Me di la vuelta como un resorte. Mi objetivo de mantener la calma, de no dejarme amedrentar, acababa de estallar en pedazos en cuanto el profesor De Luca pronunció esa acusación, y la ira me invadió como nunca lo había hecho, hasta que solo vi rojo.

—No te atrevas a llamarme «ilusa» —siseé.

Él entrecerró los ojos al darse cuenta de que había conseguido lo que andaba buscando.

—Eres inmoral —me dijo—. Me la has robado. Has sido demasiado crédula y te has creído cosas que no deberías haberte creído.

—¡No seas tan condescendiente!

—*Tú* eres la que está siendo condescendiente —espetó con frialdad. Le temblaba la voz mientras se acercaba a mí cojeando—. Estás tratando de engañarme, pero no te va a servir de nada. ¿Sabes lo que se siente al perder a alguien a quien amas? Marta es todo lo que tengo, mi única fuerza, mi única alegría...

—¡Pues vaya manera de demostrarlo! —Mi voz casi sonaba como un gruñido. Estuve a punto de salir corriendo. Sentía una rabia incontenible apoderándose de mí, y me daba miedo lo que pudiese hacer si me quedaba cerca de él.

—No lo entiendes. Es todo lo que tengo. Sin ella, no soy nada. Desde que su madre se marchó...

—¿Que se *marchó*? ¡Estás loco! ¡Está muerta! —grité.

Por un momento me observó como si lo hubiese tomado por sorpresa.

—¿Qué quieres decir?

—¡La madre de Marta está *muerta*!

Él negó con la cabeza.

—No.

Me quedé mirándolo fijamente, con la respiración agitada. Una sonrisita torcida se dibujó en sus labios aún más torcidos.

—Ah —dijo, como si esta conversación le pareciese cada vez más divertida—. Ah, ya veo.

De repente, se me revolvió el estómago. Me volví involuntariamente hacia la torre del reloj, como si estuviese esperando a que Marta lo contradijese, que me explicase que todo esto había sido un horrible malentendido. No sabía qué decir.

El profesor De Luca negó lentamente con la cabeza, con la sonrisa torcida todavía dibujada en sus labios.

—La madre de Marta no está muerta —repuso, y se acercó cojeando hacia mí—. Nos abandonó. Mi esposa se marchó una noche de febrero de este mismo año, y ni mi hija ni yo hemos vuelto a verla o a saber algo de ella desde entonces. —Se detuvo a tan solo unos metros de mí, observándome de cerca, y sus ojos llorosos relucían triunfantes—. Te lo advertí —dijo en apenas un susurro—. Tienes que guardarte las espaldas. Se le da de maravilla inventarse historias. Es capaz de hacer que la gente le crea y la quiera… pero es igual de capaz de alejarlos con solo unas palabras.

Nos quedamos mirándonos fijamente sin decir nada, en medio del patio vacío. El cielo se había teñido de un negro intenso y profundo, roto tan solo por las estrellas más brillantes. En la distancia, oí la melodía del órgano. «Ven, ven, Emmanuel».

Le sostuve la mirada al profesor De Luca, aunque me sentía extrañamente en calma. Él tampoco la apartó, y pude ver la miseria y la vergüenza que se escondían tras sus ojos y que alimentaban su propia maldad. Di un paso hacia él.

—Tienes razón en una cosa —le dije.

—¿En qué?

—Esa no fue la única historia que Marta me contó —solté, y después alargué los brazos hacia él y lo empujé con todas mis fuerzas. Mis manos se apoyaron sobre sus hombros huesudos y él se tambaleó hacia atrás antes de caer de culo sobre la polvorienta gravilla. Me alejé de allí sin volver la mirada atrás, sin poder sentir otra emoción que no fuese mi propia ira. Sus quejidos pronto quedaron ahogados por la melodía del órgano.

16

—Judías con salsa de tomate —leyó Sami antes de tachar una de las cosas de la lista—. Manzanas. Melocotones en lata. —Dejó el bolígrafo a un lado y se puso a rebuscar en la mochila—. ¿Y los *crumpets*? Esos no se ponen malos tan rápido.

Era el día del baile de Navidad y el penúltimo día de clase del trimestre. Sami, Lloyd y yo estábamos en su habitación, empaquetando todas las provisiones que habíamos reunido para Marta para las vacaciones. Nos iríamos del Internado Realms al día siguiente por la mañana.

—Necesita sesenta y tres comidas que llenar —dijo Sami, consultando su cuaderno—. Tres al día durante veintiún días. Menos mal que vamos a volver un poco antes de que empiecen las clases.

—El señor Gregory nos había dicho que tendríamos que volver al internado una semana antes que el resto de los alumnos, para empezar a preparar nuestras solicitudes para la universidad. Al principio habíamos pensado que era demasiado pronto para ello, pero nos dimos cuenta más pronto que tarde que el señor Gregory no pensaba dejar nada a la suerte en lo que concernía a que consiguiésemos entrar en alguna de las mejores universidades del país.

Sami estaba recorriendo la lista de comida con el dedo, observándola preocupado.

—Me da miedo que se quede sin comida antes de tiempo.

—Relájate —le dijo Lloyd, que estaba sentado frente a la puerta, toqueteando los ajustes de una cámara nueva y de lo más cara. Era propiedad del internado, pero la había birlado para poder sacar las fotos del baile—. Podemos conseguir algo más esta noche.

—¿*Cómo?* Las chaquetas del traje de gala no es que tengan los bolsillos muy grandes que digamos y, de todas formas, solo van a servir canapés, no va a haber latas de sopa. —Sami parecía molesto—. ¿Y qué se supone que vamos a hacer con el tema de las bebidas? No debería beber del grifo que hay ahí arriba, puede que esa agua no sea muy...

Lloyd se detuvo, con la tapa de la lente en sus manos.

—Max tiene un montón de botellas de refresco escondidas en su cuarto —comentó.

—Así que ahí es donde pasas las noches de vez en cuando —soltó Sami, irritado—. Debería haberlo sabido.

Por un momento, Lloyd lo observó incómodo.

—Solo quiero estar seguro de que esté bien —dijo después—. Ha estado pasando por una mala racha. Le sigue doliendo la mano horrores, ni siquiera puede mover los dedos...

—Preferiría no saber nada, Lloyd. —Sami hablaba con calma, sin ninguna emoción tiñendo su voz. Metió a presión otro paquete de galletas dentro de la mochila y la cerró—. Mis padres van a venir mañana a las nueve —le dijo a Lloyd—, así que estate preparado para entonces.

—Ah, ya. —Lloyd parecía más avergonzado que nunca—. Se me había olvidado decírtelo... Patrick y Sheila me llamaron ayer por teléfono. Querían... bueno, quieren que pase las Navidades con ellos.

—¿Qué? Pero si dijiste que...

—Lo sé.

Sami enarcó las cejas.

—Vale —suspiró. Después se volvió hacia mí—. ¿Puedes ayudar a Lloyd a llevar las bebidas a la torre del reloj mañana por la mañana?

—Te ayudaré a llevarlas —le dije a Lloyd—. Pero no pienso entrar.

Sami y Lloyd intercambiaron una mirada tanto nerviosa como exasperada. Les había hablado de mi conversación con el profesor De Luca el mismo día en el que tuvo lugar. Se habían sentido decepcionados al enterarse de que Marta nos había mentido sobre la muerte de su madre. Lloyd, como yo, también estaba enfadado con ella, aunque de una forma un tanto condescendiente, como si no se hubiese esperado otra cosa viniendo de ella. Sami, en cambio, supuso que Marta tendría algún buen motivo para habernos mentido, y Lloyd y él siguieron llevándole todos los días la comida. En mi caso era distinto. Desde que había hablado con su padre, aunque no había parado de ayudar a los chicos entre bambalinas, tampoco había ido a verla a la torre del reloj, ni me había comunicado con ella de ninguna manera.

—Te echa mucho de menos, ¿sabes? —dijo Sami en apenas un susurro—. Está muy triste.

Jugueteé con la etiqueta del paquete de galletas de mantequilla.

—¿Y qué quieres que haga?

—Vamos, Rose. Ve a verla. Habla con ella.

—No puedo. Le terminaré diciendo algo de lo que me arrepentiré y haciendo que se sienta aún más triste si cabe. —Ese era uno de mis mayores miedos en ese momento. La ira que había sentido al enterarme y que había hecho que empujase al profesor De Luca no había remitido desde entonces; de hecho, seguía queriendo saltar contra Marta, pero no quería hacerlo antes de tener que dejarla sola durante tres semanas.

Sami soltó otro suspiro.

—Quiere explicarte...

—«Explicarme» —repetí—. ¿No quiere negarlo?

—No. —Sami parecía frustrado—. Nos ha dicho que es cierto. Estoy seguro de que tiene alguna buena explicación, Rose, pero no quiere hablar con nosotros. Quiere hablar contigo personalmente. —Hizo una pausa, observándome con una expresión de dolor.

Observé su rostro nervioso y deseé que el nudo que se me había formado en la garganta se deshiciese. No era la primera vez que me planteaba la idea de ceder y bajar a los establos con Sami para hablar con Marta antes de las vacaciones. Pero entonces Lloyd hizo la pregunta que más me preocupaba.

—¿Es que esta mentira no te hace plantearte cuántas más nos habrá contado? —le preguntó a Sami.

Sami negó con la cabeza con una convicción que envidiaba.

—En absoluto —murmuró. Después se puso de pie y se colgó la mochila al hombro—. Supongo que os veo en la fiesta.

A las seis, la habitación 1A estaba prácticamente vacía. El señor Gregory había pedido que nos llevásemos todas nuestras cosas a casa durante las vacaciones, aunque cuando regresásemos después de Año Nuevo fuesen a seguir siendo las mismas. Vacié mis estanterías y el armario, limpié mi escritorio y lo apilé todo dentro de dos baúles enormes que llevaban debajo de mi cama tres meses y medio. Mientras lo hacía, no pude evitar volver a pensar en Marta. Marta, que siempre solía estorbar más que ayudar cuando hacíamos este tipo de tareas, pero siempre hacía que fuesen más entretenidas.

Me dejé caer en el asiento junto a la ventana y observé los terrenos del internado, sumidos en la oscuridad. Apenas podía discernir la torre del reloj en el horizonte. Me imaginé a Marta en su interior, a solas con sus libros y con el hornillo de campamento mientras el resto nos preparábamos para la fiesta. Le esperaban tres semanas sin ninguna clase de contacto humano, y después tres meses más con nosotros como su única compañía, durante una hora al día. Era un riesgo y un sacrificio de una magnitud que todavía no alcanzaba a comprender. En mi interior sabía que debía de tener algún motivo de peso para encerrarse en la torre del reloj, y alguna explicación razonable para por qué me había mentido.

Pero haberme enterado de esa manera de sus mentiras me había hecho muchísimo daño y me molestaba, porque me hacía dudar de ella y de todos los demás temas en los que me habría mentido o que todavía no me había contado. Me había costado tres años dejar atrás el dolor punzante que me había producido la muerte de mi madre. Había tenido que racionalizar mi pena, compartimentarla, incluso hacerme amiga suya. Conocía a mi duelo y a mi pena mucho mejor de lo que me conocía a mí misma.

Si tan solo me hubiese mentido sobre cualquier otro tema. Me puse de pie y me acerqué al lavabo para lavarme el pelo. Era mucho más fácil hacerlo en la intimidad de mi habitación que en las duchas, sobre todo antes de un evento como ese. Me incliné sobre el lavabo y metí la cabeza en el agua caliente, cerrando los ojos.

—Oye. Ro-Ro. —Oí como alguien cerraba la puerta y se adentraba en mi cuarto porque no había sumergido las orejas—. Las cosas no te pueden estar yendo tan mal como para eso, ¿no?

Saqué la cabeza del agua y me eché el pelo empapado por la espalda, tratando de parecer aunque fuese un poco presentable. Eran Max y Lloyd quienes habían entrado en mi habitación, vestidos con sus trajes y con un paquete de cervezas cada uno en los brazos. Max tenía el brazo derecho todavía en cabestrillo, sujeto contra su hombro izquierdo. Lloyd llevaba la cámara del internado colgada del cuello, y la alzó para sacarme una foto.

—*Ni se te ocurra*, Lloyd. ¿Y es que no sabéis llamar? —pregunté.

—No cuando estoy intentando evitar meterme en dos problemas a la vez —repuso, al mismo tiempo que Max se dejaba caer en mi cama. Se comportaban como si el incidente del Eiger jamás hubiese ocurrido—. El señor G está al acecho y la maldita Bella también. Creo que va buscando pelea o algo así.

—¿Por qué?

—No tengo ni idea. ¿Quieres una?

—Venga, dame una —dije, malhumorada. Max rompió el plástico y nos tiró una lata a cada uno—. ¿Dónde está Sami?

—Esa es una *muy* buena pregunta —repuso Lloyd, abriendo su lata de cerveza al mismo tiempo que Max soltaba una carcajada y se tumbaba de lado sobre el edredón—. Sami es un hombre misterioso —comentó—. Dice que va a ir a la fiesta con una *cita.*

Me quedé mirando a Lloyd, sorprendida, al tiempo que Max seguía riéndose sin parar.

—¿Con quién?

Lloyd también soltó una carcajada.

—Con Ingrid Crichton. La chica con la que se enrolló en la Noche del Puente.

—¿*Qué?*

—¡Ella misma se lo pidió ayer! Qué locura. —Lloyd se dejó caer en mi cama, haciéndose hueco al apartar la pierna de Max—. Lo siento. Debería haber usado su título completo. La *honorable* Ingrid Crichton. —Le dio un largo sorbo a su cerveza con una sonrisa traviesa dibujada en su rostro.

—Pero creía que… —vacilé al recordar que no podía hablar de Marta en presente delante de Max. La mirada de Lloyd relució al deducir a quién iba a mencionar—. No creo que hagan buena pareja —repuse, enmendando mi desliz.

—Bueno, claro que no. Ingrid vive en una especie de mansión. Su padre es el dueño de la mitad de Northumberland y no paga los impuestos que costean los sueldos de los padres de Sami —comentó Lloyd, como quien no quiere a cosa. Le dio otro sorbo a su cerveza—. Al parecer le gusta mucho Sami, y creo que a él también le gusta ella, pero creo que quiere que nadie lo sepa.

—¿Por qué no?

—Bueno, en tu caso, creo que es porque piensa que eso te haría sentirte sola —dijo Lloyd sin rodeos. Ignoró mi sorpresa y siguió hablando, cambiando de tema—. Más te vale darte prisa, Ro. La fiesta empieza en veinte minutos.

Seguí preparándome, molesta porque mis amigos se comportasen así conmigo. Aunque sabía que Lloyd tenía razón, a Sami le daba pena, y yo no quería eso. Enfurruñada, me puse el vestido que había llevado al baile de graduación el año pasado en mi instituto de Hackney. Era de seda roja y vaporoso, con el escote redondo y la espalda baja. Max soltó un silbido al mismo tiempo que Lloyd me subía la cremallera.

—Estás preciosa —dijo—. ¿Tienes algún acompañante esta noche?

Por un momento pensé que estaba sugiriendo que fuésemos juntos, pero después supe que era imposible.

—No —respondí, incómoda.

—Ah, bueno —dijo Max, esbozando una sonrisa traviesa—, no vas a ser la única soltera del baile. Creo que todo el mundo está soltero o rompiendo con sus parejas en estos momentos. Todos menos Sami, al parecer.

—¿Quién ha roto ahora? —preguntó Lloyd al mismo tiempo que abría mi armario para mirarse en el espejo que había colgado en el interior de la puerta.

—Shana le ha dado a Jolyon la patada. Al parecer se autoinvitó a esquiar con los jeques estas Navidades y Shana se ha dado cuenta de que no le importa *ella* en absoluto y de que solo estaba con ella por su dinero. En mi opinión, le ha costado llegar a esa conclusión. —Max soltó una carcajada, riéndose de su propia broma y recorriendo el cabestrillo con los dedos—. Y luego están Sylv y Bella, claro, DEP...

—No sabía que habían roto —comentó Lloyd, echándose laca en el pelo.

—Bueno, claro, porque las dos han decidido no hablar del tema. Pero por eso Bella está tan a la gresca últimamente.

—Yo sí que lo sabía —dije, sin pensarlo dos veces, y Max se volvió a mirarme.

—Llevaban años juntas, pero nunca habían sido especialmente compatibles —añadió, como si no hubiese dicho nada—. Bella es muy... *borde*, digamos. Y está obsesionada con los malditos Juegos. Creo que por eso no le importaba que Sylv pasase tanto tiempo con

Gin, ¿sabéis? Bella siempre tenía otra cosa de la que ocuparse. Pero Sylv es una romántica empedernida...

—¿*Qué?* —dije, antes de poder evitarlo. Me dejé caer sobre la cama de Marta y observé a Max.

Max asintió.

—Oh, sí. —Me observó durante un momento, como si mi reacción le pareciese de lo más divertida—. Sylvia es la persona más romántica que conozco —repuso, como si fuese un hecho irrefutable.

Los tres nos quedamos en silencio por un momento y después fue Lloyd quien hizo la pregunta que me carcomía por dentro, con un tono de lo más cínico.

—Max, a ver —dijo—, solo por comprobar... ¿estamos hablando de *Sylvia Maudsley*? ¿La misma Sylvia Maudsley que es la segunda capitana estudiantil?

Max asintió, dándole un sorbo delicado a su cerveza.

—Recordad que conozco a Sylvia desde hace más de cinco años —repuso con pompa.

—Pues explícate.

—Bueno, cuando entramos en el Internado Realms, Sylvia no era como es ahora. Era inteligente, eso sí, pero era un poco rarita. Supongo que, en cierto modo, todos los éramos, teníamos *once años*, por el amor de Dios, pero Sylv además era muy tímida, era un poco... *torpe y desgarbada*, ¿sabéis? —Max se fijó en mi mirada de incredulidad y se echó hacia delante—. Ah, sé que ahora es preciosa. Es incluso más guapa porque ella misma no se cree que lo sea. —Max se volvió hacia Lloyd—. En esa época Sylvia tenía peor carácter que ahora. Solía saltar por cualquier cosa... ponerse a llorar por nada, esa clase de cosas. Recuerdo que la doctora Reza solía llevársela a un lado para intentar saber por qué se comportaba así... pero para mí, incluso en ese entonces, estaba claro el porqué.

—¿Que era...?

—La deslealtad —repuso Max, solemne—. Para ella siempre ha sido algo que no puede soportar, no puede con ello y ya. Se lo toma muy a pecho.

Lloyd observaba a Max con los ojos entrecerrados.

—¿Por qué?

Max hizo una pausa.

—El ser nuevo en un internado puede ser... bueno, puede ser algo complicado. —Soltó una carcajada nerviosa—. Si no te mantienes constantemente ocupado, te sientes solo. Hasta tercero teníamos que dormir en esta especie de dormitorios enormes... ¿Los habéis visto? ¿Los de la segunda planta? —Los dos negamos con la cabeza—. Son una mierda. La gente se pasaba las noches llorando. Recuerdo que la doctora Reza se paseaba por los dormitorios de vez en cuando con una linterna, para comprobar que todos estuviéramos bien, pero solo hay *una* doctora Reza. —Hizo otra pausa y tarareó para sí una melodía fugaz e incongruente—. No espero que lo entendáis —dijo como quien no quiere la cosa—, porque entrasteis aquí con dieciséis años, y ya todos somos adultos. Pero entonces solo éramos unos niños. Nos sentíamos como si nos hubiesen abandonado aquí.

Me volví a mirar a Lloyd, porque Max parecía haberse olvidado por completo de su historia. Tal y como esperaba, lo observaba enfadado, apoyado contra el armario y de brazos cruzados.

—Estás queriendo decir que la lealtad se convirtió en una especie de mecanismo de defensa de Sylvia —resumió con frialdad.

—Era su mecanismo de *supervivencia* —lo corrigió Max—. Odiaba la forma en la que la gente cambiaba de grupo, de amigos, en menos de un minuto, tan pronto eran amigos como enemigos. Su hermana mayor también estudió aquí, ¿sabéis? Hermione Maudsley, fue capitana estudiantil, pero a Hermione no le interesaba Sylvia en absoluto, aunque fuese evidente que Sylv no era feliz aquí. Recuerdo una vez que intenté hablar con Sylv de aquello —siguió diciendo, y me imaginé al Max de doce años, tan solo como Sylvia en ese momento, tratando de hacerse amigo suyo solo porque los dos se sentían solos—. Pero no quería hablar de cómo se sentía; nunca quiere hablar de sentimientos. Se centró única y exclusivamente en Gin, y tenían una amistad que nada ni nadie podía enturbiar. Hasta que llegó Bella, claro. —Esbozó una sonrisa extraña y satisfecha, que desapareció al darse cuenta de que Lloyd y yo lo observábamos poco impresionados—. Sylvia basa sus amistades en la lealtad —expuso Max—. Apoya a sus amigos pase lo que pase, los protege, libra sus batallas, así es como demuestra que te quiere. Y le demostró a Bella que la quería del mismo modo, siéndole leal hasta la extenuación, incluso cuando las cosas no les estaban yendo bien. *Eso* es lo que quería decir con que es una romántica, ¿vale?

—Ha debido de quedarse hundida después de que Bella rompiese con ella —murmuró Lloyd.

—Ah, ha sido al revés. *Sylvia* ha roto con Bella. —Max esbozó una enorme sonrisa y no me gustó ni un pelo el regocijo que se podía leer en su expresión—. Estoy seguro de que Sylvia ha odiado tener que hacerlo. Aparte de que Gin no está aquí... bueno, tampoco está pasando por su mejor época.

Me quedé en silencio. Fascinada por este nuevo resquicio de información sobre Sylvia, pero también me estaba costando asumirlo. Algunos de los detalles biográficos que nos había contado eran bastante inverosímiles, tanto que rozaban la exageración pero, lo que más me llamaba la atención eran los comentarios que había hecho Max al respecto del carácter de Sylvia, que me parecían tanto presuntuosos como ingratos. Sylvia, al fin y al cabo, se había pasado las últimas semanas intentando protegerlo. Si ella no hubiese intervenido, habría sufrido un destino mucho peor, pero el ego de Max parecía haberse recuperado tanto como para decidir olvidar ese hecho por completo.

Max debió de darse cuenta de que se había pasado de la raya con sus comentarios, porque decidió cambiar totalmente de tema.

—¿Sabéis que todo el mundo ha estado bromeando sobre lo de que Gerald tiene secuestrada a Marta? —preguntó. Lloyd y yo asentimos, inquietos—. Bueno, pues ayer Jolyon y Rory decidieron seguirlo. Para descubrir a dónde va y esas cosas. Lo perdieron durante un rato, y después se lo encontraron pajeándose en uno de los talleres. Tiene escondido un *montón* de porno allí, y no del flojito, como el que suele ver Rory; tiene porno del duro y retorcido. Y estaba *llorando*. Pero llorando de verdad mientras se pajeaba.

—*¿Qué?* —Lloyd lo miró espantado—. ¿Y qué pasó?

—Rory y Jolyon consiguieron lo que andaban buscando. —Max bajó la mirada hacia su mano herida y una expresión extraña se apoderó de su rostro—. Se llevaron todo el porno y se lo contaron *a todo el mundo*.

—Me parece que se comportan como unos críos —murmuró Lloyd. Se había sentado en mi cama junto a Max y estaba jugueteando con la argolla de su lata de cerveza—. ¿Es que no les puedes decir algo?

—¿Y qué quieres que les diga? —preguntó Max, con la voz aguda y molesto—. «Ey, chicos, perdón por interrumpir, pero ¿os importaría dejar de comportaros como unos críos?». —Su sonrisa estaba demasiado rígida cuando ladeó la cabeza para mirar fijamente a Lloyd—. No tengo claro que eso vaya a servir para algo.

—Quizás al principio no, pero...

—¡Pero debería hacerlo por un bien mayor! —canturreó Max, irguiéndose en mi cama. Meció el brazo que tenía en cabestrillo—. ¡Sí, claro! ¡Debería enfrentarme a aquellos que se comporten como críos! Debería ser un poco más como tú, Lloydy: maduro y de corazón puro. —Estaba canturreando las palabras, formando una especie de cántico y marcando el ritmo con el dedo al darle golpes a mi mesilla de noche. Aunque estaba sonriendo, noté cómo le temblaba la voz al gritar—. ¡Abajo con aquellos que se comporten como críos!

—Vale, vale. —Lloyd alzó las manos sobre la cabeza, resignado—. Tranquilízate. —Pero yo creía que Lloyd tenía razón. Todo el mundo en el Internado Realms siempre priorizaba la autonomía y la dependencia solo en uno mismo, pero la mayoría se comportaban como unos auténticos críos, guardando rencores y peleándose por tonterías, por lo que nadie podía comportarse del todo como una persona buena y amable.

—Estoy tranquilo. —Observé cómo Max estiraba su brazo bueno y le apoyaba la mano a Lloyd en la rodilla—. Tranquilo, y soy sabio y puto realista. —Esbozó una sonrisa enorme y nos miró a los dos—. ¿Estáis listos para irnos?

Me había acostumbrado tanto a la vida en el Internado Realms y había estado tan sumida en lo que estaba ocurriendo, que me había olvidado por completo de lo elegante y grandioso que era nuestro internado. La noche del baile de Navidad, recordé lo imponente que el Internado Realms quería parecer y cómo tenía su propio mundo (y sus propias leyes) escondido en su interior.

Habían transformado el atrio, la galería inferior y la antigua biblioteca para la ocasión. Habían colgado hiedra en las barandillas, entrelazando sus hojas con pequeñas y delicadas luces. La otra única fuente de luz eran las velas, que lo iluminaban todo. Las salas de techos altos y suelos pulidos se habían quedado sin muebles, solo había unas cuantas mesas alargadas que habían relegado junto a las paredes, en las que habían colocado grandes cantidades de comida y bebida. Habían cubierto las paredes de la antigua biblioteca con decoraciones doradas y plateadas. Un cuarteto de cuerda tocaba alegremente en el atrio. En cada habitación habían montado un árbol de Navidad, que habían sacado de los bosques de alrededor del internado. El árbol del atrio era el más grande que había visto en mi vida. Su punta, adornada con una estrella dorada, llegaba hasta la barandilla de la galería inferior.

No había podido ver el salón de baile hasta ese momento. El techo estaba incluso más alto que en la antigua biblioteca y sus paredes no estaban adornadas con retratos, sino con frescos preciosos que representaban unas imágenes difusas de la caza. Habían encendido la chimenea gigantesca y empujado un enorme piano hasta el centro de la sala. Lloyd me dejó sola en cuanto llegamos abajo, con la excusa de que tenía que calentar, y Max se fue con él.

Yo recorrí el resto de las enormes salas completamente sola. Habían celebrado una velada especial antes de la Noche del Puente a la que no me habían invitado («Si te veo allí», me había siseado Bella durante la comida, «será la última fiesta a la que vayas»), y en ese momento los asistentes estaban subiendo hasta la primera planta, oliendo a humo de cigarrillo y a sidra, con las mejillas sonrojadas y los zapatos embarrados. Al pasar junto a los camareros que pululaban por el comedor, se apoderaban de las copas de champán que llevaban en las bandejas de plata y se tomaban su contenido de un trago. El ruido que provenía de la antigua biblioteca no hacía más que aumentar para cuando conseguí localizar a Sami, que caminaba junto a Ingrid Crichton.

Me acerqué a él a la carrera, con la firme intención de demostrar que no me importaba en absoluto con quién estuviese saliendo.

—¡Sami!

—Hola —me saludó, esbozando una sonrisa tensa—. ¿Qué tal?

—Bien —dije, y me fijé en que tenía el bajo de sus pantalones embarrados—. Hola, Ingrid.

—Hola —respondió con frialdad. Solo la conocía porque jugábamos en el mismo equipo de hockey y teníamos una clase juntas, matemáticas, que no se le daba demasiado bien. Tenía la nariz larga y aguileña, con las fosas nasales un poco anchas, y el cabello rojizo que le caía hasta la cintura.

—Lloyd va a empezar a tocar dentro de nada —les dije—. ¿Os apetece venir a verlo?

—Tal vez dentro de un rato —repuso Sami, un tanto nervioso porque Ingrid le había colocado su mano de dedos larguiruchos sobre el antebrazo—. Nos vemos luego, Rose. —Se marcharon hacia la mesa de las bebidas, dejándome completamente sola junto a la puerta. Me quedé mirándolos durante un momento, sintiéndome más sola que nunca, y después regresé al salón de baile. Al hacerlo, me topé de frente con Sylvia.

Habían pasado unos cuantos días desde la última vez que nos vimos y lo primero que se me pasó por la cabeza fue que parecía distinta. Estaba más elegante que nunca, pero su rostro estaba mucho más pálido y delgado de lo que lo recordaba. Llevaba puesto un sencillo vestido de cóctel negro, y se había recogido el cabello en un moño despeinado en la nuca. Bajé la mirada hacia sus pies, enfundados en unos zapatos que parecían bastante caros y que se anudaban con unas estrechas correas doradas. No tenía ni rastro de barro en ellos.

—Hola —me saludó.

—Hola. —Tragué saliva con fuerza, no me apetecía nada ponerme a discutir en ese momento—. Solo iba a …

—Si vas a por algo de beber, ¿te importaría traerme una? —dijo. Tenía unas profundas ojeras bajo su mirada, y le temblaba ligeramente la mano cuando la alzó hacia su rostro para apartarse un mechón rebelde de la cara.

—Está bien. —Me acerqué a la mesa de las bebidas y tomé dos copas de vino. *¿Qué está pasando?*, pensé. Regresé junto a Sylvia y le tendí una copa.

—Gracias —repuso antes de darle un sorbo. Pasó la mirada por la sala—. Por el amor de Dios —soltó.

Seguí su mirada hasta una esquina. Gerald estaba merodeando por allí, con un botellín de cerveza en la mano. Rory y Jolyon estaban a tan solo unos pasos de distancia, y me sorprendí al darme cuenta de que Max también estaba con ellos. Mientras los observábamos, Max usó su mano buena para imitar lo que Gerald había estado haciendo en el taller esa misma tarde. Rory y Jolyon se rieron de la broma, y Max se regocijó por ello.

—Al menos esta vez no le están pegando —comenté.

—No sabía que esto fuese de tu incumbencia —me soltó. Enarqué las cejas sin poder evitarlo. Pude ver un destello de una emoción que no logré identificar surcando su rostro, pero después esa emoción se transformó en ira. Me encogí de hombros y me alejé de ella.

La fiesta cada vez se desataba más. Se suponía que solo podíamos tomar dos copas cada uno, y había personal del internado que habían contratado específicamente para comprobar que así fuese, pero no les interesaba demasiado hacer su única tarea. Incluso el señor Gregory estaba sonrojado y se tambaleaba al caminar, el nudo de su corbata hacía ya bastante rato que se había desatado mientras conversaba con el señor Briggs. Yo me quedé resguardada en una esquina del salón de baile durante un rato, observando a Lloyd tocar una pieza de Chopin mientras la gente conversaba animadamente alrededor del piano. Max se acercó a él y se dejó caer en la banqueta junto a Lloyd, antes de inclinarse hacia él para pasarle las páginas de la partitura.

—Hola, Rose. —Me di la vuelta y me encontré con la doctora Reza a mi lado, vestida como de costumbre, con sus vaqueros, su chaqueta y sus zapatillas de deporte—. Hacía mucho tiempo que no te veía. ¿Qué tal estás?

—Estoy bien. —Creía que explayarme en mi explicación terminaría abriendo una herida en mi interior que no estaba del todo segura de poder cerrar esa noche.

—¿Echas de menos a Marta? —me preguntó sin rodeos.

Me encogí de hombros como respuesta.

—Doctora Reza —dije de repente—, ¿por qué permitió que Marta no participase en los Juegos? A principios de curso, quiero decir.

La doctora Reza me observó atentamente. Ninguna de las dos dijo nada hasta que ella, unos minutos después, respondió a mi pregunta.

—A Marta le dije que era porque estaba demasiado delgada.

—Pero ¿por qué más?

Volvió a guardar silencio. Hasta que por fin me respondió con toda la verdad.

—Tú mejor que nadie sabes que la mayoría de los Juegos del Internado Realms son de todo menos eso... un juego. Cuando conocí a Marta pensé que no podría hacer frente a tener que participar en algún deporte y además ser la mejor de su clase. Pensaba, *me temía*, que ya había sufrido bastante.

Me quedé mirando fijamente a la doctora Reza. Ella no apartó la mirada en ningún momento, y me volví a sentir como me había sentido al final del primer interrogatorio con Vane. Sentía que por fin había alguien que me comprendía, pero en las palabras de la doctora Reza no había ni un solo atisbo de acusación o de decepción.

—Usted fue quien le dijo a Marta que tenía que empezar a participar en los Juegos. La mañana en la que desapareció —repuse con dureza, para tratar de ocultar lo incómoda que me sentía con esa conversación.

—Creí que se lo tomaría mejor si se lo decía yo y no otra persona —dijo la doctora Reza con pesar.

—¿Qué quiere decir?

Me observó sorprendida ante mi pregunta.

—Fue el señor Gregory quien lo decretó —dijo—. Lo contuve todo lo que pude, pero se dio cuenta de que Marta estaba empezando a adaptarse, que parecía mucho más feliz que al principio. Yo también lo creía, pero aun así no quería obligarla a participar en los Juegos. El señor Gregory dijo que no permitiría que se siguiese escaqueando a menos que le diese un motivo médico por el que no pudiese participar. No pude dárselo, pero quería ser quien le diese a Marta la noticia. Le dije que podría acudir a verme si algo...

—Este maldito internado. —Sabía que no podía decir palabrotas delante de ella, pero no me dio tiempo a morderme la lengua. Se me anegaron los ojos de lágrimas. Me alejé de la doctora Reza, abriéndome paso entre la multitud, hacia el piano de cola.

Cuando llegué, Lloyd acababa de llegar al clímax de la melodía. Tocó los tres últimos y animados acordes y después se puso de pie e hizo una reverencia entre aplausos, pasando un brazo alrededor de los hombros de Max. Luego tomó una copa de vino que había dejado sobre el piano y se la bebió de golpe.

—¿Quieres bailar? —me preguntó, esbozando una sonrisa de oreja a oreja.

Negué con la cabeza, no podía dejar de pensar en lo que me acababa de contar la doctora Reza, pero entonces Lloyd me agarró del brazo y me arrastró hasta la pista de baile. Estaba sonando jazz rápido por los altavoces. Me aferré a la fuerte mano de Lloyd y traté de seguir sus pasos.

—No veo a Sami y a Ingrid por ninguna parte —grité para hacerme oír por encima de la música, y Lloyd soltó una carcajada.

—Si lo que me ha dicho Max sobre ella es cierto, lo más probable es que Ingrid esté esperando algo más que un simple beso bajo el muérdago. —Lloyd me atrajo hacia su pecho y deslizó la mano hasta mi espalda baja, al tiempo que bajaba un poco la cabeza para poder susurrarme al oído—. Le vendrá bien empezar a salir con alguien. Necesita distraerse, dejar de preocuparse tantísimo por Marta. Y tú también, Ro.

—No tienes ni idea de lo que necesito.

Se encogió de hombros al tiempo que nos adentrábamos cada vez más entre la multitud. La canción cambió por completo y él me hizo dar una vuelta.

—Los dos necesitáis tener un poco más de fe —repuso—. Creo que vamos a conseguirlo.

—¿Que vamos a conseguir el qué?

—Salvar a Marta. ¡Hemos llegado hasta aquí! La policía ya no quiere seguir buscándola... Creo que todo va a salir bien, Ro, de verdad. Ya llevamos seis semanas haciendo esto. —Lloyd se echó hacia atrás, esbozando una sonrisa descuidada. Me enmarcó el rostro con las manos—. Imagínatelo, Rose. Imagínate el día en el que pueda ser libre. —Cerré los ojos durante unos minutos, intentando hacerle caso, pero la imagen que me vino a la mente no tenía a Marta como protagonista, sino a mí. En ella, una Rose despreocupada paseaba junto al arroyo Donny y su conciencia estaba tan limpia y en calma como el caudal que corría a su lado. Esa Rose jamás le había mentido a nadie en su vida.

Lloyd pareció darse cuenta de que no había logrado convencerme.

—Ay, Rose —dijo. Echó la cabeza un poco más hacia atrás para observarme por un momento—. Eres preciosa, ¿lo sabes, no? Todo el mundo lo dice. —Dejó caer los labios contra mi frente y me dio un beso, antes de soltarme las manos—. Voy a ir a buscar a Max —añadió, y después se marchó, abriéndose paso entre la multitud.

La música estaba demasiado alta y no me apetecía nada en absoluto el tener que quedarme allí, en medio de toda esa gente, sin bailar con nadie. Me deslicé hacia la galería inferior, que estaba iluminada con luz tenue y en completa calma en comparación con el ambiente frenético del salón de baile. El cuarteto de cuerdas seguía tocando en la planta inferior. Giré y me adentré en un pasillo lateral que llevaba hacia los servicios. En la penumbra, me choqué con dos personas que estaban pegadas la una a la otra contra la pared.

—Mira por dónde vas, joder —dijo una voz enfadada y aristocrática. Ingrid Crichton se colocó bien el vestido y me lanzó una mirada furiosa.

—Lo siento —dije, pero solo podía mirar a Sami. Estaba recostado contra la pared, con el cuello de su camisa desabrochado y la mirada desenfocada—. ¿Estás bien? —le pregunté.

—Rosie —me llamó, estirando las manos hacia mí—. ¿Eres tú?

—Soy yo. —Sami era el único que me llamaba Rosie.

Agarró la punta de uno de mis mechones y tiró de él con delicadeza.

—Te he echado de menos —balbuceó.

—¿Que la has *echado de menos*? —Ingrid le observaba asqueada.

Sami le lanzó una mirada amenazadora, recostándose de lado contra la pared.

—Márchate —le pidió. Ingrid abrió los ojos como platos, se dio media vuelta y se marchó hecha una furia.

—Eso no ha sido una buena idea —le dije a Sami.

Él asintió lentamente.

—Lo sé.

—¿Debería llevarte de vuelta a la Casa Hillary? —le pregunté pero, de repente, se inclinó hacia mí y posó sus labios sobre los míos. Estaban húmedos y blandos, y sabían a vodka—. ¡Oye! —grité, sorprendida, apartándome de golpe—. ¿Qué haces?

Él se encogió de hombros y colocó una mano sobre la pared para estabilizarse.

—Tenía ganas de besarte —repuso—. Estás preciosa con ese vestido.

En esos momentos estaba tan molesta como divertida por su comportamiento.

—Ya va siendo hora de que te vayas a dormir —comenté.

Dejó caer la cabeza a un lado.

—Echo de menos a Marta —soltó de repente, antes de añadir sin ningún tipo de vacilación—. La quiero.

—Lo sé —contesté, echando un vistazo a mi alrededor para comprobar que el pasillo siguiera vacío—. Pero shh, Sami. No podemos hablar de ella aquí, ¿te acuerdas? —Su mirada volvió a desenfocarse y alargué la mano para agarrarle del brazo—. Deja que te lleve de vuelta a Hillary...

—Me importa mucho más que a *él* —escupió Sami, tratando de zafarse de mi agarre.

—Vale, pero...

—Nos está manipulando, Rosie. Quiere que pensemos que está solo en el mundo, pero sus padres de acogida le escriben todas las malditas semanas.

—Vamos, Sami. Vamos a la cama.

—No lo creo —repuso una voz gélida y, cuando nos dimos la vuelta, nos encontramos con Ingrid y Bella acercándose a nosotros por el pasillo. Ingrid me señaló y Bella me agarró y me arrastró hasta los servicios.

La puerta se cerró de un golpe a nuestra espalda.

—Fuera —les ladró Bella a una pareja que se estaba besando junto a los lavabos. No necesitaron que se lo dijese dos veces. El corazón me latía acelerado en el pecho.

»Me has jodido pero bien —siseó Bella. Abrió el grifo de uno de los lavabos y lo giró para que saliese agua caliente. Ingrid estaba de pie tras ella, apoyada en la puerta y de brazos cruzados.

—¿Qué he hecho? Aparte de existir.

—Con existir debería bastar —escupió Bella al tiempo que se arremangaba su traje de terciopelo.

—¿Pero?

—¿Pero qué?

—Has dicho que con existir «debería» bastar, lo que sugiere que hay algo más. —Quería obligarla a seguir hablando todo lo que pudiese, con la esperanza de que Sami se hubiese despejado lo suficiente con el encontronazo como para ir a buscar a Lloyd y pedir ayuda.

—No te hagas la listilla —ladró. El lavabo ya estaba lleno por lo que cerró el grifo—. Sé que te gusta lavarte el pelo en tu habitación, gorrona, pero esta noche vamos a cambiar un poco las cosas.

Intenté alejarme de ella, pero me agarró con fuerza del brazo, y le hizo un gesto a Ingrid para que me agarrase el otro. Juntas, me obligaron a ir hacia el lavabo. Del agua surgían columnas de vapor. Las tuberías del edificio central eran muy antiguas y sus grifos eran letalmente conocidos por ser capaces de sacar el agua hirviendo. Ingrid y Bella me rodearon, posicionándose una a cada lado, y llevaron las manos a mi nuca para obligarme a bajar la cabeza a la fuerza. Luché contra sus manos, intenté zafarme de su agarre, pero eran demasiado fuertes. Me quedé mirando el agua fijamente, acercándome poco a poco a su superficie hirviente a medida que los músculos de mi cuello iban cediendo.

Primero la rocé con la frente. Fue como si miles de cuchillos se me clavasen en la piel, seguidos por una agonía ácida y abrasadora. Luché con más fuerza, tratando de evitar que más piel de mi rostro entrase en contacto con el agua, pero no sirvió de nada. Sentía que se me iba a romper el cuello. Cerré los ojos con fuerza, preparándome mentalmente para la inmersión.

Entonces, de repente, la presión sobre mi cuello desapareció y yo me tambaleé de costado. Caí de rodillas sobre el suelo, apenas consciente de que Bella e Ingrid me habían soltado y trastabillaban hacia atrás.

—¡Os he dicho que la *dejaseis*!

Me costó ponerme de pie. Ahora podía entrever a una tercera figura a través de las nubes de vapor.

—Fuera —estaba diciendo, pero no me estaba hablando a mí—. Que os larguéis ahora mismo. —Ingrid se escabulló de inmediato, pero Bella se quedó donde estaba. Sylvia bajó un poco la voz—. Bella. Ya basta. Déjala en paz.

—Ah, ya veo lo que está pasando. —Bella habló con la misma brusquedad de siempre, pero me fijé en su expresión dolida—. Han sido dos años y medio, Sylv. *Dos años y medio*, y me dejas, así, sin más...

—Bella —le interrumpió Sylvia—, ya hemos hablado de esto. Te irá bien.

—¿Eso es lo que tú crees, no? —A Bella se le rompió la voz—. Me encantaría poder creerte, Sylv. Pero yo no soy como tú. Yo me permito *sentir*. Me permito llorar... —Y entonces me fijé en que tenía los ojos llorosos; que la feroz y físicamente indomable Bella estaba llorando, delante de Sylvia y de mí.

Sylvia la observaba con frialdad.

—Este no es el momento ni el lugar —le dijo a Bella, que soltó una especie de aullido estrangulado antes de darse media vuelta y salir corriendo del baño.

Pasaron unos cuantos minutos antes de que Sylvia se acercase al grifo y lo abriese para que saliese agua fría.

—Mete la cabeza debajo —me ordenó.

Me dolía tanto la piel que la obedecí sin rechistar, metí la cabeza bajo el chorro y permití que el agua helada me cayese por la frente. Me sentía vulnerable en esa posición, por lo que me erguí tanto como pude. Sylvia estaba recostada contra una de las paredes, observándome en silencio.

—Las has parado —dije.

Ella se encogió de hombros.

—Bella siempre ha sido una mala perdedora, pero eso no es razón para desquitarse contigo.

—Pero tú...

Sus ojos relampaguearon.

—¿Yo qué?

Cuidado, me recordé. Me dolía la cabeza.

—A ti... no te caigo bien —dije sin fuerzas.

Ella volvió a encogerse de hombros.

—He estado muy enfadada contigo, que no es lo mismo.

—Me odias. —Se me escapó antes de poder pensarlo dos veces.

Ella ladeó la cabeza y me miró como si no me hubiese entendido.

—¿Que te *odio*?

—Sí.

—No estás acostumbrada a cómo funcionan las cosas por aquí —repuso con impaciencia—. Somos leales a nuestros amigos. Hay... cosas que no pueden tolerarse. Yo siempre le he sido leal a Gin.

—Bueno, pues enhorabuena. —Al oírla mencionar la lealtad, me enfadé—. Tu «lealtad» ha hecho que mi vida fuera horrible. Espero que al menos eso te haya hecho feliz. —Me encaminé hacia la puerta pero ella alargó la mano hacia mí y me agarró de la muñeca. Estaba helada.

—Ya nada me hace feliz —afirmó.

Me quedé mirándola fijamente. Tenía los ojos oscuros llorosos y el agotamiento que sentía quedaba claro en cada uno de los rasgos de su hermoso rostro. Me acordé de lo mucho que había admirado la devoción que les profesaba a sus amigos en aquellos primeros días de curso. Me acordé de cómo lloraba, postrada sobre el cuerpo inmóvil de Genevieve. Me acordé de cómo había defendido a Max y de cómo había venido a buscarme de inmediato para darme el mensaje de Genevieve. Pero, sobre todo, me acordé de cómo Max la había descrito antes, una descripción que yo no me había podido creer: esa niña menuda y morena que se había convertido en la persona poderosa que tenía delante.

—Sí que hay cosas que te hacen feliz —le dije, casi como si estuviese intentando persuadirla—. ¿Qué hay del hockey?

Un par de lágrimas rodaron por sus mejillas. Asintió en silencio, limpiándoselas con el dorso de la mano. Me volví a dar la vuelta, dispuesta a irme de una vez, a sabiendas de que a ella no le gustaría que me quedase para verla llorar, pero sus palabras me detuvieron.

—El hockey también te hace feliz a ti. Me he fijado.

Me volví a mirarla, incapaz de ocultar lo mucho que me habían sorprendido sus palabras.

—Sí.

—¿Podemos...? —Sylvia se interrumpió y respiró hondo—. Quiero salir de aquí. ¿Quieres venir conmigo?

Salimos del edificio por la puerta principal, como cuando Marta huyó después de lo sucedido en el Eiger. Hacía tanto frío que el aire gélido casi nos robó el aliento. Salimos corriendo por el camino de la entrada y nos adentramos en el oscuro sendero rodeado de plataneros que llevaba hacia el pabellón.

Sylvia subió las escaleras a la carrera, con el vestido negro ondeando a su espalda. Abrió la puerta de un tirón y metió la mano dentro. Se escucharon una serie de chasquidos sonoros y metálicos, y los focos se encendieron sobre el césped artificial; había docenas de ellos, iluminando con su luz la oscuridad.

—Nos van a ver —logré decir, aunque me castañeasen los dientes.

Sylvia bajó la mirada hacia mí desde la entrada del pabellón. Su piel pálida relucía bajo la blanca luz.

—No me importa —repuso—. Ya no me importa nada. —Se adentró en el interior oscuro y volvió con dos palos de hockey—. Toma —dijo, lanzándome uno.

Abrimos la verja y nos deslizamos dentro del campo de césped artificial. Sylvia se quitó los zapatos de una patada y yo la imité. Y entonces las dos salimos corriendo por el campo descalzas, pasándonos la pelota tal y como hacíamos por las mañanas, seis veces a la semana; después probamos a intentar quitárnosla la una a la otra, sonriendo de oreja a oreja mientras defendíamos y demostrábamos nuestras habilidades. Sendas nubes de vaho se elevaban desde nuestros labios. El gélido aire de la noche nos rodeaba, y el edificio central y todas sus luces se alzaban imponentes rompiendo la oscuridad. Pensé en el calor de la fiesta que albergaba en esos momentos en su interior, pero no tenía ganas de volver.

Entonces Sylvia me pasó la pelota más rápido de lo que esperaba y tuve que lanzarme hacia delante para intentar alcanzarla. Me tropecé con el bajo de mi vestido y caí de bruces, amortiguando mi caída con ayuda de las manos y de las rodillas. La pelota se me escapó, pero Sylvia no salió corriendo a por ella. Se arrodilló a mi lado y nuestras miradas se encontraron.

—Algo más que me hace feliz —dijo en apenas un susurro y alzó la mano hacia mi mejilla.

Enmarcó mi rostro con suavidad con sus manos y luego me besó. Tenía los labios suaves y blandos, mucho más que los de Sami. Me besó con una suavidad que hizo que me flaqueasen las rodillas y, al principio, me sorprendió. No entendía nada. Pero quizá, pensé, no había nada que entender. En ese momento me bastaba con solo sentir; el poder sentir los labios de Sylvia sobre los míos y sus brazos a mi alrededor, el poder inclinarme hacia ella y devolverle el beso, con todo lo que sentía. Así que besé a Sylvia bajo el profundo cielo nocturno, con la dura luz de los focos a nuestro alrededor y, mientras la besaba, no tuve miedo a nada.

PARTE III

17

Querida Rose:

Voy a escribir esta carta para dársela a Sami, con la esperanza de que él se encargue de dártela a ti. A lo mejor no debería hacerlo. A lo mejor debería seguir esperando a que vinieses a verme. Pero, bueno, me da miedo que ya no vengas nunca más a verme. Y que este problema siga creciendo sin parar y, al final, la distancia me haga perderte para siempre, a ti, mi mejor amiga.

No te estoy llamando así para manipularte. No estoy diciendo que _te mentí porque fueses mi mejor amiga o que te mentí porque estaba desesperada por ser tu amiga_. No, no es así, en absoluto.

Te mentí porque mentirte me parecía una mejor opción que contarte la verdad. No podía decir la verdad en voz alta. Tal vez sea capaz de escribirla (aunque solo sea una parte) en esta carta, si finjo que estoy escribiendo un relato. Voy a intentarlo.

Mi madre, Maria De Luca, es académica y escritora. Es una persona de lo más inteligente y creativa. Desde que era pequeña, siempre la he visto escribiendo artículos, redacciones, libros. Escribía poesía y obras de teatro. Y, con el paso de los años, se fue volviendo más y más famosa. La gente quería oírla hablar, leer sus obras. Recuerdo una vez en la que recogí todas las cartas que le habían enviado y se las llevé al estudio que compartía con mi padre. A veces se las leía en voz alta mientras ella (y él) *trabajaba. La gente, especialmente las mujeres, la adoraban. Era un icono.*

Al principio, mi padre lo toleraba, incluso la apoyaba. Se autodenominaba feminista, tanto que adoptó el apellido de soltera de mi madre cuando se casaron, pero poco a poco empezó a estar resentido por su éxito. Eran más que simples celos, se volvió posesivo, porque tenía que compartirla con los que llamaba con burla sus «acólitos». Todo lo que sentía por ella se fue transformando lentamente en crueldad. Era increíblemente cruel con ella. Se suponía que yo no debía enterarme de nada de eso, pero me terminé enterando, era inevitable. Ella intentó protegerme al ocultármelo, pero todo estaba ocurriendo bajo mi propio techo. Él siempre era muy amable y dulce conmigo. Eso era lo peor.

Cuando yo tenía catorce años, mi padre sufrió un ictus. Eso lo dejó mucho más débil, pero también lo endureció en otros aspectos. Empezó a pensar que mi madre iba a dejarlo. Le daba miedo que eso pudiese ocurrir. Ella era su cuidadora, pero no se trataba solo de eso. Quería controlarla. Y le daba mucho miedo que, si se marchaba, quisiese llevarme con ella. Un día, cuando ella estaba fuera, me dijo que creía que mi madre iba a marcharse. Me dijo que, si me iba con ella, iría tras nosotras y la mataría. A mí no me mataría, o eso me dijo. Porque me amaba.

Le creí. En varias ocasiones estuvo a punto de matarla. Y por eso, el año pasado, cuando mi madre me dijo en secreto que estaba planeando marcharse y me pidió que fuese con ella le dije que no. No le expliqué por qué. Solo le dije que quería quedarme con mi padre. Debió de sentir que la estaba traicionando. Al fin y al cabo, él siempre había sido bueno conmigo, aunque a ella le hiciese cosas horribles. Pero no podía contarle la verdad, no podía decirle por qué no podía irme con ella. Me daba miedo que, si se lo decía, ella decidiese no marcharse, y necesitaba que se marchase. Allí estaba perdiendo las ganas de vivir, literalmente. Había dejado de comer. No dormía. No trabajaba. No escribía. Apenas hablaba con nadie, ni siquiera conmigo.

Se marchó en febrero, en medio de la noche. Aquella tarde, mientras mi padre estaba en el baño, me dijo que volvería a por mí en unas semanas, por si había cambiado de opinión y me quería ir con ella. Yo sabía que si mi padre la descubría, la mataría. Así que le pedí que no volviese, le dije que no me quería ir con ella. No pude explicarle el porqué. Mi padre volvió a la habitación justo cuando iba a hacerlo y aquella fue la última vez que estuve a solas con mi madre.

Se marchó. No sé a dónde se fue. Desapareció. Durante los primeros tres meses, más o menos, llegué a pensar que se habría asentado en otra parte, que estaría escribiendo otro libro, otra obra de teatro, unos cuantos poemas más... que se habría recuperado. Llegué a pensar que algún día pasaría frente a una librería y vería su nuevo libro en el escaparate.

Pero, Rose, no ha vuelto. Le pedí que no lo hiciera, pero en ningún momento llegué a pensar que me fuese a hacer caso, que no fuese a volver nunca. Creo que supuse que se labraría una vida lejos de allí y que, de alguna manera, volvería a buscarme y que nos escaparíamos juntas. Pero no volvió, y un día me cansé de esperar y decidí venir al Internado Realms. Ella jamás se habría esperado lo que ocurrió entre febrero y septiembre de ese año. Mi padre siempre había sido bueno y amable conmigo cuando ella vivía con nosotros, solo era cruel con ella.

Así que prefiero pensar que mi madre está muerta. No es una idea tan descabellada, y me resulta mucho más sencillo pensar eso que aceptar que no quiso volver, que me abandonó. Nunca comprobó que mi padre no hubiese empezado a desquitarse conmigo. Pero eso ya lo sabes.

Sé que te he hecho daño. Pero yo también me he estado mintiendo para poder seguir con mi vida. Me aferro a esa misma mentira, incluso ahora, mientras te escribo esta carta y reconozco que, quizá, mi madre no esté muerta, aunque en mi imaginación vaya a seguir pensando que lo está. No puedo ocultártelo. Pero lo siento muchísimo. Por haberte mentido, lo que ya de por sí está

*mal, y también por el dolor que te he podido causar con mis
mentiras, por lo que me odio a mí misma; pero también por todo
lo que está pasando, siento estar arruinándote la vida en el Internado Realms.*

Con amor,
M.

T erminé de leer la carta y alcé la mirada. Sami estaba sentado al otro lado de mi cama, observándome atentamente. Nuestras miradas se encontraron.

—¿Y bien? —dijo en apenas un susurro—. ¿Esto lo explica todo?

Tragué con fuerza.

—Sí.

Era un sábado de finales de enero por la tarde. Lloyd estaba practicando con el órgano con Max, y Sami había ido a la torre del reloj con la comida para Marta antes de venir a buscarme. Los chicos y yo habíamos vuelto al internado hacía solo un día. Las clases, los Juegos y las tareas rutinarias estaban a punto de comenzar, y fue como si jamás nos hubiésemos marchado, salvo que a partir de ese entonces también tuvimos que ir a clases de preparación para la universidad tres veces por semana, impartidas por la directora de la Casa Drake, la doctora Lewis. Se pasó las primeras clases intentando hacernos elegir qué carreras queríamos y en qué universidades íbamos a solicitar plaza. Sami había elegido cursar Medicina en Oxford, por lo que la doctora Reza sería su tutora. Lloyd y yo todavía no teníamos demasiado claro qué queríamos hacer con nuestro futuro.

Me gustaba haber vuelto a casa. Hasta que no había regresado no me había dado cuenta de lo mucho que me había acostumbrado a la vida en el internado. Me había acostumbrado a ayudar a preparar la comida y lavar los platos después, a poder darme baños de agua caliente en vez de una ducha a toda prisa, a la paz y tranquilidad de mi casa en vez de al barullo habitual de la Casa Hillary. Me pasé prácticamente todas las tardes de las vacaciones tirada en la cama, observando el techo, tratando de asimilar todo lo que me había ocurrido en esos primeros meses de curso. Durante las Navidades mi padre también se pidió unos cuantos días de vacaciones y paseamos juntos por Londres, fuimos a Greenwich, Fulham, Kilburn y Ealing. Y fue entonces cuando me di cuenta de que echaba de menos los colores y el aire fresco del campo.

Sabía que mi padre me había notado cambiada, pero no comentó nada al respecto ni tampoco me hizo preguntas. Había estado siguiendo el caso de Marta de cerca gracias a los periódicos. En un par de ocasiones se refirió a lo preocupada que debía de estar por ella, y cuando el profesor De Luca dio su última entrevista por televisión justo antes de Navidad y pidió por enésima vez que volviese sana y salva a casa, oí a mi padre murmurar «pobre hombre». Después se volvió a mirarme y me preguntó cómo *había sido* Marta en persona.

—No está muerta —espeté sin pensarlo dos veces, y él me lanzó una mirada extraña y escrutadora, y creí que acababa de descubrir gracias a mi arrebato todo lo que no quería que supiera. A partir de entonces, dejó de hablar del tema. Me cocinaba mis comidas favoritas, sugería qué películas creía que me gustarían y me ayudó con las tareas que me habían mandado para las vacaciones. Me dejé envolver por los cuidados y el cariño que me habían faltado durante las catorce semanas del curso, y al final me terminó resultando asfixiante.

Sami me escribió unas cuantas veces desde Leeds. Acordamos no decir nada que mencionase directamente a Marta en nuestras cartas, por si alguien las interceptaba, pero sabía que estaba preocupado por ella. Era mucho tiempo para dejarla sola, y nos preocupaba tanto su bienestar físico como mental. «Tengo hambre constantemente», me escribió Sami en una de las cartas que me mandó a finales de diciembre. Supe que estaba hablando de Marta y del hecho de que no habíamos podido conseguir mucha comida para ella, solo la justa y necesaria para que sobreviviese. «¿Allí hace mucho frío?», añadió en otra, y entonces sentí cómo se me formaba un nudo en el pecho al pensar en el frío que haría en la torre del reloj.

Lloyd también me escribió. Había vuelto a casa de sus padres de acogida, aunque solo se quedaría con ellos dos semanas, el resto de las vacaciones las pasaría en casa de Max, en Chiswick, y yo sabía que enterarse de ello había herido los sentimientos de Sami. Pero el que Lloyd tuviese acceso a más información gracias a ello sí que nos fue útil. Nos escribió para contarnos que le habían dado el alta a Genevieve en Nochebuena, pero que se negaba a hablar con Max. Sylvia había ido a verla a su casa a Berkshire, y les había contado a Max y a él que, al parecer, Genevieve podría volver al Internado Realms antes de Pascua. Poco después Lloyd nos escribió tanto a Sami como a mí para contarnos que Sylvia estaba organizando una fiesta de cambio de siglo en casa de sus padres, al norte de Londres. Max iba a ir, pero a nosotros tres no nos habían invitado. No es que me sorprendiese, no había tenido noticias de Sylvia desde el baile de Navidad, pero sí que me di cuenta de que no podía parar de pensar en ella, y eso no me gustaba ni un pelo. Me preguntaba cómo se comportaría conmigo cuando volviésemos al internado.

Durante las Navidades, estaba tan preocupada por Marta como enfadada con ella porque me hubiese mentido, a veces más lo uno que lo otro. Tampoco ayudaba que estuviese en casa, en el piso en el que había vivido mi madre, que todavía albergaba muchos de sus recuerdos. Recordé las últimas Navidades que habíamos pasado juntas. Me había recostado contra su cuerpo suave y agotado mientras veíamos la televisión, y ella me había dado un beso en la punta de la oreja con sus labios agrietados. Me quedé estupefacta al darme cuenta de que jamás volvería a sentir ese tipo de afecto. Pensé que podría soportar todo el tiempo que estuviésemos lejos la una de la otra si tan solo pudiese estar segura de que volveríamos a encontrarnos al final del camino. Pero sabía que era imposible y, a medida que iban avanzando las vacaciones, más me encerraba en mí misma. La tristeza que hasta ese momento había sentido fue creciendo, ocupando el espacio que antes habían ocupado otras emociones como la compasión, la empatía y la esperanza. Fue como si me hubiesen congelado y endurecido a la vez. Quería volver al internado cuanto antes, donde había distracciones por doquier y no tenía mucho tiempo para pensar.

Y entonces regresamos al Internado Realms para el segundo trimestre, y yo todavía no había ido a ver a Marta. Lloyd y Sami habían ido corriendo a los establos en cuanto habían puesto un pie en los terrenos del internado, con los bolsillos llenos de dulces que le habían traído de sus casas. Una hora más tarde, volvieron a la sala común de Hillary bastante más apagados. Marta los había saludado, pero por lo demás apenas había hablado con ellos. Se había comido menos de la mitad de la comida que le habíamos dejado. Su constipado había empeorado y tenía el rostro más inflamado que nunca.

—Solo quiere verte a ti, Rosie —me dijo Sami, lanzándome una mirada suplicante y, aun así, yo no había ido a verla.

Alcé la mirada hacia Sami y vi el dolor que sentía reflejado en su rostro. No podía hablarle de lo que Marta me había confesado en su carta, y sabía perfectamente que él tampoco la había leído antes de entregármela. También sabía que estaba sufriendo por ella; que su mente se estaba imaginando toda clase de horrores por los que podría haber pasado. No podía soportar seguir preocupándolo ni seguir enfadada con Marta ni un minuto más.

—¿Te parece si vamos a la torre del reloj después de la clase de la doctora Lewis? —le pregunté.

Él se volvió hacia mí como un resorte.

—¿Qué?

—Quiero ir a ver a Marta —dije.

Esbozó una sonrisa de oreja a oreja, el alivio y la alegría surcaron su rostro.

—Ay, Rosie —dijo, antes de darme un abrazo. Apoyé la frente durante unos segundos sobre el tweed de su chaqueta antes de alejarme y de que Sami se pusiese de pie—. Vamos —me pidió alegremente—. Vamos a clase.

Tres horas más tarde, Lloyd, Sami y yo íbamos de camino hacia los establos. Era un día gélido y el viento soplaba con fuerza y, a las cuatro y media, el sol casi se había escondido por el horizonte. La doctora Lewis nos había retenido en su aula más tiempo del habitual, hostigándonos para que decidiésemos de una vez qué carreras queríamos cursar y en qué universidades queríamos solicitar plaza y, ya de paso, asustándonos también con los simulacros de examen, que tendrían lugar la tercera semana de febrero. Al final me había terminado decantando por estudiar Filología Inglesa en Oxford y Lloyd había optado por elegir Filosofía en Cambridge, solo para quitárnosla de encima. Después habían llegado Sylvia, Jolyon y Rory para su tutoría y la doctora Lewis nos había soltado por fin. Comportándose tal y como se llevaba comportando desde que habíamos vuelto después de Navidad, Sylvia me ignoró por completo y se dejó caer en un sillón que había junto a la ventana, sin siquiera mirarme. Pero yo estaba tan centrada en la perspectiva de ir a ver a Marta que su comportamiento me había molestado menos que de costumbre.

Nos adentramos en el patio que separaba los graneros de la torre del reloj. Había una pequeña hoguera encendida en una esquina, y la zona, que no tenía otra fuente de luz, estaba impregnada del olor a humo de leña. Al cruzar el patio, intentando pasar desapercibidos, oímos a alguien sollozar.

—Rose —me advirtió Sami, pero yo ya me estaba acercando a la puerta, que estaba entreabierta. Me quedé de pie a un lado y eché un vistazo a su interior a través de una pequeña rendija. El taller estaba completamente a oscuras, pero pude discernir una enorme figura sentada sobre una banqueta en una esquina, de espaldas a la puerta. Gerald tenía la cabeza apoyada en las manos y le temblaban los hombros. Era como si estuviese tratando de ahogar sus sollozos pero, cada pocos segundos, emitía un gemido gutural y agónico.

Sabía que no debía tratar de consolarlo. Regresé con los chicos de puntillas y salimos del patio tan rápido como pudimos, tratando de hacer el menor ruido posible, un tanto desconcertados. Nos deslizamos al interior del bloque C. Distraída, recorriendo el camino al que tan acostumbrada estaba, casi me había olvidado por completo de que hacía mucho tiempo que no veía a Marta. Cuando estaba subiendo casi a la carrera los escalones de hormigón de la torre del reloj recordé lo que había pasado para que no hubiese venido a verla hasta ahora, y me sentí tanto esperanzada como asustada por cómo podría desarrollarse ese reencuentro.

Sami fue el primero en subir las escaleras. Llamó a la puerta rápidamente y la abrió sin esperar respuesta.

—¿Qué tal, Mar? —le oí decir—. ¡Mira quién ha venido!

Me adentré en la habitación de la torre del reloj. Había cambiado muchísimo desde mi última visita. Volvía a estar desordenada; prácticamente sórdida, y olía a algo agrio. Habían montado una pequeña tienda de campaña en el centro de la habitación, justo debajo de los travesaños. Los chicos me lo habían contado, me habían explicado que se les había ocurrido esa idea para mantener a Marta caliente por las noches, pero no había estado lista para ver el patético estado que tendría esa estampa, era como si fuese una especie de acampada que había salido horriblemente mal. Dentro de la tienda de campaña habían apilado unos cuantos sacos de dormir y un montón de mantas, y habían colocado el calefactor eléctrico enfrente, para que calentase directamente el interior.

Marta estaba hecha un ovillo en la puerta de la tienda de campaña. La habitación de la torre del reloj estaba a oscuras, iluminada tan solo por la luz que emitía la lámpara de queroseno que habíamos colgado de uno de los travesaños a finales de octubre.

Me quedé mirando fijamente a mi amiga, a través de la penumbra. Estaba mucho más delgada que cuando llegó al Internado Realms. Tenía el rostro cetrino y mugriento, y los ojos enormes y hundidos en sus cuencas, como si se hubiesen pretendido meter en el interior de su cráneo. Su cabello corto se erizaba alrededor de su cabeza, formando una especie de púas grasientas y despeinadas. Llevaba puesto un chándal de la Casa Columbus que yo había sacado de objetos perdidos en octubre.

Se puso de pie y salió de la tienda de campaña dando tumbos. Cuando apoyó las manos en el suelo para levantarse, las tenía rojas y escamosas por el eccema, y al alzar la mirada hacia mí me fijé en que tenía el cuello igual de inflamado, con la piel casi morada en algunas zonas.

—¿Rose? —susurró, mirándome. Su voz sonaba muy ronca.

—Hola —la saludé. Me sorprendió muchísimo su estado, pero la alegría por volver a verla empezó a burbujear en mi pecho, disolviendo todos los nudos que se habían formado en mi interior a su paso. Era Marta, mi mejor amiga, ¿cómo había podido abandonarla? De repente, la vergüenza me invadió.

—¿Has recibido mi carta? —Marta miró a Sami de reojo, que estaba de pie a su lado, junto con Lloyd.

—Sí.

—¿Y me… perdonas?

—Yo… —empecé a decir, al mismo tiempo que ella se acercaba a mí a la carrera. Hubo un momento en el que Lloyd se echó hacia delante, como si Marta fuese a atacarme, pero ella me rodeó el cuello con sus brazos huesudos y me abrazó con fuerza, presionando su mejilla helada contra la mía, mucho más cálida. Noté cómo sus lágrimas se deslizaban hacia el interior de mi camisa y le devolví el abrazo, rodeándola con mis brazos con fuerza, como si fuese incapaz de dejarla ir nunca.

Cuando por fin nos separamos, Marta estaba temblando. Tomó una toalla mugrienta que había en el suelo, junto a la tienda de campaña, y se secó las lágrimas con ella.

—Te he echado mucho de menos —dijo.

—Yo también te he echado de menos —dije y, en cuanto lo hube dicho en voz alta, me di cuenta de lo sola y confusa que me había sentido hasta ese momento. Pero, sobre todo, pensé en el dolor que había causado. Observé a Marta y supe de inmediato que su estado físico solo reflejaba el dolor que mi negativa a venir a verla le había causado. Pero ella esbozó una pequeña sonrisa triste al mirarnos a Lloyd, a Sami y a mí, y los chicos se acercaron a donde estábamos Marta y yo, con unas sonrisas enormes dibujadas en sus rostros, y nos acariciaron la espalda a las dos.

Nos quedamos en la torre del reloj con Marta unas cuantas horas aquella tarde de enero, y ese fue uno de los momentos más felices que pasamos los cuatro juntos. Por primera vez, no nos importó nada en absoluto, ni siquiera que nos descubriesen, porque bajamos la alargadera hasta los establos para poder enchufar el calefactor, y nos pasamos la tarde hablando y riendo, tal y como solíamos hacer al principio. Nos sentíamos inexplicablemente a salvo al estar juntos. Marta empezó a recuperar el color en sus mejillas hundidas y, de vez en cuando, me lanzaba una mirada de puro regocijo. Por primera vez desde que volví al internado, me olvidé de que Sylvia me estuviese ignorando. Me atreví a pensar que los cuatro podríamos recuperar la amistad que habíamos tenido antes de que Marta y yo nos hubiésemos distanciado, que todo sería una anécdota más en la historia de nuestra amistad, algo que habíamos sido capaces de superar gracias a permanecer unidos. Creía que ya habíamos aprendido cómo sanar.

18

El día siguiente era domingo. Animada por la tarde que habíamos compartido, me pasé toda la mañana feliz y con un calor agradable recorriéndome cada centímetro de piel, que parecía ser capaz de descongelar todo aquello que se había congelado en mi interior. De repente, el que fuese un año nuevo, un siglo nuevo, adquirió un significado distinto. El año 2000 era el año en el que Marta por fin sería libre. Cumpliría los dieciocho en dos meses. Por fin teníamos una fecha límite a la vista y, además, ahora sabíamos lo que teníamos que hacer. Sabíamos cómo mantenerla a salvo, cómo mantenerla con vida. Nos guardábamos muchos menos secretos entre nosotros. Sobreviviríamos.

Después de misa, fui a comer con los chicos y con Max, y me había puesto la falda nueva y el jersey de cachemira que me había regalado mi padre por Navidad. Por primera vez, sentí que encajaba entre el resto de los alumnos y sus prendas elegantes. Lloyd, Max y yo nos pasamos el rato hablando, comiéndonos nuestros platos enormes de cerdo asado y alzando la voz para hacernos oír por encima del barullo del comedor. Pero Sami estaba apagado, empujando el puré de patatas de un lado a otro sobre su plato con el tenedor. De vez en cuando, metía algo de comida en una servilleta. No es que fuese demasiado discreto al hacerlo, pero por suerte Max no le estaba prestando atención.

—¿Estás bien? —le pregunté a Sami cuando salimos del comedor. Cruzamos el atrio y nos dirigimos al frío camino de la entrada.

—Te lo cuento luego —respondió en susurros, pero Lloyd y Max ya se habían empezado a alejar de nosotros, sin siquiera mirar atrás. Al principio, siempre solían irse por ahí solos los dos y, al parecer, habían vuelto a las andadas—. Es por Ingrid —me dijo Sami con tristeza.

—Ah —repuse, sorprendida. Paseamos sin rumbo por debajo de los plataneros, donde unos cuantos alumnos de primero estaban jugando con una pelota de cricket—. Bueno, ¿qué pasa con ella?

—Creo que le *gusto* —murmuró Sami—. Me ha estado escribiendo estas vacaciones. Incluso me invitó a ir al maldito castillo de su padre. Y, desde que volvimos, no para de presentarse en nuestro cuarto para… ya sabes… quedar.

Así que se estaban acostando.

—¿A ti… te gusta?

—Algo así. No sé. —Sami le dio una patada a la gravilla y se metió las manos en los bolsillos—. Es raro. *Quiero* que me guste, ¿sabes? A veces me pongo a pensar que no está del todo mal, no es mala persona… pero no confío en ella, Rosie, en absoluto.

Asentí. Yo creía que Ingrid era despreciable, pero ese no parecía el momento oportuno para comentarlo. Seguimos paseando y entonces Sami volvió a hablar, apresurado, como si pronunciar cada una de las sílabas le pareciese peligroso.

—Creo que Ingrid me *necesita*. Pero no quiero que me necesite, Rosie. Cada segundo que me esté preocupando por ella será un segundo que no me esté preocupando por… —bajó la voz— por Marta. Marta está más débil con cada día que pasa…

—¿De verdad lo crees? —lo interrumpí, alarmada.

—Sí. —Sami me observó con el ceño fruncido, preocupado—. Esa tos que tiene, y el eccema, y el que no esté comiendo… todo eso ya es malo de por sí, pero… no está bien, Rose. No habla como antes. No se lava. Ni siquiera quiere discutir con nosotros. —Tragó con fuerza y me miró directamente a los ojos, al tiempo que los suyos se anegaban en lágrimas, y solo entonces me di cuenta de lo mucho que le dolía ver a Marta así—. Les he pedido consejo a mis padres —me dijo—. No te preocupes —añadió rápidamente al ver mi expresión—. No les he dicho que era por Marta. Solo les he dicho que era... para una amiga. Jamás les contaría lo que estamos haciendo, se sentirían muy decepcionados conmigo.

Tragué con fuerza.

—¿Y qué te han dicho? —le pregunté, sin saber si quería escuchar su respuesta o no.

—Mi padre me ha dicho que debería buscar ayuda de un profesional, alguien capacitado para ayudarla a superar por lo que ha tenido que pasar. Sé que tiene razón, Rose. Está encerrada las veinticuatro horas del día en esa torre, todos los días. Es... es un trauma tras otro. Se va a volver loca.

Tenía los ojos llorosos. Se apartó de mí y se limpió el rostro con la manga, con furia. Nos quedamos ahí, de pie debajo de los árboles, en completo silencio, durante unos minutos. Aunque estaba molesta porque Sami les hubiese hablado a sus padres de la situación de Marta, también me di cuenta de que, de haber sido cualquier otra persona, lo más probable es que, en vez de contárselo a sus padres, me hubiese culpado a mí por ello. En parte yo tenía la culpa de que Marta estuviese en tan mal estado, porque fui yo quien decidió abandonarla durante un tiempo.

—Sami —dije, y él se volvió a mirarme lentamente—. Iré a verla luego. Puedo ayudarla, sé que puedo.

Me observó con tristeza y una lágrima solitaria se deslizó por su mejilla.

—¿Lo crees de verdad?

—Sí —repuse con firmeza—. Iré en cuanto termine el paseo a caballo, Sami. Te lo prometo.

Unas horas más tarde estaba en el bloque C, limpiando las cuadras apresuradamente. Eché paja limpia por el suelo, llené los comederos y los bebederos. Después me apoyé sobre las puertas de las cuadras y le di una manzana a Polly, otra a Margot y otra a George. Últimamente me había acostumbrado a hacerlo al terminar mi turno, era una especie de pago de compensación por no haber desvelado el escondite de Marta y habernos ayudado a protegerla.

Después de lo que habíamos hablado aquella tarde, Sami y yo habíamos ido a la biblioteca Straker. Yo había subido hasta la primera planta, a la sección de teatro y poesía. Había acariciado los lomos forrados en plástico de los tomos. Larkin. Lessing. Lowell. *De Luca*. Un escalofrío me había recorrido la piel al sacar el libro de la estantería. Estaba titulado *Un corazón sincero*.

Me arrodillé sobre el suelo enmoquetado y empecé a leer por encima la obra de teatro. Estaba dedicada a «Mi amado y adorado marido, Nathaniel De Luca». Su premisa (una mezcla entre Virginia Woolf, Emily Dickinson y la Nora de Ibsen) era un tanto extraña, pero entre sus páginas se escondía una historia inesperadamente preciosa, que hablaba del desarrollo personal y la redención, y que terminaba en un mundo submarino propio de una alucinación que se regía con normas muy distintas a las nuestras.

No había estado buscando la obra de teatro para saber si Marta me había dicho la verdad o no. Había tenido la misma sensación al leer su carta que si hubiese leído un comentario de texto sobre un fragmento especialmente complicado. Eso sumado a lo que nos había confesado en octubre, me dejaba entrever a una Marta que me resultaba casi deprimentemente sensata. Agradecía que no me hubiese hablado de nada de aquello en nuestros primeros meses de amistad, porque eso significaba que había aceptado a Marta tal y como era en realidad, con sus propios términos, como ella había querido y planeado desde un principio.

—¿Sabes? —dijo una voz alta y clara a mi espalda, desde la entrada del bloque C—. Para ser alguien que no monta a caballo, pasas mucho tiempo en los establos.

Me volví como un resorte y me encontré a Sylvia reclinada contra la media puerta, con un casco entre las manos. Tenía el cabello revuelto y las mejillas sonrojadas, y llevaba puesto un viejo jersey de la Casa Raleigh. En los últimos quince días la había visto unas cuantas veces, y habíamos pasado muchas horas juntas, en clase o en el campo de hockey, pero aquello fue lo primero que me dijo desde que nos besamos.

—Forma parte de mi trabajo —afirmé, tratando de que la culpa que sentía no se me notase en la voz.

Sylvia asintió lentamente, desinteresada.

—¿Quieres que te eche una mano?

—Ya casi he terminado —contesté, pero ella ya había abierto la mitad inferior de la puerta y se había adentrado en el establo con sus botas altas y sus pantalones de montar. Tomó un cepillo que había en uno de los estantes y se acercó a la cuadra de George. Me preocupaba lo cerca que estaba de la entrada de la torre del reloj, pero también me daba miedo que pudiese descubrir todas las cosas que había traído para Marta y que había dejado escondidas en el interior del comedero: una toalla limpia, un ejemplar de *La importancia de llamarse Ernesto* y unas cuantas barritas de cereales.

—Me preguntaba —dijo Sylvia de repente, sin alzar la mirada hacía mí, con la vista clavada en la crin de George—, si te gustaría venir a dar un paseo a caballo conmigo el martes por la tarde.

—No sé montar a caballo.

—No es muy difícil. —Acarició con delicadeza el lomo de George—. Es una gran obra de teatro, ¿verdad? —añadió, señalando el ejemplar de *La importancia de llamarse Ernesto*.

Ignoré su pregunta.

—¿Cómo ibas a saber tú lo difícil que es montar a caballo? Lo más probable es que lleves montando desde pequeña.

Asintió, pensativa.

—Desde los tres años. Pero, de verdad, es muy divertido. Podríamos ir a pasear por el campo, lejos del internado.

—Claro. —De repente me sentía de lo más molesta. El hecho de que no supiese cómo montar a caballo solo era una de mis excusas para no hacerlo con Sylvia—. Qué conveniente.

—¿Qué quieres decir con eso? —Me observó perpleja.

—Que no quieres que te vean conmigo.

Sus ojos centellearon.

—No me has entendido. No vengas si no quieres, pero tampoco vayas por ahí insultando a la gente porque estés hecha un lío sobre cómo coño te sientes.

Al principio me enfureció que Sylvia creyese que llevaba razón con todo esto. Lo único que quería en ese momento era devolverle el insulto y replegarme dentro de mi coraza de independencia que tanto me había costado conseguir, pero me obligué a mirarla directamente a los ojos. Con su raída ropa de montar a caballo parecía una persona completamente distinta a la que iba siempre vestida con su túnica de la Patrulla superior. *Me sentía* confusa, y no solo era por culpa de Sylvia. No era culpa suya que le hubiesen enseñado a enfrentarse a cualquier tipo de rechazo o daño con agresividad.

—No es que no quiera ir a montar a caballo contigo —dije, obligándome a mantener la calma—, pero tienes que darme algo de tiempo para pensármelo. Me debes al menos eso. —Al decirlo, me observó incluso más enfadada si cabe, pero el acordarme de cómo me había estado tratando esos últimos meses me dio fuerzas para seguir hablando, mirándola directamente a los ojos—. No te estoy pidiendo que te disculpes, Sylvia. Pero me hiciste daño. Necesito tiempo para…

—¿Que te hice *daño*? —preguntó—. ¿Cómo demonios te he…?

—Para. —Hablé con más dureza de la que pretendía, y los ojos de Sylvia se abrieron como platos ante mi tono—. Entiendo que somos distintas, Sylvia. Entiendo que este… —señalé a mi alrededor, a los establos, y después señalé en la dirección del edificio central— es tu mundo, y no el mío. Entiendo que eres la segunda capitana estudiantil o lo que sea. Pero *tú* me *besaste*. Me besaste durante media hora en medio del maldito campo de hockey, hace más de un mes, y no me has dirigido la palabra desde entonces. En *cualquier* mundo, Sylvia, bajo los estándares de *cualquiera*, eso duele. —Hice una pausa y tragué con fuerza, observando fijamente la expresión impasible de Sylvia—. Eres muy inteligente —le dije con la voz temblorosa—. ¿Cómo es posible que no entiendas que me has hecho daño? Estás haciendo que me sienta como si me hubiese vuelto loca.

El silencio se extendió entre nosotras. Sylvia no apartó la mirada de mi rostro. Esperaba que se diese media vuelta y se marchase, pero en su mirada brillaba una mezcla de comprensión y desazón. Por primera vez, sentí que el equilibrio de poder que existía entre nosotras había cambiado. Aun así, me daba miedo que lo que acababa de confesarle fuese a hacer que regresase al edificio central y empezase una nueva guerra en mi contra.

De entre todas las cosas que esperaba que hiciese, lo único que no me había visto venir fue lo que dijo a continuación.

—Creo que, en realidad, entiendo lo que dices. Sobre lo de sentir que te han hecho daño. Lleva tiempo. *Me está* llevando tiempo. —Bajó la mirada hacia sus manos, que tenía secas y llenas de barro, y después volvió a alzar la mirada hacia mí—. Avísame con lo que sea —repuso cortante, antes de alejarse por el patio de camino hacia el Hexágono.

Bañar a Marta siempre había sido complicado en la torre del reloj. No había agua caliente y, hasta ese domingo, tampoco habíamos conseguido algo más grande que un cubo para ayudarnos. Teníamos que hacer algo. Me deslicé a hurtadillas en el interior de uno de los talleres y encontré una cubeta de plástico enorme que estaba llena de mantas sucias para los caballos. Las dejé todas en el suelo y regresé al bloque C con la cubeta.

Marta se había puesto a recoger la estancia. Había movido la tienda de campaña a una esquina, para que pareciese menos lamentable, y había enrollado los sacos de dormir y las mantas. En otra zona había colocado el hornillo y los platos, cuencos y cubiertos que habíamos conseguido robar del comedor. Había colocado todos sus libros, sorprendentemente tenía unos cuantos, contra la pared en la que estaba el reloj. Cuando volví con la cubeta, estaba añadiendo el ejemplar de *La importancia de llamarse Ernesto* a su colección. Esbozó una sonrisa al verme, pero parecía agotada, como si el esfuerzo que había tenido que hacer para recoger la habitación hubiese drenado todas sus energías por completo. Tenía las mejillas hundidas y su tez había adquirido un leve tono amarillento. Entrecerró los ojos al verme llenar una sartén con agua y colocarla sobre el hornillo.

—Creí que te vendría bien para la piel un baño de agua caliente —repuse.

—Vas a tardar años en llenar eso si tienes que calentar el agua así. —Observó la cubeta de plástico.

—Tenemos tiempo de sobra. Los chicos no van a venir hasta dentro de una hora.

Nos sentamos juntas sobre el colchón e hicimos uno de los crucigramas del libro que Sami le había regalado por Navidad mientras esperábamos a que las tres sartenes que había llenado con agua empezasen a hervir. Marta se animó un poco mientras nos entreteníamos con eso, pero al cabo de un rato soltó un suspiro, inquieta, y dejó el bolígrafo a un lado.

—Háblame de lo que está pasando en el internado —me pidió—. Siento que me lo estoy perdiendo todo.

—No te estás perdiendo nada —respondí de manera automática, antes de percatarme de que aquello no era del todo cierto—. Bueno... sí que ocurrió algo raro a finales del trimestre pasado.

—¿El qué?

Le conté cómo Sylvia me había besado en el campo de hockey. Marta abrió los ojos como platos y una sonrisa de oreja a oreja se dibujó en su rostro.

—Joder —soltó—. ¿Y besa bien?

—Sí —dije cohibida, jugueteando con el bolígrafo.

Marta se carcajeó y después le dio un ataque de tos.

—Menudo giro de los acontecimientos —dijo—. Y eso que yo creía que era una persona horrible.

—Yo también.

—Creo que incluso aunque haya sido una mala persona *antes*, ya se ha empezado a empapar de parte de tu bondad, Rose. Al final vas a terminar transformándola por completo —dijo Marta y su voz adquirió de nuevo un destello de su antigua confianza.

—Yo no soy buena persona. —Le lancé una mirada cohibida a Marta, porque era incapaz de mencionar en voz alta el tiempo que habíamos estado distanciadas—. Me siento culpable constantemente —añadí, porque de repente me di cuenta de que ella era la única persona que podría ayudarme a resolver aquella paradoja—. Me siento culpable por hacer algo que creo que es lo correcto.

—¿Te refieres a tener que esconderme?

—Sí.

Marta me observó pensativa.

—¿Y por qué crees que es?

Eché un vistazo a mi alrededor, a la habitación de la torre del reloj, que seguía igual de inhóspita que al principio, a pesar de lo mucho que hubiésemos intentado mejorarla. Después de unos segundos de vacilación, señalé el eccema que surcaba la piel de las manos de Marta, su chándal raído, su rostro ceniciento. *Trauma tras trauma.*

—Porque... tú no estás muy bien que digamos. Porque no podemos ayudarte a estar mejor.

—Ay, Rose. —La mirada de Marta brillaba llena de empatía—. No deberías sentirte culpable por eso. Mi forma de ser... tú no tienes la culpa. Tampoco es que haya mucho que puedas hacer, ¿sabes? —Esbozó una sonrisa triste—. Pero, igualmente, sí que me has ayudado. Cada vez que hablamos, me ayudas. Todo está dentro de ese periodo gris, Rose.

—¿Dentro del periodo gris?

Marta se echó hacia delante.

—Es el periodo que existe entre las situaciones que nos dan miedo, entre las decisiones importantes de nuestras vidas. Esos momentos en los que solo estamos juntas, por el simple hecho de estar. Me miras y nos reímos y cada vez, *cada una* de esas veces, me recuerdas que a ti no te doy asco.

—Pues claro que no me das asco.

Ella se encogió de hombros.

—Pero... te entiendo —añadió de repente—. Entiendo por qué te sientes culpable, *yo misma* me siento culpable, ¿sabes?, por todo lo que estáis haciendo los chicos y tú por mí. Es lo único en lo que podía pensar durante el tiempo que estuvisteis lejos. Tuve mucho tiempo para pensar —repuso, soltando una risa amarga—, y no paraba de preguntarme cómo erais capaces de sobrellevarlo. Pero entonces me di cuenta de que... al menos en tu caso, Rose, probablemente sea por el mismo motivo por el que *yo* puedo sobrellevar el tener que estar viviendo así.

—¿Y cuál es? —Hasta ese momento no me había dado cuenta de lo mucho que había echado de menos que Marta me diese su opinión sobre todo, y cómo siempre solía ir directa al grano con sus argumentos.

—Tú y yo podemos sobrellevar esto porque no es lo peor por lo que hemos tenido que pasar —expuso Marta—. Las dos hemos tenido que enfrentarnos a situaciones horribles. Tú, con tu madre... Yo, con mi padre. Nunca nada nos parecerá tan malo como eso, ¿no?

No sabía qué decir. No sabía si dar prioridad a la inesperada oleada de dolor que me había inundado ante la observación de Marta o si responder al hecho de que hubiese mencionado a su padre por primera vez desde que nos confesó lo que le había hecho. Intuí que quería hablar de ello conmigo, aunque era plenamente consciente de que no sabría cómo responderle a lo que me contase, pero quería intentarlo, por Marta y para tratar de compensarla por lo que la había hecho sufrir al negarme a venir a verla durante todas aquellas semanas. Sin embargo, Marta no tardó en malinterpretar mi repentino silencio como tristeza. Alargó una mano gélida hacia mí y la colocó sobre las mías, apoyadas sobre mis piernas cruzadas.

—Lo que quiero decir —insistió, vacilante— es que creo que lo peor ya ha pasado, que las dos ya lo hemos superado. Por fin puedo ver la luz al final del túnel. Antes de Navidad no podía, pero ahora sí. Nos quedan menos de tres meses, Rose. Tres meses y entonces podré salir de aquí y empezar de cero. Donde nadie me conozca. No dejaré de hablar contigo y con los chicos o de venir a veros, por supuesto. —Hizo una pausa, con su mano todavía sobre las mías. Noté cómo el frío iba desapareciendo de su piel poco a poco, impregnándose del calor de la mía—. Con esto tampoco quiero decir que no vayas a necesitar algo de ayuda para superar lo que te espera después de esto. Por eso, en parte, también creo que deberías salir con Sylvia, si quieres. Creo que ella podría ayudarte. —Hizo otra pausa y esbozó una sonrisa—. Quizás incluso consigas meterte en la Patrulla superior.

Me percaté de que la tercera sartén que habíamos llenado de agua había empezado a hervir. Me puse de pie y la eché en la cubeta, antes de volver a echarle agua y ponerla a hervir de nuevo. Al darme la vuelta, me encontré a Marta observándome fijamente.

—Sylvia fue cruel contigo —me obligué a decir.

Marta se encogió de hombros.

—Supongo que sí, un par de veces —expuso, sin darle ninguna clase de importancia—, pero fue porque le era leal a Genevieve, ¿no? Les es leal a sus amigos. En realidad, no es muy distinta a nosotros. Y todo esto... —Marta señaló a nuestro alrededor— es culpa *mía*. Yo fui quien pegó a Genevieve.

Se volvió a hacer el silencio.

—¿Te arrepientes? —le pregunté, rompiéndolo unos minutos después.

Marta tenía el rostro desencajado. Observó atentamente la columna de vapor que surgía de la cubeta y después bajó la mirada hacia sus manos llenas de ronchas.

—Creo que no —respondió en apenas un murmullo.

—Pero...

Alzó la mirada como un resorte.

—¿Por qué me iba a arrepentir por haber defendido a uno de mis mejores amigos? —Me devolvió la mirada, con una obstinación que me recordaba a los primeros días que habíamos pasado juntas—. De hecho, lo haría de nuevo, Rose. Sin dudar.

Bajé la mirada hacia la bañera improvisada. Estaba hundida pero, sobre todo, estaba un poco enfadada con ella. Hasta ese momento había creído que Marta y yo opinábamos lo mismo sobre lo que había ocurrido, pero en ese entonces me quedó horriblemente claro que no era así. Al sugerir que lo que había hecho no tenía importancia y que, de hecho, había sido necesario y lo volvería a hacer sin dudar, fue como si me hubiese escupido en la cara todo lo que había hecho por ella. Por primera vez, pensé que Marta era una egoísta.

—¿Por qué estás tan loca por él? —le pregunté antes de poder evitarlo—. Él te traicionó. —*Está saliendo con Max*, quería decirle, pero las palabras se me quedaban trabadas en la garganta.

Había un brillo truculento en los ojos verdes de Marta.

—Todos cometemos errores. Acabamos de estar hablando de que Sylvia...

—No es lo mismo, Marta.

—Tal vez no. —Vislumbré un destello de rencor en su rostro—. Me has preguntado qué veo en Lloyd. Bueno, veo que los dos estamos solos. Ninguno de los dos tiene a nadie que se preocupe de verdad por nosotros esperándonos en casa. Pero también, Rose, lo *quiero*. Quiero *estar* con él. ¿Lo entiendes?

Me quedé mirándola fijamente; ese ávido gesto que hizo con la mandíbula, la tensión desafiante de su cuello. La entendía y, en cierto modo, no la entendía. Intuí que Marta ya había adivinado que yo nunca me había acostado con nadie; se había aprovechado de esa información y la estaba tratando como si fuese una debilidad, como lo hacía el resto de los alumnos del Internado Realms. Un destello de hostilidad parpadeó en el ambiente y se apagó tan rápido como nos dimos cuenta de que ninguna de las dos quería discutir, no podíamos permitirnos discutir, y mucho menos sobre esto.

—No quiero alejarme de ti, Rose —dijo Marta de repente.

Me quedé allí helada y asentí.

—¿Estás lista? —le pregunté, al tiempo que señalaba la cubeta, y Marta asintió con reticencia.

—No dejes que entren Sami y Lloyd —me pidió, quitándose el chándal y sacándose la camiseta por encima de la cabeza. Se metió en la cubeta de plástico, temblorosa. Yo me di la vuelta para darle algo de privacidad, pero me fue imposible contener el impulso de echarle un vistazo a su mermado cuerpo. Tenía el doble de cicatrices que el día en el que se las vi, en nuestro segundo día en el Internado Realms, le surcaban los muslos y casi le llegaban hasta las rodillas. Tenía los brazos, el pecho y la espalda cubiertas de ronchas rojizas por el eccema.

Le castañeaban los dientes. Había echado demasiada agua fría a la bañera improvisada, y la temperatura de la habitación era demasiado gélida como para que pudiese estar cómoda ahí dentro.

—¿Quieres salir, Mar?

—Lo mejor será que me lave el pelo y me peine mientras esté aquí dentro —opinó, le temblaba la voz por el frío—. ¿Puedes echarme una mano?

Me arrodillé junto a la bañera improvisada y le eché agua templada con cuidado por la cabeza, observando anonadada cómo su cabello se pegaba a su cabeza como si fuese una especie de gorro de baño brillante y liso. Después le puse champú en el pelo. Ella se echó hacia atrás, con los ojos cerrados, y a pesar de que tenía la piel de gallina, parecía mucho más relajada que antes. Le presioné el cuero cabelludo con delicadeza, masajeándolo.

—Eso es agradable —murmuró. Le eché lo que me quedaba de agua templada con cuidado por la cabeza y observé cómo la suciedad formaba pequeños riachuelos por el agua de la bañera improvisada.

Salió de la cubeta poco después de que hubiese terminado de lavarle el pelo, y se vistió con la ropa limpia que le había traído. Después se sentó con las piernas cruzadas en la puerta de la tienda de campaña y se secó el pelo con una toalla hasta que se le formó una especie de halo limpio y esponjoso alrededor de la cabeza. Le pasé un bote de crema hidratante y ella se encargó de echársela por las manos y el cuello.

—Comamos algo —le dije, al tiempo que sacaba la comida que Sami había conseguido durante la hora de almuerzo. Habíamos decidido que, a partir de ese momento, empezaríamos a compartir nuestras comidas con Marta cada vez más a menudo, porque solía comer mucho más cuando tenía compañía. Eché una de las latas de pudin de arroz en otra sartén y la coloqué sobre el hornillo. Me invadió una oleada de satisfacción.

Nos sentamos juntas en la tienda y nos comimos los restos de cerdo, verduras y puré de patatas que Sami había metido en un recipiente de plástico y guardado en una servilleta. Estuve hablando con Marta de una redacción que tenía que hacer para la señora Kepple esa misma tarde, y ella se fue animando cada vez más mientras me decía lo que opinaba al respecto, meciendo el tenedor de un lado a otro y hablando con la boca llena. El pudin de arroz empezó a burbujear en la sartén.

Entonces oímos unos pasos que subían por la escalera, y Marta esbozó una sonrisa de oreja a oreja, con las mejillas sonrojadas.

—*Sé* que Lloyd va a estar de acuerdo conmigo —dijo y se asomó a través de la entrada de la tienda de campaña, observando la puerta con impaciencia. Se abrió de par en par. Y Gerald se encontraba en el umbral.

Durante unos segundos nos quedamos los tres mirándonos fijamente, perplejos. Gerald nos observaba con total incredulidad.

Me fijé en lo enorme que era en realidad, su figura llenaba el marco de la puerta. Llevaba puesto su mono de trabajo y sus botas con los talones de acero, y había enrollado una cuerda alrededor de su cuerpo, que colgaba de un hombro y bajaba hasta su cintura. Echó un vistazo a la habitación de la torre del reloj, observando lo que habíamos construido ahí dentro: la tienda de campaña, el hornillo, las latas de comida que había apiladas junto a una pared, la cubeta llena de agua sucia. Después se volvió hacia Marta.

—Vaya, vaya —soltó lentamente.

—Gerald —dije, con la boca seca—. Gerald, por favor...

—Cállate. —Se frotó los labios con la mano. Me di cuenta de que estaba conmocionado, casi tanto como nosotras. Movió la cuerda ligeramente. Intenté llamar su atención para que me mirase a los ojos y, cuando me devolvió a mirada, vi que tenía los ojos hinchados e inyectados en sangre.

—Siéntate —le ordené—. Podemos hablar del tema, Gerald...

Él negó con la cabeza.

—Ahórratelo. —Se volvió de nuevo hacia Marta—. Estás tan loca como dice todo el mundo —dijo en apenas un susurro.

Ella le lanzó una mirada suplicante pero no dijo nada. Estaba blanca como la cera.

—Me voy —nos dijo Gerald—. Disfrutad de vuestra comida. —Y, dicho eso, se marchó, cerrando la puerta con delicadeza a su espalda.

Me volví hacia Marta. Estaba pálida como un fantasma y se aferraba al tenedor con una mano. Después se tambaleó hacia un costado y vomitó con violencia en el suelo de cemento. Impotente, le acaricié la espalda, notando sus huesos bajo la palma de mi mano mientras su cuerpo se sacudía con fuerza y expulsaba lo poco que había comido por lo aterrada que estaba.

19

—N o. —La voz de Sami era casi un gemido—. No, no, no, no, *no*...

—Cállate —espetó Lloyd. Estábamos los tres en su dormitorio, en la Casa Hillary, donde había ido a buscarlos y me los había encontrado acabando tranquilamente sus tareas para la clase de preparación para la universidad, con los libros esparcidos a su alrededor. Ni siquiera había sido capaz de pronunciar una frase completa para contarles lo que había sucedido. En cuanto los vi, me pregunté si sería mejor simplemente *no* contárselo; fingir que nada había pasado. Nuestro mayor miedo se había hecho realidad. Era nuestra peor pesadilla; lo que más nos temíamos que pasase desde el principio.

Lloyd se puso de pie y se acercó a la ventana. Se quedó con la mirada perdida al otro lado del cristal, mordiéndose el labio inferior con fuerza. Sami había escondido el rostro entre las manos. Y después alzó la mirada.

—Tenemos que sacarla de allí.

—¿Qué? —Lloyd se dio la vuelta.

—Tenemos que trasladar a Marta. —Sami echó mano a su chaqueta—. Tenemos que sacarla de este maldito internado, alejarla de él. —Se puso los zapatos de un tirón—. Rosie, ven conmigo.

—Espera un momento. —Lloyd se deslizó entre Sami y la puerta, impidiéndole el paso—. Eso no es una buena idea.

—¿Es que tienes una mejor?

—En realidad, sí. —Lloyd le colocó la mano con suavidad a Sami en el hombro, para evitar que lo hiciese a un lado—. Voy a hablar con él, Sami. Estoy seguro de que podemos hacerle entrar en razón. Cálmate y...

—¿*Que me calme?* —Sami lo fulminó con la mirada, con el rostro sonrojado e incrédulo—. Ya veo lo mucho que te importa, Lloyd, si eres capaz de mantener la calma ahora mismo...

—Hay más de una manera de demostrar que alguien te importa —repuso Lloyd con dureza—. Aparta —dijo con desdén, al mismo tiempo que Sami abría la boca para protestar—. Voy a ir a buscar a Gerald. Estoy seguro de que podemos arreglar todo esto.

—Hasta donde sabemos quizá ya ha...

—No lo creo. —Lloyd negó con la cabeza, con una expresión seria y calculadora dibujada en su rostro—. Tiene mucho que perder si lo hace. O, más bien, mucho que ganar si no. —Por un momento, parecía preocupado, pero después se volvió hacia mí—. ¿Vienes conmigo, Rose?

—Esto es ridículo. —Sami se puso de pie de un salto—. Voy a sacarla de allí. Debería haberlo hecho hace mucho tiempo —dijo. Su tono se acercaba peligrosamente a un sollozo.

—Sami —dije, tratando de que en mi voz no se notase lo preocupada que estaba—. Creo que no deberíamos trasladarla. Si Gerald piensa que estamos tratando de engañarlo, se pondrá furioso. Creo... creo que Lloyd tiene razón. Tenemos que hablar con él.

Se formó un breve silencio entre nosotros en el que nos limitamos a sostenernos la mirada.

—Bien. Vamos —dijo, rompiendo el silencio, con tono resignado. Se puso de pie y se empezó a poner la chaqueta, pero Lloyd negó con la cabeza.

—No —repuso—. Lo siento, Sami, pero creo que tú no deberías venir. Estás demasiado nervioso. *No* —repitió, esta vez con el tono más firme, como respuesta al grito de protesta que había emitido Sami—. Lo digo en serio. Estás demasiado involucrado. Te importa demasiado Marta.

Sami le lanzó una mirada hostil.

—¿Así que se supone que tengo que quedarme aquí?

—Haz lo que te dé la gana, pero no vas a ir a la torre del reloj.

Entonces se volvió hacia mí, desesperado.

—¿Cómo estaba, Rose, cuando te fuiste?

Recordé el aspecto que había tenido Marta antes de que me marchase: los ojos llorosos, terriblemente callada, tumbada sobre el colchón, y tan pronto parecía haberse quedado totalmente congelada como se echaba a temblar con violencia. Ni siquiera había reaccionado cuando le había dicho que tenía que irme. Lloyd me lanzó una mirada de advertencia.

—Estaba bien —respondí al final, la mentira me supo amarga en los labios—. Le dije que lo solucionaríamos.

—Rose, ven conmigo. —Lloyd abrió la puerta—. No tardaremos mucho —le dijo a Sami, haciéndome un gesto para pedirme que lo siguiera.

Lloyd y yo nos dimos cuenta de que nuestro plan tenía una fisura: no teníamos ni idea de dónde podía estar Gerald. No había ni rastro de él en los establos, en los graneros o en los talleres. Como último recurso, Lloyd subió a la carrera hasta la habitación de la torre del reloj para ver si había vuelto a subir, mientras yo montaba guardia abajo.

Cuando Lloyd bajó tenía los brazos llenos de objetos que habíamos llevado a la torre del reloj: un abrelatas, un plato roto, incluso bolígrafos. Le temblaban las manos cuando me los puso en los brazos y se volvió para sellar de nuevo la entrada. Tragué saliva con fuerza, con la tenue esperanza de que le hubiese confiscado esos objetos a Marta solo por si acaso, pero negó con la cabeza.

—Se ha hecho daño en el brazo —fue lo único que dijo.

—Deberíamos quedarnos con ella…

—*No*, Rose. Es demasiado arriesgado, es ahora justo cuando nos puede echar alguien de menos. Le he quitado lo que estaba usando y cualquier otra cosa que pudiese usar para hacerse daño —repuso Lloyd. Por su expresión asqueada supe que había visto algo bastante malo—. Tenemos que solucionar esto —dijo, con mucha más urgencia—. Probemos en la Casa Columbus, a lo mejor está pasando lista ahora mismo.

Salimos corriendo hacia el Hexágono, donde estaban los alumnos de primero de bachillerato de la Casa Columbus. Cuando nos acercamos a las puertas dobles de cristal de la residencia, Max surgió de su interior y bajó los escalones de la entrada entre tambaleos, yendo directo hacia nosotros.

—¡Guau! ¡*Hola!* —Tenía el cabello revuelto y las mejillas sonrojadas, y apestaba a alcohol—. ¿Qué estáis haciendo *vosotros dos* aquí?

—Estamos buscando a Briggs —repuso Lloyd, lanzándome una mirada de advertencia para que mantuviese el pico cerrado y lo dejase hacer—. ¿Te encuentras bien? —le preguntó, al mismo tiempo que Max se tambaleaba hacia un lado.

—Estoy jodidamente bien, Lloyd —dijo al mismo tiempo que le pasaba un brazo por los hombros—. Lloydy, ¿sabes el fragmento de la *Pasión de San Juan* que he tocado esta mañana? ¿Te acuerdas? —Tarareó un poco de la melodía, con la voz firme y entonando perfectamente en medio del Hexágono vacío.

—Sí, me acuerdo.

—He tocado esa misma pieza *docenas* de veces. Me la conozco como *la palma de mi mano* —dijo Max, alzando la mano derecha, que contrastaba contra el cielo del atardecer—, pero hoy he cometido un error. Entre el compás seis y el nueve... los he jodido enteros. Mis dedos no están derechos. —Arrugó el rostro—. ¿Te habías fijado?

Lloyd vaciló.

—No, amigo. Has tocado genial. —Alargó la mano hacia él y le acarició la mandíbula, pero en cuestión de segundos Max se apartó de su caricia y salió corriendo hacia el edificio central. Lloyd se quedó mirándolo durante un momento.

—Vamos. —Empujé la puerta de la Casa Columbus y Lloyd me siguió hasta el interior, al pequeño vestíbulo donde estaban todas las partituras desperdigadas por el suelo. Oímos una melodía y unas cuantas risas que provenían de la sala común que había a la izquierda. Lloyd echó un vistazo en su interior.

—No está ahí.

—Vamos a mirar arriba. —Le echamos una ojeada a la lista en la que salían todas las habitaciones de la residencia y que estaba colgada en el corcho que había a los pies de la escalera. Como era miembro de la Patrulla superior, el nombre de Gerald encabezaba la lista, y al parecer tenía una habitación individual.

Subimos las escaleras a la carrera, agradeciendo en silencio que no hubiese nadie pululando por allí. El visitar otras Casas sin tener un buen motivo iba en contra de la política segregacionista del Internado Realms y, aquellos que infringían esas normas solían terminar castigados. Cuando llegamos a la planta superior, Lloyd fue directo hacia el dormitorio de Gerald, alzó el puño para llamar a la puerta pero, antes de que pudiese hacerlo, lo agarré del brazo.

—Tenemos que mantener la calma. No... asustarlo.

—No se asustará —respondió Lloyd con sorna y, antes de que pudiese añadir nada más, llamó a la puerta. Nos quedamos allí helados durante unos segundos antes de que Gerald abriese. Su expresión se endureció.

—Hemos venido a hablar contigo. —Lloyd bajó un poco la voz y echó un vistazo hacia el pasillo vacío—. ¿Podemos entrar?

Gerald vaciló. Tenía incluso peor aspecto del que había tenido en el umbral de la habitación de la torre del reloj. Sus ojos estaban hinchados y, al fijarme más de cerca, me di cuenta de que tenía el rostro surcado de arrugas prematuras. Sorprendentemente, se encogió de hombros.

Nunca había estado en la habitación de un miembro de la Patrulla superior, y lo primero que pensé fue que merecería la pena aceptar la tiranía del Internado Realms tan solo para conseguir una habitación así. El dormitorio de Gerald tenía los techos altos y las paredes cubiertas con paneles de madera, como las del edificio central, aunque tenía el aire mucho más moderno del Hexágono, el cual además se podía ver a través del ventanal que ocupaba casi toda la pared exterior. Se podían ver los potreros para los caballos, la capilla, y kilómetros y kilómetros de prados verdes donde pastaban las ovejas en calma, disfrutando del atardecer de enero. La cama, como la del resto de los alumnos, era individual, y estaba perfectamente hecha, pero tenía muebles mucho más elegantes por toda la habitación: un escritorio enorme, un sillón y un precioso armario cuyas puertas Gerald había llenado con postales y dibujos. Me acerqué a él y me fijé en que casi todas las postales eran copias de obras de arte ecuestre famosas. Reconocí el *Whistlejacket* de Stubbs y algunas ilustraciones anatómicas que me recordaban a las de Da Vinci. Gerald había copiado cada uno de ellos minuciosamente a lápiz o a birome, y había conseguido crear una galería enorme, por lo que debía de haberse pasado cientos de horas dibujando.

—¿De qué queréis hablar? —La voz de Gerald me devolvió a la realidad. Me volví y lo encontré de espaldas a la ventana, de brazos cruzados. Se había anudado las mangas de su mono de trabajo alrededor de la cintura y llevaba puesta su camiseta mugrienta habitual.

Lloyd tomó asiento en la silla que había frente al escritorio de Gerald.

—¿Le has contado a alguien lo que has visto esta tarde?

—No. —Me invadió una oleada de alivio, que se vio empañada en cuanto me fijé en la botella de vino vacía que había sobre el escritorio. Recordé que Max había tenido los labios manchados cuando nos lo habíamos cruzado.

—Vale, genial. —Lloyd se cruzó de piernas y se recostó sobre el asiento—. ¿Por qué no te sientas? —le preguntó a Gerald, señalando el sillón.

—Que te jodan.

—Como tú quieras. Iré directo al grano. —Lloyd clavó la mirada en el rostro de Gerald—. Lo que ocurre, amigo —comentó—, es que no podemos permitir que le hables a nadie sobre Marta.

—¿Que no me lo podéis *permitir*?

Lloyd se encogió de hombros.

—Así que no se lo vas a decir a nadie, ¿estamos?

—¿O qué?

—O me encargaré de hacer que tu vida sea una pesadilla.

—Buen intento. Mi vida ya es una montaña de mierda —repuso Gerald con amargura, casi desesperado. Me volví hacia Lloyd. Había enfocado este problema de manera totalmente errónea, pero no sabía qué decir para arreglarlo.

Se hizo un breve silencio.

—Muy bien —repuso Lloyd—. Pues nos aseguraremos de que salgas ganando si mantienes la boca cerrada.

Gerald le dirigió una mirada inquisitiva.

—¿Cómo?

—Bueno… ¿cuánto quieres?

Se produjo otro largo silencio en el que Gerald y Lloyd se fulminaron el uno al otro con la mirada.

—Mis padres tienen una granja de cuarenta mil acres y tres casas. Soy hijo único. Voy sobrado de dinero, gracias —repuso educadamente Gerald unos minutos después.

—Claro. —Lloyd se mordió el labio inferior—. Muy bien. —Se volvió a formar el mismo silencio incómodo. Estaba a punto de decir algo cuando Gerald cruzó su dormitorio, directo hacia su cama, y se agachó para sacar algo que guardaba debajo.

—Tengo algo que enseñaros —dijo. Sacó un porfolio artístico—. Este es mi trabajo de fin de curso —explicó—. Me pasé el último trimestre trabajando en él y lo terminé durante las vacaciones de Navidad. Lo tengo que entregar mañana.

—Vale. —Lloyd asintió. Se volvió a mirarme, perplejo. Nos quedamos los tres en completo silencio, pero Gerald parecía estar esperando algo. Pasó la mirada de Lloyd hacia mí, expectante, casi incluso suplicante.

Finalmente, y un tanto reticente, le pregunté:

—¿Podemos echarle un vistazo?

Gerald me pasó el abultado porfolio y me lo llevé hasta el escritorio. Desaté el lazo negro que mantenía la carpeta cerrada. La primera página contenía una fotografía enorme en la que salía una mujer desnuda y tumbada en una cama con las sábanas de satén, con las piernas abiertas y un dedo colocado con timidez sobre sus labios.

Alcé la mirada hacia Gerald.

—¿Qué demonios...?

—Sigue.

Lentamente, Lloyd y yo fuimos pasando el resto de las pesadas páginas de papel de dibujo. Alguien se había encargado de arruinar las ilustraciones que Gerald había dibujado en su porfolio y lo había cubierto todo de pornografía. En algunos casos habían pegado las fotografías con tan poco cuidado sobre las ilustraciones de Gerald que incluso se llegaban a ver las esquinas de las obras en las que había trabajado con tanta minuciosidad. En otros casos, habían arrancado directamente sus ilustraciones y las habían reemplazado con las páginas brillantes de una revista. Cuanto más avanzaba, las imágenes se volvían más sórdidas y ofensivas. Las poses en las que salían aquellas mujeres se tornaban cada vez más degradantes y menos sensuales; estaban colocadas en posiciones grotescas y forzadas, tenían los ojos cerrados o miraban infelices a la cámara mientras realizaban actos que hacían que se me pusiese la piel de gallina por la vergüenza ajena que me hacían sentir. En las tres últimas fotografías salía la misma mujer joven. En la primera estaba atrapada contra una pared, con los ojos abiertos como platos. En la segunda salía dando la espalda a la cámara y la habían esposado. En la tercera se la veía mientras un hombre que estaba de espaldas a la cámara la penetraba. Pasé la página todo lo rápido que pude, con el estómago revuelto, y vi que habían escrito algo en la última página del porfolio. «Aquí tienes contenido nuevo. Esto es lo más cerca que vas a estar de hacerlo tú».

Lloyd y yo alzamos la mirada hacia Gerald. Nos estaba observando atentamente, con la mirada brillante. Lloyd volvió a bajar la mirada hacia el mensaje de la última página.

—Bueno —comenzó Gerald—, pues ya lo habéis visto. —Volvió a rebuscar bajo su cama y sacó una bolsa de plástico de un supermercado anudada. Desató el nudo y nos enseñó el montón de tiras de papel que había en su interior—. Eran mis dibujos —dijo. Le temblaba ligeramente la voz—. No sé por qué debería ayudarte —le dijo directamente a Lloyd—, sobre todo cuando tú estás compinchado con la persona que ha hecho esto.

Lloyd tragó con fuerza. Deseé que intentase negar que Max había estado implicado en todo eso, pero no lo hizo.

—¿Qué quieres que haga?

—Consigue que me deje en paz.

—¿Cómo se supone que voy a hacer eso?

—Si quieres que tu amiguita siga a salvo, estoy seguro de que se te ocurrirá algo.

—No estoy compinchado con él —repuso Lloyd de repente—. Yo jamás haría algo…

—¡No me vengas con esas! —Gerald se había puesto a gritar y su rostro pálido se enrojeció por la ira—. Te lo estás *follando*, ¿no? —Lloyd lo fulminó con la mirada—. Conozco a Max Masters desde mucho antes que tú, *amigo*, y sé cómo es. De hecho, hace tiempo yo también era su «amigo».

—Pero ¿qué cojones?

—Fue cuando estábamos en primero, cuando compartíamos dormitorio. Max antes estaba en la Casa Columbus. Estoy seguro de que no te ha hablado de eso. —Lloyd negó con la cabeza y Gerald soltó una risa burlona—. Ah, claro. Éramos buenos amigos, hasta que decidió que quería formar parte de los chicos populares del internado. Y entonces empezó a soltar por ahí que yo estaba colado por la hermana de Genevieve Lock.

—¿Y lo estabas?

—¡No, no lo estaba! Persie y yo solo éramos *amigos*, ¿vale? A ella le encantaban los caballos, por lo que pasaba mucho tiempo en los establos. Así fue como me enteré de la existencia de la habitación de la torre del reloj, ella fue quien la descubrió, y solía subir allí cuando quería alejarse de todo esto. Un día, la vi entrar a la carrera al bloque C, llorando desconsolada. La seguí, para ver si estaba bien. La vi subiendo por las escaleras, así que yo también subí, para consolarla. Max nos sorprendió saliendo de los establos un rato después. —La expresión de Gerald estaba surcada de dolor—. A partir de ese momento dejó de querer ser mi amigo, pero tampoco podía permitir que yo tuviese cualquier otro amigo que no fuese él. *Él* tenía que ser del que todo el mundo quisiese hacerse amigo; *él* tenía que ser don Popular. Fuera como fuere.

Lloyd tragó con fuerza.

—¿Qué pasó después de que Persie muriera?

—Max lo empeoró todo. Les contó a Jolyon y al resto que yo había estado acosándola. Algo que jamás había hecho. —Nos miró fijamente, con los ojos anegados en lágrimas, y lo creí—. La doctora Reza se enteró e hizo que lo trasladasen a Raleigh, lejos de mí, pero ya era demasiado tarde. Y desde entonces me tratan como si fuese una mierda pegada a su zapato.

Le lancé una mirada de reojo a Lloyd, que parecía abatido. No sabía nada de esto, eso quedaba reflejado por su expresión. Sentí una punzada aguda de lástima en el pecho, pero también era consciente de que nos teníamos que volver a centrar en Marta. Lloyd tragó con fuerza.

—Hablaré con él. No sé si va a servir de mucho, pero si eso significa que no le contarás a nadie lo de Marta, lo intentaré.

—Tienes dos días. —El tono de Gerald estaba cargado de dureza—. Dos días para conseguir que venga a disculparse conmigo por todo lo que me ha hecho pasar. *De rodillas.* O avisaré directamente a la policía. Estoy seguro de que lo disfrutaría, sobre todo teniendo en cuenta por lo que me hicieron pasar. Y *ni se te ocurra* decirme que no influiste en nada —dijo, alto y claro en cuanto vio que Lloyd se disponía a discutir—, porque no servirá de nada. Os tengo calados, ¿estamos? Max nunca ha querido a Genevieve Lock, ni un solo día, ese bastardo manipulador. Te quiere *a ti.*

Se produjo un breve silencio y después Gerald se encaminó hacia la puerta y la abrió de un tirón.

—Fuera —nos ordenó, con los ojos llorosos. Se estaba aferrando a la bolsa de plástico con los restos de sus obras—. Salid de una puta vez de mi habitación.

Lloyd y yo avanzamos a trompicones totalmente a oscuras de vuelta al edificio central y después subimos las escaleras hasta la Casa Hillary, sin mediar palabra. La temperatura había caído en picado y el alivio que me invadió cuando llegamos a la sala común tampoco duró mucho tiempo; llegamos tarde al pase de lista y el señor Gregory nos castigó.

—¿Dónde está el señor Lynch? —nos preguntó.

Los dos supusimos que Sami habría ido a la torre del reloj.

—A lo mejor es que el entrenamiento de rugby se ha retrasado, señor —repuso Lloyd tranquilamente, pero nunca había entrenamientos los domingos por la tarde y el señor Gregory lo sabía.

—Vais a pasar los dos la tarde en mi despacho hasta que vuelva el señor Lynch —dijo.

Así que Lloyd y yo volvimos a pasar el rato sentados en esas sillas duras. Nos estaba enloqueciendo el estar allí encerrados sin poder hacer nada, sobre todo teniendo en cuenta el poco tiempo que teníamos. Más o menos media hora después, el señor Gregory empezó a llamar a los distintos edificios y departamentos del internado para descubrir dónde se había metido Sami. Escuchamos atentamente sus conversaciones con recepción, con el responsable de la biblioteca Straker, incluso con el portero. Y al final, con bastante reticencia, terminó llamando a la enfermería.

—Ya veo —repuso cortante, después de hablar un rato con la doctora Reza—. Mándale de vuelta en cuanto hayas terminado con él. —Lloyd y yo nos miramos sorprendidos—. Ha tenido una reacción alérgica y lo están examinando ahora mismo —comentó el señor Gregory con desdén—. Bajad a cenar. Vuestros castigos tendrán lugar el martes por la tarde.

Lloyd se fue directo al comedor para buscar a Max, pero yo no tenía hambre. Me fui a la habitación 1A, que estaba helada, y me puse a intentar hacer las tareas de la clase de preparación para la universidad que tenía al día siguiente, pero estaba demasiado preocupada por Marta, asqueada por lo que Max y sus secuaces le habían hecho a Gerald, y tan tensa por lo que podría ocurrir que era incapaz de concentrarme. Odiaba quedarme de brazos cruzados porque no podía hacer nada, y saber que Sami no estaba con Marta hacía que todo fuese incluso peor. Quería hablar con Lloyd para saber qué plan tenía para abordar a Max, pero oí las pesadas pisadas del señor Gregory mientras paseaba por el pasillo de los chicos y no me atreví a subir para intentar hablar con él.

Al final, me metí en la cama temprano, con la firme intención de dormir unas cuantas horas y de escaparme a la torre del reloj en mitad de la noche. Saqué todas mis prendas más cálidas, algunas me las pondría yo, pero otras se las daría a Marta para que pudiese refugiarse de las bajas temperaturas, y me puse la alarma a las dos de la mañana. Me quedé dormida casi de inmediato.

Me despertó el peso de otro cuerpo sobre la cama, justo a mi lado. Me aparté sobresaltada.

—Rose, soy yo. —Era Sami, que me hablaba con voz suave. Se sentó a mi lado, sobre las mantas. En medio de la oscuridad pude distinguir que llevaba puesto su abrigo y un gorro de lana—. ¿Puedo encender la luz?

Asentí y encendió la lámpara que había en mi mesilla. Tenía el rostro pálido, casi blanco, y la ropa empapada.

—Está nevando —murmuró.

—¿Cómo es que la doctora Reza te ha soltado a mitad de la noche?

—¿La doctora Reza?

—No estabas en la enfermería...

—No, no lo estaba. —Sami frunció el ceño—. Estaba con Marta. —Apretó los labios con fuerza, y pude ver que una nueva y terrible tensión invadía su rostro—. Rosie... tenemos que contárselo a alguien. Mañana. Esto se nos ha escapado de las manos.

—¿Qué ha pasado? —Me senté erguida, al tiempo que estiraba mi pijama. El misterio sobre la enfermería podía esperar—. Lloyd y yo hemos hablado con Gerald, creo que...

—Se ha cortado el brazo —repuso Sami.

—Pero Lloyd le quitó...

—Ha sacado uno de los muelles del colchón —me interrumpió— y ha usado el lado afilado para clavárselo en el bíceps una y otra vez, hasta que ha conseguido quitarse un trozo de carne así de grande. —Sostuvo el pulgar y el índice en alto, separándolos unos dos centímetros, sin mirarme a los ojos.

Por un momento no sabía qué decir.

—¿La has... ayudado? —pregunté después.

Apartó la mirada de la pared y se volvió a mirarme.

—¿Tú qué crees? —me preguntó en un murmullo. Parecía cansado, resentido—. ¿Qué otra cosa he hecho hasta ahora, Rose? Quiero ser médico. —Se le rompió la voz—. Sé primeros auxilios, así que lo único que he podido hacer es detener el sangrado, limpiar la herida, hacer una especie de vendaje improvisado con una camisa limpia, sentarme con ella hasta que la sangre ha empapado por completo la tela de algodón... y después repetir el proceso, volvérsela a limpiar y volvérsela a vendar con un trozo de tela nuevo... —Soltó un sollozo—. Pero no he conseguido que hablase conmigo, Rose, o que me mirase ni siquiera un segundo, o convencerla de que se marchase de aquella horrible habitación conmigo...

—Sami. Sami. —Alargué las manos hacia él, impotente. Estaba helado. Una lágrima se deslizó por el dorso de mi mano—. Sami, por favor. Todo va a salir bien.

—No, no es así. —Se volvió a mirarme directamente y yo dejé caer la mano—. Estoy muy asustado por ella, Rosie —dijo—. Me da miedo que no vaya a sobrevivir. Nunca había estado tan asustado como ahora, en toda mi vida. Creo... creo que se ha acabado, Rose. Tenemos que buscar ayuda. Ha llegado el momento de rendirse.

Nos quedamos allí sentados, en silencio, durante un momento. Mientras asimilaba lo que Sami acababa de decirme, me di cuenta de que acababa de expresar lo mismo que yo llevaba temiendo desde octubre, cuando Marta nos contó lo que su padre le había hecho.

—Vale —dije—. Vale. —Me acerqué a él, esta vez sin dudar, y lo ayudé a desabrocharse los botones del abrigo. Se lo quité, deslizándolo por sus hombros, y él se quitó el gorro y se metió bajo las sábanas conmigo. Apoyó la cabeza en la almohada y yo imité el gesto, vuelta hacia él, y nos sostuvimos la mirada bajo la tenue luz de la lámpara de mi mesilla. Sentí que me invadía un alivio de lo más contradictorio.

—Tengo que volver pronto a la torre del reloj —dijo, con la voz grave por lo agotado que estaba—. No puede quedarse sola.

—Te acompañaré. —Le volví a acariciar la mejilla con suavidad—. Sigues helado.

—Tú estás calentita —comentó. Con mucho cuidado, deslizó su mano hasta mi costado, justo encima de mi cintura. Noté cómo el frío de su piel se filtraba a través de la tela de mi pijama, pero no me molestó—. Me encanta lo cálida que eres, Rose —dijo.

—Me da miedo ser fría. Es doloroso, pero no puedo hacer nada para cambiarlo. —Al fin dije la verdad en voz alta. Me resultaba muy familiar, aunque no lo hubiese comentado desde hacía mucho tiempo.

—No. —Con mucha delicadeza, deslizó la mano por debajo de la camiseta de mi pijama—. No hay nada en ti que sea frío. Eres cálida, eres valiente y te preocupas por la gente. —Deslizó su mano un poco más abajo—. Yo no podría haber hecho nada de esto sin ti.

El peso de su mano sobre mi piel me resultaba reconfortante; incluso más que reconfortante. Observé a Sami; la forma de su rostro, de sus labios, su nariz, sus ojos; unos rasgos que me conocía a la perfección. Era tan buena persona, tan abnegado. Nunca hacía daño a nadie; solo ayudaba a todo el mundo y amaba, y nunca dejaba de amar.

—Quiero hacerlo contigo —dije.

Él no apartó la mirada en ningún momento. Y en su expresión no había ni rastro de avaricia o satisfacción, ni siquiera cuando deslizó su mano un poco más abajo.

—¿Estás segura? —susurró.

—Sí. Pero no vayas muy rápido. —Me resultó muy sencillo pedírselo. Pensaba que lo peor sería justamente eso, el tener que pedírselo, que mi propia vergüenza me paralizaría. Pero ocurrió justo lo contrario cuando Sami se pegó a mi cuerpo y me besó, un beso largo y dulce, y sus manos empezaron a investigar, paseándose por mi figura, cada uno de sus movimientos dulces y cuidadosos, todo mientras seguía con los ojos abiertos, pendiente de mi reacción, para verme y para responder de igual manera. Sus movimientos no eran los de un experto, pero tampoco eran torpes, eran solo suyos. En vez de sentirme tensa, sola o asustada, me sentí feliz y viva.

Incluso un poco después, cuando sentí una punzada aguda de dolor, esa sensación que siempre había creído que no sería capaz de soportar, me sentí fuerte. Me sentí mucho más poderosa que nunca mientras abrazaba a Sami, con su cuerpo tan cálido como el mío, mientras nos mecíamos el uno contra el otro, libres y salvajes. Noté las lágrimas de Sami deslizándose por mi piel cuando me apartó los mechones de la frente.

—Todo saldrá bien —le dije y, en ese instante, me creí lo que le decía—. Nos irá bien.

20

omo suele ser habitual en estos casos, las cosas cambiaron por completo por la mañana. Sami y yo nos quedamos en la torre del reloj hasta más o menos las seis, vigilando a Marta, que estaba tumbada en completo silencio y despierta sobre el colchón. Ni siquiera dijo nada cuando le contamos lo que Gerald le había exigido a Lloyd. Su brazo no paraba de sangrar. Se lo curamos lo mejor que pudimos, quitándole la tela empapada y limpiándole la herida con agua salada, pero la herida era mucho más profunda de lo que Sami había pensado. Nos quedamos sin camisas limpias con las que poder hacer vendas improvisadas. Al final, Sami terminó cortando una toalla en tiras y vendándole el brazo con ellas, presionando la herida.

Seguía nevando cuando regresamos a la Casa Hillary a la carrera para llegar a tiempo al primer pase de lista. Estaba agotada, casi delirante; pero tenía que ponerme el uniforme, lavarme la cara y los dientes y presentarme en la sala común. Las cosas ya iban mucho peor que antes, pero intenté convencerme de que la pesadilla terminaría llegando a su fin. Íbamos a salir de esta, aunque solo fuese por el bien de Marta.

Lloyd nos observó a Sami y a mí con frialdad mientras el señor Gregory pasaba lista. Un rato después, cuando los alumnos empezaron a dispersarse para ir a desayunar, nos hizo un gesto para llamar nuestra atención. Me volví a mirar a Sami pero él se encogió de hombros. «Vale», parecía decir con ese gesto. «Vamos a acabar con esto cuanto antes». Seguimos a Lloyd hasta un pasillo desierto que estaba dos plantas por debajo de la Casa Hillary. Se detuvo junto a una ventana y se inclinó hacia el radiador que había debajo. Yo les eché un vistazo a los terrenos, que en ese momento estaban cubiertos por una fina capa blanca que contrastaba con fuerza con el cielo gris, y me di cuenta de que me había olvidado por completo de que esa mañana tenía entrenamiento de hockey.

Lloyd le lanzó una mirada de pocos amigos a Sami.

—Parece que te has recuperado rápido.

—No estaba en la enfermería.

—Qué raro. —Lloyd parecía enfadado—. Porque yo *te dije* que no fueses a la torre del reloj. Tenemos que seguir el plan, Sami.

—Sí, claro. Vamos a seguir tu plan de mierda mientras ella se intenta amputar el brazo con lo que quiera que encuentre. ¿Ya has hablado con Max?

—Lo he intentado. Estaba demasiado borracho. Pero a Marta le quité todo lo que pudiese utilizar para...

—Lloyd, le vamos a contar a alguien dónde está —le interrumpió Sami—. Lo hemos decidido Rose y yo. Se lo vamos a contar a alguien, hoy mismo.

Lloyd se cruzó de brazos y nos fulminó con la mirada.

—Joder —murmuró después de un rato—. Este es el peor momento que podríais haber elegido. Absolutamente espantoso.

—Lloyd —dije—, se está autolesionando. No podemos seguir así. Está en peligro...

—¿Y crees de verdad que entregarla va a hacer que pare? ¿Crees que alguien va a poder cuidar de ella mejor que nosotros? ¿Crees que alguien se va a preocupar por ella más que nosotros?

—Necesita *ayuda médica* —repuso Sami, con la voz temblorosa—. Necesita *tratamiento*...

—La meterían en un psiquiátrico —expuso Lloyd casi a gritos—. Le echarán un vistazo rápido y la mandarán directa al psiquiátrico.

—¡Bien! Si así consigue la ayuda que necesita, será lo mejor. No todas las instituciones públicas son malas, Lloyd, a pesar de lo que quieras hacernos creer...

—Oh, dame un respiro. —Lloyd interrumpió a Sami con dureza—. Crees que estás siendo tan *sensato*, ¿verdad? Tan *estratégico*. Si pensase que serviría para algo —siguió diciendo, señalando a Sami con desdén—, te recordaría las posibilidades que tienes de que te admitan en la facultad de Medicina si te arrestan. ¿Es que te has parado a contar todas las mentiras que le hemos dicho a la policía? ¿Te has parado a pensar en lo que supondría para nosotros el entregarla *en este momento,* justo después de que Gerald la haya encontrado, como si nos hubiese obligado a confesar? —Sami y yo nos quedamos mirándolo fijamente, horrorizados—. No, creo que no lo has pensado. Pero nada de eso importa comparado con lo que realmente pienso, y es que sois unos *malditos* cobardes. Esto no se trata de que Marta necesite ayuda, ¿no es así? Se trata de que tenéis miedo, justo cuando más os necesita.

—Yo no temo por mí —replicó Sami—. Me encantaría poder cuidarla yo mismo, pero necesita ayuda de verdad.

—Sí, y entregársela a las autoridades sin su permiso es robarle lo que más quiere: su libertad. Libertad para poder decidir las cosas ella sola —espetó Lloyd—. Ah, e ilumíname. ¿A quién pensabais contárselo? ¿A tu maravillosa mentora, supongo?

—Ella nos ayudaría. Estoy seguro. Se rige por el deber de cuidado...

—Estoy de acuerdo, *quizá* nos podría ayudar. ¿Pero sabes lo que significa en realidad ese «deber de cuidado», Sami? Significa que tiene que *contárselo a más gente.* Y esa *gente* es la doctora Wardlaw y la maldita policía. Y sus padres. ¿Y sabes qué? Si la doctora Reza se preocupa tanto como crees, si es tan buena y amable y sensata como dices... ¿qué opinará del estado en el que se encuentra Marta? No va a pensar ni por un momento que has hecho un trabajo magnífico cuidando de ella si ve cómo tiene el brazo y el resto de su... *Aléjate de mí* —escupió cuando Sami dio un paso hacia él con la mandíbula apretada—. Ni se te ocurra tocarme, idiota. No quieres cargar con nada más en tu conciencia, ¿no?

Justo en ese mismo instante sonó el timbre, agudo e imperdonable. Sami se apartó de Lloyd, devastado. Lloyd le echó un vistazo a su reflejo en la ventana y se enderezó la corbata.

—No vamos a perder esta batalla —nos dijo—. No si yo puedo evitarlo. Voy a hablar hoy con Max. ¿Te importa poner a Sami al día? —me preguntó, antes de marcharse por el pasillo.

El cielo se fue despejando a medida que avanzaba el día, el sol del invierno iluminaba la nieve, de un blanco agudo y brillante. Me senté junto a la ventana en clase de matemáticas, empapándome del frío que se filtraba a través de las rendijas del cristal para tratar de mantenerme despierta.

No conseguía concentrarme en mi trabajo, y en cambio, no podía parar de pensar en las últimas veinticuatro horas. Las imágenes de lo que había ocurrido regresaban una y otra vez a mi cabeza, descontroladas, insuflándome mucho más miedo que antes. Traté de pensar en lo que de verdad era lo mejor para Marta. Siempre había costado separarlo de la maraña de todas las cosas que debía tener en cuenta y que alimentaban el resto de nuestras decisiones: lo que Marta quería, lo que en realidad era posible, lo que heriría o molestaría al menor número de gente. En este caso, que Marta no quisiese hablar hacía que la tarea de discernir qué era lo correcto fuese todavía más complicada. Una parte de mí estaba de acuerdo con Sami, porque opinaba que esto escapaba a nuestro control, que ella misma era su mayor peligro, en ese momento más que nunca, pero ya habíamos pasado por esto antes y, de alguna manera, lo habíamos retrasado en cada una de esas ocasiones. Y, aunque odiase admitirlo, también creía que Lloyd tenía parte de razón al decir que debía ser Marta quien decidiese.

Tenía la mente embotada y estaba tan nerviosa que ni siquiera pensé en que acababa de acostarme por primera vez con Sami hasta que llegó la hora de la comida, cuando comí algo por primera vez desde la una de la mañana y mi cerebro se despejó un poco. A medida que mi plato se iba vaciando, mi mente se iba despejando y empecé a ser mucho más consciente de mi cuerpo. Me sentía más o menos como el día anterior. Pensé en Marta, en lo distintas que habían sido nuestras primeras veces, y me invadió una tristeza enorme al pensarlo, una tristeza que no tenía nada que ver con lo que había podido sentir hasta entonces. Me volví a mirar a Sami, que estaba almorzando a un par de mesas de distancia, sentado junto a Ingrid, y ver a la chica allí me hizo pararme a pensar, me invadió una oleada de afecto hacia él, por lo que habíamos hecho, por el placer que había sentido gracias a él. No me sentía culpable o avergonzada. Observé a Sami durante un rato más, preguntándome si me surgirían dudas más adelante, pero no ocurrió nada así. Me parecía sencillo y no me importaba.

Salí del comedor a buscar a Lloyd. Estaba muy enfadada con él, pero quería averiguar si ya había conseguido hablar con Max o no. Lo localicé en el salón de baile, donde me lo encontré practicando una obra de Brahms en el piano de cola. Cuando admitió que todavía no había hablado con Max nos pusimos a discutir de nuevo; con fiereza, implacablemente y sin tener el más mínimo cuidado al estar mencionando el nombre de Marta y gritándonos lo que sentíamos en realidad. Cuando salí del salón de baile, me picaban los ojos por las lágrimas que estaba conteniendo, vi a Sylvia subiendo el Eiger y se detuvo en el mismo sitio desde donde Lloyd dijo que había caído Genevieve.

Alzó la mirada hacia mí, sus ojos oscuros contrastaban suaves y serios contra la palidez de alabastro de su rostro. Lentamente, siguió subiendo las escaleras, hasta que se detuvo justo debajo de mí.

—Hola —me saludó.

Seguía teniendo la vista borrosa por las lágrimas.

—Hola.

—¿Va todo bien?

Empecé a ver a Sylvia con más claridad. Me fijé en su expresión, tan parecida a la que había tenido cuando me había visto caer durante el partido de hockey: plagada de preocupación.

—Estoy bien —respondí. Entonces, de repente, añadí—: Saldré a montar mañana contigo —le dije. Pretendía apaciguarla, por si acaso nos había oído mencionar el nombre de Marta, pero también era por algo más. El ver a Sylvia allí, delante de mí, en medio de la galería inferior desierta, hizo que la tensión y los nervios me abandonasen, y se viesen sustituidos por una sensación cálida que me llenó el estómago—. Tengo que cumplir un castigo del señor Gregory, pero estoy libre después.

Sylvia esbozó una sonrisa y, por un momento, me pareció una persona totalmente distinta.

—Ya me encargo yo de hablar con él —repuso—. Le diré que tienes que echarme una mano. Así podremos montar cuando todavía haya sol.

Asentí. Dio un paso hacia mí, pero justo en ese mismo instante sonó el timbre que marcaba el inicio de la siguiente clase, por lo que se dio media vuelta y recorrió la galería inferior con su brío habitual.

Aquella noche Lloyd por fin logró localizar a Max, y Sami y yo nos quedamos de nuevo con Marta en la torre del reloj, turnándonos cada cuatro horas. Yo pasé allí la segunda mitad de la noche y relevé a Sami a las dos de la mañana. Me señaló en silencio una pila de vendas y se marchó, con los hombros hundidos por el agotamiento. Me quedé sentada sobre el suelo de cemento, junto al colchón, hecha un ovillo en el interior de mi abrigo de invierno del uniforme del Internado Realms.

Marta no había comido nada o hablado con nadie desde que la había descubierto Gerald. En esos momentos estaba profundamente dormida, con su rostro ceniciento pegado contra el saco de dormir arrugado. De vez en cuando tosía en sueños, un sonido ronco e inquietante. Le temblaban los párpados como si estuviese soñando algo. La observé durante unos cuantos minutos, incapaz de envidiar su turbado sueño, a pesar de lo agotada que estaba yo también. *Esta podría ser su última noche,* pensé, odiando lo poco que me preocupaba esa perspectiva. Saqué mis tareas de la clase de preparación para la universidad.

Unas horas más tarde, justo cuando estaba cabeceando contra la pared blanquecina, oí cómo chirriaba el colchón. Abrí los ojos y me encontré con Marta observando algo a través de la esfera del reloj, con la mano cerrada en un puño contra el cristal. Fuera todavía era noche cerrada.

—Buenos días, Mar —dije con dulzura, para no sobresaltarla.

Ella se dio la vuelta hacia mí. Tenía la manga de su jersey ensangrentada, teñida de un rojo intenso allí donde el vendaje se había empapado.

—¿Qué hora es? —preguntó en un murmullo.

—Son las cinco y cuarto. —Nos quedamos mirándonos, siendo plenamente conscientes de las pocas horas que faltaban para que se cumpliese el plazo que nos había puesto Gerald. Me removí en mi postura, tenía el cuerpo agarrotado de haber pasado tantas horas sentada en el suelo.

—¿Puedo echarle un vistazo a tu brazo? Para...

Bajó la mirada hacia su manga ensangrentada como si no fuese consciente de que la herida era suya. Sin mediar palabra, se acercó y se sentó en el suelo frente a mí. Se quitó el jersey y permaneció allí sentada, inmóvil, con solo una camiseta de *lacrosse* de manga corta de la Casa Raleigh. Ni siquiera se estremeció.

Cuando le quité el vendaje improvisado, tuve que contener las arcadas. De alguna manera, se las había apañado para empeorarse aún más la herida, porque estaba mucho más profunda e irregular que antes. Sin saber si estaba haciendo lo correcto o no, le limpié los bordes con un nuevo trozo de tela, mientras Marta se quedaba ahí sentada, en completo silencio, con la cabeza ladeada, sin querer mirarme. Un rato después se volvió hacia mí.

—¿Qué va a pasar hoy?

No sabía qué decirle. *Pase lo que pase, estarás a salvo*, quería decir. *Siempre estaremos ahí para cuidar de ti*. Pero tampoco podía garantizar que eso fuese a ser así.

—¿Qué quieres que pase?

—Quiero que Lloyd me elija a mí —dijo—, y quiero seguir cuerda. —Le brillaban los ojos bajo la luz de mi linterna—. Pero, sobre todo, quiero vivir. De verdad que quiero vivir, Rose.

Nos quedamos allí sentadas, con el aire gélido cerniéndose sobre nosotras. Observé atentamente a Marta, intentando verla con claridad, con propiedad, objetivamente. Había tantas cosas que quería decirle, pero ninguna sería justa; ninguna sería apropiada si tenía en cuenta su estado. *Quieres vivir, pero te estás destrozando tú sola. Quieres vivir pero ¿a qué precio? Quieres vivir, pero no te importa lo que nos pueda pasar a nosotros.*

Y entonces me di cuenta de que solo había una cosa que importaba realmente y de que solo había una cosa que no escapaba a mi control. Alargué la mano hacia ella.

—Yo también quiero que vivas —dije.

Con los primeros rayos de la mañana llegó también la vida normal, la que, de alguna manera, tenía que seguir viviendo. Limpié los establos y fui al entrenamiento de hockey. Cada vez me costaba más sentir cualquier clase de conexión con lo que me rodeaba. Solo tenía la sensación de que se nos estaba agotando el tiempo, de que, quizás, al final de aquel día, todos podríamos ser expulsados o arrestados, o incluso ambas cosas, de que todo lo que habíamos hecho para salvar a Marta habría sido en vano, y esa sensación me ahogaba como un par de manos gigantes rodeándome el cuello. Me flaqueaban las rodillas. Solo quería tumbarme sobre la nieve y dormir durante un siglo.

Bella no permitió que entrenase con el resto del equipo, y me ordenó que diese cincuenta vueltas alrededor del campo como castigo por haberme perdido el último entrenamiento. Corrí alrededor del campo, tambaleándome sobre mis pies y deslizándome sobre zonas donde la nieve estaba mucho más compacta. El aire gélido me cortaba la piel del rostro. *Despierta*, parecía ordenarme. *Tienes que centrarte.*

Entonces llegó la hora de que empezasen las clases, así que me fui al aula que me correspondía con el resto de los alumnos. Escuché las lecciones de los mags, escribí las respuestas a sus preguntas, entregué las tareas de la clase de preparación para la universidad aunque estuviesen mal hechas, pero me sentía como si todo aquello lo estuviese haciendo otra persona. Durante el descanso, cuando todavía nos quedaban seis horas de clase, acabé vomitando en el baño de la tercera planta y después me deslicé sobre el suelo de linóleo y apoyé la cabeza contra las gélidas baldosas de la pared.

Después de aquello, y también durante la hora de la comida, fui a buscar a Lloyd. No había ni rastro de él. Quería que me pusiese al día, descubrir si había conseguido algo al hablar con Max, pero no había ni rastro de ninguno de los dos. La clase que me tocaba después de la hora de la comida era la de inglés, pero ni Max ni Lloyd aparecieron tampoco por allí. Sylvia llegó tarde y, en cuanto apareció, la señora Kepple la mandó inmediatamente a que informase al señor Gregory de la ausencia de Lloyd. Sami y yo compartimos una mirada cómplice, incapaz de concentrarnos en redactar nuestros comentarios de texto. Sabía que Sami tenía tanto miedo como yo.

Después de clase, Sami y yo nos deslizamos por el pasillo como dos almas en pena hacia el Eiger. Estábamos agotados y la señora Kepple había dicho que nuestros comentarios de texto no estaban a la altura del nivel que se esperaba de nosotros. Alguien me golpeó suavemente en el hombro y, cuando me volví, me encontré a Sylvia detrás de mí, con las mejillas ligeramente sonrojadas.

—¿Quedamos en los establos dentro de quince minutos?

—¿Qué?

—Vamos a ir a montar a caballo, ¿te acuerdas?

—¿Que vais a *qué*? —Sami me observó escandalizado. «¿Cómo puedes estar haciendo eso, justo ahora?», parecía decir su mirada, pero Sylvia no le prestó atención.

—Dijiste que vendrías —comentó con firmeza—. Ya he convencido al señor Gregory de que te levantase el castigo. Ahora ve a cambiarte.

Veinte minutos más tarde encontré a Sylvia fuera del establo de la Patrulla superior. Estaba sujetando las riendas de dos yeguas: la suya y una más pequeña. Era gris claro y parecía que estaba incluso adormilada mientras esperaba pacientemente junto a Cleopatra. Esta última pisoteaba el suelo nerviosa, moviendo la cabeza de un lado a otro como si estuviese tratando de liberarse de las riendas. Sylvia le acarició el cuello.

—Relájate —le ordenó, al mismo tiempo que llevaba a ambas yeguas hacia el montador—. Sube —me dijo, mientras colocaba a la yegua gris junto a la pequeña escalera—. Beau es muy tranquila —añadió.

Me quedé de pie junto al montador, sin saber muy bien qué hacer a continuación. Sylvia me hizo un gesto para animarme a subir pero, cuando vio que no me movía, entrecerró los ojos al mirarme.

—¿Te has subido alguna vez a un caballo?

—No.

Frunció el ceño.

—Pero todos los alumnos del Internado Realms tienen clases de montar a caballo. Se las imparten en cuanto llegan. *Todo el mundo* sabe al menos lo básico —dijo, como si creyese que estaba tratando de engañarla.

—Bueno, pues yo no —respondí, irritada—. Gerald nunca se ofreció a darnos clases.

Al oír el nombre de Gerald, una emoción que no supe discernir surcó su rostro, algo mucho peor que un simple enfado.

—Bueno, pues es ahora o nunca —repuso después de un momento—. Súbete al montador, después coloca el pie izquierdo en ese estribo e impúlsate con fuerza.

Me quedé mirando a Beau fijamente, que parpadeó al verme. «A mí no me mires», parecía querer decir.

—Pero...

—Oh, vamos, Rose —soltó Sylvia, como si estuviese a punto de fastidiarle los planes. Pero me tendió la mano para que se la sujetase mientras me subía vacilante al montador, y no se rio cuando me tropecé al subirme a lomos de Beau. Me sentía mareada, estaba mucho más alto de lo que había pensado. Mi primer instinto fue tumbarme y rodear el cuello de Beau con los brazos, o bajarme, pero Sylvia tenía otra idea.

—Coloca el otro pie en el otro estribo —ordenó, antes de subirse con agilidad a lomos de su yegua. Me enseñó rápidamente cómo agarrar las riendas, cómo apretar con suavidad los flancos de Beau haciendo uso de mis talones. Después salimos tranquilamente del patio, cruzando el arco de la torre del reloj, y adentrándonos en el camino que había junto al arroyo Donny. Beau siguió a Cleopatra sin que yo tuviese que hacer nada. Unos minutos después, Sylvia se volvió a mirarme.

—Quita esa cara de preocupación —me dijo con tono burlón. Esbocé una sonrisa débil, centrándome en mantenerme erguida sobre el lomo de Beau, que no paraba de mecerse a un lado y al otro. Bajé la mirada hacia el arroyo Donny porque no oía su habitual y agradable gorgoteo, y vi que estaba helado.

Seguimos recorriendo ese camino un par de kilómetros más, hasta el borde de los terrenos del internado. Entonces Sylvia se bajó de Cleopatra y abrió la verja para que pudiese cruzar. Se volvió a subir a su yegua de un salto y esbozó una sonrisa de oreja a oreja al mirarme.

—¿Estás lista para trotar? —me preguntó y chascó la lengua sin esperar a que respondiese. Cleopatra arrancó a galopar y mis riendas se sacudieron cuando Beau la imitó. De pronto, íbamos mucho más rápido que antes, y los rebotes se habían transformado más bien en sacudidas. Estábamos cruzando un enorme campo nevado y me deslumbró la luz del sol que incidía directamente sobre el blanco puro que cubría el suelo. Entonces Sylvia empezó a galopar más rápido, con el cabello alborotado por la brisa bajo su casco al tiempo que cabalgaba hacia unos cuantos árboles que había a los pies de una colina. Los muslos me gritaban de dolor para cuando conseguí alcanzarla y el sudor frío me impregnaba la nuca.

—Eso no ha sido divertido.

Ella se encogió de hombros.

—Lo siento —repuso, aunque estaba claro que no lo sentía en absoluto.

Me guio a través de los árboles hacia un camino de herradura que serpenteaba hasta lo alto de la colina. No había nadie en kilómetros a la redonda. Todo estaba cubierto de nieve: las ramas de los árboles altos, las vallas, las verjas altas. Soplaba una brisa gélida y fresca. Respiré profundamente, aferrándome todavía a las riendas y sintiendo cómo por fin se me iba asentando poco a poco el estómago que se me había revuelto aquella mañana. Pero aquello no cambiaba nada. Estábamos a punto de enfrentarnos al peor reto de nuestras vidas; tal vez era cuestión de horas que nos expulsasen, o que nos arrestasen, o incluso algo peor. Marta estaba sola y aterrada, y allí estaba yo, montando a caballo con Sylvia como si no hubiese pasado nada. Me sentía avergonzada.

—Sylvia —la llamé. Ya casi habíamos llegado a la cima de la colina. Se dio la vuelta sobre su silla de montar—. Quiero volver al internado.

—Solo un poco más. Las vistas desde la cima son impresionantes. Ese es el arroyo Donny, ¿sabes? —añadió, señalando un río brillante y sinuoso que serpenteaba en la distancia.

—Tengo que volver al internado.

Frunció el ceño.

—¿Por qué?

—Tengo que... solucionar algo. Con Gerald.

Su nombre se me escapó sin querer, como si mi mente se muriese por deshacerse de aquel secreto, aunque solo fuese para mitigar lo atormentada que me sentía al compartirlo con alguien. Tal vez también quería castigar a Sylvia de alguna manera; por lo doloridos que tenía los muslos, las piernas y las lumbares, todo porque ella se había negado a bajar el ritmo. Antes ya había supuesto que había ocurrido algo entre ellos en el pasado, pero en ese momento, al volver a pronunciar su nombre, no me cupo ninguna duda, sobre todo cuando observé cómo su rostro se tornaba tan pálido como la nieve que nos rodeaba. Desmontó lentamente.

—Baja —me pidió, acercándose a Beau. Me tendió la mano y yo la obedecí, deslizándome hasta el suelo duro. Sylvia ató a los caballos a un árbol y después volvió conmigo, antes de hacerme un gesto para que la acompañase hasta un banco que había junto a una pared de piedra. Unas cuantas ramitas de brezo asomaban rígidas bajo la nieve—. Podemos sentarnos en mi abrigo.

Observamos el reluciente valle blanquecino que se extendía a nuestros pies. Pude vislumbrar el Internado Realms a la distancia, la aguja de la torre del reloj refulgía bajo el sol invernal. Se me volvió a revolver el estómago. Sylvia me miró de reojo.

—No sé qué te traes con Gerald —dijo en apenas un murmullo—, pero tengo que advertirte de que tengas cuidado con él.

—¿Advertirme?

—Sí. —Observamos el valle con nuestras miradas perdidas; el irregular mosaico que formaban los campos nevados y la reluciente corriente del río en el que se transformaba el arroyo Donny, serpenteando en la distancia—. Es peligroso, Rose. Está completamente...

—Max y tus amigos se están encargando de atormentarlo —la interrumpí—. ¿Sabes lo que le ha hecho Max a su porfolio?

—Sí que me he enterado. —Sylvia se mordió el labio inferior—. Max se está convirtiendo en un problema.

—¿En un *problema*? Sylvia, llevas protegiéndolo desde octubre. Y eres la segunda capitana estudiantil. Si quisieses que dejase de acosar a Gerald, harías algo al respecto. Y si Gerald es peligroso, también es en parte culpa tuya.

Me miró como si la hubiese golpeado.

—No digas eso —me pidió, con la voz ligeramente temblorosa—. Por favor, no digas eso. —Me sorprendió ver que sus ojos se habían llenado de lágrimas—. Tienes razón —continuó—. He estado *intentando* proteger a Max. No es que él me importe lo más mínimo, pero Gin sí. Me he centrado en mantener a Max a salvo para que pueda ser ella quien tome una decisión al respecto cuando salga del hospital. Sé que no lo estoy consiguiendo del todo, pero...

—Él no la quiere, Sylvia. —Recordé lo que Max nos había contado sobre lo importante que le parecía a Sylvia la lealtad—. Tiene que dejarla marchar.

—Rose... por favor. —Me lanzó una mirada triste y seria—. Tal vez tengas razón. No estoy segura; en realidad, Max es el único que puede estar seguro, ¿no crees? Pero lo que sí que sé es que *ella* lo quería, *lo quiere*. Él fue su salvavidas, Rose.

—Estás hablando de lo que ocurrió con la hermana de Genevieve. —Sylvia asintió en silencio—. ¿La conocías?

—Sí —respondió, con la mirada perdida en los campos—. Sí, pues claro que la conocía.

—¿Te caía bien?

—Me caía muy bien. —Sylvia hizo una pausa y cerró las manos en puños sobre las rodillas—. Genevieve la adoraba. Cuando Persie murió, pensé que Gin no sería capaz de seguir adelante. Pensé que abandonaría el Internado Realms. Intenté ayudarla, pero fue Max quien consiguió sacarla de la oscuridad.

—Gerald me contó que Max difundió unos cuantos rumores sobre él y la hermana de Genevieve —comenté.

Sylvia vaciló antes de responderme.

—Es cierto. Lo hizo.

—Y tú...

—Yo no participé en eso, si es lo que estás pensando. Odio los cotilleos. E, igualmente, sabía que Persie y Gerald eran solo amigos. Eran dos inadaptados que se habían juntado, aunque él no le llegase ni a la suela de los zapatos. —Sylvia parpadeó y me miró de reojo—. Sabía que a él no le gustaba porque siempre iba detrás de mí —repuso, vacilante—. *Constantemente*. Y yo no sabía cómo pedirle que me dejase en paz.

—¿Qué quieres decir?

—Antes de que empezase a salir con Bella —respondió—, no había día en el que Gerald no me pidiese salir. No iba a aceptar un «no» por respuesta. Supongo que yo tampoco llevé las cosas demasiado bien, no fui amable con él, pero es que tampoco sabía de qué otra forma reaccionar. Por aquel entonces todavía estaba tratando de adivinar quién era *yo* en realidad, lo que quería, y el que me estuviese molestando constantemente tampoco ayudaba. Empecé a tenerle miedo. Todavía le tengo algo de miedo.

Observé a Sylvia durante unos minutos y me di cuenta de lo importante que era ese momento, que me estuviese confesando sus debilidades, incluso sus miedos.

—¿Qué te hizo? —le pregunté por fin.

Ella se quedó callada durante un rato, con las manos cerradas en puños con fuerza sobre sus rodillas. Después dejó caer la cabeza, hundida, sin mirarme.

—Abusó de mí, sexualmente. Unos días antes del baile de Navidad.

—¿*Qué?*

Sylvia me ignoró.

—Me volvió a pedir salir, para que fuésemos juntos al baile. Le dije que no, por supuesto. —Se encogió de hombros con amargura—. Creo que ese último rechazo fue la gota que colmó el vaso para él.

—¿Qué pasó?

Sylvia se volvió a mirarme.

—¿De verdad quieres saberlo?

No quería, pero necesitaba escuchar la verdad.

—Si quieres contármelo, entonces sí, quiero saberlo.

—Me estaba terminando de arreglar en una de las salas de lectura —dijo en voz baja—. Él me encontró. Me pidió que lo acompañase al baile, y yo le dije que no. Le dije que se estaba comportando de forma demasiado desesperada. Le dije que ya habíamos pasado por esa misma situación cientos de veces. Supongo que hablé demasiado, yo tuve la culpa de lo que pasó a continuación. —Se detuvo y me miró—. No sé si puedo decirlo en voz alta.

—Cuéntamelo.

—Me da miedo…

—Estoy aquí.

—Me sujetó contra la silla para que no pudiese levantarme —dijo con brusquedad— y me obligó a abrirme de piernas. Entonces me… me metió el puño a la fuerza. Y dijo… «esto es lo que te gusta, ¿no?». Joder —soltó Sylvia, con las lágrimas cayéndole descontroladas por las mejillas—. Joder, Rose, me dolió tanto. No puedo describirte esa clase de dolor. Nunca había… nunca había sentido un dolor así. Me pasé días sangrando sin parar. Incluso llegué a pensar que tendría que ir al hospital. —De repente, le entraron arcadas, todo su cuerpo se sacudió y se apartó de mí, llevándose la mano a la boca.

Le di un momento para que se recompusiese, y después alargué la mano hacia ella y la obligué con suavidad a que se volviese hacia mí. La miré directamente a los ojos, haciéndole saber que la había entendido, y que lo sentía mucho, pero que eso no cambiaba lo que sentía por ella. Se inclinó hacia delante y apoyó la frente en mi hombro. Su cuerpo se sacudió con un sollozo y después se quedó completamente quieta.

Después de unos minutos, se volvió a sentar erguida y enredó mis dedos helados con los suyos.

—Ahora ya lo sabes, Rose —dijo, con la voz rota—, por eso quiero que tengas cuidado. No quiero que te hagan daño. Yo ya me he vengado por ello, pero si te hiciese algún daño...

—¿Qué quieres decir? —Su expresión se había endurecido poco a poco a medida que hablaba.

—No podía dejarlo pasar, Rose. Tardé mucho tiempo en saber cómo debía castigarlo, pero hoy por fin lo he arreglado todo.

—¿Qué has hecho?

—He conseguido que lo degradasen —respondió. Se secó los ojos con ayuda de la manga—. Ya no forma parte de la Patrulla superior. Y tampoco es el director de caballerizas.

—¿Cómo?

—No importa el cómo. —Apartó la mirada y observó a los caballos—. A estas alturas ya habrán ido a retirarle la túnica —dijo sin rodeos—. Oye, ¿qué haces?

Me había levantado del banco de un salto. El saber lo que Gerald le había hecho a Sylvia, combinado con el castigo que ella había logrado imponerle, había hecho que tuviese todavía más miedo de lo que pudiese pasar. Tenía que volver al internado, hacer algo para intervenir en lo que fuera que estuviese ocurriendo entre Lloyd, Max y Gerald.

—Tengo que irme —dije, observándola atentamente—. Ahora. No puedo explicártelo —añadí cuando vi que iba a replicar—, por favor, es importante. *Por favor*, Sylvia. Ayúdame a volver.

Me miró fijamente.

—Vale —repuso un momento después—. Vamos.

Cabalgamos de vuelta hasta el Internado Realms a lomos de Cleopatra porque habíamos dejado a Beau atada en la colina.

—Luego vuelvo a por ella —dijo Sylvia—, y me las traeré a las dos de regreso a casa.

«Casa». Nunca había pensado en el Internado Realms como mi casa.

Cuando nos adentramos en el pequeño patio rodeado de graneros y talleres, vi a Lloyd corriendo hacia el bloque C. Luché por desmontarme.

—¡Lloyd!

Él se dio la vuelta, perplejo. Entonces me vio y vino corriendo hacia nosotras, sonriendo de oreja a oreja.

—Ro —dijo, pasando la mirada de Sylvia a mí—. Ro, ¿qué estás haciendo?

—Tengo que hablar contigo. —Me bajé del lomo de Cleopatra como pude, aterrizando con fuerza sobre la gravilla. Lloyd me rodeó con el brazo para ayudarme a no perder el equilibrio.

—Ro —repitió—. No pasa nada. Lo he conseguido. Lo he convencido. Todo va a ir bien. —Me quedé mirándolo fijamente—. Todo va a ir bien —repitió—. Sami también lo sabe.

—¿Que va a ir bien...?

—Sí. —Me dejé caer contra él durante un momento, incapaz de creer que todo había acabado, que lo había conseguido—. Max ha ido a buscarlo ahora mismo —dijo Lloyd, y no necesité que me dijese nada más. Max iba a disculparse con Gerald. Marta estaba a salvo, por ahora.

—¿Se lo has dicho a ella?

—Iba a hacerlo. —Lloyd me tomó la mano—. ¿Me acompañas?

Sylvia frunció el ceño, sus botas resonaron al chocar con la gravilla cuando desmontó a Cleopatra.

—¿Qué está pasando? —preguntó, pero Lloyd y yo no podíamos dejar de sonreír y no respondimos a su pregunta—. Vale

—repuso unos minutos después—. Voy a ir a buscar otra rienda y después...

—Gracias —dije, volviéndome hacia ella—. Gracias por haberme traído de vuelta. —Me acerqué a ella y le di un beso largo y firme en los labios, aferrándome a la espalda de su chaqueta de montar—. ¿Te veo luego?

—Sí —respondió ella, sorprendida, pero Lloyd y yo ya habíamos echado a correr hacia los establos y el bloque C.

Fui una ingenua, incluso una estúpida, por actuar como actué en ese momento, cuando las buenas noticias de Lloyd me hicieron olvidarme por completo de lo que Gerald le había hecho a Sylvia, y el castigo que ella había logrado imponerle. Entramos corriendo al establo, hicimos la tabla de madera a un lado y subimos corriendo las escaleras de cemento. Solo podíamos pensar en el alivio y la alegría que le íbamos a dar a Marta; la forma en la que nos sonreiría al enterarse, lo agradecida que estaría... Lo habíamos conseguido. La habíamos vuelto a salvar.

Incluso cuando abrimos la puerta de la habitación de la torre del reloj y nos lo encontramos allí, una parte de mi cerebro seguía negándose a creer que no lo habíamos logrado, que las cosas no nos habían salido bien. *Max ya ha hablado con él*, pensé. *Ya se ha disculpado, y Gerald ha venido a decirnos que nos guardará el secreto.* Era absurdo, pero era mejor que lo que ocurrió en realidad, algo que mis ojos y mi mente se negaban a admitir. Había ropa esparcida por el suelo, alguien había apartado las latas a patadas y estas habían rodado hasta las esquinas, y había una zona vacía y reluciente en donde había estado el colchón, como si lo hubiesen movido.

Siempre que me ha sucedido algo malo después de aquel día, recuerdo aquel momento y se me revuelve el estómago de nuevo. Recuerdo querer volver a ser la misma chica que había sido treinta segundos antes de abrir esa puerta, subiendo las escaleras a la carrera, la que no sabía lo que Gerald había hecho. No quería volver el tiempo atrás, sino trasladarme a una zona temporal completamente distinta; a una especie de región paralela en la que Gerald hubiese tomado una decisión diferente —porque sí, *él decidió* hacer lo que hizo—, y no hubiese violado a Marta. Recuerdo que a Lloyd le costó mucho más tiempo asimilar lo que estaba presenciando. No paraba de preguntar qué estaba pasando, diciendo que no lo entendía, ni siquiera cuando vio la mancha que había en el saco de dormir; ni siquiera cuando Gerald se levantó del cubo volcado en el que había estado sentado, con la cabeza entre las manos, y vimos que tenía el cinturón desabrochado y el pecho y los brazos cubiertos de sangre de la herida de Marta.

—Apesta, joder —nos dijo.

Y ahí estaba Marta. Seguía medio sentada, recostada, más bien, sobre el colchón, pegada a la pared, con solo una camiseta fina de *lacrosse* puesta. Se le había soltado la venda del brazo y de la herida no paraba de manar sangre, que le caía por la piel hasta la muñeca y sobre la toalla que se había colocado para cubrir la parte inferior de su cuerpo. Alzó la mirada hacia nosotros, pero al principio fue como si no nos reconociese.

Gerald salió corriendo de allí. Lloyd y yo nos sentamos junto a Marta sin decir nada. Recuerdo que Lloyd se levantó para llenar la palangana de agua, que después dejó junto a Marta sin mediar palabra porque pensó que eso sería lo que primero necesitaría. Recuerdo haber pensado que ella no querría a nadie cerca y que por eso mantuve las distancias, y solo le pregunté una vez si podía hacer algo por ella.

—Quédate conmigo —murmuró, por lo que me senté sobre el colchón, apoyando la espalda en la pared y manteniendo las distancias. Marta se hizo un ovillo junto a mí y apoyó la cabeza en mi regazo. Unos minutos después, cuando por fin estuve segura de que no iba a despertarla, coloqué la mano sobre su cabeza y le mesé el cabello corto, tratando de hacerle llegar el cariño que sentía por ella a través de su cuero cabelludo. Le habíamos lavado el pelo hacía solo dos días.

Unas horas más tarde, Marta nos pidió a Lloyd y a mí que nos marchásemos. No estábamos muy seguros de si debíamos hacerle caso, pero nos parecía cruel discutir con ella en un momento como ese. Mientras nos dirigíamos como dos fantasmas hacia el Hexágono, oímos a alguien gritando nuestros nombres, y entonces vimos a Sami salir corriendo de la enfermería, yendo directo hacia nosotros.

—Chicos —dijo, sin aliento y sudado—. Chicos, ha pasado algo…

Lo observamos en silencio y con el corazón roto, sin decir nada. Sami no se dio cuenta de lo angustiados que estábamos.

—Es el profesor De Luca —dijo—. Ha tenido otro ictus, uno malo. Está en el hospital, inconsciente, o al menos eso me ha dicho la doctora Reza. Cree que es probable, *muy* probable… que muera. —Nos miró fijamente, ajeno a lo afligidos y entumecidos que estábamos, y siguió hablando con más urgencia—. ¿Es que no lo *entendéis*? Si se muere, ¡Marta será libre! Genevieve ya la ha perdonado, no van a arrestarla por nada. Todo habrá acabado —dijo Sami, con la mirada brillante—. Todo esto, esta pesadilla, habrá acabado para siempre. —Estiró la mano hacia Lloyd y hacia mí, y nos pasó un brazo por los hombros a cada uno, tirando de nosotros hacia su cuerpo—. La amo —dijo contra el abrigo de Lloyd. Su voz estaba amortiguada por la tela, pero pude percibir el alivio, la alegría, que la teñía, y entonces algo en mi interior se rompió—. Siempre la he amado. En cuanto sea libre, se lo diré. Voy a decirle lo mucho la amo.

PARTE IV

21

Si existiese algo parecido a una pelea de película, sin duda, la que tuvo lugar en el Internado Realms aquella gélida tarde de enero del 2000 encajaría perfectamente con esa definición.

La pelea comenzó sobre el césped nevado del Hexágono. Unos segundos después de que Lloyd y yo le contásemos a Sami lo que Gerald había hecho, lo volvimos a ver, esta vez regresando a la Casa Columbus. Sami y Lloyd salieron corriendo a por él y lo arrastraron escaleras abajo, hasta el centro del patio. La sangre salpicó la capa de nieve que cubría la hierba cuando Lloyd le rompió la nariz a Gerald con el primer puñetazo que le asestó. El segundo golpe se lo dio Gerald a Sami, un puñetazo que lo lanzó de bruces contra el suelo nevado.

Entonces Gerald salió corriendo, con la sangre manando a borbotones de su nariz. Lo perseguimos a través del laberinto, bajando por el pasaje de la capilla y hasta el camino de la entrada. Había empezado a atardecer, el cielo se había teñido de un azul profundo y la luna había comenzado a alzarse por el horizonte, justo detrás del edificio central. Se estaban formando placas de hielo sobre el suelo. Recuerdo que me detuve de golpe cuando Lloyd y Sami alcanzaron a Gerald. Me fijé en un punto un poco más allá de ellos, en la portería. Un poco más lejos se encontraba la carretera e, incluso más allá, las enormes y apacibles colinas del norte de Devon, con sus siluetas que tan familiares me resultaban a esas alturas. *Sal de aquí*, pensé. *Huye.*

—Ayúdanos, Rose —gruñó Sami, y lo hice.

Agarramos a Gerald de los brazos y lo arrastramos hasta los escalones de la capilla. Nadie nos detuvo, porque no había nadie por allí. Todo el mundo estaba en las clases de preparación para la universidad, o duchándose después de los Juegos, o en alguna reunión informativa en la sala común de su Casa, o quizá, porque al fin y al cabo aquello seguía siendo el Internado Realms, escondiéndose en alguna parte, evitando cualquier acto violento. Recuerdo haber abierto la puerta de la capilla de un empujón, con los dedos temblorosos sobre la madera nudosa, y después los tres metimos a Gerald al interior de la antecapilla gélida y desierta. Allí, Lloyd lo sujetó contra el suelo, apoyando las rodillas sobre sus hombros, y dejó que fuese Sami quien se encargarse de golpearlo. Después de unos minutos, tuve que apartar la mirada porque no podía soportarlo más.

Recuerdo que pensé: *Gerald es más fuerte*. Estaba segura de que podía zafarse de Lloyd y derribar a Sami si quisiese. Quizás es que se sentía débil porque le habían roto la nariz, pero no creo que fuese por eso. Apenas luchó mientras Sami lo golpeaba por todas partes. A medida que Gerald iba perdiendo las fuerzas, la agresividad de Sami también iba disminuyendo. Sus ganas de castigar a Gerald por lo que había hecho se fueron agotando con las lágrimas que se deslizaban por sus mejillas sangrantes, hasta que retrocedió tambaleándose y se dejó caer, llevándose las manos a la cabeza.

—Si se te ocurre volver a acercarte a ella siquiera, juro que te mato —gimió y, cuando bajé la mirada hacia Gerald, que seguía atrapado bajo el peso de Lloyd, supe que lo habíamos destrozado.

Entonces Gerald se zafó de Lloyd, pero no volvió a intentar huir. En cambio, se dirigió hacia la escalera estrecha de caracol que llevaba hacia la galería donde estaba el órgano. A pesar de sus heridas, logró subir bastante rápido. Lloyd lo persiguió, llamándonos a Sami y a mí a gritos cuando se dio cuenta de lo que Gerald estaba pensando hacer, y Sami y yo nos apresuramos a seguirlos hasta aquella pequeña galería y los tres juntos apartamos a Gerald de la barandilla por la que estaba intentando trepar para lanzarse de cabeza hacia el suelo de la capilla.

Nos quedamos sentados sobre el gélido suelo de la antecapilla durante media hora después de que Gerald se hubiese marchado de allí tambaleándose, hasta que no nos quedó más remedio que seguir adelante. Lloyd se llevó a Sami a la enfermería, porque la herida que tenía en el labio era tan grande que necesitaría puntos; y yo me fui a ver a Marta.

—No le cuentes lo de su padre —me suplicó Sami, y yo asentí.

Iría a ver a Marta. *Voy a ir,* me dije una y otra vez, mientras volvía a la Casa Hillary para cambiarme la ropa ensangrentada. *Voy a ir a verla,* pensé antes de pasarme rápidamente por el comedor (al fin y al cabo, me tocaba a mí llevarle la cena ese día), lo seguí repitiendo incluso mientras comía, aunque no tuviese ni gota de hambre; y lo repetí incluso cuando Sylvia me acarició el hombro al pasar a mi lado. Después de cenar, me marché directamente hacia la puerta principal y enfilé por el camino de la entrada. Ni siquiera me molesté en ir por detrás porque pensaba que ya era bastante tarde. Quería que alguien me detuviese, pero nadie me dijo nada. El turno de la tarde ya hacía rato que había terminado y los establos estaban desiertos.

Incluso cuando llegué a la habitación de la torre del reloj seguía queriendo marcharme. Todavía albergaba la pequeña esperanza de que Marta me pidiese que me marchase. Estaba tumbada de costado sobre una montaña de cojines que había envuelto con unas cuantas mantas, leyendo *La importancia de llamarse Ernesto.* Se le habían empezado a formar unos feos moratones alrededor de los labios y por las mejillas. El pequeño hornillo estaba prendido a su lado, caldeando levemente la sala.

Me senté a los pies de su cama improvisada y la observé atentamente mientras leía la obra de teatro. Estaba completamente absorta y, de vez en cuando, su mirada refulgía divertida por algo que había leído. Y entonces, justo cuando iba a ofrecerle la comida que le había traído (unas cuantas uvas, galletas y unas barritas de cereales), soltó un gruñido, se sentó y bajó la mirada hacia su regazo.

—Joder —solté, incapaz de contenerme—. Marta...

—No pasa nada. —Dejó el libro a un lado y se removió entre los cojines—. No pasa nada —repitió, con la voz ronca pero firme—. ¿Puedes pasarme algunas de esas vendas, por favor? *Rose* —añadió, al ver que no me movía. Me señaló las tiras de toalla que habíamos cortado para vendarle la herida del brazo. Tomé un par y me fijé en las pocas que quedaban. Se limpió la sangre tan bien como pudo y después alargó la mano hacia mí para pedirme más vendas.

—Podría conseguir... —empecé a decir, pero ella no me dejó terminar antes de negar con la cabeza casi con impaciencia.

—Gracias, pero estas están mejor. —Dejó las vendas ensangrentadas a un lado—. ¿Te importaría acercarme la palangana? —Su voz sonaba educada, distante.

Hice lo que me pedía. Marta se lavó las manos en el agua gélida y le tendí la única toalla intacta que nos quedaba para que se las secase.

—Necesito más pantalones —me dijo. Asentí y me puse de pie de inmediato, pero ella negó con la cabeza—. Puedo esperar hasta mañana. Quédate y habla conmigo.

Me volví a sentar y observé cómo Marta se removía con cuidado sobre el montón de cojines. Se volvió a tumbar de lado, poniendo una mueca de dolor cada vez que se movía. Tomó el libro de nuevo.

—Me encanta esta obra —murmuró.

—Marta —dije—. Marta, todo va a ir bien.

Me miró casi con lástima.

—Hablemos de otra cosa —me pidió, con un tono demasiado cortés y dulce para rogarme que no insistiera con el tema, dejándome claro sin tener que decirlo en voz alta que mi presencia allí no le servía para absolutamente nada que no fuese para lo práctico, lo que me pareció desolador. Entonces me fijé cómo su mirada se desviaba hacia el libro que había junto al colchón y, por algún motivo, supe lo que tenía que hacer. Empecé a hacerle preguntas sobre la obra; sobre los personajes, la temática, sus frases y escenas favoritas... y ella respondió a cada una de mis preguntas con detenimiento y precisión, incluso poniéndose a buscar las frases que me quería mostrar.

Más o menos una hora después empezó a cabecear pero, cuando me estaba poniendo en pie, dispuesta a marcharme, se volvió a sentar sobre los cojines. Fui a tomar las vendas que nos quedaban pero Marta negó con la cabeza.

—Rose —me dijo—, sé sincera. ¿De verdad ha pasado? ¿Ha estado Gerald aquí?

La observé fijamente. Su mirada estaba llena de esperanza, pero tenía los ojos llorosos.

—¿Sabes? —añadió, con la voz un tanto temblorosa—. Es como si... como si *no* hubiese ocurrido. El dolor ha desaparecido. Tú estás aquí. Me preguntaba si tal vez... si tal vez no hubiese pasado. —Tragó con fuerza, observándome suplicante—. ¿Ha pasado?

El silencio se extendió entre nosotras durante un buen rato. De alguna manera, supe que me creería le dijese lo que le dijese. Marta se había puesto en mis manos por completo. Si le decía que no, que Gerald nunca había venido, que no la había violado, aceptaría aquella mentira como si fuese un hecho; reescribiría sus recuerdos, como si fuese una historia de ficción y no su propio pasado. Eso la reconfortaría. Comería, dormiría. La mentira sería una especie de regalo por mi parte, mi expiación por no haber podido protegerla.

Pero ya había contado tantas mentiras que no fui capaz de añadir una más a la lista.

—Lo siento —dije—. Lo siento mucho, Marta. Sí que estuvo aquí. —*Te obligó a mantener relaciones con él. Por eso estás sangrando*—. Vamos a ayudarte. No estás sola…

—Cállate. —Su voz estaba llena de decepción. Bajó la mirada hacia sus muñecas, hinchadas y llenas de moratones, a las manchas de sangre que había en su regazo. El brillo que antes había refulgido en su mirada había desaparecido por completo en cuanto aceptó lo que había ocurrido—. Esperaba que pudieses entenderme —me dijo, a la defensiva—, pero no puedes. Eres tan inocente, Rose. Tu vida parece sacada de un cuento de hadas. Tienes un futuro precioso esperándote. Ojalá esa fuese mi vida.

Quería estar con Sylvia, pero no podía ir a verla. Ni siquiera sabía dónde estaba su habitación, o si la compartía con alguien. Pero no podía estar sola. Fui a la enfermería, porque sabía que Sami seguiría allí, porque si la doctora Reza le hubiese dado el alta habría ido directamente a la torre del reloj.

Era tarde, el lugar estaba totalmente desierto, pero había una pizarra en la que estaba escrito el número de habitación que le habían asignado. Sami estaba en una habitación individual. Me encaminé hacia allí y me lo encontré tumbado de espaldas, totalmente dormido, con los brazos tendidos a cada lado. La lámpara de la mesilla estaba encendida, y estaba completamente vestido, lo único que se había quitado eran la chaqueta y la corbata. Hice uno de sus brazos a un lado y me acosté junto a él.

El movimiento le hizo abrir los ojos.

—¿Rose? —Tenía la voz grave y rota, y el labio partido tampoco ayudaba, aunque le habían limpiado y cosido la herida.

No podía hablar con él. Todas las preguntas que me hizo en susurros («¿Cómo está? ¿Le has contado lo de su padre? ¿Se ha quedado dormida?») no obtuvieron respuesta. Me tumbé junto a él, con la cabeza apoyada en su hombro, y no dije nada. Al final, terminó suspirando. Se hizo a un lado y me envolvió con sus brazos, y nos quedamos así, envueltos en ese abrazo, durante más o menos un minuto.

—¿Puedo quedarme contigo? —le pregunté, con el rostro pegado al suave jersey de lana de su uniforme.

Noté cómo asentía. Pero también noté algo más, aunque no me molestó, pero Sami sí que se apartó de mí rápidamente, con sus mejillas pálidas sonrojándose con violencia.

—Deberías irte —murmuró, pasándose la mano por el rostro.

Negué con la cabeza y me pegué aún más a él.

—No pasa nada. —Le di un beso en su cálida mejilla y lo rodeé con mis brazos, tirando de su cuerpo para pegarlo más a mí. No tenía ni idea de qué quería, pero sí que estaba segura de lo que *no* quería: estar sola, en ninguna parte, nunca más. Habría sido capaz de hacer cualquier cosa con tal de no estar sola. Cuando besé con suavidad el cuello de Sami, supe que haría cualquier cosa que me pidiese, si eso podía evitar que me dejase sola esa noche.

No me pidió nada. Fue bastante tiempo más tarde, cuando las cosas habían empeorado notablemente, cuando recordé aquella noche en la enfermería y me permití rememorar cómo, después de media hora envuelta entre sus brazos, fui yo quien le pidió que se acostase conmigo, primero digna, poco después con urgencia y, finalmente, con ansia. Cuanto más se resistía, más desesperada me sentía yo por que accediese. Fue como si sintiese que nada podría reconfortarme tanto como Sami dándome lo que le estaba suplicando que me diese. Cuando al final accedió, mis ganas no habían desaparecido. Deseaba volver a sentir el mismo poder que había sentido tres noches antes; todo el poder que Marta sabía que ella misma había perdido para siempre, y por el que estaba enfadada conmigo, porque yo todavía lo tenía. Pero aquella noche, esa segunda vez, aunque no sentí ninguna punzada de dolor, tampoco sentí placer, ni me sentí poderosa. No sentí nada: solo un enorme vacío en el pecho; una angustia y una pena incontenibles porque la única ocasión de aquella noche en la que tuve de verdad el poder absoluto, el poder para hacer creer a Marta que Gerald en realidad jamás la había tocado, la había echado a perder. Podría haberla salvado, pero elegí traerla de vuelta a este mundo. Ya aquella noche supe que mi propia crueldad me atormentaría para siempre.

22

—**D**espierta, Rose —me susurró alguien con urgencia—. Despierta.

Me senté sobre la cama y entrecerré los ojos para protegerme de la luz que iluminaba la habitación, filtrándose desde el pasillo. A mi lado, Sami se dio la vuelta y soltó un suspiro, todavía profundamente dormido. La doctora Reza estaba junto a la cama, con solo un camisón puesto.

—El señor Gregory está aquí —dijo. Alargó la mano y acarició con suavidad la mejilla de Sami—. Despierta, Sami. El señor Gregory quiere hablar con vosotros dos.

Nos observó impasible mientras nos vestíamos.

—Habéis faltado al último pase de lista —me dijo—. Es la una de la mañana. Dice que lleva un rato buscándoos. —Me abotoné la chaqueta con las manos temblorosas—. Estabais aquí.

—Yo…

—Viniste a la enfermería —me interrumpió—, porque no te encontrabas bien después de la cena. Tenías fiebre, así que te pedí que te quedases aquí para tenerte en observación. —Frunció el ceño y se volvió hacia Sami, a quien se le había empezado a hinchar y a poner morado el labio partido—. Tú te has resbalado con una placa de hielo, Sami. —Él se estaba atusando la corbata y la observaba con la confianza de un niño pequeño—. Venid conmigo —nos pidió, y los dos nos pusimos los zapatos todo lo rápido que pudimos y la seguimos hasta el pasillo.

No le había pedido al señor Gregory que la aguardase en su oficina, porque el hombre estaba de pie en medio de la sala de espera a oscuras de la enfermería. Tenía los hombros de su abrigo salpicados de nieve y su rostro estaba surcado por la ira que tan familiar me resultaba a esas alturas y que se exacerbó al vernos a Sami y a mí.

—Sentaos —nos ordenó y lo hicimos sin rechistar. La doctora Reza se quedó de pie detrás de nosotros. Y colocó una mano en el respaldo de mi silla de plástico.

—Debería expulsaros directamente esta misma noche. —Ya llevaba un tiempo esperando escucharlo decir aquello y, cuando por fin lo dijo, fue casi un alivio—. Vuestra falta de respeto hacia esta institución es abrumadora.

—Señor —empezó a decir Sami, aunque el labio partido le impedía hablar con claridad—, nosotros…

—Silencio —lo interrumpió el señor Gregory—. Tengo algo que contaros. —Hizo una pausa y se mordió el labio inferior. Durante unos minutos de lo más extraños, sentí como si la que estuviese viviendo aquello no fuese yo—. Ya sabéis que el profesor De Luca, el padre de Marta De Luca, tuvo un ictus ayer por la tarde. —Aguardó—. Lo sabéis —repitió.

—Sí, señor.

—El profesor De Luca todavía estaba consciente cuando llegó al hospital —siguió el señor Gregory—. Y les dijo a los médicos algo bastante preocupante. Lo repitió varias veces hasta que perdió por completo la conciencia. Y como lo conocían y sabían por lo que había pasado, por todo lo que ha ocurrido con su hija, vuestra amiga, el hospital nos hizo llegar lo que no paraba de repetir. —Aguardamos, escuchando atentamente, y pude sentir cómo la tensión se iba apoderando de la doctora Reza por la zona de su mano que me rozaba el hombro—. Dijo… —El señor Gregory no llegó a terminar lo que iba a decir porque en ese mismo momento la puerta de la enfermería se abrió de par en par y Lloyd apareció en el umbral—. Te he pedido que me esperases en mi despacho, señor Williams —espetó.

—Lo sé. —El tono de Lloyd rozaba la indiferencia. Parecía agotado, mucho más cansado y derrotado que nunca, cuando nos observó a Sami y a mí, sentados uno al lado del otro, y después a la doctora Reza, de pie a nuestras espaldas. De repente, fui mucho más consciente de mi ropa arrugada, del cuello desabrochado de mi camisa y de mi cabello revuelto. Lloyd entrecerró levemente los ojos.

—¿Por qué me has desobedecido?

—Porque Rose y Sami son mis amigos.

El señor Gregory lo observó boquiabierto.

—Esto es un comportamiento inacep...

—Nicholas —soltó la doctora Reza, al mismo tiempo que Lloyd se sentaba a mi lado—. Es muy tarde. Por favor, diles a Sami y a Rose lo que les querías decir.

Por un momento pensé que el señor Gregory se iba a poner a gritarle a la doctora Reza, o que incluso iba a atacarla. Siempre había sido un poco psicópata, le faltaba empatía o la capacidad de preocuparse por alguien que no fuese él mismo, pero siempre había supuesto que ese comportamiento solo formaba parte de su fachada, o que era consecuencia directa de lo agotado que estaba en realidad de que todo lo que ocurría a su alrededor fuese un verdadero desastre. Siempre había querido creer que bajo esa actitud pretenciosa y esnob del señor Gregory había, después de todo, un ser humano con conciencia. Pero al verlo en la enfermería aquella noche supe que no podía haber estado más equivocada. El director de nuestra Casa era cruel e interesado; se preocupaba únicamente, y con un fervor inexplicable, de conseguir los resultados que quería obtener para la Casa Hillary. Y nosotros, los alumnos con las becas Millennium, solo éramos una apuesta que había hecho y que podía o no lograr lo que andaba buscando: elogios y gloria para él y su Casa; pero que también podía traerle ridículo y humillación.

—Hemos descubierto información nueva —dijo por fin el señor Gregory, con voz gélida y calmada. Se volvió a mirarme directamente mientras lo decía—. Antes de que el profesor De Luca quedase inconsciente, no paraba de repetir lo mismo una y otra vez. «Rose Lawson sabe dónde está Marta. Preguntadle a ella».

Durante un rato en la sala no se oyó ni un alma. Sami y Lloyd permanecieron quietos como estatuas a mis lados. Volví a sentir la leve presión de la mano de la doctora Reza al posarse sobre mi hombro, por encima de mi chaqueta. Me di cuenta de que ya no tenía miedo y miré al director de nuestra Casa directamente a los ojos mientras retomaba su relato.

—No pienso preguntarte si es verdad o no —afirmó casi en un susurro—. No pienso preguntártelo porque el paradero de Marta De Luca no es asunto mío. La dimos de baja antes de Navidad, por lo que ya no es mi responsabilidad. No me interesa en absoluto, y no me importa si sabes o no donde está, o si alguna vez lo has sabido. No me importa si está viva o muerta. Lo único que me preocupa es el honor y la reputación de la Casa Hillary y del Internado Realms. ¿He sido lo suficientemente claro?

Lloyd, Sami y yo asentimos lentamente, y el señor Gregory se acercó un poco más a nosotros.

—Entonces supongo que comprenderéis el porqué de mi decisión —expuso—. A partir de este momento quedáis los tres bajo arresto domiciliario. No podréis salir de vuestras habitaciones hasta dentro de diez días. —Sami soltó un leve gruñido y Lloyd comenzó a replicar, pero el señor Gregory alzó la voz para hacerse oír por encima de sus quejas—. Ha pasado mucho tiempo desde la última vez que tuve que imponerle a un alumno esta misma sanción. Ahora está justificada además porque los tres estáis demasiado distraídos, tanto que no estáis cumpliendo con los requisitos de vuestras becas. Se os permitió estudiar en esta institución sin coste alguno, mientras el resto de los estudiantes tienen que pagar cientos de miles de libras cada año, para cumplir con ciertas obligaciones y criterios. Y en estos momentos no estáis cumpliendo ni lo uno, ni lo otro.

—Seguimos a la cabeza de las clasificaciones —siseó Lloyd, pero el señor Gregory negó con la cabeza, restándole importancia.

—Estar a la cabeza de las clasificaciones es solo una pequeña parte de lo que se os exige como alumnos becados de esta institución. Por si todavía no os había quedado claro, permitidme que os recuerde cuál es vuestro papel; en primer lugar y también por ello lo más importante, debéis entrar en las mejores universidades del país, incluso del mundo, y el Internado Realms os permite lograrlo. La doctora Lewis me ha comentado —siguió diciendo como si estuviese recitando un discurso que ya había ensayado— que ninguno de vosotros dos, señor Williams y señorita Lawson, ha mostrado el más mínimo interés en empezar a trabajar en vuestras solicitudes de la universidad, así como tampoco os habéis comenzado a preparar para los exámenes de ingreso, y que solo escogisteis qué querríais estudiar cuando amenazó con castigaros. También me ha comentado, señor Lynch, que tus posibilidades de que te acepten en Medicina son más bien escasas.

—Eso no es cierto —intercedió la doctora Reza—. Nicholas...

—No. —El señor Gregory negó con la cabeza—. No hay nada que discutir. Los tres vais a acompañarme de vuelta a la Casa Hillary esta misma noche y pasaréis los próximos diez días encerrados en vuestras habitaciones. Algún mag o un miembro de la Patrulla superior montará guardia frente a vuestras puertas a todas horas. Se os llevarán las comidas. Vuestros mags os harán llegar las tareas que tengáis que hacer, y cualquier tiempo libre que tengáis lo dedicaréis a completar vuestros trabajos y a prepararos para los exámenes. Si incumplís cualquiera de estas pautas, ya sea ahora o durante el periodo en el que estéis castigados, se duplicará la duración de vuestro arresto domiciliario.

—*Nicholas* —volvió a decir la doctora Reza, pero él no le permitió seguir hablando.

—No quiero tener que humillarte, doctora Reza, pero te aseguro que no me va a temblar la mano si te interpones en mi camino. Levantaos —nos ordenó a Lloyd, a Sami y a mí, que obedecimos resignados. Los tres éramos plenamente conscientes de que cualquier clase de provocación lo haría cumplir con sus amenazas.

Nos adentramos en la oscura y densa noche, que también fue la noche más fría que había vivido el Internado Realms. Fue como si la brisa estuviese formada de alfileres helados, que se me clavaban una y otra vez en el rostro y en las manos. No pude dejar de temblar en todo el camino hasta el edificio central. Ni Lloyd ni Sami se volvieron a mirarme. La doctora Reza no paraba de hablar en susurros pero con firmeza con el señor Gregory, tratando de convencerlo de por qué no debía ponernos bajo arresto domiciliario. Nos adentramos en el edificio por la puerta de la hiedra, y la calidez familiar del internado me resultó aplastante. Era el mismo calor que Marta llevaba meses sin sentir y el mismo que dudaba que volviese a sentir alguna vez.

En los primeros dos días de arresto domiciliario me sentí extrañamente aliviada y, a la vez, increíblemente culpable. Estaba tan cansada que poder dormir unas cuantas horas más todos los días me pareció un sueño. Como ya no tenía que ir a ver a Marta todos los días, ni presentarme en el turno de mañana en los establos, podía dormir hasta que sonase el timbre despertador a las seis y cuarto, y después quedarme tirada en la cama hasta las ocho y media, cuando venía el señor Gregory a la habitación 1A para decirme todo lo que tendría que hacer ese día. La primera mañana le abrí la puerta en pijama, un error que no volví a cometer después. Inmediatamente me añadió dos días de castigo a los diez que ya me había impuesto, tanto a mí como a Lloyd y a Sami.

En cuanto hube recuperado algo de la energía que había perdido en los últimos meses y empecé a apreciar la verdadera naturaleza de mi situación, me comenzó a costar cada vez más. Los recuerdos de lo que había ocurrido los últimos días regresaban una y otra vez a mi cabeza, y a cada día que pasaba me parecían más horripilantes. La mayoría de los días repasaba una y otra vez la última conversación que había tenido con Marta, y el modo en el que le había fallado. El haber tenido que abandonarla sin darle explicación alguna ya era bastante malo, pero que esto ocurriera justo después de que hubiese perdido parte de su confianza me dejaba con un sentimiento de culpa tan fuerte que me revolvía el estómago cada vez que lo recordaba, y terminaba vomitando varias veces al día, soltando todo lo que contenía mi estómago en la papelera de la habitación 1A. Después siempre abría la ventana y me tumbaba un rato en la cama, agotada y vacía, y me permitía dejar caer unas cuantas lágrimas de autocompasión. La habitación se fue enfriando cada vez más con el paso de los días, y yo no hice nada para evitarlo. Quería sufrir.

Después de tres días, más o menos, pensé que Marta podría huir. Dejando a un lado sus heridas, no había nadie que fuese a detenerla. La habitación de la torre del reloj no tenía cerrojo, y ella sabía perfectamente a qué horas del día y de la noche podía salir de allí sin que nadie la viese. Era demasiado doloroso tener que pensar en lo mucho que estaría sufriendo, en todo lo que estaría pensando. Primero habíamos estado constantemente a su lado, apoyándola, y después, de repente, Gerald la había violado, y nosotros, sus amigos, su salvavidas, habíamos desaparecido. No habíamos podido contarle que habíamos castigado a Gerald por lo que había hecho, por lo que debía de estar aterrada de que volviese a por ella. Me hice un ovillo junto a la ventana y observé la torre del reloj, deseando poder teletransportarme hasta allí. Traté de recordar cuánta comida y agua le quedaban. En el fondo sabía que preocuparme por cuántas provisiones tendría era una completa pérdida de tiempo. Marta no estaría comiendo nada.

No había forma posible de que pudiese escaparme de mi habitación. Siempre había algún mag o algún miembro de la Patrulla superior estacionado frente a mi puerta, las veinticuatro horas del día, incluso me acompañaban cuando tenía que ir al baño, aunque solo estuviese al final del pasillo. La otra única ocasión en la que me permitían salir de mi cuarto era para dar un paseo corto todos los días; una especie de vuelta rápida por el edificio central en la que me acompañaba el propio señor Gregory, ya fuese a primera hora de la mañana o a última hora de la noche. Según el señor Gregory, ese paseo era justamente lo que hacía que el arresto domiciliario fuese simplemente un castigo más y no una violación de nuestros derechos humanos, pero para mí era con diferencia el peor momento del día. No veía a mucha gente en aquellos paseos pero, para el tercer día de mi arresto domiciliario, la libertad de la que gozaban aquellos a los que veía, su capacidad de poder andar al ritmo que ellos quisieran, de ir a desayunar cuando quisieran, aunque solo fuese dentro de un periodo de tiempo determinado, el que pudiesen hablar con sus amigos... me resultaba insoportable. Para el tercer día, ya había empezado a contar todas las horas que pasaba despierta, pero los nueve días que me quedaban todavía de arresto domiciliario me parecían tan infinitamente imposibles que terminé desistiendo. Me preguntaba cómo Marta podía sobrellevar pasar tantas horas sola, encerrada y sin hacer nada; qué hacía para acelerar y llevar la cuenta del paso del tiempo. Nunca habíamos hablado del tema, porque nunca se había quejado.

Poco a poco, el no poder utilizar la mayoría de mis mecanismos de defensa ante la vida empezó a pasarme factura. No me había dado cuenta de lo mucho que había pasado a depender del horario inamovible del Internado Realms. El ajetreo diario me había robado el tiempo que me quedaba para pensar y, a la vez, me había dado fuerzas para seguir adelante. Sin las clases, el hockey y la compañía de Lloyd y de Sami, que estaban pasando su periodo de arresto domiciliario juntos, empecé a caer en la depresión. Hacía todo lo que los mags me decían, pero lo hacía como si fuese un robot, sin disfrutar de nada en absoluto. En la tarde del tercer día, fue a Bella a quien pusieron a montar guardia frente a mi puerta. Al final de su turno, entró en mi cuarto y me dijo que me expulsaba del equipo de hockey. Que llevase tanto tiempo faltando a los entrenamientos era la gota que colmaba el vaso, me dijo. Mi posición dentro del equipo siempre había sido un motivo de controversia; me habían aceptado a pesar de que mi presencia dividiese a sus integrantes y dañase la moral, porque era buena, algo que Bella tuvo que aceptar a regañadientes porque era innegable.

El cuarto día, que coincidió con el primer día de febrero, me empecé a preguntar por qué Sylvia nunca rotaba entre los miembros de la Patrulla superior que se estacionaban frente a mi puerta. Al principio albergaba la esperanza de que fuese porque le habían asignado la habitación de Lloyd y de Sami en vez de la mía pero, a medida que fueron pasando los días y no había ni rastro de ella, terminé llegando a la conclusión de que me estaba evitando. Debía haber decidido que no merecía la pena que la asociasen conmigo. Cuando me di cuenta, sentí una punzada de dolor en el pecho. Estaba frustrada conmigo misma por ello; no conocía apenas a Sylvia y, aun así, me había permitido encariñarme con ella. Tuve mucho tiempo para pensar en ella y en todo lo que había hecho, todas las veces en las que me había hecho daño en el pasado, y no me podía creer lo ingenua que había sido. Me dije a mí misma que el hecho de echarla de menos se debía más a mi soledad que a otra cosa. Cuando me di cuenta de que, pasados unos días, seguía echándola de menos, me obligué a recordar que había sido justamente el castigo que había logrado imponerle a Gerald lo que había sido la gota que había colmado el vaso para él, y las devastadoras consecuencias que aquello había tenido. *Vengar su orgullo había supuesto que Marta sufriese por ello*, traté de convencerme, pero fue como si estuviese tratando de meterme algo en la cabeza a la fuerza, sin éxito alguno. Mi corazón ya había elegido su camino, y no lograba separar la razón del corazón.

Por fin, el quinto día de mi arresto domiciliario, por la tarde, alguien llamó a la puerta, y Sylvia entró sin esperar respuesta. Echó un vistazo a mi dormitorio y después se volvió hacia mí, que estaba sentada junto a la ventana.

—Por Dios —dijo tajantemente—. Sí que te has olvidado de las normas.

Tenía razón. Ni siquiera me había molestado en hacer la cama o en guardar la ropa desde hacía días, y mi escritorio estaba lleno de los borradores de algunas de mis redacciones y de trabajos sin acabar. Me había cambiado el uniforme por un chándal en cuanto el señor Gregory me había dejado sola aquella mañana, y llevaba sin lavarme el pelo desde que comenzó mi arresto domiciliario. Sylvia, en cambio, llevaba su uniforme inmaculado y la túnica de segunda capitana estudiantil. Acababa de salir de clase, ella sí que tenía cosas que hacer constantemente, un propósito, y yo no podía soportarlo.

—No puedo quedarme mucho tiempo —comentó rápidamente, adentrándose un poco más en mi habitación—. Tengo algo que contarte.

No me importaban en absoluto las noticias que pudiese tener, que seguro que además eran malas. Me tumbé en mi cama y me hice un ovillo, mirando hacia la pared. Sylvia me ignoró y siguió hablando.

—Genevieve va a volver al internado en dos semanas. La doctora Reza nos lo ha dicho esta mañana. Acabo de estar hablando con Gin por teléfono y me ha parecido que estaba muy bien. Ya vuelve a hablar como siempre.

Ni siquiera me molesté en abrir los ojos.

—¿Por qué me lo cuentas?

—Creía que te interesaría saberlo.

No respondí. El regreso de Genevieve al Internado Realms solo me afectaría negativamente. No me podía imaginar el momento en el que volviese a verla, a ella, la persona con la que había empezado toda aquella pesadilla en la que se había convertido mi vida. Lo siguiente que me dijo Sylvia lo oí como si estuviese hablándome a kilómetros de allí.

—Que Gin vuelva es una buena noticia por varios motivos.

—Me alegro por ti —respondí de manera mecánica, con la mirada todavía clavada en la pared—. Vas a tener a tu mejor amiga de vuelta.

—Bueno, sí. —La alegría que sentía se podía percibir en su voz. Oí un crujido cuando se dejó caer sobre el asiento junto a la ventana—. He echado mucho de menos a Gin. Por eso voy a dar una fiesta para anunciar que va a volver.

—Vale.

—Va a ser el sábado por la noche. Es el primer sábado del mes, así que todos los mags estarán en el bar. La vamos a hacer en la sala común de Raleigh y va a ser la mayor fiesta del año.

—Me alegro por ti.

—A lo mejor tengo que ser un poco más clara —repuso Sylvia, alzando un poco la voz—. Voy a dar una fiesta el sábado por la noche a la que van a asistir todos los alumnos de primero de bachillerato. Y todos los mags, incluyendo al señor Gregory, estarán esa misma noche en el bar, en Lynmouth, hasta bien pasada la medianoche.

Asimilé lo que me estaba queriendo decir, me di la vuelta y la miré fijamente. Se había quitado la túnica y estaba sentada con las piernas cruzadas junto a la ventana, con la túnica negra arrugada a su lado. Detrás de ella, el cielo azul estaba despejado, no había ni una sola nube en el horizonte. Ella no apartó la mirada de mí en ningún momento.

—¿Hay alguien más a quien quieres que se lo cuente?

Tragué con fuerza. Tenía la garganta seca.

—A Lloyd y a Sami —repuse. Sylvia asintió.

Lentamente, me senté sobre el colchón. Me di cuenta de la importancia de lo que me acababa de contar, y fue como si me sumergiese en un baño caliente, en el que el agua solo se enfriaba por la incredulidad y la confusión que me invadieron después.

—¿Por qué estás haciendo eso? —susurré y, en cuestión de segundos, Sylvia se levantó y se acercó a mí y, de repente, estaba besándome, con hambre, con ternura, durante un buen rato. Su tacto y su olor, después de tantas horas aislada, me resultaban embriagadores, me abrumaban. Era una brisa de aire fresco después de días de asfixia; era la dulzura después de días de dura soledad. Al besarme, fue como si me estuviese traspasando su poder, devolviéndome parte de la esperanza que creía haber perdido para siempre.

Un rato después, nos quedamos las dos sentadas, la una junto a la otra, sobre mi cama, recostadas contra la pared. Dejé caer mi cabeza contra su hombro.

—¿Por qué no has venido antes? —le pregunté, odiando lo quejica que había sonado.

—Debía tener cuidado —respondió—. Bella y el resto... saben que ha pasado algo entre nosotras. Tardé unos cuantos días en que se olvidasen del tema. Tenía que asegurarme de que estaríamos a salvo, hoy y en el futuro. Con una visita no me basta, Rose.

Cerré los ojos, que se me habían anegado rápidamente en lágrimas.

—Ni a mí.

—Sé que esto está siendo muy difícil —repuso con dulzura. Sus besos se posaron sobre mi cabeza y después me tomó la barbilla entre los dedos y me alzó la cabeza para que pudiese mirarla directamente a esos ojos marrón oscuro que tan bien recordaba. Pero, por primera vez, me fijé en que no eran solo marrones, sino que tenían algunos destellos verdosos—. Confía en mí —me pidió—. Confía en que voy a ser capaz de sacarnos de esta, Rose, porque te juro que puedo hacerlo.

Después de aquello, no había ni un solo día en el que no viniese a verme. La influencia que tenía dentro de la Patrulla superior fue lo que evitó que el señor Gregory o cualquier otro mag nos descubriese, porque el resto de los miembros de la Patrulla nos guardaron el secreto. Lo hacían con total destreza y dedicación. Cuando le pregunté por qué nos estaban protegiendo, Sylvia se encogió de hombros.

—Siempre nos ayudamos los unos a los otros —respondió, pero yo sabía que lo que estaban haciendo iba más allá de lo que era habitual.

Sylvia no me preguntó por qué nos habían puesto bajo arresto domiciliario a los chicos y a mí. Despreciaba al señor Gregory casi tanto como nosotros por ello, pero, con el paso del tiempo, me fui dando cuenta de que no era una persona que hiciese muchas preguntas. Si la persona involucrada no quería contárselo de primeras, ella tampoco preguntaba o intentaba sonsacárselo. Me contó que llevaba en el internado desde los siete años y terminé comprendiendo que actuaba como lo hacía porque era su manera de demostrar que se preocupaba por aquellos a los que quería, y que todo radicaba allí. Sus padres pagaban para que la gente cuidase a Sylvia, para que la alimentasen, para que le lavasen la ropa, para que le diesen la mejor educación del mundo; pero no se podía pagar a la gente para que se *preocupasen* por ella, para que se interesasen por su bienestar emocional y no solo por el físico. Por eso Sylvia demostraba su cariño ayudando a los demás, concediendo favores y protegiendo a su gente de cualquier peligro o desventaja que tuviesen que afrontar. Tampoco parecía estar demasiado familiarizada con la clase de conversaciones en las que uno terminaba yéndose por las ramas tan solo para desahogarse sin darse cuenta. Me contó que quería ser abogada y por su manera de comunicarse, tan directa e inequívoca, no me sorprendió en absoluto.

Pero eso no significaba que Sylvia no me ayudase o que ella misma no estuviese, en cierto modo, sufriendo también, aunque yo no terminase de comprender muy bien el porqué, porque estaba demasiado absorta en mi situación y en la de mis amigos. Debería haberme dado cuenta más rápido de que algo no iba bien, porque Sylvia siempre era muy cariñosa con todo, menos en un aspecto. Al principio me costaba comprender cómo alguien podía ser tan irascible en público y ser como era conmigo en privado; infinitamente cariñosa, agradecida y respetuosa. Me dejaba claro una y otra vez que me adoraba y yo sentía lo mismo por ella. Lentamente, nuestra fascinación mutua terminó convirtiéndose en una cariñosa familiaridad. A veces, Sylvia se sentaba en el suelo

mientras yo me daba un baño, observándome sin vergüenza alguna. En esos momentos lo único que quería era hacerme oír entre
las nubes de vapor y decirle: «Por favor, ve a la torre del reloj.
Busca ayuda». Pero había algo, una especie de pensamiento resi-
dual de que ella, en realidad, no era tan buena como me quería
hacer creer, que me lo impedía.

Poco a poco, nuestras conversaciones terminaron derivando en
lo que había ocurrido con Genevieve, Max y Lloyd. Sylvia llenó
los vacíos que había tenido aquella historia hasta el momento para
mí: Max había ido a la habitación de Sylvia la noche antes de lo
que ocurrió en el Eiger, para pedirle consejo sobre cómo romper
con Genevieve, y ella le había pedido que lo reconsiderase o, al
menos, que no le hablase de lo que sentía por Lloyd. Max y Genevieve habían pasado la noche en la galería del órgano. Durante la
primera clase del día siguiente, que los dos se habían saltado, le
pidió que rompiesen.

—No debería haber ido a clase de inglés ese día —dijo Sylvia
con la voz temblorosa—. Sabía lo que iba a hacer; sabía que Gin
terminaría con el corazón roto. Debería haber estado ahí cuando
más me necesitaba. —Aquello hizo que me compadeciese de ella
como nunca lo había hecho.

Con muchísimo cuidado, pero decididas, Sylvia y yo hablamos de cómo había traicionado a Lloyd al confesarle la verdad al
señor Gregory en su despacho después de lo que sucedió en el
Eiger. El orgullo de Sylvia se fue resquebrajando cada vez más
cuanto más me hablaba de lo mucho que lamentaba lo que había
hecho.

—Tenía tanto miedo... pensaba que Gin iba a morirse. Pensaba que la había perdido para siempre. Nunca me había sentido
así, y espero no tener que sentirme así nunca más. —Hizo una
pausa, con los ojos llorosos—. En cuanto te dije lo que te dije
aquel día me di cuenta de que no sabías que Genevieve había
visto a Max y a Lloyd juntos aquella noche. Y también supe que
tenías que descubrirlo... que nada tendría sentido hasta que lo

hicieses. ¿Recuerdas que me llamaste «hipócrita» la mañana siguiente al incidente del Eiger? —Asentí—. Nunca nadie se había enfrentado a mí de ese modo. Me sorprendiste, me diste algo en lo que pensar. Siempre me habías resultado... intrigante, pero recuerdo que en ese momento me di cuenta de que quería tener algo contigo. —Hizo otra pausa y, cuando volvió a hablar, lo hizo con dificultad—. Intenté convencer a Max de que no rompiese con Genevieve, ¿sabes?, porque creía que era lo mejor. Pensaba que siempre nos teníamos que quedar con aquellos que nos importaban, pasase lo que pasase. Ahora sé que... aunque eso puede ser cierto para las amistades, no sirve con el amor romántico. Si el amor se acaba, no puedes quedarte con esa persona. Estaba tan confusa, Rose, por eso tampoco rompí con Bella antes, y por eso tampoco intenté nada contigo antes.

«Me di cuenta de que quería tener algo contigo». Aquellas palabras hicieron que me invadiese una oleada de felicidad que me hizo estremecer, pero poco después Sylvia tuvo que irse. Era el día anterior a la fiesta y me dijo que tenía que solucionar un par de cosas. A la mañana siguiente me dijo que ya lo había solucionado todo, que Lloyd y Sami también estaban enterados y que vendrían a buscarme a las diez de la noche, cuando la fiesta estuviese en pleno apogeo.

—Tenéis una hora y media para estar juntos —me dijo—. Seguro que los has echado mucho de menos.

Mi reencuentro con Lloyd y Sami podría haber sido alegre y mucho más impactante si no hubiese sido porque los tres nos moríamos de ganas por ver a Marta. Los chicos vinieron a buscarme a la hora acordada, vestidos con unos abrigos gruesos y unas botas, y, después de que los dos me hubiesen abrazado (rápidamente en el caso de Lloyd y con un poco más de cariño en el caso de Sami), nos adentramos en la noche, recorriendo el oscuro y desierto internado, con la música que provenía de la sala común de Raleigh resonando por los pasillos.

La familiaridad de salir por la puerta de la hiedra me resultó reconfortante, a pesar de lo que me temía que nos encontraríamos en la torre del reloj. Cuando cruzamos los campos de rugby, eché a correr, y Lloyd y Sami me imitaron, con el viento azotándonos con fuerza la cara. Cuando ya estábamos casi llegando al arco que daba a la torre del reloj, Lloyd me agarró del brazo.

—Si no está ahí, no te preocupes —me dijo.

Los caballos zapatearon inquietos el suelo cuando nos oyeron entrar en el bloque C. Nos secamos el agua de lluvia de la cara y Lloyd fue quien se encaminó el primero por las escaleras. Cuanto más nos acercábamos a la habitación de la torre del reloj, más segura estaba de que iba a estar vacía, de que Marta habría huido. Entonces Lloyd abrió la puerta y vimos a nuestra amiga. Estaba hecha un ovillo en una esquina de la habitación, rodeada de trozos de papel, escribiendo algo en su cuaderno. Ni siquiera alzó la mirada cuando entramos.

—Marta. —Sami se acercó de inmediato y se agachó frente a ella—. Mar, lo sentimos mucho. Podemos explicarlo. —Se quedó en silencio durante un segundo, con la mirada clavada en lo que Marta estaba escribiendo—. ¿Qué estás haciendo?

Marta no respondió. En cambio, se inclinó hacia delante y siguió escribiendo, esta vez más rápido. No paraba de murmurar algo para sí misma, mesándose el cabello revuelto. Lloyd la iluminó con su linterna, y solo entonces Marta alzó la mirada, alarmada; parecía un animal salvaje iluminado por los focos de un automóvil. Tenía el rostro muy sucio.

—¿Qué estás haciendo, Marta? —le preguntó, alto y claro.

Me sorprendí al ver cómo ella esbozaba una sonrisa al verlo.

—Estoy escribiendo una carta —dijo—. ¿Te importaría enviarla por mí cuando la haya acabado?

Lloyd me miró de reojo. Marta se estaba comportando como si la última vez que habíamos ido a verla hubiese ocurrido hacía tan solo diez minutos, en vez de diez días. Antes de que pudiésemos decir nada, miró a Lloyd fijamente.

—¿La enviarás? —repitió.

Él parpadeó, sorprendido, pero se recompuso rápidamente.

—Bueno, puede. Eres una persona desaparecida, al fin y al cabo, ¿te acuerdas? —Hizo una pausa—. ¿Para quién es la carta?

—Para mi padre —respondió Marta. No había apartado la mirada de Lloyd en ningún momento, y la sonrisa que había esbozado tampoco había decaído—. Ya no me queda mucho tiempo para ser una persona desaparecida, Lloyd. Me marcho de aquí. —Volvió a inclinarse de nuevo sobre su carta.

Lloyd, Sami y yo intercambiamos una mirada plagada de inquietud, preocupados. Sami empezó a recorrer toda la habitación de la torre del reloj, mordiéndose las uñas y revisando todas las pertenencias de Marta, como si estuviese buscando algo que pudiese ser peligroso. Lloyd carraspeó para aclararse la garganta.

—Eh, Marta, ¿qué le cuentas a tu padre en la carta? Creía que no querías volver a verlo o a hablar con él. —Lo admiraba por ser capaz de mantener la calma en ese momento, porque yo me sentía al borde del colapso solo al tener que ver a Marta escribir a toda prisa aquella carta. Todavía no nos había mirado ni a Sami ni a mí.

—Le voy a proponer un trato —repuso—. Es lo que debería de haber hecho desde el principio. Le voy a decir que no le contaré a la policía lo que me hizo si promete que me dejará en paz.

—Vale. —Lloyd se mordió con fuerza el labio inferior—. Y... ¿cómo crees que se lo tomará?

—Bueno, no lo sé —respondió Marta. Entonces dejó de escribir y le dedicó una mirada pensativa—. Pero voy a dejarle las cosas muy claras, Lloyd. En mi carta le he explicado con todo lujo de detalles cómo me hizo sentir, y por qué lo que hizo está mal. Al fin y al cabo, he tenido mucho tiempo para pensarlo con detenimiento. —Soltó una carcajada—. También le escribí una carta en su momento a mi amiga, Rose, cuando discutimos. En aquel entonces sirvió para que me perdonase, así que pensé que con esto también podría servir.

Se volvió a hacer el silencio. Sami dejó de caminar y pasó la mirada entre Marta y yo, claramente confuso.

—Marta —dijo, señalándome—. ¡Rose está aquí! ¿Es que no la has visto entrar? —Marta volvió a inclinarse sobre su carta y se puso a escribir frenéticamente de nuevo—. *Marta* —la llamó otra vez Sami, esta vez con más urgencia. Ella me miró de reojo y negó con la cabeza.

—Esa no es Rose —repuso.

Lloyd estaba de pie junto a Marta, de brazos cruzados, y Sami estaba arrodillado junto a ella. Me hizo una seña para que me acercase y yo me agaché a su lado.

—Marta —dijo Sami de nuevo—. Rose está aquí.

—Soy yo, Mar —repetí, intentando que me mirase a los ojos.

Entonces ella alzó la mirada hacia mí, pero no me reconoció.

—Es agradable tener más visitas —me dijo, educada—, pero no le cuentes a nadie que me has visto aquí, ¿vale?

Por un momento, Sami suspiró aliviado, pero Lloyd frunció el ceño. Se agachó junto a nosotros.

—¿Quién es él, Marta? —le preguntó, señalando a Sami—. ¿Podrías decirme cómo se llama?

—¿Qué co…? —empezó a maldecir Sami, pero Marta negó con la cabeza y esbozó una sonrisa deslumbrante, sin apartar la mirada de Lloyd.

—No lo conozco.

Lloyd tragó con fuerza.

—Y… ¿sabes quién soy yo? —le preguntó, con la voz un poco ronca.

—Pues claro que sí. Eres Lloyd —respondió Marta sin dudar, sin perder la sonrisa—. Eres Lloyd y te quiero. —Le puso la tapa a su bolígrafo, lo dejó en el suelo y se volvió para quedar de frente a él. Se deslizó hasta sentarse en su regazo y le rodeó el cuello con los brazos, antes de esconder el rostro en el hueco entre su cuello y sus hombros.

Un largo y terrible silencio se extendió de nuevo entre nosotros. Sami y yo intercambiamos una mirada, atónitos, y los ojos de Lloyd no paraban de pasar de uno a otro, observándonos sobre la cabeza de Marta. Ella estaba completamente inmóvil, acurrucada en su regazo como una niña pequeña. El cuerpo de Lloyd la envolvía casi por completo. Tenía los brazos colgando a los costados mientras nos observaba a Sami y a mí, con una expresión carente de su habitual confianza. Entonces vi que Sami le estaba murmurando algo sin emitir ningún sonido, con el rostro contorsionado por el dolor. «Abrázala».

Lentamente, Lloyd obedeció lo que Sami le había pedido que hiciese, alzó los brazos y rodeó a Marta, uniendo sus manos tras la espalda de la joven. Ella se removió levemente entre sus brazos y se acurrucó aún más contra su pecho. Soltó un profundo suspiro y los cuatro nos quedamos allí sentados en silencio durante un rato más. Podía oír el silbido del viento, que soplaba con fuerza en el exterior, la lluvia aporreando la esfera del reloj y los caballos removiéndose inquietos en la planta de abajo. Sami estaba sentado con las piernas cruzadas y había escondido la cabeza entre las manos, sin querer mirarnos a ninguno de nosotros. Lloyd abrazaba a Marta con fuerza, apoyando la cabeza sobre la suya, con los ojos abiertos de par en par y la mirada solemne a la luz de la linterna. No podía ver el rostro de Marta desde mi posición. Mientras la observaba con atención, ella giró levemente la cabeza hasta que su rostro estaba tocando el cuello de Lloyd. Su brazo derecho se deslizó por el cuerpo del chico, bajando lentamente.

—No. No. Marta, *no*. —Lloyd se la quitó de encima todo lo rápido que pudo y sostuvo las manos en alto, como si estuviese tratando de demostrar su inocencia. Marta cayó de bruces al suelo y parecía mucho más sorprendida que Lloyd por cómo había reaccionado. Lo observó con curiosidad. Y entonces alargó una mano hacia él, buscándolo a tientas sobre el suelo de cemento.

—Lloyd —lo llamó—. Lloyd, me dijiste que me querías, en el bosque, ¿es que no te acuerdas? Siento no haber podido acostarme contigo en ese entonces, pero ahora sí estoy lista.

—¡No! —Fue como si el grito de Lloyd la hubiese despertado de un trance. Se puso de pie tambaleándose, alejándose de ella todo lo rápido que pudo—. Eso fue hace meses, Marta, ya no quiero, se acabó. No es que no quiera ahora, Marta, es que no quiero acostarme contigo y punto. Aléjate de mí —dijo, retrocediendo cada vez más, hasta que llegó casi a la puerta. Ella lo seguía, arrastrándose por el suelo.

—Marta —la llamé en un susurro. Se volvió a mirarme como un resorte—. Marta, déjalo. Ven aquí. —Le tendí la mano, sabiendo que no me haría caso.

—No sé quién eres —me dijo, con la voz temblorosa—. Me das miedo.

—No quiero asustarte. —Me puse de pie—. No voy a hacerte daño, Mar. Soy yo, Rose.

Alzó la mirada hacia mí y, por un momento, pensé que me había reconocido. Pero entonces se puso a farfullar.

—Él me *deseaba*. Te lo prometo. Dijo que formaríamos una buena pareja... ¡me besó en el bosque! No me crees, ¿verdad? Rose sí que me habría creído, lo sé, sé que ella...

—Sí que te creo. Te creo. —Me arrodillé frente a ella y le coloqué las manos sobre los hombros, pero ella se zafó de mi contacto y me observó petrificada—. Siempre te he creído, en todo lo que me has contado, Marta. Te lo prometo, soy Rose. Puedo demostrártelo. ¿Te acuerdas? —dije, tragando con fuerza—. ¿Te acuerdas de cuando me contaste lo que tu padre había hecho...?

—¡No! —gritó Marta, llevándose las rodillas al pecho y echando la cabeza atrás, tal y como había hecho la otra noche—. ¿Cómo te *atreves* a mencionarlo delante de él? —Señaló a Lloyd con el brazo—. Es culpa *tuya*, ¿verdad?, eres una zorra, has conseguido que quiera alejarse de mí, le has dicho que estoy sucia y dañada, por eso ya no me desea, ya no me quiere... —No paraba de gritar, cada vez alzando más la voz, y los chicos intercambiaron una mirada llena de miedo—. Por Dios —soltó, bajando de repente la voz hasta que no fue más que un susurro.

—¿Qué?

—Me acabo de dar cuenta de lo que está pasando —dijo, clavando la mirada en mis ojos—. Quieres matarme, ¿verdad?

—Pues claro que no...

—Sí que quieres. Me quieres muerta. *Él* también. Mi padre. ¿Por qué si no habría...? —No llegó a terminar la pregunta y tragó con fuerza—. Quiero matarlo. —Dejó caer la cabeza contra las rodillas y apretó los puños con fuerza—. Voy a matarlo.

Entonces Sami se deslizó por el suelo hacia ella. Recuerdo que esperaba que tuviese la cara surcada de lágrimas, pero no fue así. Sus ojos estaban completamente secos al llamarla. Ella se volvió a mirarlo, pero en realidad no lo veía, lo observaba con indiferencia cuando él volvió a hablar, esta vez con más calma.

—Se está muriendo —le contó—. Tu padre se está muriendo, Marta.

—¿Qué? —susurró ella.

—Ha tenido otro ictus —dijo Sami—, hace un par de semanas, está en el hospital, no sabemos si sigue... —Su voz se fue apagando bajo la mirada de Marta. Los tres la estábamos mirando fijamente, formando una especie de triángulo a su alrededor.

Entonces, ella por fin habló de nuevo.

—No lo entiendo —dijo lentamente. En sus ojos brillaba una lucidez que antes no estaba allí—. Has dicho que de eso han pasado ya dos semanas.

Sami tragó con fuerza.

—Sí, casi...

—Pero vosotros... no habéis venido. Desde hace días... —Marta se limpió la boca con la manga de su chaqueta de chándal, recorriendo la habitación con la mirada—. ¿Cuánto tiempo ha pasado desde la última vez que vinisteis?

—Diez días —respondió Sami con calma—. El señor Gregory nos ha puesto bajo arresto domiciliario. No podíamos salir de la Casa Hillary, nos tenían vigilados...

—¿A todos?

—Sí.

—No te creo —respondió Marta entonces—. Me estás mintiendo. No queríais venir, os habéis vuelto en mi contra...

—¿Cómo puedes decir eso? —dijo Sami con la voz temblorosa—. ¿Después de todo lo que hemos hecho por ti?

No podría haber escogido peor aquellas palabras. Marta se puso a gritar por tercera vez y se lanzó sobre Sami. Lo inmovilizó contra el suelo, mordiéndole y arañándole la cara, chillando sin parar, mientras él permanecía inmóvil, tumbado sobre el suelo de cemento sin hacer nada, ni siquiera intentó alzar las manos para defenderse. Intenté quitársela de encima, pero no me esperaba la fuerza que tenía y su cuerpo no paraba de retorcerse con violencia entre mis brazos. El único que pudo apartarla fue Lloyd, que la agarró y la alejó de Sami con tanta facilidad como si estuviese hecha de algodón, y la apresó entre sus brazos.

—Sal de aquí —le dijo a Sami, a quien le sangraba la nariz con fuerza—. Sal de aquí y vete a buscar algo con lo que podamos bloquear la puerta. Vete —dijo, aferrando a Marta con más fuerza todavía, al mismo tiempo que ella abría la boca para volver a ponerse a gritar, pero Lloyd se adelantó y le puso la mano sobre los labios, casi incluso se la metió dentro de la boca, para ahogar sus gritos—. Rose, dame una de esas vendas. —Señaló con un gesto de la cabeza la pila de vendas limpias que habíamos preparado hacía semanas para curarle el brazo. Sami salió corriendo de allí.

Lloyd le estaba haciendo daño a Marta. Dejó de forcejear mientras él la amordazaba con la venda. Sus gritos quedaban ahogados contra la tela. Lloyd la arrastró hasta el colchón y la obligó a tumbarse, antes de agacharse frente a ella, sin dejar de sujetarla.

—Rose —me llamó, mirándome por encima de su hombro—. Rose, ven aquí. Tienes que ver esto.

Me acerqué a ellos y me arrodillé junto al cuerpo inmóvil de Marta.

—Sé que no siempre he hecho lo correcto —le dijo Lloyd con calma. Los ojos de Marta se abrieron como platos mientras no dejaba de gruñir contra la tela, y Lloyd tuvo que alzar un poco más la voz—. Pero no pienso permitir que digas que no te quiero por lo que te hizo tu padre, Marta. No es cierto, y tampoco es justo para ninguno de los dos. —Le acarició el cabello con suavidad y se puso de pie—. Llévate a Sami contigo.

—Pero…

Él negó con la cabeza.

—Por favor, Rose —me suplicó, y aquel ruego, tan inesperado viniendo de él, me hizo obedecerle. Me puse de pie y, sin volverme a mirar a Marta, bajé las escaleras a trompicones hasta el establo. Allí me encontré a Sami, que llevaba dos enormes tablones de madera en los brazos, y tenía la parte delantera de su jersey ensangrentada. Cuando me vio, dejó caer los tablones al suelo.

—Le hemos fallado —fue lo único que pudo decir, con la voz temblorosa—. Hemos fallado a Marta. —Lloraba con amargura. Salimos del bloque C y nos adentramos en lo que para esas alturas ya era una furiosa tormenta. El gélido viento nos cortaba el rostro al recorrer la arboleda de los tilos. Caminaba con el brazo enredado en el de Sami, para que no se detuviese, pero en cuanto pasamos frente a la cabaña Drake, nuestras emociones se entremezclaron y me fallaron las fuerzas para sostenernos a los dos. Solté su brazo y eché a correr, protegiéndome la cabeza del viento y de la lluvia con los brazos. Al principio pensé que Sami me estaba pisando los talones, pero incluso tras nuestro arresto domiciliario, mis piernas seguían siendo fuertes y rápidas. Así que poco rato después supe que había logrado dejarlo atrás.

23

La tormenta azotó el Internado Realms durante toda aquella noche, la lluvia estrellándose con fuerza contra el cristal de la ventana de la habitación 1A. Cuando por fin conseguí quedarme dormida, poco después del amanecer, el silbido del viento se coló en mis sueños, transformándose en el ruido blanco de la radio que dejaba encendida todas las noches tras la muerte de mi madre. En aquellos sueños yo era una parodia de la verdadera Rose Lawson, cuya vida era demasiado pura, a pesar del duelo por el que estaba pasando.

Sylvia me despertó poco después de las nueve; llegó a mi habitación vestida con ropa de montar y dos tazas llenas de café que había sacado del comedor. Tenía el cabello revuelto pero, quitando eso, tenía el mismo aspecto elegante de siempre. Casi podía oír la campana del claustro repicando para sonar aun por encima del viento.

—¿Por qué no estás en la capilla? —le pregunté adormilada.

—Buenos días a ti también. —Se sentó a los pies de mi cama al mismo tiempo que yo me volvía a dejar caer sobre las almohadas, rememorando los horrores que había vivido la noche anterior—. Me han dejado ausentarme —repuso—, porque se han caído un montón de árboles con la tormenta. El señor Gregory nos ha pedido —se refería a la Patrulla superior— que saliésemos a caballo con él a primera hora de la mañana, para hacer un registro de los daños... los senderos obstruidos y todo eso. Todavía siguen con ello. —Bostezó—. Hazme hueco, porfa.

Me deslicé hasta quedar pegada contra la pared y ella se tumbó sobre el edredón a mi lado.

—¿Qué tal la fiesta? —pregunté, tratando de sonar lo más normal posible.

—Fue todo un éxito. —Sylvia se estiró y cerró los ojos—. Aunque Max casi la arruina. Está de los nervios porque Gin vaya a volver... sabe que no va a ser fácil. A las diez y media estaba borracho como una cuba, así que lo mandé de vuelta a su cuarto a dormir. A la hora del desayuno seguía portándose bastante raro. —Asentí. Estaba tan cansada que me estaba costando hasta procesar lo que me estaba diciendo—. ¿Qué tal Sami y Lloyd?

—Bien.

—Solo os quedan dos días más de esto —comentó Sylvia, volviéndose hacia mí—. Vamos a dormir un poco más —dijo de repente, cerrando los ojos y, en cuanto su respiración se ralentizó y se volvió mucho más uniforme, su expresión se tornó serena y apacible. Me quedé mirándola durante unos minutos, siendo plenamente consciente de que aquella era la primera vez que la veía dormida. Coloqué mi cabeza junto a la suya en la almohada.

Después de lo que me parecieron tan solo un par de minutos, noté cómo alguien me sacudía.

—Rose. *Rose.* —Sylvia estaba de rodillas en la cama, observándome—. Despierta. Despierta, Rose.

Intenté responder pero no podía hablar. Tenía la boca llena de saliva pero los músculos de la garganta totalmente congelados: no podía tragar. Me estaban ahogando, como a Marta. La imagen me hizo ponerme a gritar en mi cabeza. Me puse a golpear cualquier cosa que pudiese, con fuerza, tratando de sentir algo, lo que fuese, y terminé golpeando la pared. Sylvia me agarró del brazo.

—Rose —volvió a llamarme—, no golpees la pared. Golpéame a mí, si lo necesitas. —Me había colocado las manos en las mejillas, sujetándome para que la mirase directamente a los ojos—. Golpéame a mí —repitió, pero cuando la miré, no podía ver a Sylvia. Solo podía verla de pie junto a Genevieve mientras esta rociaba a Marta con la manguera a presión. Volví a asestar un golpe al aire y, en esa ocasión, involuntariamente, mi puño se estrelló contra la nariz de Sylvia.

—Joder —soltó, llevándose una mano al rostro. Se echó hacia delante, con la sangre deslizándose entre sus dedos y cayendo a la almohada. El ver aquel rojo vivo ensangrentando el blanco de las sábanas me sacó por completo del trance, desencajándome la mandíbula.

—Lo siento —dije—. Lo siento mucho, Sylvia.

—¿Qué te pasaba? Estabas gimiendo. —Un riachuelo de sangre se deslizó por la muñeca de Sylvia. Me observó inusualmente vacilante.

No podía contarle la verdad, así que le confesé otra cosa que también temía.

—A veces tengo pesadillas con que te vuelves en mi contra. Sueño que es septiembre y… —Tragué con fuerza. *Y que tengo a Marta pero no te tengo a ti*—. Ni siquiera sé si te conozco. Apenas nos conocemos.

—¿Qué quieres saber? —Sylvia alargó la mano hacia una caja de pañuelos y tomó uno para contener la sangre que no paraba de manar de su nariz—. ¿Qué quieres saber de mí? —repitió, acariciándome con suavidad la mejilla con su mano libre.

Me hice un ovillo sobre el colchón. No estaba siéndole sincera sobre mi pesadilla, pero Sylvia me observaba confusa, incluso desconfiada, así que no me quedaba más remedio que seguir adelante con mi mentira.

—¿Dónde vives? —le pregunté como una estúpida.

—En Londres. Pero eso ya lo sabes.

—Sí, pero ¿dónde?

Sylvia suspiró y se limpió la nariz. Después colocó dos pañuelos extendidos sobre la almohada, uno encima del otro, y tendió su cabeza encima, mirándome fijamente a los ojos.

—La casa de mis padres está en Hampstead —respondió.

—¿Sueles ir mucho al Heath?

—A veces. Sobre todo en vacaciones. Y también íbamos mucho cuando éramos pequeñas.

—¿Cuando erais pequeñas?

—Mi hermana y yo. Sí que *sabes* que tengo una hermana, Rose.

—Solo sé cómo se llama. Háblame de ella. —Acerqué un poco más la cabeza a la suya sobre la almohada.

—Se llama Hermione. Tiene veintiún años.

—¿Cómo es?

—Arrogante —dijo Sylvia sin una pizca de ironía—, aunque no es tan inteligente como se piensa. Siempre está molestando a todo el mundo. —Hizo una pausa—. Está estudiando en Oxford. Cursa la carrera de Filosofía, Política y Economía.

—Estudió también en el Internado Realms, ¿no?

—Sí. —Sylvia ladeó un poco la cabeza para secarse la sangre que le manaba de la nariz—. Está saliendo con el hermano mayor de Rory. Todo el mundo dice que es preciosa.

—*Tú* eres preciosa. —Le aparté un mechón de la cara, para que no se le manchase de sangre—. ¿Y tu padre?

—Ah, es inofensivo. Es historiador. Tiene que aguantar constantemente muchas tonterías.

—¿Por ti?

—¡No! —Sylvia me fulminó con la mirada—. Yo casi nunca estoy en casa. No, por mi madre.

—Me dijiste en una ocasión que ella era la que más ganaba de toda la familia.

—También es alcohólica. —Sylvia me lanzó una mirada desdeñosa—. Mi madre hace que Hermione y yo parezcamos unas santas a su lado. Sé que a veces puedo ser borde pero, cuando te pasas todas las tardes de tu vida teniendo que convivir con una alcohólica, tienes que aprender a defenderte. Sinceramente, este sitio me resulta hasta *relajante* en comparación con mi casa.

Me quedé en silencio durante un momento.

—Serás mucho mejor abogada que ella —repuse.

Sylvia se encogió de hombros.

—Esa es la idea.

—¿Crees que Max es alcohólico? —le pregunté de repente. Sylvia negó con la cabeza.

—No —respondió—, no, creo que no. Quiero decir... claro que supongo que habrá más de un tipo de alcohólico, pero él no se parece en nada a mi madre. Aunque ahora está hecho un lío. No sé en qué está pensando, pero tiene que centrarse. Me tiene... preocupada. —Hizo una pausa—. Tú también me tienes preocupada, Rose.

—¿Yo?

—Sí. —Me acarició con suavidad la mejilla—. Hay algo que no va bien.

Nos quedamos tumbadas en mi cama, en completo silencio. Sabía que no había conseguido distraer o engañar a Sylvia, pero me daba miedo que, si le decía algo de lo que ocurría en realidad, me derrumbaría y se lo contaría todo. No podía hablarle de Marta, ni tampoco estaba lista para confesar lo rota que me sentía en realidad. Una parte de mí se había roto para siempre después de haber visto el estado de Marta anoche, al saber lo que le había pasado y ser plenamente consciente de que no había podido ayudarla, de que le había fallado. Entonces me eché a llorar de nuevo, desconsolada y en silencio. Giré el rostro para presionarlo contra la almohada. Aun así, durante un buen rato, Sylvia no dijo nada.

—Rose —me llamó unos minutos después—. Voy a hacerte una sugerencia. A lo mejor te sorprende lo que te voy a decir. —Alcé la cabeza y la observé, y ella se inclinó hacia mí y besó las lágrimas que me caían por las mejillas—. Creo que deberías ir a hablar con la doctora Reza.

—¿Con la doctora *Reza*?

—Creo que ella podría ayudarte. A mí me ayudó.

—Pero, Sylvia, tú no confías en nadie.

—Eso no es del todo cierto. Confío en ti, Rose. —Sylvia parpadeó, como si aquella verdad la hubiese sorprendido tanto como a mí—. Sí que tienes razón en algo, no confío *del todo* en la doctora

Reza, pero la conozco desde hace mucho tiempo. Y ella fue mi
única opción.

Me di cuenta justo a tiempo de que, al decirme aquello, me
estaba queriendo hablar de otra cosa.

—¿Cuándo?

—Después de que Gerald me atacase —repuso en un murmullo—. Fui a verla. Yo... tenía que ir a verla. Mi cuerpo no se estaba
curando como debería y el dolor iba empeorando a cada día que
pasaba. Intenté que me concediesen una excedencia, para ver si
podía ir al médico en Barnstaple o en Exeter, pero Keps se negaba
a firmarla. Así que no me quedó otra opción.

—¿No le dijiste *lo que había pasado*?

—En aquel momento no. No podía. Me sentía... nunca me había sentido tan avergonzada. —Sylvia presionó los labios con fuerza y bajó la mirada hacia el pañuelo ensangrentado—. Pero, Rose,
ni siquiera me preguntó qué me había pasado. Me preguntó qué
síntomas tenía. Yo se los dije y me mandó una serie de antibióti-
cos. Me dio su número de teléfono y me pidió que la llamase durante las vacaciones si veía que el dolor y el sangrado empeoraban.
Justo cuando estaba saliendo por la puerta de la enfermería me
pidió que volviese a verla en cuando regresase de las vacaciones.

—¿Y fuiste?

—Tenía cita con ella, así que no me quedaba más remedio.
—Sylvia me miró como si le acabase de hacer la pregunta más
estúpida del mundo—. Para cuando volví ya estaba mucho mejor, pero aun así fui, sobre todo para asegurarme de que no le
hubiera hablado de ello a nadie. Aunque estaba bastante segura
de que no se lo había dicho a nadie. Después de que cumplamos
los dieciséis no tiene permitido compartir ninguna clase de información médica sin nuestro permiso.

—Claro.

—De todas formas, le dije que me encontraba mucho mejor.
Recuerdo que ella se quedó un rato mirándome y después solo
me preguntó: «¿En todos los sentidos». Y yo no... no supe qué

responder. Había preparado mentalmente todo un discurso para dejarle claro que debía mantener la boca cerrada y dejarme en paz. Pero entonces me hizo esa pregunta y, de repente, me di cuenta de que no podía seguir viviendo así, guardándomelo todo, había llegado a mi límite. No le había hablado de lo que me había ocurrido a nadie, Rose, pero no sé cómo, terminé confesándole a ella lo que Gerald me había hecho.

Me quedé mirándola fijamente. No me lo podía creer; que Sylvia, de entre todo el mundo, fuese quien hubiese confiado en la doctora Reza; y que nada ni nadie la hubiese obligado a hacerlo. Me fijé en que tenía los ojos secos y estaba muy tranquila.

—¿Qué dijo la doctora Reza?

Sylvia tragó con fuerza.

—No dijo nada en lo que me pareció un siglo. Solo me escuchó. Y después... bueno, durante un rato no me di cuenta de que no estaba diciendo nada porque estaba... —Respiró hondo—. Estaba molesta. Y entonces recuerdo que me quedé mirándola y pensé que estaba enfadada conmigo. Habíamos tenido nuestros más y nuestros menos a lo largo de todos aquellos años. Ella era plenamente consciente de que no había sido del todo amable con Gerald; de hecho, solía regañarme por ello. —Sylvia se detuvo y me fijé en que el arrepentimiento surcó su expresión—. Recuerdo palabra por palabra de lo que me dijo aquel día: «Quiero que sepas que no has perdido ni un ápice de poder con lo que te ha ocurrido. Sigues teniendo todo el poder en esta situación, y yo te ayudaré con todo lo que necesites. Solo tienes que pedírmelo».

Había dejado de llover. La habitación estaba caldeada y en completo silencio.

—Fue ella quien te ayudó a degradar a Gerald —dije por fin.

Sylvia asintió lentamente.

—Sí. Pensaba que castigarlo me salvaría, pero lo que de verdad me ayudó fue contarle lo que me había pasado a la doctora Reza, y después también el contártelo a ti. No estoy suponiendo que en tu caso vaya a ser lo mismo. Pero si lo necesitas, ve a verla.

—Sylvia hizo una pausa—. Pero ese no es el único motivo por el que te lo he contado, Rose.

—¿Y por qué más?

—Yo... —No pudo terminar de decirlo—. Quería contártelo porque... bueno, debías de estar preguntándote por qué no podía... por qué no había ido más allá de solamente besarte. Quiero explicártelo —dijo, con los ojos de repente llorosos—. No es porque no quiera hacerlo, o porque no te quiera, Rose. Es porque *no puedo*. Mi cuerpo no... ya no funciona de esa manera. No puedo acostarme con nadie, y creo que jamás podré volver a hacerlo. Él se encargó de robarme esa parte de mí.

—Sylvia, no. —Alargué las manos hacia ella, enredándola entre mis brazos y escondiendo su rostro en mi cuello, con su cuerpo temblando con fuerza en mi abrazo. Sentí cómo me invadía una oleada de ira—. Sylvia, no creo que eso vaya a durar para siempre. Pero si es así, lo solucionaremos. No voy a dejarte.

—¿No?

—No. —Nunca había estado más segura de algo en mi vida. De repente, y a pesar de todo, esbocé una sonrisa—. Creía que era porque pensabas que yo no sabía hacerlo —le confesé—. Pensaba que yo era el motivo por el que no nos habíamos acostado.

Ella me observó atentamente durante unos minutos y después esbozó una sonrisa pícara a través de las lágrimas.

—Bueno, ¿y sabes?

—Lo he probado.

—¿Con *alguien*?

—Bueno... sí, con alguien. Con Sami. Dos veces.

—Ya veo. —Sylvia se tumbó de espaldas y se llevó las mangas de su jersey al rostro para secarse las lágrimas—. Bueno, en nuestro caso es un poco distinto.

La observé atentamente.

—¿Estás enfadada?

—¡No! —soltó Sylvia de repente—. No, no lo estoy. Todos lo hemos hecho con alguien.

—¿*Tú* también?

—Oh, claro que sí. —Me observó pensativa—. Fue hace mucho tiempo, antes de que empezase a salir con Bella —dijo—. Creo que estaba en tercero.

Me quedé mirándola con los ojos como platos.

—¿Tenías *trece años*?

—No me juzgues. —Me dio un suave golpecito en la punta de la nariz—. Pasé por una fase en la que estaba enamoradísima de Max, por algún extraño motivo. Así que iba a cada misa en la que le hacían tocar el...

—Espera un momento. —Me estaba costando asimilar aquella nueva información, y ella me lo estaba relatando todo como quien cuenta una historieta—. ¿Te acostaste con *Max*?

Ella se encogió de hombros.

—Tal y como te he dicho antes —respondió—. Me apetecía hacerlo. —Esbozó una sonrisa, con un ligero aire avergonzado—. Me apetecía descubrir si el hacerlo podría conseguir crear una conexión de verdad entre nosotros.

—¿Y lo consiguió?

—Bueno... no exactamente. —Sylvia hizo una mueca—. Solo fue incómodo de cojones, la verdad. Pero creo que... creo que al mostrarnos vulnerables el uno con el otro, al tener que estar probando constantemente cosas nuevas para descubrir cómo se hacía... sí que en parte nos hizo más amigos. Me sentí fatal durante el acto, no lo disfruté nada, pero recuerdo que después sentí como si me hubiesen insuflado un poder nuevo. Max y yo nos pasamos toda esa noche hablando. Contándonos secretos. Esa fue la mejor parte.

—¿Lo volvisteis a hacer alguna vez?

—Un par de veces más. Pero después Max empezó a salir con Gin y allí se acabó todo. Nunca le hemos hablado de eso a nadie. —Me miró con timidez—. Max puede ser de lo más carismático.

—Anda, calla.

Sylvia asintió sin rechistar.

—Y tú decidiste entregarle tu primera vez a alguien muy distinto. *Sami Lynch.* Vaya, vaya. ¿Qué tal fue?

Durante un rato me quedé callada. Aquellos recuerdos eran privados, pero Sylvia había sido sincera conmigo aquella tarde y por eso sentía que podía confiar en ella.

—Fue especial —dije por fin. Decidí centrarme en cómo había sido la primera vez y me arrepentí inmediatamente de haberla definido así en cuanto Sylvia fingió vomitar fuera de la cama—. No, en serio. Sami fue tan... considerado. Fue como si... como si aquella noche se tratase mucho más de mí que de él.

—Bueno, al fin y al cabo ya había podido practicar antes con Ingrid, ¿no? —repuso Sylvia sin emoción alguna—. Le puedes agradecer a ella tu maravillosa noche de...

—Para, Sylvia. Ojalá nunca te lo hubiese contado.

—Me alegro de que lo hayas hecho. —De repente, me miraba con seriedad—. De verdad, Rose, me alegro. Incluso si me entristece aún más si cabe el no ser capaz de estar contigo yo también de ese modo... al menos de momento. —Apretó los labios con fuerza y bajó la mirada hacia sus manos—. Me alegro de que me lo hayas contado —repitió—. Tienes razón. Nos va a venir bien conocernos mejor.

El silencio se extendió entre nosotras.

—Sylvia —dije entonces, antes de poder morderme la lengua—. ¿Por qué nunca me has preguntado por Marta?

Ella me observó atentamente.

—¿Qué quieres decir?

—Hemos hablado de muchas cosas. De lo que ocurrió en el Eiger... de Genevieve, Max y Lloyd... pero nunca me preguntas sobre Marta.

Sylvia volvió a bajar la mirada hacia el pañuelo ensangrentado. Tiró de los bordes hasta que se rompió por el medio.

—¿Qué quieres que te pregunte? —susurró.

Silencio de nuevo. Vi como una tristeza que no había estado ahí antes se unía a la persistente vergüenza que impregnaba su expresión. Había sido sincera conmigo, me había contado algo horrible que le había ocurrido, y no había esperado nada a cambio, pero yo acababa de abrir una nueva grieta entre nosotras. Aunque no sabía cuán grande. Llevábamos muy poco tiempo juntas, pero Sylvia ya había deducido que algo no iba bien, que algo me atormentaba más allá del arresto domiciliario. Tal vez no me lo preguntase directamente, pero me había ido dejando pistas. Sabía que estaría dispuesta a cualquier cosa con tal de proteger a mis amigos, al igual que ella con los suyos. Pero antes de que pudiese decir nada, Sylvia volvió a hablar, esta vez en poco más que un susurro.

—Según mi experiencia —afirmó—, la gente habla cuando está dispuesta y preparada para hacerlo.

La observé atentamente y ella no apartó la mirada en ningún momento, y la importancia de aquel instante hizo que las palabras me ardiesen en la garganta, que las lágrimas me anegasen la vista y sintiese un cosquilleo en las puntas de los dedos.

—Hay una habitación en lo alto de la torre del reloj —solté—. Marta está allí escondida. No podía volver a casa con su padre, así que nos pidió que la ocultásemos allí hasta que cumpliese los dieciocho.

Sylvia asintió con calma y no apartó la mirada, y tras sus ojos pude ver lo aliviada que se sentía.

—¿Cuánto? —me preguntó.

—Desde el día en el que Genevieve...

—No, me refería a que cuánto queda para que cumpla los dieciocho.

—Cuatro semanas.

Sylvia asintió.

—Es factible, entonces.

Las dos estábamos tumbadas la una frente a la otra, prácticamente pegadas. Alzamos la mirada hacia la ventana, que estaba moteada de gotas de lluvia bulbosas y brillantes. El sol ya había empezado a abrirse paso entre las nubes. Clavé la mirada en la colina que se elevaba en el horizonte y, por un momento, fue como si toda mi vida se desarrollase frente a mis ojos, como si estuviese ante un prado en vez de en medio de un túnel. «Factible».

Entonces Sylvia volvió a hablar, esta vez de forma mucho más abrupta.

—¿Cuándo fue la última vez que la viste?

—Anoche. —Los recuerdos de Marta me surcaron la mente, vívidos y dolorosos—. Anoche, durante la fiesta... —De repente me resultaba extraordinario que no lo hubiese sabido desde el principio.

—¿Fuisteis todos a verla? ¿Lloyd, Sami y tú?

—Sí.

Sylvia se puso de pie de un salto y alargó la mano hacia su chaqueta y su túnica.

—Tengo que irme.

—Pero, Sylvia...

—Joder —murmuró, metiendo los brazos en la chaqueta a toda prisa—. Joder. *Joder.*

—¿Qué pasa?

—Tengo que hacer algo.

—¿Estás enfadada?

—Estoy furiosa —respondió, volviéndose a mirarme, y el pánico me subió por la garganta como la bilis. Estaba enfadada, se iba a marchar, iba a castigarme—. Es deshonroso —dijo—. *Él* es deshonroso...

—¿*Quién*?

—Max. —Sylvia se pasó la túnica por los hombros y se sacó el pelo de debajo—. Os vio anoche —añadió—. Estoy segura. Lo siento, Rose. Todo esto es culpa mía. Espero que no sea demasiado tarde para arreglarlo...

Me levanté de un salto, con el sudor impregnándome la piel.

—¿Por qué...? ¿Qué te hace pensar que nos vio?

—No tengo tiempo para explicártelo —repuso, poniéndose los zapatos.

—Voy contigo. —No tenía permitido salir de allí, ni siquiera me había vestido, pero sabía perfectamente que no soportaría tener que quedarme encerrada, esperando de nuevo a que alguien viniese a decirme qué estaba pasando. Tomé algunas prendas de mi uniforme. Me sorprendió que Sylvia no tratase de detenerme, sino que se acercó a mi armario y me sacó las prendas que me faltaban.

—Vamos —me urgió en cuanto estuve lista—. No tenemos mucho tiempo.

Recorrimos los pasillos de la residencia a la carrera, y bajamos la escalera de espiral y cruzamos la sala común sin detenernos en ningún momento. Algunos estudiantes ya habían vuelto de misa. Se me quedaron mirando con hostilidad y me fijé en que un par de ellos empezaron a comentar algo sobre mí, pero Sylvia se detuvo y los fulminó con la mirada, por lo que se callaron y se marcharon rápidamente de allí. Yo la seguí de cerca y juntas fuimos hasta la planta baja, recorriendo los pasillos del edificio central pegadas a las paredes para evitar que alguien nos viese. Recuerdo haberme fijado en el estado de los terrenos, arrasados por la tormenta, cuando pasábamos cerca de alguna ventana. Las nubes moteaban el cielo, ocultando y después liberando al sol cada pocos segundos. En los instantes en los que el sol lograba filtrarse a través de las nubes sus rayos iluminaban los campos de *lacrosse* y los árboles caídos y, un poco más allá, a las ovejas que pastaban tranquilas en las colinas. En dos ocasiones vislumbré la torre del reloj, cuyas manecillas bruñidas la transformaron en nuestro faro particular, la estrella que seguíamos al navegar.

Mientras corríamos, Sylvia me explicó entre murmullos lo que pensaba que había ocurrido.

—Creo que Max debió de ir a Hillary a buscar a Lloyd después de que lo echase de la fiesta. Pero Lloyd no estaba en su cuarto ni en el tuyo, por lo que Max debió de ir a buscaros a todos y… debió de veros.

—No entiendo cómo sería posible que…

—Cuando Max está borracho se le ocurre toda clase de ideas descabelladas. Puede ser muy… *resuelto.* ¿Los tres volvisteis de la torre del reloj juntos?

Sentí cómo se me caía el corazón hasta los pies.

—No. Sami y yo volvimos antes.

—Entonces debió de ver a Lloyd.

—Pero aunque lo hubiese *visto*, no creo que delatase a Lloyd…

—Rose, tú no conoces a Max tanto como yo. —El tono de Sylvia estaba impregnado de urgencia—. Cuando se siente inseguro no hay forma humana de saber lo que va a hacer a continuación. Se convierte en una persona vengativa. Le preocupa lo que pueda ocurrir cuando Genevieve regrese. No han hablado desde antes de lo del Eiger. Cree que se va a encargar de hacerle pagar con creces por haber roto con ella. Va a intentar aferrarse a la poca influencia y gloria que le quedan como pueda, lo sé, y si cree que va a poder conservarlas delatando a Marta…

—No sería capaz de traicionar a Lloyd.

—Rose, por favor. Deja de ser tan ingenua. —Sylvia sacudió con fuerza la manilla de una puerta de la planta baja que no cedía—. Si consigo encontrarlo antes de que haga una estupidez, solo tendremos que esperar cuatro semanas más. —Estrelló el hombro contra la puerta con fuerza—. Ayúdame —me pidió. Yo la imité y juntas conseguimos abrirla y salir al exterior, brillante y gélido.

Recorrimos el perímetro del edificio central a la carrera.

—Hay una puerta lateral que da acceso al interior de la capilla —murmuró Sylvia—. Lo más probable es que siga allí después de misa. —Doblamos a toda velocidad la esquina del ala este y allí, justo delante de nosotras, examinando atentamente la puerta de la hiedra, se encontraba el inspector Vane. Nos sonrió con frialdad, con su bufanda gris ondeando a su alrededor con el viento.

—Buenos días.

—Hola, inspector —dijo Sylvia con calma. Me estrechó brevemente la mano, ocultando nuestras manos unidas bajo los pliegues de su túnica. No sabía cómo era posible que ella conociese al inspector Vane.

—Hola, Sylvia. —Los ojos de Vane refulgieron con contemplación mientras la observaba—. Hacía mucho tiempo que no nos veíamos.

—Tres años. —Sylvia se colocó la túnica—. ¿Qué está haciendo aquí un domingo? —le preguntó.

Vane nos observó con los ojos entrecerrados. Sylvia le debió de parecer demasiado directa, incluso algo borde, aunque su tono no denotaba su autoridad habitual. También podía ser porque era objetiva y asombrosamente preciosa, y sabía que Vane no había pasado por alto ninguno de esos dos detalles, así como tampoco lo habían tranquilizado demasiado.

—La policía ha de investigar inmediatamente cualquier denuncia grave que le llegue, sea el día que fuere —respondió sin rodeos.

La mano de Sylvia volvió a acariciarme la muñeca.

—Ya veo —repuso—. ¿Le puedo ayudar en algo, inspector?

—De hecho, creo que sí. —Vane nos observó a Sylvia y a mí alternativamente—. Estoy buscando a Maximilian Masters —dijo y mi miedo no hizo más que aumentar. Sylvia tenía razón—. En la portería me han dicho que a lo mejor lo hallaría en la capilla, pero allí no está. También me gustaría hablar con el señor Gregory.

—Ya veo —repuso Sylvia de nuevo. Sabía que le estaba dando vueltas a toda prisa a cientos de ideas para saber qué decir—. El señor G ha salido a montar —respondió—. Ya sabe, tenía que comprobar todos los desperfectos que había dejado la tormenta…

—¿Y Maximilian?

—Estoy segura de que podremos encontrarlo —dijo Sylvia de repente—. Hay unos cuantos sitios donde podría estar a estas horas del día. Rose, ¿por qué no vas tú a mirar en los establos? —Me quedé mirándola fijamente—. A lo mejor está ensillando a su caballo para unirse al resto —comentó—, aunque *creo* que lo más probable es que esté en el aulario de música. Lo acompaño hasta allí, inspector. —Vane asintió—. Nos vemos luego —dijo Sylvia con firmeza, volviéndose hacia mí, antes de seguir a Vane hacia el Hexágono.

Me quedé allí, helada, durante un momento, completamente desconcertada. No había ninguna razón por la que no pudiese haber acompañado a Vane y a Sylvia, porque el edificio de música estaba de camino a los establos, pero estaba claro que Sylvia quería que fuera por otra ruta. Además, estaba segura de que era poco probable que Max estuviese en los establos, porque no montaba a caballo, así como tampoco creía que estuviese en el aulario de música; al fin y al cabo, acababa de terminar la misa, así que no tenía mucho sentido que quisiese seguir practicando. Reflexioné durante unos minutos sobre qué hacer a continuación, antes de llegar a la conclusión de que mi única opción era hacer justo lo que Sylvia me había pedido que hiciese, aunque no terminase de comprender del todo qué estaba tramando. Recorrí a la carrera los campos de deporte y bajé por la arboleda de los tilos de camino a los establos. Mientras corría, me preguntaba por qué Lloyd no había buscado la manera de advertirme de lo que iba a hacer Max o de que la policía estaba al caer. *A lo mejor se ha rendido,* supuse con tristeza al recordar su mirada de repulsión cuando Marta intentó abrazarlo. *A lo mejor solo quiere dejarlo ya.* Noté un pinchazo de dolor en el pecho cuando me di cuenta de que, quizás, había pasado algo más entre ellos después de que nos pidiese a Sami y a mí que nos marchásemos.

Había unos cuantos alumnos de segundo limpiando los bloques B y C, pero aparte de eso los establos estaban desiertos. Por las miradas torvas que me dirigieron deduje que les habrían pedido que cubriesen mi turno de la mañana mientras yo estaba bajo arresto domiciliario. No podía entrar en la torre del reloj mientras ellos estuvieran allí, así que, con torpeza, empecé a ayudarles a hacer el trabajo mucho más rápido. Después de cuarenta minutos, que me parecieron los más largos de mi vida, Sylvia se adentró en el bloque C.

—Se ha acabado vuestro turno. Volved al edificio central —les ordenó a los alumnos de segundo.

»Esto es un maldito desastre —me dijo después, en cuanto todos los demás alumnos se habían marchado—. Sabía que no *encontraríamos* a Max aquí ni en el edificio de música, y así ha sido, pero después Vane ha insistido en que volviésemos a mirar en la capilla, y allí estaba. Está claro que antes se ha escondido en la galería del órgano y después ha salido de su escondite cuando creía que no había moros en la costa.

Me quedé mirándola fijamente.

—¿Por qué demonios iba a esconderse de Vane si ha sido él quien ha llamado a la policía?

—No tengo ni idea, pero supongo que se le han ido bajando los humos desde que hizo la llamada. Parecía aterrado. Pero, Rose —dijo Sylvia, tensa—, Max no ha debido de contarle a Vane dónde se está escondiendo Marta exactamente, o si no Vane ya hace rato que habría aparecido por aquí.

—Vane conseguirá sonsacárselo. —Me dejé caer encima de un cubo que estaba dado la vuelta, bajando la cabeza y escondiéndola entre mis manos. Sylvia se acercó y se agachó frente a mí.

—Todavía nos queda algo de tiempo —repuso con dulzura—. Me he fijado en la expresión que ha puesto Max cuando nos ha visto aparecer a Vane y a mí en la capilla. Se arrepiente de haber llamado a la policía, lo sé. No le he dicho nada, no he podido, porque estaba justo detrás de Vane, aunque sí que le he dicho todo lo posible *con la mirada* a Max, he tratado de hacerle entender que sería un grave error... —Nunca llegué a saber lo que iba a decir, porque justo en ese instante oímos un grito que nos puso los pelos de punta a las dos y que provenía de lo alto de la torre del reloj.

Por primera vez, subí las escaleras que llevaban hasta la habitación de la torre a la carrera, con Sylvia pisándome los talones. Al doblar la esquina, Marta profirió otro grito, esta vez mucho más agudo, y me fijé en la barricada improvisada que había frente a la puerta: tablones de madera clavados, con apenas un hueco entre uno y otro. Lloyd había clavado el tablón más grande justo debajo del picaporte.

—Rose —dijo Sylvia, conmocionada—. No me habías dicho que estaba encerrada.

—Porque *no lo estaba.* —Me quedé mirando fijamente la improvisada barricada. No solo Lloyd no me había avisado de que vendría la policía, sino que se las había apañado para que nadie pudiese llegar hasta Marta. Oí las pisadas de Sylvia al bajar por las escaleras y, en cuestión de segundos, apareció con una sierra en las manos. Juntas, nos las apañamos para serrar los tablones por la mitad.

—¡Estoy aquí! —traté de avisarle a Marta, aunque mi voz no era más que un lejano lamento que resonaba contra las paredes del hueco de la escalera.

Después de cinco minutos, o a lo mejor fueron cincuenta, en los que Marta profirió tres gritos más, conseguimos abrir la puerta. Sylvia y yo irrumpimos en la habitación. Mi mirada se dirigió directamente hacia el colchón, pero Marta no estaba allí. Estaba hecha un ovillo bajo la esfera del reloj, en medio de un charco de sangre y vómito.

—Por Dios. —Sylvia empalideció de golpe—. Rose, se ha abierto la cabeza… —Antes de que pudiese detenerla, Sylvia ya se había acercado a Marta y se había arrodillado frente a ella. Alargó la mano hacia su cuerpo y le acarició el brazo con suavidad.

Ojalá Marta hubiese vuelto a gritar en ese momento. Habría sido menos aterrador, en todos los sentidos, aunque (y tal vez también *por* esto mismo) después resultó que Max se había llevado a Vane hasta la cabaña Drake y podría haberla oído gritar. Pero, en vez de seguir gritando, mi mejor amiga alzó la cabeza, apartándola de entre sus manos, y se quedó mirando fijamente a Sylvia con los ojos vidriosos y estupefacta. No dijo ni una sola palabra. Después su mirada se deslizó hasta mí, y supe que no se acordaba de nada de lo que le había contado en el pasado sobre Sylvia y sobre mí, no recordaba la última conversación que habíamos mantenido antes de que Gerald nos encontrase, y esto, en la mente enferma de Marta, era otra traición más que sumar a mi lista de traiciones, y quizá también la gota que colmaba el vaso. Creía que había traído a Sylvia aquí para castigarla. Por un brevísimo y prometedor momento me pareció ver algo de lucidez en su mirada y me acerqué a ella para agarrarla de las muñecas, dispuesta a explicárselo todo. Entonces soltó un jadeo que me hizo estremecer y, con una fuerza que no sabía que poseía, nos apartó a Sylvia y a mí de un empujón, salió corriendo hacia una de las paredes y se estrelló contra ella, con un crujido estremecedor. El sonido del hueso quebrándose contra el hormigón.

24

Tres horas más tarde Sylvia me acompañó de vuelta a mi habitación y se aseguró de que no hubiera moros en la costa por la Casa Hillary antes de dejarme entrar. No se quedó mucho tiempo conmigo. Nos sentamos junto a la ventana durante un rato y, al final, fue justo el silencio de Sylvia, preocupado y resignado, el que terminó impulsando mi decisión. Me volví hacia ella.

—Sé que no podemos mantener a Marta allí encerrada cuatro semanas más. ¿Pero puedes concederme otros tres días?

Sylvia clavó la mirada en el suelo. Tenía la misma expresión dibujada en su rostro que cuando se quedó observando las heridas de Genevieve aquel día en el Eiger. Iba más allá de la sorpresa: era un miedo profundo, no por lo que podría pasarle a ella, sino por lo que podría ocurrirle a alguien a quien quería. Alargué la mano hacia ella y se la coloqué sobre la muñeca, tratando de transmitirle con mi caricia una confianza que en realidad no sentía. Un momento después, Sylvia asintió.

—Vale. Voy a intentar hablar con Max para… mantener a Vane a raya. —Soltó un suspiro tembloroso, después se puso de pie y se alisó las arrugas de la túnica—. Me aseguraré de que puedas salir esta noche —dijo, con voz tensa—. Habrá alguien frente a tu puerta, pero no te detendrán cuando te marches. Y se asegurarán de hacerles llegar cualquier nota o aviso a Lloyd y a Sami por ti, si quieres. Buena suerte. —Me acarició con suavidad la mejilla y después se marchó. Sentí el chasquido de la puerta al cerrarse como si fuese un punto y final.

A lo largo de la tarde del domingo, el viento terminó amainando, hasta convertirse en una suave brisa y una completa quietud se instauró sobre los terrenos del internado. Las ramas de los árboles seguían desnudas, pero cuando abrí la ventana, la brisa que se filtró en el interior de mi dormitorio estaba cargada de cierta dulzura, como si la primavera estuviese tratando de abrirse paso después de aquella tormenta. Podía oír el tenue balido de las ovejas en la distancia de nuevo y el tañido de la campana del claustro que daba las horas. El atardecer se cernió sobre el internado con rapidez aquella fría tarde de febrero, pero no cerré la ventana al caer la noche.

Tampoco intenté ponerme en contacto con Lloyd y con Sami para trazar algún plan entre los tres. Pensé solo y de forma obsesiva en Marta, a quien Sylvia y yo habíamos dejado durmiendo en la torre del reloj. Nos habíamos quedado sentadas a su lado durante casi tres horas, intentando que dejase de gritar y de correr para estrellarse contra las paredes. El primer impacto había hecho que la herida de su frente empeorase pero, por extraño que nos pareciese, no había logrado dejarla inconsciente. Sylvia y yo tuvimos que aunar fuerzas para sujetarla al menos seis veces más en las que trató de volver a golpearse. Al final, Marta, con el rostro ceniciento y agotada, se dejó caer sobre el suelo de cemento. No paraba de gemir suavemente para sus adentros, acurrucada en posición fetal. Cuando por fin oímos que se calmaba su respiración y estuvimos seguras de que se había quedado dormida, Sylvia y yo la movimos hasta el colchón y la atamos a él con unas cuantas cuerdas que había subido del granero. Sylvia también había encontrado un botiquín y me quedé mirándola atónita mientras ella se encargaba de limpiarle la sangre de la frente y de las mejillas. Antes de que Sylvia y yo nos marchásemos, me incliné sobre Marta y le di un beso en la mejilla, prometiéndole entre susurros que volvería. Ella abrió levemente los ojos y esbozó una media sonrisa.

Por primera vez, agradecía no tener a Lloyd y a Sami a mi lado. No podían hacer nada para ayudar. Lloyd ya se había rendido para no perder a Max, o para protegerse de alguna manera; y no me cabía ninguna duda de que Sami tenía las emociones demasiado a flor de piel como para actuar de forma racional. Y el pragmatismo compasivo de mi otra aliada en esta guerra, Sylvia, solo duró aquella tarde, pero ya había vuelto al redil. No la culpaba por ello. Así que estaba sola, de nuevo, y me alegraba por ello.

Conseguí dormir un par de horas antes de ir a la torre del reloj justo después de que sus manecillas diesen la una de la mañana, con mis botas resonando al pisar la hierba helada. Al comenzar a subir la escalera, sentí cómo el miedo me invadía, como un bloque de cemento aprisionándome el pecho. *Por favor, que esté bien*, pensé, con un nudo en la garganta y las palmas de las manos impregnadas en sudor. Abrí la puerta de la habitación de la torre del reloj, porque Sylvia y yo no habíamos vuelto a tapiarla.

Dentro, todo estaba en calma. Marta seguía profundamente dormida sobre el colchón, con su respiración lenta y regular. Iluminé el resto de la habitación con la linterna para comprobar que todo estuviera tal y como lo habíamos dejado. El interior estaba helado, pero no había ni una sola mancha. Apestaba a la lejía que Sylvia había usado para limpiar toda la sangre y el vómito.

Uno de los cubos todavía estaba lleno de vómito. Lo bajé y lo limpié con la manguera. Cuando regresé a la habitación, Marta se había empezado a despertar.

—Soy Rose —le dije, acariciándole la mejilla. Comencé a desatarla—. Estás a salvo —añadí—. Soy solo yo.

Los párpados de Marta se estremecieron, como si estuviese tratando de abrir los ojos, pero no los abrió. Entonces gruñó algo que no pude llegar a entender porque todavía estaba demasiado adormilada. La ayudé a sentarse y ella se dejó caer contra mi pecho, con su rostro pálido y sudoroso. Antes de que me diese tiempo a acercarle el cubo, le dieron las primeras arcadas y terminó vomitándose encima entre mis brazos, el vómito cayéndole por el pecho. No podía alcanzar nada para limpiarla, así que utilicé la manga de mi camisa para despejarle la boca.

—Lo siento —murmuró.

—No te disculpes. —*No es culpa tuya*, quería añadir. La ayudé a tumbarse de nuevo y fui a buscar un vaso de agua—. Toma, bebe un poco.

—Has estado aquí antes —dijo con la voz ronca, a la vez que sus dedos se aferraban con fuerza a los míos—. Con Sylvia.

—Sí. —No sabía si estaba del todo lúcida—. Sí, he estado aquí antes, con Sylvia.

Marta asintió lentamente.

—Estás saliendo con ella.

Vacilé antes de responder.

—Puede.

Volvió a asentir y se dejó caer contra mí. Me removí levemente para que pudiese apoyar la cabeza en mi regazo.

—Háblame del internado —me pidió en un susurro, cerrando de nuevo los ojos.

Vacilé, pero me di cuenta de que casi se había vuelto a quedar dormida y que probablemente tampoco me estaría prestando mucha atención. Así que le hablé de nuestro arresto domiciliario, entremezclando lo que era verdad con alguna que otra anécdota inventada: una clase de inglés en la que habíamos analizado *Los cisnes salvajes de Coole*, la escarcha que centelleaba sobre el césped artificial, los simulacros de examen que estaban a la vuelta de la esquina y un aumento en el tiempo de préstamo de los libros de la biblioteca Straker que Sylvia había conseguido. De repente, Marta volvió a hablar, con los ojos aún cerrados.

—¿La quieres?

—Sí. —Le acaricié la frente con suavidad, pasando la mano justo debajo de la cicatriz irregular.

—Y a mí también —dijo adormilada—, ¿verdad?

—Muchísimo.

—¿Y Lloyd? ¿Me quiere?

Vacilé.

—Sí —respondí.

Su agarre se fue aflojando hasta que estuve segura de que se había quedado dormida. Le bajé la cabeza de mi regazo y me tumbé a su lado, cubriéndonos a las dos con su saco de dormir. *Duerme*, pensé. *Duérmete hasta que venga Sami...*

A la mañana siguiente, cuando me desperté, me encontré a Marta jugueteando con algo. Me di la vuelta y encendí la linterna, antes de bajar la mirada hacia mi reloj. Eran las seis y diez.

—¿Rose? —susurró Marta. Estaba hecha un ovillo a los pies del colchón, con las rodillas pegadas al pecho. Tenía los ojos abiertos como platos y parecía aterrorizada—. No puedo respirar —dijo—. Me estoy ahogando. —Jadeó, llevándose el puño hacia la garganta—. No quiero morir.

—No te estás muriendo. Te lo prometo. —Marta estaba jadeando como si acabase de correr una carrera, sus hombros subían y bajaban con movimientos bruscos por su respiración entrecortada.

—Este aire... no puedo respirar. Me está asfixiando. —Volvió a jadear y soltó una especie de gemido—. Rose...

—Shh. Todo va a ir bien. —Me arrodillé frente a ella. La agarré de la muñeca y sentí su pulso acelerado. Tenía la piel impregnada de sudor; el cabello se le quedaba pegado a la frente y a las mejillas—. Voy a ir a buscar a Sami —repuse de manera automática—. No tardaré mucho en...

—Por favor, quédate. No quiero estar sola. —Volvió a jadear, un sonido medio atragantado, medio estrangulado—. No puedo respirar. Aquí no hay aire. Tengo que salir de aquí, Rose. Necesito respirar.

Observé la esfera del reloj. Se habían empezado a filtrar los primeros rayos de sol a través del cristal. Entonces bajé la mirada hacia Marta, que temblaba con violencia.

—No me dejes —me suplicó de nuevo.

—No voy a dejarte. —Tomé rápidamente una decisión. Quería hacer feliz a Marta, para compensar por lo que iba a tener que hacer.

Todavía era lo bastante temprano como para creer que íbamos a estar seguras, aunque solo fuese por unos minutos—. Te llevaré fuera.

Me observó sin poder creérselo mientras yo me ponía de pie.

—¿De verdad?

—Sí. —Me acerqué a una de las pilas de ropa y saqué un chaquetón y un par de calcetines de lana—. Póntelos. Hace frío.

Bajó la mirada por su cuerpo, todavía respirando con dificultad. Tenía la camiseta manchada de vómito y de restos de sangre seca. Debajo llevaba puestos unos pantalones de pijama, con la cinturilla enrollada varias veces.

—¿Puedo vestirme?

La ayudé a ponerse la ropa limpia, le lavé la cara y le cepillé el cabello. Y después bajamos las escaleras de la mano, con Marta aferrándose a mí con todas sus fuerzas, y yo la ayudé a colarse en el hueco que había entre la madera contrachapada y la pared de cemento. Me adelanté un poco para asegurarme de que no hubiera moros en la costa.

Y después salimos juntas del bloque C. Estaba amaneciendo y era un día cualquiera de mediados de febrero, por lo que el ambiente era tan gélido que la brisa parecía incluso poder cortarnos la piel. El cielo estaba teñido de un profundo azul, y la luna y las estrellas habían empezado a desaparecer con la salida del sol. Lo único que nos rodeaba eran los sonidos ahogados de los caballos adormilados; sus relinchos de vez en cuando y el canto de los pájaros que comenzaban a despertarse una mañana más. La fuente se alzaba imponente en medio del patio. Me fijé en los cascos del caballo de piedra, hendiendo el aire, y comprendí por primera vez que la escultura no representaba a un caballo alegre relinchando, sino a un caballo desesperado.

Marta soltó un profundo suspiro y su aliento formó nubes de vaho traslúcidas a nuestro alrededor. Entonces me soltó la mano.

—Rose —me llamó—. Rose. —Parecía estar tan sobrecogida por lo que estaba viviendo que estaba a punto de desmayarse, pero se mantuvo en pie, con los ojos bien abiertos y alerta—. Gracias.

—Vamos hacia el arroyo Donny. —Sabía que me estaba arriesgando demasiado, pero no podía volver a llevarla allí arriba. Ahí fuera se parecía mucho más a la Marta de antaño; a la Marta a la que todavía podía ayudar.

Marta me observó sorprendida. Me fijé en lo pálida que estaba en realidad; cómo la luz del sol, a pesar de que a esas horas de la mañana todavía era muy tenue, al iluminarla, la hacía parecer un personaje de otro mundo.

—¿Podemos, de verdad? —me preguntó.

—Sí. —La llevé por debajo del arco de la torre del reloj, y seguimos caminando, dejando atrás los establos y los talleres. Se movía lentamente y yo me tuve que obligar a bajar el paso para caminar a su lado, recordándome lo sana y fuerte que estaba yo en comparación. Marta se aferró a mi brazo.

—¿Siempre recorréis este camino cuando venís a verme?

—A veces. Seguimos distintos caminos —repuse, y de repente me sentí de lo más orgullosa—. Normalmente salimos y entramos al edificio central por el mismo sitio: a través de la puerta de la hiedra, por donde están los contenedores de basura. Pero a partir de ahí tomamos distintos rumbos, dependiendo del día.

Marta asintió. Su respiración se había acelerado de nuevo, su pecho se hinchaba con cada respiración, pero esta vez parecía que se debía al esfuerzo que le estaba costando caminar. Ya casi habíamos llegado junto al arroyo Donny cuando Marta bajó la mirada hacia la orilla, llena de escarcha allí donde el agua se había quedado congelada sobre la cama de roca.

—Has hecho tanto por mí, Rose —dijo en un susurro. Pero hablaba como siempre, con coherencia—. ¿Cómo voy a poder devolveros todo lo que habéis hecho por mí?

La observé atentamente. A veces, había sido incapaz de creerme que llegaría un momento en el que Marta se encontrase lo bastante bien como para reconocer todo lo que habíamos hecho a lo largo de esos meses por ella. Pero aquella mañana parecía una persona completamente distinta. Observé cómo respiraba profundamente, con la mirada brillante.

—No nos debes nada, Mar. Te estamos ayudando porque te lo mereces. —Sentí cómo se me formaba un nudo en la garganta al darme cuenta de que, aquella mañana, no me daba miedo—. Y porque te queremos.

—Yo siempre os querré. —Marta se fijó en que tenía los ojos llorosos y me tomó de la mano, apretándola con fuerza. Esbozó una pequeña sonrisa triste—. Por eso quiero devolveros el favor, Ro. Para cuando tengamos treinta años, ya os lo habré devuelto.

—¿Por qué para cuando tengamos treinta?

Marta me observó pensativa.

—Creo que para cuando tengamos treinta es factible que haya podido devolveros todo lo que habéis hecho por mí —respondió por fin—. Trece años me parece bastante tiempo para recuperarme, para ir a la universidad, conseguir un trabajo. Me pregunto qué trabajo tendré. —Frunció el ceño.

—¿Crees... crees que te estás recuperando?

—Sí, sí, lo creo, Rose. Me siento... bueno, ahora me siento constantemente enferma. No me siento como antes. Pero a veces, como ahora, puedo entreverla. Me está llamando. No para de llamarme para que vuelva a por ella. Me llama por mi nombre.

—¿Pero ella también es Marta?

—Sí. —Paseamos por la orilla del arroyo, yo caminando con calma y ella con movimientos bruscos—. La reconozco. Soy yo con diez años. No hace más que leer, escribir sus historietas y dar clases con sus padres, pero es feliz. Si no la tuviese a ella, no sabría que existe la posibilidad de recuperarme, pero a veces la veo con tanta claridad, Rose. Los días en los que me encuentro mejor me permito sumergirme en su cabeza. Allí siempre soy feliz.

—¿Por qué eres feliz allí? —Solo nos quedaban unos minutos, pero quería que siguiese hablando.

—Porque ella cree que la gente es buena y amable. —Marta se detuvo junto al arroyo, con la vista clavada en la corriente. Unos cuantos pájaros se estaban lavando las plumas en la zona poco profunda—. Ya no pienso de ese modo. Los chicos y tú sois las únicas personas buenas de verdad que conozco. «Todo se ha marchado de mí, salvo la certeza de tu bondad». ¿Sabes quién escribió eso? —Negué con la cabeza—. Virginia Woolf. —En ese momento se parecía mucho más a la Marta de septiembre y de principios de octubre—. Sé que estáis haciendo todo lo que está en vuestras manos por protegerme. Mucho más de lo que deberíais. —Rígida, se agachó y metió los dedos de su mano buena en la corriente—. ¡Está helada!

Me arrodillé junto a ella y le coloqué la mano en el hombro para sostenerla por si perdía el equilibrio.

—No existe eso de hacer más de lo que deberías cuando se trata de tus mejores amigos —afirmé—. Tú habrías hecho lo mismo por mí.

—Sí. Pero tú nunca habrías terminado como yo.

—Cualquiera podría terminar así, Marta.

Nos encaminamos de vuelta por la orilla del arroyo Donny.

—¿Sabes? —dijo Marta entre risas—. Siempre he odiado la capilla. Pero no dejo de recordar esa oración… la que recitamos unas cuantas veces. —Hizo una pausa—. La que dice lo de «En lugares de delicados pastos me hará descansar. Junto a aguas de reposo me pastoreará. Confortará mi alma». Es un concepto muy bonito, ¿no crees? El poder creer que alguien puede reconfortar tu alma. —Paseó la mirada sobre la rápida corriente del arroyo, por los campos que se extendían frente a nosotras, y después la elevó hacia el cielo, que había empezado a cobrar lentamente un tono rosado. Se estremeció y se resguardó un poco más dentro de su abrigo, metiendo las manos en las mangas—. Supongo que algunos sí que llegan a sentir que es así.

—Yo creo que tú también llegarás a sentirlo. —Recordé lo que la doctora Reza le había dicho a Sylvia—. Sigues teniendo el poder.

—Lo sé. —Se volvió a detener y se giró a mirarme—. Quería preguntarte algo, Rose. Antes de que vuelva a perder el control…

porque podría pasarme en cualquier momento, lo sé. —Se volvió a estremecer—. Quiero que encuentres ayuda —me pidió.

—¿Qué quieres decir?

—Que encuentres a alguien dispuesto a ayudarme. —Tenía la mandíbula apretada y la misma expresión determinada que solía poner la antigua Marta—. Lo que quiera que entiendas por ayuda, supongo. Cuando estoy despierta... cuando tengo la mente despejada, sé que esto va a funcionar, Rose. Estás haciendo todo lo que puedes por ayudarme a que me recupere, y me *recuperaré...* lo sé, pero me da miedo, Rose. Es como estar jugando a un juego en el que no quiero participar —continuó, parpadeando rápidamente—. Detrás de una puerta se esconde una Marta que no para de decirme que voy a sobrevivir. Pero detrás de otra hay un par de manos enormes. Me agarran y entonces me dicen que se acabó. Me dicen que la gente como yo... *no* sobrevive. Lo peor —dijo, tragando con fuerza— es que también me dicen que estoy haciendo daño a mucha gente por seguir con vida.

—No las escuches —comencé a decir, pero Marta estaba negando con la cabeza con violencia.

—Sí que las creo. —Me fulminó con la mirada—. Lo que dicen tiene sentido, Rose. He hecho mucho daño... estoy llena de maldad, voy a terminar explotando de toda la maldad que se esconde en mi interior. Y esa misma maldad se está filtrando hasta vosotros; hasta ti, hasta Sami y hasta Lloyd. Incluso yo me he dado cuenta de ello. —Le temblaba la voz.

—No. —No podía dejar que siguiese pensando eso ni un segundo más, aunque supiese que todo lo que estaba diciendo era cierto; porque yo misma también había llegado a esa conclusión—. Marta, estamos bien. Nos preocupamos por ti...

—Rose. —Marta me agarró de la muñeca. Tenía los dedos helados. Me miró directamente a los ojos y pude ver lo cansada que estaba en realidad—. Por favor... esto no me lo discutas. No puedo perder el tiempo, sobre todo cuando sé que ahora tengo la mente despejada y puedo explicarme. Estás haciendo todo lo que puedes para que esté bien, pero me he dado cuenta de que puedo estar *mejor* que bien. Puedo volver a ser feliz, Rose, sé que puedo. Tiene que haber algún modo. Necesito que me encuentres ayuda, Rose.

Se extendió el silencio entre nosotras. Las dos nos quedamos de pie, en medio de la hierba crecida, rodeadas tan solo por el coro disonante del amanecer y el plácido gorgoteo del arroyo Donny. El cielo rosado estaba surcado por franjas anaranjadas.

—¿Cuándo? —le pregunté por fin.

Marta me envolvió la mano con la suya.

—Hoy.

Noté cómo se me anegaban los ojos de lágrimas.

—Es demasiado pronto...

—No, Rose. Hoy estoy cuerda. Puede que mañana sea diferente. Sálvame la vida. —No apartó la mirada de mis ojos en ningún momento—. Sálvate tú. *Salvaos.* Tenéis los exámenes a la vuelta de la esquina. Cuéntaselo a alguien, hoy, Rose.

No sabía qué hacer. Sentí cómo me invadía una oleada de miedo gélido y aterrador.

—No quiero perderte —solté.

—No me perderás. —El tono de Marta era dulce—. Incluso aunque me aparten de vosotros ahora, volveré. Volveré con vosotros en cuanto sea otra vez *yo misma.* Podré estar con Lloyd sin miedo a hacerle daño. Podría incluso encontrar a mi madre y no hacerle daño.

Entonces la observé de una manera diferente y me di cuenta de lo enferma que estaba en realidad. Nuestros mundos eran tan distintos y, aun así, Marta decía que se conocía a sí misma perfectamente, que sabía lo que quería en realidad.

—Vale —repuse—. Hoy.

Marta esbozó una sonrisa. Entonces su mirada se deslizó hasta un punto a mi espalda.

—Acabo de ver a un ciervo entre los árboles —dijo.

Me di la vuelta. Estaba señalando hacia un punto en medio del bosque, al otro lado del arroyo Donny. Los primeros rayos de sol todavía no habían logrado iluminar esa parte del bosque.

—¿Estás segura?

—Completamente segura. —Echó un vistazo a su alrededor. El sol había empezado a alzarse en el horizonte, iluminando con su luz la hierba escarchada. Seguimos paseando y entonces fue cuando me di cuenta de que casi habíamos llegado a donde hicimos un pícnic en octubre.

—Este lugar —dijo Marta—. Es precioso. Se me había olvidado lo bonito que es. ¿O es que me estoy volviendo loca, Rose? ¿Llevo demasiado tiempo encerrada?

—Sí que llevas encerrada bastante tiempo —comenté—. Pero no, no te estás volviendo loca. —Me detuve, me negaba a gafarle este momento de felicidad—. Pero tenemos que volver ya, Mar. Son las siete y cuarto.

—Vale. —Enredó su brazo izquierdo con el mío y, juntas, comenzamos a recorrer la orilla del arroyo de vuelta a la torre del reloj—. ¿Te acuerdas de cuando Lloyd nos contó que había visto un ciervo, hace siglos? —preguntó.

—Sí que me acuerdo. Estábamos en su cuarto.

Marta esbozó una sonrisa de oreja a oreja.

—Ese fue el momento más feliz de mi vida. Me sentí tan... optimista. *Todo* era posible por aquel entonces. Siempre termino recordando ese momento, ¿sabes?, cuando mi cerebro me lo permite. —Teníamos que subir una ligera pendiente y Marta terminó deteniéndose, respirando con dificultad—. Pues sí que he perdido la forma física.

Nos quedamos allí, quietas, un rato más, con Marta apoyándose en mi brazo. No pesaba casi nada. El canto de los pájaros a nuestro alrededor se volvió estridente e insistente, como si estuviesen instándonos a volver a la torre del reloj. Pero Marta tenía el rostro ceniciento y le costaba mantener la cabeza erguida mientras se aferraba a mi brazo. Observé la colina que teníamos que subir, preguntándome si debería siquiera intentar llevarla a caballito. Entonces vi a Lloyd y a Max paseando por la orilla, tomados de la mano.

Marta debió de darse cuenta de que me había quedado rígida, porque también alzó la vista hacia la colina. Vio a Lloyd y a Max enseguida, y se quedó observándolos fijamente mientras ellos paseaban. Max echó la cabeza hacia atrás y se carcajeó. Justo en ese momento vi al mismo Max por el que me había colado en septiembre: apuesto, confiado y lleno de alegría.

Pero, por supuesto, ellos también nos vieron. Estaban absortos el uno en el otro, pero no creo que existiese jamás un instante en todo el tiempo que pasamos en el Internado Realms en el que Sami, Lloyd y yo no estuviésemos constantemente vigilándonos las espaldas. Lloyd siempre había sido el más receloso de los tres y, por eso, aquella mañana, echó un vistazo a su alrededor, pero también a su espalda e, inevitablemente, nos vio junto al arroyo, donde Marta y yo nos habíamos quedado. No se detuvo en ningún momento, pero Max debió percibir que su estado de ánimo había cambiado en cuestión de segundos, al igual que Marta había notado cómo yo me había quedado rígida de repente. Se detuvieron y los cuatro nos quedamos mirándonos los unos a los otros.

Nadie dijo nada. Supe al momento que Max no había sabido que Marta seguía en el internado hasta ese mismo instante. No sabía cómo era posible, pero su expresión solo denotaba una profunda sorpresa; sus ojos como platos y su boca ligeramente abierta le daban un aspecto un tanto infantil; por eso supe que Sylvia y yo nos habíamos equivocado y, por ello, que también habíamos basado todo nuestro plan en una suposición errónea. Lo que mejor recuerdo fue que Max no reaccionó de una manera exagerada. De hecho, apenas reaccionó. Debió de comprender que no tendría sentido enfrentarse a nosotros en ese momento o alarmar a Marta de alguna manera. Le dijo algo a Lloyd en un susurro y los dos siguieron su camino.

Me llevé a Marta de vuelta a la torre del reloj. Para cuando la dejé, el sol ya se había asomado del todo por el horizonte. Recuerdo que Marta no parecía tan sorprendida al ver a Lloyd y a Max juntos como me había temido. Me comentó un par de cosas en las que yo no me había fijado, demasiado preocupada con otros temas; un grupo de conejos jugando sobre la hierba, un martín pescador zambulléndose en el arroyo desde una rama musgosa; y hablamos de cómo sería volver al internado en septiembre.

—Me muero de ganas por ver este sitio cubierto de nieve —comentó. Recordé lo que el señor Gregory había dicho sobre que la habían dado de baja del internado y se me formó un nudo en la garganta por la ira y la tristeza que sentía.

Sami nos estaba esperando en el bloque C, con el cabello revuelto y el rostro lleno de preocupación.

—¿Qué *cojones*...? —empezó a decir, pero en cuanto vio a Marta se detuvo—. Oh, cielos. ¿Estás bien?

—Estoy bien. Solo estoy cansada. —Le dedicó una sonrisa—. Me vuelvo arriba. Rose te lo explicará todo.

Sami pasó la mirada de Marta a mí alternativamente.

—¿Qué está ocurriendo?

—Solo cosas buenas. —Marta se acercó a Sami y lo abrazó, rodeándolo solo con un brazo—. No te preocupes —dijo—. Gracias a vosotros estoy bien. Te veo en un rato, Sami.

Después se volvió hacia mí.

—Gracias por acompañarme fuera —repuso.

—No hay nada que agradecer. —Quería abrazarla, aferrarme a ella, pero parecía agotada, así que sabía que no estaría siendo justa con ella—. Te veo pronto, Mar.

Ella asintió.

—Te estaré esperando. —Se dio la vuelta y se deslizó hacia el interior de la cuadra de George, junto a su enorme cuerpo y tras la tabla de madera contrachapada. Oímos cómo sus pasos subían lentamente las escaleras de cemento.

Sami y yo nos quedamos allí de pie, mirándonos. Empezó a decir algo, pero yo negué con la cabeza y me acerqué a él hasta apoyar la frente sobre su hombro.

—Está lista para irse —dije, y él deslizó su mano sobre mi cuello en una caricia dulce y fría—. Vamos a buscar a la doctora Reza.

25

Había cosas en el despacho de la doctora Reza en las que no me había fijado la primera vez que estuve allí, justo después de que Marta se escondiese en la torre de reloj. Se parecía en parte a una sala de estar y en parte a un quirófano, y daba a un pequeño jardín lleno de eléboros negros de Hipócrates. Cuando la enfermera nos hizo pasar, me encontré con Max sentado en el sofá que había junto al ventanal. La doctora Reza estaba sentada en el asiento frente a él. Alzó la mirada y vio a Sami con su mono de trabajo y a mí todavía con los pantalones del pijama, que estaban empapados hasta las rodillas por la escarcha que ya había empezado a derretirse. Supe de inmediato que Max se lo había contado incluso antes de que la doctora Reza nos preguntase:

—¿Está bien?

Observé a Max. No quería hablar de Marta delante de él, aunque sabía que Lloyd había tenido tiempo más que de sobra para contárselo todo.

—¿Dónde está Lloyd? —le preguntó Sami.

—Ha ido a despedirse —repuso Max, como si fuese algo obvio, y con esas palabras comprendí que acabábamos de perder el control que tanto habíamos luchado por mantener. Me volví hacia Sami.

—Voy a volver con ella —me dijo. Supe que no tenía sentido tratar de persuadirlo de lo contrario, así que me limité a asentir y Sami se marchó, seguido unos minutos después por Max.

Lentamente, ocupé el asiento en el que Max había estado sentado. Me coloqué las manos sobre las rodillas y alcé la vista para sostenerle la mirada a la doctora Reza, un tanto mareada por el miedo. Ella me observó abiertamente y se hizo el silencio entre nosotras durante un buen rato, en el que yo me dediqué a rememorar todos los errores que había cometido, todas las ilusiones que me había hecho para consolarme y lo insegura que, aun así, me sentía. Me costó tener que enfrentarme a ella sola, sin Sami y Lloyd a mi lado.

—¿Te ayudaría si fuese yo quien te hiciese las preguntas? —me preguntó la doctora en un susurro.

Negué con la cabeza. Podía sentir cómo la narrativa se me escapaba de entre las manos, deslizándose entre mis dedos como si fuese agua, y supe que las preguntas que me hiciese, aunque tuviese buena intención, no me permitirían contarle la verdad tal y como quería contársela.

—No sé por dónde empezar —repuse.

—Empieza por el principio —dijo, y eso fue justo lo que hice. Le hablé de los primeros días, de las quemaduras y del acoso, de la Noche del Puente, de lo decidida que estaba Marta a quedarse en el Internado Realms. A medida que iba relatando la historia, me quedó cada vez más claro lo ciegos e ingenuos que habíamos sido y me invadió una oleada de odio a mí misma. Al decirlos en voz alta, los motivos que habíamos tenido para hacer lo que hicimos me parecían superficiales y tenían tan poco sentido como me había temido que tendrían.

—Teníamos que protegerla —dije, pero recordé el estado actual de Marta y no pude seguir hablando, no podía enfrentarme a tener que seguir contándoselo todo a la doctora Reza, aunque todavía no había llegado al quid de la cuestión; al motivo principal por el que habíamos mantenido a Marta oculta.

La doctora se levantó y se fue a cerrar la puerta, y después regresó y se sentó a mi lado.

—¿Dónde está ahora Marta, Rose?

—En la torre del reloj. Lleva allí desde octubre.

—¿Me estás queriendo decir —la doctora hablaba lentamente, midiendo sus palabras— que Sami, Lloyd y tú lleváis escondiendo a Marta en los establos desde que Genevieve se cayó por las escaleras?

—Sí —respondí. El miedo me invadió cuando me fijé en el rostro atónito de la doctora Reza. Ya era demasiado tarde como para retractarme. Ya se lo había contado todo, estaba hecho, y lo único que podía hacer en ese momento era ordenar toda la información que acababa de soltar.

»Pero ella…

—Espera un momento. —Alzó la mano para detenerme y sus ojos marrones se clavaron en los míos, con suma seriedad—. Creo… creo que las explicaciones pueden esperar. Estoy segura de que creíais que estabais haciendo lo correcto. —La doctora Reza hizo una pausa y la palabra «creíais» se grabó a fuego en mi mente. Bajó la mirada hacia su reloj—. Max me ha dicho que… me ha dicho que creía que Marta no tenía buen aspecto. Me ha contado que tenía una herida en la cabeza. Creía que iba a necesitar asistencia médica, tal vez incluso urgentemente.

Me invadió una oleada de ira. Solo me podía culpar a mí misma por ello, pero justamente había estado intentando evitar esta clase de interferencias. La doctora Reza volvió a bajar la mirada hacia su reloj.

—¿Rose?

—Me voy —dije de repente. Me puse de pie. El haber perdido por completo el control me estaba haciendo entrar en pánico, una sensación que se imponía sobre cualquier miedo por lo que la doctora Reza pudiese hacer a continuación o a quién pudiese contárselo. Marta era más importante. Me necesitaba.

—Rose, espera un momento. —La doctora Reza se había levantado de un salto y se había deslizado hasta la puerta—. Por favor, no tengas miedo. Max solo estaba tratando de ayudar.

—No tengo miedo. —Intenté esquivarla, pero ella se volvió a mover, interponiéndose en mi camino—. Apártate de mi camino.

—Creo que tienes miedo —repuso con calma, mirándome fijamente a los ojos—. Creo que por eso estás aquí, Rose, y por eso estás a la defensiva...

—Que te jodan. —Ni siquiera sabía qué era lo que había estado esperando al contárselo todo, pero no sentí ni una pizca de alivio, solo me sentía cada vez más frustrada; estaba cansada de tener que actuar siempre racionalmente, de tener que proteger y consolar a todo el mundo. Quería atacar a la doctora Reza, aunque solo fuese para pasarle mi dolor a alguien por fin.

—Rose —dijo—. Cálmate. Solo quiero hacerte una pregunta más y después prometo que podrás irte con Marta.

Retrocedí un paso, respirando con dificultad.

—Que te jodan —repetí, mecánicamente.

—¿Puedo hacerte una pregunta?

—Pues *hazla,* joder —ladré, dándome la vuelta y apoyando las manos sobre los brazos del sofá. Estaba mareada. Me pitaban los oídos y apenas logré escuchar a la doctora Reza cuando me hizo su pregunta.

—¿Por qué has venido aquí, Rose?

Alcé la mirada, tratando de discernir su rostro, pero la vista no hacía más que nublárseme por momentos. Estaba viendo doble a través de la densa niebla y sentía todo el cuerpo impregnado en sudor bajo mi pijama, e incluso estaba apoyando todo mi peso en el sofá porque no me tenía en pie.

—Porque Marta me lo pidió —respondí, y entonces me fallaron las rodillas y, al caer, mi cabeza se estampó contra el suave cuero que tapizaba el sofá.

Me di la vuelta sobre la alfombra y la doctora Reza se arrodilló a mi lado. Me colocó la mano en la frente y lo fría que estaba su piel ayudó a que me calmase, aunque estuviese enfadada.

—¿Cuándo comiste algo por última vez?

Traté de volver a incorporarme, pero me mareé de nuevo. La doctora Reza se levantó y se acercó a un armario, antes de regresar con un zumo. Le clavó la pajita al cartón y me lo tendió, ayudándome a incorporarme. Bebí, sintiéndome impotente y estúpida, y la doctora esperó pacientemente. A medida que se me iba aclarando la vista, me di cuenta de que me estaba mirando la manga, que estaba impregnada con el vómito seco de Marta.

—¿Has estado vomitando?

—No, yo... —Dejé caer la cabeza hacia atrás y cerré los ojos—. Marta sí. Lleva... lleva varios días vomitando.

—¿Por qué, Rose?

—No lo sé, yo... —Ya podía ver a la doctora Reza con claridad de nuevo. Tenía el rostro lleno de preocupación—. Marta se ha perdido a sí misma —solté sin rodeos.

Se hizo un corto silencio entre nosotras. Tras la puerta cerrada del despacho de la doctora Reza podía oír cómo la enfermería al completo se despertaba: el murmullo de las enfermeras, el traqueteo de los equipos al moverse, alguien tosiendo. Podía oler el aroma de unas tostadas pero, a pesar de lo mareada que me sentía, no tenía hambre. Estaba cansada, y me sentía estúpida y decepcionada.

La doctora me estaba observando atentamente. De repente, me tomó de la mano.

—Rose —dijo—, si pudiese ayudar a Marta, y a ti también, al ir a buscarla ahora mismo, lo haría. Tomaría yo todas las decisiones por vosotras. Pero no estaría haciendo lo correcto. Sé algunas cosas, y otras las puedo suponer, pero no sé ni la mitad de por lo que habéis tenido que pasar, soy consciente.

—Es Marta. Le han pasado cosas horribles.

—Tenía la pequeña esperanza de que no hubiese sido así —comentó la doctora Reza—. Tenía la esperanza de estar equivocada con ella pero... —Alzó la mirada y clavó la vista en la ventana y en la brillante mañana que se despertaba tras el cristal—. Supe en cuanto la conocí que algo iba muy mal. Intenté ganarme su confianza, pero me temo que le hice demasiadas preguntas y demasiado pronto. Quería ayudarla, y pensé que todo sería cuestión de tiempo... ojalá lo hubiese llevado mejor y no la hubiese alejado con mis preguntas. —Hizo una pausa—. Cuando fui a buscaros, a Lloyd, a Sami y a ti, me di cuenta de lo recelosos que estabais con el tema de Marta. Tú querías contarme algo, pero no podías. Así que decidí esperar, dejar de hacer preguntas, para no cometer el mismo error que había cometido con Marta. No dejé de vigilaros en ningún momento, eso sí; traté de haceros las vidas más fáciles siempre que pude. Tenía la esperanza de que les contaseis a vuestros padres lo que estaba ocurriendo en realidad durante las vacaciones de Navidad...

—No podíamos. Marta nos necesitaba —contesté, y en cuanto lo dije, me asoló el peso de aquella verdad y la implacable necesidad de que alguien a quien quería tanto pudiese necesitarme de esa manera tan errónea—. Lo hemos hecho todo mal... hemos roto muchas reglas...

—Las reglas no se escribieron para alguien como Marta —comentó la doctora Reza. Me observó atentamente—. Por eso debemos tener cuidado. Tenemos que asegurarnos de que todo lo que habéis hecho no haya sido en balde. Habéis conseguido proteger a Marta durante mucho tiempo...

—No lo entiende —dije, con las lágrimas anegándome los ojos por todos los horrores que todavía no le había contado—. *No* lo hemos conseguido, le hemos fallado... está tan enferma, nunca podrá recuperarse...

—La gente se recupera. Te lo prometo, hay formas de hacer que se recuperen. —La doctora Reza bajó la mirada por tercera vez—. Ahora, Rose, tenemos que trazar un plan. Tenemos que...

—La interrumpieron unos golpes secos y urgentes en la puerta. Las dos nos sobresaltamos.

»Siéntate allí —me pidió la doctora en un susurro, ayudándome a sentarme en el sofá—. No digas nada a menos que no te quede más remedio. —Alguien volvió a llamar a la puerta—. Confía en mí

—dijo, apretándome suavemente la mano, y después se acercó a la puerta.

—Vio a Sami. —La presencia de Sylvia llenó la habitación, viva y poderosa. Iba vestida con la equipación de hockey, con el cabello recogido en una trenza inmaculada que siempre llevaba cuando hacía deporte y sujetaba el palo de hockey como si fuese una porra. En cuestión de segundos, ya se había dejado caer a mi lado en el sofá—. Max vio a *Sami* hace dos noches, no a Lloyd. Sami le contó a Max que había ocurrido algo con Gerald. Pero no le habló de Marta. Acabo de sonsacárselo a Max. —Me miró con dureza—. ¿Qué ha pasado, Rose?

Tragué con fuerza.

—Max… ¿Max no vio a Lloyd?

Sylvia negó con la cabeza.

—Max me ha dicho que Sami le contó que había ocurrido algo con Gerald —repitió—. Llamó a la policía por *Gerald*, no por Marta. Vane no sabe nada de Marta, ni Max tampoco sabía nada hasta hace media hora. Vane se ha llevado a Gerald para interrogarlo.

Un denso silencio se extendió entre nosotras, cargado con mi sentimiento de culpa por haber pensado en algún momento que Lloyd había traicionado a Marta. Sylvia pasó la mirada de mí a la doctora Reza.

—Tengo miedo, doctora Reza —dijo de repente—. Tengo miedo de que Rose vaya a perder a Marta como Gin perdió a Persie.

Tragué con fuerza.

—¿Qué le pasó a Persie?

—Se suicidó.

—Eso lo sé, pero…

—El Internado Realms no era el lugar adecuado para ella —repuso Sylvia sin rodeos.

—¿Qué quieres decir?

—Persie era… distinta. —Sylvia hizo una pausa—. Cuando llegó aquí pensé que sería como Gin. Se le daba muy bien el *lacrosse* y montar a caballo. Siempre estaba la primera en las clasificaciones.

Los mags la adoraban, era una alumna de música brillante... podría haber encontrado su sitio si hubiese querido. Pero no quería. Solía decir cosas de lo más extrañas... solía *hacer* cosas de lo más extrañas. —Tragó con fuerza—. Al principio intentamos ayudarla. La animamos a que se acostumbrase a la vida aquí, a aceptar todo aquello que se le daba bien, tal y como habíamos hecho nosotros. Pero ella simplemente... *no* podía. No le interesaban las mismas cosas que al resto. —Sylvia hizo una pausa—. Gin adoraba a Persie, pero le costaba comprender lo distinta que era. Así como entender que fuese amiga de gente como Gerald. Quería que Persie fuese como ella y no había un día en el que no tratase de convencerla de que tenía que adaptarse para encajar. Le decía que su vida aquí iba a ser horrible si no lo hacía. Después de un tiempo nos... nos rendimos. Dejamos de protegerla. Y, por supuesto, ahí fue cuando empezaron a acosarla. Gin se mantuvo firme en su decisión, y yo lo acepté sin rechistar, por lo que no intervenimos. Ella se lo había buscado y por ello tendría que hacer frente a las consecuencias. —Sylvia bajó la mirada hacia sus manos—. La cosa se puso muy fea. No descubrimos *cuánto* hasta mucho después pero... —Volvió a tragar con fuerza, le temblaba la voz—. Persie sufrió.

La miré fijamente.

—¿*Por qué* no la ayudasteis? Cuando os disteis cuenta de lo que estaba pasando.

—*Sí* que lo hicimos, Rose. Después de unos meses le dije a Gin que no podíamos seguir actuando como si no pasase nada. Nos llegó el rumor de algo que le habían hecho a Persie. Algo especialmente... humillante. —Sylvia parecía estar a punto de vomitar—. Tuvo que ir a la enfermería por ello. Vinimos a buscarla, entramos en la habitación que le habían asignado. Estaba muerta. La enfermera la había dejado sola para que descansase, y ella había decidido tomarse un puñado de pastillas de paracetamol. Murió de sobredosis.

No pude apartar la mirada de ella, y después me volví hacia la doctora Reza, incapaz de creer que hubiese permitido tal negligencia. Ella negó con la cabeza lentamente.

—Todo eso ocurrió antes de que yo entrase en el internado como médico titular —confirmó—. Despidieron al médico que estaba en aquel entonces. Yo conseguí el trabajo justo después del funeral de Persie.

—No hice lo suficiente —dijo Sylvia, con la voz llena de dolor. Se volvió hacia mí—. Marta le recordaba a Persie. Su vulnerabilidad... lo volátil que era... Persie también solía ser así. Me di cuenta desde el principio, por eso Gin no soportaba a Marta. Incluso se le *parece físicamente*. Cada vez que Gin veía a Marta, le recordaba todo lo que había perdido.

No dije nada. Mi instinto me seguía gritando que me callase la verdad, paralizándome. Entonces me di cuenta de que ya no había ningún motivo por el que no debiese contárselo. Marta me había pedido que pidiese ayuda, y solo eran mis miedos, mi propia repulsión, lo que me estaba impidiendo contarles a Sylvia y a la doctora Reza la verdad.

—Tal vez Marta *sí que es* como Persie —dije—. Pero no es solo eso.

—¿Qué?

—Su padre... le hizo algo. —Incluso después de todo ese tiempo no pude obligarme a pronunciarlo en voz alta—. A Marta le daba miedo que pudiese volverle a pasar si regresaba a casa con él. Así que la ocultamos en la torre del reloj, pero hace un par de semanas Gerald la encontró. La violó. —Afirmar eso segundo en voz alta me resultó mucho más sencillo.

Se hizo el silencio en la sala durante unos cuantos minutos, hasta que Sylvia lo rompió, hablando en apenas un susurro.

—¿Cuándo?

No podía mirarla.

—El mismo día que lo degradaron.

Se alejó de mí, deslizándose hasta el otro extremo del sofá, temblando con violencia. A lo lejos, en el edificio central, oí el timbre que llamaba a los alumnos al desayuno.

—Debería haber acudido a usted hace meses —le dije a la doctora Reza y, esa confesión, más que ninguna otra, hizo que me invadiese una horrible punzada de tristeza y de alivio—. He esperado demasiado.

La doctora Reza se levantó del sillón donde se había sentado, se acercó a nosotras y tomó asiento entre Sylvia y yo. Tomó a Sylvia de la mano.

—Entiendo por qué no viniste antes —me dijo—. Marta ha tenido que pasar por cosas terribles, pero no es demasiado tarde para conseguirle la ayuda *médica* que necesita. —Hizo una pausa—. Habéis hecho lo que creíais que era correcto —comentó con cautela—, y no os merecéis seguir sufriendo por ello. Solo tiene diecisiete años, es muy joven, pero me temo que es lo bastante adulta a los ojos de la ley.

—¿Qué quiere decir?

Ignoró mi pregunta.

—¿Cómo se encuentra Marta ahora, Rose?

—Está asustada...

—¿A qué le tiene miedo?

—A quedarse sola. A que la dejen atrás. —Me resultó tan sencillo confesárselo, ahora que ya sabía la peor parte.

—No estará sola. —La voz de la doctora Reza no admitía lugar a réplica—. Pero tienen que revisarla como es debido, gente con experiencia en tratar la clase de traumas como el de Marta.

—¿Dónde? ¿Cómo?

—Hay un sitio, está a una hora de aquí. Es una clínica, no un hospital. Una antigua compañera mía trabaja allí, confío en ella plenamente. Creo que deberíamos llevar a Marta a que la viese. Podemos ir con ella —añadió rápidamente, al ver mi preocupación—, no estará sola en ningún momento, lo prometo.

—Estará aterrada...

—Rose, por favor. Escúchame. —La doctora Reza hablaba con urgencia—. Estos psiquiatras, la gente con la que vamos a llevar a Marta... sé que cuesta creerlo, pero ya han tratado más casos como el suyo. A lo mejor no han tratado todavía a alguien con el perfil exacto de Marta, pero eso no importa. Saben lo que hacer, hay un procedimiento que tienen que seguir, saben cómo mantenerla a salvo, cómo tratarla. *Pueden* tratarla, Rose. No será fácil. Pero, por lo que me has contado, creo que lo que Marta necesita es que la traten lo mejor que puedan, y cuanto antes.

—No confiará en ellos...

—También están acostumbrados a eso. —La doctora Reza se puso en pie, observándonos a Sylvia y a mí—. Voy a ir a ver a Marta. Tendré mucho cuidado —dijo—. Lo prometo, la protegeré.

—La acompaño.

—No, Rose. —Se agachó frente a mí—. El que vengas conmigo puede parecerte lo correcto ahora mismo, pero no es la decisión adecuada para que puedas seguir adelante. Tenemos que sacar a Marta de aquí sin que nadie la vea, sin que nadie te vincule con ella. O tendremos que explicar muchas cosas, incluso a gente que quizá no quiera entenderlas. —La doctora Reza se volvió hacia Sylvia—. ¿Tú qué opinas, Sylvia?

Sylvia alzó la mirada. Se limpió las lágrimas de los ojos.

—Creo que tiene razón —murmuró. Las tres nos quedamos mirándonos fijamente y, justo en ese mismo momento, la jerarquía que nos separaba desapareció por completo: solo éramos tres mujeres trazando un plan—. Rose, quiero que Marta esté bien, pero si descubren que habéis estado ocultándola tanto tiempo...

La doctora Reza se volvió a poner de pie. Clavó la vista en la ventana que daba a su jardín.

—Todo saldrá bien —dijo—, nos llevaremos a Marta a la clínica esta noche. Les pediré que nos manden un coche a recogernos, aunque no una ambulancia, por la noche, para que podamos sacarla del Internado Realms sin que nadie nos vea. Me aseguraré de que sepa que vamos a ir con ella, Rose. Me quedaré todo el día a su lado. —Se acercó al armario que había junto a la camilla y empezó a sacar vendas, materiales para formar un cabestrillo, guantes de látex... todas las cosas que sabía que no iba a necesitar, porque ya nos habíamos encargado de llevar esos mismos materiales a la torre del reloj.

—¿Qué debería hacer yo ahora? —le pregunté a la doctora Reza—. Si usted se va a quedar con Marta, ¿qué debería hacer yo hoy?

La doctora se volvió a mirarme, con los brazos llenos de material médico.

—Ve a vestirte —me dijo—. Ve a desayunar. Ve a clase. Siéntate al sol. Juega al hockey, haz tus tareas. —Pasó la mirada de Sylvia a mí—. Amaos. No os peleéis por esto. —Esbozó una pequeña sonrisa triste y se alejó hacia la puerta de su despacho—. Sed valientes, aunque solo sea un día más. Todo esto ya casi ha acabado.

Era el primer día de una falsa primavera; ocho horas en las que hacía un sol abrasador y mis recuerdos de aquel día están entremezclados con su brillo dorado.

Seguí las instrucciones de la doctora Reza y me obligué a tomarme un desayuno enorme antes de ir a clase como cualquier otro día. Era nuestro primer día de clases después del arresto domiciliario y el ruido que llenaba los pasillos del internado, el que producían los miles de alumnos del Internado Realms, me parecía ensordecedor. Cuando salí de la clase de latín, Bella se acercó a mí para decirme a regañadientes que le faltaba una jugadora. ¿Valoraría la posibilidad de ayudar al primer equipo de Hillary para acabar con Stowe? «Pues claro», recuerdo que respondí antes de marcharme, ignorando por completo la sorpresa que se dibujó en su rostro.

Lloyd y Sami también estaban en clase. En sus rostros no había dibujada expresión alguna, pero estábamos tan acostumbrados a entendernos sin necesidad de palabras que me di cuenta de que Lloyd se sentía aliviado, aunque las emociones de Sami me resultaban más difíciles de comprender. Me moría por hablar con los dos, especialmente con Sami, pero no había tiempo. Durante la hora del almuerzo, Lloyd me comentó en un susurro que Marta había reaccionado a la aparición de la doctora Reza en la torre del reloj con mucha más calma de la que esperaba. En clase de inglés, la señora Kepple abrió todas las ventanas de su aula, dejando ver el cielo despejado y entrar el dulce olor de la brisa matutina.

¿Seguía sintiendo que éramos un equipo, los chicos y yo? La respuesta es «no», pero aun así les habría confiado mi vida sin dudar. «¿De verdad?», me preguntó Sylvia cuando se lo comenté después. «Siempre», respondí.

Me pasé todo el día, mientras el sol del invierno se alzaba imponente sobre el edificio central y los campos de deporte se llenaban de partidos de *lacrosse* y los empleados del internado llevaban mesas hasta la antigua biblioteca para preparar la estancia para los simulacros de examen, pensando en Marta. Durante mucho tiempo mis días se habían basado en ir a verla a la torre del reloj, todos mis pensamientos, mis emociones y mis días no tenían sentido si no tenía que ir a la torre del reloj a verla, todo me parecía superfluo, inventado. Me habían asegurado que Marta estaría a salvo, que iba a recuperarse. «La gente se recupera», había dicho la doctora Reza. Pero Marta no era «la gente». Era Marta, mi Marta; y nadie la entendía como yo.

A las tres, Sami me llamó a gritos cuando estaba bajando las escaleras del pabellón de camino al campo. Salí corriendo hacia él, consciente de que algo malo debía de haber ocurrido.

—Ven conmigo, Rosie —me pidió. Ignoré los gritos de Bella y la consternación de Sylvia y salí corriendo con Sami entre los árboles y por el camino de la entrada, hacia el pasaje de la capilla y de camino a la enfermería, y no nos detuvimos hasta llegar al despacho de la doctora Reza. Allí, tumbada en el sofá, envuelta en un montón de mantas y con la cabeza apoyada en el regazo de la doctora Reza, estaba Marta. Estaba profundamente dormida, su pecho subía y bajaba con calma, y su cabello caía alborotado alrededor de su rostro. Tenía la cabeza vendada. Un brazo le colgaba desde el sofá, rozando el suelo, y tenía el puño cerrado con fuerza.

—¿Cómo…? —empecé a preguntar, observando a la doctora Reza, pero ella negó con la cabeza y se llevó un dedo a los labios. Me miró fijamente y pude entrever la tristeza que impregnaba su expresión. «A la una», murmuró, sin emitir sonido alguno. «Quedamos aquí a la una, esta noche».

Quería quedarme con Marta, pero tenía un partido que jugar. Volví a la carrera hasta el campo y llegué justo cuando el árbitro pitaba el inicio del partido y, mientras jugaba, corrí, pasé, plaqué y marqué tres goles, y me di cuenta de que era libre. Lo hubiese querido o no, era libre: podía elegir mi propio camino, respetando lo que yo creía correcto y sin tener en cuenta lo que había ocurrido. Podía ayudar a más gente y no solo a Marta, a gente que me necesitaba, gente que había sido paciente y generosa mientras yo me consumía por proteger a Marta. El silbato volvió a sonar, marcando el fin del partido: habíamos ganado. Se habían empezado a encender las luces. Me dejé caer de rodillas sobre el campo, apoyando la frente sobre el césped espinoso, y unas lágrimas de profundo alivio rodaron por mis mejillas.

—Ayúdame a levantarla. —Oí que decía alguien, y un par de brazos me alzaron. Era Bella. Me pasó un brazo por los hombros y Sylvia me agarró de la cintura, y juntas me sacaron del campo y me llevaron hasta el edificio central mientras mis lágrimas no dejaban de caer, descontroladas y cargadas de dolor.

Las duchas de la Casa Raleigh estaban desiertas. Me desplomé sobre el suelo embaldosado y lloré desconsolada mientras Sylvia iba a buscar jabón y toallas, y seguí llorando mientras ella abría el grifo de una de las duchas y esperaba a que saliese el agua caliente. Me quité la equipación de hockey y me metí bajo el chorro, pero no podía dejar de llorar. Me senté de nuevo en el suelo, notando cómo el agua me golpeaba la cabeza y los hombros al caer.

—Ven aquí. —Pensaba que Sylvia me iba a sacar de la ducha pero, en cambio, se arrodilló a mi espalda y me lavó el pelo, y después me enjabonó la espalda y el cuello. El agua le caía por los brazos, empapándole la camisa y los pantalones, pero no parecía importarle. Me enjuagó el cabello y me tendió una toalla.

»Ve a mi cuarto —me pidió—. Le diré al señor Gregory que no te encuentras bien.

Por primera vez, me tumbé en la cama de Sylvia. Las sábanas estaban frías en contraste con mi piel. Cerré los ojos, pero no podía dormir. No lograba apagar la sensación de que tenía que hacer algo por alguien más, con alguien más. Recordé el rostro en paz de Marta mientras dormía; la mirada competente y compasiva de la doctora Reza al observarla. Pensé en el tratamiento que iba a recibir Marta y en lo poco que sabía de los médicos que iban a tener que cuidar de ella.

Entonces llegó Sylvia, se tumbó a mi lado, desnuda, con su ropa empapada desparramada por el suelo. Apoyé la cabeza en su hombro y ella me acarició el cabello sin decir nada. Oímos cómo se abrían y cerraban puertas a nuestro alrededor, al tiempo que los alumnos de la Casa Raleigh se preparaban para la cena. Todo parecía estar tan lejos de allí. Sylvia no se movió en ningún momento. Me estrechó contra su pecho y supe que no había ninguna fecha límite, ningún momento determinado en el que tuviese que recuperar la compostura.

El alivio también terminó llegando, lentamente y no sin dolor, y con él también llegaron más lágrimas, y una emoción que no esperaba. Sentí cómo algo en mi interior cedía. Envuelta entre los brazos de Sylvia, los restos de mi miedo me abandonaron. Nos miramos a los ojos y, de repente, fue como si nada ni nadie más existiese; solo estábamos nosotras dos y el amor que compartíamos y que nos había tomado por sorpresa. Llevé mis manos hacia sus mejillas. Cualquier otra persona me habría preguntado: «¿Por qué no me lo contaste antes?». Pero sabía que Sylvia jamás me haría esa pregunta. Cerré los ojos, deleitándome en la sensación de sus labios deslizándose por mi cuello.

Entonces su abrazo se transformó en algo distinto, y los últimos secretos que habíamos estado guardando desaparecieron, rápida y sencillamente, y con una ternura aún mayor de la que jamás habría imaginado. Lo que hicimos aquella noche me asombró tanto que me hizo sentirme impotente, pero me sentía a salvo dejando al descubierto mi vulnerabilidad si era con ella. Quería entregarme por completo a Sylvia, en ese momento y para siempre. Y aunque sabía que Sylvia todavía no se había recuperado por completo —¿cómo podría?, ¿cómo podría recuperarse nadie de aquello?— no importó, porque ella también se sentía a salvo conmigo. Yo estaba en su interior y ella en el mío y, por ese momento, por fin nos sentimos libres.

Aquella noche dormí profundamente, sin soñar con nada, y me desperté a la una menos veinte. Sylvia se había encargado de poner el despertador, pero no se despertó cuando yo salí de la cama, me vestí y me escabullí con sigilo fuera de la Casa Raleigh. Me dirigí a la escalera trasera.

Me detuve frente a la puerta de la hiedra y bajé la mirada hacia la ropa que me había puesto con tanto descuido: mis pantalones de hockey y unos calcetines, y la camisa del uniforme de Sylvia con su chaqueta. «Debemos tener cuidado», había dicho la doctora Reza. Sabía que si el señor Gregory me veía con ese aspecto cuando volviese al Internado Realms me arrastraría hasta su despacho para interrogarme. Tenía el tiempo suficiente como para volver a Hillary y cambiarme. Subí los interminables tramos de escaleras a la carrera, en el completo y denso silencio que poblaba el edificio central. Recuerdo haber vislumbrado la difusa silueta de la luna creciente a través de la ventanas y sentirme agradecida de que todos los terrenos estuviesen a oscuras por la noche.

La ventana de guillotina de la habitación 1A estaba abierta, y la estancia estaba helada. Me deslicé entre las dos camas hacia el armario y saqué una camisa limpia (rígida por el almidón que usaban en la lavandería), una falda, una corbata de Hillary, una chaquetilla y unos calcetines altos. Mi chaqueta del uniforme seguía en los vestuarios. Rebusqué en el fondo de mi armario y al final terminé sacando la chaqueta del uniforme de Marta, la que había dejado allí después de que la doctora Reza le hubiese encontrado un uniforme más pequeño. Me la puse.

¿Es posible sentir que se acerca una tragedia antes de que ocurra? ¿Es posible oír un murmullo oscuro, ver una luz parpadeante o sentir un temblor en los edificios más antiguos y sólidos? Aquella noche el cielo estaba despejado, recuerdo la suave brisa fresca que se filtraba a través de la ventana de la habitación 1A. Me recordó que debía darme prisa, que tenía que ir con Marta, y salí corriendo hacia la puerta. Al abrirla, oí un grito. Provenía de detrás de mí, del exterior, de abajo. Otro grito.

¿Qué recuerdo? He contado esta historia siendo todo lo clara que he podido, tan racionalmente como he sido capaz, dadas las circunstancias, pero siento que dejar por escrito la muerte de Marta es cerrar su historia, volver a sufrir esa pérdida de toda esperanza, de todo sentido, de toda alegría. Después de aquella noche, mi noción de la justicia empezó a medirse con otro baremo. Ya no me rijo por lo que alguien pudo haberse ganado, merecido o por lo que sea justo. Por desgracia, normalmente, no existe razón o motivo alguno que justifique el sufrimiento.

Marta, mi Marta. Era una noche tan oscura que apenas podía vislumbrarla desde la ventana de la habitación 1A. Cuando me asomé, con la vista nublada por el miedo y el estado de negación en el que me encontraba por el dolor imborrable que sentía, no podía ver nada, hasta que se empezaron a iluminar los jardines. Todo el mundo se había despertado y los alumnos estaban encendiendo las luces de sus habitaciones, asomándose a sus ventanas unos tras otros, y el silencio de aquella noche se quebró de repente, llenándose de gritos, llantos y lamentos de decenas, docenas y cientos de adolescentes.

Marta, nuestra Marta. Lloyd, Sami y yo bajamos corriendo hasta ella. Trataron de detenernos; ni siquiera la doctora Reza quería que nos acercásemos a su cuerpo roto, pero teníamos que estar junto a nuestra amiga. Nos arrodillamos a su alrededor, tal y como habíamos hecho tantas otras veces, mesándole el pelo, acariciándole la piel, sosteniéndole la mano. La humedad que impregnaba la hierba; las gélidas temperaturas de aquella noche; la calidez de la sangre de Marta que abandonaba su cuerpo. Mi instinto me gritaba que me tumbase a su lado, que la envolviese entre mis brazos, pero la razón me decía que esa sería la última ocasión en la que los cuatro estaríamos juntos, y que no tenía derecho a abrazarla yo sola.

Marta, Marta. Se la llevaron demasiado pronto, y no lo hicieron en silencio y para ayudarla a empezar de cero, sino con luces azules iluminando su camino y a una sala gélida. Se llevaron a mi mejor amiga; el amor más puro que he conocido. Marta: que adoraba los libros y los poemas, y la física y las clases, que amaba y a quien amaban. Poseedora de una mente y una memoria brillantes, de una sonrisa reluciente e inesperada. A quien habían perseguido por cualquier motivo, pero quien nunca había perdido ni un ápice de su empatía. Victimizada, pero que nunca había sido una víctima. En todos los sentidos menos en uno, era una superviviente. Marta, por ti volvería a hacer todo lo que hice, pero me aseguraría de que sobrevivieses.

26

Abril de 2012

Quedamos en Paddington. Sami llega temprano y nervioso. Sylvia llega tarde, emocionada por un nuevo caso. Lloyd llega justo a tiempo, despidiéndose de su pequeño séquito junto a las taquillas y posando para las fotos con varios de los asistentes. Le preguntan a dónde va.

—A Devon, por un asunto privado —responde, sin explayarse en la explicación. Es el primer año que hemos visto que lo abordan de este modo.

Tomamos asiento alrededor de una mesa en clase turista, comiéndonos nuestros bocadillos.

—¿Por qué no hemos elegido ir en primera clase? —refunfuña Sylvia, pero Lloyd niega con la cabeza. No soporta viajar con estilo—. Esto no es trabajo —añade.

—Sí que *parece* que estamos trabajando —responde Lloyd, señalando los papeles que Sylvia ha dejado sobre la mesa, con las cintas rosas llenándose de migas—. Podrías ser perfectamente mi asesora consultora, Sylv.

—Tal vez cuando tu partido llegue al gobierno —repone con sorna. Bajo la mirada hacia sus papeles, que llevan el logotipo de nuestro bufete de abogados. Intento leer lo que pone en la demanda, aunque tenga que leerlo del revés. Sylvia es la abogada de la acusación, como siempre.

Sami está sentado frente a mí, recostado contra la ventana y se le cierran los ojos cada pocos segundos inevitablemente. Lo más probable es que haya venido directo desde su turno en el Hospital del Rey, donde se habrá pasado toda la noche trabajando lo mejor que ha podido en un departamento con exceso de tareas y pocos recursos. A él lo veo mucho más que a los demás y sé que le va bien; sus compañeros de trabajo y sus pacientes lo admiran. Pero dice que es muy complicado medir el éxito que tiene uno cuando trabaja en psiquiatría. El resultado con un paciente en concreto puede parecer bueno al principio pero, de repente, puede recaer muy rápido. Sé que hoy no va a hablar mucho. Estos viajes de vuelta al Internado Realms son muy duros para él.

Llevamos haciendo este mismo viaje cada año desde 2008. Ese fue el primer año después de que los cuatro por fin terminásemos nuestros estudios y prácticas y consiguiésemos trabajos de verdad; trabajos que, por suerte, nos apasionan, y que nos pagan lo suficiente como para patrocinar la beca. También fue el primer año en el que nos dimos cuenta de que el régimen en el Internado Realms había cambiado por fin, y esta vez para bien. Ahora creemos que es un lugar mucho más seguro.

Pero, sobre todo, y también por ello más importante, el 2008 fue el primer año en el que nos permitieron volver. Habían designado a una nueva directora, que hizo todo lo que estuvo en su mano y más por descubrir qué fue lo que sucedió en realidad en febrero del 2000. Supongo que quería estar preparada para cuando la gente —los padres de los futuros alumnos y algún que otro periodista de vez en cuando— le hiciese preguntas al respecto. Se puso en contacto con el inspector Vane, que había ido perdiendo fuelle desde nuestros últimos encuentros con él. Y después nos pidió a Lloyd, a Sami y a mí que nos reuniésemos con ella en el internado.

Al principio nos negamos a ir. Después de la muerte de Marta, nos expulsaron a todos sin ceremonias del Internado Realms. Ni siquiera nos permitieron regresar a nuestras habitaciones para recoger nuestras cosas; se encargaron de meter todas nuestras pertenencias en nuestras maletas y baúles y, para cuando regresamos de la comisaría, nos estaban esperando en el centro del atrio. El internado quería poner toda la distancia que fuese posible entre nosotros y ellos. «Un experimento fallido», nos llamaban en la carta que se filtró. Ni siquiera mencionaban a Marta. Despidieron a la doctora Reza. La misma mañana que nos expulsaron a nosotros tres del Internado Realms, soltaron a Gerald sin cargo alguno, y él sí que pudo regresar al internado para terminar sus estudios. Cinco días más tarde, el mismo día en el que Sylvia me escribió para contarme que Genevieve había vuelto al Internado Realms, nos enteramos de que el profesor De Luca había muerto mientras dormía.

Como era de esperar, Lloyd, Sami y, sobre todo yo, tuvimos que esperar mucho tiempo para que nos absolviesen de cualquier implicación directa en la muerte de Marta. La doctora Reza nos contó que había dejado a Marta dormida en su despacho cuando se fue a buscar a los psiquiatras que habían venido a por ella y que la estaban esperando en la entrada, para llevarlos hasta la enfermería. No cerró la puerta con llave, porque pensaba que yo llegaría antes que ella. Nadie sabe qué ocurrió entre que la doctora Reza salió de su despacho y cuando encontró a Marta tendida en el césped quince minutos después. Lloyd, Sami y yo entretejimos una versión factible de los hechos pero, para la policía, que no conocía a Marta en absoluto, no tuvo mucho sentido.

Creemos que Marta se despertó aquella noche y entró en pánico al verse sola, por eso fue al edificio central y accedió a través de la puerta de incendios. Si se hubiese despertado tan solo unos minutos más tarde se habría encontrado conmigo allí, pero debió de subir a hurtadillas hasta la Casa Hillary, quizás incluso fue directamente a la habitación 1A, pensando que me vería allí. Sami está seguro de que primero fue a la habitación que compartían Lloyd y él. Lloyd estaba en la habitación de Max y Sami estaba en la cama con Ingrid. Los dos estaban profundamente dormidos, pero Ingrid cree recordar el haberse despertado más o menos para esa hora porque oyó la puerta cerrarse. No le contó nada de aquello a la policía por si la implicaba en el caso, y solo le proporcionó a Sami una coartada de mala gana, porque al admitir haber estado con él esa noche también admitía haber roto las normas. Rompieron justo por ese mismo motivo, pero siempre que hablamos de esa noche, Sami menciona lo que a Ingrid le pareció oír.

Yo no tengo ninguna coartada entre el momento en el que me fui de la habitación de Sylvia y cuando me dejé caer de rodillas junto al cuerpo inerte de Marta, y solo tengo la palabra de Sylvia para defender que estuve en su cuarto. Supongo que fue justo ese periodo de tiempo, el que el forense descubriese también las antiguas heridas de Marta y todos los meses que nos habíamos pasado mintiendo a la policía, algo que habíamos confesado voluntariamente, lo que hizo que Vane, al principio, sospechase que yo había asesinado a Marta. Quizá tan solo estaba molesto de que lo hubiésemos tomado por tonto. De cualquier forma, al final terminó decidiendo que Marta y yo habíamos estado discutiendo en nuestro cuarto y que había sido esa discusión la que había llevado a Marta a precipitarse por la ventana. No había ninguna prueba que lo demostrase, pero su suposición me pareció tan absurda que me quitó las ganas de pelear, tanto con él como con cualquier otro; no tenía ganas de aclarar las cosas, porque Marta ya no estaba, y el Internado Realms nos había dado la espalda, así que no tenía sentido. Ni siquiera le contamos a Vane lo que Gerald le había hecho a Marta, porque tampoco teníamos pruebas de ello. Se fijó el juicio para enero de 2001. Pero entonces, en noviembre del 2000, después de llevar ya nueve meses en mi casa, en Hackney, totalmente adormecida por el dolor, mi padre recibió una carta de un bufete de abogados que estaba en el centro de Londres.

No creo que el inspector Vane o el Tribunal de la Corona de Barnstaple hayan presenciado a alguien como Araminta Maudsley, consejera de la reina. Era, y todavía es, la abogada más temible que he visto jamás: mordaz en el mejor de los casos, y en el peor, fulminante, despectiva y devastadoramente grosera. Desde el primer momento, Araminta se comportó como si nunca se debiese de haber abierto un caso en mi contra.

—Sus teorías absurdas están arruinando vidas —le espetó a Vane—. Estos jóvenes ya han sufrido bastante. Deberían estar *estudiando*, jugando al hockey, yendo a fiestas a medianoche y *enrollándose*. —Una vez me citó en su despacho con paneles de madera en Gray's Inn y me exigió que le contase toda la historia. Se pasó todo el rato ladrándome preguntas, observando algo a mi espalda, con los ojos entrecerrados y concentrada. Cuando no pude seguir hablando de todo lo que estaba llorando, me sirvió un chupito de whisky—. Bébetelo —ordenó cortante—, y sigue contándomelo. No puedes permitirte mis honorarios, ni estos malditos *recesos*.

No pude beberme el whisky, pero me las apañé para contarle a Araminta lo que el padre de Marta le había hecho, lo que Gerald le había hecho.

—¡Contexto! —gritó, sin cambiar el tono y, cansada de ofuscarme, se lo conté todo, incluyendo, tras vacilar durante un rato, lo que Gerald le había hecho a Sylvia. Estaba casi segura de que Sylvia no se lo había contado a su madre y, al ver cómo el rostro de Araminta perdía todo rastro de color, supe que había tenido razón. Me quitó el vaso con las manos temblorosas—. ¿Le has hablado de eso a la policía? —me preguntó. Le expliqué que Max sí que lo había acusado pero que habían exonerado rápidamente a Gerald cuando Max se negó a contar a quién había agredido. El rostro de Araminta se contrajo hasta formar una expresión confusa y burlona a partes iguales—. ¿Por qué se molestaría Max en denunciar un delito si no tenía previsto confesar quién era el demandante? —soltó. Le expliqué que Max no había llamado a la policía por hacer justicia ni porque fuese altruista, sino porque había creído que, si conseguía librarse de Gerald y expulsarlo del Internado Realms, Genevieve lo tendría en mucha más alta estima cuando regresase.

Araminta me escuchó atentamente y asintió con lentitud.

—No hay mal que por bien no venga —murmuró. Al fijarse en cómo la observaba, sorprendida, añadió—: Incluso si Max les hubiese dado un nombre, no habrían llevado a Gerald a juicio. La ley es bastante laxa en estos casos. —Se terminó la copa de un sorbo y su rostro se contrajo de dolor—. De este modo nos va a ser mucho más útil el muy bastardo. —Se pasó la semana siguiente reuniéndose con Gerald para citarlo como testigo.

El juicio no comenzó bien. La acusación expuso que Lloyd, Sami y yo habíamos estado escondiendo a Marta en la torre del reloj, nos tildó de imprudentes y expuso que habíamos tomado una decisión arrogante que había dado como resultado unas consecuencias mortales. Lo peor fue que, en cierto modo, estaba de acuerdo con ellos. Marta llevaba muerta casi un año a esas alturas, y la echábamos más de menos a cada día que pasaba. Dudábamos de nuestros actos cada vez más con cada pregunta que nos hacían.

Sami estaba de mal humor cuando lo llamaron al estrado el tercer día del juicio, y el homólogo de Araminta, un antiguo alumno del Internado Realms, también estaba molesto después de llevar toda la mañana perdida en el juicio sin haber conseguido absolutamente nada.

—Incluso si consideramos que decidisteis engañar a la policía por la aparente noble razón de proteger a Marta De Luca de su padre, quien afirmáis que abusaba de ella —espetó—, mis compañeros y yo seguimos sin comprender del todo por qué, siendo unos jóvenes tan inteligentes y prometedores, no fuisteis capaces de comprender la necesidad de pedir ayuda a alguno de los muchos adultos de confianza que estaban obligados a cuidar de vosotros en

una de las mejores instituciones escolares del mundo. —El abogado inspiró hondo y se hizo un denso silencio en la sala.

Cuando por fin Sami lo rompió, lo hizo sin ninguna clase de
sentimiento.

—Marta no podía volver a casa con su padre —repuso lentamente—, pero ese no fue el único motivo por el que nos pidió que
la escondiésemos en la torre del reloj. —Se volvió a mirar al otro
lado de la sala—. Quería quedarse con nosotros. Con uno de nosotros en especial. —El abogado lo observaba con incredulidad, y
Sami se encogió de hombros—. Su madre había desaparecido. Podéis pensar lo que queráis de ese hombre, pero os estoy diciendo
que su padre era un hombre cruel. Marta había estudiado toda su
vida en casa, ni siquiera tenía amigos. Sabía que nosotros la queríamos. Éramos lo único que tenía. —Bajó la mirada hacia sus manos, que las tenía apoyadas en la barandilla frente a él, y después
volvió a alzarla para clavarla en el abogado—. ¿Qué habría hecho
usted? —le preguntó, y su pregunta parecía más una súplica que
un reto.

Nunca descubrí lo que le había dicho Araminta a Gerald antes del
juicio, pero las pruebas que dio durante la ronda de testigos fueron cruciales en nuestro caso. Después de que Araminta expusiese
la escena, recalcando las condiciones en las que habíamos accedido a ayudar a Marta, Gerald testificó que la había visto en la torre
del reloj, en enero del 2000. Testificó que no estaba encerrada y
que parecía encontrarse bien; que como se pasaba casi todo su
tiempo en los establos nos había visto entrar y salir constantemente de allí, y que sabía que nos habíamos preocupado por el bienestar de Marta hasta el día de su muerte. Había visto cómo la
doctora Reza la trasladaba hasta la enfermería y la había oído contarle a Marta lo que iba a ocurrir esa misma noche. Era consciente
de que la salud mental de Marta había ido empeorando con el

paso de los días, y que nosotros no hacíamos más que preocuparnos por ello, algo que quedaba demostrado porque la frecuencia de nuestras visitas desde ese mismo instante no había hecho más que aumentar y porque nos había visto llevarle cientos de objetos a la torre del reloj.

—Estaban obsesionados con mantenerla a salvo —dijo, lanzándole una mirada nerviosa a Araminta.

Araminta se puso a revolver sus papeles.

—¿Sabía usted —preguntó con calma— que Marta De Luca estaba embarazada cuando murió? —El horror en la cara de Gerald no dejaba lugar a dudas. Me volví hacia Lloyd, que observaba la escena asombrado, y a Sami, que parecía desconsolado. Esa misma noche, Araminta obligó a Sylvia a denunciar la agresión de Gerald contra ella. Tres días después, citaron a Gerald, a Lloyd y a Sami para unas pruebas de ADN, que demostraron lo único que podían demostrar e, incitados por Araminta, terminamos contándole a la policía todo lo que Gerald le había hecho a Marta.

Para este punto habíamos empezado a albergar la esperanza de poder ganar el juicio. El ambiente en el juzgado era muy distinto al del principio; el jurado popular nos observaba con mucho menos recelo. Pero seguía habiendo dudas sobre lo que el profesor De Luca le había hecho a Marta y, en realidad, nadie nos creía. Tras discutirlo largo y tendido los tres, Lloyd, Sami y yo decidimos que era hora de presentar tres pruebas nuevas: pruebas que habíamos estado esperando no tener que revelar nunca, porque hacerlo significaba traicionar la confianza que Marta había depositado en nosotros. Pero Marta estaba muerta. El profesor Nathaniel De Luca también estaba muerto y no podrían llevarlo ante la justicia por lo que le había hecho a su hija y, antes que eso, a su propia esposa. No teníamos ni idea de si la doctora Maria De Luca seguía con vida, pero nos parecía muy importante dejar las cosas claras. Mentiría si dijera que no había también una pequeña parte de nosotros que quería que la doctora Wardlaw y el señor Gregory fuesen castigados por lo negligentes que habían sido al tratar el caso de Marta. Así que entregamos como prueba la nota que Marta me había dejado después del día del incidente del Eiger, así como la carta que me había escrito después de Navidad y la carta que le había escrito a su padre en la torre del reloj poco antes de morir. La última fue la más difícil de leer.

Esas pruebas fueron más que suficientes para convencer al jurado y a los jueces, y a Lloyd, a Sami y a mí nos retiraron todos los cargos y nos dejaron ir con solo un aviso de que no volviésemos a hacerle perder el tiempo a la policía. Lo único que queríamos era regresar a casa, pero Araminta insistió en invitarnos a una copa. Ya se había tomado casi media botella de vino ella sola cuando nos fulminó con una mirada tan inquietantemente parecida a la de Sylvia.

—No os lo podía advertir —dijo—. Lo de Gerald, quiero decir. Tenía que jugar con el factor sorpresa. Quería que el jurado viese lo distintas que iban a ser vuestras reacciones con respecto a la suya. Estaba plantando todas las semillas para arrastrarlo hasta su propio final.

—¿De veras cree que eso va a acabar con él? —le preguntó Sami en un murmullo.

Araminta apretó los labios con fuerza.

—Sus padres pueden conseguirle fácilmente con su dinero un abogado que sea casi tan bueno como yo. Pero pienso encargarme de arrastrar su nombre por el fango, aunque solo sea eso lo que consiga. Nadie, *jamás*, querrá tener nada que ver con él.

Muy de vez en cuando, Lloyd, Sami y yo hablábamos de lo que habíamos hecho. Nunca lo hacemos a posta. La conversación surge sin previo aviso porque alguno de nosotros siente la necesidad de hurgar en el pasado. Hemos hablado de ese tema en cientos de contextos distintos. Dando un paseo por el bosque en otoño, al salir de un bar abarrotado en pleno verano, cuando nos comunicamos por mensaje de texto a altas horas de la noche. Siempre que a uno de nosotros le entran ganas de hablar del tema, el resto no se resiste. Nos lo debemos.

Sabemos que tomamos muchas decisiones equivocadas. Sabemos que si hubiésemos actuado de otro modo, Marta podría seguir con vida. Pero a veces, y creo que eso se debe a la ingenuidad o incluso a la arrogancia que nos llevó a hacer lo que hicimos, nos obligamos a recordar la convicción y el amor que nos impulsaron a actuar como actuamos. Hacíamos lo que Marta quería que hiciésemos, eso es lo que Sami siempre dice. Me resulta muy difícil de comprender. Creo que la frontera entre el altruismo y el egoísmo no está del todo clara, así como sé que Marta quería, sobre todo, vivir.

Nunca nos culpamos o nos reprendemos por los errores que cometimos, por los pasos en falso que dimos en el pasado. Sí que reconocemos que hubo un momento en el que dejamos de actuar como un equipo, y que fue entonces cuando nos sobrevino la tragedia, y por eso hemos decidido enterrar todas nuestras hachas de guerra, así como cualquier rastro de resentimiento que pudiésemos conservar, como creo que Marta hubiera querido. Además, tampoco podemos estar seguros de si, si hubiésemos actuado de otro modo, habríamos logrado cambiar el desenlace.

Ya no podremos volver a ser esos adolescentes que cruzaban los campos de rugby a la carrera hacia la torre del reloj, con los bolsillos llenos de comida y los corazones latiendo con fuerza en nuestros pechos, pero sí que seguimos siendo los mismos. Seguimos siendo esas personas inteligentes, leales, ambiciosas, cabezotas, neuróticas y solitarias: gente consumida por un orgullo triste y complejo. Es el mismo orgullo que nos llevó hasta las puertas del Internado Realms en primer lugar. Es el mismo orgullo que nos consiguió una plaza en la universidad, aunque nos hubiesen expulsado de uno de los mejores internados del país y fuese como si todos esos meses de clases y nuestras calificaciones hubiesen desaparecido. Es el mismo orgullo que nos sigue impulsando a dar lo mejor de nosotros mismos, por nuestros trabajos, y no solo para estar a la cabeza de unas clasificaciones sin sentido. Y es el mismo orgullo que nos cegó en su momento y que no nos permitió recurrir a la única persona buena que habría estado dispuesta a ayudar a Marta desde el principio. Y eso es justamente lo que sé que la señora Kepple no habría definido como orgullo, sino como *arrogancia*.

Isobel Reza nos recoge en la estación de tren y nos lleva hasta el Internado Realms. Ahora es médica de cabecera en un pueblo que se encuentra a unos ocho kilómetros del internado. Siempre nos vamos con ella a comer después de la reunión anual de la beca. Isobel no tuvo una vida fácil tras la muerte de Marta, pero jamás perdimos el contacto. Me estuvo escribiendo cartas todos los días durante tres años.

Nos cuenta que ha oído que el Internado Realms sigue avanzando a pasos agigantados en lo que a la salud mental se refiere. Hasta hace poco, siempre tenía a una docena de alumnos en su consulta cada trimestre, aterrorizados de que alguien descubriese que habían salido de los muros del internado sin permiso, pidiéndole ayuda con toda clase de situaciones. Ahora, al parecer, hay un nuevo médico titular en el Internado Realms, varias enfermeras (una incluso especializada en salud sexual) y un orientador. Ahora todos los alumnos tienen al menos un día libre para ellos, lo que Isobel considera algo positivo.

—Tienen mucha menos presión —dice.

Sylvia quiere saber si va a venir a la fiesta por mi treinta cumpleaños en septiembre. Isobel observa a Sylvia de reojo, curiosa.

—¿La vas a organizar tú?

—Sí, teniendo en cuenta que se va a celebrar en mi casa, es lo suyo. —Isobel no puede evitarlo y enarca las cejas, confusa, un gesto en el que Lloyd se fija también.

—Nosotros estamos igual de confusos —comenta, alegre. Me da un suave golpe con el hombro pero yo no digo nada. Isobel se limita a asentir lentamente.

—¿Qué tal está Genevieve? —le pregunta a Sylvia.

—Ah, está muy bien. Los gemelos son... una delicia. —Sylvia finge un bostezo—. Los van a bautizar el mes que viene.

Isobel no conduce hasta el edificio central, sino que aparca junto a la portería. Después sale del coche y se despide de nosotros con un abrazo, aunque vayamos a verla dentro de un rato. A mí me abraza un poco más de tiempo que a los demás cuando se da cuenta de que mi antiguo dolor vuelve a invadirme.

—Hiciste lo que creías que era correcto —me dice en un susurro. Es la misma frase que lleva años repitiéndome, desde el día en el que Marta murió.

—Y tú también —respondo, y ella se despide de mí con un beso en la mejilla y los ojos anegados en lágrimas.

Respiro hondo el aroma del atrio mientras esperamos a que la profesora Ling, la nueva directora, venga a buscarnos. Hace frío aquí dentro y a nuestro alrededor resuenan los sonidos que nos son tan familiares de los alumnos almorzando en el comedor, las puertas de las aulas cerrándose, los miles de estudiantes preparándose para las dos horas de clase que les quedan antes de que empiecen los Juegos, las tareas diarias y las clases de preparación para la universidad. Un miembro de la Patrulla superior nos acompaña por el Eiger hasta la antigua biblioteca. Es un chico tranquilo, agradable y no parece nada arrogante.

Volver aquí es doloroso, pero ahora sentimos que merece la pena. La beca es nuestra manera de honrar la memoria de Marta, de hacer posible que una parte de ella siga existiendo entre estos muros, en el lugar donde quería quedarse. Cuando la profesora Ling nos lo sugirió por primera vez, pensamos que se había vuelto loca, pero después siguió con una disculpa sincera y efusiva de todos los errores que había cometido el Internado Realms con su caso y con la promesa de mejorar las cosas, por lo que le prometimos que lo pensaríamos. Sylvia, que sigue siendo la más rica de todos nosotros, prometió hacerse cargo de la mayor parte de los costes de la beca.

Nos sentamos alrededor de una mesa en la antigua biblioteca junto con la profesora Ling y la señora Kepple. Tenemos delante los perfiles de todos los candidatos preseleccionados y sus respectivas redacciones. Cada año elegimos un poema en concreto para que los candidatos analicen y comenten. Siempre tratamos de elegir uno que significase algo para Marta; le gustaban tantos que no creemos que nos vayamos a quedar sin poemas nunca. Hace un par de meses, Sylvia recordó una clase en concreto en la que Marta y ella se habían pasado toda la hora discutiendo largo y tendido sobre el poema *Snow* de Louis MacNeice.

—Le encantaba ese poema —nos recordó—. Recuerdo que intenté convencerla de que trataba del caos y de la confusión. Pero Marta creía que hablaba de las infinitas posibilidades.

Los comentarios de los distintos candidatos con respecto al poema *Snow* eran, tal y como habíamos predicho que serían, muy distintos entre sí. Después de una hora de debate, terminamos concediéndole la beca completa para estudiar primero de bachillerato en el Internado Realms a una joven que venía de un instituto público de Norfolk. En las cartas de referencia que había enviado junto con su solicitud sus profesores la describían como alguien «efervescente, decidida y con una curiosidad insaciable».

Paseamos junto al arroyo Donny. Era un cálido día de finales de primavera, la época que nunca llegamos a vivir en el Internado Realms como alumnos. La brisa remueve las hojas de los árboles.

Nos empapamos de todo lo que nos rodea. Los establos están desiertos: ya no tienen caballos.

Con mucho cuidado, empezamos a hablar de Marta. Durante muchos años no lo hicimos. Estábamos cada uno en una punta del país, recuperándonos del trauma de distintos modos y a distintos ritmos. Cuando por fin me reencontré con Sylvia en Oxford, se sorprendió de lo profundo que todavía era mi dolor.

—¿Estabas enamorada de ella? —me preguntó en una ocasión después de una larga cena, y recuerdo que pensé directamente en Sami: en lo mucho, en todo el tiempo y con cuánto altruismo había amado a Marta.

—No —respondí con sinceridad, y ella me observó aliviada.

Le hablé a Sylvia de un momento que pasamos juntas en nuestra habitación, justo antes de que ocurriese lo del Eiger, cuando Marta me preguntó sobre el amor. Habíamos estado hablando de lo que se sentiría al experimentar un amor real, recíproco y romántico.

—¿Crees que será maravilloso, Rose? —me había preguntado—. ¿Crees que será lo mejor del mundo? —Yo no había sabido qué responderle, y Marta se había limitado a asentir, completamente seria—. Si encontrase a alguien que me amase de ese modo y yo lo amase de vuelta —me había dicho—, jamás lo dejaría marchar.

Lloyd, Sami y yo paseamos por la orilla cubierta de hierba hasta el borde del río mientras Sylvia nos esperaba junto a los graneros. Los chicos y yo nos agachamos para meter los dedos en el agua.

—Era extraordinaria —dice Lloyd de repente—. La persona más increíble que he conocido.

Sami asiente.

—Siempre la amaré —afirma.

—Yo también —decimos Lloyd y yo a la vez, y entonces soltamos una carcajada. Después nos quedamos los tres callados.

—¿Sophie sabe lo que sientes? —le pregunta Lloyd a Sami.

—Se lo conté todo antes de que nos comprometiésemos. Creo que lo entiende. —Sami esboza una sonrisa alegre y se vuelve a mirar hacia donde Sylvia se ha quedado esperándonos—. Y hablando de amor, Rose —comenta—. Hay algo que quería decirte... es una estupidez que Sylvia y tú no estéis juntas. Cometió un error, pero lo siente mucho. Te ama. Quiere *casarse* contigo. —Entonces Lloyd frunce el ceño, pero se encoge de hombros—. La vida es demasiado corta como para guardar secretos. Aunque sean de los buenos.

Me quedo reflexionándolo durante un momento. Las palabras de Marta reverberan en mi cabeza. «Jamás lo dejaría marchar». Alzo la mirada hacia donde se encuentra Sylvia, de pie, de espaldas a nosotros, de brazos cruzados y con la vista clavada en la torre del reloj. El recuerdo de su traición —una aventura amorosa con una abogada mayor y de un éxito extravagante de nuestro bufete— todavía me duele. Pero entonces me acuerdo de lo mucho que me ayudó después de la muerte de Marta y lo mucho que me apoyó durante meses e incluso años en todas mis decisiones. Recuerdo los días en los que creía que no podría seguir adelante y todos los motivos que Sylvia me dio para seguir luchando.

Lloyd, Sami y yo regresamos a los establos.

—Sylvia —la llama Lloyd. Ella se da la vuelta. Por un momento me da la sensación de que va a marcharse, que va a volver al edificio central y a casa, a Londres, sin mí. Pero entonces se acerca a nosotros y, cuanto más cerca está, más veo el amor que me profesa; el que la mueve a actuar como actúa. Veo su compasión, que ni siquiera siete años en el Internado Realms pudieron borrar. Se coloca a mi lado y yo la tomo de la mano. Lloyd, Sami, Sylvia y yo regresamos juntos al internado envueltos en un silencio agradable, los cuatro unidos por el amor, la pérdida y una esperanza eterna. Y soñamos con el futuro.

Agradecimientos

Escribí *Los cuatro* en varias fases, empecé en septiembre de 2020 y terminé de redactar el primer borrador en marzo de 2023. Lo que duró todo el proceso y los acontecimientos mundiales y vitales que tuvieron lugar durante ese mismo tiempo hacen que hoy tenga mucha gente a quien darle las gracias. Lo haré más o menos en el orden en el que contribuyeron al arduo, alegre, enloquecedor, estimulante y atroz proceso de escribir una novela.

Gracias, en primer lugar, a Hannah Medlicott, la mejor oyente que conozco, que se empapó con mi sinopsis improvisada en Haworth en agosto de 2020 y que me animó a empezar a escribir. Y después a seguir escribiendo. Y a empezar de nuevo. Y a terminar la novela. Hannie, eres mi heroína.

Gracias a mi maravillosa amiga Felicity Bano, por tu apoyo y tu bondad en Chichester Road y mucho más allá. Siempre me hiciste creer que podría lograrlo.

Gracias a Jessica Lazar por leer esos primeros capítulos en *The Summer House* en octubre de 2020 y por no dejarme creer que eran horribles. Si lo hubieses dicho en voz alta, lo más probable es que me hubiese rendido. Gracias por tus consejos y tus correcciones de después, por tu instinto infalible. Como artista y como amiga, tienes toda mi admiración y mi gratitud.

De corazón, gracias también a Tim Bano, por ese viaje a Carne Cottage/Stepper View en diciembre de 2020, durante el que escribí todos esos capítulos de mitad de la novela que tanto me costaron mientras en el exterior azotaban las tormentas y parecía que el mundo se nos iba a venir encima de un momento a otro. Gracias por mantener la calma, y por tu amistad, siempre. Lo es todo para mí.

Gracias a Gail McManus por ser el mejor mentor que habría podido desear. Me has aconsejado, animado y empoderado más de lo que crees. Gracias por decirme «que lo hiciese y ya». Gracias por estar ahí para mí y por tu sabiduría, y por demostrarme que hay pocos problemas en esta vida que una hoja de cálculo no pueda solucionar.

Gracias a la inefable erudita doctora Sophie Duncan, por tus astutos consejos sobre ese primer borrador, y por tu ayuda un poco después en el proceso, cuando se lo estaba intentando vender a los agentes.

Gracias a Arifa Akbar, por leer ese segundo borrador en el verano de 2021 y por tus amables comentarios constructivos en ese periodo tan complicado del proceso.

Gracias a Kate Mosse, por todas las horas llenas de inestimables consejos que tan amablemente me diste y por ser inspiración en tantas maneras distintas. Te estoy enormemente agradecida. Gracias a Greg y a Felix Moose por vuestro cálido aliento.

Gracias a mis mejores amigos Thomas Bailey y Emma D'Arcy por vuestro apoyo todos estos años, con este libro y con muchas cosas más. Gracias por vuestra creatividad y por vuestra franqueza. Gracias, Tom, por esa llamada de teléfono de la que probablemente ya no te acuerdes, pero que me ayudó a saber cómo volver a empezar. Gracias, Emma, por siempre estar ahí para ayudarme a salir del túnel. Gracias a los dos por las obras, las aventuras y el amor.

Y aquí viene uno importante: gracias, gracias, Katy Guest, por ser una editora tan legendaria como eres. Gracias por tus comentarios tan precisos, tus diagnósticos tan astutos y tu habilidad para captar hasta el más mínimo detalle sin perder de vista la obra en su conjunto. Gracias por no darme nunca las soluciones en bandeja:

eso ha hecho que escribiera un libro mucho mejor. Gracias por haberte convertido en una amiga brillante e inesperada.

Gracias a Diane Pengelly por leer los primeros capítulos y sugerirme amablemente que eran demasiado largos.

Gracias a mis increíbles amigas Isabel Marr y Lara McIvor por todas esas bromas tan graciosas y por ayudarme a creer en mí misma (y por no dejarme que me tomase demasiado en serio).

Gracias a mi gran amiga Monica Dolan, por tu ayuda y apoyo cuando me propuse encontrar una agente literaria, y por tus consejos en tantas ocasiones.

Gracias al profesor Tom Kuhn por leer el último borrador y por tus perspicaces comentarios.

Gracias a Rosie Kellet por hacer lo mismo, y por todos los platos que me has cocinado y todo el amor que me has dado a lo largo de todos estos años.

Gracias a Jackie Ashley, por haberme presentado a Gillian Stern, sin cuya experiencia dudo seriamente de que *Los cuatro* hubiese tenido este viaje tan mágico. Gillian, gracias por tu perspicacia y tus buenos consejos, por guiarme con mano firme en aquellas embriagadoras semanas llenas de reuniones con agentes. Jamás me olvidaré de lo mucho que me has ayudado.

También tengo que unirme a quienes siempre le dan las gracias a Cathryn Summerhayes por su inimitable estilo y eficacia como agente literaria. Cath, gracias por ser una leyenda de los pies a la cabeza, por tus brillantes ideas, tu infatigable trabajo y tu apoyo inquebrantable para con esta neurótica autora. No sé cómo te las has podido apañar para además ser divertida (y graciosa), ni cómo te las apañas para crear una campaña publicitaria tan glamurosa, pero lo haces. Me has cambiado la vida y te lo agradezco muchísimo.

Gracias a Lisa Babalis por sus comentarios indispensables. Tenías razón en todo.

Gracias a todo mi equipo de Curtis Brown: Jess Molloy, Annabel White, Katie McGowan y Georgie Mellor. Gracias a mi increíble equipo de UTA: Jason Richman, Addison Duffy y Meredith Miller.

Un enorme agradecimiento a la excepcional Daisy Goodwin, por su generosidad, inteligencia y compasión sin límites. Tu apoyo lo ha sido todo.

Gracias a mi maravilloso equipo de HQ y, sobre todo, a mi talentosa e incansable editora, Cicely Aspinall. Cicely, gracias por creer tan firmemente en *Los cuatro*. Gracias por tu incomparable habilidad en las ediciones tanto a gran escala como a menor escala; por tu paciencia y comprensión; por tu capacidad para sumergirte profundamente en las cuestiones mucho más emocionales al mismo tiempo que te ocupas de los aspectos más técnicos de la trama. También quiero darles las gracias a Lisa Milton y Kate Mills, por hacer que mi experiencia como autora novel haya sido tan positiva. Gracias a Seema Mitra por su atención al detalle, a Kate Oakley por la magnífica portada y las páginas finales, y a Sian Baldwin, Emily Burns y Becci Mansell por todo lo que (en el momento de escribir todo esto) aún está por llegar.

Gracias a Georgina «gurú» Moore por la cálida y generosa introducción al mundo de cómo publicitar mis libros, y por todos tus consejos y tu apoyo.

Gracias a Joe Keel por tu sólido pragmatismo y tu inquebrantable apoyo. No podría pedir un hermano mejor que tú.

Gracias, Maow, por ser mi roca. (Y por el título comodín).

Y, por último, gracias, gracias, gracias a Gillian Keel, por haberme leído todos esos libros. Con esas historias empezó este viaje.

¿Te ha gustado esta historia?

■ ● ● **Escríbenos a...**

umbriel@uranoworld.com

Y cuéntanos tu opinión.

Conoce más
sobre nuestros libros en...

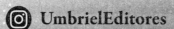 **UmbrielEditores**

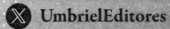 **UmbrielEditores**